失われた女の子

ナポリの物語4

エレナ・フェッランテ

飯田亮介 訳

早川書房

ELENA FERRANTE

STORIA DELLA BAMBINA PERDUTA

失われた女の子

――ナポリの物語4

STORIA DELLA BAMBINA PERDUTA
by
Elena Ferrante

Translated by
Ryosuke Iida
First published 2019 in Japan by
Hayakawa Publishing, Inc.
This book is published in Japan by
arrangement with
Edizioni E/O
c/o Clementina Liuzzi Literary Agency
through The English Agency (Japan) Ltd.

装画／高橋将貴
装幀／早川書房デザイン室

目次

登場人物および前巻までのあらすじ

チェルッロ家（靴職人の一家）

フェルナンド・チェルッロ　靴職人、リラの父親

ヌンツィア・チェルッロ　リラの母親

ラッファエッラ・チェルッロ　通称リナまたはリラ。一九四四年八月生まれ。六十六歳の時、ナポリから跡形もなく姿を消す。十代でステファノ・カッラッチと結婚するが、イスキア島での休暇中にニーノ・サッラトーレと恋に落ち、夫を捨てる。ニーノとの同棲生活が失敗に終わり、長男ジェンナーロ（通称リーノ）が誕生したのち、ステファノがアーダ・カップッチョを妊娠させたと知った彼女は夫を完全に見限る。そしてエンツォ・スカンノとともにサン・ジョヴァンニ・ア・テドゥッチョに引っ越すが、数年後、エンツォとジェンナーロとともにまた地区で暮らすようになる

リーノ・チェルッロ　リラの兄。ステファノの妹、ピヌッチャ・カッラッチと結婚、子どもがふたり誕生する。リラの長男はこの兄の名をつけられ、ジェンナーロまたはリーノと呼ばれる

その他の子どもたち

グレーコ家（市役所案内係の一家）

エレナ・グレーコ　通称レヌッチャまたはレヌー。一九四四年八月生まれ。この長い物語の作者。

小学校を出たあともエレナは刻苦勉励を続け、ついに名門大学のピサ高等師範学校を卒業する。ピサの大学時代にピエトロ・アイロータと出会い、数年後に結婚、フィレンツェに越す。ピエトロとのあいだには長女アデーレ（通称デデ）と次女エルサができるが、結婚生活に失望したエレナは、少女時代から思いを寄せていたニーノ・サッラトーレと恋に落ち、娘たちとピエトロを捨てる
ペッペ、ジャンニ　エレナの弟
エリーザ　エレナの妹。エレナの反対にもかかわらず、マルチェッロ・ソラーラと同棲を始める
ヴィットリオ　父親、市役所の案内係
インマコラータ　母親、主婦

カッラッチ家（ドン・アキッレの一家）

ドン・アキッレ・カッラッチ　闇商人、高利貸しだったが、何者かに殺害された
マリア・カッラッチ　ドン・アキッレの妻。ステファノ、ピヌッチャ、アルフォンソの母親。ステファノとアーダ・カップッチョのあいだに生まれた娘は彼女の名前がつけられた
ステファノ・カッラッチ　ドン・アキッレの息子。リラの元夫。アーダ・カップッチョと不倫関係となり、やがて同棲するようになる。リラとのあいだにできたジェンナーロと、アーダとのあいだにできたマリアの父親
ピヌッチャ　ドン・アキッレの娘。リラの兄リーノと結婚し、子どもをふたり授かる
アルフォンソ　ドン・アキッレの息子。長年交際していたマリーザ・サッラトーレと不本意ながら結婚する

ペルーゾ家（家具職人の一家）
アルフレード・ペルーゾ　家具職人。共産主義者。刑務所で服役中に死亡
ジュゼッピーナ・ペルーゾ　アルフレードの献身的な妻。夫の死後、自殺
パスクアーレ・ペルーゾ　アルフレードとジュゼッピーナの長男。現場作業員。左翼活動家
カルメーラ・ペルーゾ　通称カルメン。パスクアーレの妹。エンツォ・スカンノと長年交際していた。大通り《ストラドーネ》のガソリンスタンド経営者と結婚し、子どもをふたり授かる
その他の子どもたち

カップッチョ家（正気を失った後家の一家）
メリーナ　後家。ヌンツィア・チェルッロの親戚。ドナート・サッラトーレの元愛人。彼との破局が原因でほぼ正気を失う
メリーナの夫　原因不明の急死を遂げた
アーダ・カップッチョ　メリーナの娘。パスクアーレ・ペルーゾと長年にわたり交際していたが、ステファノ・カッラッチの愛人となり、同棲するようになる。ステファノとのあいだに生まれた女の子はマリアと名付けられた
アントニオ・カップッチョ　アーダの兄。自動車修理工。エレナの元恋人
その他の子どもたち

サッラトーレ家（詩人鉄道員の一家）
ドナート・サッラトーレ　かなりのドンファンで、メリーナ・カップッチョを愛人にしていた。エ

レナも十代のころ、ニーノとリラの関係に傷ついた反動からイスキア島のビーチでドナートに体を許してしまった

リディア・サッラトーレ　ドナートの妻

ニーノ・サッラトーレ　ドナートとリディアの長男。リラと長いあいだ不倫関係にあった。エレオノーラと結婚し、長男アルベルティーノをもうけたのち、やはり既婚者で子どものいるエレナと不倫関係になる

マリーザ・サッラトーレ　ニーノの妹。アルフォンソ・カッラッチの妻。ミケーレ・ソラーラの愛人となり、彼とのあいだに男の子ふたりを授かる

ピーノ、クレリア、チーロ　次男、次女、三男

スカンノ家（八百屋の一家）

ニコーラ・スカンノ　八百屋、肺炎で死去

アッスンタ・スカンノ　ニコーラの妻、癌で死去

エンツォ・スカンノ　ニコーラとアッスンタの息子。長年にわたりカルメン・ペルーゾと交際していた。リラがステファノと完全に別居すると決めると、彼女とその息子ジェンナーロの世話を買って出て、ふたりをサン・ジョヴァンニ・ア・テドゥッチョに連れていった

その他の子どもたち

ソラーラ家（バール菓子店ソラーラの一家）

シルヴィオ・ソラーラ　バール菓子店の主人

マヌエーラ・ソラーラ　シルヴィオの妻。高利貸し。もはや老女となってから、自宅の玄関先で殺害される
マルチェッロとミケーレ　シルヴィオとマヌエーラのふたりの息子。兄マルチェッロは若いころにリラに振られるが、それから何年もして、エレナの妹エリーザと暮らすようになる。弟ミケーレは、菓子職人の娘ジリオーラと結婚して子どもをふたりもうけたのち、マリーザ・サッラトーレを愛人とし、さらに子どもをふたり授かる。それでもリラに対する病的な執着をやめない

スパニュオロ家（菓子職人の一家）
スパニュオロ氏　バール菓子店ソラーラの菓子職人
ローザ・スパニュオロ　その妻
ジリオーラ・スパニュオロ　菓子職人の娘。ミケーレ・ソラーラの妻にして彼のふたりの息子の母親
その他の子どもたち

アイロータ家
グイド・アイロータ教授　ギリシア古典文学の研究者
アデーレ　その妻
マリアローザ・アイロータ　長女。ミラノ大学で美術史を教えている
ピエトロ・アイロータ　極めて若い大学教授。エレナの夫、デデとエルサの父親

教師たち

フェッラーロ　小学校教師で司書、男性
オリヴィエロ　小学校教師、女性
ジェラーチェ　ジンナジオ教師、男性
ガリアーニ　高校教師、女性

その他の登場人物

ジーノ　薬局の息子。エレナの初めてのボーイフレンドでもあった。地区のファシストたちのボスで、家族の薬局の前で襲撃を受けて殺害される
ネッラ・インカルド　オリヴィエロ先生の従姉妹
アルマンド　ガリアーニ先生の息子。医師。イザベッラと結婚し、息子のマルコを授かった
ナディア　ガリアーニ先生の娘。大学生。ニーノの元恋人。政治活動を通じてパスクアーレ・ペルーゾと交際するようになる
ブルーノ・ソッカーヴォ　ニーノ・サッラトーレの友人。一族の食肉加工会社の経営を受け継ぐが、やがて自分の工場の中で殺害される
フランコ・マーリ　エレナの大学時代初期の恋人で、政治活動に熱心だった。ファシストたちの待ち伏せに遭い、片目を失明する
シルヴィア　女子大生で政治活動家。ニーノ・サッラトーレとの短い交際から息子のミルコを授かった

成熟の時　失われた女の子の物語

1

一九七六年十月から一九七九年にナポリに戻って暮らすまで、わたしはリラとふたたび安定した関係を築くことを努めて避けようとした。でも簡単ではなかった。彼女はただちに力尽くでわたしの生活への再侵入を試み、こちらはそんな彼女を無視し、気にかけまいとし、こらえた。リラの態度は一見いかにも、困難に見舞われたわたしを支えようとする風だったが、かつて同じ彼女が示した軽蔑をわたしはまだ忘れられずにいた。

今にして思えば、わたしを傷つけたのがもしもあの罵りの文句だけであったのならば――レヌーの馬鹿。電話でニーノのことを打ち明けた時、リラはそう怒鳴った。彼女にそんな口を利かれたことはそれまでなかった。本当に一度だってなかった――わたしだってすぐに落ちついていたはずだ。実際には、馬鹿呼ばわりされたことより、デデとエルサについて指摘されたことのほうが大きかった。子どもたちだって、どんな悪い影響を受けることになるか……。彼女にそう叱られたのだ。ただし、言われた時はまるで気にならなかった。ところがその言葉は時とともに重みを増し、しばしば思い返すようになった。それまでリラはデデとエルサにぜんぜん関心を示したことがなく、恐らくはふたりの名前すら覚えていなかったと思う。わたしが何度か電話で娘たちの利口な返事か何かを話題にした時も、すぐに話を変えられてしまった覚えがある。マルチェッロ・ソラーラの家で初めてデデとエルサに会った時も、彼女はぼんやりとふたりを見やり、どうでもいいような言葉を発しただけだった。ちょっと服を褒めたり、髪型を褒めたりすることもなく、まだどちらも小さいのにずいぶんしっかりした口を利くのね、とも言ってくれなかった。彼女の古くからの親友である、ほかでもないこの〝わたし〟が生み、育てた、わたしの一部とすら言える娘たちだというのにその態度はなんだ？　ひとりの母親として胸を張りたいこちらの気持ちを——友情ゆえとは言わずとも、せめて礼儀として——汲んでくれてもよいではないか……。恨めしかったが、彼女は優しい軽口のひとつも叩こうとせず、ひたすらに無関心を決めこんだ。それが今になって——嫉妬ゆえのことに違いない。わたしがニーノを我が物にしたものだから——ようやく娘たちのことを思い出し、わたしが悪い母親で、自分の幸せのためにふたりを不幸にしていると非難するのだった。何度考えても腹が立った。そういうリラ自身はどうなのだ？　ステファノを捨てた時、彼女はジェンナーロのことを心配しただろうか。工場に働きに出るため、隣家に男の子を任せっきりにした時は？　ほとんど厄介払いをするように、あの子をわたしに預けたあの時はどうだった？　それはわたしだって間違いはいくつも犯してきたが、疑いの余地なく、彼女よりはずっとまともな母親だ。

2

その手の自問自答は、あの時期のわたしのひとつの習慣となった。あたかもリラが——彼女がデデとエルサについて意見したのは結局、あの意地悪なひと言だけだったが——娘たちの権利を守る弁護士にでもなり、わたしは娘たちをなおざりにし、我がことに専念しようとするたび、彼女の主張の誤謬を証明せねばならない気分になる、そんな状態だった。しかしそれはこちらの不機嫌が生んだ被害妄想に過ぎず、彼女がわたしの行動をどう思っていたのか、実際のところはわからない。真相を語ることができるのはリラだけであり、それだって彼女がこのもの凄く長い言葉の連鎖への侵入に成功し、わたしの文章を書き換え、足りない鎖の環を巧みに継ぎ足し、こちらに気づかれることなく不要な環を省き、わたしが望むよりも、そして、わたしの力でかなうよりも、このわたしについて多くを語るならば、という条件付きの話だ。そんな彼女の侵入をわたしは待っている。わたしたちの物語を闇雲に書きだした時からそう願っているが、まずは最後まで書き上げてしまわないと、すべてのページの確認はできない。今から確認を始めれば、絶対に筆が止まってしまう。わたしはもうずいぶん長いことこうして書いており、へとへとで、物語の緊張を保ち続けるのがますます難しくなってきた。何せ、何十年という歳月に大小さまざまな出来事、無数の感情からなる混沌の中を行く物語だ。だからつい、自分の身に起きたことは飛ばして、てっとり早くリラの話に戻り、彼女にともなう騒動のあれこれを語るか、あるいは逆に、こちらのほうがたちが悪いが、ほいほい書けるものだから、自分の人生の出来事ばかり語りたくなってしまう。しかしどちらの選択をも避けなくてはならない。第一の道は進めない。その道を採れば——ふたりの関係の性格上、わたしは自分を通じてしか彼女にはたどり着けないので——つまり、わたしのことを棚に上げれば、リラの足跡はどんどんかすかになってしまうだろう。かといって、もうひとつの道も進めない。自分の体験ばかりを語れば、それこそ彼女の思う壺に違いないからだ。きっとリラは言うだろう。ねえ、レヌーの話を聞かせてよ。わたしのことなんて誰が興味持つと思う？　白状しなよ、あなただって興味ないくせに……。そしてこんな具合に結論するはずだ。わたしの人生なんて言ってみれば落書きばかりだよ。レヌーの本には似合わないって。だからわたしのことは放っておいて。落書きを消した跡なんて、語る価値もないって。

では、どうすればいい？　今度も彼女が正しいと認める？　大人になるということは、目立つのをやめて、身を潜めることを覚え、ついには消えること、そんな考えを受け入れろというのか。年を取るほど、リラに関するわたしの知識は乏しくなっていく、そう認めろというのか。

今朝は、疲れを押して、また机に向かうことにする。わたしたちの物語の一番つらい部分が近づいた今、せめてページの上で彼女とのあいだに均衡を求めてみたいと思う。実人生では、自分とさえもそんなものは見つけられぬまま来てしまったが。

3

モンペリエでの日々を思い出そうとすると、町の記憶だけが、まるで一度も行ったことがないみたいに欠落している。ホテルの外の景色、ニーノの参加していた学術会議が開かれていた巨大な講堂の外の景色を、今、振り返ってみても、思い出せるのは風の強かった秋の雰囲気と、白い雲の上に広がる青い空だけだ。それでもあのモンペリエという地名は、多くの理由から、脱出を象徴する言葉として記憶に残っている。それ以前にもわたしはすでに一度、イタリアを出たことがあった。フランコとパリに行った時のことだ。自分の大胆さに痺れるような思いがしたのを覚えている。しかしあの時は、それでも自分の世界は一生、地区のまま、ナポリのままで、残りはみな、ちょっとした遠出のようなものだと思っていた。非日常的な雰囲気の中で、現実には決してなれない人間になった気分を味わえる、そんな遠出だ。ところがモンペリエでわたしは、パリよりずっと刺激には乏しい町だったのに、自分の堰が切れ、大きく広がっていくような感覚に襲われた。自分がその町にいるという単純な事実だけでも、地区もナポリも、ピサもフィレンツェもミラノも、果てはイタリアそのものも、みんな世界の細かい破片に過ぎぬということの証拠に思え、お前はそんなささいなもので満足しなくて正解だと言われている気がした。モンペリエでわたしは、自分のものの見方、自分が表現し、綴ってきた言葉の限界を感じた。モンペリエでわたしは、三十二歳で妻であり、母であることがどれほど窮屈なものかをはっきりと思い知らされた気がした。恋に夢中だったあの日々、わたしは、長年のあいだにとらわれていた数々の束縛から初めて自由になれた。生まれに起因する束縛、学業で成功を収めるうちに受けた束縛、結婚をはじめ、人生を通じて重ねてきた選択から生じた束縛から、初めて解放された気がしたのだ。外国語に翻訳された自分の最初の本を見た時の喜びの理由も、国外でわずかな読者しか得られなかった時の失望の理由も、あの町で理解した。国境を越えるのも、異なる文化の中に身を投じるのも、完成形と思いこんでいたものが実は暫定的な状態に過ぎなかったと気づかされるのも、素敵な体験だった。リラがナポリを出たことがなく、それどころかサン・ジョヴァンニ・ア・テドゥッチョに行くのもびくびくものだったという事実にしても、以前のわたしは奇妙な選択だとは思いながらも、彼女ならばそれを例のごとく長所に変えてしまうことができると考えたが、今では単に彼女の視野が狭い証拠としか思えなかった。だからわたしは、誰かの罵倒に対しておうむ返しで反撃するみたいに彼女の言葉に反応した。〝わたしを見損なったって？　違うね、見損なったのはこっちのほうだよ。リラなんてきっと一生そうして大通り《ストラドーネ》を通るトラックを見て過ごすんだから〟

日々は飛ぶように過ぎていった。会議の主催者は事前にニーノのため、ホテルにシングルルームを用意していたが、わたしが同行を決めたのが遅すぎたため、どうしてもその部屋をダブルルームに変えることができなかった。だからふたりの部屋は別々だったが、わたしは毎晩、シャワーを浴び、寝る支度をすると、少しどきどきしながら、ニーノの部屋に向かった。そしてわたしたちは一緒に眠った。寝ているあいだに敵意ある力がふたりを隔ててしまうのを恐れるみたいに固く抱きあって。朝はベッドまで朝食を運ばせ、映画でしか観たことのなかった贅沢をふたりで楽しんだ。わたしたちはよく笑い、幸福だった。昼間は彼に付き添って会議の開かれる大講堂に向かった。発表者たちは自分も飽き飽きした調子で長い原稿を読み上げていたが、彼といられるだけでわたしは嬉しかったから、隣に座っておとなしくしていた。ニーノは発表のひとつひとつに熱心に耳を傾け、メモを取り、時々わたしの耳に皮肉っぽい感想と愛の言葉をささやきかけた。昼食と夕食は、外国語の名前を持ち、さまざまな言葉を話す世界中の学者たちと一緒にとった。一番有名な発表者たちは当然、彼らだけのテーブルに集まっていたが、わたしたちは若手の学者たちが大勢並ぶテーブルに陣取った。驚いたのは、ニーノが仕事のあいだも、レストランでも、とにかくよく動き回ることだった。学生時代の彼とも、もう十年近く前にミラノの書店でわたしを守ってくれた彼とも、ずいぶんと違っていた。かつての挑発的な口調はなりを潜め、彼は如才なく学閥の壁を越え、真面目でありながら同時に魅力的な態度で他人と関係を構築していった。そして流暢な英語で話したかと思えば、今度はなかなかのフランス語を使いこなして、昔と変わらぬ数字と効率に対する自らの信仰を披露しつつ、華麗に会話をリードした。彼の人気ぶりにわたしは鼻高々だった。ほんの数時間で彼は参加者全員と打ち解け、もう引っ張りだこだった。

一時《いっとき》だけ、ニーノが豹変したことがあった。会議での発表の番が翌朝に迫ったその晩だ。彼は急に怒りっぽく、ぶっきらぼうになり、不安で仕方なさそうだった。自分が用意した原稿にけちをつけだし、僕は君みたいに簡単に文章が書けないと何度もこぼし、しっかりと準備する時間が十分になかったと言って怒った。わたしは罪の意識にかられ――やっぱりわたしとの騒動のせいで集中できなかったのだろうか――償うつもりで彼を抱きしめたり、キスしたり、原稿を読んで聞かせてくれと励ましたりした。すると彼は原稿を読みだした。緊張しきった小学生みたいなその様子にはほろりとさせられた。内容は講堂で聞かされた数々の発表といい勝負の退屈なものだったが、大げさに褒めてやると落ちついてくれた。翌朝、ニーノは芝居がかった熱意をこめて一席ぶち、拍手喝采を浴びた。その晩、夕食の際、彼は有名なアメリカ人の学者に誘われてその隣に座った。わたしはひとり残されたが、悪い気はしなかった。彼と一緒であればわたしはじっと黙っていたが、ひとりになれば片言のフランス語でなんとかせねばならず、おかげでパリから来たカップルと仲よくなれた。ふたりに惹かれたのは、話しだしてまもなく、彼らがわたしたちとかなり似た状況にあるとわかったからだ。ふたりとも伝統的な家族制度を息苦しく思っており、どちらも配偶者と子どもたちをつらい思いをしてあとに残してきており、どちらも幸せそうだった。彼、オーギュスタンは五十代で、赤ら顔によく動く空色の瞳をしていて、金色を帯びた立派な口髭をたくわえていた。彼女、コロンブは、年はわたしと同じ三十代前半、頭はとても短い黒髪で、細面に目と唇がくっきり描かれ、うっとりするくらい優美だった。わたしの話し相手は主にコロンブのほうだった。彼女には七歳の男の子がひとりいた。

「もう少しでうちの長女も七歳になるわ」わたしは言った。「でも今年からもう二年生なの。勉強がよくできるから」

「うちの坊主も賢くて、発想がユニークよ」

「お子さん、あなたたちの別居にどんな反応を見せた？」

「うまく受け入れてくれたわ」

「少しも苦しまなかったってこと？」

「子どもってわたしたちみたいに頭が固くないから。柔軟なのよ」

コロンブは、子どもは柔軟だという説にやけにこだわった。そうと信じることで安心したかったようだ。彼女はさらにこう付け加えた。わたしたちの周りでは離婚は決して珍しくないから、子どもたちもあり得る話だと承知しているわ……。しかしわたしが、夫と別れた女性なんてこっちは友だちにひとりいるだけだと返事をしている途中で、コロンブは急に語気を強め、息子の愚痴を言いだした。あの子、悪い子じゃないんだけど、のろまなの。それに学校の先生は口を揃えて、だらしないって言うし……。まるで愛情の感じられないその口調にわたしは衝撃を受けた。ほとんど憎々しげで、男の子がそんな態度を取るのは彼女への当てつけだとでも言いたげで、聞いていて胸がざわついた。オーギュスタンはこちらの反応に気づいたらしく、会話に割りこんできて、〝彼の〟十四歳と十八歳の息子たちの自慢を始め、あいつらふたりとも、若い女性にも年かさの女性にもよくもてるんだ、と冗談を言った。ニーノがわたしの隣に戻ってくると、ふたりの男性は――特にオーギュスタンは――発表者の大半を手ひどくけなしだした。コロンブもほどなく、少々わざとらしい陽気な調子で彼らの会話に交じった。悪口はまもなく仲間意識を高め、オーギュスタンはひと晩中、よくしゃべり、よく飲み、その伴侶は、ニーノが口を挟むことに成功するたび、すぐに笑った。ふたりは一緒に車でパリに行こうとわたしたちを誘ってくれた。

子どもたちについての会話、そして、わたしとニーノが明確な返事を避けたパリ行きの誘いは、わたしを現実に引き戻した。それまでもデデとエルサ、それにピエトロのことは何度も思い出していたが、三人の姿はあたかも平行した別の宇宙に浮かんでいるみたいに、フィレンツェの家のキッチンのテーブルにつくか、テレビの前にいるか、あるいはそれぞれのベッドに入って、静止していた。それが不意にわたしの世界と三人の世界がまたつながったのだ。モンペリエの日々が終わろうとしているのをわたしは理解した。ニーノとわたしは必然的にそれぞれの家に帰ることになり、こちらはフィレンツェで、彼はナポリで、それぞれの夫婦の危機に直面せねばならないのだ。その時、娘たちの体がわたしの体に元どおり接続された。暴力的なまでに強烈な接触だった。もう五日もふたりがどうしているのかを自分は知らない、そう思った途端、激しい吐き気に襲われ、恋しくてたまらなくなった。わたしは将来に怯えた。といっても、将来全般の話ではなかった。それはもうどうしたってニーノのためにあるとしか思えなかった。恐ろしかったのは、目前に迫りくる時間、翌日、翌々日のほうだった。我慢できなくなったわたしは、真夜中近かったが——構うものか、どうせピエトロは起きているんだから——電話をかけてみることにした。

相当な手間がかかったが、ついに回線が通じた。もしもし、もしもし……わたしは繰り返した。受話器の向こうにピエトロがいるのはわかっていた。わたしは彼を名前で呼んだ。ピエトロ、わたし、エレナよ、子どもたちは元気？　そこで回線は切れた。数分待ってから、交換台にもう一度かけてくれと頼んだ。ひと晩中でも粘るつもりでいたが、今度はピエトロが返事をした。

「なんの用だい？」

「あの子たち、どうしてる？」

「寝てるよ」

「わかってる。でも、元気なの？」

「君には関係ないだろ」

「わたしの娘よ」

「捨てたくせによく言うじゃないか。もう君の娘でいるのは嫌だってさ」

「ふたりがあなたにそう言ったの？」

「うちの母に言ったんだ」

「アデーレを呼んだの？」

「ああ」

「あと二、三日で帰るってあの子たちに伝えて」

「いや、帰ってこないでくれ。僕も、娘たちも、母も、二度と君には会いたくないから」

4

わたしは泣いた。そして落ちつくと、ニーノの部屋に向かった。電話の話をして、慰めてほしかったのだ。ところが部屋のドアをノックしようとした時、誰かと話している彼の声に気づいた。わたしはためらった。彼が電話中なのはわかった。何を言っているのかも、何語で話しているのかもわからなかったが、それでもすぐにぴんときた。電話の相手は彼の妻ではないか。つまり、毎晩、ニーノはずっとこんな真似をしてきたということなのか。わたしが向こうの部屋で寝る支度をしている隙に、彼はこっちの部屋でエレオノーラに電話をかけていた？ ふたりは電話で穏便に別れる方法を探っているのだろうか。それともよりを取り戻そうとしていて、モンペリエの逸脱が終われば、彼は元どおり彼女のものになってしまうのだろうか。

ついに覚悟を決め、ノックした。ニーノは言葉を切り、しばしの沈黙ののち、また話しだしたが、その声は前よりも小さくなっていた。わたしはむかむかして、もう一度ドアを叩いた。何も起きなかった。力をこめて三度目のノックをして、ようやく彼はドアを開いた。わたしは間髪を容れず、怒鳴りつけた。どうして奥さんに向かってわたしがいないふりをするの？ こっちなんてピエトロに電話したら、娘にはもう会わせたくないとまで言われたのよ？ わたしのほうは人生が台無しになってしまいそうなのに、あなたはエレオノーラに電話で甘い言葉なんてささやいてるわけ？　喧嘩ばかりのひどい夜となり、なかなか仲直りができなかった。ニーノはあらゆる手を使ってわたしを落ちつかせようとした。神経質に笑ったり、わたしに対するピエトロの態度に腹を立ててみせたり、キスをしようとしたり。押し返したら、正気を疑われた。しかしどれだけわたしに挑発されても、彼は妻と電話中だったとは絶対に認めず、それどころかナポリを発って以来、彼女とは一度も話していないと自分の息子にかけて誓った。

「じゃあ誰に電話してたの？」

「このホテルに泊まってる仕事の仲間だよ」

「真夜中に？」

「そう、真夜中に」

「嘘つき」

「本当さ」

彼に迫られても、わたしはしばらく拒否を続けた。もう愛されてないのではないかと不安だったのだ。それでも最後には抱かれた。こんなにも早くすべてが終わってしまったとは思いたくなかったから。

翌朝わたしは、ほぼ五日間を彼と一緒に過ごしてきて、初めて不機嫌な気分で目を覚ました。会議の最終日はもう間近で、出発の時が迫っていた。でもわたしは、モンペリエの日々がただの逸脱で終わってほしくなかった。家に帰るのが恐ろしく、ニーノが自宅に戻るのが恐ろしく、娘たちを永遠に失うのが恐ろしかった。オーギュスタンとコロンブから一緒に車でパリに行かないかとまた誘われ、家に泊めるとまで言われた時、わたしはニーノに相談してみた。彼だって、わたしと過ごす時を延長し、帰宅を先延ばしにするチャンスを何よりも望んでいるのではないか、そう願ってのことだった。しかし彼は無念そうに首を振ると、無理だよ、僕らはイタリアに戻らないと、と言い、飛行機がどうした、チケットがどうした、列車が旅費が、と言い訳を並べ立てた。弱気になっていたわたしは失望し、恨めしくなった。結局、恐れていたとおり、ニーノは嘘をついていたのだと思った。彼は妻とまだ縁が切れていなかったのだ。やはり毎晩、彼女に電話をし、会議が終わったら家に帰ると約束をしたのだろう。ほんの二日、遅れることもできないらしい。さて、どうする？

わたしはナンテールの出版社のこと、自分が書いた、男性による女性の発明についての短篇小説を思い出した。その時までわたしは自分自身のことを誰にも話さずにきた。ニーノにすら黙っていた。わたしはずっと、笑みを浮かべながらもほとんど無口な女、ナポリ出身の優秀な学者とベッドをともにする女、彼に貼りつき、彼の要求に逐一応え、彼にひたすら気を遣う女でしかなかったのだ。ところがそこで、わたしはわざと陽気な声を出して、こう言ってやった。そうそう、ニーノは帰国しないと駄目だけど、こっちはナンテールに用事があるんだった。一冊、わたしの書いた評論みたいな小説みたいな本が出るところで――もしかしたらもう出たころかも――この際だから、あなたたちの車に乗せてもらって、出版社に挨拶に行こうかな……。するとオーギュスタンとコロンブは、わたしがようやく本当に存在を始めたみたいな顔でこちらを見つめ、どんな文章を書いているのかと尋ねてきた。少し説明すると、コロンブが、ナンテールの出版社を経営する婦人をよく知っているというので驚いた。しかも、わたしは知らなかったのだが、その会社は規模こそ小さいが、名のある出版社であるとのことだった。わたしは遠慮なく自分のことを語り続けた。調子に乗って、作家としての経歴を少々誇張しすぎたかもしれない。でも何もフランス人カップルのためではなく、ニーノに聞かせるために、わたしはそんな話をしたのだった。自分にだって喜びに満ちた人生があり、娘たちと夫を捨てた今や、やろうと思えば彼を捨てることだってできる……。そう思い知らせてやりたかった。それも一週間後とか、十日後とかいう話ではない。今すぐに、だ。

　彼は黙って聞いていたが、やがてコロンブとオーギュスタンに向かって真面目な顔で言った。よし、君たちの迷惑でなければ、僕らも車に乗せていってもらうことにしよう……。ところがふたりきりになると、彼の説教が待っていた。不機嫌な口調ながら、情熱的な内容で、彼が言わんとしたのはこういうことだった。君は僕を信頼しなくてはならない。僕たちの状況は複雑だが確実に解決できる。しかし解決のためには家に帰らないといけない。モンペリエからパリへと逃げ、またどこかの町に逃げるなんて真似は許されない。それぞれの配偶者ときっちり対決し、ふたりで暮らし始めるべきだ……。にわかに彼の考えは筋が通っているだけではなく、正直にさえ思えてきた。わたしは混乱してしまい、彼を抱きしめると、わかったわ、と漏らした。それでもわたしたちはパリに向かった。あと二、三日だけでいい、そのつもりだった。

5

長いドライブとなった。強い風が吹いていて、時々、雨も降った。風景は色あせ、錆びついていたが、時おり天が割れ、雨から何からすべてが輝く瞬間があった。旅のあいだわたしはずっとニーノにぴったりと身を寄せていた。彼の肩にもたれて眠ることもあった。今わたしは生来の境界をはるかに超えた場所にいるのだという感覚も戻ってきて、今度はそれを楽しむことができた。車の中で響く外国語も好きなら、元々わたしがイタリア語で書いたのに、マリアローザのおかげで先に外国語版のほうが光を見ることになった一冊の本に向かって進んでいるというのも気に入っていた。なんて凄いんだろう、わたしにこんなにたくさんの驚くべきことが起きるなんて……。今度の薄い本は自分で投げた石ころのようだと思った。予測もつかない軌道で、子どものころリラと一緒に男の子たちに向けて投げたそれとは比べものにならぬ速度で飛んでいく石ころだ。

しかし旅は終始順調とはいかず、気分がふさぐこともあった。それにほどなく、ニーノのコロンブに対する口調がオーギュスタンに対するそれとは違っているような気がしてきた。しかも、彼女の肩にやけに頻繁に指先で触れるではないか。次第にわたしは不機嫌になっていった。ふたりがどんどん仲よくなるのがわかったからだ。パリに着くころには、もう完全に意気投合していて、ふたりだけで夢中でおしゃべりをするようになっていた。彼女がよく笑いながら、髪を無意識に整える仕草にわたしは気がついた。

オーギュスタンはサンマルタン運河沿いの素敵なアパートに住んでいて、コロンブはそこに越してきてまだほどないとのことだった。寝室を割り当ててくれたあとも、彼らはわたしとニーノを寝かせてくれなかった。まるでふたりきりになるのを恐れているみたいに、オーギュスタンとコロンブは延々とおしゃべりを続けた。わたしは疲れてもいれば、苛立ってもいた。自分で来たいと言ったパリだったが、いざ来てみれば、こうしてその家にいることも、他人に囲まれていることも、わたしをほとんど構ってくれぬニーノと一緒にいることも、娘たちから遠くにいることも、すべてが馬鹿げて見えた。ようやく寝室に入ると、わたしはすぐにニーノを問い詰めた。

「コロンブのこと好きなんでしょう？」

「いい子だよね」

「好きかって聞いてるの」

「喧嘩がしたいのかい？」

「そうじゃないけど」

「じゃあ、考えてみるといい。君を愛しているというのに、どうしてコロンブが好きになれると思う？」

彼が少しでもとげのある声を出すとわたしはそれだけで怯え、ふたりの関係はどこかうまくいっていないのではないかと不安になった。ニーノは、わたしと彼に親切にしてくれたひとに親切にしているだけよ。そう自分に言い聞かせて、わたしは眠りに落ちた。でもよく眠れなかった。途中でベッドに彼がいないような気がして、きちんと目を覚まそうとしたが、眠気にまた負けた。それからどのくらいたったかわからない。気づけば、今度はニーノが闇の中に立っていた。あるいはそう思った。彼におやすみと言われて、また眠った。

翌日、オーギュスタンとコロンブはわたしたちをナンテールまで連れていってくれた。移動中、ニーノはコロンブを相手にふざけてばかりいて、思わせぶりな会話を続けた。わたしは努めて気にかけまいとした。四六時中、監視をせねばならないとしたら、彼と生活なんてできるはずがないではないか。目的地に着くとニーノは、マリアローザの友人である出版社のオーナーとその共同経営者に対しても――いずれも女性だが、前者は四十代、後者は六十代で、ふたりともオーギュスタンの恋人の優美さとはほど遠かった——ただちに親しげに、魅力的に振る舞った。わたしは安堵の息をついた。ニーノに悪気はないのだ。相手が女性ならばそれが誰であれ、彼は同じ態度を取るのだ。わたしはそう結論し、ようやくまた元気になれた。

ふたりの婦人はわたしを大歓迎してくれ、マリアローザは元気にしているかと尋ねてきた。そして、わたしの新刊は書店に並びだしたばかりだが、もう二本ばかり書評記事も出ていると教えてくれた。オーナーはその書評をわたしに見せ、高い評価に驚いたと言い、コロンブとオーギュスタン、ニーノにも同じことを言って、自分の感激を強調した。わたしはふたつの記事を拾い読みしてみた。どちらも評者は女性で——聞いたことのない名前だったが、コロンブと出版社の婦人たちは知っていた——わたしの本を本当に絶賛していた。大喜びしてしかるべきところだった。昨日は作家としての経歴を自分で喧伝せねばならなかったわたしが、今ではその必要もなくなったのだから。ところがどうも気持ちが盛り上がらなかった。ニーノと相思相愛であるがために、自分の身に起こるその他の素晴らしい出来事はことごとく、心地よい副次的効果に貶《おとし》められてしまうようだった。わたしは冷静に喜びを示し、出版社のふたりが提案した宣伝計画にあいまいにうなずいた。近いうちにまた戻ってきてもらわねばなりませんよ——年輩の婦人は興奮した調子で言った——もちろん、そうしていただけるとありがたい、という意味ですが……。年下のほうがこう付け足した。マリアローザにご家庭の問題はうかがっています。あまりつらい思いをされることなく解決するといいですね。

こうしてわたしは、ピエトロとの破局の知らせはアデーレを襲っただけではなく、ミラノに届き、フランスにまで届いていたのだと知った。まあいい、これできちんと別れるのが楽になるだろう。そう思った。この際、成り行き任せで行くことにしよう。そして、ニーノを失うのではないかと恐れたり、デデとエルサのことを心配したりするのはもうやめよう。わたしは運がいいのだから、彼はいつまでも愛してくれるだろうし、デデとエルサだってわたしの娘なのだから、きっとなんとかなるだろう。

6

わたしたちはローマに戻った。別れ際はあれもこれも誓いあい、約束ばかりした。そしてニーノはナポリへ、わたしはフィレンツェに向かった。

家に入る時はほとんど忍び足だった。人生最大の困難な試練のひとつが自分を待っているものとばかり思っていたからだ。ところが娘たちは警戒しつつも嬉しそうに迎えてくれ、一瞬でも目を離せば、また母親が姿を消してしまうのではないかと恐れるように——エルサだけではなく、デデも——わたしのあとを家中ついて回った。アデーレは親切にしてくれ、彼女がわたしの家に来ることになった状況は決して話題にしなかった。ピエトロはひどく青ざめた顔をしていた。わたし宛てにあった電話をすべてメモした紙を差し出すと（リラの名が四度も記されていた）、僕は出張に行かないといけないとつぶやき、二時間もすると、母親と娘たちにも挨拶抜きで姿を消した。

アデーレが自分の意見を明確に示したのは数日後のことだった。彼女はわたしが目を覚まし、ピエトロの隣に戻ることを望んでいた。一方、わたしが本当にそのどちらも望んでいないと彼女が理解するまでには数週間の時間が必要だった。そのあいだ彼女は一度も感情的な声を出さず、落ちつきを失わず、わたしが頻繁にニーノと長電話をすることについて皮肉を言おうともしなかった。むしろ彼女は、ナンテールの出版社のふたりの婦人からの電話に興味を示した。本の売れ行きと、フランス全国を巡る講演会のスケジュールを伝える電話だった。アデーレは、フランスの新聞各紙に掲載された書評が好評であることには驚かず、まもなくイタリアでも同じように注目されるはずだ、自分ならばこちらの新聞であなたの本をもっと話題にしてみせるとまで言った。その上、彼女はしつこいくらいにわたしの才能を讃え、教養を讃え、勇気を讃え、息子の弁護は絶対にしなかった。そもそものピエトロの姿がまるで見えなかった。

わたしは彼がフィレンツェの外まで出張に行っているなどとは信じていなかった。むしろ怒りと幾分かの軽蔑もこめて、最初から彼はわたしたち夫婦の危機の解決を母親にゆだね、自分は例の終わりしれない本の執筆のためにどこかにこもったに違いない、とにらんでいた。ある時、わたしは我慢できなくなり、アデーレに向かってこんなことを口走った。

「ピエトロさんと暮らすのは本当に大変でした」

「一緒にいて楽な男なんていないわ」

「でもあのひとの場合は、尋常じゃなく大変だったんです」

「ニーノが相手ならもっとうまくいくと思ってるの？」

「ええ」

「ちょっと調べてみたんだけど、彼、ミラノではかなりひどい噂をされてるわよ」

「ミラノで流れてる下らない噂なんてどうでもいいんです。わたし、二十年前から彼を愛してるんです。つまらないゴシップなんて教えてくださらなくて結構です。あのひとのことなら、誰よりもよく知ってますから」

「彼を愛してるなんて、よく言うわね」

「いけませんか」

「確かにそうね、いけない理由なんてあるかしら？　ごめんなさい、恋は盲目だってこと、わたし忘れてた」

それからはわたしも彼女もニーノの話は二度としなかった。ナポリの彼の元に飛んでいくため、娘たちを預かってもらった時も、アデーレは眉ひとつ動かさなかった。ナポリから戻ったら、すぐにまたフランスに発ち、一週間は戻らないだろうと聞かされても、彼女は表情を変えず、ただ、うっすらと皮肉な響きを帯びた声でこう尋ねてきただけだった。

「クリスマスはどうするつもり？　子どもたちと一緒に過ごすの？」

その質問にわたしは少しむかっとしながら答えた。

「もちろんですとも」

わたしは旅行鞄を用意した。中身は主に下着とおしゃれな服だった。母親がまた出発すると知ってデデとエルサは、もう長いこと留守にしている父親のことはまるで気にする様子がなかったのに、激しく失望したようだった。デデはどこで覚えたか――本心ではなかったはずだ――さっさと出てけ、ブス、嫌な女、などとひどい言葉まで投げかけてきた。わたしはアデーレを見やり、ふたりを遊ばせて、気をそらせてくれやしないかと期待したが、彼女は一切手を貸してくれなかった。わたしが玄関に向かうのを見ると娘たちは泣きだした。まずはエルサが頬を濡らし、ママと一緒に行きたいと金切り声を上げた。デデは涙をこらえ、無関心を装おうと頑張った。もしかすると軽蔑さえ示そうとしていたのかもしれない。それでも最後には我慢できなくなり、妹よりも激しく泣いた。服につかまり、鞄を下ろさせようとするふたりをわたしは引き剝がさなくてはならなかった。ふたりの泣き声は通りまでわたしを追いかけてきた。

ナポリまでの旅はやけに長く思えた。町の手前でわたしは窓から外を眺めた。列車が市街地に入り、速度を落とせば落とすほど、暗澹《あんたん》とした疲れを覚えた。線路越しに見える灰色の建物の連なり、立ち並ぶ高圧線の鉄塔、信号の光、低い石壁、そんなものからなる眺めに郊外の醜悪さを感じた。列車が駅に入った時、自分が絆を感じていたナポリ、今こうして戻りつつあるナポリは、もはやニーノだけが意味を持つ町に思えた。彼がわたしどころではなく厄介な状況にあるのはわかっていた。エレオノーラに家を追い出され、彼のほうも先行きがまったく見えなくなっていたのだ。何週間か前から彼は大聖堂《ドゥオーモ》の近くに住む大学の同僚の家に居候していた。ニーノはわたしをどこに泊めるつもりだろう？ そしてふたりで何をする？ 今回の騒動の具体的な出口など仮定のひとつすら見出せずにいるわたしたちは、どんな決心を固めることになるのだろう……。確かなのは、自分が欲望で燃えており、彼との再会が楽しみで仕方ないこと、それだけだった。何か問題が起きて彼がホームまで迎えにこられなくなったらどうしよう？ そんな一抹の不安とともに列車を降りた。ところが彼はいた。のっぽな彼の姿は、旅客たちの流れの中でひと際目立っていた。

ほっとした。彼がメルジェッリーナの小さなホテルに部屋を取っておいてくれたのも嬉しかった。それは、君を友人の家に閉じこめておく気は毛頭ないという意思の表れだったからだ。わたしたちは愛に狂い、時間は飛ぶように過ぎた。夕べには肩寄せあって海沿いの歩道を歩いた。散歩のあいだ彼はずっとわたしの肩を抱き、時々、背をかがめてキスをしてくれた。わたしはフランスに一緒に来てほしくて、なんとか説得しようとした。彼は最初乗り気だったが、やがて考えを変え、大学の仕事があるからと逃げた。エレオノーラのこと、アルベルティーノのことは、一度も話題にしなかった。ふたりの名前を挙げるだけで、わたしと過ごす喜びが台無しになるのを恐れているみたいだった。一方、わたしは娘たちの絶望に触れ、一刻も早く解決策を見つけなければいけないと主張した。彼が苛立つのがわかった。わたしは彼が少しでも不機嫌になればすぐにわかるようになっていたから、今にも彼が、もう我慢ならない、僕は帰る、などと言いだすのではないかと心配だった。ところがそれは早とちりだった。悩みの種の正体は夕食に入った店で明かされた。彼が急に真剣な顔をして、実はひとつ面倒な話があると言ったのだ。

「聞かせて」わたしは小声で答えた。

「今朝、リナから電話があったんだ」

「へえ」

「彼女、僕らに会いたがってるんだよ」

7

夕べは台無しになってしまった。ニーノは、わたしがナポリにいることをリラに教えたのはアデーレだと言い、非常に気まずそうに、慎重に言葉を選び、噛んで含めるようにこんな説明をした。リナは僕の連絡先を知らなかった。そこで妹のマリーザに、僕の居候先の同僚の家の電話番号を聞いた。そして君を迎えに出かける直前、僕に電話がかかってきた。すぐに教えなかったのは、君が怒りだしてせっかくの一日が駄目になるのが恐かったからだ……。最後に彼はこうまとめた。

「彼女の性格、知ってるだろう？　嫌とは言えなかったんだよ。明日の十一時に約束をした。アメデオ広場の地下鉄駅の入口で待ってるって」

わたしは思わず口走っていた。

「いつから彼女とまた連絡を取りあうようになったの？　ふたりで会ってたわけ？」

「馬鹿を言うなよ。会ったりするものか」

「信用できない」

「エレナ、誓って言うが、リナとは一九六三年から話したことも、会ったこともないよ」

「彼女の子、あなたの子どもじゃないって知ってた？」

「今朝、聞かされた」

「つまり、電話でじっくりプライベートなお話をしました、ってことね」

「子どもの話を始めたのは向こうだよ」

「よく言うわ。あなただってこれまで一度も、あの子がどうなったか気にならなかったはずがないでしょ？」

「そんなの僕の問題だろ。君と話しあう必要は感じられないね」

「あなたの問題は、今じゃわたしの問題でもあるの。わたしたち、たくさん話しあうべきことがあるのに、時間は少ししかないのよ。リナなんかとつきあうために、娘たちを置き去りにしてきたんじゃないわ。どうしてそんな約束をしたの？」

「君が喜ぶだろうと思ったんだ。なんにしても電話ならそこにある。お友だちにかけて、忙しいから会えない、そう言えばいいじゃないか」

　何よ、急にかっとなっちゃって……。わたしは口を閉じた。もちろんわたしだってリラの性格はよくわかっていた。フィレンツェに戻ってからは電話だってよくかかってきた。しかしこちらは彼女の相手をしている場合ではなかったから、いつもすぐに切った。アデーレにも、もしもリナからの電話に出ることがあっても、エレナは家にいないと伝えてくれと頼んであった。それでもリラは決して諦めなかった。つまり彼女は、アデーレにわたしがナポリにいると聞かされ、どうせ地区には来ないだろうと予想し、わたしに会うため、ニーノと連絡を取ったということなのだろう。そのどこが悪い？　そもそもわたしは何を求めているのだ。ニーノがかつてリラを愛し、彼女が彼を愛したことなら前から知っているではないか。それがなんだ？　もう昔の話ではないか、今さら嫉妬するなんて馬鹿げてる……。わたしはそっと彼の片手を撫で、つぶやいた。いいわ、明日、アメデオ広場に行きましょう。

わたしたちは食事を始めた。ニーノは長いことわたしたちの将来について語った。彼はまずわたしに、フランスから戻ったらすぐに正式な別居を夫に求めるよう約束させた。そして、自分はもう友人の弁護士に相談をしている、状況はとても複雑で、エレオノーラとその一族は間違いなくひと筋縄ではいかない相手だが、僕は最後までやり抜く覚悟でいると約束した。君も知ってのとおり、ナポリじゃ、この手のことは余計にややこしいんだ。時代遅れな考え方と何かと手荒なところは、妻の両親も、いくら金持ちで上流階級の人間でも、僕や君の親と変わらないね……。次いで彼は自分の意図をより明らかにしようとしてか、ピエトロの両親を褒めだした。僕が相手にしなければならないのは、残念ながら君と違って、アイロータ家の良識ある人々ではないからね。あのひとたちには偉大な文化的伝統があり、素晴らしく文明的だよ。

わたしは黙って話を聞いていたが、リラはすでにそこにいて、わたしたちと同じテーブルに着いており、どうにも遠ざけることができなかった。ニーノが話しているあいだ、わたしは彼女が目の前の男性と一緒になるためにどれだけ多くの危険を冒したかを思い出していた。ステファノにも、リーノにも、ミケーレ・ソラーラにも何をされるかわからないのに、構わず突き進んだリラ。やがてニーノの話が彼の両親に及んだ時、一瞬でわたしはイスキアに連れ戻され、マロンティの浜で過ごしたあの晩――リラはニーノとフォリーオに、わたしは湿った砂浜でドナートといた、あの晩――を思い出して、ぞっとした。この秘密はニーノには絶対に明かしてはいけないと思った。愛しあうふたりのあいだにも、どれだけ多くの口に出せない言葉があることか。それに、他人がそうした言葉を口にすることでふたりの愛が終わってしまう危険の大きさときたらどうだ？ 彼の父親とわたし、彼とリラ。わたしは嫌悪感を振り払うと、ピエトロがひどく苦しんでいると説明した。するとニーノは激しく怒り、今度は彼が嫉妬しだしたので、安心させてやらねばならなかった。そして彼から過去との完全な断絶と覚悟を求められた時、わたしは同じことを相手にも要求した。わたしたちにはそれが新しい人生を始めるために欠かせぬ条件に思えた。いつ、どこで始めるかをわたしたちは話しあった。ニーノは仕事でナポリを離れる訳にはいかず、わたしは娘たちのためにフィレンツェを離れられなかった。

「ナポリに戻ってこいよ」突然、彼が言った。「できるだけ早く越してくるんだ」

「無理よ。ピエトロだって娘たちに会えるようにしてあげないと」

「順番にすればいい。まずは君が彼のところにふたりを連れていき、次は向こうが来る、という風にさ」

「そんなの承知してくれないと思う」

「承知するさ」

その晩はそんな具合に過ぎていった。わたしたちの問題は細かく話しあえば話しあうほど、余計にややこしく見えた。それでも新しい生活――昼も夜も、いつも一緒の生活――を空想すればするほど、ふたりは互いに焦がれ、難しいことなど何もないような気がしてくるのだった。一方、ほかに客のいなくなったレストランでは、ウェイターたちがおしゃべりをしたり、あくびをしたりしていた。ニーノは勘定を済ませ、わたしたちはまだ賑やかな海沿いの歩道に戻った。暗い水面を眺め、そのにおいを嗅ぐうちに、一瞬、地区が、かつてわたしがピサへと発った時よりも、ずっと遠ざかった気がした。ナポリまで、にわかに、ナポリからはるか彼方に遠ざかったようだった。そしてリラもリラから遠ざかり、今、わたしの横にいるのはもはや彼女ではなく、わたし自身の不安だとわかった。近くにいるのは、それも、この上なく近くにいるのは、わたしとニーノだけだった。わたしは彼の耳元でささやいた。もう寝ましょう。

8

翌朝、わたしは早起きをして、バスルームにこもった。長々とシャワーを浴び、丁寧に髪を乾かした。ホテルのドライヤーは勢いが強すぎ、髪に変な癖がつかないか心配だった。十時少し前にニーノを起こした。まだ眠気でぼんやりしたまま、彼はわたしの服をべた褒めした。またベッドに引きずりこまれそうになったが、相手にしなかった。なんでもないふりをしようと努力したが、どうしても彼のことが許せなかった。新しいふたりの愛の一日を彼がリラの日にしたせいで、今や時間は、迫りくる彼女との約束一色に染まってしまっていた。

朝食に行きましょうと言うと、ニーノはおとなしくついてきた。彼は笑いもしなければ、わたしをからかいもせず、こちらの髪に指先で触れてから、とてもきれいだよ、と言っただけだった。こちらがぴりぴりしているのに気づいたのだろう。実際、リラが約束の場に最高に素敵な姿で現れたらどうしようかと不安だった。わたしはどう頑張ったってわたしのままだが、彼女には生まれつきの優美さがある。しかもふたたびお金を手にした今なら、若いころにステファノのお金でそうしたように、美しく装うことだってできるはずだった。またニーノを眩惑されてはたまらない。

十時半ごろ、わたしたちはホテルを出た。表は冷たい風が吹いていた。ゆっくりと歩いてアメデオ広場を目指した。厚いコートを着て彼に肩を抱かれているのに、寒かった。わたしたちは一度もリラの話をしなかった。ニーノは少しわざとらしい口調で、共産党の新市長のおかげでナポリがどれだけよくなったかと語り、娘たちを連れて早く越しておいでとまたわたしを急かした。彼は肩を抱いた手をずっと離さなかった。わたしは彼が地下鉄駅までこうして肩を抱いていてくれればと期待した。リラがもうそこで待っていて、遠くからわたしたちの今の姿を目の当たりにし、なんて素敵なんだろう、本当にお似合いのふたりだ、とでも思ってくれやしないかと願ったのだ。ところが約束の場所の手前で、彼は腕を下ろし、煙草に火を点けた。わたしはとっさに彼の片手を取り、固く握った。そのままの格好でわたしたちは広場に入った。

リラの姿がとりあえず見えなかったので、来なければいいな、と一瞬、期待した。ところが、わたしの名を呼ぶ彼女の声がした。例によって有無を言わせぬ呼び方で、声がこちらに届かず、わたしが振り返らず、彼女の指示に従わない可能性など、まったく考えられないみたいだった。地下鉄の入口前にあるバールの戸口に彼女は立っていた。両手を茶色いコートのポケットに突っこみ、いつもより痩せ気味で、少し猫背で、銀色の筋が走る艶やかな黒髪をポニーテールにまとめていた。わたしには普段の彼女に見えた。大人のリラ、工場での厳しい体験の跡が刻まれた彼女だ。自分を美しく見せる努力は一切して来なかったようだった。彼女はわたしをぎゅっと抱きしめてきた。熱のこもった抱擁にわたしは力なく応えた。彼女は大きな音を立ててこちらの左右の頬にキスをしてから、嬉しそうに笑った。ニーノに対しては、なんとなく手を差し出しただけだった。

わたしたちはバールの中の席に着いた。ほとんどリラがひとりでしゃべりっぱなしで、まるでわたしとふたりきりでいるみたいな調子だった。彼女はまもなくわたしの敵意に気づき——顔にはっきり出ていたのだろう——笑いながら、優しい声で言った。わかった、わかった、わたしが悪かったよ。怒らせちゃったんだね。でも、もう勘弁して。どうしてそんなに怒りっぽくなっちゃったの？　レヌーが決めたことなら、こっちはなんにも反対しないよ。わかってるでしょ？　だから、仲直りしようよ。

わたしは冷めた笑顔で回答を避け、いいとも、駄目だとも言ってやらなかった。彼女はニーノの正面に座っていたが、彼のことは一瞥もせず、短い言葉のひとつもかけなかった。彼女はわたしのためにそこにいるのだった。一度、彼女が片手を握ってきたが、わたしはそっと手を引っこめた。まずは仲直りをして、たとえ今のわたしの方向性が気に入らなくても、こちらの人生にまた腰を据えようという魂胆に違いなかった。彼女がわたしの答えには構わず、質問に質問を重ねてくる様子からそうとわかった。前のようにわたしのことを隅々まで支配したくて仕方ないらしく、話題は次々に変わった。

「ピエトロとはどう？」

「よくないわ」

「子どもたちは？」

「元気よ」

「離婚するつもり？」

「うん」

「あなたたち、ふたりで一緒に暮らすの？」

「うん」

「どこで？　どこの町に行くつもり？」

「わかんない」

「ここに戻ってきなよ」

「そう簡単な話じゃないの」

「わたしが部屋を見つけてあげるからさ」

「その時になったら改めて頼むわ」

「何か書いてる？」

「一冊、本が出たわ」

「二冊目？」

「そう」

「ぜんぜん知らなかった」

「今のところフランスでしか出てないからね」

「フランス語で？」

「もちろん」

「小説なの？」

「小説だけど、社会批評も入ってるの」

「どんな内容？」

　わたしは口を濁し、話題を変えた。そしてこちらからエンツォのこと、ジェンナーロのこと、地区のこと、彼女の仕事のことを尋ねた。息子の話になると彼女は愉快そうな顔になり、あの子ももうすぐここに来ると言った。まだ学校だが、あとでエンツォと一緒に来る。その時にひとつ、レヌーにお楽しみも用意してある、というのだった。一方、地区の話になるといかにも無関心そうな態度を装った。マヌエーラ・ソラーラの非業の最期をきっかけに始まった混乱についても、なんてことないよ、殺人なんてイタリアのどこでもあることでしょ、などと言った。それから意外にも彼女はうちの母さんの話をしだし、わたしたち親子の難しい関係はよく知っているくせに、母さんの活力と行動的なところを褒めた。次にこれまた意外なことに、リラは自分の両親のことを愛情たっぷりに語りだし、今、お金を貯めていて、ふたりが昔から住んでいる実家を買い取って、安心させてやろうと思っている、とまで言った。その寛大な衝動について言い訳するように、彼女はこんな説明をした。わたしも嬉しいんだよね、自分が生まれた家だし、愛着あるし。エンツォとふたりでたくさん働けば、買い取るのだって夢じゃないんだ……。日に十二時間だって働くこともあるほど忙しく、今では顧客もミケーレ・ソラーラだけではなく、ほかにも大勢抱えているという。最近は新型の機械を勉強しているところなの——彼女は言った——システム／32っていって、前にアチェッラに来てくれた時に見せたやつよりずっと性能がいいんだ。白い大きな箱に六インチの凄く小さなモニターと、キーボードと、内蔵プリンターがついててね……。彼女は今後登場予定だという一連の最新型システムについて熱心に語り続けた。本当によく知っていた。新しもの好きは相変わらずらしかった。ただし、いつも数日のうちに飽きてしまうのだが。新型の電子計算機には独特の美しさがあると言ってから、彼女はこう続けた。でも残念ながら、機械の周りを見渡せば、どこも糞だらけだけどね。

　そこでニーノが口を挟み、そこまでのわたしと正反対の行動に出た。つまり、おびただしい情報を彼女に提供しだしたのだ。彼はわたしの新しい本について熱心に語り、まもなくイタリアでも刊行されるはずだと言い、フランスでの好意的な書評について触れた。さらにエレナは夫と娘たちと多くの問題を抱えており、自分も妻との関係が破綻を来した、この上はナポリで暮らすしか解決策はないと主張し、彼女に是非部屋を探してくれと頼みさえし、彼女とエンツォの仕事についてふたつほど鋭い質問をした。

わたしは少々心配しながら聞いていた。彼は終始、距離を置いた態度を守ることで、第一に、リラと会うのは本当に久しぶりであることをこちらに証明しようとし、第二に、彼女がもはや彼に対してなんの影響力も持たぬことを証明しようとした。コロンブに対して用い、女性一般に対して自然と使ってしまうらしいあの誘惑的な口調さえ使わなかった。甘ったるい表現にも頼らず、彼女の目を見つめようともせず、彼女にそっと触れる、ということもなかった。彼の声が少し熱を帯びたのは、わたしを賞賛した時だけだった。

それでもわたしは、チターラの浜で起きたことを思い出さずにはいられなかった。ニーノとリラがさまざまな話題を通じて意気投合し、わたしを仲間外れにした時の記憶だ。だが今度はまるで反対のことが起きているようだった。ふたりは交互に質問しあう時も、それに答える時も、相手のことは無視して、まるでわたしひとりが対話相手でもあるかのように、こちらに向かって語りかけたのだ。

そんな風にふたりは少なくとも三十分は話しあったが、何について話しても意見の一致を見なかった。特にナポリについては、ふたりが相手との意見の違いをやけに強調しようとするので驚いた。政況に関してわたしはもはやわずかな知識しか有していなかった。娘たちの世話、新しい薄い本の準備段階での研究、その執筆、そして何より私生活の波乱のために、新聞を読むことさえやめてしまっていたのだ。だがふたりはなんでもよく知っていた。ニーノは、個人的によく知っており、信頼できるというナポリ出身の共産党員と社会党員の名前を次々に挙げ、ようやく正直な市議会が誕生したと褒め、議会を率いる市長のことを善人で、親しみが持てて、略奪的な汚職の旧弊とも無縁な人物だと評した。そして、こう結論した。やっとこの町で暮らし、働くのにふさわしい理由ができたんだ。これは大きなチャンスだ。見逃す手はないよ……。ところがリラは彼の主張を一から十まで皮肉っぽく批判した。彼女は言うのだった。ナポリは相変わらずけったくそ悪い町さ。前とちっとも変わっちゃいないよ。さんざん悪事を働いてきた王制支持派に、ファシストに、キリスト教民主党の連中がお咎めなしのままで、それどころか、今みたいに左翼がうやむやにしようとするなら、この町はまたすぐに商店主《ボッテガイ》――この言葉を口にしたあと、彼女は甲高い笑い声を漏らした――やら、市役所の小役人どもやら、弁護士やら、測量士やら、銀行やら、犯罪組織《カモッラ》の連中やらに乗っ取られちまうに決まってるんだ……。わたしはこの議論でもふたりがその中心に自分を据えたことにほどなく気づかされた。どちらもわたしをナポリに連れ戻したがっていたが、やはりどちらも、相手の影響からわたしを引き離そうとする意図を隠さず、しかも、それぞれの想像するナポリへ引っ越してこいとわたしをせき立てるのだった。ニーノの想像するそれは、平和になった、よき市政を目指す町であり、リラのそれは、あらゆる略奪者たちに復讐し、共産主義者も社会主義者も鼻にかけず、ゼロから再スタートを切ろうとしている町だった。

わたしはふたりから片時も目を離さなかった。印象的だったのは、話題が複雑になるにつれ、リラが普段は秘めている標準語を徐々に披露するその様だった。彼女が標準語を巧みに操れること自体は知っていたが、その時はとても驚かされた。なぜなら、そのひと言ひと言が彼女を本人が望むよりもずっと教養のある女に見せたからだ。普段はあれほど優秀で自信に満ちているニーノが用心深く言葉を選び、時には恐れをなしたような顔をするのも驚きだった。ふたりとも気まずいらしい。そう思った。かつては何ひとつ包み隠さず相手に己をさらけ出したふたりが、今はそんな過去を恥じている。いったい何が起きているのだろう。ふたりはわたしをだましているのだろうか。本当にわたしのために対決をしているのか、それとも、古い恋心を抑えつけようとしているだけなのか。そのうちわたしはわざと痺れを切らしたような態度を取った。リラがそれに気づいて、立ち上がり、トイレにでも行くみたいに姿を消した。わたしはじっと黙っていた。ニーノに対してきついことを言ってしまいそうで不安だったのだ。彼も黙っていた。リラは戻ってくると、陽気な大声を出した。

「さあ、時間よ。ジェンナーロのところに行こう」

「無理。わたしたち用事があるから」

「うちの子、レヌーのこと大好きだから、きっと残念がるよ」

「よろしく言っておいて。わたしも大好きだって」

「マルティリ広場で待ちあわせてるの。ここから歩いてほんの十分だよ？　アルフォンソにも会って、挨拶して、それでお別れでいいじゃない？」

　わたしに見つめられると、彼女はすぐに目を細めてまぶたの下に隠すようにした。つまりそれが狙いだったのか。ニーノを懐かしのソラーラ靴店に連れていきたかった？　ふたりがほぼ一年にわたり人目を忍び、愛しあった場所に連れ戻したかった？

　わたしはうっすらと冷笑を浮かべて答えた。駄目よ、残念だけど、本当に時間がないの。ニーノを見やると、彼はただちにウェイターに向かって会計の合図をした。するとリラが言った。会計はもう済ませておいたわ。彼の抗議には構わず、彼女はまたわたしに向かって媚びるように説得を続けた。

「ジェンナーロはひとりじゃなくて、エンツォが連れてくるの。それにふたりと一緒にもうひとり、あなたに会いたくて仕方ないっていうひとが来るんだけど。挨拶もせずに行っちゃったら相当がっかりすると思うよ」

　それはわたしの思春期の恋人、アントニオ・カップッチョのことだった。マヌエーラ・ソラーラが殺害されると、アントニオはソラーラ兄弟に大急ぎでドイツから呼び戻されたのだという。

9

リラの説明によると、アントニオはマヌエーラの葬儀の時にひとりで戻ってきた。見違えるように痩せていたそうだ。彼は数日のうちに母メリーナのいる家のそばに部屋を借り――彼女はそのころステファノとアーダと同居をしていた――それからドイツ人の妻と三人の子どもたちを呼び寄せた。つまりアントニオが結婚し、子どももいるというのは本当の話だったのだ。ばらばらだった人生の複数の断片が頭の中でひとつになる思いだった。アントニオはわたしが生まれ育った世界の重要な一部をなすひとだったから、彼について語るリラの言葉はその朝の重たい空気を和らげ、気分を軽くしてくれた。わたしはニーノに向かってそっと告げた。ちょっと顔を見るだけ、いいでしょ？　彼は肩をすくめ、わたしたちはマルティリ広場に向かった。

ミッレ通りとフィランジェリ通りを通って目的地につくまでのあいだ、リラはわたしを独り占めにした。ポケットに手を突っこみ、うつむいて、間違いなく不機嫌にわたしたちのあとをついてくるニーノには構わず、彼女は昔と変わらぬ親密さでわたしに話しかけてきた。たとえば、アントニオの家族には絶対に早く会ったほうがいいと勧めながら、彼の妻と子どもたちの様子を活き活きと説明した。奥さんはとてもきれいなひとで、わたしよりも明るい金髪で、三人の男の子たちも揃って金髪だが、そのひとりとして、サラセン人のように色黒な父親にはまるで似ていないとのことだった。そんな五人家族がみんなで大通り《ストラドーネ》を歩いていると、肌は真っ白で、頭は燦然と金色に輝く妻と少年たちの姿はどう見てもアントニオに地区を引き回される戦争捕虜だという。リラは笑い、彼のほかにもわたしに会いたくて待っているという面々の名を挙げていった。まずはカルメン。ただし彼女は仕事があるので、今日のところはエンツォと一緒にすぐに中座しないとならない。それから当然、ソラーラの店をまだ任されているアルフォンソ、そしてマリーザとその子どもたち。リラは言った。ちょっとでいいからとにかく会って、喜ばせてやって。みんな、レヌーのことが大好きなんだよ。

彼女が話しているあいだ、わたしは考えていた。これから会う友人たちは、わたしの結婚破綻の知らせを地区で広めるだろう。知らせはうちの両親にも届き、母さんはわたしがサッラトーレの息子の愛人となったことを知るだろう……。ところがそう思っても動揺はしなかった。友人たちにニーノといるところを目撃され、身勝手な女だ、夫と娘たちを捨てて、ほかの男とくっつくなんて、と陰口を叩かれるのがむしろ嬉しかった。驚いたことにわたしは、公式にニーノの交際相手とみなされることを〝自ら望んで〟おり、彼といる姿を披露したがっており、エレナとピエトロというカップルを抹消し、ニーノとエレナというカップルに置き換えたがっていた。わたしは急に気持ちが静まり、リラが張った網に進んで身を投じてもいいような気さえした。

彼女は休むことなく言葉を継ぎ、やがて昔のように腕を組んできた。その仕草にわたしはなんの感慨も覚えなかった。自分たちは昔と何ひとつ変わらない、リラはそう信じたいのだろう。だがもはや、わたしたちは自分たちが互いに消耗してしまったこと、彼女の腕にしても木製の義手か、かつては感情を昂ぶらせた接触のかすかな名残のようなものでしかないことを自覚すべき時だとわたしは思った。そして、何年も前に、リラなんて本当に病気になって死んでしまえばいいと願った時のことを思い出した。あの時は、なんにせよふたりの関係はまだ生きていて、濃密で、それゆえ苦しいものだった。ところが今はあのころとはひとつ違いがあった。わたしの情熱はすべて——かつて、リラに対するそんな恐ろしい願いをこの胸に抱かせたものも含め――ずっと好きだった男性に集中しているのだ。彼女はまだわたしを好きに操り、どこであろうと思いのままについて来させることができるものと思いこんでいる。しかし、結局、彼女に何ができた？　昔の未熟な愛と思春期の恋を振り返ることくらいではないか……。数分前まで邪悪に見えていたものが、不意に博物館のように無害な存在に思えてきた。彼女が望もうと望むまいと、わたしにとって大切なのはもっと別のこと、そう、わたしとニーノ、ニーノとわたしのことだった。地区という小さな世界を騒然とさせることさえ、わたしたちカップルを正式に認める、好ましい出来事に思えた。わたしはもうリラを感じていなかった。彼女の腕には血が流れておらず、布と布が触れあう感触しかなかった。

マルティリ広場に到着した。わたしはうしろのニーノを振り返り、店には彼の妹と甥っ子たちも来ていると教えた。彼は嫌そうに何やらつぶやいた。ＳＯＬＡＲＡという看板に迎えられて、わたしたちは店内に入った。待っていた者たちは一斉にニーノに注目したが、そのくせ、わたしがひとりで来たかのような態度を取った。マリーザだけは兄に声をかけたが、ふたりとも再会を喜んではいないようだった。彼女はすぐに、どうして電話のひとつもしてこないのか、たまには実家に顔を出せと彼をなじった。ママは具合が悪いし、パパは鼻持ちならないし、あなたはまるで自分勝手だもの……。彼は答えず、甥っ子たちの頬にぼんやりとキスをしたが、マリーザにしつこく責められてようやくぶつくさとつぶやいた。僕は僕で大変なんだよ、マリー、放っておいてくれ……。わたしはただちに引っ張りだこになり、みんなに懐かしまれたが、そのあいだも彼から目を離さなかった。ただし嫉妬はもはや覚えず、彼が気詰まりな思いをしているのではないか、ただそれだけが心配だった。アントニオのことを果たして彼が覚えているのか、相手の正体に気づいたのかどうかはわからなかった。わたしの元恋人が昔、ニーノにリンチを加えた一件を知っているのは、わたしひとりのはずだった。ふたりがごく控えめな会釈――軽く頭を動かし、わずかに微笑む――を交わすのが見えた。ふたりの挨拶は、それからまもなくニーノがエンツォ、アルフォンソ、カルメンと交わしたそれと変わらなかった。ニーノにとってはそこにいる誰もが他人だった。そもそもが、わたしとリラの属する世界とはほとんど関わりを持たずに生きてきた人間なのだ。彼はその後、煙草を吸いながら店の中をうろついていたが、もう誰ひとり、実の妹さえ、話しかけようとはしなかった。だがニーノは確かにそこにおり、彼こそはわたしが夫を捨てる原因となった男性なのだった。リラも――特に彼女は――その事実を完全に受け止めたはずだった。みんなに彼の姿をしっかりと確認させた今や、一刻も早くそこから彼を連れ出し、立ち去ることだけをわたしは望んでいた。

10

わたしがその空間に滞在した三十分間、過去と現在が入り乱れて衝突した。リラのデザインしたあの靴、花嫁姿の彼女の写真、開店祝いと流産の夕べ、店を勝手にサロンと愛の巣に変えた彼女。そして今のわたしたち。三十を過ぎ、まったく違う道を歩んでいるわたしと彼女。あからさまな声と秘められた声の数々。

わたしは平静を装い、明るく振る舞った。みんなと挨拶のキスと抱擁を交わし、ジェンナーロと少し話をした。リラの息子は十二歳の肥満児になっていて、上唇の上にはうっすらと黒い髭が生えていた。顔立ちは少年時代のステファノにあんまりそっくりで、リラはこの子を授かった時、己の一切を抜き取ったのではないかと思わせるほどだった。わたしは自然と、マリーザの子どもたちと彼女に対しても優しく振る舞わなくてはならなくなった。マリーザはわたしの関心を喜び、あなたの人生がどんなに大変なことになってるか、わたしよく知ってるわ、とでも言いたげに、思わせぶりな台詞を並べ始めた。これからはナポリにもちょくちょく来るんでしょう？　会いにきてよね。もちろんあなたたちが忙しいのはわかってるの。わたしたちと違って、ふたりとも勉強家だし。でも、ちょっとくらいは時間を作ってちょうだい。

マリーザは夫の隣にいて、今にも表に飛び出していきそうな子どもたちを抑えていた。彼女の顔にニーノとの血のつながりを示す印を探してみたが、どうしても見つからなかった。兄だけではなく、母親にもまるで似ていなかった。少し太った彼女はむしろドナートに似ていた。自分の家族がどれだけ素敵で、どんなにいい暮らしをしているかと吹聴する嘘っぽいおしゃべりも父親譲りだった。その横でアルフォンソは妻の機嫌を損ねぬよう彼女の言葉にいちいちうなずきながら、黙って、真っ白な歯を見せてわたしに微笑みかけていた。彼の容姿にわたしはどれだけ戸惑わされたことか。とてもおしゃれで、ポニーテールにまとめた長い黒髪に整った顔立ちが映えていたが、その仕草にも、顔にも、どこか得体の知れないところがあって、思いがけぬその違和感に胸がざわついて仕方なかった。そこでは、わたしとニーノを除けば、高等教育を受けたのはアルフォンソひとりだったが、彼の場合、習得した知識が時とともに色あせるどころか、しなやかなその体と繊細な顔立ちに一層深く浸透したような印象をわたしは受けた。彼は驚くほど美しく、礼儀正しかった。マリーザはかつて彼に逃げられても諦めず、是が非でも一緒になろうとした。そして今ふたりは結ばれ、彼女は年とともに顔立ちが男っぽくなり、彼のほうは自分の男らしさに抵抗するため、ますます女っぽくなりつつあり、しかも、そこにいる彼らの息子ふたりは、どちらもミケーレ・ソラーラの子だと噂されていた。そうだよ——

アルフォンソは妻の招待に声を合わせて、ささやいた――一度ふたりでうちに夕ご飯を食べにきてよ、歓迎するからさ。するとマリーザが言った。レヌー、次の本はいつ書くの？　わたしたち楽しみにしてるんだから。でも、前の本のままじゃ駄目よ。ずいぶん大胆なこと書くんだなってあのころは驚いたけど、もうあんなのぜんぜんたいしたことなくて、今の小説ってもっと凄いもの。

その場の誰もがニーノに対して微塵も親しげな様子を見せぬ代わり、わたしの心変わりを責めることもなかった。目配せする者も、ほくそ笑む者もなかった。むしろその逆で、抱擁とおしゃべりをして回るわたしに対し、彼らはそれぞれ友情と敬意を示そうとしてくれた。エンツォはいかにも彼らしい真面目な力をこめてわたしを抱擁し、微笑むだけで黙っていたが、その表情は、お前が何をしようと決めても、俺はいつだってお前が大好きだぞ、と言ってくれているように思えた。一方、カルメンは間髪を容れずわたしを店の片隅に連れていくと――彼女はとてもぴりぴりしていて、ひっきりなしに時計を眺めていた――息つく間もなく兄パスクアーレのことを話しだした。まるでこちらが全知全能の善き権威か何かで、どんな過ちを犯そうが、エレナの放つオーラが曇ることはないとでも言いたげだった。彼女は息子たちのことも、夫のことも触れず、自分の暮らしぶりについても、わたしのそれについても触れようとしなかった。わたしは彼女が、パスクアーレの負ったテロリストという悪名の重さをすべて受け止めたことを理解した。ただし彼女がそうしたのはあくまでも兄の悪名を覆すためなのだった。わたしと話したわずか数分のあいだに彼女は、兄は無実の罪を着せられていると訴えたのみならず、彼の勇気と善良な人柄までこちらに思い出させようとした。カルメンの目は、何があろうと自分はいつまでも兄の味方だという決意に燃えていた。彼女はわたしの連絡先を知りたがった。電話番号と住所を教えてほしいの。レヌーは有名人だから――彼女は声を殺して言うのだった――もしもパスクアーレが殺されずに済めば、誰かあなたの知りあいに助けてもらえるかもしれないし……。

そして彼女は、エンツォのそばでひとりぽつんと立っていたアントニオを招き寄せ、やはり小声で命じた。ほら、あなたからもお願いして……。するとアントニオはうつむき加減で近寄ってきて、恥ずかしそうにわたしにこんなことを言った。俺はパスクアーレがお前を信頼しているのを知っている。あいつが例の選択をする前にお前の家に寄ったのもそのためだ。だからもしもまた会ったら、こう伝えてくれ。姿を消せ、イタリアにいるところを見られてはいけない、と。なぜなら、カルメンにはもう教えたが、問題は憲兵隊《カラビニエーリ》じゃなくて、ソラーラ兄弟のほうだからさ。連中はパスクアーレがマヌエーラ夫人を殺したものと信じている。ソラーラに見つかったら——それが今にせよ、明日にせよ、何年も先にせよ、だ——俺はあいつを助けることができない……。アントニオが重々しくそんな説明をするあいだ、カルメンは何度も、わかった、レヌー？　と尋ね、心配でたまらないという目つきでこちらを見つめた。最後に彼女はわたしを抱きしめ、頬にキスをしてから、あなたとリナはわたしにとって姉妹も同じよ、そうつぶやくと、エンツォと店を出ていった。どちらも仕事があったのだ。

こうしてわたしはアントニオとふたりきりになった。目の前のひとつの体の中にふたりの人間がおり、しかもそのふたりがまるで別人のような気がした。彼はまず、昔、沼地でわたしを抱きしめ、崇めるように愛してくれた若者であり、あの若者の強いにおいは、一度も完全には満たされたことのない欲望のようにわたしの記憶に留まっていた。そして彼はまた、虚ろな視線の強面《こわもて》から巨大な靴を履いた足まで贅肉ひとつなく引き締まった、がっちりとした体つきの大人の男性でもあった。わたしは戸惑いながら白状した。自分にはパスクアーレを助けられるような伝手《つて》はない、カルメンはわたしを買いかぶりすぎだ、と。ところがすぐにわかったのだが、パスクアーレの妹がわたしの知名度を大げさに考えていたとすれば、アントニオの思いこみは彼女に輪をかけて過剰だった。彼は言った。お前は相変わらず謙虚なことを言うが、俺はあの本をドイツ語で読んだんだ。つまりお前は世界中で有名だということじゃないか……。外国で長年を過ごし、ソラーラ兄弟のために間違いなく何度も悪事を働いた割に、彼は地区の人間のままであり、エレナにはきっと力がある、大学を卒業し、標準語を話し、本まで書くのだから、上流階級の人間ならではの力があるに決まってると信じていたのだ。あるいはもしかすると、わたしを喜ばせようとしてそんなふりをしていただけなのかもしれない。わたしは笑いながら、あの本をドイツで読んだのはあなたぐらいだと答え、奥さんと子どもたちのことを尋ねた。彼はうんとかいいやとか言うだけだったが、そうこうするうちにわたしを表の広場に連れ出し、穏やかにこう尋ねてきた。

「いい加減、俺の言っていたとおりだったって認めてもいいんじゃないか」

「なんのこと？」

「あいつのことが好きだったってこと、それに、俺には嘘ばかり言っていたってことさ」

「だってわたし、まだ子どもだったから」

「いいや、お前は大人だったよ。それに俺よりずっと頭がよかった。お前のせいで、頭がおかしくなったと思いこんだ俺がどれほど苦しんだと思う？」

「もうやめて」

アントニオは口を閉ざし、わたしは店のほうに戻った。彼はあとを追ってくると、入口でわたしを止めた。それから店の片隅に座っているニーノを何秒かじっと見つめると、こうつぶやいた。

「あいつがお前まで苦しめるようだったら、教えてくれ」

わたしは笑った。

「もちろん」

「笑うなよ。俺、リナと話したんだ。彼女はあいつのことよく知ってる。信用するなって言ってたぞ。

俺たちはお前を尊敬しているが、あいつはお前のこと、尊敬なんてしてないって」

リラ。やっぱり彼女はアントニオを操り、起こりうる災厄を予告する使者として利用していたのだ。彼女はどこにいる？　見れば、みんなとは離れた場所でマリーザの子どもたちと遊んでいた。だがそうしながらも、実はあの細めた目でわたしたちひとりひとりの様子をうかがい、いつものやり方でみんなを支配しているに違いなかった。カルメンのことも、アルフォンソのことも、マリーザも、エンツォも、アントニオも、自分の息子も、他人の子どもたちも、ことによると店の主人であるソラーラ兄弟のことまでも。わたしは改めて思った。彼女の権威にわたしが影響を受けることは金輪際ない。長かったそんな時代は終わったのだ……。わたしはリラに別れを告げた。するとまたぎゅっと抱きしめられた。自分の中にわたしを引きずりこもうとするかのように強い抱擁だった。ひとりひとりに別れを告げるうち、またしてもアルフォンソにはっとさせられた。ただし今度は、ひと目見た時から彼の何がわたしを不安にしたのかわかった。元々少なかったドン・アキッレとマリアの息子らしい部分、ステファノとピヌッチャの弟らしい部分が、その顔からは完全に消失していたのだ。長髪をポニーテールにまとめたアルフォンソは今や、奇妙にも、リラに似ていた。

11

わたしはフィレンツェに帰り、ピエトロと別居について話しあった。激しい口論となり、アデーレは娘たちと三人で自室にこもった。そうしてデデとエルサはもちろん、自分のことも守ろうと思ったのかもしれない。やがてわたしとピエトロは理解した。自分たちは興奮しすぎなどころか、子どもたちがいるために、これでも思う存分やりあえずにいるのだ、と。そこでわたしたちは表に出て、思いきり喧嘩を続けた。ピエトロがどこへ行くともしれず立ち去ると――こっちはかんかんで、彼とは二度と会いたくない、声も聞きたくないという状態だった――わたしは家に戻った。娘たちは眠っていた。台所で座り、本を読んでいたアデーレにわたしは言った。

「あのひと、本当ひどいんですよ」

「あなたはどうなの?」

「わたし?」

「そう、あなた。ピエトロに対して自分が今までどんな振る舞いをしてきたか、自覚ある?」

わたしは彼女を無視して寝室に向かい、ドアを叩きつけるようにして閉じた。彼女の言葉にこめられた軽蔑に驚き、傷ついていた。アデーレがそこまではっきりとわたしを非難したのは初めてのことだった。

翌日、わたしはフランスに向かった。娘たちの涙への罪悪感と旅行中に読まなくてはならない本を山ほど抱えて。しかし読書に集中しようとすればするほど、本のページはニーノ、ピエトロ、娘たち、カルメンによる兄パスクアーレについての弁明、アルフォンソの変貌と混じりあってしまった。列車の旅にへとへとになり、かつてなく混乱してわたしはパリに着いた。ところが駅で、出版社のふたりの婦人の若いほうがホームで待っている姿を見たら、もう気分が明るくなった。モンペリエでニーノと過ごした時に味わったあの、自分が広がっていくような楽しい感覚が戻ってきた。ただし今度の旅はホテルとも大きな講堂とも縁はなく、何もかもがずっと質素だった。わたしは出版社のふたりに大きな町から小さな集落まであちこち連れ回された。毎日、移動を繰り返し、毎晩、書店に限らず個人ことあった。のアパートでも議論をした。食事と寝床はいつも家庭料理と小さなベッドで、時にはソファーで寝ることもあった。

わたしはとても疲れ、どんどん身なりに構わなくなり、痩せていった。それでも出版社のふたりにも、夜ごと新たに出会う聴衆にも喜んでもらえた。あちこちの土地に移動しながら、あっという間に身につけた外国語を操り、さまざまな人々と議論を重ねるうちにわたしは、何年も前に最初の本を出した時に実証した、自分のある才能を再確認した。暮らしの中で起きた小さな出来事をより一般的な考察に楽々と発展させる能力だ。毎晩わたしは自分の体験をもとに即興で議論を展開し、成功を収めた。たとえば自分の出身地について、貧しさについて、退廃について語り、男たちの暴力はもちろん、女たちの暴力についても語った。カルメンについても、彼女と兄との絆についても語り、兄が決して犯すはずのない凶行を正当化する彼女の弁明についても語った。幼いころからわたしが母さんや他の女たちの中に女性の人生の——さらには母親であることと、男性に服従することの——とりわけ屈辱的な様相をどれほど目の当たりにしてきたかも語った。女はひとりの男への愛が原因で、他の女性たちと自分の子どもたちに対する咎を責められ、ありとあらゆる汚名を着せられることがあるともわたしは言った。フィレンツェとミラノの女性グループと自分の困難な関係について語った時は、ずっと軽視してきたその体験が不意に重要なものに変わった。内面を探る彼女たちのあの痛々しい努力を目撃することで、自分がどれだけ多くを学んだかに気づいたのだ。わたしが、とにかく勝ちたくて、知性の面ではずっと男性になろうと努力してきたことも語った。わたしは自分が男たちによって発明され、彼らの空想に支配されている気がしたんです……。毎晩、わたしはそんな風に講演を始めたものだった。最近、幼なじみの男性があらゆる手を使って根本的に変わろうとし、己の中からひとりの女性を掘り出すのを目撃したとも語った。

わたしはソラーラ靴店で過ごしたあの三十分間にまつわる話をよくしたが、そうと自覚したのはかなりあとになってからだった。もしかすると、リラのことをまったく思い出さなかったからなのかもしれない。彼女との友情についてどうして自分が講演で一度も触れようとしなかったのか、その理由をわたしは知らない。恐らくはリラが彼女自身と幼なじみたちのさまざまな思惑の渦にわたしを引きずりこんでおきながら、こちらの眼前に自分が呈したその情景を読み解く力もないように見えたからなのだろう。たとえば彼女には、わたしがアルフォンソの中に瞬時に認めたものが見えているのだろうか。彼女はそのことについて考えているのだろうか。それはまずないだろう、とわたしは思った。彼女は地区の泥沼に沈み、そこで満足しているのだ。一方わたしは、フランスで過ごしたあの日々、混乱の渦中にいながらも、自分はその混乱の中に法則を見出す術を持っていると感じていた。その自信は新しい本の小さな成功によって確固たるものとなり、将来への不安を軽くしてくれた。あたかも、書いたり話したりして、わたしが言葉で帳尻を合わせることができるものは、実際にすべて帳尻が合うことになっている、とでも言わんばかりに。わたしはこんな風に自分に言い聞かせていた。ほら、カップルが崩壊し、家族が崩壊し、すべての文化的枠組が崩壊し、社会民主主義者の取り得る妥協策がどれも崩壊する。その一方で何もかもが、誰も考えたことのなかったような新しい形になろうとして激動するだろう。わたしとニーノも、わたしと彼の子どもたちも、労働者階級の覇権も、社会主義も、共産主義も、そして何より、予期せぬ主体、つまり女性も、わたしも激動するだろう……。わたしは各地を巡って、毎晩、一切合切の解体が起きると同時に新たな構築が始まるという、その暗示的な説を主張した。

そのあいだにも、わたしはいつも少し慌ただしくアデーレに電話をかけ、娘たちに話しかけた。デデとエルサはそっけない返事をするか、いつ帰ってくるのかと飽きずに同じ質問を繰り返すかのどちらかだった。クリスマスが迫ったころ、わたしは出版社のふたりに別れを告げようとした。ところがふたりはとっくにこちらの今後について真剣に検討をしており、帰国を許してくれなかった。わたしの処女作を読んだ彼女たちは、自分たちの社から復刊しようと考え、何年も前にフランス語版を出したものの不振に終わった出版社の編集部にわたしを連れていった。わたしは気後れしながら議論し、交渉を試みたが、援護役のはずのふたりの婦人のほうが闘志にあふれ、相手をおだてるのもうまければ、脅すのも上手だった。最後にはミラノの出版社の仲介のおかげもあって、わたしたちは合意に達し、わたしの処女作は翌年にナンテールの出版社から改めて出版されることになった。

その知らせをニーノに電話で伝えると、彼は大喜びしてくれた。しかし言葉を交わすうちに、彼はだんだん不機嫌になっていった。

「もしかすると君はもう僕を必要としていないのかもしれないな」彼は言った。

「馬鹿言わないでよ。早く会いたくて仕方ないのに」

「自分のことに夢中で、僕のことなんてこれっぽっちも考えてないんじゃないか」

「そんなの嘘。今度の本が書けたのはニーノのおかげだし、今、何ひとつ迷いがない気持ちでいられるのも、あなたのおかげだもの」

「じゃあ、ナポリで会おう。ローマでもいい。とにかくすぐだ。クリスマスの前に会おう」

でも、とても会えそうになかった。復刊に関するあれこれで時間を取られてしまい、もう娘たちの元に帰らねばならなかったのだ。しかしわたしは我慢できなくなり、彼とローマで何時間かだけでも会おうという約束をしてしまった。わたしは寝台車に乗り、十二月二十三日の朝、くたびれ果ててローマに着いた。それから駅で何時間も待ったが、ニーノは現れず、わたしは心配し、悲嘆に暮れた。いい加減、フィレンツェ行きの列車に乗ろうかと思った時になって、彼はやってきた。寒空にもかかわらず、汗まみれだった。無数のトラブルに見舞われた彼は、列車ではとても間にあわないと、ナポリから車でやってきたのだった。わたしたちは急いで適当に食事を済ませると、駅からすぐのナッツィオナーレ通りにあったホテルに部屋を取り、中にこもった。午後には発ちたいと思っていたが、彼を残して立ち去る決心がつかず、翌日に出発を延ばした。ふたり一緒に寝ると、朝の目覚めも幸せだった。寝ぼけたまま片脚を伸ばしてから、はっと、同じベッドに彼がいる、自分の隣にいる、と気がつくのは素敵だった。クリスマスの前日だったので、わたしたちは互いに贈り物をしようと町に出た。わたしの出発は一時間また一時間と先延ばしになった。それはニーノも同じことだった。午後遅くになってようやくわたしは荷物を手に、彼の車のところまでゆっくりと歩いたが、別れを告げる気にはなれなかった。だがついに彼はエンジンをかけ、出発した。車は渋滞に紛れて見えなくなった。わたしは重い足取りで共和国広場から駅までなんとか歩いたが、時すでに遅く、乗りたかった列車を数分差で逃してしまった。わたしは絶望した。これではフィレンツェに着くのは真夜中になってしまう。だが、もはやあとの祭りだった。諦めて家に電話をすると、ピエトロが出た。

「今、どこにいるんだい？」

「ローマ。列車がずっと駅で止まってて、いつ出るかわかんないの」

「そうかい。国鉄は相変わらず駄目だな。せっかくのイブのご馳走だけど、ママは間にあわなそうだって、あの子たちに伝えようか」

「ええ、遅くなるかもしれないから」

すると彼は大笑いして、電話を切った。

わたしの乗った列車はほかに客がひとりもおらず、がらんと冷えきっていて、検札係さえ来なかった。まるで自分が何もかもを失い、無に向かって進んでいるような気がした。わびしい雰囲気のせいで、余計に罪悪感を覚えた。フィレンツェに着いたのは深夜で、タクシー一台いなかった。寒さの中、旅行鞄を引きずって無人の通りを歩いた。クリスマスを祝う教会の鐘の連打もかなり前に夜闇に消えた。玄関のドアは呼び鈴を鳴らさず、鍵で開けた。中は真っ暗で、嫌な静寂に包まれていた。部屋をひとつひとつ覗いてみたが、娘たちの痕跡はなく、アデーレのそれもなかった。疲れており、不安もあったが、怒りも感じていた。せめて行く先を告げるメモのひとつでもないかと探したが、何もなかった。

家の中はきれいに片付いていた。

12

悪い予感がした。もしかしたらデデかエルサが、またはふたりとも怪我でもして、ピエトロと彼の母親に病院に連れていかれたのではないか。あるいは病院に行く羽目になったのはわたしの夫のほうか。彼が何か常軌を逸した行動に出て、アデーレが娘たちと一緒に付き添っているのではないか。わたしは不安でおかしくなりかけながら家の中を歩き回った。どうしたらいいのかわからなかった。そのうち気がついた。何が起きたにせよ、義母はマリアローザに連絡をしたはずだと。夜中の三時だったが、わたしは義姉に電話をすることにした。彼女はしばらくしてから電話に出た。きちんと目を覚ましてもらうのに苦労したが、最後には、アデーレが娘たちをジェノヴァに連れていったのだとわかった。フィレンツェを発ったのは二日前だという。わたしとピエトロに思う存分、問題を話しあわせ、デデとエルサにはクリスマスの休暇を落ちついた場所で過ごさせようと思ったらしい。

そうと知ってわたしはほっとした反面、激怒した。ピエトロは嘘をついていた。わたしが電話をした時、彼はイブのご馳走がないことも、娘たちがわたしを待ってなどおらず、祖母と出発したことも、とっくに知っていたのだ。それにアデーレはどうだ？　ひとの娘を勝手に連れていってしまうなんて。わたしは電話の向こうのマリアローザに怒りをぶちまけた。彼女は静かに聞いてくれた。全部わたしが悪いのだろうか、こんな目に遭っても仕方ないのだろうかと尋ねると、彼女は真面目な声になり、あなたには自分の生活を守る権利があるし、研究と執筆を続ける義務があると言って勇気づけてくれた。そして、大変な時はいつでも子どもたちを連れて泊まりにきなさいとまで言ってくれた。

彼女の言葉にわたしは落ちついたが、それでも眠れなかった。不安と怒り、ニーノへの恋しさと不満が胸の中でぐるぐると回っていた。不満というのは、彼が家族で、アルベルティーノと一緒に聖夜を過ごしたのに、こちらは孤独に、愛する者たちもいない空っぽな家で過ごす羽目になったからだ。午前九時、玄関のドアが開く音がした。ピエトロだった。わたしはただちに彼の前に立ち、怒鳴りつけた。どうしてわたしに断りもなく、お義母さんにあの子たちを預けたの？　彼は頭はぼさぼさで、髭は伸び、酒臭かったが、酔っている訳ではなさそうだった。刃向かうことなくわたしに言われるままになり、沈んだ声で何度かこう繰り返した。僕はやることがあって、とても面倒は見ていられなかったし、君は恋人がいるから、あの子たちに割ける時間なんてなかったろう？

わたしは彼を台所の椅子に座らせた。そしてなるべく気を静めてから、告げた。

「ひとつ取り決めをしましょう」

「うん、どんな取り決めだい？」

「あの子たちは今後わたしと暮らして、あなたは週末に会いにくるの」

「週末にどこで会うんだ？」

「わたしの家で」

「どこだい、君の家っていうのは？」

「まだわかんないけど、そのうち決めるわ。ここか、ミラノか、ナポリか」

ナポリ、そのひと言で十分だった。途端に彼はぱっと立ち上がり、目を見開いて、噛みつこうとでもするみたいに口を大きく開き、恐ろしいほど凶暴な表情で拳を上げた。長い一瞬が続いた。蛇口から水が滴り、冷蔵庫がぶーんとうなり、中庭で誰かが笑っていた。ピエトロがやけに大きく見えた。握りこぶしの第一関節は大きくて白かった。前にも一度叩かれたことはあったが、今度はきっと激しく殴られ、一撃で殺されてしまうだろうと思い、わたしはさっと両腕を上げて身を守ろうとした。しかし彼は急に考えを変え、こちらに背を向けると、わたしが箒をしまうのに使っていた金属製のロッカーを一度、二度、三度と叩き始めた。もうやめて、怪我をしたらどうするの、とわたしが叫び、腕にしがみつかなかったら、いつまでもやめなかったはずだ。

彼の逆上は、帰宅時にわたしが心配したとおりの結果をもたらした。一緒に病院に行く羽目になったのだ。ギプスをはめてもらった彼は、帰り道、楽しげでさえあった。わたしはクリスマスであることを思い出し、ありあわせで料理を作った。ふたりでテーブルに着くと、彼がいきなり言った。

「昨日、お義母さんに電話をしたよ」

わたしはぎょっとした。

「どうしてそんな余計なことをするの？」

「だって、知らせない訳にはいかないだろう？　君にされたことを報告しておいたからね」

「あのひとに話すのはわたしの役目だったのに」

「どうして？　僕にしたみたいに、お義母さんにも嘘をつくためにかい？」

わたしはもう一度興奮しそうになったが、落ちつこうと努力した。彼がこちらを傷つけまいとしてまた自傷行為に走るのではないかと心配だったからだ。ところが彼は穏やかに微笑み、ギプスのはまった腕を眺めていた。

「これじゃ運転できないな」彼はつぶやいた。

「どこに行くつもり？」

「駅だよ」

そしてわたしは知った。母さんがクリスマス当日に――例年であれば彼女が家族の主役を気取り、一番張りきって働くよりによってその日に――列車に乗り、もうすぐ到着しようとしていたのだった。

13

逃げようかと思った。ナポリに行こうか――母さんがこちらに来ようとしているそのあいだに、自分から彼女の町に逃げるのだ――そしてニーノの傍らにいくらかでも安らぎを求めようか、そう思った。でも結局、わたしは動かなかった。いくら自分は変わったと思っていても、やはりわたしは、いかなる状況を前にしても尻込みをしたことのない真面目な人間のままだった。そもそも母さんに何ができる？　わたしは自問した。わたしはもう大人だ。子どもじゃない。せいぜいおいしい料理をいくらか持ってきてくれるだけだろう。十年前のクリスマスもそうだった。わたしが病気になった時も、彼女はピサ高等師範学校の寮までそうして来てくれたじゃないか。

わたしはピエトロと一緒に駅まで母さんを迎えにいった。車はわたしが運転した。彼女は大いばりで列車から降りてきた。服も鞄も靴も新品で、頬に少しおしろいまで塗っていた。元気そうね、それにとてもおしゃれじゃない？　とわたしが褒めると、ぴしゃりと言われた。何もお前のおかげじゃないよ。そして、わたしには話しかけてくれなくなった。その代わりピエトロにはとても優しく接し、ギプスはどうしたのかと尋ね、彼が言葉を濁したので――ドアにぶつけたのだと彼は答えた――今度は不確かな標準語でぶつぶつ言いだした。ぶつけたなんて、どうせ誰かさんのせいでしょ。ぶつけただけでそんなになる訳ないもの……。

家に上がると彼女は猫を被るのをやめ、足を引きずって居間を行ったり来たりしながら、わたしに長い説教をした。そしてピエトロをこれでもかと褒めちぎり、わたしにはただちに夫に謝れと命じた。しかしこちらが言われたとおりにせぬもので、ピエトロに、娘を許してくれと自分で懇願を始め、あなたたちが仲直りするまではナポリの家には帰らない、とペッペとジャンニ、エリーザにかけて誓った。最初は母さんが例によってあんまり大げさなので、わたしだけではなく、夫のことまでからかっているのかとも思った。彼女はピエトロの美徳を延々と列挙し、わたしの長所を数え上げる努力も惜しまなかった。その点は認めねばなるまい。彼女がうんざりするほど何度も強調したのは、頭のよさと学績については、わたしと彼が実に似合いの夫婦であるということだった。デデのことを考えろとも言われた――デデは母さんのお気に入りの孫だった。エルサの名を挙げるのは忘れたらしい――あの子はなんでもわかる賢い子だ、苦しませていいはずがないよ……。

ピエトロは、彼女が話している限り、何を言われてもうなずいていたが、その顔には、過剰な何かを前にした時にいつも見せる驚きの表情があった。母さんは彼を抱擁し、頬にキスをし、彼の寛大さに感謝した。そして、わたしに向かって、それに比べてお前はなんだ、跪《ひざまず》いて許しを乞えと声を張り上げた。彼女は何度もわたしと彼の背を乱暴に押して、わたしたちを近づけようとした。抱擁させ、キスをさせようというのだった。そのたびわたしは彼女の手を逃れ、冷ややかな態度を取った。そして、胸の中ではずっとこう思っていた。こんな母親は耐えられない。よりによってこんな時に、ピエトロの見ている前で、自分がこの女の娘であるという事実まで考えなくてはならないなんて最悪だ……。だが一方ではこうも思って、気持ちを静めようとした。こんなものはどうせ母さんのいつものお芝居だ、もうすぐ疲れきって、寝てしまうだろう……。ただ、何度目になるかわからないが彼女にまたつかまれて、ひどい間違いを犯したことを認めろと命じられた時、わたしは耐えきれなくなり、彼女のわずらわしい両手を振りほどくと、確かこんなことを言った。母さん、無駄よ。わたし、ピエトロとはもう暮らせない。ほかに好きなひとがいるの。

悪手だった。わたしだって、母さんがこちらのそうした挑発を待っていたことぐらいはわかっていたのだが。母さんの繰り言がやみ、状況はいっぺんに変化した。彼女はわたしの頬に強烈なびんたを一発見舞うと、お黙り、あばずれ、お黙り、お黙り、お黙り、と立て続けに叫んだ。そして、わたしの髪をつかもうとして、金切り声を上げた。もう我慢できない、お前が、よりによって〝お前が〟サッラトーレの息子を追い回して人生を台無しにするなんて。あれは、下種野郎の父親よりもずっと、ずっとたちの悪い男だよ？　昔はね、友だちのリナのほうがお前を不良の道に誘うのかと思ったが、わたしの勘違いだった。お前だよ、そうさ、恥知らずは〝お前〟のほうじゃないか。あの子はお前がいなくなってから、とってもいい人間になったもの。ああ、小さなうちにお前の両脚をへし折っておけばよかった。こんなに素敵な旦那様がいて、こんなにきれいな町で、奥様みたいな暮らしをさせてもらって、大切にしてもらって、娘だってふたりも授かったのに、このひとでなし、それがお前の恩返しかい？　さあおいで、お前を生んだのはこのわたしだ、だからわたしが殺してやる。

　母さんはぴたりとわたしに迫り、本気で息の根を止めたがっているように見えた。その時、彼女がわたしのせいで覚えた絶望の本質がはっきりとわかった。自分の信じる娘の幸福――つまり、母さん自身は手にしたことがないが、娘のわたしが手に入れ、昨日まで彼女を地区でもっとも幸運な母親にしていたもの――をこちらに押しつけるのを諦めた彼女の母性愛は、今や憎悪に転じる寸前で、神の贈り物を無下にしようとするわたしを手にかけて罰することさえ厭わない、そんな状態にあったのだ。そこでわたしは母さんを突き飛ばした。彼女よりも声を張り上げて突き飛ばした。その気はなかったが、本能的に手が動いていた。かなり強い力がこもっていたようで、彼女はバランスを崩し、床に倒れてしまった。

　ピエトロは驚愕していた。その顔を見ても、目を見ても、わたしの世界が彼の世界に衝突しているのがわかった。大声で怒鳴りあい、滅茶苦茶な応酬の続く、ここまで派手な喧嘩を目の当たりにしたのは、生まれて初めてのことだったのだろう。母さんは椅子にぶつかって、勢いよく倒れた。そして今は悪い脚のせいでなかなか立ち上がれず、テーブルの縁をつかもうと片腕を振り回していた。それでも彼女は降参せず、わたしを脅し、罵るのをやめなかった。唖然とした顔のピエトロが無事なほうの腕を差し出し、立ち上がるのを助けてくれた時さえ、やめなかった。母さんは、苦しげで、怒りに満ち、しかも心から悲しげな声で、目を瞠って、あえぎあえぎ言った。お前なんかわたしの娘じゃない、このひとのほうがずっと本当の息子みたいだよ。父さんだって、ペッペにジャンニにエリーザだって、お前になんてもう会いたくないってさ。サッラトーレの息子に淋病でも梅毒でもうつされちまえ。こんな悪い日が来るなんて、わたしがどんな悪いことをしたというんだろう？　ああ、神様、どうか今すぐわたしを死なせてください、神様、もう死にたい……。わたしは我が目を疑った。悲しみで胸がいっぱいになった彼女が、大泣きを始めたのだ。

わたしは寝室に駆けこみ、ドアに鍵をかけた。どうしていいかわからなかった。自分の離婚がそこまでの悲痛をもたらすことになろうとはまさかにも思わずにいたのだ。わたしは自分に驚き、がっかりしていた。母さんと同じ暴力をもって彼女を押し返したあの意思は、いったいわたしの中のどんな暗い底から、どんなうぬぼれから、湧いてきたのだろうか……。なんとか落ちつくことができたのは、それから少ししてピエトロがドアをノックし、静かに、思いがけず優しい声でこう言ってくれたからだ。開けなくていいよ、部屋に入れてほしい訳じゃない。僕はこんなことは望んじゃいなかった、それだけ伝えたかったんだ。これじゃあんまりだよ。いくら君が悪くたって、こんな目に遭っていいはずがないよ。

14

わたしは期待した。母さんが態度を和らげ、翌朝にはもう例によって急な方向転換を済ませて、なんとか元どおり、お前は大切な娘だ、何があろうとお前を誇りに思うと言ってくれやしないか、と。だがそうはいかなかった。ピエトロとひそひそと話す彼女の声が夜通し聞こえた。彼女は夫をおだて、エレナは昔から悩みの種だったと恨めしそうに言い、あの子と暮らすには辛抱がいるとため息をついた。翌日は、また喧嘩になるのが嫌で、わたしは家の中をうろつくか、本に目を落とすかして、ふたりの内緒話には首を突っこまなかった。やりきれない気分だった。母さんを突き飛ばしたことが恥ずかしく、彼女のことも自分のことも恥ずかしく、母さんに謝ってしまいたい、抱きしめてしまいたいと思ったが、負けを認めたと勘違いされるのが恐かった。わたしのほうがリラに悪い影響を与えていたのであって、逆ではなかったとまで彼女が考えるようになったのは、わたしのせいでそこまで耐えがたい絶望を味わったということに違いなかった。わたしはこんな風に自分を誤魔化そうとした。母さんの判断基準は地区だ。あのひとの目には、地区の何もかもが前よりよくなったように見えている。母さんはマルチェッロを誇らしげに〝お婿さん〟と呼んでいる。今度着てきた新しい服にしても、いきなり彼女に降って湧いた裕福な暮らしの証だ。つまり、リラがわたしよりも成功を収めていると母さんが思うのは当然なのだ。リラはミケーレに雇われ、エンツォと仲よく暮らし、両親のために実家の小さな部屋を買い取ろうとするくらいお金持ちなのだから……。でもそうしたことをいくら考えてみても、わたしと母さんのあいだの距離が余計にはっきりするだけだった。もはやふたりには接点と呼べるものが何もなかった。

そのままわたしとは口を利かず、彼女は帰っていった。駅まではまた車で送っていったが、ハンドルを握るわたしのことは無視していた。そしてピエトロに向かって幸運を祈り、列車が出る直前まで、怪我した腕の具合と孫娘たちについて必ず自分に伝えてくれと彼に頼んでいた。

母さんが去った途端、彼女の闖入が思いがけぬ効果をもたらしたことに気づいて、わたしは少し驚いた。早くも家までの道のりで夫が、前夜に寝室のドアの前でささやいた短い言葉よりもっとはっきりと励ましてくれたのだ。母さんとわたしの度を超した喧嘩を目の当たりにすることで、彼はわたしがどんな人間であり、どのように育ってきたかをはっきり理解したのだろう。それも、わたしがそれまで彼にしてきた説明と彼自身の想像を合計したものよりずっとはっきりと、だ。ピエトロはわたしに哀れみを覚えたのだと思う。彼はにわかに我に返り、わたしたちの関係は以前の礼節を取り戻した。そして数日後、わたしたちはとある弁護士を訪れた。弁護士は少し世間話をしてから、こう尋ねてきた。

「おふたりとも本当に別居に賛成なんですね？」

「僕のことが好きでもない相手とどうしたら一緒に暮らせます？」ピエトロは答えた。

「奥さんは、ご主人がもうお嫌いなのですか」

「こっちの勝手でしょ。先生はとにかく別居の手続きを始めてください」

通りに戻るとピエトロが笑いながら言った。

「君はお義母さんそっくりだな」

「そんなの嘘」

「確かに嘘だな。むしろ君は、お義母さんがもしも大学まで進んで、小説を書いていたらこうなります、って感じか」

「何よそれ？」

「彼女よりたちが悪いってことさ」

少し癇に障ったが、彼が曲がりなりにも正気に戻ってくれたことのほうが嬉しかった。わたしはほっとため息をつき、自分のやるべきことに意識を集中した。長い市外電話を何度もかけてニーノにローマで別れてからの出来事をすべて語り、わたしのナポリへの引っ越しについて話しあった。ピエトロとわたしがまた同じ屋根の下で暮らし始めたことは――もちろん寝室は別々だったが――念のために伏せておいた。デデとエルサとも電話で何度も話し、アデーレに対しては娘たちを取り返しにうかがいますと敵意も露わに予告した。

「心配しないでいいわ」義母はわたしを安心させようとした。「ふたりならいつまでも、あなたが必要なだけ、預かってあげますから」

「でもデデは学校があります」

「うちの近くの学校に行かせればいいわ。あの子たちは、わたしが面倒見たほうがいいと思うんだけど」

「いいえ、わたしのそばに置いておきたいんです」

「よく考えてみて。夫と別居中で、ふたりの娘を抱えて、あなたみたいにあれこれ野心もある女性は、現実を直視して、諦めがつくこととつかないことをきちんと見極めないと駄目よ」

この最後の台詞は、ひと言残らず不愉快だった。

15

すぐにジェノヴァに向けて出発しようと思った。ところがフランスから電話があった。ナンテールの出版社の年配の編集者からで、とある有名な雑誌の依頼があったので、わたしが以前に講演会でしたような考察を原稿にまとめてくれというのだった。こうして早くもわたしは、娘たちを取り戻しにいくか、仕事に取りかかるかの二者択一を迫られた。結局、出発は先送りにし、とにかくうまく書きたくて、昼夜となく原稿に取り組んだ。そうしてまだ推敲を重ねていた時、ニーノから電話があった。大学の仕事がまた始まる前に何日か時間があるので会いたいというのだ。わたしは我慢できず、彼と一緒に自動車でトスカーナのアルジェンタリオ岬に行った。わたしは愛に没頭した。夢のような日々だった。わたしたちは冬の海にうっとりし、ピエトロとは言うまでもないが、フランコとも覚えがないくらい、食べることとお酒を飲むこと、知的な会話とセックスに夢中になった。わたしは毎朝、日の出のころにはベッドを出て、執筆に取りかかった。

ある晩、ベッドで、ニーノは自分の書いた原稿をこちらに渡し、是非感想を聞かせてほしいと頼んできた。それはバニョーリにあったイタルシデル社の製鉄所に関する難しい評論だった。原稿を読わたしにぴったり寄り添いながら、彼は時おり己を卑下するようなことを言った。僕は文章が下手なんだ、よかったら直してくれ。君のほうがずっとうまいからね、高校の時からそうだったな……。たしは彼の仕事を褒めちぎり、数カ所だけ修正を提案した。ところが彼は満足せず、もっと手を入れてくれと言うのだった。その時だった。添削の必要性をわたしに納得させたかったのか、彼は、ひとつひどいことを君に白状しなくてはいけないと言いだした。そして、戸惑いと皮肉の入り混じった口調で、その秘密を〝僕がやった人生最大の恥ずべき行為〟と定義した。なんでも、わたしが宗教の教師との衝突をまとめた短い記事に関することだという。高校時代、学生たちが作っていた冊子に載せるため、彼に頼まれて書いたあの記事のことだ。

「いったいどんな悪さをしたの」わたしは笑いながら尋ねた。

「今から言うけど、僕がまだ子どもだったってことを忘れないでくれ」

彼が本気で恥じていることに気づいて、わたしは少し不安になった。彼は言った。あの原稿を読んだ時、僕はあそこまで読みやすく、しかも極めて知的な文章が書ける人間がいることが信じられなかった……。わたしは嬉しくなって、彼にキスをした。そしてあの数ページの原稿のためにリラと一緒にどれだけ頑張ったかを思い出した。だから、スペースの都合で冊子に記事が掲載されなかったと知らされた時の自分の失望と悲しみを彼に自嘲気味に伝えた。

「僕はそんな風に説明した？」ニーノが気まずそうに聞いた。

「多分。もうよく覚えてないけど」

彼はつらそうな顔をした。

「実はね、君の記事を載せるスペースならたっぷりあったんだ」

「じゃあ、どうして載せてくれなかったの？」

「嫉妬だよ」

わたしは噴き出した。

「編集者がみんなわたしの才能に嫉妬したってこと？」

「違う。嫉妬したのは僕だ。僕は君の原稿を読んで、ゴミ箱に捨てたんだ。君の才能が許せなかったんだ」

しばらくわたしは何も言えなかった。あの原稿が記事になることにどれだけわたしは期待し、どれだけ苦しんだことか。どうにも信じられなかった。ガリアーニ先生お気に入りの高校生だった彼が、後輩の女子の文章に激しく嫉妬して、捨ててしまうなんてことがあるものだろうか。彼がこちらの反応を待っているのはわかったが、かくも卑怯な行為を、少女時代の自分が彼の周りに描いていた輝かしい光輪のどこにどう置けばいいのかわからなかった。一秒また一秒と過ぎる時間に焦りながら、わたしは彼の卑しい行為を手放すまいとした。さもないとその情報が、アデーレに聞かされたミラノでの彼の悪評とも、リラとアントニオに彼を信用するなと言われていたこととも結びついてしまいそうだったからだ。そしてはっとした。彼の告白の評価すべき側面が急に見えたのだ。わたしは彼を抱きしめた。そもそも、そんな昔の罪を打ち明けなければならない理由などニーノにはなかったはずなのだ。だというのに彼はそれを今、敢えて打ち明けた。最悪な評価を受ける危険があっても、あらゆる損得を超えて正直でありたいというその強い気持ちにわたしは感動した。突然、これから先は、自分はこのひとをずっと信じていいのだと思った。

その夜は普段よりも熱く愛しあった。朝、目が覚めた時、わたしは気がついた。ニーノは自分の罪を認めることで、このわたしが昔から彼の目には特別な女の子に見えていたという事実を認めたのだ。それこそナディア・ガリアーニとつきあっていた時も、リラの愛人であった時も。ぞくぞくした。ああ、彼に愛されているだけではなく、尊敬までされているなんて……。彼に原稿をゆだねられ、わたしは文章に磨きをかける手助けをしてやった。アルジェンタリオ岬で過ごしたあの日々、わたしは自分が、物事を感じ、理解し、表現する能力を完全に開花させたような充実感を覚えていた。ニーノに背を押され、彼に好かれたくて書いたあの本が国外でかなりの好評を得ているという事実こそ、よい証ではないか……。自分が誇らしかった。わたしはその時、すべてを手にしていた。残された課題はデデとエルサだけだった。

16

アデーレにはニーノのことは黙っておいた。その代わりフランスの雑誌の話をし、原稿の執筆が忙しくて、そちらには行けなくなったと説明した。そして渋々、娘たちの面倒を見てもらっている礼を言った。

義母のことは信用していなかったが、彼女が提起した問題の深刻さについては、わたしもそのころには理解していた。自分の人生と娘たちを両方手放さずに済むにはどうすればいい？　もちろん、ニーノと近い将来、どこかで生活を始めるつもりではいたし、そうなれば互いに助けあえると思っていた。でもそれまでは？　彼との逢瀬、デデとエルサのこと、執筆作業、講演活動、ずいぶん正気を取り戻したとはいえ、ピエトロがかけてくるであろう圧力、そのすべてにうまく対処するのはそうそうたやすい話ではないはずだった。お金の問題もあった。手元の資金は残りわずかで、新しい本もどのくらいの収入になるのかまだわからなかった。すぐに部屋を借り、電話を引き、娘たちと一緒に生活を送るだけの余裕は絶対になかった。それに、どこで生活を送るというのか。急いで娘たちを取り返しにいきたい。でも、そのあとどこに連れていけばいい？　フィレンツェか？　生まれ育ったアパートに連れ帰り、そこに優しい父親と笑顔の母親が元どおり待っていれば、娘たちは何もかもが奇跡的に正常な状態に戻ったと信じるだろうか。自分はあの子たちをだましたいのだろうか。いったんニーノが姿を見せれば、また失望させることになるのはわかりきっているのに？　ピエトロにあの家を出ていってもらうべきなのだろうか。波乱の原因はこちらだというのに？　それともわたしが出ていくべきなのだろうか。

無数の疑問を抱え、しかも何ひとつ決められないまま、わたしはジェノヴァに向かった。

義理の両親は上品かつ冷淡な態度でわたしを迎え、エルサはあやふやな喜びの表情で、デデは敵意をもって母親を迎えた。わたしはジェノヴァの家の造りをまだよく知らず、光あふれる家という印象しか持っていなかったのだが、実際は、壁は本で埋まり、年代物の家具が並び、天井にはクリスタルのシャンデリア、床には高級そうな絨毯が敷かれ、分厚いカーテンのかかった部屋ばかりだった。まばゆいほど明るいのは居間だけで、大きなガラス窓が光と海を四角く切り取り、一幅の名画のようだった。娘たちはアパート中を自分たちの家よりもずっと気ままに歩き回り、なんでも勝手に触ったり、手に取ったりしながら決して叱られず、メイドに対しては、祖母を真似たか礼儀正しくも厳しい口調で話しかけた。わたしが着いて最初の数時間、ふたりは与えられた部屋を自慢し、たくさんのおもちゃを見せて、わたしを感嘆させようとした。どれも高価で、わたしと父親にはまず買ってもらえないようなおもちゃばかりだった。そしてジェノヴァに来てから自分たちがどれだけ素敵なことをし、見たかを話してくれた。やがてわたしは、デデが祖父にとてもなついているのを理解した。エルサは──あんなに夢中になってわたしに抱きつき、キスの嵐を浴びせてくれたのに──何か必要になるたびにアデーレに声をかけ、疲れれば、彼女の膝に乗り、そこから親指をくわえて、寂しげな目でわたしを見つめた。子どもたちはこんなにも早く母親なしでやっていくことに慣れてしまったのだろうか。それとも、この数カ月のあいだに見聞きしたことに疲れ果て、今やわたしの存在が呼び起こす災難の数々の記憶に怯え、母親をふたたび受け入れたものか迷っているのだろうか……。真相は今もわからない。わたしにしても、着いた途端に、荷物をまとめなさい、家に帰るわよ、と言うような真似はもちろんしなかった。それから数日、わたしはジェノヴァの家に滞在し、普段のように娘たちの世話をした。ピエトロの両親は一度も干渉してこなかった。むしろ、祖父母の権威にすがって娘たちが──特にデデが──わたしに反抗しようとしても、アデーレたちは絶対に相手にせず、あらゆる衝突を避けた。

とりわけグイドは、当たり障りのない話題を極めて慎重に選び、最初はわたしと彼の息子の破局についてまるで触れようとしなかった。夕食のあと、デデとエルサが寝室に向かうと、彼は夜遅くまで仕事をするために書斎にこもる（この点、ピエトロが父親のやり方を踏襲したのは明らかだった）前に、こちらに気を遣って少し話し相手になってくれたが、そのたび気まずそうで、たいていは政治に関する雑談でお茶を濁した。資本主義の危機の深刻化について、緊縮政策という万能薬について、疎外される地域の拡大について、イタリアの不安定な状況を象徴する災害としてのフリウリ地震（一九七六年に発生したフリウリ地方を中心とする大地震。死者約千名）について、左派勢力の抱える大きな困難について、旧来型の政党と極端な主張をする小規模な政治集団の台頭について彼は語った。しかしそうしながらも彼はこちらの意見にまったく興味を示そうとはしなかった。わたしのほうも無理に何か主張しようとは思わなかった。こちらに何か言わせようと決めれば、グイドはわたしの新しい本を開いた。あの本のイタリア語版をわたしはあの家で初めて見た。あちこちのテーブルにどんどん積まれてゆき、ページをめくってもらえる時を待っている本や雑誌と一緒に届けられたのだ。ある晩、彼から本について一連の質問を投げかけられた時、相手がそれを読んだこともなければ、これからも決して読まないだろうことを知っていたわたしは、あらすじを説明し、何カ所か読み聞かせた。たいていは真面目に、とても熱心に、こちらの話を聞いてくれた。一カ所だけ、ソフォクレスの詩文の一節の不適切な引用を批判された。あの時は彼の専門家然とした声に恥ずかしさで身のすくむ思いをした。一見したところ威厳に満ちた男性だったが、それはあくまで見せかけで、ささいなきっかけで鍍金《めっき》が剝げ、その下に隠れている実はそこまで模範的ではない本性が、ほんの数分にせよ、姿を覗かせることがあった。たとえばわたしがフェミニズムについて少し触れた時、グイドはにわかに冷静な態度をかなぐり捨て、目には思いがけず意地悪な光を宿し、普段は血の気のない顔を上気させて、どこかで聞いたらしいスローガンをふたつ、皮肉っぽく口ずさんだ。〝セックスよ、セックスよ、セックスさん。この王国で絶頂に達するのはだーれ？　そんな者はおりません〟　〝わたしたちは繁殖のための機械ではなく、解放のために闘う女たちなのです〟笑顔でそう口ずさむ彼は、いかにも楽しそうだった。わたしが驚き、不快に思っているのに気づくと、彼は眼鏡を手にし、丁寧に拭いてから、書斎に向かった。

そうして過ごした数晩、アデーレはほとんど口を開かなかったが、わたしはほどなくあることを理解した。彼女も、その夫も、こちらが簡単にぼろを出す方法はないかと探っていたのだ。ところがわたしがひっかからなかったので、最後にはグイドが彼なりのやり方で問題の解決を図った。デデとエルサが大人たちにおやすみを告げた時、彼は孫たちに尋ねた。寝る前の習慣となった、穏やかなやりとりでもするような口調だった。

「可愛いお嬢ちゃんたち、お名前を聞かせてくれるかい？」

「デデよ」

「エルサよ」

「それだけかな？　おじいちゃんに名字もきちんと聞かせておくれ」

「デデ・アイロータよ」

「エルサ・アイロータよ」

「そうだ、アイロータだ。誰と同じかな？」

「パパと同じ」

「それから？」

「おじいちゃんと同じ」

「じゃあ、ママのお名前は？」

「エレナ・グレーコ」

「お前たちの名字はグレーコかな、それともアイロータかな？」

「アイロータよ」

「ふたりとも偉いぞ。よし、おやすみなさい。いい夢を見るんだよ」

そして、デデたちがアデーレに連れられて居間を出た途端、孫たちのあどけない答えをきっかけに話を続ける格好で、彼はこう言ったのだ。ピエトロとの別居はニーノ・サッラトーレ君が原因だそうだね。わたしはびっくりして、うなずいた。すると彼は微笑み、ニーノの賞賛を始めたが、それはもはや何年も前に聞かされたような完全な支持ではなかった。サッラトーレ君はとても頭のいい、自分のやるべきことをよく心得た青年だが、しかし――とグイドは反意接続詞に力をこめた――軽薄だ。義父は自分が正しい言葉を選んだかどうか確認するように、そう、彼は軽薄だ、と繰り返した。それからこう続けた。サッラトーレ君が最近発表した文章はどれも気に入らないね……。グイドの声は不意に軽蔑を露わにし、ニーノのことを、社会制度と生産の変革を訴え続けるより、新資本主義のメカニズムをいかに機能させるかを急いで学ぶべきだと主張する輩のひとりとして糾弾した。言い回しこそそんな風だったが、ひと言ひと言が罵倒に等しい激しさを持っていた。

わたしはグイドの言葉が我慢ならなかった。だから彼の間違いを指摘すべく奮闘した。アデーレが居間に戻ってきたのは、わたしがニーノの意見のなかでも非常に過激と思えるものを例に引き、グイドがこちらの話を聞きながらうなっていた時だった。彼は議論の相手に賛成もせず、さりとて反対もしない場合によくそうしてうなった。わたしはぱっと話をやめた。かなり興奮していた。彼は評価を緩めるようなことを少し言ってから（〃まあ、今の我が国の政治的危機の混乱の中で進むべき方向を見定めるのは、誰にとってもたやすいことではないし、彼のような若者たちが、特にやる気があればあるほど、苦労するのはわたしだってわかるよ〃）、立ち上がると、書斎に向かおうとした。しかし、姿を消す前に考えを変えたようだった。居間の入口で足を止めると、憎らしげな声でゆっくりとこう言ったのだ。だが、口ではなんとでも言えるからね。サッラトーレ君の知性には伝統がない。彼は理想のために闘うよりも、権力を握る人間の気を惹くことのほうが好きなタイプだ。よく気が利くテクノクラートになるだろうね……。そこで彼は言葉を切ったが、もっと残酷な言葉が口の先まで出かかっているような気配だった。ところがもごもごとおやすみを告げるに留め、そのまま書斎に向かった。肌に貼りつくようなアデーレの視線を感じた。わたしも部屋に入ったほうがいいと思った。何か言い訳をしよう、疲れたから寝ます、とか。ところがわたしは彼女に期待してしまった。もしかしたら何か空気を和ませるようなことを言って、こちらの気を静めてくれるのではないか。だから聞いてみた。

「ニーノの知性に伝統がないって、どういう意味でしょう？」

するとと彼女は皮肉っぽくこちらを見た。

「彼が誰でもないってことですよ。名のない人間にとっては名を上げることが何よりも重要になる。だから、このサッラトーレという青年は信用が置けないってこと」

「わたしの知性も伝統なんてないです」

彼女はにやりとして答えた。

「そうね、あなたも同じ。事実、あなたは信用ならないわ」

沈黙が下りた。アデーレの声は穏やかだった。言葉にまるで感情をこめず、淡々と事実を述べるような調子だった。いずれにしてもわたしは腹が立った。

「何をおっしゃりたいんですか」

「うちの子を任せたのに、あなたはあの子に対して誠実じゃなかったってこと。ほかに好きな男がいたなら、どうして結婚なんてしたの？」

「ほかに好きな男性がいるなんて思いもしなかったから」

「嘘おっしゃい」

わたしはためらい、嘘を認めた。

「ええ、嘘です。でもお義母さんがきちんとした説明を求めるからいけないんですよ。きちんとした説明って、たいてい嘘なんです。そういうお義母さんだって、ピエトロさんの悪口をおっしゃってたじゃありませんか。それどころか彼と対立するわたしを支えてくださったことだってあった。あれは嘘だったの？」

「嘘じゃないわ。わたしは本当にあなたの味方だった。でもそれはあくまでも、あなたがある約束を守れば、という条件付きの話だった」

「約束？」

「あなたが自分の夫と娘たちと生活を続けることよ。あなたもあなたの娘たちも、アイロータ家の人間だった。あなたに自分は向いてないなんて思ってほしくなかったし、つらい思いもさせたくなかった。よき母、よき妻でいてもらうために手助けもした。でも約束が反故にされたなら、話は別よ。わたしと夫のことは今後、一切当てにしないでちょうだい。それどころか、これまであなたに与えたものはすべて取り上げますから」

わたしはひとつ深く息を吸った。そして彼女と同じように、冷静な声を保とうとした。

「アデーレ、わたしはエレナ・グレーコです。それにうちの娘たちはわたしの娘たちです。アイロータ家のあなたたちなんて、知ったこっちゃないわ」

彼女はうなずいた。表情が青ざめ、厳しくなった。

「そうね、あなたはグレーコ家の人間ね。もうはっきりしすぎなくらい、はっきりしてるわ。でもあの子たちはわたしの息子の娘よ。ふたりの人生を台無しにはさせないわ」

彼女はそう言い捨てると、寝室に向かった。

17

それが義理の両親との最初の衝突だった。それからもいくつもの衝突があったが、その時ほど明瞭にふたりがわたしに軽蔑を示したことはなく、二度目からは、あなたが相変わらず自分勝手を続けるのであれば、デデとエルサはわたしたちに任せるようにという意思をあらゆる手段で伝えてきただけだった。

わたしは当然、反抗した。来る日も来る日も腹が立って、今すぐ娘たちを連れてフィレンツェに行こう、ナポリに行こう、どこでもいいから、とにかくこの家を出よう、もう一分だってここにいるのは嫌だ、と思った。でも毎回、早々と諦め、出発を見送る羽目になった。必ず何か、わたしには不利な証拠となる出来事が起きたからだ。たとえばニーノだ。彼が電話をしてくれば、わたしは耐えられず、どこに来いと言われようが飛んでいった。それに、新しい本がイタリア国内でもさざ波を立て始めていた。有名紙の書評家には揃って無視されたが、読者たちの好評が聞こえるようになってきたのだ。しばしばわたしはそうした読者たちと会う機会をニーノとの逢瀬に絡めて計画したので、娘たちと離れて過ごす時間が余計に長くなってしまった。

わたしはいつもふたりを振り払って出かけなければならなかった。自分を責める視線を感じ、苦しかった。それでも列車に乗り、勉強をしたり、公開討論や何かに備えたり、ニーノとの再会を想像したりすれば、早くも恥知らずな喜びが胸のうちに湧き、わくわくしてくるのだった。そのうち、幸せであると同時に不幸せであるという状態に自分が慣れつつあることに気づいた。それがわたしの人生の新しい状態で、避けようのないことにさえ思えた。ジェノヴァに帰れば罪悪感にかられたが――デデとエルサはとっくに落ちついていて、学校に通い、遊び仲間もできて、わたしがいなくても、必要なものはすべて揃っていた――また出発すれば、そんな罪悪感はわずらわしいばかりで、自然と弱まった。もちろんわたしもその点は自覚していて、そうした感情の振幅がある自分を浅ましく思った。少し有名になり、ニーノに夢中になるだけで、デデとエルサの影が薄くなるなんて。認めるのは屈辱的だったが、それが現実だった。〝子どもたちがどんなに傷つくか考えてみなよ〟というリラの言葉のこだまはまさにこの時期、不幸への入口を示す、決して消えない碑文のような存在となった。わたしはよく旅をした。枕が変われば、眠れぬこともよくあった。そんな時は母さんの呪いの文句が胸に甦り、リラの言葉と渾然一体となった。母さんとリラのことは昔からずっと対照的な人間だと思っていたが、眠れぬ夜にはよくふたりの姿が重なって見えた。ふたりともわたしのすることに反対で、わたしの新たな人生とは無関係な存在に思えた。それこそついに自立した人間になれた証だと感じる一方、誰にも頼れぬ寂しさも覚えた。

　そこでマリアローザとの関係を回復できぬものか試してみた。彼女は例のごとくとても親切で、ミラノのある書店でわたしの新作について語りあう場を用意してくれた。参加者のほとんどは女性で、対立するふたつのグループがわたしを絶賛したり、酷評したりした。最初はびっくりしてしまったが、マリアローザがしっかりと仕切ってくれた上、やがて自分に意外な能力があることを知った。反対側陣営と賛成側陣営の両方をうまく味方につけながら、仲裁役に収まるのだ（〝わたしが言いたかったことは、それとはちょっと違います〟と説得力のある声で言うのがわたしは実にうまかった）。最終的にみんながわたしを祝福してくれた。特にマリアローザは喜んでくれた。

集会のあとは彼女の家で夕食をご馳走になり、泊まった。家にはフランコがいて、シルヴィアとその息子、ミルコがいた。わたしはずっと男の子の様子をうかがい——八歳になるはずだった——ニーノとの外見の相似点に留まらず、きっとあるはずの性格的に似たところまで数え上げていった。ミルコのことを知っているとニーノに告げたことはなかったが、その時、この先も言うまいと決めた。それでもわたしはひと晩中、男の子に話しかけたり、撫でたり、遊んだり、膝に抱いたりして過ごした。世界はなんと無秩序なのだろう。わたしたちはどれだけ多くの自分の破片を撒き散らしながら生きていることか。生きることはすなわちばらばらに破裂することである、とでも言うかのように。ミラノにはこの子がいて、ジェノヴァにはわたしの娘たちがいて、ナポリにはアルベルティーノがいる……。わたしは黙っていられなくなり、そんな分散について、夢から覚めた思索家のような態度で、シルヴィアとマリアローザとフランコを相手に話してみた。実はフランコに期待していた。昔のように、彼が議論をリードし、その見事な話術ですべてを整理し、現況を総括し、将来を予見して、わたしたちを安心させてくれるのではないか……。ところがよりによって彼に、わたしはその晩、誰よりも驚かされる羽目になった。フランコはひとつの季節がまもなく終わろうとしていると語った。それは〝客観的に見て〟——その言い回しを彼は自嘲気味に使った——革命的な季節だったが今や終焉を迎えつつあり、羅針盤の役目を果たしてきたあらゆる階層のリーダーたちを連れ去ろうとしている。そう言うのだった。

「そうかしら」わたしは反論したが、彼を挑発したいだけだった。「イタリアの状況は活気があって、闘争も活発だと思うけど」

「そう思うのは、君が今の自分に満足しているからさ」

「そんなの嘘、わたし憂鬱だもの」

「憂鬱な人間は本なんて書かないよ。本は喜んでる人間とか、よく旅をする人間とか、恋をしている人間が書くものだ。その手の連中はとにかくよくしゃべる。言葉はいつだって正しい宛先になんとか届くものだと思いこんでるんだな」

「違うの？」

「違うね。言葉が正しい場所に届くなんてことは滅多にないよ。あったとしても、極めて短い時間に限っての話だ。あとはでまかせだらけのおしゃべりに費やされるだけさ。今の僕らのようにね。あるいは、何もかも予定どおりだというふりをするのに利用されるか、だな」

「ふり？　いつだって予定どおりだって顔してたの、あなたじゃない？　みんな嘘だったの？」

「そうかもしれないよ。多少の嘘は生理的な行為だ。実際、革命を起こしたがっていた僕らは、大混乱の真っただ中にいても、必ず何か秩序を思いついて、物事がこの先どう進行するか正確にわかっているふりをしてきたじゃないか」

「それって自己批判なの？」

「悪いかい？　まともな文法にまともな構文で語り、あらゆる問いかけにひとつの答えを用意する。あとは、理路整然とした議論を組み立てる技術がたっぷり必要だ。これはこれから派生して、必然的にこれにいたる、ってね。それで一丁上がりさ」

「それじゃもう駄目なの？」

「いや、ぜんぜんOKだよ。どんな問題を前にしても困らないってのは実に快適なもんだ。膿む傷もなければ、癒やされぬ傷もないし、どんな暗い部屋だって恐くないんだから。ただね、ペテンが効かなくなる時がきっと来るんだ」

「どういうこと？」

「べらべらべら、べらべらべら、だよ、エレナ。言葉から意味が失われつつあるんだ」

彼はまだ話をやめなかった。しばらくは吐いたばかりの自分の台詞を皮肉り、彼自身とわたしをからかうようなことを言った。そして最後に、俺、馬鹿ばっかり言ってるな、と言うと、あとは黙ってわたしたち三人の話に耳を傾けていた。

印象的だったのは、シルヴィアからはいつか受けた暴行のおぞましい痕跡が完全に消えていたのに対し、フランコのほうは数年前に受けたリンチのせいで、過去の彼とは別の肉体、別の精神が徐々に表に出てきたという事実だった。彼はトイレに行くためにしょっちゅう立ち上がり、わずかながらも片足を引きずって歩くようになっていた。義眼が不格好に収まった赤紫色の眼窩は、不思議と反対側の目よりも闘志に燃えて見えた。そちらの目は生きているのに、憂鬱で曇ってしまったらしい。最大の変化は、昔の素敵に精力的なフランコはもちろん、病み上がりの陰鬱な彼までいなくなった、ということだった。今の彼は優しく悲しげで、愛のある皮肉が言える人間に見えた。たとえばシルヴィアが、あなたは娘たちを取り返すべきだ、とわたしを応援してくれ、マリアローザは、安定した生活ができるようになるまで子どもたちは祖父母の元に置いておくのがいいと言ったのに対し、フランコは、わたしの男性的能力――と彼が冗談めかして呼ぶもの――をやたらと褒め、女性の義務などにかまけることなく、是非ともその力を磨けと勧めるのだった。

寝室に入ってから、わたしはなかなか眠れなかった。何が娘たちのためになり、何がならないのだろう。そして何がわたしのためになり、何がならないのか。それは娘たちのそれと一致しているのか、いないのか……。その夜、ニーノは陰に隠れ、リラがまた浮かび上がってきた。ただしリラひとりで、彼女を支えるうちの母さんの姿はなかった。リラと喧嘩がしたかった。こんな風に怒鳴りつけてやりたかった。わたしのすることにけちばかりつけないでよ、どうすればいいのかきちんと教えて……。

それからやっと眠れた。翌日、わたしはジェノヴァに戻り、デデとエルサに向かってなんの前置きもなくこう告げた。ピエトロの両親も聞いていた。

「ねえ、聞いてちょうだい。ママはしばらく仕事がもの凄く忙しいの。二、三日したら、また出かけるし、そのあともずっとそんな感じなの。ふたりはどうする？　ママと一緒に来たい？　それともおばあちゃんたちと一緒がいい？」

こうして書いている今も、そんな質問をした自分が恥ずかしくてたまらない。

まずはデデが答え、続いてすぐにエルサが声を合わせた。

「おばあちゃんたちと一緒がいい。でもママも、できるだけでいいから、帰ってきてね。それとお土産を忘れないで」

18

それからわたしの生活がいくらか落ちつきを取り戻すまでには、二年以上の歳月が必要だった。それは喜びと悲しみ、悪い知らせと苦しい妥協に満ちた月日となった。わたしは苦悩に満ちた私生活を送りながらも、表舞台では成功を収め続けた。何よりもニーノの前でいい格好がしたくて書いた、あの百ページに満たぬ最新作はドイツ語と英語にも翻訳された。十年前の処女作はフランスでもイタリアでもふたたび人気が高まり、わたしはまた新聞と雑誌に寄稿するようになった。エレナ・グレーコの名と本人は次第にそこそこの知名度を回復し、日々はかつてのように多くの予定で埋まりだし、わたしは当時の有名人たちの関心を呼び、時には彼らの高い評価さえ受ける存在となった。だが、わたしが自信を回復できたのは、ミラノの出版社の出版部長に聞かされたある噂話のおかげが大きかった。初めて会った時からわたしのことを気に入ってくれた彼だ。ある晩、その彼と夕食に出かけた時のことだった。出版界におけるわたしの将来を話しあうため、というのが建て前の席だったが、ニーノの評論集の出版を提案したいという下心もあった。そこで彼が、去年のクリスマスごろに実はアデーレが圧力をかけてきて、今度の薄い本の刊行をやめさせようとした、と明かしてくれたのだった。「アイロータ家の人々はね」出版部長は冗談めかして言った。「朝食には、裏から手を回して事務次官をひとり任命させて、夕食には、大臣をひとり辞めさせる習慣なのさ。だが、彼らも君の本は止められなかった。原稿は完成していたし、わたしたちも構わず印刷に回したからね」

当初、国内の新聞と雑誌に掲載される書評が少なかったのも彼に言わせれば、やはりアデーレが動いたためだろうとのことだった。つまり、新しい本がそれでも成功を収めたとすれば、それは、もちろんアイロータ教授夫人がご親切にも矛を収めたからなどではなく、わたしの文章が持つ力によるものと見て間違いないというのだった。こうしてわたしは、今度ばかりはアデーレになんの恩義も感じなくてよいと知ったのだった。彼女はわたしがジェノヴァに戻るたびに、みんな自分のおかげだと繰り返していたが、そうではなかったのだ。自信が湧き、誇らしさでいっぱいになった。そして、わたしがひとりでは何もできなかった時代は終わったとさえ思った。

リラはそうした変化にまるで気がつかなかった。彼女は地区の奥底から、もはやわたしには吐いた唾ほどの大きさにしか思えなくなっていたあの狭い空間から、相変わらずこちらのことを自分の付属品か何かのように思っていた。ピエトロからジェノヴァの家の電話番号を聞き出すと、彼女はわたしの義理の両親の迷惑などお構いなしでその番号へかけてくるようになった。わたしが捕まれば、こちらの沈黙には気づかぬふりで、ひとりでふたり分、とうとうとしゃべり続けた。話題はエンツォのこと、仕事のこと、学業優秀だという息子のこと、カルメンのこと、アントニオのことだった。ところがわたしが捕まらないと、病的なしつこさで電話をかけ続け、アデーレに――あのひとはノートにわたし宛ての電話をいちいち記録していた。何月何日、サッラトーレ（三回）、チェルッロ（九回）という風に――こちらが愚痴られる羽目になった。わたしはリラの説得を試みた。ジェノヴァの家でわたしがいないと言う時はいくらかけ直しても無駄で、あの家はわたしの家ではないのだから、こっちだって困るのだ、と。しかし無駄だった。彼女はついにニーノにまで電話をかけるようになった。そこで実際に何が起きたのかはよくわからない。彼は困った様子で、問題を矮小化しようとし、こちらの気に障るようなことを言うまいとびくびくしていたからだ。彼は最初、リナが何度もエレオノーラの家に電話をかけ、妻を怒らせたと言っていたが、よく聞いてみると、どうやらエレオノーラがドゥオーモ通りのニーノの居候先にじかに電話をしてきて、彼のほうが慌ててリラに電話をかけ、ひっきりなしに妻に電話をするのをやめさせようとした、という流れだったらしい。いずれにせよ確かなのは、ニーノがリラに求められ、彼女と会わざるを得なくなったということだ。ただし彼女はひとりではなかった。リラがカルメンを連れてきたという点を彼はただちに強調した。なぜならカルメンが――――そう、リナよりもカルメンのほうが――君と急いで連絡を取りたがっていたからなんだ。

　わたしは無感動に彼の報告に耳を傾けていた。リラはまず、わたしが人前で自分の本について話す時、どんな風に振る舞うか事細かに知りたがったそうだ。どんな服を着て、どんな髪型で、どんな化粧をしているのか。恥ずかしげなのか、それとも愉快なのか、原稿を読むのか、即興なのか。それだけ聞くと彼女は口を閉じ、カルメンに場を譲ったそうだ。こうして、そんなに急いで彼女がわたしと話したがっていた理由はパスクアーレに関する用件であったと判明した。カルメンは独自の筋からナディア・ガリアーニが外国で無事でいることを知り、わたしに改めてガリアーニ先生に連絡を取り、先生の娘が無事ということはパスクアーレも無事なのか、聞いてみてほしいというのだった。カルメンは二度ばかり大声になり、こう言ったそうだ。金持ちの家の子はなんとかなって、うちの兄貴みたいな人間は駄目だなんて許せないもの……。続けて彼女はわたしに必ず伝えてほしいとして――あたかもそうして兄を心配すること自体が犯罪行為であり、わたしも共犯者とみなされる危険があるとでもいうかのように――自分を助けたければ、高校時代の恩師に連絡を取る時も、自分に連絡する時も、電話は使わないでほしいと強調したそうだ。ニーノの結論はこうだった。カルメンもリナもかなりおかしいよ。相手にしないことだね。厄介ごとに巻きこまれるかもしれない。

わたしは思った。ほんの数カ月前であれば、たとえカルメンが同席していても、ニーノとリラが会えば、自分は警戒したことだろう。ところが今回はまるで平気だ……。わたしはほっとした。それだけ自分はニーノの愛情を確信しているということなのだ。リラのほうが彼を奪おうとする危険はあるにしても、成功するとは思えなかった。わたしは彼の頬を撫で、楽しげに告げた。そういうあなたのほうこそ、厄介ごとには気をつけてよね。いつも忙しいって言うくせに、どうして今度は時間があったの？

19

リラが自分の周りに定めた境界がいかに強固なものであるかに気づき、わたしが驚いたのはそのころだった。彼女は時につれ、地区の外で起きることに無関心になっていった。地元以外の何かに夢中になることがあるとすれば、それは彼女の幼なじみに関係した場合に限られた。ついには仕事まで、わたしの知る限り、ごく狭い域内のものしか興味を持たなくなっていた。エンツォが仕事のために時にはミラノやトリノまで出張することは有名だった。一方、リラは決して動かなかった。そんな地区に引きこもろうとする彼女の姿勢に、わたしは自分が旅の喜びに取り憑かれて初めて真剣に注目しだした。

あのころのわたしは国外に行ける機会があればまず逃さなかった。特にニーノと一緒に行けるとなれば言うまでもなかった。たとえば、わたしの薄い本を出した西ドイツの小さな出版社が同国とオーストリアを巡る宣伝ツアーを企画した時、彼は仕事をすべて投げ出して、わたしのために陽気で従順な運転手を務めてくれた。わたしたちは十五日ばかり縦横無尽に旅をし、幾枚ものまばゆい色彩の絵画に沿って進むようにさまざまな風景の中を移動した。どの山も湖も町もモニュメントも、わたしたちカップルの日々に入ってきては、今、その時を楽しむふたりの喜びの一部となり、ふたりの幸福のために丁寧に手を貸してくれているような気がした。礼儀知らずな現実がふたりに追いつき、わたしが毎晩、非常に過激的な聴衆に向かって語るその内容と一致してわたしたちを脅かす時も、わたしと彼はあとでその恐怖を素敵な冒険でもしたみたいに語りあったものだ。

ある夜、彼と車でホテルに戻ろうとしていたら、警察に止められた。闇の中、銃を握る制服姿の男たちの口から発せられるドイツ語は、わたしの耳にも、ニーノの耳にも、やけに不吉に響いた。警官たちはわたしたちを車から荒っぽく引きずり出すと引き離し、悲鳴を上げるわたしを一台の車に、彼を別の車に乗せた。それからふたりは小さな部屋でまた一緒になり、しばらくそのまま放置されたのち、乱暴な尋問が始まった。身分証明書を見せろ、滞在の目的は？　職業は？　一方の壁には写真がずらりと並んでいた。沈鬱な顔ばかりで、ほとんどは髭の生えた男性だったが、短髪の女性もちらほらいた。やがて自分が懸命にパスクアーレとナディアの写真を探していることに気づき、わたしは驚いた。そこに彼らの写真はなかった。明け方になってわたしたちは釈放され、強制的に車を放置させられた空き地に連れ戻された。謝罪の言葉は一切なかった。わたしたちはイタリアナンバーの車に乗り、ふたりともイタリア人だったから、所定の取り調べを行ったまでだ、という訳だった（七〇年代末の当時は極左テロ組織「赤い旅団」等、イタリア人テロ組織の活動が活発であった）。

ドイツで自分が、世界中の犯罪者たちの指名手配写真のなかに、リラがそのころ一番心配していた人間の写真をとっさに探そうとしたという事実にわたしは衝撃を受けた。あの夜、パスクアーレ・ペルーゾは、彼女が自らこもった狭い空間の中からずっと広い空間にいるわたしに向けて撃った信号弾のように思えた。世界規模の事件の渦中にあるパスクアーレのことを忘れるな、という彼女からのメッセージだ。カルメンの兄はそうして数秒間、ますます小さくなるリラの世界とますます広がるわたしの世界の接点となったのだった。

毎晩、見知らぬ異国の町で自分の本について語ると、最後には必ず、当時の厳しい政治的空気についての質問が殺到したが、わたしはそのたび〝抑圧〟という言葉を核にした一般論で切り抜けた。ひとりの作家として、表現力豊かな返事をしたかったから、たとえばこんな風に答えた。一台のローラー車が西から東へ、国々を横断しつつあります。免れる土地はないでしょう。その目的は全世界に秩序を取り戻すことです。ただしそれは、労働者は働け、失業者は嘆け、飢える者は衰弱せよ、知識人はいたずらに言葉を費やせ、黒人は奴隷たれ、女は女らしくあれ、そういう秩序です……。でももっと心から、正直に、自分の言葉で語りたくなる時もあって、そういう場合にはパスクアーレの話をし、彼の子ども時代からお尋ね者になるまでの悲劇的な歩みを順に語った。わたしにはそれ以上に具体的な話をする力がなかった。演説に使う語彙は十年前に身につけたものだったが、地区のある種の出来事を引用しない限り、自分にはそうした言葉にしっかりと意味を持たせることができない、そんな気がしていた。話の残りの部分は、すでに調整済みで、効果も保証付きの素材を並べ立てるだけだった。ただ、処女作を出したころのわたしの話は遅かれ早かれ革命の呼びかけにたどり着いたものだが——それが時代の共通した空気に思えたからだ——今やわたしは革命という言葉を避けるようになっていた。その言葉をニーノが単純に過ぎるとみなすようになったせいもあれば、彼から政治の複雑さを学ぶにつれ、わたしが以前より慎重になったせいもあった。むしろわたしは〝造反に理あり〟というスローガンに頼り、続けてすぐに、我々はもっと世間の支持を得る必要がある、国家は想像していたよりも長続きするだろう、統治の術を急いで覚えなくてはならない、と訴えるようになっていた。自分の話に満足できぬまま会場を去ることもしばしばだった。ただニーノを喜ばせたいがゆえに自分は論調を控えめにしているのではないか、そう思うこともあった。その彼は、紫煙に霞む会場で椅子に座り、たいていはわたしと同年輩かもっと若くてきれいな外国娘たちに囲まれて、こちらの話に耳を傾けていた。いつかピエトロと口論をした時のような古くて暗い衝動に身をゆだね、つい大げさなことを口走ってしまうこともよくあった。特に聴衆がすでにわたしの本を読んでいる女性たちで、刺激的な台詞を期待している場合だ。自らを取り締まる警官にならぬように気をつけましょう、とか、闘争は生きるか死ぬか、我々が勝利をつかむ瞬間まで終わりません、なんて言葉が口から飛び出した。そんな時はあとでニーノにからかわれ、君はいつだって大げさだなと言われ、ふたりで笑ったものだ。

夜、彼の隣にうずくまり、こんな独白をして、自分の気持ちを確認しようとしたことも何度かあった。わたし、過激な言葉が好きなの。政党の妥協とか国家の暴力を非難するような言葉が。あなたが考えるような政治は——あなたが言うんだからそれが本当の姿だとは思うんだけど——退屈なの。だから政治はそっちにお任せするわ。そういう活動はわたしには向いていないと思う……。でもそこでわたしは思い直し、過去に意地になって子連れで参加したような別の種類の活動にも自分は向いていないらしい、と付け加えた。デモの攻撃的なシュプレヒコールが恐ろしく、過激派も、武力闘争も、街頭の死者も、なんでも敵視する革命派の憎悪も恐かった。わたし、人前で話さないといけないでしょ？　そのくせ自分が何者だかわかってないの。自分の言葉がどこまで本気なのかよくわからないのよね……。

そうしてニーノと一緒にいる今ならば、どんなに秘められた気持ちも言葉にできる気がした。自分にさえ黙っていた気持ちも、矛盾した気持ちも、卑しい思いさえも。彼は自信にあふれ、頼もしくて、どんな質問をされても詳細な意見を披露した。翻《ひるがえ》ってわたしのほうは、幼い日々の混沌とした反骨精神の上に、いい格好のできる文句が記された清潔なカードをいっぱい貼りつけたような気分だった。ボローニャのある集会に彼と向かった時は――わたしたちは、自由の町として知られていたかの町を目指す闘士たちの大行進の一部をなしていた――警察の検問がたくさんあって、五度も止められた。そのたび銃を突きつけられ、車から出ろ、身分証明書を見せろ、壁に向かって立てと命じられた。わたしはドイツで取り調べを受けた時よりも怯えた。そこはわたしの母国であり、警官の言葉はわたしの母国語だった。わたしは神経を逆撫でされ、黙っていよう、指示に従おうとしたのだが、つい金切り声を上げ、知らぬ間に方言になって、自分を突き飛ばす警官たちの無礼を派手に罵った。怯えと怒りがそんな風にごちゃ混ぜになると、往々にしてわたしはそのどちらの感情も制御できなくなった。ところがニーノはいつも冷静だった。警官たちに冗談を言って、うまいことなだめ、わたしを落ちつかせようとした。彼にとって大切なのはわたしたちふたりだけだった。僕と君は今、ここに、こうして一緒にいる、それを忘れちゃいけないよ――彼はそう言うのだった――あとはどうでもいいことさ、そのうちきっと変わるから。

20

あのころ、わたしとニーノはいつも行動中だった。わたしたちは何かが起きている現場に居合わせたい、観察したい、学びたい、理解したい、考えたい、証人になりたいと思っていた。そして何よりもまず、愛しあいたかった。鳴り響くパトカーのサイレン、検問、ヘリコプターの回転翼が空を切り裂く音、惨殺された死者たち、そうしたものはいずれも、ふたりの関係が始まって以来の時間をわたしたちが刻みこむための石盤だった。あれから何週間たった、何カ月がたった、一周年だ、一年半がたった……という具合に。起点は常にフィレンツェの家でわたしがニーノの部屋に向かったあの夜だった。あの時からふたりの本物の人生は始まった。わたしたちはよくそう言いあった。〝本物の人生〟というのは、現実の日々の恐怖に直面した時にもわたしたちを見捨てなかった、神秘的な輝きのようなもののことだった。

アルド・モーロ（イタリアの政治家、一九七八年に「赤い旅団」に誘拐され殺害された）が誘拐された直後、わたしたちはローマにいた。ニーノがナポリ出身の同僚が書いたイタリアの南部問題政策と地理に関する本をローマで紹介することになり、わたしも合流したのだった。彼は講演で本についてはほとんど触れず、誘拐されたモーロと同じキリスト教民主党に所属する首相をおおいに批判した。聴衆の一部はニーノの言葉に怒りだし、わたしは恐くなった。彼はこう言ったのだった。国家に泥を塗り、その最悪な一面を披露し、赤い旅団が生まれる素地を作ったのはまさにモーロだった。あの男が汚職まみれの自分の党の厄介な真実を隠し、それどころかキリスト教民主党を国家と同一視し、あらゆる告発と刑罰からかばったのが悪いのだ……。最後に彼が、体制を守るということは本来、過ちを隠蔽することではなく、むしろ、余すところなく透明化し、効率化し、その隅々まで司法の光で照らすことだと結論した時も、聴衆の興奮は収まらず、激しい罵声が降りかかった。ニーノの顔がどんどん青ざめていくのを見て、わたしは急いで彼を会場から連れ出した。わたしたちはふたりだけの世界に避難した。そこにいれば輝く鎧をまとったみたいに安心だった。

そんな時代だった。ある晩、わたしもフェラーラでひどい目に遭った。モーロの遺体が発見されてから一カ月と少しという時期に、誘拐犯のことをつい人殺し呼ばわりしてしまったのだ。言葉の選択はいつだって容易ではなかった。聴衆が求めていたのは当時の極左における標準的な言葉遣いであり、わたしも慎重に慎重を期した。それでもしばしば興奮して、素のままの言葉が口を飛び出してしまうことがあった。人殺しという言葉は会場の誰にも喜ばれず──〝人殺しは極右の連中のほうだ〟と彼らは言うのだった──わたしは非難され、批判され、しつこく野次られ、黙りこんだ。そんな具合に突然、人々の支持を失うたびにわたしはひどく苦しんだ。自信を失い、ずっと下のほうまで引きずり下ろされて、昔の自分に戻ってしまったようで、政治的に無能な女、余計なことは言わずに黙っていたほうがいい女に成り果てた気さえして、しばらくは聴衆と対峙する仕事を避けた。〝誰かを殺せば、それは人殺しでしょ？〟あの晩は混乱のうちに終わり、ニーノなど狭い会場の奥で誰かと殴りあい寸前まで行ったほどだった。だがあの時も、大切なのはふたりの世界に戻ることだけだった。そう、ふたり一緒ならば、どんな批判を受けても心底つらいということはなかった。それどころかわたしたちは尊大になり、自分たちの意見しか意味がないとさえ思った。だからわたしと彼は夕食の席に急ぎ、おいしい料理とワインを目指して急ぎ、セックスを目指して急いだ。互いにしがみつき、抱きあうこと。大切なのはそれだけだった。

21

初めて頭から冷水を浴びせられるような思いをしたのは一九七八年の年末のことで、衝撃的な知らせの主は当然、リラだった。それは十月なかばに始まった一連の不愉快な出来事の終着点だった。まずはピエトロが、大学からの帰り道に襲われた。犯人は若者ふたりで――極左なのか、極右なのかはもうよくわからなかった――顔は隠さず、棍棒で殴りかかってきた。わたしは病院に駆けつけた。ひどく落ちこんでいるに違いないと思ったら、頭は包帯で覆われ、片目の周りが黒ずんでいたが、ピエトロは元気だった。彼は恨みごとは水に流したような声でわたしを迎えてくれたが、やがてこちらのことは忘れ、数人の教え子たちとばかり話した。そのなかにひとり、とても可愛らしい女の子がいた。ほとんどの学生が帰ると彼女はピエトロの横、ベッドの端に腰かけ、彼の片手を握った。タートルネックの白いセーターを着て、青いミニスカートを穿き、黒髪を背中まで伸ばしていた。わたしは彼女に優しく接し、大学での専攻を尋ねた。すると卒業試験まではまだ二科目、試験が残っているが、今から卒業論文のためにカトゥルス（古代ローマの抒情詩人、前八四ごろ～五四）の研究を始めているとのことだった。とても優秀なんだよ、とピエトロは褒めた。名前はドリアーナといった。わたしが病室にいるあいだ、彼女が彼の手を離したのは、枕の位置を少し直した時だけだった。

その晩、フィレンツェの家に、義母がデデとエルサを連れてやってきた。わたしがドリアーナの話をすると、アデーレは満足そうに微笑んだ。息子の恋人のことはとっくに知っていたのだ。彼女は言った。あの子を捨てたのはあなたでしょ、何を期待していたの？　翌日、わたしたちは揃って病院に向かった。デデとエルサはまもなくドリアーナに惹きつけられ、彼女のネックレスとブレスレットに夢中になった。娘たちは父親のこともわたしのこともほとんど構わず、ずっと中庭でドリアーナと祖母と遊んで過ごした。新しい季節の始まりだ。わたしはそう思い、ピエトロの意図を慎重に探った。襲撃を受ける前から彼が娘たちを訪問する頻度は減っていたが、これで理由もわかった。わたしは彼にドリアーナをどう思っているのかと尋ねた。すると彼らしい誠実な語り口で思いの丈を語りだした。一緒に暮らすつもりなのかと聞くと、まだ早すぎるし、わからないけど、多分、そうなるんじゃないかな、という答えが返ってきた。そういうことなら、娘たちをどうするか決めないといけないわね、と思いきって言ってみると、彼は同意してくれた。

わたしはただちにこの新しい状況についてアデーレと話しあおうとした。ところがこちらが愚痴を言いたがっているものと勘違いされそうになったので、彼に恋人ができたことを自分は少しも残念に思っていない、問題は子どもたちなのだと説明した。

「どういうこと？」彼女は警戒した声で言った。

「これまでは必要に迫られて、お義母さんにふたりを預けてきました。ピエトロさんが落ちつくのを待とうと思ったからです。でもあのひとが元気になったので、状況は変わりました。わたしにだって、少し落ちついた暮らしをする権利はあります」

「それで？」

「ナポリに家を借りて娘たちと暮らそうと思います」

激論になった。アデーレは孫娘たちをとても大切に思い、わたしに任せるのを不安がっていた。自分のことばかり考えているあなたにきちんとふたりを育てられるはずがない、と責められ、女の子がふたりもいるのによその男を——ニーノのことだ——家に入れるなんて不用心に過ぎるというようなことまで言われた。そして最後に彼女は、わたしの孫がナポリみたいな無秩序な町で育つなんて絶対に許さない、と言いきった。

わたしたちはあらゆる難癖をつけあった。たとえば彼女はうちの母さんを引き合いに出した。息子からフィレンツェの家でのあのひどい喧嘩のことを聞いたのだろう。

「あなた、出張の時、誰にふたりを預けるつもりなの？」

「誰に預けようが、そんなのわたしの勝手です」

「デデとエルサを、簡単に理性を失うような人間と接触させる訳にはいかないわ」

わたしはこう言い返した。

「わたしずっと、お義母さんこそ、自分がほしいと思っていた理想の母親の姿だと思っていました。でも間違ってたわ。うちの母のほうがずっとまともだもの」

22

続いてわたしはピエトロに対し、娘たちの問題を改めて投げかけた。すると彼のほうは、あれこれ不満はあるにせよ、できるだけ長くドリアーナと一緒にいるためならば、どんな合意でも受け入れるつもりでいるとわかった。そこでわたしはニーノと話しあうため、ナポリに向かった。こんなに微妙な話を電話一本で片付けたくなかったのだ。もはや慣例となっていたが、彼はその時もドゥオーモ通りの部屋にわたしを泊めてくれた。彼が普段からそこで暮らしていて、今はそこが彼の家であることは知っていた。いつ来ても仮住まいのような雰囲気も、長いこと洗濯されていないシーツも嫌だったが、とにかく彼に会えるのが嬉しくて、わたしは毎度喜んでそこに向かった。娘たちを連れて引っ越してくるつもりだと告げると、彼は喜びを爆発させた。わたしたちは決定を祝った。みんなで暮らすための部屋は僕ができるだけ早く見つけると彼は約束してくれ、厄介なこともきっと起きるだろうが、すべて僕に任せてくれと請け合った。

わたしはほっとした。忙しくあちこち駆け回り、苦しんだり楽しんだりしてきたが、そろそろ落ちつきたかったのだ。いくらかは蓄えができ、ピエトロから娘たちの養育費をもらえる約束もあり、出版社と次作について条件のいい契約まで結ぼうとしていた。それに、ようやく大人になれたような気もしていた。作家としての名声は高まる一方であり、ナポリへの帰郷はひとつの刺激的な賭けとなり、仕事にも多くの成果をもたらす可能性があった。だがなんといっても、ニーノと暮らしたいというのが最大の動機だった。彼と散歩をし、彼の友人たちと会い、侃々諤々の議論をやって、夜更かしするのだ。日当たり最高な、海の見える部屋を借りたかった。娘たちがジェノヴァの贅沢な暮らしを恋しがるような部屋は嫌だった。

引っ越しを決めたとリラに電話で教えるのはやめておいた。絶対にあれこれ口出ししてくるだろう、それは勘弁してほしかった。その代わりカルメンに電話をした。彼女とはそれまでの一年間でいい関係が築けていた。彼女に喜んでもらいたくて、ナディアの兄、アルマンドともすでに会っていた。その時に知ったのだが、アルマンドは今やただの医師ではなく、プロレタリア民主党の代表的メンバーとなっていた。彼はわたしの最新作を褒めてくれ、ナポリでも今度の本についてどこかで講演会を開くべきだと勧めてくれた。それから彼自身が開局したという、多くのリスナーを持つラジオ局に強引に連れていかれ、この上なくみすぼらしく雑然としたスタジオでインタビューを受けた。ただ、彼が冗談めかして言うところの〝僕の妹に対する君の回帰性好奇心〟に対する回答はあいまいだった。ナディアは元気にしており、母親と一緒に長い旅に出た、とまでは言うのだが、それ以上は何も教えてくれなかったのだ。一方、パスクアーレについては何も知らず、知りたくもないそうで、あの素晴らしかった政治的な季節を破滅させたのは、あの手の輩なんだ、とまで言った。

もちろんカルメンには、アルマンドと会った時の話はオブラートに包み、要点だけを教えたが、同じくがっかりされてしまった。静かに失望するその姿に心を動かされ、以来、わたしはナポリに帰ると、時おり彼女に会いにいくようになった。彼女のつらさはわたしにもわかった。パスクアーレは〝わたしたちの〟パスクアーレだった。何をしでかしたにせよ、わたしも彼女もやはり彼のことが好きだったのだ。彼に関するわたしの記憶はもはや細切れで、ふわふわと頼りなかった。地区の図書館で一緒になった時のこと、マルティリ広場での喧嘩、リラに頼まれてわたしを車で迎えにきた時のこと、フィレンツェのわたしの家に彼がナディアとやってきた時のこと、せいぜいそれくらいだった。ところがカルメンはもっと密度の高い存在感をもってわたしに迫ってきた。幼かった彼女の悲しみ──カルメンの父親が逮捕された時の記憶はわたしの中でなお鮮やかだった──が今や、彼女が兄のために覚えている悲しみ、兄の運命をいつまでも見守り続けようとする覚悟と結びついて見えた。以前の彼女がわたしにとって、リラのおかげでカッラッチ家の新しい食料品店で店員をすることになった単なる幼なじみであったとしたら、今の彼女は喜んで会いたい大切な友人だった。

わたしたちはドゥオーモ通りのバールで落ちあった。店内は暗かったので、通りに出るドアの近くに座った。わたしはカルメンに自分の計画を事細かに教えた。彼女からリラに伝わるのはわかっていたが、それでいいと思った。黒ずくめの格好で色黒の彼女は、口を挟まず、熱心にこちらの話を聞いてくれた。おしゃれな服を着て、ニーノの話ばかりして、素敵な家に住みたいと思っている自分が軽薄に思えた。やがて彼女は時計を眺めると、言った。

「もうすぐリナが来るわ」

むっとしてしまった。わたしが会いたかったのはカルメンで、リラではなかったからだ。だからこちらも時計を眺めると、「わたし、もう行かないと」と断った。

「待って、五分もしたら来るはずだから」

カルメンは愛情と感謝のこもった声でリラについて語りだした。リナは友だちみんなを助けている。リナは両親から兄から、果てはステファノにいたるまで、みんなの面倒を見ている。リナはアントニオのために家を見つけ、彼のドイツ人の奥さんととても仲よしになった。リナは電子計算機の仕事で独立するつもりでいる。リナは裏表なくて、お金持ちで、心が広くて、困った時はお金だって出してくれる。リナはパスクアーレをなんとしてでも助けるつもりでいる……。やがて彼女はため息混じりに言った。レヌーはいいわね、あなたたち、ずっと仲よしだったじゃない？　わたし本当に羨ましかったんだから。そう言う彼女の声の響きも、手の動きも、口調も、仕草も、なんとなくリラを思わせるところがあった。わたしはアルフォンソのことを思い出した。男性である彼が、顔立ちまで彼女に似て見えたあの時。地区全体がリラを基準に落ちつこう、彼女に倣おうとしているのだろうか。

「もう行くわ」わたしは言った。

「もう少しだけ待ってやって、リナから大切な話があるから」

「カルメンが教えてよ」

「駄目、あの子の役目だから」

わたしはますます不機嫌になりながら待った。そしてようやくリラが現れた。今回はアメデオ広場で会った時よりもずっときれいに装っていて、やる気さえあれば彼女は今もとてもきれいになれるんだと気づかされた。リラはわたしに向かって叫ぶように言った。

「決めたのね、ナポリに戻るって」

「うん」

「どうしてカルメンに教えて、わたしには何も言ってくれないの？」

「あとで言うつもりだったの」

「親には教えてあげた？」

「まだ」

「エリーザは？」

「やっぱりまだ」

「お母さん、調子悪いよ」

「病気？」

「咳が出るのに、病院に行きたがらないの」

わたしは座ったままそわそわし、また時計を眺めた。

「カルメンが言ってたけど、わたしに何か大切な話があるって？」

「いい話じゃないんだ」

「聞かせて」

「アントニオにニーノの様子を探ってもらったの」

思わずびくっとした。

「様子を探るって、どういう意味？」

「あの男が何をするか観察するってこと」

「でもどうして？」

「それがレヌーのためだと思ったから」

「余計なお節介焼かないでほしいんだけど」

リラは助けを求めるようにちらりとカルメンを見やってから、またこちらを見た。

「そんな風に思うんだったら、話すのやめておく。レヌーをまた怒らせるの嫌だもの」

「怒らないよ。でも早く話して」

彼女がわたしの目をまっすぐに見つめ、虚飾のない標準語で明かしたところによれば、ニーノは妻と別居などしておらず、彼女と息子と同じ家で暮らし続けており、その褒美として、義父が頭取を務める銀行が出資する有名な研究機関の所長に先日着任したばかりだという。彼女は最後に尋ねてきた。

「知ってた？」

わたしは首を横に振った。

「ううん」

「もしも信じられないなら、ニーノのところに一緒に行こうよ。今の話を一字一句、同じように、あいつに直接ぶつけてやるから」

わたしは片手を振り、その必要はないと伝えた。

「信じるわ」そうつぶやきながらも、わたしは彼女の目を避けて、ドアの向こうの通りを眺めた。

そのうち、ずいぶん遠くからカルメンのこんな声が聞こえてきた。もしもリナたちがニーノのところに行くんなら、わたしも行くわ。三人であいつをぎゃふんと言わせてやろうよ……。彼女がこちらの注意を求めて、腕にそっと触れてきたのがわかった。幼いころ、教会の横の公園で彼女と並んでフォトコミックを読んでいると、困難に陥った主人公の女性に手を貸してやりたいという衝動にふたりともかられることがあった。カルメンがその胸にあの時と同じ連帯感を覚えているのは間違いなかったが、今度のそれには大人になった彼女の真剣さがあり、作り話ではない本物の裏切りがもたらした本物の感情だった。ところがリラは、そんなわたしたちのフォトコミック好きをいつも馬鹿にしていたし、カルメンとはまったく違う理由からわたしの前に座っているはずだった。もしかしたらリラは満足しているのかもしれないとわたしは思った。ニーノの偽りを暴いたアントニオがきっと満足したように。リラとカルメンが視線を交わすのがわかった。無言の相談で、何かを決めようとしているようだった。長い瞬間が続いた。やがてカルメンの唇が〝駄目《ノー》〟と動き、彼女はかすかに息を漏らし、目に見えぬほど小さくかぶりを振った。

駄目って、何が？

リラがまたわたしを見つめた。唇が軽く開いている。例によって彼女が、わたしの心臓にピンを刺す役割を買って出るのだろう。心臓の鼓動を止めるためではなく、早鐘を打たせるためのピンだ。両目を細め、広い額に皺を寄せて、彼女はこちらの反応を待っていた。わたしが金切り声を上げ、泣きだし、彼女にすべてをゆだねるのを待っているのだ。わたしは静かに言った。

「ごめんなさい、わたしもう行くね」

23

それから先のことは一切リラ抜きで進めた。

わたしは傷ついていた。二年以上前からニーノが奥さんとのことでわたしに嘘をついていたとリラに明かされたからではない。彼女が最初から主張していたとおり、わたしが間違った選択をし、愚か者であったことが証明されてしまったからだ。

数時間後にニーノと会ったが、なんでもないふりをして、抱きしめようとしてくる彼の腕を避けるに留めた。心の中は恨めしさでいっぱいだった。わたしは一睡もできずにその夜を過ごした。彼のひょろりと長い体にしがみつく気にはとてもなれなかった。翌日、彼に連れられてタッソ通りにある貸部屋を見にいった時、こんなことを言われたが、わたしは敢えて黙っていた。気に入ったなら、家賃のことは心配いらないよ。僕がなんとかするから。いい仕事につけそうでね、これで僕らのお金の問題も解決するはずだ……。夕方、とうとうわたしは我慢できなくなり、怒りをぶちまけた。そこはドゥオーモ通りの家で、ニーノの友人は例によっていなかった。わたしは彼に言った。

「明日、わたし、エレオノーラに会いにいくから」

彼は困惑した様子でこちらを見た。

「どうして？」

「彼女と話がしたいの。向こうがわたしとあなたのことどこまで知ってるのか、あなたがいつ家を出たのか、いつから彼女とベッドをともにしていないのか、確認したいの。あなたたちが正式に別居の手続きを始めたかも聞きたいし、彼女の両親があなたたちの結婚生活の終わりを知っているのかも聞きたい」

彼は冷静だった。

「僕に聞けばいい。何か疑問があるなら説明するよ」

「嫌よ、奥さんの話が聞きたいの。あなた嘘つきだもの」

そこからわたしは怒鳴りだし、言葉も方言になった。彼はすぐに降参し、何もかもを認めた。元々こちらもリラの言葉は疑っていなかった。わたしは握りこぶしを彼の胸に何度も叩きつけた。そうしているうちに、わたしから分離したもうひとりの自分がいるような気がしてきた。そちらのわたしは彼をもっと痛めつけてやりたい、びんたを食らわせてやりたい、幼いころから見慣れている地区の住人たちの喧嘩のように、顔に唾を吐いてやりたい、糞味噌に罵って、ひっかき、目をくりぬいてやりたい、そう願っていた。わたしは感嘆もし、怯えもした。〝この怒り狂うわたしは本当にわたしなのだろうか。今、こうしてナポリにいて、この不潔な家で、この男をできるものなら殺してやりたい、こいつの心臓にあらん限りの力でナイフを突き立ててやりたい、そう思っているこのわたしは本当にわたしなのか。この影なる存在を——母さんと先祖の女性たちすべてを——わたしは押し殺すべきなのだろうか、それとも解き放つべきなのだろうか〟わたしは叫び続け、彼を叩き続けた。ニーノは最初、楽しむふりをしながらこちらの拳から身を守っていたが、途中で急に暗い顔になったかと思うと、肘掛け椅子に力なく腰を下ろし、されるがままになった。

わたしは攻勢を緩めた。心臓が破裂しそうだったのだ。すると彼がつぶやいた。

「座れよ」

「嫌」

「せめて説明させてくれないか」

わたしは彼から一番離れたところにある椅子に力なく腰を下ろし、言い分を聞いてやった。ニーノは苦しげな声でこんな風に話しだした。君とモンペリエに行く前に、僕がエレオノーラに何もかも白状して、僕と彼女の仲がどうにも繕いようのない状態になったのは知ってるだろう？　ところが旅から帰ってくると、状況はもっとややこしくなっていたんだ……。彼は小声で話を続けた。なんでもエレオノーラが正気を失い、このままではアルベルティーノの命まで危ない、そう危惧させるような状況になっていたらしい。そこで彼はわたしとの関係を続けるため、エレナとはもう会っていない、そう彼女に告げざるを得なかったという。その嘘はしばらく通用した。しかし家を空けるたびに彼がエレオノーラにせねばならぬ言い訳は次第に現実離れしていき、また喧嘩が始まった。一度など、彼の妻は包丁をつかみ、自分の腹を刺そうとまでした。バルコニーの窓を開け、飛び降りようとしたこともあった。さらには男の子を連れて、家出をしたこともあった。その時は丸一日行方がわからず、ニーノは死ぬほど怯えた。しかし、彼女ととても仲のよかったおばの家にいるのをようやく突き止めた時、彼はエレオノーラのどこかが変化したことに気づいた。以来、夫に対する彼女の態度からは怒りが消え、うっすらとした軽蔑のみを漂わせるようになった。ニーノは荒い息をつきながらわたしに言った。ある朝、あいつは僕に尋ねたよ。エレナとは別れたかとね。僕は、別れたと答えた。すると彼女はただこう言った。いいわ、あなたを信じます。本当にそう言ったんだ。それからというもの、あいつは僕を信じる芝居をしだした。そう、〝芝居〟さ。今、僕とエレオノーラはそんな作り話の中で生活していて、何もかもうまくいってる。実際、君も見てのとおり、僕はここにいて、君と一緒に寝て、しようと思えば、君と旅にだって出られる。それをあいつはみんな知っている。でも、何でもないふりをしているんだ。

彼はそこで言葉を切り、喉を整え、わたしが話を聞いているのか、それとも怒っているだけなのか探ろうとした。こちらが何も言わず、目をそらすと、譲歩しつつあると思ったか、前より力をこめて説明を続けた。彼はとうとうと得意の弁舌を振るった。全力を尽くしたと言っていい。その声には説得力があり、自嘲気味で、苦しげで、絶望の色があった。それでも、近づこうとした彼をわたしははねつけ、怒鳴りつけてやった。するとたまらなくなったか、彼は大泣きを始めた。そして身振り手振りを交えながら、こちらに身を乗りだし、涙ながらに小声でこぼすのだった。許してくれとは言わない、ただ理解してくれないか……。わたしは余計に怒りを募らせ、彼の言葉を遮り、叫んだ。あなたは奥さんに嘘をついて、わたしにも嘘をついた。それだって、どちらか一方への愛のための嘘ならともかく、自分のための嘘だから腹が立つのよ。自分で決める度胸がないんでしょ？　卑怯者だから……。それからわたしは言葉を方言に切り替え手ひどく罵ったが、彼は反論もせず、後悔の言葉をいくつかぼそぼそとこぼしただけだった。まもなくわたしは息苦しくなってあえぎ、口を閉じた。その隙に彼は調子を取り戻し、わたしに嘘をつくほかに悲劇を避ける手はなかったとまた言いだした。説得に成功したと思いこんだ彼が、エレオノーラの黙認があればこそ、僕と君は一緒に暮らすことができるんだよ、とささやくように言った時、わたしは静かに、あなたとわたしはここまでだと別れを告げた。そしてナポリを発ち、ジェノヴァに戻った。

24

ピエトロの実家の空気は日ごとに緊迫していった。ニーノはひっきりなしに電話をしてきて、わたしは容赦なく受話器を下ろすか、ひどく大きな声で喧嘩をした。二度ほどリラからもかかってきて、近況を尋ねられた。わたしは、元気よ、絶好調よ、当たり前でしょ、とだけ言い、勢いよく受話器を下ろした。わたしは怒りっぽくなり、デデとエルサをつまらぬことで怒鳴ったりした。しかし誰よりもアデーレに当たり散らすことが多かった。ある朝、あなたに最新作の出版を妨害されたとわたしに糾弾された彼女は、否定するどころか、こう答えた。あんなの薄っぺらい小冊子じゃない？　本と呼べるだけの格はないわ……。わたしは負けずに、仮にただの小冊子だとしても、そういうあなたは今の今まで、そんな小冊子ひとつ書いたことがないじゃないか。その割にやけに偉そうだから不思議だ、と言い返してやった。彼女は腹を立て、わたしのことなんて何も知らないくせに、と叫んだ。それを聞いて思わず、そんなことはない、あなたが思いがけないようなことまで知っていると口走りそうになったが、その時はこらえた。しかしその数日後、ニーノと激しい喧嘩になって、受話器に向かって方言で怒鳴り散らしたのを彼女に軽蔑した声で咎められて、わたしはやり返した。

「わたしの勝手でしょ？　そういう自分はどうなんですか」

「何が言いたいの？」

「わかってるくせに」

「わからないわ」

「ピエトロさんに聞きましたよ。お義母さんには何人も愛人がいたって」

「わたしに？」

「そうですよ。そんな驚いた顔したって信じませんから。わたしはきちんと責任を取ったわ。デデとエルサも含めて、みんなの前で。そして今、自分の行動のつけを払ってるところです。それがそっちはどう？　偉そうなこと言って、あなたなんて偽善者で、腐った中産階級《ブルジョア》よ。自分の醜聞はとことん隠しちゃって」

アデーレは真っ青になり、言葉を失った。身をこわばらせ、張りつめた顔で立ち上がると、客間のドアを閉じに向かった。それから声を押し殺して、ほとんどささやくようにして、わたしに告げた。お前は悪い女だ、本当に誰かを愛し、そのひとを諦めるということの意味などお前にわかるものか。いくら勉強しても、どれだけ本を読んでもなだめようのない本性だ……。そして彼女は結論した。明日、あなたには、孫たちを連れてこの家を出ていってもらいます。あの子たちがここで育っていたならば、あなたみたいにはならずに済んだかもしれないと思うと、それだけが残念です。

わたしは言い返さなかった。言いすぎたという自覚があったからだ。謝ろうかとも思ったが、やめた。翌朝、アデーレはメイドに、わたしが荷物をまとめるのを手伝うよう命じた。自分でやります、とわたしは声を上げ、書斎にこもって何ごともないふりをしているグイドには別れも告げず、気づいた時には旅行鞄をいっぱい抱えて駅におり、傍らでは娘たちがそんなわたしを危ぶむように見つめ、こちらの意図を探ろうとしていた。

あの時の疲労感、駅のコンコースのざわめき、待合室の様子は今もよく覚えている。デデはわたしがやたらと手を引っ張ると文句を言っていた。押さないでよ、そんなにがみがみ言わなくてもちゃんと聞こえてるって……。エルサは、パパのところに行くの？　と繰り返し尋ねてきた。娘たちは学校をサボれるのでどちらも喜んでいたが、母親を信用していない気配は伝わってきた。事実、ふたりは慎重に、もしもわたしが怒ればすぐに口を閉じる構えで、これからどうするのか、祖父母の家にはいつ戻るのか、食事はどこでするのか、今夜はどこに泊まるのかと質問を重ねた。

最初は絶望のあまり、ナポリに向かおう、そして娘たちと一緒に、なんの予告もなく、ニーノとエレオノーラの家を訪れよう、と思った。そうだ、それが一番だ、わたしとこの子たちがこんな目に遭っているのは彼のせいでもあるのだから、責任を取らせないと……。わたしを襲い、生活をどんどん滅茶苦茶にしていくこの混乱に彼も巻きこまれ、翻弄されてしまえばいい。わたしは彼にだまされたのだから。彼は家族もわたしもどちらも手放さなかった。わたしはちょっとした息抜き用に取っておかれたのだ。こっちは永遠の選択をしたのに、彼はしなかった。わたしはピエトロを捨てたのに、彼はエレオノーラを捨てなかった。つまり、義はこちらにあるはずだ。自分には彼の生活に土足で踏みこみ、こう言ってやる権利がある。さあ、愛しいひと、三人で来たわ。前に奥さんが正気を失ったって心配してたけど、今度はこっちがおかしくなる番よ。どうするつもり？

ところがナポリまでの長く、耐えがたい旅に備えていたはずが、わたしは一瞬で考えを変え――スピーカーからのアナウンスひとつで十分だった――ミラノに向けて出発した。新しい事態を前にしてこれまでになく資金を必要としていたので、まずは出版社に向かい、仕事を恵んでもらわないといけないと思ったのだ。ただ、車上のひととなって初めて、自分が目的地を急に変更した本当の理由を悟った。あれだけの目に遭っても、彼を愛する思いはわたしの中で激しくのたうち回っており、ニーノを苦しめる計画を練るだけでもう自己嫌悪を覚えていたのだ。女性の自立についてどれだけ書き連ね、徹底的に考えてみても、わたしは彼の体、彼の声、彼の知性なしではいられなかった。そうと認めるのは恐ろしいことだったが、わたしは相変わらず彼を欲し、娘たちよりも深く愛していた。自分が彼に害をなし、二度と会えなくなると思えば、わたしという花は痛ましくも萎れ、自由で教養あるわたしは花びらを落として、母親であるわたしから遠ざかり、母親であるわたしは愛人であるわたしから距離を置き、愛人であるわたしは怒れる下賤な女であるわたしから距離を置き、わたしを構成する女たちは今にもばらばらの方角に飛び去ってしまいそうだった。ミラノに近づくにつれ、ある思いが確信に変わった。リラに頼るまいと決めた今や、わたしはニーノを模倣せずには自己を確立できなくなっていたのだ。わたしには自分自身を自分の手本にすることができなかった。彼なしでは、地区の外へ、世界へと拡張するための起点となる芯をわたしは自分の中に持つことができず、瓦礫の山に過ぎなかった。

　わたしは疲れきり、怯えきって、マリアローザの家にたどり着いた。

25

　彼女のところにはどのくらいいただろう？　数ヵ月のことだったと思うが、共同生活には困難な局面もあった。義姉はアデーレとわたしの衝突をすでに知っていて、いつもの率直な口調でこう言った。

「わかってると思うけど、わたしはあなたが好きよ。でもね、うちの母親に対してああいう態度を取るのは間違ってるわ。

「でも、向こうだってひどかったのよ」

「今度はね。ただ、ずっと助けてもらってきたでしょ？」

「そんなの、息子にみっともない思いをさせないためだけに決まってる」

「そんな言い草ってないわ」

「本当のことを言っただけよ」

　彼女は珍しく嫌な顔をしてこちらを見てから、このルールだけは破ったら許さないという口調で告げた。

「じゃあ、わたしもはっきり言わせてもらうけど、わたしにとってあのひとはやっぱり母親だから。パパと弟のことは何を言ってくれてもいいけど、ママの悪口はやめてちょうだい」

このやりとりを除けば、マリアローザは親切だった。彼女らしい肩の凝らない態度でわたしたちを迎え入れ、簡易ベッドが三つ並んだ大きな部屋を割り当てて、タオルを渡してくれたあとは、その家に出入りしていたほかの居候たちと同じように放りっぱなしにされた。毎度のことだがわたしは彼女の活き活きとした瞳に惹きつけられ、その両目の下に残りの全身がすり切れたナイトガウンみたいにぶら下がっているような印象さえ受けた。尋常ではない顔色の悪さも、痩せた体つきも、たいして気にならなかった。それほどわたしは自分の悩みと苦しさで頭がいっぱいだったのだ。ほどなく彼女のことは意識しなくなった。

ものにあふれ、埃だらけで汚い部屋をわたしはいくらかでも片付け、自分と娘たちのベッドの支度をし、三人の生活に必要なもののリストを作った。でもそうした到着当初の努力は長続きしなかった。わたしは常にぼんやりしていて、今後どうしたものかまるでわからず、最初の数日は電話ばかりしていた。ニーノが恋しくてたまらず、すぐに電話をした。すると彼はマリアローザの家の電話番号をわたしに尋ね、それからはひっきりなしに電話をしてくるようになった。ただし、最後は必ず喧嘩になった。しばらくは声を聞けば嬉しくて、降参しかけたこともあった。こっちだってニーノに隠しごとをしたではないか、ピエトロが家に戻ってきてわたしと同じ屋根の下で眠っていたのを隠していたではないか……。いったんはそう思い、しかし続いて、それとこれとは別だと気づいて自分に腹が立つのだった。わたしはピエトロとベッドをともにしなかったが、彼はエレオノーラと寝ていた。こちらは正式に別居を始めたが、向こうはむしろ夫婦の絆を強めたではないか……。こうしてまた彼と喧嘩となり、もう二度と電話をしてくれるなと怒鳴る羽目になった。でも電話はそれまでどおりに朝も晩も鳴るのだった。僕は君なしではやっていけないと彼は言い、ナポリに来いとわたしに繰り返し懇願した。ある日の電話で彼はタッソ通りに部屋を借りたと言い、君たちを迎える用意も済んだと告げた。ニーノはああも言えば、こうも言い、あれこれ約束もすれば、どんな覚悟だってできている風な口を利いたが、一番大切な言葉――〝エレオノーラと僕は本当に終わったよ〟――だけはいつまでたっても言ってくれなかった。おかげでこちらはいつも結局、家に娘たちがいようが、ほかの誰がいようが構わず、あなたのせいで苦い思いをさせられるのはもうこりごりだと一喝し、余計にかっかして受話器を下ろすことになるのだった。

26

わたしは自分を軽蔑しながら日々を過ごした。どうしてもニーノのことが忘れられなかったのだ。やる気もなく仕事をこなし、仕方なく出発し、仕方なく戻ってきた。わたしは絶望し、駄目になりそうだった。事態はリラの言葉の正しさを証明しつつあると思った。わたしは娘たちを忘れかけ、ふたりの面倒も見ず、学校にも行かせなくなっていた。

デデとエルサは新しい生活に夢中だった。父親の姉であるおばのことはほとんど知らなかったふたりだが、マリアローザが周りに放射する完全に自由な雰囲気が気に入ったようだった。サンタンブロージョ地区にあったその家は、依然として海の港のような役割を果たしており、彼女は相手が誰であれ実の姉妹か、偏見を持たぬ修道女のような態度で迎え入れ、客が不潔であったり、精神的な問題を抱えていたり、犯罪者であったり、薬物中毒者であったりしても気にしなかった。娘たちはなんの日課もなく、夜遅くまで部屋から部屋へ興味津々で巡っては、ありとあらゆる種類の議論や隠語に耳を傾け、客たちが音楽を奏でたり、歌ったり、踊ったりするのを楽しんでいた。大好きなおばは毎朝大学に出勤し、午後に帰宅した。彼女はいつもにこやかで、ふたりを笑わせ、ふたりのあとを追って一緒に部屋を巡り、隠れんぼや目隠し鬼をして遊んでくれた。ずっと家にいる日は、デデとエルサ、わたし、流れ者の居候たちを巻きこんで大掃除に取りかかった。だが彼女が一番気を配っていたのはわたしたちの体よりも知性の健康のほうで、たびたび夜学を開き、大学の同僚たちを講師に招いた。彼女自身が講義を行うこともあり、そんな時は両脇に姪っ子たちを抱き寄せ、ふたりに向かって話しかけ、とても愉快でためになる講義に参加させた。マリアローザの講義のある晩は、男女を問わず、彼女の話を聞くためにわざわざやってきた友人たちで家がいっぱいになった。

ある晩、そうした講義のあいだに玄関のドアをノックする音がして、デデが急いで開けにいった。あの子は来客を迎えるのが好きだった。娘は居間に戻ってくると、興奮しきった声で言った。警察よ……。聴衆の小集団にほとんど攻撃的な、怒りを帯びたざわめきが走った。マリアローザは静かに立ち上がると、警官たちと話しに向かった。警官はふたりで、用件は周辺住民から苦情があったとか、その手のことだった。彼女は礼儀正しく対応し、中に入るよう熱心に勧め、彼らを居間のわたしたちのあいだになかば強制的に座らせると、講義を再開した。デデはそんなに近くから警官を見るのは初めてだったので、若いほうの警官の膝に片ひじを突いて、話しかけた。マリアローザおばさんが善良な人間であることを説明すべく、娘が放った第一声は今も覚えている。

「実を言うとね、おばさんは大学の先生なの」彼女はそう言ったのだ。

「実を言うと、そうなの？」警官はあいまいな笑みを浮かべてつぶやいた。

「うん」

「難しい言葉を知ってるんだね」

「ありがとう。実を言うとね、おばさんはマリアローザ・アイロータって名前で、美術史の先生なの」

若い警官は年上の同僚の耳元に何やらささやいた。ふたりの警官はそのまま十分ほどとらわれの身でいてから出ていった。帰りもデデが玄関まで送った。

やがてわたしもそんな夜学の講義をひとこま受け持たされることになり、その晩は普段以上に多くの聴衆が集まった。娘たちは大広間の最前列でクッションに座り、おとなしくわたしの話を聞いてくれた。恐らくはその瞬間から、デデは興味を持ってわたしを観察するようになったのだと思う。あの子は父親と祖父を深く敬愛し、そのころにはマリアローザも尊敬するようになっていた。ところがわたしのことは何も知らず、知りたがりもしなかった。なんでもかんでも禁止する母親が我慢できなかったのだ。自分が無関心を決めこんできた母親の言葉に人々が熱心に耳を傾ける姿を見て、デデは驚いたのだと思う。もしかすると、あの晩、意外にもマリアローザから受けた批判に対して反駁したわたしの冷静な態度が気に入ったのかもしれない。わたしの意見をひと言も支持できないと言った女性の聴衆は彼女だけだった。かつてわたしに、もっと勉強しろ、執筆しろ、出版しろと応援してくれたのは、同じマリアローザであったのに。彼女はこちらの承諾を求めもせず、フィレンツェでわたしが母さんとぶつかったエピソードを語った。実に細かいところまでよく知っていた。そして、〝多くの知性あふれる引用を考慮するに〟自分の母親を愛せぬ女は彼女に言わせれば絶望的だという持論を展開した。

27

旅に出るたび、わたしは娘たちをマリアローザに預けた。しかし、実際にふたりの面倒を見てくれているのはフランコだとすぐに気づいた。普段は自分の部屋にこもりっぱなしで、夜学にも参加せず、ひっきりなしに往来する人々にも無関心な彼だったが、それでも娘たちには愛着を持ち、必要となればふたりのために料理もし、遊びを発明し、彼なりに教育もしてくれた。たとえばデデは、わたしに言われて通いだした新しい学校で習ったというメネニウス・アグリッパ（古代ローマの執政官、前六〜五世紀）の馬鹿げた——と彼女は評した——寓話の価値を疑うことをフランコに学んだ。彼女は言うのだった。だってママ、貴族《パトリキ》のメネニウス・アグリッパは平民《プレブス》たちをうまいこと言って丸めこんだけど、ひとりの人間の手足が栄養を得るのは別の人間のお腹がいっぱいになった時だってことは証明できなかったもの（貴族への抗議運動を起こし聖山にこもった平民たちに対し、アグリッパは社会をひとの体にたとえ、貴族は腹、平民は手足であり、そのどちらもが全体のためには必要だと説いたとされる逸話がある）。おかしいよね、ははは……。彼女はやはりフランコから、大きな世界地図を見ながら、極端な経済格差と耐えがたいほどの貧困の存在を学んだ。そして、こんなに不公平ってないわ、としょっちゅう嘆くようになった。

マリアローザのいなかったある晩、ピサ時代の元恋人はわたしに向かって、後悔のにじむ真剣な声でこんなことを言った。ことによってはあの子たち——甲高い声を上げて家中で追いかけっこをしていたわたしの娘たちのことだ——俺たちの娘だった可能性もある訳だよな……。わたしは訂正した。だったら、もう少し年上のはずよ。彼はうなずいた。そのまま自分の靴のつま先に目を落としているフランコをわたしはこっそり眺めた。そして、十五年前のお金持ちで教養ある学生と心の中で比べてみた。目の前にいるのは同じ彼なのに、彼ではなかった。もはや彼は何も読まず、何も書かず、一年ほど前から集会や討論、デモへの参加も最低限に留めるようになっていた。政治談議はしても——政治以外、強い関心事はないようだった——かつての自信と情熱はそこになく、それどころか自ら立てた暗い未来予想を自分で茶化すことが多くなっていた。彼はよくわたしに向かって、今後起こる見込みの災厄を大げさな口ぶりでこんな風に並べ立てたものだった。ひとつ、優れて革命的な主体であった労働者階級が没落する。ふたつ、社会主義者たちと共産主義者たちの政治的遺産が完全に散逸する。すでに両者は資本家階級の補佐役の座を日々争い、変質してしまっている。三つ、変化を語るあらゆる予測が終わりを迎え、我々は目の前の現実を受け入れ、適応するしかなくなる……。わたしは毎度、疑わしげに彼に尋ねた。フランコ、本当にそんなこと信じてるの？　すると彼は笑いながら、もちろんさ、と答え、こう続けた。でも、俺の口がうまいのはよく知ってるだろう？　だからお望みなら、弁証法を使いこなして正反対の主張だってしてみせるぞ。共産主義は不可避だ、プロレタリア独裁は民主主義のもっとも高度な形態だ、ソ連と中国と北朝鮮とタイはアメリカよりもずっといい、少量あるいは大量の流血は場合によっては犯罪だが、場合によっては正義だ、ってな。そのほうがいいかい？

二度だけ、フランコが学生時代と同じ彼に見えたことがある。まずはある朝、ピエトロが姿を見せた時のことだ。ドリアーナ抜きでやってきた彼の態度は、自分の娘たちがどんな環境に暮らし、わたしがふたりのためにどんな学校を選び、ふたりが幸せでいるのかどうかを確かめにきた検査官のようだった。それは非常に緊迫したひと時となった。娘たちが新しい生活について余計なことまで父親に明かし、子どもっぽい現実離れした誇張をしすぎた部分もあったのだろう。ピエトロは最初は自分の姉を、続いてわたしを激しく責め、どちらのことも無責任だと非難した。わたしは平静を失い、怒鳴りつけた。どうせ無責任ですとも、ふたりはあなたが連れてって、ドリアーナと一緒に育ててよ……。そこへフランコが部屋から出てきて仲裁に入り、かつて一触即発な雰囲気の集会を何度も無事にまとめてきた往時の話術を披露したのだ。その結果、彼とピエトロは互いに豊富な知識をもって、夫婦について、家族について、子育てについて、果てはプラトンについて、夢中になって議論を交わし、わたしのこともマリアローザのことも忘れた。顔をほてらせ、目をぎらつかせて、苛々しながらピエトロは出ていったが、それでも、知的かつ文明的に議論のできる相手に出会えたことを喜んでいる風だった。

その時よりずっと荒れ模様となったのは──そしてわたしにとっては相当にひどい体験となったのは──なんの予告もなくニーノが現れた日だった。彼は長いドライブで疲れ果てた様子で、身なりには構わず、とてもぴりぴりしていた。最初は彼がわたしと娘たちの運命を独断で采配しにきたものと思った。もうたくさんだよ、妻とは決着をつけた、さあナポリに帰って一緒に暮らそう……。そう言ってくれるのではないかと期待したのだ。その時はつべこべ言わずに従うつもりだった。不安定な暮らしにわたしもうんざりしていたからだ。しかし勘違いだった。ある部屋でわたしとふたりきりになると、ニーノはやけに優柔不断な態度で自分の手をもてあそんだり、髪をいじったり、顔に触れたりしながら、こちらの期待を裏切って、妻とはどうしても別れられないと言い放ったのだ。彼は興奮し、わたしを抱きしめようとした。そして、彼がわたしとともに生きるためには、エレオノーラと夫婦のままでいるしかないと懸命に説明しようとした。ほかの時であったならわたしも同情したかもしれない。ニーノの苦悩は明らかに本物だったからだ。しかしあの時は相手の苦しみなど少しも気にならず、わたしは呆然と彼を見つめた。

「それどういうこと？」

「僕はエレオノーラと別れられない、でも君なしでは生きていけない。そういうことだよ」

「聞き間違えたかと思った。つまりあなたはわたしに、僕の恋人をやめて、妾になれ、そう言ってるのね。まるでそれが理性的な解決策でもあるみたいに」

「何を言ってるんだ。そうじゃない」

わたしは彼に激しく食ってかかった、〝そうに決まってるじゃない〟そして、ドアを指差した。彼の手練手管も、その場しのぎの嘘も、哀れっぽい言葉遣いも、何もかももううんざりだった。すると彼は声を絞り出すようにして、そのくせ自らの振る舞いの議論の余地のない理由をこちらに言い渡すような態度で、ある事実を告白した。彼が怒鳴るようにして〝ほかの人間から君に伝わるのは嫌だった〟と言い、それゆえ直接伝えにきたその事実とは、エレオノーラが妊娠七カ月だというものだった。

28

老いた今ならばあの知らせに対するわたしの反応が大げさすぎたことは理解できるし、こうして書きながら頬が緩んでいる自分に気づく。似たような経験を語ることができるだろう男女の知人がわたしにはたくさんいる。恋とセックスは非理性的で残酷だ。でもあの時のわたしはその状況に耐えきれなかった。その事実――〝エレオノーラが妊娠七カ月〟――は、ニーノがわたしに対してなし得る過ちのなかでももっとも我慢ならぬものに思えた。わたしはリラのことを思い出した。彼女が迷った風な顔になり、まだ何かわたしに言いたげな様子でカルメンと視線で会話を交わしたあの場面だ。つまり、アントニオはエレオノーラの妊娠も嗅ぎつけていたのか。リラたちは知っていた？　ならばどうして彼女はわたしに教えるのをやめたのだろう。わたしの受ける苦しみを勝手に加減したつもりか。胸と腹の中で何かが折れる感覚があった。ニーノが不安に息も絶え絶えとなり、なんとか言い訳をしようと、妊娠して妻は落ちついたが、その一方で別れるのが余計に難しくなったとつぶやく横で、わたしは苦しさのあまり、体を折り曲げ、胸を抱いていた。しばらくは体中が痛くて、話すことも、叫ぶこともできなかったが、やがて、ぱっと立ち上がった。マリアローザの家にはその時、フランコしかいなかった。気まぐれな女たちも、悲しげな女たちも、いつも歌ってる女たちも、病んだ女たちもいなかった。マリアローザはわたしがニーノと落ちついて話しあえるようにと、娘たちを連れて散歩に出かけていた。わたしは部屋のドアを開け、弱々しい声でピサ時代の元恋人の名を呼んだ。すぐにやってきた彼に向かってわたしはニーノを指差し、あえぐようにして頼んだ。このひとを追い出して。

フランコはニーノを追い出さなかったが、彼に黙るようにという合図をした。そして、何があったのかとは敢えて尋ねず、わたしの両の手首をつかみ、そのままじっと押さえると、こちらが我に返るのを待った。それからわたしを台所に連れていき、椅子に座らせた。ニーノはわたしたちについてきた。わたしはもがき、まともに声にならない絶望の声を上げた。ニーノがまたそばに来ようとした時、わたしはまたフランコに向かって、追い出して、と頼んだ。彼はニーノを遠ざけると、落ちついた声で命じた。エレナをそっとしておいてやれ、君は出ていけ。ニーノがおとなしく部屋を出ていくと、わたしはひどく混乱した口ぶりでフランコに何から何まで打ち明けた。彼はずっと黙って耳を傾けていたが、やがてこちらが精根尽き果てたと気づくと、初めて口を開き、いつものいかにも知者らしい口調で、大切なのはやたら欲張らずに、できる範囲で楽しむことだよ、と言った。それを聞いてわたしは彼にまで腹が立ち、怒鳴った。いかにも男らしい御託ね。できる範囲って何？　馬鹿じゃないの？　フランコは怒らず、わたしにきちんと状況を把握させようとしてこう言った。さてと、彼は君に二年半も嘘をついてきた。妻とは別れたと言い、ずっと性的関係にはないと言っていたのに、七カ月前に彼女を妊娠させたと今になって君は知った。確かにひどい話だよ。ニーノは軽蔑すべき人間だ。だが妊娠がわかった時、彼は姿を消し、君のことは今後一切無視することだってできたはずだよ。それがどうしてわざわざ夜通し車を走らせて、ナポリからミラノまで来たのかな。どうして恥を忍んで自分を告発したり、捨てないでくれと君に泣きついたりしたのかな。何かそれなりの意味があるとは思わないかい？　わたしは大声で答えた。意味ならちゃんとあるわ。あのひとが嘘つきで、浅はかで、優柔不断な人間だってことよ。すると彼は今度もうなずき、わたしの言葉を認めた。ただ続いてこんな質問をしてきた。でもニーノが本当に君を愛していて、しかも、こんな形でしか愛せないのだとしたら？

それはニーノの主張とまったく同じだとフランコに向かって叫ぶ間はなかった。玄関のドアが開き、マリアローザが現れたのだ。娘たちはニーノに気づくと愛らしくはにかみ、彼の気を引こうと夢中になるうちに、自分たちの父親が日々、それこそ何カ月ものあいだ、ニーノの名前を忌ま忌ましげに口にしていたことなど急に忘れたようだった。こうして彼は娘たちの相手をし、マリアローザとフランコはわたしの相手をすることになった。何もかもがややこしかった。デデとエルサが大声で話し、笑い声を上げるのが聞こえるなか、目の前のふたりは真面目くさった声でわたしに話しかけてきた。ふたりがわたしの判断を助けようとしてくれているのはわかったが、彼らにしてもそれぞれの本音は制御できなかった。たとえばフランコは昔のようにずばりと断罪しようとはせず、優しい仲裁を重んじる態度を見せてわたしを驚かせた。マリアローザは最初こそわたしに対して完全な支持を示したが、やがてニーノの気持ちとエレオノーラの悲劇まで理解したがり、結果、わたしを傷つけた。意図せぬ行為だったのか、計算ずくの行為だったのかはわからない。彼女は言うのだった。怒っちゃ駄目よ。だって考えてみて。あなたほど見識のある女性が、自分の幸せが別の女性のそれを壊すことになると知ったら、どう思う？

そんな調子で話は進んだ。フランコは状況の許す範囲内で手に入れられるものを手に入れろとわたしに勧め、マリアローザは、小さな男の子と一緒に――しかもお腹にはもうひとりいるのに――夫から捨てられるエレオノーラを想像してみろと言い、ここはひとつニーノの妻と関係を築き、互いに向きあってみろと勧めた。どれもこれも、何も知らず、理解できぬ人間のたわ言だ……。わたしはもはや気力も絶えてそう思っていた。リラならば例のごとくこの状況から飛び出してみせるだろう。彼女ならばこう勧めるはずだ。レヌーはもう十分すぎるくらいたくさん間違ったんだから、そんな連中とはおさらばして、出ていきなって……。それこそ、彼女が以前から願っていた結末だった。しかしわたしは怯えていた。フランコとマリアローザの話のせいで余計に混乱した気分で、ふたりの声も今や耳に入らなかった。むしろわたしはニーノを盗み見ていた。娘たちの人気を回復しつつある彼の姿は素敵だった。ほら、彼がデデたちと一緒に部屋に戻ってきた。何もなかったふりで、マリアローザに向かってわたしの娘たちを賞賛している――見たかい、こんなに可愛いお嬢ちゃんたちはそうはいないだろう？――その声はもう自然といつもの誘惑的な声色になっていて、その指はマリアローザの剥き出しの膝にそっと触れている。わたしは彼を家の外に引っ張り出し、サンタンブロージョ地区の長い散歩につきあわせた。

暑かったのを覚えている。わたしたちは赤レンガ色の茂みに沿って早足で歩いた。プラタナスの綿毛がたくさん舞っていた。わたしは彼に向かって、自分はあなたなしでやっていくことに慣れなくてはいけないが、今のところはまだ無理で、時間がかかるだろう、と告げた。すると彼は、君なしで生きることなど僕には一生できそうもないよ、と答えた。そこでわたしが、あなたはなんであれ、誰であれ、捨てることのできない男だと言うと、そんなことはない、みんなややこしい状況のせいだ、僕が何ひとつ捨てられないのは、君を手放したくないからだ、と反論された。その方向で無理に彼と議論を重ねても意味がなさそうだった。ニーノには自分の足下で口を開ける深い穴しか見えておらず、それに怯えていたからだ。わたしは彼を車のところまで送ると、そのままナポリに帰るように言った。彼は出発する直前までずっと、これからどうするつもりなのかとそればかり尋ねてきた。わたしは答えなかった。わたしだってわからなかった。

29

わたしの行く末は、数週間後に起きたある出来事が決めた。マリアローザはボルドーに何か用事があって、家を空けていた。出発前にわたしは彼女に呼ばれ、ほかに誰もいないところでフランコについて混乱気味な説明を受け、自分が出かけているあいだそばにいてやってくれと頼まれた。彼はひどい鬱にやられているというのだった。それを聞いてわたしは、時おりそうかなとは思いながらも、そのたび忘れてきたあることを不意に理解した。誰に対しても優しく手を差し伸べた彼女だが、フランコに対する優しさだけは格別だったのだ。マリアローザは真剣に彼を愛し、彼にとっては母親でもあり、姉でもあり、恋人でもある存在となっていたのだ。彼女の苦しげな様子とその痩せ細った姿は、フランコを絶えず案ずればこそであり、彼があまりにもろくなり、いつ壊れてもおかしくないという確信ゆえの憔悴だったのだ。

マリアローザは八日間、留守にした。いくらか苦労はしたものの――頭の中はそれどころではなかったから――わたしはフランコに愛想よく振る舞い、毎晩、遅くまで彼とおしゃべりをした。ありがたかったのは、彼がわたしに向かって政治の話などせず、昔、わたしと一緒に過ごした日々は本当に素敵だったとほとんど独り言のように思い出話ばかりしてくれたことだった。春のピサをふたりで散歩した時のこと、ルンガルノ通りの悪臭、誰にも打ち明けたことのなかった子ども時代の記憶、両親のこと、祖父母のことをわたしに話した時のこと……。わたしが明かす胸の不安に彼が耳を傾けてくれるのも嬉しかった。出版社と新しい契約を結んだこと、つまり新しい本を書かねばならないこと、ナポリに帰るかもしれないこと、そしてニーノのこと。対するフランコの返事は決して一般論や空疎な言葉の羅列に終始しなかった。むしろ率直で、ほとんど下品でさえあった。自分のことよりあいつが大切だと思うならさ――ある晩、彼は言った。妙にぼんやりとした様子だった――そのまま受け入れるしかないよ。奥さんがいようが、子どもがいようが、よその女に手を出しまくる悪い病気がいつになっても治るまいが、過去も今後もどんなに汚い野郎だろうが、な。レナ、レヌッチャ……。彼は首を振りながら優しくつぶやくと、ひとつ笑って、肘掛け椅子から立ち上がり、よくわからないことを言った。俺に言わせれば、不安も嫌気も覚えずに我に返ることができた時、恋ってやつはようやく終わるんだよ……。そして彼は足を擦るようにして部屋を出ていった。床が確かにそこにあることを確認するみたいな歩き方だった。その時、なぜかパスクアーレを思い出した。フランコとは出自も、教養の幅も、政治思想もかけ離れた人物なのに、一瞬、わたしは思ったのだ。幼なじみの彼が、呑みこまれてしまった暗闇から無事戻ってきたならば、きっと今のフランコと同じような歩き方をするだろうな、と。

丸一日、フランコが部屋から出てこない日があった。その夕方、仕事の用事で出かけねばならなかったわたしは、彼のドアをノックし、デデとエルサに夕食をとらせてくれるかと尋ねた。彼はわかったと約束してくれた。わたしは夜遅くに帰宅した。普段と異なり、フランコが台所をひどく散らかったままにしていたので、わたしはテーブルの上を片付け、食器を洗った。よく眠れず、六時にはもう目が覚めた。トイレに行こうとして彼の部屋の前を通ったら、ドアに画鋲でノートの紙が一枚留めてあるのに気づいた。紙には〝レナ、子どもたちを入れないでくれ〟と書いてあった。デデとエルサが何か最近、彼に迷惑をかけたか、昨日の夜、怒らせでもしたのだろう、あとで叱らないといけない、そう思ってわたしは朝食をとりに向かった。でもあとでおかしいと思った。あれだけ娘たちと仲のいいフランコだ。そうそう腹を立てるようなことはないはずだ……。八時ごろ、わたしは彼のドアをそっとノックした。返事はなかった。強めにノックしてから、慎重にドアを開くと、部屋の中は真っ暗だった。彼の名を呼んだが、答える声はなく、わたしは明かりを点けた。

枕もシーツも血まみれで、どす黒い大きな染みが足下まで広がっていた。死とはなんともおぞましいものだ。ここでは、こう記すに留めておこう。わたしのよく知っていたその体が——昔は幸福で活動的で、無数の本を読み、あまたの体験に身をさらしたその体が——命を失ってそこにあるのを目撃した時、わたしは嫌悪と哀れみを同時に覚えた。そして思った。かつてフランコは、政治的教養に寛大な思想と希望、礼儀作法のたっぷり染みこんだ生命体だった。それが今や、見るも恐ろしい姿をさらしている。これだけ残酷な方法で彼が自分の記憶に言葉、物事に意味を与える力から自由になろうとしたのは、それほどまでに自身を憎み、己の表皮と体液を憎み、己の思念と言葉を憎み、彼を包む世界の暗雲を憎んだということなのだろう。

続く日々、わたしはパスクアーレとカルメンの母親、ジュセッピーナを繰り返し思い出した。あの

30

女性もまた、自身と残された人生に耐えることをやめた。ただジュセッピーナはわたしより前の世代の人間だったが、フランコは同世代の人間だった。その彼の暴力的な逃避は単に衝撃的なだけでは済まず、わたしの存在を根底から揺るがした。わたしは長いこと彼のあのメモについて考えた。あれ以外、彼は何も書き残さずに逝った。メモはわたし宛てに記され、その言わんとするところはつまるところ、こうだった。子どもたちは部屋に入れるな。ふたりには俺を見せたくない。しかし君は入っていい。君は俺を〝見なければならない〟。わたしは今でもあの二重の指示——明示された指示と暗示された指示——について振り返ることがある。葬儀には、力なく握った拳を突き上げる活動家たちが多数参列した（フランコは当時、まだとても有名で、大きな尊敬を集めていた）。その後、わたしはマリアローザとの関係回復を試みた。彼女の力となり、フランコの話をしたかったのだが、拒絶された。彼女のやつれ具合はさらにひどくなり、病的な不信にやられたらしく、瞳からはかつての輝きが失われた。彼女の家からは次第に居候たちの姿が消えた。彼女はわたしに対しても姉妹のように振舞うのをやめ、日増しにとげとげしい態度を取るようになった。そして、大学に一日中いるか、家にいれば自室にこもり、邪魔されるのを嫌うようになった。娘たちが騒がしく遊べば癇癪を起こし、わたしが静かに遊べとふたりを叱れば、余計に腹を立てた。わたしは荷物をまとめると、デデとエルサを連れてナポリに向かった。

ニーノは嘘をついていなかった。彼は本当にタッソ通りに部屋を借りておいてくれた。蟻だらけで、家具にしたって、ヘッドボードのないダブルベッドがひとつと、娘たちのための小さなベッドがふたつ、テーブルがひとつに椅子が数脚あるばかりだったが、すぐそこに越した。わたしは愛も語らなければ、将来にも触れなかった。

わたしは彼に、今度の自分の決定は主にフランコの死によるものだと説明し、あとはよい知らせをひとつと悪い知らせをひとつ伝えるに留めた。よい知らせとは、わたしの出版社が彼の評論集の出版を認めたというものだった。ただし原稿をもう少し面白みのあるものに書き直せば、という条件付きだ。悪い知らせのほうは、わたしが彼にはちらりとも触れてほしくない、というものだった。ニーノは最初の知らせに喜び、ふたつ目に絶望した。しかし毎晩ふたりで肩を並べて座り、彼の原稿を書き直しているうちに、こちらも当初の怒りを保ち続けることが難しくなった。エレオノーラがまだ身重なうちに、わたしたちはふたたび愛しあうようになった。そして彼女が女の子を産み、その子がリディアと名付けられた時、わたしとニーノは元どおり、息のあったカップルとなり、素敵な家で、娘ふたりと、公私ともにかなり忙しい日々を過ごしていた。

「わたしがなんでも言いなりになるとか、勘違いしないでね」わたしは最初から繰り返し彼に言った。

「今はまだ無理だけど、そのうち必ずあなたを捨てるから」

「それはないね。捨てるべき理由がないもの」

「理由なんてもういくらでもあるわ」

「すぐに何もかもが変わるよ」

「どうですかね」

だがそんな文句はまやかしだった。わたしは、非理性的で屈辱的なことを極めて理性的だと思いこもうとしていた。今どうしても必要なものは手に入れておこう――わたしはフランコの言葉を都合よく変えて、そう自分に言い聞かせていた――ニーノの顔も言葉も願望も利用し尽くしたら、きっと叩き出してやろう……。だから彼が何日待っても来ないような時は、かえってありがたい、自分にだってやることはたくさんある、ニーノがいるとべたべたされて邪魔で仕方ない、などと無理に思い、嫉妬を覚えた時は、彼が愛しているのは〝このわたし〟だと自分にささやいて落ちつこうとした。彼の子どもたちのことが頭をよぎる時は、ニーノはデデとエルサと過ごす時間のほうがアルベルティーノとリディアと過ごす時間よりも長いと思った。もちろん、いずれも真実であると同時に嘘でもあった。ニーノの魅力がいつかは尽きるというのも本当なら、わたしにやるべきことが山とあったのも本当で、彼がわたしを愛し、デデとエルサを愛しているのも本当だった。しかし、わたしが見て見ぬふりをしていた真実も同様にあった。たとえば、わたしがかつてなく彼に惹かれていたのも本当なら、彼のためならば何もかもを投げ出して尽くす覚悟でいたのも本当だった。彼と、エレオノーラとアルベルティーノと生まれたばかりのリディアのあいだの絆が、彼と、わたしと娘たちとのあいだのそれと同じか、それ以上に強いというのも本当だった。そうした真実をわたしは黒いベールで覆い隠したが、ベールのあちこちにほころびができて、真相が白日の下にさらされそうになれば、これからの新しい世界を語る大言壮語に大急ぎですがった。きっと何もかもが変わるだろう。わたしと彼は今、共同生活の新しいあり方を模索しているところなのだ……。その手の、わたし自身があちこちで語り、機会があるごとに書き連ねていたたわ言だ。

しかし日々、数多くの困難がわたしを襲い、新たな亀裂が絶え間なく開いた。ナポリの町は以前から少しも改善されておらず、その混乱ぶりにわたしはまもなくへとへとになった。タッソ通りは住んでみれば不便な場所だった。ニーノはわたしのために中古車を買ってくれた。白いルノー4だ。わたしはこのルノーにすぐに愛着を持ったが、当初は乗るのを諦めた。必ず渋滞に巻きこまれたからだ。フィレンツェとジェノヴァとミラノで生活したことのあったわたしだったが、ナポリではどの町にいた時よりも、暮らしの中で生じる無数の用事を片付けるのがずっと大変だった。デデは転校初日から担任の女教師とクラスメイトたちを嫌い、すでに小学一年生になっていたエルサは毎日目を真っ赤に泣きはらして悲しげに帰宅するくせに、何があったのかはいくら聞いても教えてくれなかった。わたしは娘たちをこんな風に叱るようになった。あなたたちは難題に立ち向かうことを知らず、ひとに気迫で負けており、適応することを知らないが、そうした強さを身につけないといけない……。結果、デデとエルサはわたしに対抗すべく同盟を組んだ。ふたりはアデーレおばあちゃんとマリアローザおばさんのことをかつて自分たちのために幸福な世界を用意してくれた女神のように語っては、ますます恋しがるようになった。わたしは関係を回復すべく娘たちを呼び寄せ、優しく接したりもしたが、ふたりは進んでわたしを抱きしめてはくれず、跳ね返されることもあった。一方、わたしの仕事はどんな具合だったかと言えば、ミラノに残るべきだった、そして、どこかの出版社になんとか勤め先を見つけるべきだった、追い風の吹いている今のうちにそうすべきだった、そう思うことが時とともに増えた。あるいはローマに行ってもよかったはずだった。かの町では本の宣伝ツアーの際に、わたしに対して支援を申し出るひとに複数出会っていたからだ。わたしは自問した。わたしと娘たちはナポリで何をしているのだろう。ニーノを喜ばせるため、それだけのためにわたしたちはここにいるのだろうか。自由で独立した女性を気取る時、わたしは嘘をついているのだろうか。二冊のささいな本ですべての女性たちを助け、彼女らが言葉にできずにいる思いを告白させようとする女流作家の役を演じる時、わたしは読者たちに嘘をついているのだろうか。そうしたことはみな、都合がいいから信じていたモットーに過ぎず、実はわたしも同世代の保守的な女性たちとどこも変わらないのだろうか。

さんざん御託を並べておきながら、わたしはひとりの男に〝発明〟されるがままになっており、挙げ句の果てには、彼の都合を自分と娘たちのそれに優先しているということなのか。

わたしは現実逃避を覚えた。ニーノが玄関のドアをノックするだけで重たい気持ちは霧散した。これが〝今は〟わたしの暮らしなのだ、これ以外にあり得ないのだ、そう自分に言い聞かせて過ごした。そして、気を緩めまい、諦めまい、闘志を燃やそうと努力し、時には幸せを感じることさえできた。タッソ通りの家は光り輝いていた。バルコニーからは、黄色と水色にきらめく波打ち際へと延びるナポリの町並みが見えた。自分はジェノヴァとミラノでの仮住まいから見事、娘たちを救い出したのだ。そう思った。それに町の空気と色、通りに響く方言、ニーノが真夜中でも構わず家に連れてくる教養ある人々は、わたしに安心感を与え、気持ちを明るくしてくれた。わたしはフィレンツェのピエトロのところにたびたび娘たちを連れていき、彼がふたりに会いにナポリに来れば、歓迎してみせた。そんな時はニーノの愚痴と闘って、ピエトロを我が家に泊めた。彼のベッドは娘たちの部屋に用意してやった。デデとエルサは父親に大げさなくらい好意を示した。彼への愛情を誇示する劇でも演じているみたいだった。わたしと彼はできるだけ打ち解けた関係を築こうとした。たとえばわたしはドリアーナのことを尋ねたり、いつでも出版まであと一歩というところなのに、きっと掘り下げるべき点が新たに浮上してしまう彼の例の本のことを尋ねたりした。娘たちが父親にべったりで母親を無視するような時は、これ幸いとちょっとした息抜きに出かけた。たいていはアルコ・ミレッリ通りを下り、海沿いのカラッチョーロ通りを散歩した。逆にアニエッロ・ファルコーネ通りまで上って、フロリディアーナ荘公園に行き、ベンチをひとつ選び、そこで何か読むこともあった。

31

タッソ通りから眺めた地区は、遠くに色あせた石でも並んでいるようで、ヴェスヴィオ山のふもとにごちゃごちゃと広がる汚らしい市街地の残骸にしか見えなかった。地区はそのままでいいとわたしは思った。自分は今や新しい人間だ、これからは地区にとらわれずに歩いていこう……。ところがこの場合もわたしの決意は弱々しいものだった。引っ越し直後の片付けを意気込んで済ませ、三、四日もたつと、もう我慢できなかった。わたしは娘たちにきちんとした格好をさせ、自分も丁寧に身なりを整えてからふたりに告げた。さあ、インマコラータおばあちゃんとヴィットリオおじいちゃん、おじさんたちにご挨拶に行くわよ。

朝早くに家を出て、アメデオ広場で地下鉄に乗った。娘たちは、到着する列車が運んでくる激しい風に大興奮だった。風はふたりの髪を滅茶苦茶にし、服をぴったりと肌に貼りつけ、息を奪った。母さんとはフィレンツェで派手に罵られて以来、会っていなかった。会ってもらえないんじゃないかという不安もあった。訪問を電話で予告しなかったのはそのためもあったのかもしれない。いや、ここは正直に書くべきだろう。もうひとつ、もっと秘められた理由もあった。わたしはあの時、自分がここにいるのはかくかくしかじかという目的があって、どこそこに行くつもりだ、というような予定を自分に告げるのが嫌だったのだ。地区はわたしにとって、実家の家族よりも、まずはリラを意味していた。地区訪問をきちんと予定するならば、彼女とどう決着をつけるつもりなのかも自分に問わねばならなかった。しかしわたしにはまだはっきりした答えがなかったので、すべて偶然任せにしたかったのだ。いずれにせよ彼女に出くわす可能性もあったので、わたしは娘たちと自分の身支度に細心の注意を払った。万が一の場合には、わたしがきちんとした婦人であり、娘たちは不自由な思いもしていなければ、落ちこぼれてもおらず、至極元気であることを彼女に理解させたかった。

結果、わたしを待っていたのは心の疲弊する一日だった。わたしは地区に通じるトンネルをくぐり、カルメンが夫、ロベルトと働くガソリンスタンドを避け、団地の中庭を横切った。そして胸を高鳴らせながら、自分が生まれた古いアパートのあちこち欠けた階段を上った。デデとエルサは何かの冒険にでも来たつもりか、大はしゃぎだった。わたしはふたりを前に立たせると、実家の呼び鈴を鳴らした。脚の悪い母さんの足音がした。彼女はドアを開くと、幽霊でも見たみたいに目を見開いた。わたしも思わず驚いてしまった。思い描いていた母さんの姿と現実の姿があまりにかけ離れていたからだ。母さんは別人のようになっていた。一瞬、幼いころに何度か見たことがあるだけの、彼女にそっくりだが六、七歳は年上なおばに見えた。前よりもずっと痩せていて、顔の骨が目立ち、鼻も耳もやけに大きく見えた。

わたしは母さんを抱きしめようとしたが、避けられてしまった。父さんはおらず、ペッペとジャンニもいなかった。彼らの消息は知りようもなかった。たっぷり一時間、彼女がわたしにはほとんど言葉をかけてくれなかったためだ。ところが娘たちには優しかった。ふたりを褒めちぎったあとは、服を汚さないようにと大きなエプロンをかけさせ、一緒に砂糖で飴を作りだした。こちらはひどく気まずい時間を過ごす羽目になった。母さんに無視されっぱなしだったからだ。飴を食べすぎだと娘たちをたしなめようとすると、途端にデデが祖母に尋ねた。

「まだ食べてもいい？」

「好きなだけお上がり」母さんはこちらを見ずにそう答えた。

彼女が、中庭で遊んでおいでと孫たちに言った時も、同じ場面が繰り返された。フィレンツェでも、ジェノヴァでも、ミラノでも、わたしは娘たちをふたりだけで外に出したことがなかった。だから言った。

「駄目よ、表なんて行っちゃ。おうちにいなさい」

「おばあちゃん、行ってもいい?」子どもたちはほぼ同時に祖母に尋ねた。

「いいって言ったでしょ」

家にはわたしと母さんが残された。わたしは小さな子どもみたいにどきどきしながら彼女に報告した。

「わたし、引っ越してきたの。タッソ通りに家を借りたわ」

「そうかい」

「三日前よ」

「そうかい」

「新しい本も書いたの」

「知ったこっちゃないね」

わたしは口をつぐんだ。母さんは嫌そうに顔をしかめると、レモンをふたつに切って、コップにしぼった。

「どうしてレモネードなんて飲むの?」わたしは尋ねた。

「お前を見てると胃がむかむかするんだよ」

彼女はコップに水を加え、少し重曹を溶かして、ひと息に飲んだ。しゅわっという炭酸の音がした。

「調子でも悪いの?」

「絶好調さ」

「嘘。お医者さんには行った？」

「医者と薬に無駄遣いなんてできるかい」

「調子悪いの、エリーザは知ってるの？」

「あの子はおめでたなんだよ」

「どうして誰もわたしに教えてくれなかったの？」

答えはなかった。彼女は流しにコップを置いて、つらそうにひとつ深呼吸すると、手の甲で口元をぬぐった。わたしは言った。

「わたしがお医者さんに連れていくわ。ほかにもどこか悪いの？」

「お前のせいであちこち悪いさ。腹の中で血管だって切れたんだから」

「本当に？」

「ああ、お前がわたしの体を台無しにしたんだよ」

「そんな、母さんのこと大好きなのに」

「こっちは嫌いだよ。あの子たちを連れてナポリに越してきたのかい？」

「そうよ」

「旦那は来ないのかい？」

「うん」

「そういうことなら、この家には二度と来ないでおくれ」

「母さん、今は時代が違うの。夫と別れて、別の男のひとと一緒になったって、何もこそこそすることないんだから。どうしてわたしのことばかりそんなに悪く言って、結婚もせずに妊娠したエリーザには何も言わないの？」

「お前はエリーザじゃないからさ。あの子はお前みたいに大学に進んだかい？　あの子に対するわたしの期待がお前に対する期待と同じ訳があるかい？」

「わたしのしていること、母さんはもっと喜んでもいいと思うんだけど。おかげでグレーコって名前だってずいぶん有名になったのよ。今じゃわたし、外国でだって少しは知られてるんだから」

「わたしの前で得意になるんじゃないよ。お前が有名なものか。いくら鼻高々になっても、そんなものは普通の世間様にはちっとも通用しないんだよ。わたしがここで尊敬されているのは、何もお前を生んだからじゃない、エリーザの母親だからさ。あの子は大学はもちろん、中学卒業の資格だって持っちゃいないのに、奥様になったよ。それがお前は大学まで出ておいてどうだい？　哀れなのはあの子たちさ。あんなに愛らしくて、きちんとした言葉遣いもできるのに。子どものことは考えなかったのかい？　あの父親と一緒なら、テレビに出てくる子どもみたいに育っていたのに、それをお前は、わざわざナポリに連れてくるんだからあきれるじゃないか」

「ふたりを教育したのはわたしよ。父親じゃないわ。それに、どこに連れていこうときちんと育ててみせるもの」

「このうぬぼれ屋め。ああ、わたしも悪かったんだろうよ。うぬぼれ屋はリナかと思っていたら、お前のほうだったんだから。あの子は両親に家を買ったが、お前はどうだ？　あの子の命令なら誰でも聞くよ、ミケーレ・ソラーラだって可愛いものさ。お前はどうだい？　サッラトーレの馬鹿息子はお前の言うことを聞くかい？」

母さんはリラの賛美を始めた。リナはなんてきれいで、なんて心が広いんだろう。しかも今じゃ独立して、自分の会社まで持ってるじゃないか。あの子とエンツォは本当に商売上手だよ……。わたしははっきりと理解した。母さんにとってわたしの最大の罪は、そんな風に、うちの娘はリナに負けたと否応なしに認めざるを得ない状況に彼女を追いこんだことなのだった。やがて母さんは、デデとエルサのために何か料理を作ろうと言いだした。わたしをのけ者にしたのは無論わざとだ。これはお前を昼食に招待するのは気が進まないという意味だと察し、わたしは苦々しい思いで実家を去った。

32

大通り《ストラドーネ》に出てから、わたしはためらった。団地の正門で父さんを待ち、挨拶をしておくべきだろうか。界隈を歩いて弟たちを探すべきだろうか。妹が家にいるか見にいってみようか。わたしは電話ボックスを見つけ、エリーザにかけてから、ヴェスヴィオ山の見える彼女の大きな家まで娘たちを引っ張っていった。エリーザはお腹こそまだ少しも目立たなかったが、がらりと印象が変わっていた。妊娠という単純かつ純粋な出来事により、彼女はいきなり成長を遂げたらしかった。ただしその変化は彼女を歪めてしまった。肉体も、言葉遣いも、口調も、下品になった感じがした。顔色は土気色で、不機嫌に取り憑かれており、わたしたちを迎える態度も嫌々だった。愛情の発露もなければ、以前の彼女であれば必ず示した姉に対するいくらか幼稚な敬意さえ、一時《いっとき》も感じられなかった。やがて母さんの健康状態についてわたしが触れると、昔のエリーザであれば——少なくともわたしに対しては——まずあり得なかったはずの攻撃的な態度になり、声を荒らげた。

「レヌー、お医者さんは母さんはとても健康だって言ってるの。ただ心が苦しんでいるんだって。つまり母さんはこの上なく健康ってこと。そう、体は元気なの。治さなきゃならないのは、悲しみだけなんだって。お姉ちゃんががっかりさせるから、あんなになっちゃったんだから」

「何、馬鹿なこと言ってるの」

エリーザはさらに辛辣になった。

「馬鹿なことですって？　これだけは言わせてちょうだい。体なら、母さんよりわたしのほうがずっと調子悪いんだから。なんにしても、これからはずっとナポリにいるんでしょ？　お医者さんより詳しそうだし、お姉ちゃんが母さんの世話をしてやってよね。わたしに任せっきりにしないで。どうせちょっと話を聞いてやれば、すぐ元気になっちゃうんだから」

わたしは腹を立てまいとした。わたしも同じように下品になっているのだろうか。どうしてエリーザはこんな口を利くようになってしまったのだろう。喧嘩はしたくなかった。仲よし姉妹の美しい季節は終わってしまったのか。ああ、エリーザ。我が家の末っ子。地区の暮らしが住民を損なう、その傾向が以前に増してひどくなった証なのだろうか。娘たちはおとなしく座って黙っていたが、おばが少しも構ってくれないのでがっかりしていた。わたしはふたりにおばあちゃんの飴は全部食べていいと言ってから、妹に聞いた。

「マルチェッロとはうまくいってるの？」

「絶好調よ。うまくいってない訳がある？　お義母さんが亡くなってこの方の、あのひとの心配ごとさえなかったら、うちも本当に幸せだなんだろうけど」

「マルチェッロの心配ごとって何？」

「心配ごとは心配ごとよ、レヌー。そっちは本のことだけ考えてりゃいいの。人生ってずっと複雑なんだから」

「ペッペとジャンニは？」

33

「働いてるよ」

「ふたりとぜんぜん会えないんだけど」

「そっちがぜんぜん会いにこないからでしょ？」

「これからはもっと来るようにするわ」

「そうして。ついでにお友だちのリナにも会ってみて」

「何かあったの？」

「何もないけど。ただ、マルチェッロの抱えている心配ごとのひとつが、あの女だから」

「どういうこと？」

「リナに聞いて。もしも何か口答えしたら、出しゃばった真似をするな、って言っといて」

　脅迫するような秘密めいた語り口はソラーラ兄弟のそれと同じだった。妹と以前の信頼関係を復活させることはもう二度とできないだろう、と思った。わたしはエリーザに、自分はリナとは疎遠になったが、母さんからリナがミケーレの下で働くのをやめ、独立したと聞いたと告げた。すると彼女は不満げに言った。

「わたしたちのお金で独立したのよ」

「もっと詳しく教えて」

「何を教えろっていうの？　あの子、ミケーレをいいようにたぶらかしたんだよ。でもわたしのマルチェッロにその手は効かないからね」

エリーザも昼食には招待してくれなかった。帰り際に玄関まで付き添ってから、ようやく自分の無礼に気づいたようで、彼女はエルサに向かって、おばさんとおいで、と言った。数分間ふたりは姿を消した。残されたデデは嫉妬し、みそっかすにされた訳ではないと自分に言い聞かせるためか、わたしの手を握った。戻ってきた時、エルサは真面目な顔をしていたが、目が笑っていた。わたしの妹は立っているのもひと苦労という風で、わたしたちが階段を下りだすとすぐにドアを閉じた。

通りに出ると、エルサはおばの秘密のプレゼントを披露した。二万リラのお金だった。エリーザはわたしたちが幼かったころに我が家よりもほんの少し生活に余裕のある親戚がそうしたように、お金を恵んでくれたのだった。しかしあのころのそうしたお金は、わたしたち子どもたちへのお小遣いというのは表向きの話に過ぎず、必ず母さんに渡して生活の足しにしてもらうことになっていた。エリーザにしても、エルサにやるというよりはわたしに渡させるためにお金を渡したところまでは同じだったが、明らかに目的は異なっていた。二万リラ――立派な装丁の本が三冊買える金額だった――をもって彼女は、自分がマルチェッロに愛されていること、彼に裕福な暮らしをさせてもらっていることを姉のわたしに見せつけようとしたのだ。

もう喧嘩を始めていた娘たちをわたしは静めた。エルサをきつく問いただせば、おばさんからお金は一万リラを彼女に、一万リラをデデに分けるようにと言われたとのことだった。ふたりがまた口論になり、小突きあいをしているところへ、わたしを呼ぶ声があった。ガソリンスタンドの青い上っ張りで着ぶくれしたカルメンだった。わたしはうっかり、彼女の職場を遠回りするのを忘れていたのだ。カルメンが手を振っている。真っ黒な巻き毛、丸い顔が懐かしかった。

誘惑に耐えるのは難しかった。カルメンはスタンドを閉じると、うちでお昼にしようと誘ってくれた。初めて会う彼女の夫、ロベルトもやってきた。子どもたちを幼稚園に迎えに急ぎ、戻ってきたところだった。子どもはふたり、どちらも男の子で、上がエルサと同い年、下は一歳年下だった。ロベルトはとても穏やかで、愛想のいい男性だった。彼は息子たちの手を借りてテーブルに食器を並べ、食後は皿を片付け、洗った。わたしはその時まで、自分の世代であああも息が合い、見るからに幸せそうに暮らすカップルを見たことがなかった。おかげでようやく歓迎された気分になれた。娘たちも居心地がよさそうで、もりもり食べ、母親めいた口を利きながら幼いふたりの男の子と遊んだ。わたしは元気を取り戻し、二時間ほどのんびり過ごすことができた。それからロベルトはまたスタンドを開けに急ぎ、カルメンとわたしはふたりきりになった。

彼女は余計な詮索はせず、ニーノのことも、ナポリに越してきたのは彼と暮らすためなのかとも聞かなかったが、何もかも知っているような気配だった。むしろ彼女は夫の話をするのを好んだ。働き者で、とても家族思いだという。カルメンは言った。あのねレヌー、わたし、色々とつらいことはあるけど、あのひとと子どもたちだけが慰めなの。そして彼女は過去を振り返った。父親の恐ろしい事件、母親の献身と最期、ステファノ・カッラッチの食料品店で働いていた時期、リラの後釜に座ったアーダにいじめられた時期、エンツォと婚約していた時期の思い出話にわたしたちは少し笑った。馬鹿みたいよね、と彼女は言った。パスクアーレの話はなく、わたしのほうから尋ねた。しかし彼女は床を凝視し、首を横に振ると、ぱっと立ち上がった。教える気もなければ、そうすることが許されてもいない何かを払いのけるような仕草だった。

「リナに電話してくるね」彼女は言った。「レヌーと会ったのに教えなかったなんて知られたら、二度と口を利いてもらえなくなっちゃうから」

「いいよ、どうせ仕事で忙しいだろうし」

「大丈夫。今じゃ彼女がボスだもの、自分の好きにできるんだから」

会話で引き留めようと思い、リラとソラーラ兄弟の関係について遠回しに尋ねたが、カルメンは困った顔になり、わたしはほとんど何も知らないと答え、やはり電話をかけに行ってしまった。そして、彼女の家にわたしと娘たちが来ていると告げる興奮した声が聞こえてきた。戻ってきたカルメンは言った。

「とっても喜んでたわ。すぐに来るって」

その時からわたしの緊張は高まる一方となったが、心の準備はしっかりとできていたし、きちんとしたその家は居心地よかった。四人の子どもたちは別の部屋で遊んでいた。やがて呼び鈴が鳴り、カルメンが玄関のドアを開けに向かうと、リラの声が聞こえてきた。

34

最初わたしはジェンナーロに気づかず、エンツォも目に入らなかった。長い数秒間が過ぎてようやく、ふたりの姿は見えるようになった。それまでわたしにはリラしか感じられず、思いがけぬ罪悪感に襲われていた。今度も彼女のほうから急いで会いにきてくれた、だというのに、こちらは自分の生活から彼女を遠ざけておこうとばかりしている、そんな罪の意識だったのかもしれない。あるいは、リラがわたしに対する好奇心を持ち続けてくれているのに、こちらはたび重なる沈黙と不在をもって彼女のことなど関心がないと伝えようとしてきたことが急に不義理に思えたのかもしれない。今ではよくわからないが、彼女の抱擁を受けながら、わたしがこう思ったのは確かだ。リラがニーノについて意地悪なことを言わず、彼の妻がまた妊娠したことも知らぬふりをして、うちの娘たちに優しくしてくれるなら、こちらもとりあえず愛想よくして、様子を見よう。

こうしてわたしたちは腰を下ろした。リラと会うのはドゥオーモ通りのバールで会った時以来だった。まずは彼女が口を開き、ジェンナーロを前に押し出すと──にきびのひどい、太った少年になっていた──開口一番、この子は学校の成績が悪いと嘆いた。ただしその口調はあくまで優しく、こう続けた。小学校でも、中学でも成績よかったのに、今年は落第なの。ラテン語とギリシア語が駄目なんだよね……。わたしは少年の頬を指先でつつき、慰めてやった。ちょっと勉強すれば大丈夫よ、ジェンナー、うちにおいで、わたしが教えてあげるから……。そこでわたしは急に思い立ち、一番厄介な話題を自分から切り出すことにした。ナポリには数日前に越してきたばかりで、ニーノとのあいだの問題はできる範囲で一応解決済みであり、万事順調であると説明してから、わたしは穏やかな声で娘たちを呼び、ふたりが顔を出すと、大きな声でリラに尋ねた。ほら、どう？　うちの子たち、大きくなったでしょ？　そこでちょっとした混乱が起きた。ジェンナーロに気づいたデデが目を輝かせ、少年を蠱惑的《こわくてき》な態度で自分のほうに招いたのだ。彼女は九歳、彼はもうすぐ十五歳になるところだった。エルサも姉に負けまいとして少年を引っ張った。わたしは母親の誇りをこめて娘たちを見つめた。続いたリラの言葉も嬉しかった。ナポリに戻ってきて正解だよ、レヌー。ひとは自分がそうしたいと思ったことをするのがいいんだから。子どもたちも本当に元気そうだし、可愛いね。

ほっと胸をなで下ろしていると、エンツォが仕事の調子はどうかと聞いてきた。わたしは最新刊の成功を軽く自慢したが、すぐに気がついた。一作目は刊行当時、地区でも話題になり、読んだ住民もいたが、二作目のほうはエンツォとカルメンのみならず、リラすら何も知らずにいたのだ。そこでわたしは自嘲気味に本の話題を避け、彼らの仕事について尋ねて、笑いながらこんな冗談を言った。あなたたち、労働者《プロレタリアート》から資本家になったって聞いたけど？　リラはそんなたいした話じゃないという顔をして、エンツォを見た。すると彼はわたしに対しとつとつと説明を試みた。電子計算機はここ数年で進化を遂げ、ＩＢＭは過去の機種とはまったく異なるマシンを市場に投入した……。エンツォの話は例によって技術的な部分にこだわりすぎ、退屈だった。システム／34、５１２０といったモデル名を羅列しながら、彼は解説を続け、もはやパンチカードもなければ、カード穿孔機も検孔機もなく、プログラム言語もＢＡＳＩＣと呼ばれるものに替わり、マシンはどんどん小型化され、計算能力もデータ記憶容量も少ない代わりに非常な低価格化が進んだと言った。最終的にわたしが理解できたのは、そうした技術革新がエンツォとリラにとっては決定的なきっかけとなり、ふたりで新技術を研究した結果、独立してもやっていけると判断したということだけだった。こうして彼らは自分たちの会社、ベーシック・サイト――〝社名が英語なのは、そうでないとまともに取りあってもらえないからさ〟――を共同で設立した。拠点はふたりの小さな家で――〝だから資本家どころじゃないよ〟――エンツォが資本金の大半を出して社長となったが、しかし、社の核をなす、真の大黒柱は――彼は誇らしげな仕草でリラを指差した――彼女だという。これを見てくれ、彼は言った。こいつが描いた会社のロゴだよ。

　わたしはロゴを見つめた。一本の縦線の周りに社名を走り書きしたものだった。眺めているうちに不意の感動を覚えた。これも、リラの制御不能な頭脳に秘められた力の新たな顕現だ。自分は今までこうした彼女の奇跡をどれだけ見逃してきたことだろう。そう思ったのだ。彼女とともに過ごした素敵な瞬間の数々が懐かしかった。学び、やがて投げ出し、また学ぶリラ。自分でも自分を止められず、何にぶつかってもまず諦めない彼女。システム／34に5120、BASICにベーシック・サイト、そしてこのロゴ……。素敵ね、とわたしは言い、母さんのところでも、妹のところでも覚えなかった感慨に包まれた。そこではわたしが仲間の元に戻ってきたことを誰もが喜んでくれ、それぞれの暮らしの中に気前よく誘ってくれているような気がした。エンツォは、事業が成功しようと自分の考えは以前と変わらないとわたしに向かって証明するように、さまざまな工場を巡るうちに彼が目にした光景を相変わらずの飾り気のない語り口で聞かせてくれた。労働者はわずかな賃金のためにひどい条件下で働いており、そうした汚い酷使を清潔なプログラムに書き換えねばならぬ自分の仕事を俺は時に恥ずかしく思う、彼はそう言った。リラはリラで、清潔なプログラムを実現するために資本家たちは自分の汚い部分をすべてわたしに間近から披露せざるを得ないのだ、と言い、一見まともな会計の裏に隠された偽装に詐欺、誤魔化しを皮肉っぽく語った。カルメンも負けずにガソリンについて語り、この業界だって汚いことだらけだと嘆《たん》じた。そしてそこで彼女は初めて兄、パスクアーレを話題にし、彼を誤った行為に走らせた一連の正当な動機に触れた。次にカルメンはわたしたちの子ども時代から思春期にかけての地区の思い出話を始め、彼女とパスクアーレがまだ小さかったころ、父親からドン・アキッレ率いるファシスト連中に受けた仕打ちをひとつひとつ聞かされたという話――これはわたしも初めて聞く話だった――をした。ペルーゾ氏は線路下のトンネルの入口で手ひどく痛めつけられたこともあれば、ムッソリーニの写真にキスをするよう迫られて断り、写真に唾を吐いたこともあった。そんな彼が多くの同志たちのように殺されずに済み、消されずに済んだのは――〝ファシストに殺されて行方不明になった同志たちのことなんて、歴史のどこにも記されてないのよ〟――地区に家具作りの工房を構え、顔が広かったから、姿が見えなくなれば、みんなが気づいただろうからだ、というのだった。

　時間はそんな風に過ぎていった。わたしたちはすっかり意気投合し、やがて彼らは友情の証に、重大な秘密をわたしに打ち明けることを決意した。カルメンはエンツォとリラの意思を視線でうかがってから、慎重に言った。レヌッチャのこと、わたしは信頼してもいいと思うな……。ふたりが同意するのを見ると彼女は、実は最近、三人でパスクアーレに会ったのだ、と教えてくれた。パスクアーレはある晩、カルメンの家に姿を見せた。彼女はリラに電話をかけ、リラはエンツォと急いでやってきた。パスクアーレは元気だった。清潔な格好をしており、頭の先から足の先まで乱れたところがまるでなく、とても上品なその姿は外科医のようだった。ただ、彼は悲しそうだった。主義主張は昔のままだったが、とにかく、やけに悲しげだった。そして、俺は絶対に降参しない、殺されるまで逃げてやる、そう言ったそうだ。彼は立ち去る前に、眠っている甥っ子たちを覗きにいったが、ふたりの名前すら知らなかった。そこまで語ってカルメンは泣きだした。ただし、子どもたちが飛んでこないように、静かに泣いた。わたしたちは口々にこんなことを言いあった──とはいっても、わたしよりもリラよりも（リラは言葉少なで、エンツォはうなずくだけだった）主にカルメンが語ったのだが──わたしたちはパスクアーレの選択は好きになれないし、イタリアと世界で起きている血まみれの混乱にしても恐ろしいばかりだ。しかし本質的に彼とわたしたちの価値観は共通しているはずで、彼がどんな恐ろしい罪を犯した──新聞ではおびただしい数の犯行がパスクアーレの所業とされていた──にしても、いくらわたしたちが普段は情報処理や、ラテン語にギリシア語や、本の執筆や、車の給油にかまけているにしても、わたしたちは彼のことをいつまでも否定するまい。わたしたちに限らず、パスクアーレを愛する者たちは決して彼を否定しないはずだ……。

　その日はそこでお開きとなった。最後にひとつだけ、わたしはリラとエンツォに質問をした。とても落ちついた気分だったし、少し前にエリーザに言われたことが気になっていたからだ。わたしの質問はこうだった。ソラーラ兄弟って今どうなの？　するとエンツォは即座に床に目を落とした。リラは首をすくめて答えた。相変わらずの最低野郎どもさ……。彼女はミケーレが正気を失ったという話をしだした。母親の死後、彼はジリオーラを捨て、彼女と息子たちをポジッリポの豪邸から追い出した。彼の前に妻子が姿を見せようものなら、こっぴどく痛めつけるということだった。リラは少し嬉しそうに言った。ソラーラもこれで終わりさ。だってマルチェッロなんて、ミケーレがおかしくなったのはわたしのせいだなんて言いふらしてるんだよ……。そこで彼女は目を細め、マルチェッロの悪口が褒め言葉でもあるかのように、満足そうな顔をした。そしてこう結論した。レヌーが留守にしているあいだに、色々なことが変わったの。これからはもっとわたしたちと一緒にいなきゃ駄目だよ。電話番号、教えて。できるだけたくさん会いたいし、近いうちにジェンナーロをそっちに寄越して、勉強もどうにかなるか見てほしいし。

　わたしはペンを取り、自宅の番号を書こうとした。最初の二桁はすぐに書いたが、そこで戸惑った。数日前に覚えたばかりで、よく覚えていなかったのだ。でも、はっきりと思い出してから、改めて躊躇した。リラがこちらの暮らしの中にまた居座るのではないか。それが不安だった。さらに二桁を書いてから、残りはわざと間違えた番号を綴った。

　わたしの読みは間違っていなかった。娘たちを連れて立ち去ろうとしたら、その時になってリラがみんなの前で、そう、デデもエルサもいる前で、こう尋ねてきたのだ。

「ねえ、ニーノの子どもを生む気なの？」

35

そんなはずないでしょ、とわたしは答え、困った風に小さく笑った。しかし道々、特にエルサに対して――デデは恐い顔で黙っていた――ほかに子どもなんていらない、大切なあなたたちふたりで十分だ、と説明せねばならなかった。それから二日ばかり頭痛がして、眠れなかった。巧妙な間合いで発せられた短い言葉、それだけでリラは、楽しかった再会の場を台無しにしてしまった。わたしは思った。あの子はどうしようもない。悪い癖は昔のままだ、いつだってわたしの人生を引っかき回すやり方を心得ているんだ……。何もわたしはリラがデデとエルサの不安をかき立てたことだけを問題視している訳ではなかった。彼女はわたしが念入りに隠してきた一点を正確に攻撃してきたのだ。それは十二年ほど前にマリアローザの家で小さなミルコを腕に抱いた時に初めて覚えた、早く子どもがほしいという衝動に関係していた。あの完全に非理性的な衝動、言わば母性愛の命令に、当時のわたしは圧倒された。あの時すでにわたしは、それが純粋に子どもがほしいという単純な願望ではなく、特定の子どもがほしいという願望であることに気づいていた。わたしがほしかったのはミルコのような子ども、つまり、ニーノの子どもだったのだ。事実、その衝動はピエトロにも、デデとエルサの誕生にも静められなかった。それどころかシルヴィアの子どもと会うたびにぶり返し、ニーノからエレオノーラの妊娠を明かされた時にふたたび目を覚ましていた。今やわたしの中で彼の子どもがほしいという衝動はますます頻繁に暴れ回るようになっており、リラは例のごとく鋭い眼光でそれを〝見抜いた〟に違いなかった。彼女のお気に入りの遊びだ。そう思った。エンツォにも、カルメンにも、アントニオにも、アルフォンソにもリラは同じことをしているはずだ。ミケーレ・ソラーラとジリオーラもきっと彼女の遊びの犠牲になったのだろう。親切で優しい人間のふりをしつつ、犠牲者に軽くぶつかり、ほんの少しだけ位置をずらす。それで相手はおかしくなってしまうのだ。彼女はわたしとニーノもまたそんな風に操作するつもりでいるのだろう。現にもう、わたしの内心のわななきを彼女は白日の下にさらしてしまった。まぶたの短い痙攣を無視するように、あまり気にすまいとせっかく心がけてきたのに。

それから何日ものあいだ、わたしはタッソ通りの家で、ひとりでいる時も、そうでない時も、あの問いかけに揺られていた。〝ニーノの子どもを生む気なの？〟だがそれは、もはやリラの問いかけではなく、わたしの自問に変わっていた。

36

それからというもの、わたしはよく地区に帰るようになった。特にピエトロが娘たちに会いにきた時は、必ずと言っていいほどひとりで地区を目指した。歩いてアメデオ広場まで下り、そこから地下鉄に乗った。鉄道橋の上で足を止め、大通り《ストラドーネ》を見下ろすこともあれば、いつものトンネルを抜けて地区の教会まで散歩するだけの時もあった。だがたいていの場合は、いくら医者に診てもらえと言ってもまるで聞かない母さんを相手に、父さんとペッペとジャンニも味方につけて闘うことになった。頑固な彼女は、夫と息子たちに少しでも健康問題を言われると腹を立て、わたしに対しては必ず、お黙り、わたしが死ぬとしたらお前のせいだよ、と怒鳴りつけて家から叩き出すか、自分がバスルームにこもるかした。

一方、才能はリラの手中にあり、その事実はよく知られていた。たとえばミケーレは彼女の才に昔から気づいていた。だからリラに対するエリーザの敵意にしても、マルチェッロとのちょっとした行き違いばかりが原因ではなく、リラがまたしてもソラーラ兄弟の元を去ったこと、彼らを利用した末に優位に立ったことが大きかった。ベーシック・サイトのおかげでリラはますます注目を集め、裕福になりつつあった。彼女はもはや、幼いころから独特な力――ひとの頭と心から混乱を抜き取り、きれいに整頓して戻してやったり、気に入らぬ相手であれば、逆に頭を混乱させ、意気消沈させる力――を持っていた、あの気まぐれな人間ではなかった。今の彼女は、新しい仕事――誰も詳しくは知らないが、とにかく儲かるらしいと噂の仕事――を学べるチャンスも象徴していたのだ。商売はとても順調で、その証拠にエンツォは狭い自宅に仮に設けていた仕事場を畳み、きちんとした事務所を開くための物件を探しているという噂だった。だが、どれだけ頭が切れるにしても、エンツォなんてたいしたことないよ。あいつはリナの僕《しもべ》に過ぎない。実際に物事を動かし、作ったり、壊したりしているのは彼女さ……。こうして、少々大げさに言えば、地区の状況は短期間のうちに次のように変化を遂げたらしかった。マルチェッロとミケーレのようになろうとするか、リラのようになろうとするか、その二者択一だ。

もちろん、一切はわたしの強迫観念であった可能性もある。しかし少なくともあのころは、以前からリラの近くにいるか、当時その近くにいた人々に対する彼女の影響が日に日に強くなっていくように見えた。たとえばある日、わたしはステファノ・カッラッチに出会った。とても太っていて、肌は不健康に黄ばみ、服装もみっともなかった。かつてリラが結婚した若き商店主の面影はまるでなく、往時の財産にいたっては言うまでもなかった。それでも彼との短い会話の中で、わたしは相手がリラの口癖をやたらと使うような印象を得た。アーダも同じだった。彼女はあのころリラのことをとても尊敬し、口を開けば賞賛した。リラがステファノに生活費を渡していたためだ。そんな彼女もわたしの親友の仕草を真似ているように思えた。笑い方までどこか似ていた。

リラの周囲は、働き口を求め、ありもしない適性を無理に誇示しようとする親族に友人たちであふれていた。アーダも突然、ベーシック・サイトに雇われた。とりあえずの仕事は電話の応対、ゆくゆくは別の業務も覚えてもらおう、ということになったらしい。リーノも——ある日、彼はマルチェッロと喧嘩になり、スーパーの仕事を辞めていた——なんの断りもなく妹の会社に腰を据え、必要とあればなんだってあっという間に身につけてみせると威張っていた。しかし何よりもわたしが驚いたのは——ある晩、ニーノに教えられた話で、彼自身はマリーザから聞いたとのことだった——アルフォンソまでベーシック・サイトに上陸したという知らせだった。奇行を続けていたミケーレ・ソラーラがなんの理由もなくマルティリ広場の靴屋を閉じてしまったので、アルフォンソは失業者となった。そして彼もまたリラのおかげで新しい仕事に挑戦することになり、それがうまくいっているというのだった。

わたしはもっと詳しい話を聞くこともできたろうし、そうしたい気持ちもあった。リラに電話をするか、彼女のところに行くだけで済む話のはずだった。でも結局何もしなかった。一度だけ、偶然に通りで会った時、リラは嫌々という感じで足を止めた。怒っていたのだろう。間違った電話番号を渡され、息子の勉強を手伝う約束をしておきながら行方をくらまされ、向こうはせっかく手を尽くして仲直りをしようとしたのに、わたしが逃げたものだから。彼女は今、時間がないのだと言ってから、方言でこう尋ねてきた。

「まだタッソ通りの家にいるの？」

「うん」

「不便な場所ね」

「でも海が見えるもの」

「海なんて、あんな高台からいくら眺めてたってしようがないでしょ。ちょっと色がきれいなくらいでさ。もっと近くで見たほうがいいよ。そうすりゃ、どれだけ水が汚くて、不潔で、小便臭くて、汚染されてるかわかるもの。でも本を読んだり書いたりするレヌーみたいなひとたちって、嘘をつくのが好きで、本当のことは言わないからね」

わたしはしまいまで言わせなかった。

「もう住んじゃってるから」

すると彼女は即座に言い返してきた。

「変えたきゃいつでも変えられるよ。最初は何を言っていたって、実際には違うことをするなんてよくあることじゃない？　こっちに家を見つけなよ」

わたしは首を横に振り、別れを告げた。よくわからなかった。彼女の狙いは、わたしを地区に連れ戻すことなのだろうか。

37

それから、ただでさえややこしいものとなっていたわたしの人生に、まるで予期しなかったふたつの出来事が同時に起きた。ニーノ率いる研究所が何か重要な仕事のためにニューヨークへ招待され、しかもボストンの小さな出版社がわたしの第二作を刊行したのだ。ふたつの機会は、ふたりで一緒にアメリカ旅行に行けるかもしれない、ひとつの可能性へと変わった。

さんざん迷い、幾度も話しあい、何度か喧嘩までして、わたしとニーノはふたりでアメリカに行こうと決めた。ただしわたしはデデとエルサを二週間、置いていかねばならなかった。娘たちの預け先を見つけるのは普段から大変だった。そのころのわたしは雑誌数誌に記事を書き、翻訳の仕事をし、大小の会場で討論に参加し、新作のためのメモを書き溜めて暮らしていたが、そうした多忙ななかで娘たちの世話までこなすのはいつだって困難極まりなかった。たいていは、ニーノの教え子のミレッラに預けた。信用が置ける上に、バイト料も安上がりだった。でも彼女がどうしても無理な場合は、アントネッラに預けた。五十代の隣人で、大きな息子たちがいる腕利きの母親だ。この時はできればピエトロに預けたかったのだが、そこまで長い期間預かることは今はとてもできないと言われてしまった。状況を分析してみても（アデーレとは縁が切れたままで、マリアローザは旅に出て行方知れず、母さんは謎の病に気が弱っており、エリーザはわたしに対する態度をさらに硬化させていた）、納得のいく解決策など見つかりそうになかった。それがぎりぎりになってピエトロが言ったのだった。リナに聞いてみろよ。いつだか何カ月も君に息子を預けたことがあったじゃないか。向こうは君に借りがあるんだから……。わたしは迷った。心の表層ではこんな風に想像した。自分だって仕事で忙しい彼女が引き受けてくれたとしても、あの子たちを注文の多いわがまま娘扱いしてつらい目に遭わせ、ジェンナーロに任せっぱなしにするのではないか……。一方、心のより奥底の部分は――恐らく表層に増して日ごろわたしを悩ませていた部分は――リラほど本気で娘たちのために尽くしてくれるだろう人間は、自分の知人にはほかにいないはずだと思っていた。早くなんとかしないとという焦りに急かされ、わたしはリラに電話をかけた。やたらと言葉に詰まり、遠回しな言い方をするこちらの頼みに対し、彼女はなんのためらいもなくこう答えて、わたしをまた驚かせた。

「レヌーの娘はわたしの娘も同然か、それ以上だよ。いつでも連れておいで。いくらでも預かってやるから安心しな」

ニーノと一緒に旅立つことは伝えたのに、リラは彼の名を一度も口にせず、わたしが山ほどの注意事項とともに娘たちを引き渡した時も何も言わなかった。一九八〇年五月、こうしてわたしは激しい罪悪感を味わいながらも喜び勇んでアメリカに向けて出発した。あの旅はわたしにとって実に特別な体験となった。わたしはまたしても全能感を覚え、自分は大海を飛び越えることもできれば、世界の隅々まで自我を拡張できるとさえ思った。すっかり有頂天だった。当然、体力的にとても過酷な上にお金のかかる二週間ではあった。わたしの作品を出版した女性たちは資金に乏しく、できる限りの世話を焼いてくれたが、それでもかなりの自腹を切らされた。ニーノにしても飛行機のチケット代さえなかなか払い戻してもらえなかった。しかしわたしたちは幸せだった。少なくともわたしについて言えば、あの日々ほど幸せに過ごせたことは、あれから今日まで一度もなかった。

帰路、わたしは自分の妊娠を確信していた。アメリカに向かう前から、薄々そうではないかと思っていたが、ニーノにはひと言も漏らさず、休暇のあいだずっと、無分別な喜びを覚えながら、その可能性をこっそりひとりで楽しんでいた。でも娘たちを引き取りに向かった時にはもはや疑いはなく、文字どおり生命みなぎる気分だったので、リラに打ち明けてしまおうかとさえ思った。だが例によってわたしは考えを変えた。もう子どもなんて作らないって言ってたじゃないの、とか、また何か不愉快なことを言われるに違いないと思った。それでもわたしが明るかったためか、向こうもこちらの幸福がうつったみたいに陽気に迎えてくれ、レヌー、今日は凄くきれいね、とはしゃいだ。わたしは彼女とエンツォとジェンナーロに用意したお土産をリラに手渡すと、かの地で見てきたあちこちの町のこと、出会った人々のことを事細かに語りだした。飛行機からね、雲に開いた穴越しに大西洋が一部だけ見えたの。アメリカ人ってとても親しみやすくて、ドイツ人みたいに堅苦しくないし、フランス人みたいに気取ってもないの。こっちの英語が下手でもね、一生懸命に聞いて、わかろうとしてくれた。レストランじゃみんな大声でしゃべってて、賑やかなこと、ナポリどころの騒ぎじゃないわ。ノヴァーラ通りのビルがいくら高いっていったって、ボストンとかニューヨークの摩天楼を見ちゃったら、おもちゃみたいなものよ。どの通りにも番号がついててね、こっちみたいに今じゃもう誰も知らないような昔の偉人の名前なんてついてないの……。わたしはニーノの名を口にせず、彼のことは何も語らず、まるでひとりで行ってきたみたいに話した。彼女は熱心に耳を傾け、こちらの答えられない質問ばかりしてから、娘たちのことを心から褒め、まったく問題がなかったと言ってくれた。わたしは嬉しくなり、妊娠を打ち明けようかとまた思った。ところがリラはその間を与えず、真剣な声でつぶやくのだった。帰ってきてくれて、本当によかったわ。わたしね、いい知らせが届いたばかりなの。レヌーに最初に教えられるのが嬉しいな……。彼女も妊娠した、というのがその知らせの内容だった。

38

リラは全身全霊で娘たちのために尽くしてくれた。簡単なことではなかったはずだ。毎朝ふたりを学校に間にあう時刻に起こし、顔を洗わせ、服を着せ、朝食をたっぷり、しかも手早く食べさせ、朝の町のラッシュを抜けてわざわざタッソ通りの学校まで連れていき、やはりラッシュの中を正確な時刻に迎えにいき、地区に連れ帰り、食事をさせ、宿題を見てやり、その一方でベーシック・サイトの仕事と家事も済ませねばならないのだから。でもデデとエルサを問い詰めてみたところ、リラは見事にやり遂げたようだった。おかげでわたしはふたりにとって、以前に増して駄目な母親に格下げされてしまった。リナおばさんみたいにうまくトマトのパスタも作れなければ、おばさんみたいに優しく上手にふたりの髪を乾かして梳かすこともできず、何をやらせてもおばさんのように手際よく処理できない母親だ。例外は、ふたりが大好きなのにおばさんが知らなかった歌がいくつかあり、それをわたしは歌えるということぐらいなものだった。さらにもうひとつ、とりわけデデの目から見ての話だが、愚かしくもわたしが滅多に会いにいかぬあの素晴らしい女性（〝ママ、リナおばさんのところに行こうよ。もっとしょっちゅうおばさんの家にお泊まりさせてよ。ねえ、次の出張はいつ？〟）には、彼女を比類なき存在にしている特徴がひとつあった。すなわち、リラがジェンナーロの母親であるという事実だ。長女の目には、自分がリーノの愛称で呼ぶ彼が、世界で一番素敵な男性に映っていたのだ。

わたしはまずがっかりした。娘たちとの関係は元々穏やかなものではなかったが、ふたりがリラを理想視するようになるとさらに悪化した。ある時、自分のいたらなさをまた批判されたわたしはかっとなり、金切り声を上げてしまった。もうたくさん、母親市場に行って、新しいママを買ってきなさい……。この母親市場というのはわたしと娘たちのあいだの冗談で、いつもならば親子の対立を静め、仲直りをする役に立った。そんなにこのママが嫌なら母親市場で売り飛ばせばいいわ、とわたしが言えば、娘たちは、嫌よ、売らない、今のままのママがいい、と答えるのがいつもの決まりだった。ところがその時は、こちらの口調がきつかったせいか、デデがこう答えた。うん、すぐに母親市場に行って、ママは売っちゃおう。それでリナおばさんを買うの。

しばらくそんな空気が続いた。無論それは、娘たちに向かって自分が嘘をついていたと告白するのにふさわしい雰囲気とは言えなかった。わたしの気持ちは非常に複雑だった。大胆で、内気で、嬉しくて、不安で、汚れなく、罪深い気分だった。どう口火を切ればいいのか、ややこしい話になりそうだった。ねえ、ママの話を聞いて。もう子どもはいらないって思ってたんだけど、本当はほしかったの。それで赤ちゃんができたの。あなたたちに弟か妹ができるのよ。でもこの子のお父さんはあなたたちのパパじゃなくて、ニーノなの。でもニーノにはもう奥さんもいれば、子どももふたりいるから、赤ちゃんのこと、彼がどう思うかママにはよくわからないの……。わたしは幾度となく考え直し、そのたび告白を先送りにした。

それが、ある会話にわたしは不意を打たれることになった。エルサが少し不安げに耳を傾ける横で、デデが、落とし穴だらけの問題を説明する時の慎重な声でこんなことを言ったのだ。

「リナおばさんってエンツォと一緒に寝てるけど、ふたりは結婚してないって、ママ知ってた？」

「誰がそんなこと言ったの？」

「リーノよ。エンツォはリーノの父親じゃないの」

「それもリーノに聞いたの？」

「うん。だからわたし、リナおばさんにちゃんと確認したわ。そしたら説明してくれたの」

「なんて説明してくれた？」

デデは緊張した顔で、わたしが怒るのではないかとこちらを見た。

「本当に聞きたい？」

「ええ」

「リナおばさんはママと同じように夫がいて、そのひとがリーノの父親で、ステファノ・カッラッチっていうの。でもおばさんにはエンツォもいる。エンツォ・スカンノ、ね。そしておばさんはエンツォと一緒に寝るの。それで、ママも同じだっておばさん言ってた。ママにもパパという夫がいる。パパの名字はアイロータよ。でもママはニーノと寝る。ニーノの名字はサッラトーレね」

わたしはデデに微笑み、安心させてやった。

「どうしてみんなの名字をそんなにきちんと覚えたの？」

「リナおばさんが言ってたの。名字なんて馬鹿げてるって。リーノはおばさんのお腹から産まれて、おばさんと暮らしてるのに、父親みたいにカッラッチっていうでしょ？ わたしたちもママのお腹から産まれて、パパといるよりママといることのほうがずっと多いのに、名字はアイロータじゃない？」

「だから何？」

「だから、ほら、リナおばさんのお腹を指差して、これはステファノ・カッラッチのお腹だ、って言うひとはいないでしょ？ これはリナ・チェルッロのお腹だ、って言うはずよ。ママだって同じ話で、ママのお腹はエレナ・グレーコのお腹であって、ピエトロ・アイロータのお腹じゃないでしょ？」

「つまり、どういうこと？」

「つまり、リーノの名前はリーノ・チェルッロであるべきで、わたしとエルサも、デデ・グレーコ、エルサ・グレーコのほうが本当だってこと」

「それってデデが考えたの？」

「ううん、リナおばさん」

「あなたはどう思う？」

「わたしも同じ意見」

「本当？」

「うん、絶対にそう」

ところがエルサは、和やかな雰囲気を見て取ったか、わたしの腕を引っ張り、口を挟んできた。

「そんなの嘘よ、ママ。だってデデ、結婚したらデデ・カッラッチになるって言ってたもん」

デデは凄い剣幕で妹を怒鳴りつけた。

「うるさい、エルサの嘘つき」

わたしはエルサに問いかけた。

「どうしてデデ・カッラッチなの？」

「リーノのお嫁さんになりたいんだって」

今度はデデに聞いた。

「リーノが好きなの？」

「そうよ」長女は挑発的な声で答えた。「それに、もし結婚しなくても、わたしたち一緒に寝るんだから」

「リーノと？」

「そう、リナおばさんとエンツォ、ママとニーノみたいにね」

「ママ、そんなことしていいの？」エルサが疑わしげに尋ねてきた。

わたしは回答を避けた。それでもこの時のやりとりのおかげで心が晴れ、新しい季節が始まった。わたしはすぐに気がついたのだ。本物と偽物の父親について、新旧の名字についてのそんなおしゃべりやその他のおしゃべりを通じて、リラはデデとエルサの目に、ふたりがわたしに投げこまれた新たな生活環境を受け入れやすく見せただけではなく、興味深いとさえ思わせることに成功したのだった。事実、娘たちはまるで奇跡のように、アデーレとマリアローザを懐かしむのをぱたりとやめ、フィレンツェから帰る時も、ずっと父親とドリアーナと一緒に暮らしたいと言うのをやめ、ベビーシッターのミレッラを宿敵扱いして困らせるのもやめ、ナポリを拒むのもやめ、学校に教師たちにクラスメイトたちを拒むのもやめた。さらには、ニーノがわたしのベッドで眠るという事実を拒むことさえやめた。わたしはこうした変化のひとつひとつをほっとしながら受け入れていった。リラが娘たちとの絆を深め、ふたりの人生にまで入りこんできたのはやはり不快だったが、それでも彼女が娘たちに愛情をたっぷりと注ぎ、ふたりの大きな支えとなり、不安を和らげてくれたことは否定のしようがなかった。実のところ、そんな彼女こそ、わたしの好きなリラなのだった。リラはよくそんな風に、性悪な彼女の中からにわかに飛び出してきてわたしを驚かせた。彼女に受けた侮辱はすべて急に色あせた──〝リラは意地悪な子だ。昔からずっとそうだった。でも彼女はそれだけじゃない。我慢するほかないじゃないか〟──そして、娘たちの受ける傷が少なくて済むよう、彼女はわたしを助けてくれているのだと思った。

ある朝、目が覚めたわたしは、実に久しぶりに反感抜きで彼女のことを考えた。そして彼女の結婚と最初の妊娠を思い出した。あの時、リラは十六歳だった。デデと七、八歳しか変わらない。うちの子がもうすぐ、少女だったわたしたちの亡霊と同じ年になるなんて……。信じられない思いだった。それほど遠くない未来に娘がリラのようにウェディングドレスをまとい、ひとりの男のベッドで性的に虐げられ、カッラッチ夫人の役柄に閉じこもることになるかもしれないなんて。あるいはこのわたしのように、壮年の紳士の重たい体の下敷きとなるかもしれないなんて。夜のマロンティの浜で、黒い砂と体液に汚れ、仕返しがしたいというただその一心で……。わたしは自分とリラが通り抜けてきた無数の忌まわしい出来事を振り返り、彼女との連帯感が力を取り戻すのを待った。そして思った。ひたすら憎しみを募らせてわたしたちの友情を損なうのは、あまりにもったいないではないか。絶対に憎むな、というのは無理だ。大切なのはその気持ちを押し留めることだ……。娘たちが会いたがって仕方ないからと言い訳して、わたしはまたリラに会うようになった。残りの距離はふたりの妊娠が埋めてくれた。

39

しかしわたしたちは大きく異なる妊婦だった。わたしの体が非常に協力的な反応を示したのに対し、彼女の体は非協力的だった。にもかかわらずリラは初めから、これは自分が望んだ妊娠だと何度も強調し、わたしの計画《プログラム》どおりなの、と笑いながら言った。それでも彼女の体には何か、例によって反抗せずにはいられない部分があるようだった。こうして、わたしのほうはすぐに桃色の光のようなものが体の中で明滅しているような気分になれたのに、彼女は顔色が緑色っぽくなり、白目が黄ばんでしまい、特定のにおいを激しく嫌い、頻繁に嘔吐するようになった。どうしようもないよ。そう彼女は言うのだった。わたしは喜んでるんだけど、腹の中のこいつはそうでもないみたいなんだ。それどころかこっちに恨みでもあるみたい……。彼女がそうしたことを言うとエンツォは必ず、何を言ってるんだい。坊主は誰よりも喜んでるさ、と言って否定した。するとリラは彼が言わんとしているのは、俺が中に仕込んだんだから信頼しろ、いい種だったから心配いらない、ということなのだと言ってからかうのだった。

エンツォと会うたび、わたしは彼にさらなる好感と敬意を覚えるようになった。元々誇り高い男だったが、新たな誇りを得たようで、その変化は仕事へのもの凄い意気込みにも表れていたが、家でも会社でも通りでも、物理的な危険からも抽象的なそれからもリラを守ろう、彼女のあらゆる願いをかなえてやろうと常に気を配っているその様子にもよく表れていた。ステファノに彼女の妊娠を伝える役目は彼が果たした。ステファノは眉ひとつ動かさず、わずかに顔をしかめると行ってしまった。今や古いほうの食料品店もほとんど儲けがなく、元妻の渡してくれる生活費なしではやっていけなくなっていたからなのかもしれない。または自分とリラとの絆など大昔の話に思え、彼女が身ごもろうがまるで気にならず、もっと切実な問題や願望がほかにいくらでもあったからなのかもしれなかった。

だがエンツォが何より偉かったのは、ジェンナーロに報告する役目を買って出たことだった。リラは自分の息子に対して、わたしが娘たちに対して感じたのと同じ種類の気まずさを覚えていた。ただし、彼女のほうには気まずくなるだけの理由がもっとあった。ジェンナーロはもはや男の子ではなかったから、子どもだましな説明で誤魔化す訳にはいかなかった。少年は思春期の難しい季節の真っただ中にあり、まだ自分なりの均衡を見つけられずにいた。ジンナジオで二年連続落第してからは、神経過敏になってしまい、不意に湧いてくる涙を抑えられなくなり、屈辱から立ち直れずにいた。来る日も来る日も通りをさまようか、父親の食料品店に入り浸り、隅っこにじっと座って大きな顔のにきびをいじるか、父親の一挙一動、その渋面を何も言わずに見つめていた。

きっとジェンナーロはひどく気を悪くするだろうとリラは心配していた。しかし教えなければ、誰かが先に息子に知らせるのではないかという不安もあった。たとえばステファノだ。そこでエンツォがある晩、少年を片隅に連れていき、母親の妊娠を告げた。ジェンナーロは無反応だったが、エンツォに、さあママのところにいって抱きしめてやれ、大好きだって伝えてやるんだ、と言われると、素直に従った。ただその数日後、エルサがデデには聞こえぬようそっとわたしにこんなことを尋ねてきた。

「ママ、トロイアって何？」

「豚さんの奥さんのことよ」

「それ、本当？」

「うん」

「リーノがね、デデに言ったの。リナおばさんはトロイア（「あばずれ」の意味もある）だって」

　問題発生、という訳だった。リラには黙っておいた。教えても仕方がないと思ったからだ。それにわたしだって問題を抱えていた。自分の妊娠をまだピエトロにも、娘たちにも明かせず、肝心のニーノにも明かせずにいたからだ。ピエトロに教えれば、彼にはもうドリアーナがいるにせよ、きっとまたへそを曲げられ、両親に告げ口されて、アデーレにあの手この手で悩まされることになると思った。デデとエルサに言えば、娘たちはまた心を閉ざしてしまうに違いなかった。でも本当の悩みの種はニーノだった。わたしは子どもの誕生が彼をこちらにしっかりと結びつけることを願い、エレオノーラもわたしが彼の子を宿したと知れば、ついに彼を捨てるのではないだろうかと期待していた。しかし頼りない希望であり、たいてい不安のほうが強かった。ニーノにはっきりと言われたことがあったのだ。妻と完全に別れて傷を負うよりは――どれだけわたしたちがあらゆる種類の不便をこうむり、不安とストレスに苦しむことになっても――今の二重生活のほうがいい、と。だからわたしは、彼に子どもを堕ろすよう言われるのではないかと怯えていた。そして毎日、今日こそは彼に告げようと思いながら、いや、やっぱり明日にしようと諦めていた。

　ところがそのうち、何もかもが解決に向かって進みだした。ある晩、わたしはピエトロに電話をし、妊娠したの、と告げた。長い沈黙ののち、彼は咳払いをし、いつかはこの日が来ると思っていたと答えてから、尋ねてきた。

「デデたちにはもう教えたのかい？」

「ううん」

「僕が言ってやろうか」

「大丈夫」

「体を大事にするんだよ」

「ありがとう」

　それだけの話だった。以来、彼はよく電話をしてくるようになった。口調はいつも優しく、娘たちの反応を懸念し、毎回、僕が話そうと言ってくれた。しかし現実にその役目を果たしたのはわたしと彼のどちらでもなかった。リラだ。自分の息子に打ち明けるのは拒否したくせに、デデとエルサに対し、あなたたちのママがパパとではなくニーノと作った、命を持った愉快な小さなお人形さんの世話を時々できるようになるなんて、きっと凄く素敵だよ、と説得してくれたのだった。ふたりはうまく納得した。そして、リナおばさんに倣ってお腹の中の子をお人形ちゃんと呼ぶようになり、わたしのお腹に関心を持ち、毎朝、目を覚ますとすぐに、ママ、お人形ちゃんは元気？　と聞いてくるようになった。

　ピエトロへの告白と娘たちへのそれの合間に、わたしはついにニーノと対決した。その顚末はこんな具合だった。やけに心のざわつくある午後、わたしは不安を吐き出したくてリラに会いにいき、こんな質問をした。

「もし彼に堕ろせって言われたら、どうしよう」

「それならそれではっきりするじゃない？」彼女は答えた。

「はっきりするって何が？」

「あの男は奥さんと子どもたちが一番大切で、レヌーは二の次だってことが」

率直で、冷酷な意見。多くのことをわたしに隠していたリラだが、わたしと彼の関係への反感は隠さなかった。それでもわたしは傷つかなかった。むしろ、そうして包み隠さず話しあうことで気持ちがすっきりしたのに気づいた。つまるところ彼女はわたしが口に出せなかったことを言ってくれたのだ。ニーノの反応はわたしと彼の絆の強さを示す試金石となるだろう、と。わたしはあいまいにつぶやいた。そうかもしれないね、あのひとどう出るかな……。それから少ししてカルメンが息子たちを連れてやってくると、リラはそれまでのおしゃべりに彼女も引きずりこみ、その午後はまるで思春期の午後のようになってしまった。わたしたちは三人で打ち明けあい、悪だくみをし、計画を練った。カルメンは腹を立て、もしもニーノが抵抗するようなら、自分があの男に物申してやる、などと言い、こう続けた。わたしわからないんだよね、レヌー。あなたほどのひとがどうしてあんな風に男の言いなりになってしまうの？　わたしは自分とニーノのために弁護を試み、彼は奥さんの両親に前から助けてもらっていて、わたしたちの今の生活が成り立っているのは、エレオノーラの一族のおかげで彼がたっぷり稼げているからにほかならず、わたしの二冊の本とピエトロのくれる養育費だけでは娘たちと三人でまともな暮らしを送るには苦しいのだ、と説明した。そして、こう付け足した。でも勘違いしないでほしいの。ニーノ、とても優しくしてくれるのよ。週に最低四度はうちに泊まりにくるし、わたしに気まずい思いをさせまいといつだって気を遣ってくれるし、デデとエルサのことだってまるで自分の娘みたいに大事にしてくれるし……。しかし、わたしが口をつぐんだ途端、リラがほとんど命令するように言った。

「じゃあ、今夜、妊娠のこと教えなよ」

わたしは言われたとおりにした。家に帰り、ニーノが来るのを待って夕食にして、娘たちを寝かせてから、ついに、妊娠したと彼に明かした。やけに長い一瞬のあと、彼はわたしを抱きしめ、キスをしてくれた。とても嬉しそうだった。わたしはほっとつぶやいた。だいぶ前からわかってたんだけど、あなたが怒るんじゃないかと心配だったの。すると彼はわたしを叱り、驚くようなことを言った。デデとエルサを連れて、僕の実家に行こう。両親にもこのよい知らせを伝えたいんだ。ママはきっと喜ぶぞ……。彼はつまりそんな風にわたしとの関係を両親に認めさせ、また子どもができたことを公然の事実にしようというのだった。わたしは同意の印に愛想笑いを浮かべてから、そっと尋ねた。

「でも、エレオノーラには言わないの？」

「彼女とは関係ない話さ」

「あなた、まだあのひとのご主人なのよ？」

「形式上はね」

「子どもにはあなたの名字をつけてもらうわよ」

「いいとも」

わたしはかちんときた。

「嘘、あなたは認知なんてしない。今度もあなたは何もなかったふりをするに決まってるもの」

「僕といるのがそんなに嫌かい？」

「そうじゃないわ」

「僕は君をなおざりにしてる？」

「いいえ。ただ、〝わたしは〟夫と別れて、〝わたしは〟ナポリに越してきて、〝わたしは〟人生をがらりと変えたのに、〝あなたは〟人生も前のままなら、これっぽっちも傷ついてないじゃない？」

「僕の人生は君だよ。そして、君の娘たちとこれから生まれてくる子どもだ。残りはみんな、必要な背景でしかないよ」

「必要って誰に？　あなたにでしょ？　わたしには絶対、不必要だわ」

するとと彼にぎゅっと抱かれ、ささやかれた。

「僕を信じて」

翌日、わたしはリラに電話をかけてこう告げた。万事順調よ、ニーノはとても喜んでくれたわ。

40

複雑な数週間が続き、そのあいだわたしはしばしば思った。もしも自分の体がこうも嬉しそうに自然と妊娠を受け入れず、リラのように絶え間なく肉体的な苦痛を味わう羽目になっていたとしたら、わたしはきっと耐えられなかっただろう、と。ミラノの出版社が渋々ながらようやくニーノの評論集を刊行してくれ、わたしは——もはやアデーレとの関係は最悪だったが、彼女のやり方を真似て——新聞や雑誌で彼の本を話題にしてくれと自分の知っているわずかな有名人に働きかけた。ニーノの知人には非常に多くの有名人がいたが、プライドの高い彼は自分で電話をかけて頭を下げるのを拒み、そちらもわたしがやらねばならなかった。ちょうど同じころピエトロの本も出版された。その本は、娘たちに会いにナポリに来た彼がすぐに持ってきてくれた。彼はわたしが献辞を読むのを今か今かと待った（恥ずかしかった。〝苦しみながら愛することを教えてくれたエレナに捧ぐ〟とあったのだ）。わたしも彼も感無量だった。ピエトロはフィレンツェで彼のために開かれるというパーティーに誘ってくれた。娘たちを父親の元に連れていく、ただそれだけのことだ、というふりでわたしはフィレンツェに向かわねばならなかった。しかしパーティーではピエトロの両親のあからさまな敵意が待っていた。さらに、出発前と帰宅後にはニーノの不機嫌まで相手にせねばならなかった。彼はわたしがピエトロと接触すればとにかく嫉妬したが、この時は本の献辞に怒り、わたしが、元夫の本は素晴らしい出来で、学界の内外を問わずおおいに話題になっていると語ったがために眉間に皺を寄せ、それにひきかえ自分の本がちっとも話題になっていないので気分を損ねたのだった。

彼との関係には本当に疲弊させられた。ふたりの一挙一動に、わたしと彼が発するひと言ひと言に、嫌になるくらいたくさんの落とし穴が潜んでいた。彼はわたしの口からピエトロの名前を聞くことすら嫌い、フランコの思い出話をすれば暗い顔をし、彼の友人を相手に笑いすぎればその男性が誰であれ嫉妬するくせに、自分がわたしとエレオノーラにふた股をかけている現状はごく自然なことぐらいに思っているのだった。二度ほど、フィランジェリ通りでエレオノーラとふたりの子どもを連れた彼に会ったことがあった。一度目は見て見ぬふりでやりすごされてしまった。二度目はこちらから賑やかに挨拶しながら夫婦の前に立ちふさがり、まだお腹は目立たなかったが自分の妊娠について触れ、短い会話をしてから、胸をどきどきさせ、強い怒りを覚えつつ、逃げるように去った。あとで、その時の行為を彼から無闇に挑発的だと叱られ、喧嘩になった（〝わたし、あなたが父親だなんて奥さんに言わなかったわ。妊娠したって言っただけじゃない？〟）。結果、わたしは彼を家から叩き出し、また迎え入れた。

　そうした時はわたしにも不意に自分の真の姿が見えた。わたしはなんでも言いなりで、いつでも彼の頼みを聞き入れ、彼を困らせたり、がっかりさせたりせぬよう、自分は目立ちすぎぬようにしていた。自分の時間を犠牲にして彼のために料理し、家中に彼が脱ぎっぱなしにしておく汚れ物を洗い、大学の仕事の悩みも聞いてやり、彼に対して好意的な周囲の空気と義父のちょっとした権力のおかげで増える一方だという仕事の愚痴にも耳を傾けてやった。わたしはいつも彼を喜んで家に迎えた。もうひとつの家よりわたしの家のほうが居心地がいいと思ってほしかったし、わたしのところでは気を休めて、よそでは言えないような打ち明け話をしてほしかった。いつ会っても責任感に押しつぶされている彼が愛らしかった。もしかしたらエレオノーラはわたしほどニーノを愛してなどいないのではないか、そんなことまで考えた。彼を自分のものだと思うためならば、彼女がどんな屈辱にも甘んじているように思えたからだ。しかし時にはやりきれなくなり、娘たちに聞かれる危険も顧みず、彼を怒鳴りつけてしまうこともあった。わたし、あなたのなんなの？　ねえ説明して、どうしてわたし、この町にいるの？　どうしてわたし、毎晩あなたを待ってるの？　どうしてわたし、こんな状況を受け入れているの？

　そうした時はニーノも驚き、わたしに落ちつくよう懇願した。わたしこそ——わたしだけが——彼の妻であり、エレオノーラは彼の人生にとってなんの意味もないことを恐らく証明したかったのだろう。ある日、本当に彼はナッツィオナーレ通りの実家へお昼を食べにいこうと言いだした。わたしは断れなかった。その日は温かな雰囲気の中でゆっくりと時が過ぎた。ニーノの母、リディアはもう老婦人になっていた。心痛にむしばまれた様子で、そのおどおどした瞳を脅かしているのは外の世界ではなく、彼女が胸に感じている何かのようだった。幼かったピーノ、クレリア、チーロはすっかり大人になって、進学した者もあれば、働いている者もおり、クレリアなど先日結婚したばかりだった。

マリーザとアルフォンソもまもなく子どもたちを連れて登場し、昼食となった。料理が次から次に出て、昼の二時から夕方六時まで食事は続いた。無理に盛り上げたような雰囲気だったが、心からの親切も感じた。特にリディアはわたしのことを息子の本当の嫁のように扱ってくれ、自分の傍らに座らせ、娘たちをこれでもかと褒め、お腹の中の子どものことも喜んでくれた。

当然ながら唯一、緊張の源となったのはドナートだった。約二十年ぶりのあの男との再会はとても印象的だった。紺色のナイトガウンを着て、茶色のスリッパを履いていた。体つきは全体が縮まり、しかも横に広がったようで、常に落ちつきなく動かしているずんぐりした両手には老人特有の黒い染みがあり、爪の下は黒く汚れていた。顔は骨の上で皮膚がだぶついている感じで、視線はぼんやりしていた。はげ頭を覆うわずかな髪は赤だかなんだかよくわからない色に染められ、にやりと笑えば、歯の抜け落ちた隙間がいくつもあった。最初は昔のように経験豊かな男性らしい態度を取ろうとし、わたしの胸を何度も見つめ、性的なほのめかしも口にしたが、やがて愚痴をこぼしだした。今の時代は誰もが本来の居場所を忘れ、十戒は廃止され、女たちはひどく奔放になって、世間は淫売だらけだ……。しかし息子たちにうるさがられ、仲間外れにされて、やがて口をつぐんだ。食後はアルフォンソを――とても優美で、繊細で、わたしの目にはリラと同じかそれ以上に美しく見えた――片隅に引っ張っていき、娘婿を相手に、注目を浴びたいという欲求を発散していた。わたしは信じられない思いでその老いた男性をちらちら眺めては、考えていた。あり得ない、このわたしが、少女のころとはいえ、マロンティの浜でこんな醜悪な男に抱かれたなんて、本当のはずがない。でも、ああ、彼は確かにそこにいる。はげで、みっともなくて、いやらしい目つきをしていて、わたしがジンナジオで机を並べて学んだクラスメイトの横にいる。わざとあんなに女っぽくしているアルフォンソ。男装の若い婦人みたいだ。こうしてドナートと同じ部屋にいるわたしにしたって、イスキアの時とはまるで違ってしまっている。〝今〟っていつなんだろう。〝あの時〟っていつだったのだろう。

そのうちドナートがにこにこしながらわたしを呼んだ。レヌー、こっちにおいで。アルフォンソも手招きし、視線でも来てくれと求めていた。わたしは困惑しつつ、彼らのいる片隅に向かった。するとドナートはまるで大観衆を前にしているみたいに大声でわたしの賛美を始めた。この女性はとても優秀な学者であり、世界に類を見ない作家だ。少女のころに彼女と出会えたことを僕は誇りに思っている。場所はイスキアだった。僕たちのところにバカンスで泊まりにきた時、彼女はまだ女の子だった。僕の書いたお粗末な詩を読みながら、彼女は文学を発見したのだ。彼女は寝る前に必ず僕の詩集を読んでいたんだよ。そうだったたね、レヌー？

彼は急に情けない顔になり、自信なさそうにわたしを見た。その視線は、君の文学的才能の開花には僕の言葉が大きな役割を果たした、そうだと認めてくれと懇願していた。わたしは、ええ、そのとおりです、と答えた。幼かったわたしは、自分の詩集を出版して、新聞に自分の意見まで書いてしまう方と直接の知りあいになれるなんて、夢かと思いました……。そしてわたしは十二年ほど前に彼が処女作の書評を書いてくれたことに感謝し、あの書評はとても役に立ったと伝えた。するとドナートは喜びで顔を真っ赤にした。彼はいい気になって自画自賛を始めると同時に、凡人どもの嫉妬が原因で自分は本来の名声を得ることを妨げられたと嘆きだした。やがてニーノが父親を止めた。それも手荒に止めねばならなかった。わたしは彼の母親の元へ連れ戻された。

帰路、ニーノに叱られた。僕の父親のことは知ってるだろう？　駄目だよ、調子に乗らせちゃ……。わたしはうなずきながら、彼の様子を横目でうかがっていた。ニーノもいつか、はげるのだろうか。太るのだろうか。自分よりも運に恵まれた人間のことを悪く言うようになるのだろうか。こんなにもハンサムな彼が？　考えたくもなかった。彼は父親の話を続けていた。あのひとは諦めが悪いんだよ。

41

年を取れば取るほど、駄目になるね。

同じころ、妹のエリーザが山ほどの不安を抱え、さんざん騒いだ挙げ句、男の子を出産した。男の子には、マルチェッロの父親と同じシルヴィオという名がつけられた。母さんの調子が相変わらず悪かったので、エリーザの世話はわたしがした。彼女は出産の疲れと赤ん坊への恐れとで青ざめた顔をしていた。血と体液にまみれた息子を目撃した時、まるで瀕死の小さな生き物のようなその姿に気分が悪くなったらしい。だが実際にはシルヴィオは元気すぎるくらい元気で、両の拳をぎゅっと握ってよく泣いた。エリーザは赤ん坊をどう抱いてよいかわからず、洗い方も、へその緒を切った跡の手当ての仕方も知らず、爪の切り方も知らなかった。彼女は赤ん坊の男の子という性別まで嫌っていた。わたしは彼女にあれこれ教えてやろうとしたが、長続きはしなかった。まず、元からわたしに対して少しぎこちなかったマルチェッロが余計に気まずそうになり、わたしがふたりの家にいることが彼の生活をややこしくしている、そんな不快感をにじませるようになった。それにエリーザもこちらに感謝するどころか、わたしが何か言い、彼女のために骨を折るたびにかえって不機嫌になった。わたしは毎日、もうたくさんだ、こっちだってやることはいくらでもある、明日は来るのをやめよう、と思いながらも妹の元に通った。しかし一連の出来事がわたしの進路を変えた。

よくない出来事だった。ある朝、エリーザの家にいると――とても暑い日で、地区は焼けるような砂埃の下でうたた寝をしていた。ボローニャ駅の爆破テロ事件が起きてまだ数日という時期だった——ペッペから電話があった。母さんがトイレの中で意識を失ったという。駆けつけると、母さんは冷や汗をかいて震えており、ひどい腹痛を訴えていた。わたしはようやく医者にかかるよう彼女を説得することができた。それからさまざまな検査が続き、短期間のうちに診断が出た。病名は〝よくない病気〟だ。このあいまいな表現は、わたしもすぐに覚えて使うようになった。それは癌という言葉を避けるために地区の住人たちが使う表現だったが、医師たちも似たようなもので、自らの診断結果をやはり似たような言葉に置き換えた。比べればいくらか学のある表現と言ってもいいかもしれないが、彼らはそれを〝よくない〟どころか、〝無情な〟病気と呼んだのだ。

父さんはその知らせに即座に打ちのめされ、状況を直視できずにふさぎこんだ。少し幻覚でも見ているような目つきに黄色っぽい顔をした弟ふたりは、できることがあればなんでもやるぞという雰囲気でしばらく騒いでいたが、そのうち得体のしれぬ仕事でまた昼夜の別なく忙しくなり、お金だけ残して姿を消した。とはいえ、医者にかかるにも薬を買うにもお金は必要だった。妹は怯えきって家にこもり、日がな一日ネグリジェ姿のままぼんやりするばかりで、シルヴィオが泣けば思い出したように乳首を赤子の口に突っこんだ。こうして、妊娠四カ月目にして、母さんの病という重荷がすべてわたしの肩にのしかかることとなった。

悪い気分ではなかった。母さんにはずっと苦しめられてきたわたしだが、それでもあなたが大好きだと彼女に伝えたかったからだ。わたしは非常に活動的になった。ニーノもピエトロも巻きこんで名医の紹介を頼み、母さんをあちこちの権威に見せた。緊急手術の際も退院時も付き添った。家に連れ帰れば、彼女が何をするにもわたしが支えてやった。

来る日も来る日も暑さがひどくて、わたしは心配が絶えなかった。わたしのお腹はぽっこり膨らみだし、その中で自分のものとは別の心臓が育っていたが、日々、母さんの衰弱に気づき、つらい思いをした。迷子にならぬようわたしにしっかりとつかまってくる彼女の様子には胸が詰まった。幼い自分が彼女の手につかまっていた時と同じだと思ったからだ。母さんが弱々しくなり、頼りなくなればなるほど、彼女をこの世に引き留めている自分を誇らしく思った。

当初は母さんも以前のように気難しかった。こちらが何を言っても、不機嫌に拒否された。なんであれ、お前がいなくても自分でできると言われた。医者にかかるって？　彼女はひとりで診てもらいたがった。病院に行くって？　ひとりで行きたがった。治療する？　自分でなんとかしたがった。わたしはなんにもいらないんだよ――彼女はこぼすのだった――お前なんていてもわずらわしいばかりだから、どっかに行っちまいな……。ところがわたしが一分でも約束の時間に遅れると怒った（〝ほかに用事があるなら、最初から来るなんて言うんじゃないよ〟）。取ってくれと言われたものをすぐに取ろうとしないと罵られ、不確かな足取りで自分で取りにいこうとして、わたしが眠り姫よりのろまで、彼女のほうがずっと元気なところを見せつけようとした（〝おどき、レヌー、また誰かさんのことでも考えているんだろう？　まったくぼやぼやして、お前さんが立つのを待ってたら日が暮れちまうよ〟）。医師と看護師に礼儀正しく接しても叱られた（〝あの連中は脅かすぐらいでないと、まともにこっちの言うことなんか聞きゃしないんだよ〟）。それでも母さんの中で着実に何かが変わっていった。彼女は興奮する自分自身にしばしば怯えるようになり、まるで足下の床が口を開くのを恐れるみたいな歩き方をするようになった。一度、彼女が鏡を覗いているところに出くわした時――そのころはよくそうしているのを見たが、以前にはなかった習慣だった――戸惑った声でこう尋ねられた。わたしが若かったころのこと、お前、覚えてるかい？　それから何か関係でもあるかのように――いつもの暴力的な口ぶりに戻った彼女に――固く約束させられた。絶対に入院はさせてくれるな、絶対に

42

ひとりぼっちで大部屋で死ぬような目には遭わせてくれるな、と。その目には涙がいっぱいに溜まっていた。

　わたしを何より不安がらせたのは、母さんが簡単に感極まるようになったことだった。昔の彼女なら決してあり得ぬ話だった。わたしがデデの話をすれば泣き、父さんの穿く、洗濯済みの靴下が切れたのではないかと思っては泣き、赤ん坊の世話に苦戦しているエリーザの話をしては泣き、膨らんできたわたしのお腹を見ては泣き、かつて地区の団地の周り一面に広がっていた田園風景を思い出しては泣いた。つまり、病とともに以前の彼女にはなかったもろさが顕れ、そのもろさがノイローゼを和らげて気まぐれな悲しみへと変え、彼女を時とともに涙もろくさせていたようだ。ある午後など、オリヴィエロ先生を思い出した、ただそれだけのためにわんわん泣きだした。いつもあれだけ先生を嫌っていたはずの母さんが、である。覚えているかい、あのひとがお前に中学入試をさせろと言ってどんなにうるさかったか？　そう言うなり、もう涙が出て止まらないのだった。母さん、落ちついてよ。わたしは言った。何も泣くことないでしょ？　どうでもいいようなことで大泣きする、そんな彼女を見るのはショックだった。あまりに見慣れぬ眺めだったのだ。母さんも、信じられないという風に首を振り、笑いながら泣いていた。何を泣いているのか自分でもわからない、笑うことで彼女はそう伝えようとしていた。

そんな母さんの衰弱が、それまでわたしたち親子には縁のなかった親密な間柄への道をゆっくりと開いていった。当初、彼女は自分の不調を恥ずかしがった。体調の悪い時に父さんや弟たち、エリーザとシルヴィオがいると、彼女はいつもバスルームに隠れ、みんなに出てくるように優しく言われても（〝母さん、大丈夫？　ほら開けて〟）、ドアを開けず、必ずこう答えた。わたしは元気よ、なんの用？　トイレにいる時くらい放っておいておくれ……。ところがなんの前触れもなく、わたしの前でだけはありのままの姿を見せ、恥ずかしがらずに苦痛をさらすようになった。

その変化はある朝、実家で始まった。どうして足を引きずるようになったのか、母さんが話してくれた時のことだ。彼女が自分から進んで、なんの前置きもなしに始めた話だった。母さんは小さな時に一度、死の天使にね――彼女は誇らしげに口火を切った――今と同じ病気で捕まりそうになったことがあるんだよ。でもね、子どもだったけど、わたしは天使を追っ払ってやったんだ。見てな、今度だってきっと追っ払ってみせるから。母さんは我慢するのがうまいからね。十歳の時に我慢を覚えて、それからずっと我慢しっぱなしさ。我慢がうまいと、天使だって尊敬してくれるんだよ。それで、少ししたら行ってしまうのさ……。そんな風に話しながら、彼女は服の裾を持ち上げ、悪いほうの脚を古い戦いの記念品みたいに見せびらかした。そして、脚をぴしゃりと叩いて、わたしをちらりと見やった。その唇にはこわばった笑みが浮かび、目にはおののきの色があった。

この時を境に彼女が恨めしそうに黙っている時間は減り、どんなことでも包み隠さず打ち明ける時間が増えていった。聞いていて気まずくなるような話もあった。たとえば、自分は父さん以外の男性を知らない、という告白もそうだ。父さんはいつもせわしなくて、あのひとに抱かれて本当にいいと思ったことなんて一度もなかった気がする、というひどく下品な口調の告白もあった。父さんのことはずっと大好きで、今も好きだが、今じゃ兄弟愛みたいな気持ちだ、という告白もあった。自分の人生で本当に素敵な瞬間は、長女のお前がお腹から出てきたあの時だけだ、という告白もあった。自分の犯した一番ひどい罪は——それゆえきっと地獄に落ちることになるだろう罪は——残り三人の子どもたちとの絆を感じたことが一度もなく、三人の存在をひとつの罰とみなしてきたことだ、今もその気持ちは変わらない、という告白もあった。そして最後に彼女は単刀直入に、わたしにとって本当の娘はお前だけだ、と打ち明けてくれた。この告白をした時の悲しみは相当に大きかったらしく、普段に輪をかけて大泣きし、こんなことをつぶやいた。わたしはお前のことばかり心配だったんだよ。いつもそうだった。残り三人なんて、ままっ子ぐらいに思ってた。だから、お前にがっかりさせられたって仕方ないんだ。元々、母さんが悪いんだから。でもつらいね、レヌー、あんまりだよ。お前はピエトロと別れちゃいけなかった。サッラトーレの息子とくっつくなんて。あいつは親父よりもたちが悪いよ。女房もいれば、子どもだってふたりもいるじゃないか。真っ当な男なら、他人の女房を横取りなんてしないよ。

わたしはニーノをかばった。彼女を安心させたくて、今は離婚も認められていて、わたしもニーノもきちんと離婚をして、再婚をするつもりであると説明した。彼女はおとなしく黙って話を聞いていた。以前であれば何かと抗議し、相手を論破しようとした活力がほとんど尽きてしまったらしく、今や何を言っても彼女は首を横に振るだけになっていた。骨と皮ばかりで、血の気のない顔をした母さんがわたしに言い返すことがあるとすれば、それはゆっくりとした諦めた声でなされた。

「いつ、どこでまた結婚するんだい？　お前がわたしより悪い人間になるのを母さんは見守らないといけないのかね？」

「大丈夫よ、母さん。安心して。わたし努力するから」

「本当かね、ずっとくすぶってるじゃないか」

「今にきっと母さんを喜ばせてあげるから、待ってて。弟たちと一緒に頑張るから」

「あの子たちにはなんにもしてやらなかったからね、恥ずかしいよ」

「そんなことないわ。エリーザはいい暮らしをしてるし、ペッペとジャンニだって働いて、しっかり稼いでるじゃない？　何が不満なの」

「何もかも、さ。三人ともマルチェッロにやってしまったけど、わたしは間違ってたよ。なんとかならないものかね」

母さんは小声でそんなことを言った。いくら慰めても収まらぬ彼女が描写した状況は驚くべきものだった。マルチェッロはミケーレよりも悪人だよ、彼女はそう言うのだった。あの子たちはマルチェッロに悪の道に引きずりこまれてしまった。あいつはミケーレよりもましに見えるかもしれないけど、そんなの嘘だよ……。マルチェッロのせいでエリーザはすっかり変わってしまい、今やグレーコ家よりもソラーラ家の人間気取りで、なんにつけマルチェッロの味方をするようになったという。母さんはひそひそと語り続けた。あたかもわたしたちが汚い待合室でもう何時間も順番待ちをしているのではなく──そこはナポリでも有名な病院のひとつで、待合室はひとつでいっぱいだった──どこか別の場所にいて、マルチェッロがすぐそばにいるかのような態度だった。わたしは彼女を落ちつかせようと思い、そんなたいした話ではないはずだと言った。病気と老いとで話が大げさになる傾向があったからだ。母さんは心配しすぎよ、わたしはそういさめた。すると彼女はこう答えた。わたしが心配なのは本当のことを知っているからだよ。だが、お前は知らない。嘘だと思ったら、リナに聞いてみるといい。

地区の状況がどんなに悪化したかを憂いをこめて語るうち（〝ドン・アキッレ・カッラッチが仕切っていたころのほうが暮らしやすかったよ〟）、母さんはリラの話をしだした。その言葉には、わたしの親友を支持する姿勢が前よりもはっきりと表れていた。たとえばこんな具合だ。リナにしか地区の問題は解決できない。リナはなだめすかすのもうまいが、脅すのはもっとうまい。リナはなんでも知っていて、どんな悪行も把握しているが、絶対にひとを非難しない。誰でも過ちは犯す、ほかでもない彼女だって間違えることがあると知っているからで、だからこそわたしたちを助けてくれるのだ……。母さんの目にはリラが、闘う聖女のように映っているようだった。復讐の光を全身から放ち、大通《ストラドーネ》りを照らし、公園を照らし、新旧の団地を照らす聖女だ。

母さんの話を聞いていると、わたしの価値は、地区の新たな権威であるリラと良好な関係にあること、もはやその事実以外にはないと言われているような気がしてきた。彼女はわたしたちの友情を役に立つ友情と呼び、いつまでも大切にすべきだと言った。理由はすぐにわかった。母さんがこう続けたのだ。

「お前に頼みがあるんだよ。リナとエンツォに相談して、ペッペとジャンニをまともな職につかせてもらえないか聞いてほしいんだ。あの子の会社にでも入れてもらえないものかね」

わたしは彼女に微笑み、額に落ちた灰色の髪の毛を整えてやった。わたし以外の三人の子どもたちのことなど気にもかけずにきたと言いながらも、年老い、震える両手と白い爪でわたしの腕をつかむ彼女は、何よりも三人のことを心配しているのだった。母さんはペッペたちをソラーラ兄弟から引き離し、リラにゆだねたがっていた。善意と悪意のせめぎあいに関しては彼女はもはやベテランだったが、そこで自分が犯した計算違いをリラの手を借りて正そうとしていた。彼女にはリラが善意の権化に見えているらしかった。

「母さんの頼みはなんだって聞くけど、ペッペとジャンニは、仮にリナが雇ってくれたとしても――難しいと思うよ、あの会社はあれこれ勉強しないと駄目だから――安い給料じゃ絶対に仕事になんて行かないよ。ソラーラのところならもっと稼げるもの」

母さんは暗い顔でうなずいたが、それでも諦めなかった。

「とにかく聞いてみておくれ。お前はずっと外にいたからよくわからないだろうけど、ここらじゃ、リナがミケーレをやっつけたことはみんな知ってるんだから。それに子どもができたとなれば、見てごらん、あの子はもっと強くなるから。いつかリナは決心して、ソラーラのふたりをどっちも成敗するよ」

43

出産までの月日の経過は、わたしの場合、あれこれ心配した割に速かったが、リラはかなり遅かった。わたしたちはしばしば、出産の時を待つ互いの気持ちがまるで異なっていることに気づかされた。たとえばわたしが〝もう〟四カ月目だと言うのに対し、彼女のほうは〝まだ〟四カ月目だと言った。もちろんリラの顔色はすぐによくなり、体つきも丸みを帯びた。それでもふたりの体は、同じ繁殖の過程をたどりながらもその各段階を異なる形で受容していった。すなわち、わたしの体が熱心に協力したのに対し、彼女の体は無気力に諦めたのだった。周囲の人々まで、わたしの時間が駆け足で過ぎていくことに驚き、彼女の時間がなかなか過ぎぬことに驚いた。

ある日曜、娘たちを連れてリラとトレド通りを散歩中に偶然ジリオーラと会った時のことはよく覚えている。それは重要な出会いとなった。結果、わたしは激しく狼狽させられたが、ミケーレ・ソラーラの奇行にリラが本当に関係していることがその時、証明されたからだ。ジリオーラは相当な厚化粧だったが、服装はだらしなく、髪は滅茶苦茶で、はち切れんばかりの胸と腰つき、大きくなる一方の尻が目立つ格好をしていた。わたしたちに会えたのが嬉しかったらしく、なかなか放してくれなかった。彼女はデデとエルサのことを褒めちぎり、みんなを老舗カフェのガンブリヌスに無理矢理引っ張っていくと、メニューの品を片っ端から注文し、スナックからケーキまでなんでも貪るようにして食べた。ジリオーラはわたしの娘たちのことはすぐに忘れたが、それはお互い様で、自分はミケーレにどれだけひどい目に遭わされたかと彼女が凄い大声でつぶさに語りだすと、デデたちは退屈してしまい、店内を興味津々で探検し始めた。

ジリオーラは自分に対するミケーレの扱いに腹が立って仕方ない様子だった。あいつは獣よ、彼女はそう言った。たとえばこんなことまで怒鳴られたらしい。死にたいなんて脅しはもう聞き飽きたぜ、本当に死んじまえよ、バルコニーから飛び降りろ、死ねって……。またはひとの気持ちなどまるで考えず、彼女の胸元とポケットに何十万リラという札を突っこんできて、勝手になんでも解決したつもりになる、ということもあったそうだ。彼女は猛烈に腹を立てると同時に絶望していた。長いこと遠くで暮らしていたので状況を把握していないだろうから、と彼女はわたしだけを相手に語り、自分は夫にポジッリポの家を文字どおり叩き出され、地区に送り返され、狭くて暗い部屋がふたつしかない家に息子たちと住んでいると言った。しかし話がミケーレに思いつく限りの恐ろしい病気と最悪な死が訪れることを祈る段にさしかかると、彼女は話し相手を変え、リラだけに言葉をかけた。見ていてとても驚いたのだが、ジリオーラの口調は自分の呪いの言葉に力を与えるのをリラが助けてくれるとでも言いたげで、リラを味方扱いしていた。彼女は興奮した声で言うのだった。リナは偉いよ。報酬をたんまりいただいてから、あいつを捨てるなんて最高。ううん、どうせなら金なんてだまし取ってやればよかったんだよ。本当、羨ましいな、あいつを手玉に取るのがうまくて。この先もずっと苦しめてやってね……。そこで彼女は金切り声を上げげた。あいつはね、あなたのそんな無関心なポーズが気に入らないの。俺に会わなければ会わないほど、リナはますます元気そうだ、ってのがむかつくらしいの。いいよ、いいよ、このままミケーレをとことん狂わせてやって。あんなやつ、苦しみ抜いて死ねばいいんだから。

そこで彼女はいかにもせいせいしたという風に、わざとらしくため息をついた。それからわたしとリラのお腹のことを思い出し、触らせてくれと言った。彼女はわたしのほとんど恥丘の辺りに手を置くと、何カ月目かと尋ねてきた。四カ月だと答えると、途端に、もう四カ月なの、と大げさに驚く声が返ってきた。ところがリラのお腹については、急に冷ややかな声を出し、こんなことを言った。女のなかにはいつまでたっても産まずに、子どもをずっとお腹の中に入れておきたがるのがいるのよね。あなたもそういう女よ……。わたしたちはふたりとも四カ月目で、どちらも翌年の一月が予定日だと言ってもジリオーラはまるで耳を貸さず、首を横に振り、リラに向かって、てっきりあなたはとっくに産んだとばかり思ってたわ、などと言い、場違いに悲しげな声を出して、ミケーレのやつ、お腹の大きなあなたを見れば、そのたびますます苦しむはずよ。だからうんと長引かせてね、リナならそのくらいできるでしょ？　あいつがくたばるまで、そのお腹を見せつけてやってよ……。それから、急ぎの用があるからもう行かないといけないと彼女は言い、わたしたち三人はもっと頻繁に会うべきだと二度か三度は繰り返した（〝子どものころの仲よしグループをまた作ろうよ。本当に昔はよかったね。最低な男どもは無視して、仲間のことだけ考えてればよかったんだから〟）。そして、外で遊んでいる娘たちには別れを告げる気配も見せず、ウェイターに向かって笑いながら卑猥な文句を投げつけると行ってしまった。

「馬鹿な女」ふくれ面でリラは言った。「わたしのお腹のどこがおかしいっていうの？」

「ぜんぜんおかしくなんかないよ」

「じゃあ、わたしは変？」

「ぜんぜん。気にすることないって」

44

嘘ではなかった。リラに変わったところなどなかった。彼女は相変わらず、抗しがたい魅力を備えた落ちつきのない人間で、その魅力が彼女を特別な存在にしていた。彼女にまつわるあらゆることが（妊娠に対する反応も、ミケーレに対する仕打ちも、彼をいかに屈服させ、彼女がいかに地区の支配者となりつつあるかも）今に始まった話ではないが、よくも悪くもわたしたちには自分たちの日々の出来事よりも濃密に見え、それゆえ彼女の時間は普通よりゆっくりと流れているように見えた。わたしはますます頻繁に彼女に会うようになった。主に母さんの病気のために地区に連れ戻されたせいだったが、リラとの関係には新しい均衡が生じていた。知名度の高まりにともなう自信のためか、山ほど抱えていた個人的な問題のせいかはわからなかったが、わたしは、もはや自分はリラよりも大人だと感じるようになっており、自分の人生にふたたび彼女を受け入れても大丈夫だ、今なら彼女の魅力を認めながらも、その魅力に苦しむことなしにやっていける、そんな自信を時とともに深めていた。

あの数ヵ月、わたしは大忙しであちこち駆け回ったが、日々は飛ぶように過ぎ、奇妙なことに、気分はいつも軽やかだった。母さんを医者に診せるため病院を目指して町を横切るような時さえ、それは変わらなかった。娘たちを誰に預ければよいか迷った時はカルメンに頼んだ。アルフォンソに預けることもあった。彼は何度も電話をくれ、困った時は声をかけるように常々言ってくれていたのだ。でも当然、わたしが一番信頼していたのは──そしてデデとエルサが誰よりも喜んで預けられたのは──リラだった。ただし彼女はいつだって仕事で手いっぱいな上、重たいお腹のせいで疲れていた。わたしのお腹と彼女のお腹の状態の隔たりは大きくなる一方だった。わたしのお腹は大きくて幅広で、前よりも横に広がっていくような感じだったが、彼女のほうはこぢんまりとしていて、細い腰のあいだにぎゅっと収まり、ボールのように前に突き出して、今にも転がり落ちそうだった。

ニーノはわたしから妊娠を知らされるとすぐに、同僚の妻だという産婦人科医のところに連れていってくれた。その女医が気に入ったわたしは──とても優秀な上に親切な先生で、フィレンツェでわたしがかかった気難しい医師たちとは、態度はもちろん、恐らく能力的にも天地の差があった──彼女のことをリラに夢中で話し、せめて一度だけでも試しに診察につきあうよう強く勧めた。そしてそのころにはふたりで診察を受けにいくようになっており、先生に頼んで特別にふたり一緒に診察室に入れてもらうようにしていた。わたしの番の時、リラは部屋の片隅で静かに待ち、彼女の番が来れば、わたしが片手を握ってやった。医師を前にすると硬くなる癖がまだ直っていなかったのだ。しかしこの上なく素敵だったのは、待合室で過ごすひと時だった。わたしは母さんの長い苦しみをしばし忘れ、リラとふたりで少女に戻った。わたしたちは隣りあって座るのが大好きだった。金髪のわたしと黒髪の彼女、おとなしいわたしとぴりぴりした彼女、愛想のいいわたしと意地悪な彼女、正反対で、しかも息の合ったふたり。わたしたちがそっと観察してはいたほかの妊婦たちとはかけ離れたふたり。

それは珍しく陽気な時間だった。ある日、そんな風に待合室で、自分たちの体の中で完成しつつあった小さな生命について考えていたわたしは、団地の中庭でやはりそうしてリラと隣りあって座り、よく人形の母親ごっこをして遊んだのを思い出した。わたしの人形の名前はティーナ、彼女のはヌーといった。彼女はわたしのティーナを地下室の暗がりに投げこみ、わたしも仕返しにヌーを同じ目に遭わせた。ねえ、覚えてる？　わたしは聞いてみたが、彼女は戸惑った様子で、よく思い出せないという風に熱のない微笑みを浮かべた。でもわたしがその耳に向かって楽しげな声で、わたしたちの人形を盗んだのはあいつだなんて決めつけて、あの恐ろしいドン・アキッレ——リラの未来の夫の父親だった——の家まで上っていくなんて、わたしたち、よくそんなに恐くて、勇気のあることできたよね、とささやくと、彼女も愉快になったようで、ふたりで馬鹿みたいに笑って、ずっとお行儀のいい他の患者のお腹の子どもたちの安寧を乱した。

いつもの看護師に呼ばれて、ようやくわたしたちは笑うのをやめた。チェルッロさんとグレーコさん、どうぞ……。ふたりともそこでは旧姓を名乗っていた。看護師はにこやかな大女で、毎回リラのお腹を触っては、これは男の子ね、と言い、わたしには、こっちは女の子よ、と言った。そして彼女の背を追いながら、わたしとリラは小声でこんなやりとりをするのが決まりだった。娘ならわたしももうふたりもいるし、本当にそっちに男の子が生まれたら、くれない？　するとリラが答えるのだ。うん、いいよ。交換しようよ。

女医はいつもわたしたちの状態を良好だと言った。検査結果も問題なく、経過はすべて順調だった。それどころか——女医は何よりもわたしたちの体重に大きな注意を払い、リラが例によって痩せっぽちのままであったのに対し、わたしのほうは太り気味だったので——毎回、リラのほうがわたしよりも健康だと診断した。そんな具合で、つまるところ、わたしも彼女も心配の種はいくらでもあったにせよ、ふたりとも診察の時は必ずと言っていいほど幸せな気分になれた。三十六歳にもなって、友情を再発見できたのが嬉しかったのだ。わたしたちはあらゆる意味でお互いこの上なく遠かったが、にもかかわらず近かった。

それでもわたしがタッソ通りの家を目指し、リラが地区へと駆け足で戻っていく段になると、ふたりの物理的な距離が広がるにつれ、わたしは別の距離にも目が行ってしまうのだった。彼女とまた仲よくなれた。それは疑いの余地がなかった。ふたりでいれば楽しく、生活の重さも薄らいだ。だが、誤解の余地のない事実がひとつあった。こちらが自分のことをほぼ包み隠さず打ち明けていたのに対し、彼女のほうは何も教えてくれないに等しい。そのことだった。わたしは母さんのことも、執筆中の記事のことも、デデとエルサとのあいだのさまざまな問題も、果ては、なかば愛人なかば妻のような自分の状態のことも告白せずにはいられなかったが（〝誰の〟愛人であるかを告げなければ問題はなかった。ニーノの名さえ避ければ、あとはどんな悩みでも聞いてもらえた）、彼女のほうは自分の話をする時も、両親の話をする時も常にあいまいだった。兄弟の話でも、リーノの話でも、ジェンナーロについての不安でも、共通の友人や知人の話でも、エンツォの話でも、ソラーラ兄弟の話でも、地区全体についての話でもあいまいな口調は変わらず、完全には信用されていないような印象を受けた。彼女がわたしに対して、一度は外に出ていった人間という扱いをやめていないのは明らかだった。一応戻ってきたにしても、わたしはもはや異なる眼差しの持ち主であり、ナポリの山の手に暮らしており、彼女にしてみれば、まるきり元どおり受け入れる訳にはいかないということらしかった。

45

わたしが身分をふたつ持っているような状態だったのは、事実だった。山の手のタッソ通りの家にいれば、ニーノが教養ある友人たちを連れてきて、わたしは敬意をもって扱われた。彼らは特にわたしの第二作が好きだと言い、自分たちが執筆中の原稿を見てほしがった。わたしたちは深夜まで、自分はなんでも知っているという顔をして語りあった。労働者階級《プロレタリアート》がいまだ存在するのか否かを議論したり、社会主義の左翼には好意的な意見を述べつつ、共産主義者たちには辛辣な批判を加えたり（〝あの連中はおまわりと坊主よりもおまわりらしいじゃないか〟）、ますます疲弊していくこの国をどう統治すべきかを巡って口論になったりした。堂々とドラッグをやる者もいた。新しい病気が発見されたという騒動をみんなで小馬鹿にしたりもした。どうせローマ法王のヨハネ・パウロ二世のでまかせだろう、セクシュアリティをあらゆる形で表現する自由を阻止しようとして大げさなことを言っているだけだろう、と誰もが考えていたのだ。

しかしわたしはタッソ通りに活動範囲を留めず、よく動き回った。ナポリに閉じこめられたままでいるのは嫌だった。フィレンツェには娘たちを連れてかなり頻繁に通った。ピエトロはずいぶんと前から政治的にも父親とは絶縁状態にあり、今や――ますます社会主義者寄りになってきたニーノとは異なり――共産主義者を名乗ってはばからなかった。わたしはいつも彼のところで何時間か足を止め、黙って話を聞いた。ピエトロは共産党を有能かつ誠実だと賞賛したり、勤務先の大学が抱える一連の問題を解説したり、彼の本がアングロサクソンの国々を中心に学界で評価されていると報告したりした。それからわたしは娘たちを彼とドリアーナのところに残してまた出発し、ミラノの出版社に向かうのだった。出版社参りの最大の目的は、アデーレがまだこだわり続けていたわたしに対する誹謗中傷運動に対抗するためだった。ピエトロの母親は——出版部長に夕食に招待され、その席で聞かされた話だが——気まぐれで信用ならない人間というレッテルをわたしに貼り、悪口を言いふらしていた。だからわたしは、出版社では誰に対しても努めて愛想よく振る舞い、教養あふれる会話をし、広報部の要求には必ず喜んで応じ、部長に対しては、実はまだ書き始めてすらいないのに、新作はいいところまで行っていると言いきりさえした。それからわたしはミラノを発ち、娘たちを迎えに寄ってから、さらに南下してナポリへ帰り、あの町の混沌とした渋滞に改めて慣れ、本来自分に権利があるはずのあれこれを獲得するために延々とせねばならぬ交渉にも、うんざりするような喧嘩っぱやい行列にも、他人になめられぬようにいちいち注意する面倒にも、母さんを連れて医師に病院に検体検査所を巡る際の、ずっと胸を離れぬ不安にもふたたび慣れるのだった。その結果、タッソ通りの家にいても、イタリアのどこに行っても、わたしはちょっとした名士になれた気がしたが、ナポリの下町、なかでも地区に戻れば、途端に気品を失った。地区ではわたしの第二作のことなど誰も知らなかった。地区で無礼な真似をされ、猛烈に腹が立てば、わたしは言葉を方言に切り替え、口汚く罵った。

上の世界と下の世界を結びつけるものは流血の惨事くらいしかないのではないか。わたしはそう思っていた。ヴェネトでも、ロンバルディアでも、エミリアでも、ラッツィオでも、カンパーニアでもますます多くの命が奪われるようになっていた。毎朝、新聞をざっと読んでいたが、地区のほうが国内のどこよりも安全に思える時さえあった。もちろんそんなはずはなく、地区の暴力は相変わらずだった。男同士の殴りあいもあれば、女たちも殴打され、動機のよくわからない殺人事件も起きた。わたしが大切に思っていた仲間のあいだでさえ緊張が高まり、脅迫めいた言葉のやりとりが起きることもあった。ただし彼らはわたしに対しては気を遣っていた。わたしには歓迎すべき客に対するものと同じ種類の好意が向けられていたが、客人は知りもしない話題に口を挟んではならないのだった。事実わたしは、不十分な情報しか与えられていない外部の観察者にでもなったような気分だった。カルメンにせよ、エンツォにせよ、みんなわたしより多くを知っているのではないか。リラは彼らには秘密を教え、わたしには伏せているのではないか、そんな疑念がいつも胸を離れなかった。

ある午後、わたしは娘たちとベーシック・サイトの事務所にいた。事務所は三つの小さな部屋からなり、窓からはわたしたちの通った小学校の入口が見えた。わたしが地区にいると知ったカルメンもやってきた。わたしは親近感もあれば、友情もあって、パスクアーレを話題にした。だが内心では、今や彼も流浪の活動家と成り果て、恥ずべき犯罪行為に関わることが増えているのではないかと想像していた。ニュースがあれば教えてほしいくらいの気持ちだったのだが、まるでこちらが何か軽はずみなことを口にしたみたいに、カルメンもリラも態度を硬直させた気配があった。ただしふたりは話をそらそうとはせず、それどころか、わたしたちは長いことパスクアーレについて語りあった。より正確には、カルメンが不安をぶちまけるのをリラとわたしが黙って聞いていた。いずれにしても、リラとカルメンがなんらかの理由で、それ以上はわたしには教えられないと決めた、という印象は変わらなかった。

二、三度、アントニオにも出くわしたことがあった。一度はリラと一緒にいる彼と遭遇した。別の時はリラとカルメンとエンツォと一緒だったような気がする。アントニオとリラたちの友情が堅固になっていたことにも驚いたが、ソラーラの手下であるはずの彼があたかも主人を替え、リラとエンツォに仕えているかのように振る舞うことにも驚かされた。もちろん四人は幼なじみではあったが、今の関係はあくまでも最近構築されたものに思えた。四人はわたしを見ると、自分たちがここに一緒にいるのは偶然だ、というふりをしたが、それは嘘で、何かこちらには明かしたくない秘密の約束があるのをわたしは察した。それがパスクアーレに関することだったのか、会社の活動に関することだったのか、ソラーラ兄弟に関することだったのかは、今もわからない。アントニオはそんな偶然の出会いのどれかで、わたしに向かってただひと言、ぼんやりと言った。お腹の大きいお前、結構きれいだな……。もしかするとほかにも何か言われたかもしれないが、少なくともそれしか覚えていない。

わたしは信用されていなかったのだろうか。そうではないと思う。あのころはこんな風にも考えた。特にリラの目には、わたしが〝上の世界の〟身分を獲得したがために物事をまともに理解する力を失ってしまったように映っているのだろう。だからこそ彼女は、無知ゆえに誤った行為に出ないようわたしを守ろうとしてくれているのではないだろうか。

46

いずれにせよ何かがおかしかった。すべてがはっきりしているような時もどこか腑に落ちず、子ども時代のリラが好きだった遊びにまたつきあわされているだけなのではないか、そんな気がした。状況を操作し、明白な事実の下に別の何かが隠されているとにおわせるあの遊びだ。
ある朝わたしは——やはりベーシック・サイトで——数年ぶりに会ったリーノと少しおしゃべりをした。彼は見まがうばかりに様子が変わっていた。痩せ細り、仰天したような目をしていて、やけに馴れ馴れしくわたしを抱きしめると、こちらの体がゴムでできているみたいにぐいぐい触ってきた。それから電子計算機と、彼が担当しているという大規模な取引の数々についてでまかせを言いだしたが、途中で急に調子が変わり、喘息の発作らしきものに襲われたかと思うと、一見なんの脈絡もなく、小声で妹を罵り始めた。わたしは彼に落ちつくように言い、どこかで水を一杯もらってこようとしたが、ドアの閉じたリラの部屋の前で彼はわたしを放り出して、姿を消した。妹に叱られるのを恐れているような態度だった。

わたしはドアをノックし、中に入った。そして、リーノは調子でも悪いのかと慎重にリラに尋ねた。すると彼女は顔をしかめ、どんな人間だか知ってるでしょ、と答えた。わたしはうなずきつつ、エリーザのことを思い、兄妹だっていつでも仲よしって訳にはいかないもんね、と言った。そこでペッペとジャンニの一件を思い出したので、母さんがペッペたちのことを心配していて、マルチェッロ・ソラーラから引き離したがっており、仕事を世話してもらえないかリラに聞いてみてくれと頼まれたと打ち明けた。しかしその言葉──〝マルチェッロ・ソラーラから引き離して、仕事を世話する〟──に彼女は眉をひそめ、自分が発した言葉の意味をわたしがどこまで理解しているのか推し量ろうとするようにこちらを見つめた。ろくにわかっていないと判断したのだろう、彼女は辛辣な声で告げた。レヌー、ふたりをここで雇う訳にはいかないよ。リーノだけで手いっぱいなんだから。ジェンナーロだってこのままじゃどうなることか……。一瞬、なんと答えたものかわからなかった。ジェンナーロ、うちの弟たち、彼女の兄、そしてマルチェッロ・ソラーラ。なんの関係があるのだろう？　わたしは追及しようとしたが、相手にされず、話をそらされてしまった。

のちにアルフォンソが話題に上った時もリラは同じように話をそらして逃げた。彼もそのころにはリラとエンツォのところで働いていたが、リーノのように何もせずにぶらついていた訳ではなかった。アルフォンソは優秀な社員に成長し、リラとエンツォが顧客の企業にデータを収集に向かう時は、彼を連れていくまでになっていた。ただすぐに気づいたのだが、彼とリラのあいだの絆は、一般に職場で結ばれるどのような種類の関係よりも強力なものらしかった。過去に彼がわたしに告白した、魅了されつつも嫌悪を覚えるというような関係ではなく、今やそれ以上の何かがそこにはあった。うまく言えないのだが、アルフォンソのほうにリラを決して見逃してはいけないという強い気持ちがあるようだった。ふたりのそれは実に独特な関係で、リラからアルフォンソに向かって流れる秘められたひと筋の流れがあって、それが彼の姿形を作りかえているようにも見えた。マルティリ広場の店が閉店したのも、その結果、アルフォンソが首になったのも、その流れに原因があるはずだ。わたしはまもなくそう確信するようになった。でもわたしが質問を試みれば——ミケーレと何があったのか、いったいあなたはどうやってあの男を厄介払いしたのか、そしてあの男はどうしてアルフォンソを首にしたのか——リラは小さく笑って、こんな風に答えるのだった。どうしてって、ミケーレのやつ、自分でももう何がしたいのかわかってないんだよ。店を閉じたり開けたり、作ったり壊したり。そのくせ全部ひとのせいにするから始末に負えないんだ。

彼女の笑いは嘲笑でもなければ、喜びや満足のそれでもなかった。わたしにその話題についての追及を禁じる笑いだ。ある午後、わたしたちはミッレ通りに買い物に出かけた。アルフォンソにとっては長年、自分の庭も同然だった界隈なので、彼がつきあってくれることになった。わたしとリラにぴったりの店を友人がやっているので連れていきたいというのだ。アルフォンソが同性愛者であることはもはや秘密ではなかった。表向きはマリーザと一緒に暮らしていたが、カルメンによれば彼の息子たちは、やはりミケーレの子だということだった。カルメンはこんなことまでわたしにささやいた。マリーザね、今はステファノの愛人なのよ。そう、ステファノ。アルフォンソの兄貴で、リナの元旦那の。最近、地区じゃもっぱらの噂よ。でもね——彼女は好意を隠さず付け加えた——アルフォンソ、ぜんぜん気にしてないの。彼と奥さん、お互い生活はもう別々なんだって……。だからわたしは、お店をやっている友人の男性というのが——アルフォンソ自身がおどけて紹介したように——ホモだと知っても驚かなかった。むしろ驚いたのは、リラがアルフォンソをそそのかしてやらせた遊びのほうだった。

その店でわたしと彼女がマタニティドレスを試していた時のことだ。それぞれ試着室から出て鏡を眺めれば、アルフォンソとその友人はわたしたちに見とれ、アドバイスをくれたり、こっちのほうがいいとか、それはやめたほうがいいと言ってくれたり、まあ、楽しい雰囲気だった。ところがリラがなんの理由もなく苛々しだし、額に皺を寄せてしまった。何を着ても気に入らぬらしく、尖ったお腹に触り、疲れた様子で、アルフォンソに向かってこんなことを言った。これ、どう思う？　変なもの勧めたら許さないから。あなただったら、こんな色、着る？

わたしは自分の周りで起きつつある事態に、目に見える状況と隠された状況のあいだの例の揺らぎを感じた。やがてリラはきれいな黒いワンピースを手にすると、店の鏡が壊れた訳でもないのに、元夫の弟に告げた。これ〝わたしに〟似合うか見せて……。彼女はその矛盾した台詞を言い慣れた口ぶりで発した。事実、アルフォンソは即座に聞き入れ、服をつかむと、試着室に入り、かなり長いこと出てこなかった。

わたしは試着を続けた。リラはぼんやりとこちらを眺め、店主はわたしが新しい服を着るたびに褒めてくれた。そんな風にしながら待っていたアルフォンソがいよいよ出てきた時、わたしは開いた口がふさがらなかった。かつてわたしと机を並べて学んだ彼が、長髪をほどき、優雅な服を着たその姿は、リラに瓜ふたつだったのだ。彼が彼女に似てきたことにはだいぶ前から気づいていたが、変化はにわかに完成を見たらしかった。それどころかその時に限って言えば、本物の彼女よりも美しいと思った。目の前にわたしが本の中で語った、男でもあり女でもある者がひとりいて、今にも、モンテヴェルジネの黒い聖母へといたる表の通りを歩きだしそうだった。

アルフォンソはリラに少し心配そうに尋ねた。どう、気に入ってくれた？　すると店主が大喜びで手を叩き、いたずらっぽく言った。凄くきれいだよ、きっとあのひとならいちころだろうな……。ほのめかしだ。わたしは知らず、彼らは知っている何か。リラは意地の悪い笑みを浮かべ、それあなたにプレゼントするよ、とつぶやいた。それ以上の言葉はなかった。アルフォンソは陽気に感謝したが、やはりそれ以上は何も言わなかった。あたかもリラが彼とその友人に対して、声に出すことなく、こんな命令でも下したみたいだった。もうたくさんよ、エレナは十分に見聞きしたわ……。

47

そんな風に彼女が明白な言葉とあいまいな言葉のあいだを巧みに揺れ動くために、わたしは一度——その一度だけだが——とりわけつらい思いをした。その日はいつもの産婦人科医の診察が妙なことになった。十一月だったが、まるでまだ夏みたいに町は暑く、行きの途中でリラの気分が悪くなったので、わたしたちは近くのバールで少し休んでから、いくらか警戒しつつクリニックに向かった。リラは女医に向かって自嘲気味にこんな説明をした。お腹の中のすっかり大きくなった坊主がわたしを引っ張ったり、押したり、つかんだり、とにかくわずらわしくって、体力を奪われちゃうの。女医は面白そうに耳を傾けてから、こう言って安心させようとした。きっとチェルッロさんみたいに元気で、想像力豊かなお子さんが産まれるはずですよ……。つまり、問題なし、万事順調ということだった。でも帰り際にわたしは念のため確認した。

48

「本当に問題ないんですね？」

「ええ、大丈夫ですよ」

「じゃあ、わたしはどうしてこんななの？」リラが言い返した。

「原因は妊娠とは関係ないことでしょう」

「妊娠じゃなければ何？」

「チェルッロさんの頭ですね」

「わたしの頭のことなんて、先生に何がわかるの？」

「お友だちのニーノさんがとても褒めてましたよ、チェルッロさんは頭がいいんだって」

ニーノ？　お友だち？　沈黙が下りた。

クリニックを出てからは、産婦人科医を変えたいというリラを断念させるのに苦労した。別れ際、彼女の一番冷酷な声がわたしにこう告げた。あなたの男は絶対にわたしのお友だちなんかじゃないよ。でもわたしに言わせれば、あいつはレヌーのお友だちってこともないね。

こうしてわたしは自分の抱えるあまたの問題の核心を直視させられたのだった。すなわち、ニーノは信用ならない、という事実だ。リラには前にも一度、彼についてわたしの知らないことをたくさん知っているところを見せつけられたが、今度もそうなのか。お前の知らないことはまだほかにもあれこれあるぞ、と暗に言っているのだろうか……。詳しい説明を求めたが無駄だった。何を聞いてもはぐらかされ、彼女は行ってしまった。

そのあとわたしはニーノと喧嘩になり、彼のデリカシーのなさを責め、同僚の妻だというあの女医にしたはずの打ち明け話――彼は怒って否定したが――を責めた。胸に溜めこんできた疑念の数々もわたしの怒りの種となっていたが、この時も結局、吐き出すのをこらえてしまった。

だから、リナはあなたを嘘つきの裏切り者だと思ってる、とは言わなかった。言ってみても、どうせ笑われておしまいだったろう。しかし、彼は信用ならないと彼女がほのめかしたのは、何か具体的な根拠があってのことではないかという疑いは残った。動きの鈍い、やる気のない疑いで、わたしのほうもそれをなんらかの耐えがたい確信に変えるつもりはまったくなかった。それでも疑念はいつまでも消える気配がなかった。そこで十一月のある日曜日の午後六時ごろ、リラの家に向かった。娘たちはフィレンツェの父親のところで、ニーノは彼の家族（〝あなたの〟家族、という言い方をするようにわたしはなっていた）と義父の誕生会に行っていて、いなかった。リラがひとりなのはわかっていた。エンツォはジェンナーロを連れてアヴェッリーノ（ナポリの東約四十六キロに位置するカンパーニア州の県または同名の町）の親戚を訪ねることになっていたからだ。

お腹の赤ん坊は落ちつきがなく、わたしは不愉快な天気のせいだと決めつけた。リラも、坊主が動きすぎる、お腹の中で悪さばかりしているとこぼした。お腹の子を静めるために彼女は散歩に行きたがったが、わたしはケーキを持ってきており、自分でコーヒーを淹れた。こちらは彼女と一対一で話がしたかったのだ。窓から大通り《ストラドーネ》の見える、その飾り気のない家でふたりきりで。

わたしはいかにもおしゃべりがしたそうな風を装った。実はそれほど関心もない話題――〝どうしてマルチェッロは、リラがミケーレを駄目にしたなんて言うの、ねえ、あいつに何をしたの？〟など

――を立て続けに取り上げ、ちょっと楽しんでいるような声を作った。こんな話をしているのは軽く笑いたいから、ただそれだけのことだとでも言いたげに。そこからじわじわと打ち明け話の空気を作り、本当に気になっているあの質問に迫るつもりでいた。あなたはニーノについて、わたしの知らない何を知ってるのか、と。

リラはつまらなそうにわたしの質問に答えた。座ったり、立ったり、お腹が炭酸飲料を何リットルも飲んだみたいな感じだと愚痴ったり、普段は好物のカンノーロケーキのにおいが耐えられない、今日に限って気持ち悪いと言ったりしてから、こう答えた。マルチェッロってさ、ああいうやつだから、娘っ子だったわたしに昔されたこと、まだ忘れてないんだよ。しかも卑怯者だから、こっちに堂々と恨みをぶつけてこないんだよね。無害な善人ぶっておいて、陰でこそこそ噂を広めて歩くんだよ、あいつは……。そこで彼女は、当時よく使っていた、優しげでもあり、ひとを小馬鹿にしたようでもある口調になった。でもさ、レヌーはもう立派なご婦人なんだから、わたしの厄介ごとなんて忘れて、お母さんの話をしてよ。元気なの？　例によって彼女はこちらにばかり話をさせようとしたが、わたしも諦めず、うちの母さんの話、エリーザと弟たちに対する懸念を起点にして、ソラーラ兄弟に話を戻した。彼女はため息をつき、男って女とやることに執着しすぎだよね、と皮肉っぽく言ってから、笑ってこう付け加えた。マルチェッロの話じゃないよ――あれもそれなりにひどいけど――ミケーレさ。あいつすっかりいかれちゃって、わたしにつきまとうのは昔からだけど、今じゃ、わたしの影の影まで追いかけてるんだから。〝影の影〟という言葉を彼女は意味ありげに強調した。だからこそマルチェッロは彼女を恨み、脅すのだという。彼女が弟のミケーレの首にひもをつけてあちこち連れ回しているのが屈辱的で、許せないらしい。リラはそこでまた笑い、こうつぶやいた。マルチェッロはわたしが恐がるとでも思ってるみたいだけど、おあいにく様、本当に恐かったのはあいつらの母親だよ。でも、哀れな末路を迎えたしね。

話しながら彼女は何度も額を拭い、暑さを厭い、朝からずっとだという軽い頭痛をこぼした。彼女がわたしを安心させようとすると同時に、矛盾した話のようだが、自分が暮らし、日々働いているその場所で、家々の壁の内側で、新地区と旧地区のあちこちの通りで、何が起きているのか少しだけ教えてくれようとしているのがわかった。だから、危険はないと繰り返しながらも、強請《ゆすり》に暴力に盗みに高利貸し、復讐に次ぐ復讐といった犯罪行為が蔓延している状況も彼女はざっと説明してくれた。かつてマヌエーラ・ソラーラが管理し、その死後はミケーレに受け継がれた秘密の赤い帳簿は今やマルチェッロの手元にあり、ミケーレに対する信頼を失った彼は、合法な稼ぎも非合法な稼ぎも、政治家とのコネも何もかも、弟から取り上げつつあるという。やがて不意にリラは言った。マルチェッロのやつ、二、三年前から地区で薬《ヤク》をさばきだしたんだよ。何が起きるか見ものだね……。だいたいそんな台詞だったかと思う。彼女はひどく顔色が悪く、スカートの裾で暑そうに扇いでいた。

彼女の話でわたしに強い印象を与えたのはドラッグの件だけで、しかも驚いたのはその内容より、嫌悪のこもった非難の口調のほうだった。当時のわたしにとってドラッグとはマリアローザの家であり、夜にひとが集まった時のタッソ通りの家でもあった。わたし自身は好奇心からマリファナ煙草をちょっと吸った程度で、それ以上は手を出したことがなかったが、周りの人間が使用してもうるさく言うようなことはなかった。わたしが身を置いてきた世界の人々は誰もドラッグに反対するようなことは言わなかった。だから会話が途切れぬようにわたしは主にミラノ時代の話をし、マリアローザの話をした。ピエトロの姉はドラッグを個人が幸せを追求する多くの手段のひとつであり、タブーから自由になるための道であり、知識人にふさわしい羽目の外し方のひとつとみなしていた。ところがそれを聞いてリラは激しく首を振った。レヌー、羽目を外すなんてきれいなもんじゃないよ、パルミエーリの奥さんの息子が二週間前にそれで死んだんだよ？　公園で冷たくなって見つかったんだから……。〝羽目を外す〟という言葉に彼女が不快感を覚えたのがわかった。わたしがそれをとても前向きな言葉として使ったことが気に入らなかったらしい。わたしは意固地になって、心臓でも悪かったんじゃないの？　と言い返した。すると彼女は、心臓なんかじゃない、ヘロインのせいだよ、と答えてから、急いで付け足した。でも、もうやめよう。うんざりだよ。たまの日曜をこんなソラーラの汚い話ばかりして過ごしたくないもの。

ともあれ彼女はいつもより雄弁だった。長いひと時があっという間に過ぎた。不安のためか、疲れのためか、それとも意図してのことだったのかはわからないが、リラが情報統制を若干緩めてくれたおかげで、たいして多くは語られなかったにせよ、わたしの頭は新しいイメージで満たされた。ミケーレがリラを渇望していること——彼女に対する抽象的な執着に彼が苦しんでいること——は前から知っていたし、そこを利用して彼女が彼をやっつけたこともわかっていた。ところが今度は〝わたしの影の影〟という隠喩を使って、彼女はわたしの視界の中にアルフォンソを置いたのだった。ミッレ通りの店でマタニティドレスを着て彼女のそっくりさんを演じたアルフォンソだ。そのドレスを理性の吹き飛んだミケーレがたくし上げ、アルフォンソを抱きしめる姿がわたしには見えた。マルチェッロについて言えば、ドラッグはそれまでわたしが持っていた富裕層の自己解放の遊戯というイメージを一瞬で失い、教会脇の公園という油断のならない舞台に移動し、一匹の毒蛇となった。その毒がわたしの弟たちの血の中にも、リーノの血の中にも、下手をするとジェンナーロの血の中にもひそかに広がり、中毒者たちを殺し、あの赤い帳簿の中に金をもたらしている。かつてマヌエーラ・ソラーラが大切に守り、今はミケーレからマルチェッロの掌中へと移った結果、わたしの妹、エリーザが家で守っているはずのあの帳簿の中に。そんな風にほんのわずかな言葉を放つだけでひとの想像力を思いのままに操ったり、引っかき回したりするリラの業にわたしはすっかり魅了されてしまった。ぽつりと何か言って、そこで口を閉じ、相手の中でイメージと興奮が駆け巡るに任せ、あとはもう何も説明しない。駄目だ——わたしは混乱気味に思った——これまでの自分の書き方はなってなかった。知っているのことを全部書けばいいってものじゃないんだ。彼女がしゃべるみたいに書こう。深い穴をあちこちに残し、橋をかけると見せかけて途中でやめて、読者の目を物語の流れに釘付けにしないといけない。たとえばこんな風に。マルチェッロ・ソラーラが急ぎ足で逃げ出す。マルチェッロと一緒にわたしの妹、エリーザも、シルヴィオも、ペッペも、ジャンニも、リーノも、ジェンナーロも、リラの影の影に心奪われたミケーレも逃げる。そして読者には、彼らがみんなパルミエーリ夫人の息子の血管の中へと逃げていくのではないか、と思わせること。知りあいですらない若者だが、今やわたしも彼の死がつらかった。若者の血管は、ニーノがタッソ通りのわたしの家に連れてくる仲間のそれとも、マリアローザのそれともかけ離れている。そう言えば、マリアローザの友だちの女の子にもドラッグで体を壊して、治療を余儀なくされた子がいた。あの子の血管ともかけ離れている。マリアローザはどうしているのだろう。もう長いこと音沙汰がない。毎度命拾いする者もいれば、命を落とす者もいる……。

わたしは頭に湧いたイメージを追い出そうと努力した。男同士の官能的な交合、血管に突き立てられた注射針、欲望と死のイメージだ。そして会話に戻ろうとしたが、なんだかうまくいかなかった。あの夕べの暑さときたら息苦しいくらいで、妙に脚がだるく、首は汗ばんでいた。台所の壁時計を見ると、午後七時三十分をちょうど過ぎたところだった。気づけばわたしはニーノの名を口にする気も失い、弱々しい電球の黄ばんだ光に照らされて目の前に座っているリラに対して、彼についてわたしの知らない何を知っているのかと尋ねたい気分でもなくなっていた。彼女は多くを知っているはずだった。それも多すぎるくらい多くを。尋ねれば、彼女の望みどおりのことを想像させられ、二度と忘れられなくなるに違いなかった。彼女はニーノとともに眠り、学んだ仲なのだ。わたしが彼の評論を手伝ったように、彼が記事を書くのを手助けしたこともあるのだ。嫉妬と羨望がさっと甦り、胸が痛んだが、わたしはそうした感情をすべて振り払った。

あるいは振り払ったのはわたしの意思ではなく、アパートの下、大通り《ストラドーネ》の下で響いた雷鳴のような音だったのかもしれない。それはまるで、道路を絶え間なく行き交うトラックが一台、こちらに向かってハンドルを切り、どうにかして猛スピードでエンジンをフル回転させたまま地下に潜り、あらゆるものを片っ端から轢き、叩き壊しながら、アパートの基礎のあいだを進んでいくような音だった。

49

わたしは息を呑んだ。一瞬、何が起きているのかわからなかった。コーヒーカップが受け皿の上で揺れ、テーブルの脚が膝にぶつかった。わたしはぱっと立ち上がった。リラも警戒し、立ち上がろうとしているのがわかった。自分のうしろで傾いた椅子を彼女はつかもうとしたが、その動作はのろかった。彼女は背を曲げ、片手は正面にいるわたしのほうに伸ばし、逆の手をうしろの椅子の背もたれに伸ばして、反撃のために意識を集中させる時のように目をぎゅっと細めていた。そのあいだも雷鳴はアパートの下でとどろき続け、地下の風が吹き上げて、秘密の海の波を床に向かって押し寄せていた。天井を見れば、電球が桃色のガラスの笠ごと揺れていた。

地震、とわたしは叫んだ。大地が揺れ、目に見えぬ猛烈な嵐が足下で巻き起こりつつあった。部屋が突風にひしゃげた森のようなうなり声を上げ、ばらばらになりそうだった。壁はきしみ、膨らんで見え、境目が外れてはまたくっつくのが見えた。天井からは埃の雨が降り、壁からの粉塵と入り混じった。わたしは玄関に急ごうとして、また叫んだ。地震よ。でも実際には一歩も動けなかった。脚が重かった。何もかもが重かった。頭も、胸も、そして何よりお腹が重かった。しっかり支えてほしいのに、大地は足下から逃れ続け、たった今ここにあったかと思うと、またすぐに遠ざかった。

わたしはリラのことを思い出し、辺りを見回した。彼女の椅子はついに倒れ、部屋の家具はどれも——なかでも、小さな飾り物やグラスに食器、その他諸々の並んだ古いガラス張りの家具は——屋根の縁でそよ風に揺れる雑草のように窓ガラスと一緒に震えていた。リラは部屋の中央で背を曲げ、頭を下げて立ち、目を細めたまま、額に皺を寄せ、両手はぎゅっとお腹を押さえている。お腹が転がり落ちて、漆喰の埃のもうもうとした煙の中で見失ってしまうのではないかと怯えているようにも見えた。どれだけ待っても何ひとつ普段どおりに戻る気配がなかったので、わたしはリラを呼んだ。反応がなかった。彼女は妙にこぢんまりとして、その部屋の形あるもののなかで唯一、縦揺れにも横揺れにも影響されぬようだった。感情という感情を打ち消したか、耳は何も聞かず、喉は呼吸せず、口は閉ざされ、まぶたは視線を遮断していた。今や彼女は不動の硬い生命体であり、お腹を押さえている大きく広げられた両手だけが生きていた。

リラ。わたしは呼びかけ、近寄ろうとした。彼女の手をつかみ、外に連れ出そう、それこそ真っ先にすべきことだと思ったのだ。ところがわたしの中の他人に依存したがる性格が——とっくに弱まったものとばかり思っていたのが、その時になって勢いを取り戻して——もしかするとリラと同じようにしたほうがいいかもしれない、と言いだした。ここを動かず、体を丸めて赤ちゃんを守れ、走って逃げたりしちゃいけない、と。とても悩んだ。彼女は目の前にいるのに、なかなか近づけなかった。それでもようやく片腕をつかみ、揺さぶると、リラは目を開いた。瞳が真っ白に見えた。町全体から耳をつんざくばかりの轟音が聞こえた。ヴェスヴィオ山も、道路も、海も、トリブナーリ通りとスペイン地区の古い家々も、ポジッリポの新しい家々も耳障りな音を立てていた。リラはわたしの手を振り払うと、触らないで、と叫んだ。怒りのこもったその声は、ひどく長く感じた地震そのものより、強く印象に残っている。その時、わたしは勘違いに気がついた。どんな時もすべてを支配してきたはずの彼女が、その時は何ひとつ掌握できずにいたのだった。彼女は恐怖のために動けなくなっていたのだ。そして、わたしに触れられただけで自分は壊れてしまうのではないかと怯えていたのだった。

50

わたしは彼女を乱暴に引っ張ったり、押したり、なだめすかしたりして、無理矢理、表に連れ出した。わたしたちを麻痺させた揺れに続き、もっと激しい、最後の揺れがやってきて、何もかもが崩れ落ちてくるのではないかと心配だったのだ。わたしは彼女を叱り、懇願し、自分たちには赤ん坊を守る義務があることを思い出させた。こうしてわたしたちは口々に恐怖を叫ぶ人々の波に身を投じた。群衆は騒がしくなる一方で、でたらめな行動ばかり取った。地区の心臓も、町の心臓も、今にも破裂しそうな雰囲気だった。団地の中庭に着いた途端、リラは嘔吐し、わたしは胃を締めつけてくる吐き気と闘った。

あの地震は――あのまま永遠に粉砕を続けるかと思われた一九八〇年十一月二十三日の大地震は――わたしたちの骨の髄にまで染みこんだ。それは人々に世界は安定していて頑丈だというそれまでの意識を放棄させ、今この瞬間は続いて訪れる瞬間と何ひとつ変わらないはずだという確信を放棄させ、この音、この仕草ならば自分はよく知っているから、今後も確実に識別できるはずだという意識を放棄させた。そして、安心を約束するあらゆる声が疑いの的となり、どんな災厄の予言であれ信じる者が増え、世界の頼りなさを示す諸々の印が暗い関心を集めるようになった。落ちつきを取り戻すのはたやすいことではなかった。いつまでも終わらぬ数秒間が何度も何度も訪れた。

　表は家の中よりもひどい状況だった。確かなことが何ひとつなく、一切が声高に語られ、聞けば余計に恐ろしくなるばかりの噂の数々が人々を圧倒した。線路のほうで赤い輝きが見えたという声もあれば、ヴェスヴィオが目を覚ました、噴火するぞ、という声もあった。津波が海沿いのメルジェッリーナ地区も市民公園もキアタモーネ通りもひとまとめに呑みこんだという声もあった。ポンティ・ロッシ地区で土砂崩れが起きたという声もあれば、ポッジョレアーレ地区が丸ごと壊滅し、サンタ・マリア・デル・ピアント墓地も死者たちとともに大地に呑みこまれたという噂もあった。ポッジョレアーレの刑務所にいた囚人たちは瓦礫の下敷きになったか、さもなければ逃げ出して、市民をいたずらに殺し回っているという声まであった。港湾《マリーナ》地区へと続くトンネルが崩れ、地区の住民の大半がそこで生き埋めになったという話もあった。いい加減な噂が別の噂に出会ってさらに膨らむという状態で、リラはどんな噂も鵜呑みにし、わたしの腕にしがみついて震え、こんなことをささやいた。町は危ないよ、ここから逃げよう、家がみんな崩れて、生き埋めになっちゃうよ。下水なんか噴き出しちゃって、ほら、ネズミだって逃げてるよ……。誰もが自分の車に急ぎ、道路が渋滞しているのを見て、彼女はわたしを引っ張りながら、小声で繰り返した。ねえ、みんな町の外に行くんだよ、ずっと安全だものの。わたしたちも早く行こうよ、うちの車で開けた場所まで行こう。空のほかに何も落ちてくるものがない場所に。空なら軽そうじゃない？　努力してみたが、彼女を落ちつかせることはできなかった。

　わたしたちは車のところまで来たが、リラは鍵を持っていなかった。何も持たずに家を逃げ出した上、玄関のドアは引いて閉めてきてしまったので、仮にそんな勇気があったとしても家に入ることもできなかった。わたしは車のドアノブをぎゅっとつかむと、引いたり、揺すったりしてみた。するとリラが甲高い悲鳴を上げて耳をふさいだ。まるでわたしの作業が、耐えがたい騒音と振動でも生んでいるみたいな激しい反応だった。わたしは周りを見回し、石垣から落ちた大きめの石を見つけると、それで窓をひとつ割った。あとで修理させるから心配しないで、とりあえず乗って、待ちましょう。きっとすぐに終わるから……。わたしは言い、彼女と車に乗った。しかし何も終わる気配はなく、大地が揺れる印象はいつまでも続いた。わたしたちは埃まみれのフロントガラス越しに、頭を突きあわせて話しあう地区の住民たちをじっと見つめていた。ところがようやく辺りの様子が落ちついたかと思うと、必ずそこへ誰かが何やら叫びながら走ってきて、人々はまた一斉に逃げ惑い、こちらの車に勢いよくぶつかってくる者もいて、そのたびわたしは心臓が止まりそうになった。

51

わたしだって恐かった。言うまでもなく、怯えきっていた。ところが心底驚いたのだが、リラの怯え方ときたらこちらの比ではなかった。地震の揺れのあいだに彼女はその直前までの自分を急に脱ぎ捨てた。それまでの、自分の思考も言葉も仕草も駆け引きも戦術も綿密に調整するのが得意な女性であることをやめたのだ。あたかも、この状況ではそんなものは無用な鎧だ、とでも言うかのように。そう、彼女は別人になった。それはわたしが一九五八年の大晦日の夜、カッラッチ一家とソラーラ一家のあいだで花火戦争が起きた時に見たあの女性だった。あるいは、わたしをサン・ジョヴァンニ・ア・テドゥッチョに呼び出したあの女性だ。ブルーノ・ソッカーヴォの工場に勤め、心臓病にかかったと思いこみ、死を覚悟してわたしにジェンナーロを託そうとした彼女だ。ただいずれの場合も、新旧ふたりのリラのあいだにはまだ接点が残っていたのに、今度の女性はまるで大地の奥底から直接出現したみたいに、わたしが少し前に見事な言葉の操り方を羨望したあの親友とはこれっぽっちも似たところがなかった。顔立ちすら似ていなかった。あまりの不安に歪んでしまっていたのだ。

　わたしのほうはそんな急な変貌を遂げる心配はなかった。自制心はきちんと機能していたし、どんなに恐ろしい瞬間にも、周囲の世界はそのまま自然な状態でそこにあった。わたしにはデデとエルサが父親と一緒にフィレンツェにいるという意識があった。フィレンツェは遠く、安全な場所だったから、それだけでもほっとしていた。わたしは最悪な瞬間が過ぎ去ったことを願い、地区の家々が一軒も崩れなかったことを願い、ニーノも、母さんも父さんも、エリーザも弟たちも、わたしたち同様驚きはしたろうが、同じく無事であることを願った。ところがリラは違った。そんな風に考えてみることができずにいた。身をよじり、震え、お腹を撫で回しており、安定した関係など一切信頼していない様子だった。彼女にとってジェンナーロとエンツォは、彼らふたりのあいだのつながりも、わたしたちとのつながりもすべて失い、溶けてなくなったのだった。彼女は目を瞠り、うめくような声を上げながら、自分の体をつかみ、ぎゅっと抱いていた。そしてその場の状況にまるで無関係な一連の形容詞と名詞を取り憑かれたように繰り返し、意味を成さぬ言葉を声にしていた。だがその声には確信があり、そうして訳のわからぬことを言いながら、こちらをぐいぐい引っ張るのだった。

しばらくは何をしても無駄だった。リラに向かって、ほら、と知りあいを指差し、ドアを開けて、腕を振り、彼らを呼んで相手の名を彼女に意識させ、わたしたちと同じひどい体験をしたことについて語ってもらい、彼女を普通の会話に引き入れようとしたが効果はなかった。わたしは彼女に、カルメンと夫のロベルト、頭をクッションで可愛らしく覆った男の子ふたりを指差した。ロベルトの兄弟だろうか、一緒にいる男性などベッドのマットレスを背負っていた。五人は他の人々と駅の方角に急ぎ足で去っていった。誰もがナンセンスなものを手にしており、たとえばある女性は鍋を持っていた。わたしは彼女にアントニオとその妻と子どもたちを指差した。本当に美男美女揃いで、銀幕から飛び出してきたみたいなので、びっくりしてしまった。一家は冷静にワゴン車に乗りこみ、出発した。わたしは彼女にカッラッチ家の一族郎党を指差した。夫たちに妻たち、父親たちに母親たち、同居人たちに愛人たち——具体的にはステファノ、アーダ、メリーナ、マリア、ピヌッチャ、リーノ、アルフォンソ、マリーザ、そして彼らの子どもたちだ——の姿は移動する群衆の中で見えたり、見えなくなったりし、互いを見失うまいとしてひっきりなしに呼びあっていた。わたしはマルチェッロ・ソラーラの高級車を指差した。マルチェッロはエンジンを空吹かしして渋滞から抜け出そうとしていた。その傍らには赤ん坊を抱いたわたしの妹がおり、後部座席には父さんと母さんの青ざめた影があった。わたしはドアを開けて彼らの名を叫び、リラも呼びかけに参加させようとした。しかし彼女は動かなかった。それどころか人々は——それも身近な人間ほど——彼女を余計に怯えさせるのだと気づかされた。特にそのひとたちが興奮していたり、大声で誰かを呼んだり、走っていたりすると、なおひどかった。マルチェッロの車がクラクションを鳴らしっぱなしで歩道に上がり、そこで立ち話をしていた人々を追い散らすと、彼女はわたしの手をぎゅっと握り、目をつぶった。そして、ああ聖母様、と大声で嘆じた。彼女の口からそんな文句が出てくるのをわたしはそれまで聞いたことがなかった。どうしたのと聞くと、リラはあえぎあえぎ叫ぶのだった。車がズマルジナトゥラを起こした。ハンドルを握るマルチェッロもズマルジナトゥラしつつある。ものもひとも中身が噴き出して、どろどろになった金属と肉がごちゃ混ぜになっている、と。

〝周縁消滅《ズマルジナトウラ》〟。彼女は確かにそう言った。あの時、彼女はその表現を初めて使い、必死になってその意味を説明しようとした。それがどういう現象で、自分がどれだけ恐れているかをこちらにはっきり理解させたかったのだろう。彼女はわたしの手をさらに強く握って揺すぶりながら言うのだった。ものも、ひとも、輪郭って壊れやすくて、まるで木綿の糸みたいに簡単に切れちゃうの。さらに彼女は小声で、自分にとっては昔からずっとこうだった、何かが周縁消滅《ズマルジナトウラ》を起こすと、その中身がほかのものの上に降りかかって、あれもこれも溶けだして、色々な物質がひとつに混ざりあうのだと言った。次に大声を出し、こう続けた。わたしね、いつだって命には頑丈な周縁があると無理に思いこまなくてはならなかった。本当はそうではないと——だって絶対にそんなことあり得ないもの——幼いころから知っていたから。だからみんながぶつかったり、押されたりすることにそうそう耐えられるとはとても思えないの……。少し前とは逆に、今や彼女は興奮した言葉をとうとうとまくしたて、方言を織り交ぜたかと思えば、少女のころに読んだ無数の本で覚えたのであろう言葉も用いた。そして、こんなことをつぶやいた。わたしは絶対に気をそらせないの。気をそらしたら最後、凶暴で、痛ましくねじれた姿でわたしを恐がらせる本物たちが、物理的にも精神的にも落ちついていて、わたしをほっとさせてくれる偽物たちを凌駕してしまうから……。その結果、ねばねばしたでたらめな現実の中に彼女は沈みこみ、己の感覚に明確な輪郭を与えることができなくなり、触覚は視覚とごちゃ混ぜになり、視覚は嗅覚とごちゃ混ぜになってしまうのだという。だってレヌー、本当の世界って何？　あなたも今、見たでしょ？　これはこういうもので、それ以外にはあり得ない、なんて断言できるものは、この世にはひとつとしてありゃしないんだから……。だから自分が注意を怠り、周縁に対する警戒を怠ると、一切は月経の血塊と化し、癌腫と化し、黄色っぽい線維の断片と化してしまう、彼女はそう言うのだった。

52

リラは長いこと語った。それは彼女が自分の生きる世界の感覚をわたしに説明しようとした最初で最後の機会となった。今まではね、と彼女は言った――そしてその言葉を、わたしは今の自分の言葉でまとめてみる――何もかも、知恵熱とか成長痛みたいにいつかは過ぎる、一過性のひどい体験だとばかり思っていたの。銅の鍋が裂けた話をした時のこと、覚えてる？　一九五八年の大晦日、ソラーラのやつらがわたしたちに向かってピストルを撃ったあの時のことは？　わたし、銃撃はぜんぜん恐くなかった。花火の色のほうがずっと恐かったから。切れ味が凄いの。特に緑色と紫色。花火の色ってひとを引き裂いちゃうんだから。恐かったよ。ロケット花火がリーノをまるでやすりみたいにこすって、肉を裂いて、兄貴の中から別の気味悪い兄貴が滴り出てくるの。わたしがすぐに中に戻してやらないと――中っていつものリーノの殻の中のことだけど――気味悪いリーノがこっちに向かってきて、乱暴されるの。レヌー、わたしずっとそんなことばっかりしてきた。何度も何度もそういう瞬間を必死に食い止めてきたの。マルチェッロが恐かったから、わたし、ステファノで身を守った。ステファノが恐くなったら、ミケーレで身を守った。ミケーレが恐くなったら、ニーノで守った。ニーノが恐くなったら、エンツォで守った。でも守るって何？　そんなものただの言葉でしかない。とにかく隠れていたくて、わたし、色々な覆いを作ってきたんだよ。結局は役に立たなかったけど、小さなものから大きなものまで色々。本当は今、それをレヌーにひとつずつ細かく説明しなきゃいけないんだろうな。イスキアの夜空が恐ろしいって言った時のこと覚えてる？　レヌーたちはきれいだって言ってたけど、わたしにはそうは思えなかった。腐った卵の味がしてたんだ。そう、緑っぽい黄身が白身と殻の中に収まった腐った卵。しかもゆで卵で、真っぷたつに割れるの。わたしの口の中はそんな毒入り卵の星でいっぱいだった。星の光は白っぽくて、感触がぐにゃぐにゃしてて、夜空のゼリーみたいな黒っぽいものと一緒に歯にくっついてきてね。気持ち悪いのを我慢して光を噛み砕くと、砂粒でじゃりじゃりしたっけ。ねえ、わかる？　わかるように話せてるのかな。それでもイスキアではわたし、幸せだったんだよ？　熱烈な恋をしていたからね。なのにどうにもならなかった。頭はいつだって、上か下か、横に、隙間を見つけて向こう側を覗いてしまう。そして向こう側には恐怖が待ってるの。たとえばブルーノの工場では、わたしがちょっと触れるだけで、家畜の骨が砕けて、嫌なにおいのする髄が出てきた。本当に気持ち悪くて、きっとわたし病気なんだろうって思った。でも病気なんかじゃなかったよね？　心雑音だってなかったでしょう？　違うの。問題はいつだってひとつだけ、この落ちつかない頭なの。自分でも止めようがないんだ。だからわたし、いつも作ったり、直したり、覆い隠したり、剝き出しにしたり、補強したり、それから急にばらばらにしたり、壊したりしなきゃならないの。たとえば、アルフォンソのこと考えてみて。わたし、彼のことが子どものころから不安だった。アルフォンソをひとつにまとめている木綿の糸が切れかかっているのがわかったから。ミケーレだってそう。あれだけ偉そうにしてたけど、輪郭の線を見つけて引っ張ってやるだけでよかった。ははは、わたしあいつの糸を切って、アルフォンソの糸に絡めてやったの。ひとりの男の材料を別の男の材料と混ぜてやったわけ。ペネロペが昼に織った布を夜ごと解いたみたいに、頭はどんな時も解決策をひねり出すわ。でも、たいした役には立たない。恐怖は消えないし、普通の物事の隙間にいつだって潜んでるの。恐怖はそこで機会を待っている、前からそんな気はしていたけど、今夜、確信したよ。レヌー、いつまでも続くものなんて何ひとつないの。このお腹の子だって、長続きしそうだけど、そんなことはない。ステファノと結婚した時、わたしが地区をゼロから再出発させたいって言ってたの覚えてる？　素敵なことだけ残して、昔の汚いことは全部なくそうって。でもそんな話、どれだけ続いた？　いい感情ってみんなもろいから、わたしが相手だと愛情も長持ちしないの。ひとりの男に対する愛情はもちろん、自分の子どもに対する愛情まで、そのうち穴が開いてしまう。その穴を覗くとね、善意のごちゃごちゃした群れが悪意のそれとひとつに混ざりあっているのが見えるの。ジェンナーロには罪悪感を覚えるし、お腹の中の坊主は責任の重さでわたしを切ったり、ひっかいたりしてくる。誰かを好きになることって、相手を嫌う気持ちを必ずともなうものだけど、わたし、善意にだけ意識を集中したままでいることができないの。どうしても駄目。やっぱりオリヴィエロ先生が言ってたとおり、わたしって悪い人間なんだよ。友情すら大切にできないし。レヌーは優しいよね、こんなわたしのこと昔から辛抱しっぱなしだもの。でも今夜、ついにはっきりわかったんだ。いつでも必ずひとつ、ゆっくりと作用する溶剤があって、ほんのりと熱を発しながら、何でも溶かしちゃうの。地震がない時だって同じなんだよ。だからお願い、もしもわたしにむかついたり、わたしに何かひどいこと言われたりしたら、耳をふさいで。そんなつもりないのに、どうしてもやっちゃうから。お願いだから、本当にお願いだから、今、見捨てないで。じゃないとわたし、下に落ちちゃうから。

53

うん、わかったから、もう休んで……。わたしは何度も彼女に頼んだ。そして並んで肩を抱いてやっていたら、最後には寝てくれた。こちらは眠らず、寝顔を見守っていた。いつか彼女に頼まれたように。時々、小さな揺れがあり、誰かが車の中で上げる恐怖の悲鳴が聞こえた。大通り《ストラドーネ》に人影はなかった。赤ん坊はお腹の中で打ち寄せる波のようにちゃぷちゃぷと動いており、リラのお腹に触れると、彼女の赤ちゃんも動いていた。何もかもが動いていた。地殻の下の火の海も、星々のかまども、惑星も、宇宙も、闇の中の光も、寒さの中の静けさも。でもわたしは、そうしてリラの動転した言葉に次ぐ言葉の波について考えている時も、自分の中には恐怖が根を下ろすことはない、そんな気がしていた。溶岩さえも、そう、地球の内部で燃えながら流れているという大量の溶けた物質とそれがわたしに引き起こす大きな恐怖さえも、頭の中で整然とした文章と調和の取れたイメージにまとめられ、ナポリの通りを覆っているのと同じ、黒い石畳と化すのだった。どんな場合でも常にわたしが中心にいる石畳だ。つまり、わたしは自分に重きを置いていた。何が起きようとも、自分を最優先することができた。この身に降りかかることはなんであれ――勉強も、本も、フランコも、ピエトロも、娘たちも、ニーノも、地震も――いつかは過ぎ去り、〝わたし〟は――それが、これまでに積み重ねてきた〝わたし〟のなかのどの〝わたし〟であれ――じっと動かぬはずだった。わたしは、鉛筆が周囲に円を描くあいだも決して動かぬコンパスの針だった。一方、リラは――そうとわかって、わたしは得意になり、ほっとし、彼女が愛おしくなったのだが——そんな落ちついた気持ちにはなれず、苦労していたのだった。なれないだけではなく、そんな気持ちを彼女は信じていなかった。彼女は誰もを支配し、誰もに特定の生き方を課し、従わなければ相手を恨んで、激しい怒りをぶつけるくせに、自分のことは溶岩流のように感じていて、彼女の努力はすべて、つまるところ、自分の暴走を抑えることにのみ傾けられていたのだ。そして彼女が人々と物事に対して講じた予防策にもかかわらず、不幸にも溶岩流の勢いが勝れば、リラはリラを見失い、混沌が唯一の真実に思えてきて、あんなにも活発で勇敢な彼女は怯えきって姿を消し、無に帰してしまうのだった。

54

地区は人気《ひとけ》が絶え、大通り《ストラドーネ》は静かになり、底冷えがしてきた。黒い岩塊に姿を変えた団地はどこの家を見ても電球ひとつ点いておらず、テレビのカラフルな輝きも見当たらなかった。わたしもうとうとし、やがて、はっと目が覚めた。まだ暗かった。リラは車の中におらず、彼女の側のドアが少し開いたままになっていた。わたしは自分の側のドアを開けて、辺りを見回した。停まっている車にはすべてひとが乗っていて、咳をしている者もあれば、寝言を言っている者もあった。リラの姿は見当たらず、わたしは不安になって、トンネルのほうに向かった。彼女はカルメンのガソリンスタンドのそばにいた。軒蛇腹《コーニス》の破片やその他の瓦礫のあいだをうろうろしながら、自分の家の窓を見上げていた。わたしに気づくと、彼女は気まずげな顔をした。そして、わたし変だったたね、と言った。ごめんね、つまらない話ばかりさんざん聞かせちゃって。でも助かったわ《メノ・マーレ》、レヌーと一緒で……。それから困ったように微笑むと彼女は、その夜わたしが山ほど聞かされたほぼ意味不明な台詞をまたひとつ発した。〝メノ・マーレ〟って、香水の瓶のポンプを押した時に出てくるひと吹きだよね……。ぞっとした。まだ調子がおかしいようなので、車に連れ帰った。すると何分もせぬうちに彼女はまた眠りに落ちた。

　日が昇るとすぐにわたしはリラを起こした。彼女は落ちついた様子で、たいしたことはないのだと言うように小声で言い訳をした。ほら、わたしってこんなでしょ、時々胸の辺りがおかしくなるんだよね……。わたしはこう答えた。大丈夫よ、誰でも疲れることってあるもの。リラは忙しすぎるんだよ、それに、恐かったのはみんなだってきっと同じだよ。揺れがなかなか収まらなかったもんね……。すると彼女は首を横に振り、自分のことはよくわかってるから、と言った。

　わたしたちはあれこれ手配し、なんとか彼女の家に入ることに成功した。それから電話をかけまくったが、回線がつながらないか、つながっても誰も出なかった。リラの両親も出ず、エンツォとジェンナーロの消息を知っているはずのアヴェッリーノの親戚も出ず、ニーノの家の番号にかけても誰も出ず、彼の友人たちも例外なく出なかった。一方、ピエトロには電話がつながった。彼は少し前に地震のニュースを聞いたばかりだった。わたしは、危険が去ったとわかるまで何日か娘たちを預かってくれと頼んだ。ところが刻一刻と時がたつにつれ、判明した災害の規模はどんどん大きくなっていった。わたしたちが怯えたのも当然だったのだ。リラは言い訳っぽくつぶやいた。ほらね、地球が危うく真っぷたつになるところだったんだよ。

　わたしたちはどちらも興奮と疲れでぼうっとしていたが、それでも地区をふらふらと歩き、やけに静かだったり、不快なサイレンが耳をつんざいたりする、沈鬱な雰囲気の町を歩き回った。不安をなだめようとして、わたしたちはよくしゃべった。ニーノはどこだろう、エンツォはどこだろう、ジェンナーロはどこだろう、うちの母さんはどうしているだろう、マルチェッロは母さんをどこに連れていったのだろう、リラの両親はどこに行った？　わたしは彼女が地震の起きた瞬間を振り返りたがっているのだと気づいた。それが自分の心に及ぼした影響を語るためというよりは、その体験をひとつの新たな核として感覚を再編成するためのようだった。彼女がそんな気配を見せるたびにわたしはその背を押した。南イタリアの多くの町が破壊され、多数の死者が出たことが明らかになるにつれ、彼女は平常心を取り戻していくように見えた。まもなく彼女は恐怖を恥ずかしがらずに語るようになり、わたしをほっとさせた。それでも、何か言葉では言い表すことのできないものが彼女の身を離れずに残っているのがわかった。以前より慎重な歩き方、声にうっすらと漂う懸念の色がその証拠だった。地震の記憶はなかなか去らず、ナポリもそれを引き留めていた。暑さだけが去りつつあった。町の肉体とその緩慢で弱々しい生命が吐く、もやもやした吐息のように。

わたしたちはニーノとエレオノーラたちが住んでいる建物の前まで来た。長いことノックをして、呼びかけたが、誰の返事もなかった。リラは百メートルは離れたところで、尖ったお腹を突き出し、ふくれ面でこちらを注視していた。やがて入口の大きなドアからひとりの男性が旅行鞄をふたつ持って出てきたので、声をかけると、建物の住人はひとりも残っていないとのことだった。わたしはもう少しその場に残った。立ち去る決心がつかなかったのだ。リラの小さな姿をそっとうかがった。そして、地震の直前に彼女に聞かされ、ほのめかされたことを思い出すうち、彼女は無数の悪魔にひっきりなしに尻を叩かれているようなものだと思った。エンツォを利用し、パスクアーレを利用し、アントニオを利用する彼女。アルフォンソを変身させた彼女。ミケーレ・ソラーラを自分とアルフォンソに対する愛に狂わせ、屈服させた彼女。ミケーレは自由になろうとしてもがき、アルフォンソを解雇し、マルティリ広場の店を閉じたが、無駄な抵抗だった。リラは今なおミケーレを侮辱し続け、自分の影響下に置いている。いったい彼女はソラーラ兄弟の稼業についてどこまで知っているのだろう。電子計算機のために情報を集めた時、彼女はふたりの稼業の実態を知り、麻薬取引の金の動きも知った。マルチェッロが彼女を憎んでいるのもそのためだろう。彼女に対するエリーザの憎しみも同じ理由に違いない。リラが何から何まで知っているからだ。そうして彼女がなんでも知っているのは、あらゆる生物と物体に対する純粋で、単純極まりない恐怖ゆえのことなのだ。ニーノの悪い話だってきっとたくさん知っているのだろう……。遠くからリラにこう言われている気がした。あんな男とは別れな。わかりきった話でしょ。あいつ、家族とさっさと避難して、レヌーのことは見捨てたんだよ。

55

基本的には、事実そのとおりだった。エンツォとジェンナーロはその日の晩までに戻ってきた。息を切らせ、動転したふたりの様子は無残な戦争からの帰還兵のようで、どちらも心配ごとはただひとつ、リラが無事かどうか、それだけだった。ところがニーノが帰ってきたのは何日もたってからで、バカンスから戻ったみたいな顔をして現れると、こう言った。僕は訳がわからなくなってしまってね、とにかくうちの子どもたちを連れて逃げたんだよ。

彼は〝自分の子どもたち〟を連れて逃げた。なんて責任感にあふれた父親だろう。でもわたしのお腹の中にいるもうひとりの子どもは？

いつもの気楽な口ぶりで彼は、子どもたちとエレオノーラと彼女の両親を連れて、ミントゥルノ

（ナポリ北西六十三キロの海沿いの町）にある一家の別荘に避難したと言った。わたしはへそを曲げ、それから何日も彼を近づけず、会ってやるものかと思い、自分の両親の心配をした。そしてひとり地区に戻ってきたマルチェッロから、うちの両親が無事で、彼がガエータ（ナポリ北西七十二キロの海沿いの町）に持っている別荘にエリーザとシルヴィオと一緒にいると教えられた。ここにも〝自分の〟家族を救った男がいた。

　わたしはとりあえずタッソ通りの家に戻った。ひとりで、だ。寒さが厳しくなり、家の中は冷えきっていた。壁を一枚一枚確認してみたが、ひびはどこにも入ってないようだった。でも夜になると、眠るのが恐かった。また揺れるのではないかと不安で、ピエトロとドリアーナがもう少しのあいだ娘たちを預かることを承諾してくれたのが嬉しかった。

　そしてクリスマスがやってきた。こらえきれず、わたしはニーノと仲直りをし、フィレンツェに行ってデデとエルサを連れ戻してきた。日常がまた始まったが、終わりの知れぬ回復期のような日々だった。リラに会うたび、彼女の気分に不安定なものを感じた。特に、攻撃的になる時だ。こちらをにらむ彼女の視線はあたかもこう言っているようだった。あなたはわたしのひと言ひと言の下に何が隠れているかを知ってるよね？

　でもわたしは本当に知っていたのだろうか。あのころはよく、柵で封鎖された道路を通ったり、居住不能となり、頑丈な支柱で補強されたおびただしい数の建物のそばを歩いた。するとしばしば、もっとも恥ずべき種類の非効率も一因となった町の問題に出くわし、閉口させられた。そんな時は必ずリラを思った。彼女がどれほど早く職場に復帰し、また人々を操作し、考えを変えさせ、嘲り、攻撃するようになったかを思った。そして、その彼女をわずか数秒で無力にしてしまった恐怖を思った。大きく開いた両手でお腹を押さえる格好はもはや彼女の癖となっていたが、その仕草にもあの時の恐怖の跡が見えた。そして決まってこんな心配をした。今の彼女は誰なのだろう。リラは何になろうとしており、どんな反応が待っているのだろう。一度、最悪な時は過ぎたと言いたくて、彼女にこう告げたことがあった。

「世界は元の場所に戻ったね」

すると彼女は小馬鹿にした態度で聞き返してきた。

「それってどこのこと？」

56

臨月は何もかもがひどく困難になった。ニーノは仕事で忙しいとかで、滅多に顔を見せなくなり、わたしを憤慨させた。たまに彼がやってくれば、こちらはぶっきらぼうに当たり、胸の中で、彼もこんなに醜くなったわたしのことはもう関心がないのだろうと思った。醜くなったというのは本当で、自分でも鏡を正視できなかった。頬は膨らみ、鼻は巨大になり、胸とお腹が体の残りの部分を食い尽くし、首などないも同然で、脚は短く、足首は太くなった。わたしは母さんそっくりになっていた。とはいっても、当時の痩せ細り、怯えた老女のことではなく、もはやわたしの記憶の中にしか存在しない、わたしがずっと恐れてきたあの意地悪な母親のほうだ。

意地悪な母親は怒りを爆発させた。彼女はわたしを通じて行動するようになり、死を目前にした今の母さんのもろさと溺れる者の視線がわたしにもたらす心労と不安と悲しみに怒り、荒れ狂うようになった。わたしは怒りっぽくなり、自分に降りかかる災いがことごとく陰謀に思えて、よく怒鳴った。

とりわけ不機嫌な時には、ナポリの問題の数々がこの体の中にまで巣くってしまったような気がして、自分はひとに好印象を与える能力を失いつつあると思った。事実、ピエトロが娘たちと話すために電話をかけてきても、わたしは冷たくあしらった。ミラノの出版社やどこかの新聞社から電話があれば、臨月なんですよ、動悸がひどいんです、放っておいてください、と抗議した。

娘たちとの関係も悪化した。ただしデデとはそれほどでもなかった。頭のよさと母親への愛情と妙な理屈っぽさが一緒くたになった彼女の態度にはわたしも慣れていたし、父親の態度によく似ていたからだ。気に障るのはエルサだった。おとなしいお人形さんのような子どもだったのが、つかみどころのない人間になりつつあり、担任の教師は彼女のことを狡猾で暴力的な子と酷評し、しょっちゅう苦情を言われた。わたしにしてもエルサのことは家でも外でも叱りっぱなしだった。あの子がよくひとに喧嘩をふっかけたり、ひとのものを横取りしたり、それを返せと言われれば壊したりしたからだ。こんな女の三人組じゃ、ニーノがこの家から逃げ出すのも当然だ、とも思った。エレオノーラとアルベルティーノとリディアのほうがいいに決まっているではないか……。夜、赤ん坊がお腹の中で、いくつもの動く気泡でできているみたいに暴れて、眠れない時は、この子が予想をことごとく裏切って男の子だといいな、と思った。ニーノによく似た男の子で、彼に好かれ、エレオノーラの子どもたちに勝る偏愛を受ければいいのに。そう願った。

しかしどれだけ理想の自分に戻ろうと努力しても――わたしは自分の卑劣な感情や暴力的な感情を理性的に抑制できるバランスの取れた人間でありたいと常に思っていた――出産直前のあの日々は精神的に安定することがどうしてもできなかった。わたしはすべて地震のせいにした。たいしてショックを受けなかったつもりでも、もしかしたら案外深いところまで、それこそお腹の中にまで影響が残っているのではないか、と思ったのだ。たとえばカポディモンテのトンネルを車で通過すればわたしはパニックに陥り、ここで新たな揺れが起きて生き埋めにされたらどうしようと怯え、マルタ大通りの陸橋を走れば、元々揺れる橋だったが、今にも橋を真っぷたつにするかもしれぬ地震から逃れようとしてつい加速してしまう、という具合だった。家のバスルームによく湧く蟻の退治さえやめた。生かしておいて、時々観察したかったのだ。これはアルフォンソに、蟻には災害を予知する能力があると聞かされたためだった。

だがわたしがおかしくなっていたのは地震の後遺症のせいだけではなく、聞く者の想像力をかき立てずにはいられないリラのあいまいな言葉のせいでもあった。今やわたしは外を歩くたび、注射器が道端に落ちてはいないかと注意をするようになっていた。ミラノにいたころは見かけてもそれほど気にならなかった、麻薬中毒者の使った注射器だ。地区の公園で見つければ怒りが湧いてきて、マルチェッロやうちの弟たちのところに行って喧嘩をしたくなったが、どんな理屈で闘えばいいのかは見当もつかなかった。そんなこんなでわたしは憎たらしいことを口走ったり、やったりするようになってしまった。たとえばある日、母さんに例のごとく、ペッペとジャンニのことをリラに相談したかとうるさく言われて、わたしは冷たく答えた。母さん、リナはあの子たちを雇ってくれないよ。彼女は麻薬中毒のリーノの面倒も見なきゃならないし、ジェンナーロのことだって心配しているし。母さんに限った話じゃないけど、自分で解決できない問題をみんなリナに押しつけるのはもうやめなよ……。するとと母さんは愕然とした顔でわたしを見た。過去にドラッグの話が彼女の口から出たことはなく、わたしはどうやら言ってはならぬことを言ってしまったようだった。しかし以前であれば弟たちをかばい、金切り声を上げてわたしの鈍感さを責めたはずの母さんが、その時は台所の暗い片隅で身を縮め、黙りこんでしまった。ついにはわたしのほうが後悔してこうつぶやく羽目になった。心配いらないよ。きっとなんとかなるから。

でも、どう〝なんとか〟なるというのか。逆にわたしは状況をさらにややこしくしてしまった。ペッペを公園で見つけたわたしは――ジャンニはどこにいるのか見当もつかなかった――他人の悪癖でお金を稼ぐのがどんなに悪いことかと弟に長々と説教した。なんでもいいからほかの仕事をしなさい、今のままじゃあなたも駄目になるし、母さんだって心配で死んじゃうよ……。弟はずっと左手の親指の爪で右手の爪を掃除しながら、うなだれて、おとなしく話を聞いていた。わたしより三歳下のペッペは、有名人の姉の前では小さくなって、まるで情けないのだった。それでも最後にはせせら笑い、俺の金がなきゃ、ママはとっくに死んでるよ、なんて捨て台詞を吐き、挨拶の印に手をひらひらさせて去っていった。

その言葉にこちらは余計に不機嫌になった。その一日か二日あとにわたしは、マルチェッロにも会えればと期待しつつ、エリーザの元を訪ねた。とても寒い日で、新地区の通りはどこも旧地区同様、震災に損なわれ、汚れていた。マルチェッロは留守で、家は散らかっており、妹は腹が立つほどだらしない格好だった。まだ寝巻き姿で顔も洗っておらず、赤ん坊のことしか見えていない様子だった。わたしはほとんど怒鳴るようにしてエリーザに告げた。旦那によく言っておいて――結婚はしていないふたりだが、敢えて〝旦那〟という言葉をわたしは強調した――このままじゃあなたのせいでペッペとジャンニは破滅だって。ドラッグを売るなら自分でやりなさいって……。わたしに標準語でそんなことを言われた妹は青ざめて言い返してきた。さっさと出てって。誰に向かって口を利いてるつもり？　わたし、お姉ちゃんのブルジョアのお友だちじゃないんだよ？　さあ、出てって。昔からお姉ちゃんは傲慢なのよ……。わたしが反撃しようと口を開いた途端、彼女は金切り声を上げた。わたしのマルチェッロに偉そうに説教するつもりなら、二度と来ないで。あんないいひといないのに。我が家がなんとかなってるのだってあのひとのおかげなのに。わたしはね、やろうと思えば、お姉ちゃんだって、淫売のリナだって、お姉ちゃんの大好きな馬鹿な連中だって、金ずくでなんとでもできちゃうんだから。

57

わたしはリラに垣間見せられた地区にどんどん深入りしていった。自分が解決の難しい問題の数々を詮索していることにはあとで気がついた。それはとりもなおさず、ナポリに戻ってきた時にわたしが自分に課したルールのひとつ――生まれ故郷にふたたび呑みこまれないこと――を破る行いだった。ある午後、わたしはミレッラに娘たちを預けると、まず母さんを訪ね、次に、ざわついた気持ちを静めるためだったのか、愚痴を聞いてもらうためだったのかは今となっては定かではないが、リラの事務所に向かった。ドアを開け、賑やかに歓迎してくれたのはアーダだった。リラはオフィスにこもって誰か顧客と大きな声で話しているところで、エンツォはどこかの会社にリーノを連れて出かけていたため、自分がエレナの相手をしなければと思ったようだった。アーダは娘のマリアのことをしゃべりだし、どんなに成長したか、学校ではどれほど優秀かと自慢をしたが、そこで電話が鳴った。彼女は受話器を取りに急ぎながら、アルフォンソに声をかけてくれた。ねえ、レヌッチャがいるわよ、来て……。わたしの元クラスメイトは妙に気まずそうだった。仕草も髪型も服の色もまた一段と女っぽくなった彼は、わたしを殺風景な小部屋に連れていった。するとそこにはなんと、ミケーレ・ソラーラがいた。

ミケーレと会うのは相当久しぶりだった。戸惑いが三人を包んだ。ミケーレはずいぶんと様子が変わっていた。精彩を欠き、疲れた顔をしていた。ただし体つきは相変わらず若々しく、鍛え抜かれていた。だが最大の変化は——実に異常なことに——わたしの存在に彼が動揺を見せたこと、そして、かつてとはまるで異なる行動を取ったことのほうだった。まず、わたしが部屋に入ると、あのミケーレがわざわざ立ち上がった。しかも愛想はよいが、ほとんど口を利かなかった。あれだけ饒舌で、いつもひとを食ったような物言いをしていた彼が、嘘のように無口だったのだ。ミケーレはしばしば助けを求めるようにアルフォンソを見たが、そのたびすぐに相手から目をそらした。彼を見つめるだけでも危険だとでも言いたげな仕草だった。そのアルフォンソにしても動揺を隠せぬ様子で、美しい長髪をしょっちゅう直し、何か言おうとして何度も唇をぱっと鳴らしたが、会話はまもなく下火になった。微妙な空気が漂った。わたしは苛々したが、自分の苛立ちの理由がわからなかった。目の前のふたりがよりによって〝このわたしに対して〟関係を隠そうとしているのが腹立たしかったのかもしれない。地区のそんな小さな部屋よりもずっと進歩的な場所に通ったこともあれば、性的アイデンティティとはいかにもろいものかと自著に記し、外国でも評価されている〝このわたし〟に対して、お前には理解できないとでも言いたげな態度を取られたことが。舌先まで言葉が出かかっていた。大声で叫んでしまいたかった。わたしの勘違いでなければ、あなたたち恋人同士なんでしょ？　そうしなかったのは、リラのほのめかしを自分が早とちりしたのではないかと心配だったからという、それだけの理由だった。いずれにしてもわたしは沈黙に耐えられず、あれこれとふたりに話しかけ、その方向に話を持っていこうとした。

わたしはミケーレに言った。

「ジリオーラに聞いたわ。あなたと別れたって」

「ああ」

「わたしも夫と別れたの」

「だってな。誰とくっついたのかも知ってるよ」

「ニーノのこと、前から嫌ってたよね」

「そのとおり。しかし、ひとはそれぞれ好きなことをやるのがいいさ。さもないとおかしくなるからな」

「まだポジッリポにいるの？」

するとアルフォンソがいかにも嬉しそうに口を挟んできた。

「そうだよ、眺めが凄く素敵な家なんだ」

ミケーレはアルフォンソを不快そうににらんでから言った。

「ああ、居心地はいいな」

「ひとり暮らしってどうしても寂しいものでしょ」

「下手な相手と暮らすより、ひとりのほうがいいさ」

アルフォンソは、わたしがミケーレに向かって何か不愉快なことを言う機会をうかがってるのを察したらしく、こちらの意識を自分に集中させようとして、急に大きな声を出した。

「僕もマリーザともうすぐ別れるんだ」彼はそう口火を切ると、金銭問題に起因する、妻とのたび重なる口論を詳しく語りだした。愛情やセックスの問題には触れず、彼女の不倫にさえ言及しなかった。むしろ彼はお金の話にしばらく固執し、ステファノのことは言葉を濁し、マリーザがアーダを追い立てた件に軽く触れただけだった（〝女って、ほかの女の男を容赦なく取り上げるんだよね。いや、容赦ないどころか、得意で仕方ないって感じなんだよな〟）。彼にとって妻はただの知りあいに過ぎず、そのゴシップを皮肉たっぷりに語ることにも抵抗がないようだった。事実、彼は笑いながら言うのだった。凄い展開だよね、アーダがリラからステファノを取ったと思ったら、今度はマリーザが奪いにかかってさ。ははは。

黙って聞いているうちに、次第にわたしは、教室で彼と机を並べて学んでいたころの連帯感を――深い井戸から引き上げる必要はあったが――再発見した。しかも、かつての自分はアルフォンソの特異な部分にまるで気づいていなかったが、ああも彼に愛着を覚えるようになったのは、まさに彼が他の男たちとはどこか違っていて、地区の男たちのマッチョな振る舞いとも不思議と疎遠だったからこそなのだとようやく理解できた。そして今、彼の声を耳にしながら、自分と彼とのかつての絆がなお健在であることにも気づいた。一方、ミケーレはこの時もこちらの感情をどんどん逆撫でした。あの男はマリーザについて下品な愚痴をこぼし、アルフォンソをしゃべりすぎだと言って、ほとんど怒鳴るようにして言葉を遮ると（〝俺にもレヌッチャと少し話をさせろよ〟）、母さんの具合をわたしに尋ねてきた。彼女の病気のことは誰もが知っていたのだ。アルフォンソは顔を紅潮させ、すぐに口をつぐんだ。わたしは母さんの話を始め、彼女がどれだけ息子たちのことを心配しているかを強調した。

「ペッペとジャンニがあなたのお兄さんのために働いているのが気に入らないんですって」

「マルチェッロの何が気に入らないって言うんだ？」

「そんなことわからないけど、何か思い当たる節があるんじゃない？　マルチェッロとは、あなたもこのところうまくいってないって聞いたけど」

すると彼は少し困った顔でわたしを見た。

「それは誤解だな。なんにしてもお袋さんがマルチェッロの金は嫌いだって言うなら、ふたりを別の人間の下で働かせればいいじゃないか」

〝別の人間の下〟という言い回しに嚙みつきそうになって、わたしは危うくこらえた。マルチェッロの〝下〟、彼の〝下〟、ほかの誰であれ、とにかくその〝下〟で働く〝わたしの〟弟たち。わたしが進学を助けてやらなかったせいで今や〝下〟に甘んじているふたり。下ですって？　人間は誰であれ他人の下になど置かれるべきではない。それがソラーラ兄弟の下となれば、なおさらのことだ。わたしはますます機嫌を損ね、そのままでは喧嘩をふっかけてしまいそうだった。だがそこへリラが顔を出した。

「あら、ずいぶんと賑やかなこと」と彼女は言い、ミケーレに尋ねた。「何かわたしに用事？」

「そうだ」

「長い話になりそう？」

「ああ」

「じゃあ、レヌッチャを先にするね」

ミケーレは承知の印に小さくうなずいた。わたしは立ち上がるとその目を見つめ、ただしアルフォンソの腕に手を置いて、ミケーレのほうにそっと押すようにしながらこう言った。

「そのうち夕ご飯にでもポジッリポの家に招待してちょうだい。わたしいつもひとりだし。なんだったら何か作るわ」

ミケーレがぽかんと口を開き、そのまま何も言えなくなっているのを見て、アルフォンソが慌てて答えた。

「心配いらないよ、僕、料理はうまいんだ。ミケーレが招待してくれたら、僕が全部やるよ」

そこでわたしはリラに引っ張られていった。

わたしたちはずいぶんと長く彼女のオフィスにいた。たいした話はしなかった。彼女も出産予定日が間近だったが、以前ほど妊娠が負担ではなくなったようで、組み合わせた両手をお腹の下に添え、楽しそうに言った。ようやく慣れたよ。調子もいいし、いっそのこと、子どもはずっとここに入れておきたいくらい……。そして横向きに立つと、彼女にしては珍しく自慢げにシルエットを披露した。背が高く、元々すらりとしたその体は、小さな胸も、お腹も、背中も、足首も、実際、きれいな曲線を描いていた。それからちょっと下品な口調になって、リラは笑いながら続けた、エンツォもね、妊娠しているわたしのほうが好きだって言うの。予定日なんて来なけりゃいいのに……。わたしは思った。地震があんまり恐ろしかったものだから、きっと今はどんな瞬間も彼女には先行きが不透明すぎて、できるものなら妊娠も含め、何もかもをこのまま止めてしまいたいのだろう……。わたしは時おり時計を気にしたが、彼女はミケーレを待たせていることなど構わぬ様子で、それどころか、わたしを相手にわざとだらだらしているようだった。

「あいつ何も、仕事の話で来てるんじゃないの」ミケーレが待っているのではないかと尋ねると、彼女はそう答えた。「そんなふりをしてるだけで、仕事はただの言い訳よ」

「言い訳ってなんのための？」

「言い訳は言い訳。でもレヌーは関わらないでおいて。気にしないか、さもなきゃ真剣に取り組むか、そのどちらかしか許されない問題だから。ポジッリポの家で食事を云々ってなことも、言わないほうがよかったよ」

わたしは困ってしまい、このところ腹の立つことが多いとこぼしてから、エリーザとペッペとも言いあいになったこと、マルチェッロと対決するつもりでいることを伝えた。すると彼女は首を横に振り、反対した。

「その辺の話も同じ。言うだけ言っておいて、自分はタッソ通りに帰るなら、最初から関わっちゃ駄目」

「母さんを弟たちのことが心残りのまま死なせたくないもの」

「安心させてやりなよ」

「どうやって？」

彼女は微笑んだ。

「嘘をつくの。嘘はトランキライザーよりよく効くよ」

58

しかし、不機嫌な日々を送っていたわたしには善意の嘘をつく余力さえなかった。それでもエリーザが母さんに会いにいき、姉さんにひどいことを言われたのであのひとと縁を切りたいと告げ、ペッペとジャンニが母さんを怒鳴りつけ、俺たちのところに姉さんを寄越して警察みたいな説教をさせるなんて真似は二度許さないぞと告げるにいたると、ついに嘘をつく決心をした。わたしは母さんに向かってリナと話をしたと言い、ペッペとジャンニのことは自分に任せておけと約束してくれたと伝えた。しかし、声のあやふやな響きに気づかれ、母さんに言われてしまった。はいはい、もういいから、さっさとお帰り、子どもたちが待ってるよ……。わたしは自分に腹が立った。続く日々、母さんは余計に不安そうになり、早く死にたいとばかり言うようになった。それがある日、病院に連れていったら、母さんがずっとほっとした顔をした。

「電話があったんだよ」いつもの痛ましげなしゃがれ声で彼女は言った。

「誰から？」

「リナさ」

わたしは唖然とした。

「リナ、なんて言ってた？」

「安心していい、って。ペッペとジャンニのことはこっちで考える、って」

「どういう意味？」

「わかんないけど、リナが約束したってことは、きっとどうにかしてくれるってことだよ」

「きっとそうね」

「あの子は信頼できるよ。世渡り上手だからね」

「うん」

「リナ、うんときれいになったろう？」

「そうだね」

「女の子が生まれたら、名前は母親と同じヌンツィアにするってさ」

「きっと男の子だよ」

「でも女の子だったらヌンツィアだってさ」彼女は繰り返したが、その目はこちらを見ず、待合室の苦しげな顔たちに向けられていた。わたしは言った。

「わたしのほうは絶対に女の子だよ。このお腹を見ればわかるでしょ？」

「それで？」

わたしは仕方なく約束してやった。

「女の子だったら、母さんの名前をつけます。心配しないで」

するとと彼女は不満げに言うのだった。

「サッラトーレの息子は、自分の母親の名前をつけたがるに決まってるよ」

59

わたしはその点、ニーノに偉そうなことは言わせないと母さんを安心させた。あのころは彼の名を聞くだけでも腹が立った。まるで姿を見せず、いつも忙しいと言い訳をされたからだ。ところがわたしが母さんにそんな約束をしたまさにその日の夜、家で娘たちと食事をしていたら、彼がいきなり登場した。ニーノは陽気に振る舞い、わたしが苦々しく思っているのも知らんぷりした。そしてわたしたちと一緒に夕食をとると、冗談を言ったり、小話をしたりして、デデとエルサをベッドに入れ、寝かしつけた。彼の図々しい軽薄さにわたしは余計に不機嫌になった。今夜はこうして顔を出したが、また雲隠れして、次はいつ戻ってくるともしれない。彼は何をそんなに恐れているのだろうか。自分がこの家にいる時に、わたしと寝ているあいだに、陣痛が起きること？　わたしをクリニックまで連れていく羽目になり、エレオノーラに対して、僕はエレナに付き添ってやらないとならない、彼女、もうすぐ僕の子どもを産むところなんだ、と言う羽目になること？

娘たちが眠ってしまうと、彼は居間に戻ってきた。やたらと猫なで声を出し、わたしの前に跪いて、お腹にキスまでしてきた。そこで不意にミルコのことを思い出した。もういくつになったろう？　十二歳にはなっているのではないか。

「あなたの息子、どうなったの?」なんの前置きもなくわたしは尋ねた。

彼は当然、何を聞かれたのか理解できず、わたしがお腹の赤ちゃんについて話しているのかと思ったらしく、戸惑った笑みを浮かべた。そこでわたしは、だいぶ前に自分自身と交わした約束を破り、わかりやすく聞き直した。

「シルヴィアの息子、ミルコのことよ。会ったことあるけど、あなたそっくりだったわ。でも、ちゃんと認知した? あの子の面倒を見たことある?」

彼は眉をひそめ、立ち上がるところつぶやいた。

「時々僕は、君とどう接すればいいのかわからなくなるよ」

「どういうこと? わかるように説明して」

「君は頭のいい女性なのに、たまに別人になってしまうから」

「つまり聞き分けのない、馬鹿になるってこと?」

するとと彼は小さく笑い、蠅でも追い払うような手振りをした。

「リナの言うことを真に受けすぎなんだよ」

「なんでリナが出てくるの?」

「あいつは君の頭も、気持ちも、何もかもおかしくしてしまう」

それを聞いてついにわたしは冷静でいられなくなって、彼に言った。

「今夜はひとりで寝させて」

ニーノの抵抗はなかった。平穏な暮らしのためならばどんな不正義にも耐えようとでも言いたげな顔をして、静かに玄関のドアを閉め、彼は去った。

二時間後、眠る気になれなくて家の中を歩き回っていたら、軽い痙攣が何度かあり、生理のような痛みに襲われた。以前のように夜通し研究しているのを知っていたからだ。わたしは彼に告げた。ピエトロに電話をした。生まれそうなの、明日、デデとエルサを迎えにきて……。受話器を下ろす間もなく、温かな液体が脚を伝っていった。かなり前に必要最低限のものを詰めておいた鞄をつかむと、隣家の呼び鈴をドアが開くまで押し続けた。あらかじめアントネッラにはおおまかに話をつけてあったから、寝ぼけ眼ではあったが、彼女に驚いた様子はなかった。わたしは頼んだ。

「いよいよなので、娘たちをお願いします」

気づけば、怒りも、あれだけあった不安も、いっぺんに消えていた。

60

一九八一年一月二十二日、わたしは三人目の子どもを産んだ。最初のふたりの分娩にしても特に痛い思いをした記憶はなかったが、今度は圧倒的に楽で、幸せな解放的体験に思えたほどだった。産婦人科医はわたしがとても冷静だったと褒めてくれ、問題ひとつ生じなかったのを喜んでくれた。みんながみんな、あなたみたいだったらいいのだけど。女医はそう言った。あなたは子どもを産むために生まれてきたような女性よ、とも。それから彼女はわたしの耳元でこうささやいた。ニーノが外で待ってるわ。わたしが呼んだの。

嬉しい知らせだった。だがそれよりも嬉しかったのは、自分が突然、恨みをきれいさっぱり忘れているのに気づいたことだった。子どもと一緒に臨月のとげとげしいわたしも出ていったようで、もう一度、小さなことは気にしないおおらかな自分に戻れる気がした。わたしは赤ん坊を温かく歓迎した。三千二百グラムの女の子で、肌は赤紫色で、髪は生えていなかった。激しく気張った跡を隠すために軽く化粧をしてから、わたしは病室にニーノを入れ、こう言った。女ばかり四人になっちゃった。これじゃあなたに捨てられても文句言えないわね……。前日の口論についてはひと言も触れなかった。ニーノはわたしを抱きしめ、キスをすると、君のいない人生なんて考えられないよ、と言ってくれた。そして、ペンダントのついた金の細いネックレスをプレゼントしてくれた。とてもきれいだと思った。

気分がよくなるとすぐに隣家に電話をした。すると、相変わらず真面目なピエトロがすでに到着していると教えられた。代わってもらうと、彼は娘たちを連れてクリニックに来たいと言った。デデとエルサとも話してみたが、父親といるのが嬉しかったのだろう、どちらもうわの空で、こちらの問いかけには簡単な返事しかしなかった。わたしは元夫に、娘たちをフィレンツェに数日間連れていってくれたほうがこちらとしてはありがたいと伝えた。ピエトロはとても優しかった。素早い対応に礼を述べ、好意を言葉にしたいところだったが、ニーノの疑わしげな視線をひしひしと感じ、諦めた。

すぐあとで実家の両親に電話をした。父さんの声は冷たかった。恥ずかしさもあれば、娘の人生が大失敗に見えていたせいもあったのかもしれない。あるいは弟たち同様、わたしに腹を立てていたのかもしれない。家族の言うことなど聞いたことがないわたしが、最近になって彼らのことにあれこれ口出しをしてくるようになったのが父さんは気に入らなかったのだ。母さんはすぐに赤ん坊を見たいと言いだし、落ちつかせるのが大変だった。それからリラにかけると、彼女はさも愉快そうに言った。レヌーはなんでも簡単に済んでいいよね。こっちはまるで動きなしだよ……。仕事で忙しかったのかもしれないが、彼女は早めに会話を切り上げ、クリニックに見舞いに来るとも来ないとも言わなかった。すべて異常なしね……。わたしは機嫌よくそう思い、眠りに落ちた。

目が覚めた時、ニーノはとっくに帰ったものと思ったら、まだそこにいた。彼は友人の女医と長話をし、非嫡出子の認知手続きについて教えてもらい、エレオノーラの反応を恐れる様子はまったく見せなかった。わたしが母さんの名前を娘につけたいと言うと、彼はとても喜んでくれた。だからわたしは回復するとすぐにニーノとふたりで市役所の係の前に立ち、自分の生んだ女の子の名前をインマコラータ・サッラトーレとして正式に届け出た。

この時もニーノは平然としていた。混乱したのはむしろわたしのほうで、自分はジョヴァンニ・サッラトーレの妻ですと言ってから、間違えました、ピエトロ・アイロータと別居中です、と言い直したり、名前に名字、その他の情報をいくつも間違えてしまった。それでもわたしにはそれが素敵な時間に思え、少しの忍耐さえあれば、落ちついた生活を送れるようになるはずだとふたたび考えるようになった。

出産からの数日間、ニーノは山ほどある仕事をうっちゃり、彼にとってわたしがどれだけ大切かをあらゆる形で示そうとした。彼が初めて暗い顔をしたのは、娘に洗礼を受けさせるつもりがこちらにないと知った時だった。

「子どもには洗礼を受けさせるものだよ」彼はそう言うのだった。

「アルベルティーノとリディアは受けたの？」

「もちろんだとも」

こうしてわたしは、あれだけ頻繁に教会の権威に反対するポーズを取っていた彼が、洗礼は必要だと考えていることを知ったのだった。気まずい空気が漂った。わたしは高校時代から彼は無宗教だろうとずっと思いこんでいたのだ。一方、彼のほうは、よりによってわたしが宗教の教師と衝突したあ

61

の一件のために、エレナは熱心な信者に違いないと確信していたというのだった。

「なんにしても、親が本物の信者であろうとなかろうと、子どもには洗礼を受けさせるべきだよ」

「それ、どういう理屈？」

「理屈じゃないさ、気持ちの問題なんだよ」

わたしはおどけた口調で言った。

「中途半端なことさせないでよ。デデとエルサも洗礼はなしで済ませたんだから、インマコラータだってなしよ。洗礼は、子どもたちが大きくなってから、自分で受けるかどうか決めればいいの」

ニーノは少し考えてから、いきなり笑いだした。

「そうだね、どうでもいいことだな。僕もお祝いをしたかっただけなんだ」

「洗礼式抜きでも、パーティーはやりましょうよ」

わたしは彼の友人たちをみんな招待してお祝いしようと約束した。娘が生まれてから最初の数時間、わたしは彼の一挙一動を見つめ、反対の表情、同意の表情のひとつひとつに注目した。そして嬉しいは嬉しいが、よくわからなくなった。これは本当に彼なのだろうか。わたしがずっと愛していたあのニーノ？　それとも、わたしのせいで、わかりやすい明確な容貌を身につけざるを得なくなった、赤の他人なのだろうか。

わたしの親族と地区の友人たちは誰ひとりクリニックに姿を見せなかった。もしかしたら――と家に戻ってから思った――ちょっとしたパーティーを地区のみんなのためにもやるべきなのかもしれない……。それまで生まれ故郷とわざと距離を置いてきたわたしは、地区で過ごすことの増えたそのころになっても、自分の子ども時代と思春期に関わりのある人間はひとりもタッソ通りの家に招待したことがなかった。後悔した。そんな極端な距離の置き方が、繊細に過ぎた季節の名残か、己の未熟さの証にさえ思えた。まだそうした思いにとらわれていたところへ、電話が鳴った。リラだった。

「わたしたち、もうじきそっちに着くから」

「わたしたちって誰？」

「わたしとレヌーのお母さん」

ひどく冷える午後で、ヴェスヴィオの頂はうっすらと雪を被っていた。どう考えても外出にはふさわしくなかった。

「こんなに寒いのに？　母さんの体に障るわ」

「わたしもそう言ったけど、聞いてくれなくて」

「近々、みんなを呼んでお祝いするわ。母さんに言って、赤ちゃんはその時に見せるからって」

「自分で言ってよ」

わたしは説得を諦めた。しかもパーティーを開きたい気分など完全に失せてしまい、リラと母さんの来訪がぶしつけな闖入に思えてきた。何せこっちは退院したばかりなのだ。赤ちゃんにお乳をやったり、お風呂に入れたりと忙しい上に、何針か縫った跡も痛めば、疲れてもいた。それに何より、その日はニーノが来ていた。母さんをがっかりさせたくなかったし、まだわたしが完全に回復していない時に、彼とリラが顔を合わせると思えば気が重かった。そこでニーノを追い払おうとしたが、彼はわたしの気持ちが理解できぬ様子で、むしろ母さんに会えるのを喜び、居座ってしまった。

　わたしは身繕いをしにバスルームに急ぎ、ドアをノックする音を聞いて今度は玄関に急いだ。母さんに会うのはおよそ十日ぶりだった。彼女とリラの対照の激しさときたら目に痛いほどだった。ふたつの命をなお一身に背負い、とても美しく、活力に満ちたリラ。そして、嵐の海で浮き輪にしがみつくように彼女の腕につかまり、かつてなくよぼよぼで、力尽きて溺れる寸前の母さん。わたしは母さんに腕を差し出し、ガラス窓の前の肘掛け椅子に座らせた。すると彼女はかすかな声で、海がきれいねえと言い、バルコニーの向こうにじっと見入った。あるいはニーノから目をそらしたかったのかもしれない。しかし彼は母さんの傍らに立ち、お得意のひとを温かく包みこむような態度で、海と空のあいだにぼんやりと見える島影を説明しだした。あれがイスキア、向こうはカプリです。さあ、どうぞ、こちらのほうがよく見えます。僕につかまって……。だが彼はリラには話しかけず、挨拶すらしなかった。彼女の相手はわたしがした。

「退院、早かったね」リラは言った。

「疲れがまだ抜けないけど、おかげさまで元気よ」

「こんな高台の家がそんなにいいかね、来るのもひと苦労だよ」

「でも素敵でしょ？」

「そう？」

「さ、赤ちゃんを連れてくるの、つきあって」

　わたしはインマコラータの部屋にリラを連れていった。

「もう普段の顔に戻ったんだね」彼女が褒めてくれた。「髪型も素敵。そのネックレスは？」

「ニーノがプレゼントしてくれたの」

わたしは揺りかごから赤ん坊を抱き上げた。リラは娘のにおいを嗅ぎ、首筋に鼻をくっつけて、家に入った途端にこの子のにおいがした、と言った。

「どんなにおい?」

「ベビーパウダーと、お乳と、消毒薬と、新しいにおい」

「で、ご感想は?」

「可愛いね」

「もっと重たい子かと思ってたの。こっちが太ってただけみたい」

「わたしの坊主はどんな風かな」

リラはもはやお腹の子どものことを男の子と決めつけて話すようになっていた。

「凄くハンサムでいい子に決まってるって」

彼女はうなずいたが、こちらの声など聞こえてないような顔で赤ん坊をじっと見つめ、人差し指でおでこを横に撫でてから、片耳を撫でた。そして、いつかわたしと冗談で交わした約束を繰り返した。

「なんだったら交換しようね」

わたしは笑い、赤ん坊を母さんのところに連れていった。母さんはニーノの腕にすがって窓際に立っていた。そして今では彼を親しげに見上げ、微笑みかけていた。我を忘れ、年まで忘れたかのような表情だった。

「ほら、インマコラータよ」わたしは母さんに言った。

彼女はニーノを見やった。すると彼は間髪を容れず感嘆してみせた。

「とても素敵な名前ですよね」

母さんはつぶやいた。

「嘘おっしゃい。でも、インマ、って呼べばいいと思うの。それならずっと今風でしょ？」

彼女はニーノの腕から手を放すと、わたしに向かって孫を寄越せという仕草をした。渡してやったが、まともに支えるだけの力がないのではないかと気が気ではなかった。

「まあ、なんて美人さんなの」母さんは赤ん坊にささやいてから、リラに尋ねた。「ねえ、美人だと思わない？」

リラはぼんやりとした顔で、母さんの足の辺りを見つめていた。

「ええ」視線はそのままに彼女は答えた。「でも、座ったほうがいいわ」

わたしは彼女の見ている場所に目をやった。母さんの黒いワンピースの下から血が滴っていた。

62

わたしはとっさに娘を取り返した。母さんは自分の体に何が起きているかに気づき、自己嫌悪と羞恥の色を浮かべた。そして失神して倒れかけたところを危うくニーノに支えられた。彼が母さんの頬を何度も指先で軽く打つ横で、わたしは母さん、母さん、と呼びかけた。心配だった。目を覚ましてくれなかったからだ。しかも赤ん坊が泣きだした。母さん、死んじゃうかも。わたしは怯えた。インマコラータに会うまでは、と今まで頑張ってきたのかもしれない。それで、もういいと思ったのかもしれない……。わたしはますます大きな声になって母さんを呼び続けた。

「救急車を呼んで」リラが言った。

わたしは電話のほうに向かおうとして、戸惑い、足を止めた。ニーノに赤ん坊を渡したかった。ところが彼はわたしを押しのけ、わたしではなくリラに向かって、車に乗せて病院に運んだほうが早いと主張した。わたしは胸がばくばく言っていた。赤ん坊は泣き、母さんは意識を取り戻して不平を言いだした。彼女は病院には二度と行きたくないと涙ながらにこぼし、わたしのスカートを引っ張りながら、自分がすでに一度入院したことがあるのを思い出させ、あんな寂しい場所で死にたくはないと嘆いた。母さんは震えながら、その子が育つところをわたしは見たいんだよ、と言った。

するとニーノの口調が変わった。学生時代からおなじみの、困難な状況に立ち向かう時の断固たる声だ。さあ行きましょう。彼は母さんを抱き上げた。弱々しく反対する彼女をニーノは、大丈夫です、すべて僕に任せてください、と言って安心させた。リラが困った顔でこちらを見た。わたしは思った。病院のかかりつけの医師はエレオノーラの一家の友人だ。だから今はニーノの助けが欠かせない。彼がいてくれて助かった……。リラが口を開いた。赤ちゃんはわたしに任せて、あなたは行って。わたしはうなずき、インマコラータを渡そうとしたが、踏ん切りがつかなかった。赤ん坊とはまだお腹の中にいるみたいに強い一体感を覚えていたし、いずれにしても離れ離れになる訳にはいかなかった。お乳もやらねばならず、お風呂にだって入れてやらなければならない。でも母さんとも離れがたかった。彼女がそこまで身近に思えたのは初めてのことだった。わたしは震えていた。なんなのあの血は？　何を意味しているの？

「さあ、急ごう」ニーノが苛々とリラをうながした。

「お願い、行って」わたしもつぶやいた。「あとで連絡ちょうだい」

玄関のドアが閉じて初めてわたしは、その状況のむごさに痛みを覚えた。リラとニーノがうちの母さんを連れて出ていき、面倒を見ているなんて。本当ならわたしがそうすべきところなのに。

力なく、混乱した気分だった。わたしはソファーに座り、インマコラータに乳をやって落ちつかせようとした。床に落ちた血からどうしても目が離せなかった。凍えるように寒い町の道路を疾走する車をわたしは想像した。緊急の印に窓から突き出したハンカチを振り回し、指はクラクションを押しっぱなしで、後部座席には瀕死の母さんがいる。リラの車だ。彼女が運転しているのか。それとも彼がハンドルを握ったのか。とにかく落ちつこうと思った。

娘を揺りかごに寝かすと、わたしはエリーザに電話をした。そして事件を矮小化して伝え、ニーノの話はせず、リラの名のみを挙げた。妹はすぐに平静を失い、大泣きを始め、わたしを罵った。お姉ちゃんは母さんを赤の他人と訳わかんない場所に送った、救急車を呼ぶべきだった、お姉ちゃんはいつだって自分の都合しか考えていない、勝手すぎる、母さんが死んだらお姉ちゃんのせいだからね……。それから彼女は驚くほどきつい声を出してマルチェッロを何度も呼び、怒りと不安がない交ぜになった怒号を上げた。わたしは言い返した。訳のわかんない場所って何よ、リナはちゃんと病院に連れていったわ、どうしてそんな口を利くの？　すると妹はいきなり受話器を下ろした。

なんにしてもエリーザの言うとおりだった。わたしはどうかしていたのだろう。本当なら救急車を呼ぶべきだった。あるいは赤ん坊を胸から引き剝がし、リラに預けるべきだったのだ。ところがニーノの権威に屈してしまった。男にありがちな、断固たるところを見せつけ、我こそは救い主なりと格好をつけたがる彼の執念に負けてしまった。わたしは電話の前で連絡を待った。

一時間が過ぎ、一時間半が過ぎて、ようやく電話のベルが鳴った。リラの冷静な声が聞こえてきた。

「入院することになったよ。ニーノ、担当のお医者さんたちをよく知ってるみたい。何も心配いらないって言われたって。だから安心して」

わたしは尋ねた。

「母さん、ひとりなの？」

「うん、わたしたちは病室に入れてもらえないの」

「ひとりぼっちで死ぬのは嫌だって言ってたの」

「死にやしないって」

「でもリラ、きっと恐がるわ。どうにかしてやって。前の母さんとは別人なんだから」

「病院って融通の利かないところなんだよ」

「母さん、わたしに何か言ってた？」

「赤ちゃんを連れてきてくれって」

「リラたちはこれからどうするの？」

「ニーノはもう少しお医者さんたちと話してみるって。わたしは帰るわ」

「そうね、帰って。ありがとう。無理しないでね」

「ニーノは用が済んだらすぐに電話するって言ってた」

「わかった」

「気をもんじゃ駄目だよ。お乳が出なくなっちゃうからね」

彼女に母乳のことを言われたのがよかった。わたしはインマコラータの揺りかごのすぐそばに座った。そうして近くにいれば、乳が涸れることはないとでもいうかのように。女性の体とは不思議なものだ。かつてわたしがお腹の中で栄養を与えた娘が、今では外にいて、この胸から栄養をとるようになった。自分だって母さんのお腹の中にいたことがあり、彼女の乳房を吸ったことがあったのだ。そう思った。わたしと同じくらい、いやあるいはわたしよりも大きな母さんの胸。彼女が病気になる少し前まで、父さんはよく母さんの胸についてみだらなほのめかしを言ったものだ。どんなに暑い季節でも、ブラジャーをしていない母さんは一度も見たことがなかった。彼女はいつだって胸を隠してきた。悪い脚のせいで、自分の体というものを信用していなかったのだ。それでもワインを一杯飲めばもう、ずっと下品な文句で父さんにやり返し、自分の美しさを誇った。ただしそんな時に見せる恥知らずな態度は完全に演技だった。また電話が鳴り、わたしは急いで出た。今度もリラだったが、声がぶっきらぼうになっていた。

「レヌー、面倒なことになったよ」

「母さんがどうかしたの？」

「ううん、お医者さんはみんな大丈夫だって言ってる。でもマルチェッロが来て、大騒ぎしてるの」

「マルチェッロ？　マルチェッロがなんの関係があるの？」

「そんなの知らないよ」

「わたしが話すから、呼んで」

「待って、今、ニーノと喧嘩してるから」

彼女の声の向こうで、マルチェッロの方言だらけの太い声、そして、ニーノのきれいな標準語が聞こえた。興奮した時の甲高い声だ。わたしは不安になって言った。

「ニーノにやめるように伝えて。ううん、それより、今すぐそこから追い出して」

リラは答えなかった。彼女が誰かと口論になり——わたしにはなんの話だかまったくわからなかった——それから急に方言で怒鳴る声がした。あんた馬鹿じゃないの、マルチェー？　本当、最低の男だね。次にリラはわたしに向かって声を上げた。この馬鹿と話をつけて。わたしは関わりたくないから、自分でなんとかしてね……。遠くで誰かの声がして、数秒後、マルチェッロが出た。彼は礼儀正しい話し方をしようと努力しながら、エリーザから母さんを病院に置き去りにするなと言われていること、母さんを連れ出し、カポディモンテにある素晴らしい私立のクリニックに連れていくために自分はわざわざ来たのだと説明した。マルチェッロは本当にこちらの同意を求めているみたいな声で尋ねてきた。

「俺のやってることは間違ってるかい？　なあ、どう思う？」

「ちょっと落ちついてよ」

「落ちついてるさ、レヌー。だがな、お前だって、エリーザだってクリニックで子どもを産んだろう？　なのにどうして、お義母さんはこんなとこで死ななきゃならないんだ？」

　わたしはうろたえつつも答えた。

「かかりつけのお医者様がいらっしゃる病院だからよ」

するとマルチェッロの声がにわかに凶暴になった。彼がわたしに向かってそんな口を利くのは初めてのことだった。

「医者ってやつは、金のあるところにたかるんだよ。なあ、この話を牛耳ってるのはどいつだ？　お前か、リナか、それともあの糞野郎か」

「牛耳るとかそういう話じゃないわ」

「いいや、そうだ。さあ、お友だちに言ってくれ。お義母さんは俺に任せて、カポディモンテに連れていかせる、とな。さもなきゃ誰だろうと顔をぶん殴って、勝手に連れていくぜ」

「リナと代わって」

　立っているのもつらかった。今やこめかみが激しく脈打っていた。わたしは彼女に伝えた。ニーノに聞いてみて、母さんは移送可能な状態かって。あのひとに医者と話してもらって、それからまた電話して……。そして電話を切った。不安で仕方なく、何をどうすればいいのかわからなかった。

63

数分でまた電話が鳴った。ニーノだった。

「レヌー、あの獣を黙らせてくれ。さもなきゃ警察を呼ぶ」

「母さんを移送できるか、お医者さんに聞いてくれた？」

「そんなの無理に決まっているじゃないか」

「聞いてくれたの、どうなの？　母さんが病院は嫌だって言ってるのよ」

「私立のクリニックは国立病院に輪をかけてひどい場所だぞ」

「わかってる。でもとりあえず落ちついて」

「これ以上ないってくらい落ちついてるさ」

「じゃあ、すぐに帰ってきて」

「ここはどうする？」

「リナがなんとかするわ」

「リナをあんなやつとふたりきりにする訳にいかないよ」

わたしは声を荒らげた。

「リナは自分の身は自分で守れるわ。こっちはもうふらふらなの。赤ちゃんは泣いてるし、お風呂にだって入れないといけないし。とにかく今すぐ帰ってきて」

わたしは受話器を下ろした。

困難な時間が続いた。戻ってきたニーノは大興奮で、方言で話し、ひどくぴりぴりしていた。そして、よし、目にもの見せてやるぞ、負けるものか、と何度も言った。母さんの入院が彼にとっては絶対に譲れぬ主義信条の問題になったのだとわかった。彼はソラーラが母さんを本当にどこか、患者から金を巻き上げるためだけに作られたいい加減な施設に連れていってしまうのではないかと心配していた。ニーノは標準語に戻り、大声で主張した。今いる病院ならば、腕のいい専門医たちに診てもらえるんだ。病気の進行があれだけ進んでも今日の今日まで元気でいられたのは、まさに彼らのおかげなんだよ?

わたしはニーノの懸念を支持し、彼はますます問題に熱中した。もう夕食の時間だったが、彼は、当時のナポリでは広く知られていた有力者たちに次々に電話をかけた。ただの腹いせだったのか、マルチェッロの横暴に立ち向かうことになった場合の支持を求めるためだったのかはわからない。とにかく、ソラーラの名を出した途端に会話は必ずややこしくなり、彼はじっと黙って耳を傾けた。彼がようやく落ちついたのは十時近くになってからだった。わたしは不安でたまらなかったが、彼が病院に戻ると言いださぬよう、動揺を隠し続けた。しかし不安はインマコラータに伝わり、赤ん坊が泣いては、乳をやって落ちつかせ、また泣く、の繰り返しになった。

その夜は眠れなかった。電話は朝六時にまた鳴りだした。どうか赤ん坊もニーノも目を覚まさぬようにと願いながら、急いで出た。リラだった。病院で夜を明かしたという。彼女は疲れた声で経過を報告してくれた。マルチェッロは諦めたのか、リラには挨拶も抜きで立ち去った。彼女は階段や廊下を忍び足で歩き回り、母さんが運びこまれた大部屋を見つけ出した。そこは末期患者のための病室だった。ほかにも五人の女性患者たちが苦しみ、うめき、叫んでいたが、その誰もが苦痛の中に捨て置かれていた。リラが見つけた時、母さんは身じろぎひとつせずに目を瞠り、天井に向かって、ああ聖母様、どうか今すぐ死なせてください、とひたすらつぶやき、痛みをこらえる努力のあまりに全身を震わせていたという。リラは母さんに添い寝して、安心させてやった。ただ今はもう明るくなって看護師たちが病室に顔を覗かせるようになったので、抜け出してきたということだった。規則をたくさん破ってやったと得意そうで、相変わらずの反逆好きだった。それでもその時は、わたしのためにどれだけ大変な思いをしたかを誤魔化そうとしているように聞こえた。出産間近なのだ。へとへとなのではないか、きっと無理をさせてしまったのだろう。母さんと同じくらいリラのことが心配になった。

「リラの調子はどうなの？」

「こっちは大丈夫」

「本当に？」

「本当だよ」

「もう帰って休んで」

「マルチェッロとエリーザが来たらね」

「でも戻ってこなかったら？」

「そんなはずないって、絶対にまたひと悶着あるよ」

その電話のあいだに、寝ぼけ眼のニーノが姿を見せた。彼はしばらく耳を傾けてから言った。

「リナと話をさせてくれ」

わたしは電話を代わってやらず、彼女はもう切ったとぼそりと答えた。彼は不満を漏らし、君のお母さんが最高の待遇を受けられるように何人もの人間に頼んでおいたから、僕の介入の効果が何かもう出ているんじゃないかと思ったのだと言った。まだ何もないみたい、とわたしは答えた。冷たい強風が吹いていたが、わたしは彼に、赤ん坊と一緒に病院までつきあってもらえないかと頼んだ。彼にはインマコラータと車に残ってもらい、わたしは授乳の合間に母さんを見舞えばいいと思ったのだ。彼は快諾してくれ、その親切さにほろりとさせられた。でもあれこれ気を配る彼が、よりによって面会時間をメモしてこなかったと知ってむかっとした。電話で面会時間を調べ、娘をしっかりとくるむと、わたしはニーノと病院に向かった。リラからの電話はあれからなかったが、きっと病院にいるのだろうとわたしたちは思っていた。ところが病院に着いてみると、リラはおろか、母さんの姿までなかった。聞けば、退院したというではないか。

64

わたしはあとで妹にことの顛末を聞かされた。その時の彼女の口ぶりときたら、お姉ちゃんたちっていつも偉そうだけど、わたしたちがいなければなんの価値もない人間よね、とでも言いたげだった。なんでも、九時ぴったりにマルチェッロは病院にやってきたそうだ。その隣には彼が自宅まで車でわざわざ迎えにいったというどこかの病院の医長の姿があった。そして母さんはただちにカポディモンテのクリニックに救急車で搬送された。エリーザは言った。クリニックじゃ母さんはまるで女王様扱いだし、わたしたち家族は好きなだけ病室にいてもいいし、付き添いで泊まりこむ父さんのベッドだって用意されているのよ……。次に彼女は嫌みたっぷりに付け加えた。心配しなくていいわ、お金はみんなこっちで払うから……。さらに続いた妹の言葉は明らかな脅しだった。もしかしたらお姉ちゃんのお友だちの大学の先生、自分が誰を相手にしているのかわかってないんじゃない？　よく説明しておいてね。それと最低女のリナにもよく言っておいて。あんたがどれだけ頭いいか知らないけど、マルチェッロは変わったたって。あんたの婚約者だったころとは別人だ、ミケーレみたいに手玉に取れると思ったら大間違いだからって。うちのひと言ってたわ、病院の時みたいに、あの女がまた俺に向かって声を上げたり、みんなの前で恥をかかせたら、次は殺すって。

リラにマルチェッロの言葉は一切伝えず、彼女がうちの妹とどんな風にぶつかったのかも尋ねなかった。その代わり、続く日々、わたしはリラにずっと優しくし、よく電話をするようになった。恩に着ていること、彼女が大好きであること、彼女も子どもを産むのを心待ちにしていることをわかってもらいたかったのだ。

「順調なの？」わたしはいつもそう尋ねた。

「うん」

「変化なし？」

「ぜんぜんないね。今日は手伝いに行こうか」

「平気。できたら明日、お願い」

新旧の絆が複雑に絡みあう、多忙な日々が続いた。わたしの肉体はインマのちっぽけなそれとまだ共生状態にあり、どうにも離れがたかった。でもデデとエルサが恋しくなり、ピエトロに電話をかけた。すると彼がようやくふたりをナポリまで連れ帰ってくれた。エルサは最初、新しい妹が大好きだというふりをしたが、演技は長続きせず、わずか数時間で嫌な顔をするようになり、ママ、どうしてこんなに不細工に生んだの？　としつこく聞かれた。一方、デデはわたしよりも腕利きの母親になれるところをすぐに披露しようとして、幾度も赤ん坊を落としかけたり、風呂で溺れさせかけたりした。

猫の手も借りたい気分だった。少なくとも最初の数日間は大変で、そんな時にピエトロが手を貸そうと申し出てくれたのは本当にありがたかった。夫であった時は妻の負担を軽くしようとしてくれたことなどほとんどなかった彼が、正式に別居をした今になって、赤ん坊ひとりを含む三人の娘を抱えたわたしをひとりにして去るのが忍びなくなったらしく、何日かナポリに残ろうと言ってくれたのだ。でも追い払わなくてはならなかった。ピエトロの助けがほしくなかったからではない。タッソ通りの家に彼が数時間滞在しただけで、もうニーノがうるさく、しつこく電話をかけてきて、ピエトロはもう出ていったか、君の元夫に会わずに〝僕の家〟に行けるかと知りたがった。当然ながら、元夫が去った途端、ニーノは仕事や政治活動で忙しくなり、わたしはひとりぼっちになった。買い物に行き、上の娘ふたりを学校まで送り、また迎えにいき、本をちょっと読むか、文章を少し書こうと思えば、インマを隣人に預けねばならなかった。

だがそのくらいはたいした問題ではなかった。ずっと大変だったのは、クリニックの母さんを見舞いに行くための段取りのほうだった。ミレッラを頼る気にはなれなかった。娘ふたりと赤ん坊ひとりは彼女には荷が重すぎる気がしたのだ。だからわたしはインマを連れて見舞いに行くことにした。デデとエルサがまだ学校にいる時間を利用して、赤ん坊を寒くないようしっかりとくるみ、タクシーを呼ぶと、カポディモンテまで行ってもらった。

母さんは調子を取り戻していた。もちろん弱々しいことに変わりはなく、わたしたち子どもが毎日顔を見せなければ何かあったのではないかと怯え、泣きだす始末だった。しかも今や彼女はベッドに寝たきりだった。以前は楽々とはいかずとも歩き回り、外出もしたのだが。それでもクリニックの贅沢な暮らしがよい効果をもたらしていること自体は疑いの余地がなさそうだった。立派な奥様扱いはただちに絶好の気晴らしとなり、彼女に病を忘れさせてくれた上、鎮痛剤か何かの助けもあって、時には幸せいっぱいな気分にさえした。大きくて明るい個室もお気に入りなら、枕もかなり寝心地がよいそうで、自分だけのバスルームがある、それも部屋の中にあるというのも自慢だった。小汚いトイレじゃなくて、立派なバスルームなのよ、彼女はそう強調し、わたしたちに披露するためにわざわざ起き上がろうとまでした。しかも彼女には新しい孫がいた。わたしがインマと一緒に来れば、母さんはいつも孫娘を傍らに寝かせ、赤ちゃん言葉になって話しかけた。そして、まずあり得ない話だが、インマが自分に向かってにこっとしてくれたと言っては大喜びをした。

ただたいていの場合、母さんの赤ん坊への関心は長続きせず、そのうち決まって自分の子ども時代と青春時代の思い出を語りだした。彼女はまず五歳のころに返ったかと思うと、いきなり十二歳になったり、十四歳になったりした。そして、当時の自分になりきってそのころの彼女の話、友だちの話などをするのだった。ある朝、母さんは方言でわたしにこう言った。わたしはね、小さいころからひとが死ぬことは知っていたよ。そう、それはずっとわかっていた。でもね、自分もいつか死ぬとだけは考えたことがなかった。今でも信じられないのさ……。またある時は、何を考えていたのか、不意に笑いだし、こうつぶやいた。お前、インマを洗礼しなくて正解だよ。洗礼なんて馬鹿馬鹿しい。わたしにはわかるんだよ。もうすぐ死んで、ばらばらになって、粉々になっちゃう今ならわかるんだ……。しかし何より貴重だったのは、あのゆったりとした時間にわたしが、自分は本当に母さんの一番のお気に入りの娘なのだと心から実感できたということだった。わたしの帰り際、母さんは必ず抱擁を求めてきたが、その動作はまるでこちらの中に滑りこんで、かつてわたしが彼女の中にいたように、そこに留まろうとしているみたいだった。母さんが元気だったころは彼女に触れるのも、触れられるのも嫌だったが、そのころには好きになっていた。

65

面白かったのは、クリニックがほどなく地区の老若男女の交友の場になったことだ。

父さんは毎晩、母さんの病室で寝ていた。朝、会うと、父さんはいつも髭が伸び、怯えた目をしていた。わたしたちは簡単な挨拶以上の言葉を交わさなかったが、わたしは別に変だとは思わなかった。彼とは以前からあまり接点がなかった。時には温かな触れあいもあったが、たいていはぼんやりしたもので、何度か母さんと対立した時に支えてもらった程度の話だった。いずれにしても、ほぼすべてが表面的な接触だった。母さんは自分の都合で父さんに役割を与えたり、奪ったりした。特にわたしに関する問題では——エレナの人生を組み立てたり、壊したりできるのは自分だけだと言わんばかりに——父さんを片隅に追いやった。そんな妻の生命力が尽きかけた今や、彼はどうわたしに話しかければよいのかわからず、それはこちらも同じなのだった。わたしが来たよ《チャオ》と言えば、父さんも来たか《チャオ》と返し、お前が看ているあいだ、ちょっと煙草を吸ってくるよ、と続けるのが常だった。時々わたしは疑問に思った。こんなに凡庸な男性がこの残酷な世界でどうやって生き延びてきたのだろうか。ナポリの町に職場、地区はもちろんのこと、家庭すら楽な場所ではなかったはずだ。

エリーザが赤ん坊を連れてやってくると、父さんはもっと打ち解けた態度を見せた。妹は父さんに優しかったが、上から目線だった。そしてしばしば丸一日、病室に残り、父さんを家の自分のベッドで寝かせてやるため、代わりにそこに泊まることもあった。彼女はやってくるとすぐ、部屋の埃から窓ガラスの汚れから食事から、なんでもけちをつけた。クリニックの人間になめられないため、この場を牛耳っているのは自分だということをはっきりさせておくためだ。ペッペとジャンニも妹に負けていなかった。母さんが少しでも苦しみ、父さんが絶望すれば、弟たちはどちらも警戒し、ブザーを鳴らして看護師を呼んだ。看護師の到着が遅れれば、ふたりは厳しく叱ったが、そのくせ毎度たっぷりと心付けを渡した。特にジャンニだ。クリニックを去る前に彼は看護師のポケットにいつもいくばくかの金を突っこみ、こう命じた。お前は病室の外で待ち構えてろ、ママが呼んだら飛んでこなきゃ駄目だ。仕事が終わったらこいつでコーヒーでも飲め、わかったな？　それからうちの母さんが地位のある人間であることを理解させようとして、三度か四度はこんな風にソラーラの名を口にした。よく覚えておけ、グレーコ夫人はソラーラ一家のお身内なんだぞ。

〝ソラーラ一家のお身内〟その言い回しを聞くたびにわたしは腹が立ち、恥ずかしくなった。だが一方で、このままが嫌なら、病院に戻るしかないのだ、とも思った。でも〝あとで〟（その〝あとで〟が何を意味する言葉なのかは、自分に対しても白状したことがなかった）弟たちと妹、そしてマルチェッロには言うべきことを絶対に言おう、いつもそう決心した。とりあえずは、病室に着くたび、地区の同年輩の友人たちと一緒にいる母さんの姿を見るようになって、嬉しかった。母さんは婦人たちを相手に弱々しい声でよく自慢をした。息子たちがね、こんなたいそうなところに入れてくれたのよ、と言ったり、わたしを指差して、うちのエレナは有名な作家で、タッソ通りに住んでるの。家から海が見えてね……可愛い子でしょう？　インマコラータっていって、わたしと同じ名前なの……。お母さんは眠ったとささやいて婦人たちが去れば、わたしはすぐに病室に戻って様子を確認してから、インマとまた廊下に戻った。廊下のほうが空気がきれいな気がしたのだ。母さんの重たい寝息が聞こえるよう、病室のドアは開けっぱなしだった。見舞い客の相手で疲れると彼女はよくそうして急に眠りに落ち、うなされた。

楽のできる日もたまにあった。たとえばカルメンが母さんの見舞いに来たと言って、わたしを車で連れ出してくれることがあった。アルフォンソも同じようにしてくれた。当然ながらわたしに対する友情を示そうとしてのことだった。ふたりとも母さんには敬意のこもった言葉をかけたが、せいぜいが快適な病室と孫娘を褒めてちょっと喜ばせるくらいで、残りの時間はわたしと廊下でおしゃべりをするか、外の車の中でわたしを待ち、下校時間に間にあうよう、娘たちの学校まで連れていってくれた。彼らと過ごす朝はいつも密度が濃く、興味深い効果をもたらした。もはや終わりの近づいた母さんの地区を、リラの影響下で構築中の地区の横に並べる効果だ。

わたしはカルメンに、リラが母さんのためにしてくれたことを話してみた。すると彼女は嬉しそうに、リナは誰にも止められないってみんな知ってるわ、と言った。リラのことをもはや魔力の持ち主とさえみなしているような口ぶりだった。だがそれより強い印象をわたしに残したのが、ある日、アルフォンソとクリニックの清潔な廊下で過ごした十五分間だった。母さんは医師の回診を受けていた。アルフォンソも例のごとくリラへの感謝を興奮気味に語ったのだが、わたしはその時、彼がどういう人間であるかを初めてはっきりと聴かされたのだ。リナは僕に大きな将来性のある仕事を教えてくれたんだ。彼はそう語りだし、感極まった声を出した。彼女がいなかったら、僕は何者にもなれなかったと思う。不満を抱えっぱなしの、ただの生きた肉のかけらのままだったに違いないんだ……。それから彼はリラの行動を自分の妻のそれと比べだした。僕はマリーザがどれだけ不貞を働こうと放っておいたし、彼女の子どもたちに僕の名字だって与えた。なのにマリーザは僕に腹を立てていて、昔からいじめるんだ。口を開けば恨みごとばかりで、僕にだまされたって……。彼は自己弁護を始めた。僕は彼女をだましたりしてない。レヌー、知識人の君ならわかるだろう、誰よりもだまされてきたのはこの僕さ。自分自身にだまされたんだ。もしもリナが助けてくれなかったら、今ごろだまされすぎて死んでたよ……。彼は目を潤ませた。彼女がしてくれた何より素敵なことは、僕に状況を直視させ、本当のことを言う勇気を与えてくれたことだ。たとえば、この女の足に触れても僕は何も感じないが、あそこにいるあの男の足に触れたくてたまらない、とかね。彼の手を撫でて、はさみで爪を切り、吹き出物を潰してみたい、一緒にダンスホールに行って、ワルツは踊れるかと聞いてみたい、踊れるなら僕をリードしてくれないか、君にリードされてみたいんだ、ってなことを言える勇気さ……。次にアルフォンソはずいぶんと古い話を持ち出した。ねえ、君とリナが、うちの親父に人形を返せって、家まで押しかけてきた時のこと覚えてる？　親父は僕を呼んで、馬鹿にした声で、アルフォンソ、お前が盗ったのか、って聞いた。僕は家族みんなの恥だったから。姉貴の人形で遊んだり、お袋のネックレスをつけたりしてね……。説明をする彼の口調は、こちらはそうしたことをとっくに知っており、わたしは彼が自分の正体を告白するために必要だからというだけの理由でそこにいるような風だった。小さいころからわかってたんだ。自分がみんなの信じていたような人間でもなければ、僕自身が信じていたような人間ですらない、ってね。僕はもっと違う何かだ、血管の中に隠れている何か、名前を持たず、そこでじっと待っている何かなんだ、ってよく思った。でもその何かの正体がわからなかったし、何よりも、それがこの僕だなんてことがどうしてあり得るのかがわからなかった。だがそんな悩みも、リナに――なんと言ったものかわからないんだが――彼女を少し取りこめと命じられた時に終わった。あの子の性格は君もよく知ってるだろう？　ここから始めて、どうなるか見てごらん……。そんな風に言われたんだ。そうして僕とあの子は混ざりあった――とても楽しい体験だったよ――おかげで今の僕は昔の僕でもなければ、リナでもない、別の人間としての個性をゆっくりと確立しつつあるんだ。

　彼はわたしにそうした打ち明け話をできるのが嬉しそうで、わたしのほうも嬉しかった。そんな会話を重ねるにつれ、ふたりのあいだには、学校からの帰り道を一緒に歩いた時とはまた別な、新しい信頼が生まれた。カルメンとの信頼関係も強化された気がした。やがてわたしは彼らのどちらもが形こそ異なれ、こちらにそれ以上のものを期待していることに気づいた。そうと気づいたのはふたつの異なる機会だったが、いずれもクリニックにマルチェッロが来た日の出来事だった。

妹のエリーザとその息子シルヴィオは普段、ドメニコという老人の運転する車でやってきた。ドメニコがふたりをクリニックに残し、代わりに父さんを地区に連れ帰る習慣だった。ただ、たまにマルチェッロが自らエリーザと息子を連れてくる時もあった。そうして彼がやってきたある朝、わたしはカルメンと一緒だった。このふたりは絶対に衝突するだろうと思っていたら、意外にも彼らは、熱こそもってないが喧嘩腰でもない挨拶を交わし、カルメンは彼の周りをうろついて、相手が恩恵を施してくれそうな気配を示したら即座に駆け寄ろうと身構える動物のような態度を示した。やがてわたしとふたりきりになると、彼女は小声で、ひどく張りつめた表情で打ち明けてくれた。自分はどんなにソラーラ兄弟に嫌われても、パスクアーレを愛すればこそ、連中に対して友好的であろうと努力しているのだ、と。でもね——彼女はそこで悲痛な声を上げた——やっぱり無理なの、レヌー、あいつらが憎くて憎くて、首を絞めてやりたいくらい。わたし、仕方なくて頑張ってるだけなの……。そして彼女はこう尋ねてきた。レヌーがわたしの立場だったらどうする？

アルフォンソとも似たようなことがあった。ある朝、彼に母さんのところまで車で送ってもらったら、途中でマルチェッロが現れ、わたしの友人をひどく怯えさせた。とはいっても、マルチェッロの態度は普段と何ひとつ変わらなかった。ぎこちない笑顔でわたしに挨拶をし、アルフォンソに対してはうなずいただけで、相手が無意識のうちに差し出した手は無視した。余計な摩擦を避けるため、わたしはインマにお乳をあげるからと言い訳をして、友人を廊下に押し出した。病室を出てすぐにアルフォンソがぼそっと言った。もしも僕が殺されるようなことがあったら犯人はマルチェッロだからね。覚えておいてほしい……。わたしは馬鹿を言うなと咎めたが、アルフォンソは顔をこわばらせ、彼を喜んで殺すだろう地区の人間の名を皮肉っぽく次々に挙げた。わたしの知っている名もあれば、知らぬ名もあった。彼の実の兄であるステファノの名もあれば（アルフォンソは笑い、〝あいつ、僕の妻と寝てるんだ。うちの一族が全員ホモな訳じゃないって証明したいがためだけにね〞と言った）、リーノの名も含まれていた（やはり笑って、〝僕が彼の妹の真似が得意だって気づいたものだから、本人が相手じゃできないようなことを僕相手にしたがってるのさ〞と言った）。しかし、リストの一番上に来るのはいつでもマルチェッロだと言うのだった。誰よりも彼を憎んでいるのがマルチェッロなのだそうだ。彼は嬉しさと不安がない交ぜになった口調で言った。あいつはね、ミケーレがおかしくなってしまったのは僕のせいだと思っているんだよ……。あざ笑いながら彼は付け加えた。リナは自分のそっくりさんになるように僕に勧めてくれた。それで僕の努力を喜んでくれるし、自分の姿が僕の手で歪められるのを見るのも好きなら、その歪んだ自分がミケーレに及ぼす影響も喜んでいるんだ。僕も嬉しいよ……。だがそこでアルフォンソは不意に黙り、わたしに尋ねてきた。君はどう思う？

わたしは彼の話を聞きながら、娘に乳をやっていた。アルフォンソとカルメンはわたしがナポリに戻り、自分たちと時々会うようになっただけでは不満なのだった。ふたりの望みは、わたしが地区に完全に戻り、リラと並んで彼らの守護神となることだった。リラとわたしは、時には意見をひとつにし、時には議論を戦わせながらも、常に彼らの危機に気を配る神として振る舞うことを求められていたのだ。自分たちの問題にもっと深く関わってほしいというアルフォンソとカルメンの要求は、わたしがリラからもしばしば彼女なりのやり方で求められ、普段であれば不愉快な圧力としか思えないものだったが、その時はわたしを感動させた。彼らの要求はわたしの中で母さんの疲れた声にもしっかりと結びついた。彼女が地区の知人たちに向かって、自分の大切な一部だと言うようにわたしを誇らしげに指差す時の声だ。わたしはインマを胸に抱き寄せ、おくるみのずれを直して、隙間風から守ってやった。

66

ニーノとリラだけは一度もクリニックに来なかった。ニーノははっきりしていた。僕はあのカモッラ野郎と万が一にも会いたくないんでね。お義母さんには悪いけど、よろしく伝えておいてくれ。残念だが君に付き添うことはできない……。そんなこと言って、どうせ行方をくらますための言い訳だろうと思うこともあったが、たいていの場合、彼は本当に悲しんでいるように見えた。せっかく自分がうちの母さんのために懸命に動き回ったのに、わたしを含め、うちの家族がみなソラーラ兄弟の言いなりになったからだ。わたしはこれには複雑な事情があるのだと彼に説明し、マルチェッロは無関係で、母さんの喜ぶ解決策をわたしたちが受け入れただけなのだと言った。しかしニーノは吐き捨てるように言うのだった。そんなことじゃナポリはいつまでも変わらないよ。

リラのほうは、母さんのクリニックへの移送については一度だって意見をしなかった。むしろ、子どもをいつ産んでもおかしくない体なのに、わたしを助けるのをやめようとしなかった。わたしはあんまり悪くて、こっちは心配いらないから、自分の心配をしてと何度も言った。しかし彼女はそのたび自分の腹を指差して、皮肉と懸念の入り混じった表情で答えるのだった。大丈夫よ、きっと遅れるから。わたしも、お腹の坊主も、その気がないの……。そしてリラはわたしに助けが必要となれば、ただちに駆けつけてくれた。もちろん、カルメンやアルフォンソのようにカポディモンテまで車で送ってくれはしなかったが、娘たちに少し熱があって学校を休ませねばならぬ時など——たとえばインマコラータが生まれて最初の三週間に何度かそういうことがあった。寒さと雨の続いた日々だった——仕事はエンツォとアルフォンソに任せ、わざわざタッソ通りまで来て、わたしの代わりに三人の子どもたちの面倒を見てくれた。

わたしは喜んでいた。リラと過ごす時間はデデとエルサにとってはいつだって実り豊かなものとなったからだ。彼女は長女と次女を末の妹に近づけることができ、デデには責任感を持たせ、エルサのことは巧みに見張った。しかもミレッラのようにおしゃぶりを口に突っこまずとも、インマを落ちつかせることまでできた。唯一の問題はニーノだった。わたしがひとりの時は決まって忙しい彼が、リラが娘たちといる時に限って奇跡的に時間ができて彼女に手を貸しにくる、いつかそんな状況に直面するのではないかと不安だった。だから心の奥底には、常に怯えている自分がいた。リラが来ると、わたしはとにかく気をつけてくれと山ほどの指示をして、クリニックの電話番号を紙に書いて渡し、万が一の時はくれぐれもよろしくと隣人に頼んでから、カポディモンテへと急いだ。そして母さんの見舞いは長くても一時間で済ませ、授乳の時間と食事の支度に間にあうように帰宅した。それでも帰り道に時おり頭をよぎる光景があった。家に戻ったらニーノとリラが一緒にいて、イスキアの時みたいに縦横無尽に語らっているのではないか……。当然、それよりずっと耐えがたい空想をしてしまうこともあったが、恐ろしくてすぐに頭から振り払った。だが一番しつこい懸念はほかにあり、車の運転をしているあいだ、わたしにはそれがもっともあり得る話に思えた。もしかしてニーノが家にいる時にリラが産気づくのではないか。そして彼が彼女を女医のクリニックに急いで連れていくことになり、その結果、デデは賢い大人の役をびくびくしながら演じねばならなくなり、エルサはリラの鞄を探って何かくすね、インマは揺りかごの中で空腹と肌の炎症のために大泣きをすることになる、というものだ。

実際、よく似たことが起きたが、ニーノはまったく無関係だった。ある朝、わたしがきちんと正午前に家に戻ってみると、リラがいなかった。陣痛が始まったのだ。わたしは激しい不安に襲われた。彼女は物質が変形し、歪むことを何よりも恐れ、どんな形の苦痛も憎み、言葉があらゆる意味を失った時に生じる空洞を激しく嫌悪していた。わたしは彼女が持ちこたえてくれることを祈った。

67

彼女の出産についてはふたりの人物から話を聞いた。リラ本人、そして彼女とわたしの両方を診ていたあの産婦人科医だ。以下の説明はふたりの話をわたしがまとめたものだ。その日は雨が降っていた。わたしの出産からは二十日ほどが過ぎていた。母さんは二週間前からクリニックに入院していて、わたしが見舞いに行かなければ、怯える女の子のように泣いた。デデは少し熱があり、エルサはお姉ちゃんの看病をするのだと言い張って学校に行きたがらなかった。カルメンには来てもらえず、アルフォンソも無理だった。わたしはリラに電話をかけ、いつものようにまずは断りを入れた。リラの調子が悪かったり、仕事で忙しいなら、無理だって言ってね、なんとかするから……。すると彼女は例によってひとを小馬鹿にした口調で、体調は絶好調だし、経営者ってものは部下に仕事を任せて、自分のためにいくらでも時間を作れるのだと答えた。彼女はデデとエルサを愛していたが、ふたりと一緒にインマの面倒を見るのが何より好きで、それは四人が四人とも楽しく過ごせる遊びとなっていた。すぐに出るわ、彼女はそう言ってくれた。きっと一時間もせぬうちに着くだろうとわたしは見込んだが、一時間たってもまだ来なかった。さらに少しだけ待ったが、彼女が約束は必ず守る人間なのは知っていたから、わたしは隣人にもうすぐ来るはずだからと言い置いて、娘たちを預け、母さんの元に急いだ。

ところがリラが遅れていたのは、肉体的な予兆めいたものがあったためだった。陣痛こそなかったが、なんとなく体調がおかしかったので、彼女は念のため、タッソ通りまでエンツォにつきあってもらうことにした。そしてわたしの家に入るまでもなく、最初の陣痛があった。彼女はすぐにカルメンに電話をかけ、うちの隣人に手を貸すよう頼んでから、エンツォにわたしたちの産婦人科医がいるクリニックに連れていってもらったのだった。陣痛はまもなく猛烈に激しくなったが、分娩はなかなか始まらず、苦しみは十六時間も続いた。

リラの聞かせてくれた出産の顚末はほとんど楽しげでさえあった。彼女は言った。ひとり目を産むのは苦しいけれど、ふたり目からは楽々だなんて、嘘だよ。ずっと苦しいに決まってるんだから……。そして、ひどく生々しい上に皮肉っぽい理屈をこねだした。子どもをお腹に宿しながら同時にそれを排出したがるという行為がナンセンスに思えるというのだった。だって馬鹿馬鹿しいじゃないか、九カ月もこの上なく丁重にお客さん扱いしておいて、今度は最高に乱暴なやり方でなんとしてでも放り出そうとするんだよ？　矛盾した仕掛けが納得いかないという風に彼女は首を振った。狂った話だよ──彼女は標準語に切り替え、声を上げた──体の一部が自分に腹を立てて、それどころか自分に牙を剝いて、最悪な敵になって、これ以上はないだろうってくらい強烈な痛みをもたらすんだからさ……

……。彼女は何時間も何時間も、冷たく鋭い炎を下腹部に感じて過ごす羽目となった。耐えがたい激痛の流れが容赦なく腹の底にぶつかり、返す刃で今度は腎臓を刺す、その繰り返しだったという。レヌーは嘘つきだね、ぜんぜん幸せな体験なんかじゃないし……。そんな皮肉まで言われてしまった。そして真面目な声に戻って彼女は誓った。もう二度と妊娠などしない、と。

しかし、ニーノがある晩、我が家にご主人と一緒に夕食に招いた産婦人科医に言わせれば、リラの出産はいたって正常で、他の女性であれば慌てず騒がず産んだはずだったとのことだった。ことをややこしくしたのはひとえにリラのややこしい頭だという。女医は非常に腹立たしい思いをし、こんな風に妊婦を叱ったそうだ。あなたはこうやれと言われれば反対のことをするのね、いきめと言えば、こらえちゃうもの。ほら、しっかり、いきんで……。女医の見立てでは――彼女はリラに対してもはや明らかな敵意を抱いており、夕食の席でそのことを隠そうともしなかった。特にニーノに対しては、あなたならわかるでしょ？　とでも言いたげだった――リラは子どもを産むまいとして必死だった。胎児を外に出すまいと全力で頑張りながら、そのくせ口では、お腹を切ってよ、あなたが外に出して、わたしには無理、と悲鳴を上げたという。それでも頑張れと応援を続ける女医に向かってリラはひどく下品な文句を浴びせた。汗まみれで、広い額の下の両目を血走らせながら、こう怒鳴ったそうだ。そっちは勝手なことばかり命令していい気なもんだけどさ、わたしと代わってみなよ、この馬鹿女、あんたが出してよ、できないの？　この子、わたしを殺す気よ。

わたしはむかっとして、女医に告げた。そういう話は他人にしちゃいけないわ。すると彼女は余計に腹を立て、大声を出した。友だちだと思って話してるんじゃない？　それでも痛いところを突かれたと思ったか、医者らしい冷静な口調になって、わざと重々しくこんなことを言った。あなたたち（当然、ニーノとわたしのことだ）がリナを大切に思うのなら、彼女を何か、本人が満足できることに集中させてやらないといけない。さもないと、あのぐらぐらした頭では（女医は本当にそんな表現を用いた）リナ本人はもちろん、周りの人間まできっと面倒をこうむることになるだろう……。そして最後に女医は改めて強調した。本当に分娩室で自分は自然を敵に回した格闘を目撃した。あれは母親対赤ん坊の恐ろしい闘いだった。本当に不愉快な体験だった、と。

　赤ん坊は女の子で、誰もが予測したような男の子ではなかった。クリニックに見舞いに行くと、リラは消耗しきっていたが、娘を誇らしげに見せてくれた。そしてこんな質問をしてきた。

「インマは体重いくつだった？」

「三千二百グラム」

「ヌンツィアは四キロ近いの。お腹は小さかったけど、大きかったんだよ」

　彼女は約束どおり娘に自分の母親の名前をつけたのだった。さらに、年を取って余計短気になった父親とエンツォの親族の気を損ねぬよう、地区の教会で洗礼も受けさせ、ベーシック・サイトの事務所で盛大なパーティーを開いた。

68

　娘たちのおかげでわたしとリラはほどなく、もっと一緒に過ごすようになった。わたしたちは電話で約束をし、赤ん坊ふたりを散歩に連れていくために落ちあって、あれこれおしゃべりを楽しんだ。ただし話題となるのはもう自分たちのことではなく、娘たちだった。少なくともわたしたちはそう思っていた。わたしと彼女の関係が獲得した新たな豊かさと複雑さは、娘たちふたりに対する互いの関心という形で現れた。わたしたちはふたりを事細かに比較した。あたかも片方の赤ん坊の健康状態がもうひとりの健康状態をそっくりそのまま反映しているため、自分たちは比較を通じてふたりの健康を強化し、不健康を断つべく即座に対応することができるとでも言いたげだった。健康な成長のために役立ちそうなものがあれば、わたしたちはなんでも情報を分かちあい、もっとも優れた栄養摂取の方法、最高に快適なおむつ、肌の炎症に一番効果的なクリームをどちらが見つけられるかという競争に励んだ。リラはヌンツィア――ただし彼女はそのころには自分の娘をしばしばティーナと呼ぶようになっていた。ヌンツィアの愛称、ヌンツァティーナを短縮した呼び名だ――のために素敵な服を買うと、必ずインマにも同じ服を買ってくれた。わたしも懐具合の許す限り、同じようにした。このロンパース、ティーナによく似合ったから、インマにも買っておいたわ、とか、この靴、ティーナにぴったりだったから、インマにもはいどうぞ、という具合だった。

「ねえリラ」わたしはある日、いたずらっぽく彼女に尋ねた。「わたしの人形の名前を娘につけたって気づいてる?」

「レヌーの人形って?」

「ティーナよ、忘れちゃったの?」

彼女は頭痛でもするみたいに額を押さえた。

「そう言えばそうだね、でもそんなつもりじゃなかったんだけど」

「素敵な人形だった。わたし、大切にしてたんだよ」

「でもうちの子のほうが美人さんだね」

そうこうするうちに数週間があっという間に過ぎ、春の気配が漂う季節になった。ある朝、母さんの容体が悪化し、ちょっとした騒ぎになった。弟たちと妹の目にもクリニックの医師たちではもはや手に負えないと映ったらしく、母さんをもう一度病院に戻す案が検討された。わたしはニーノと話し、彼の義理の両親の知りあいで、以前に母さんの治療を担当していた教授たちに相談して、大部屋を避けて個室に入院できないかと尋ねてみた。しかしニーノはコネも嘆願も反対だと答え、公的医療機関の対応は誰に対しても平等であるべきだと言って、不機嫌な声でこう結論した。病院のベッドひとつ確保するにもフリーメーソンのメンバーになるか、カモッラに頼らなければならないなんて、この国の人間はもうそういう考え方をやめないといけないんだよ……。彼が腹を立てている相手がマルチェッロであって、わたしでないことくらいは当然わかっていたが、やはり屈辱的な気分だった。それでも頼めば、ニーノは結局わたしを助けてくれただろう。ただ母さんが、猛烈な苦しみにもかかわらず、ほんの数時間でも病院の大部屋に戻るくらいなら、快適な今の病室で死んだほうがましだと言い張って聞かなかった。その結果、マルチェッロがある朝、またわたしたちを驚かせる行動に出た。病院で母さんを担当していた専門医のひとりをクリニックまで連れてきたのだ。病院ではずいぶんとぶっきらぼうだった大先生が極端なまでに愛想がよくなり、よくやってくるようになって、そのたびクリニックの医師たちに敬意をもって迎えられた。母さんも持ち直した。

しかし病状はほどなく、再度の悪化を見せた。すると母さんは持てる力を振り絞り、ふたつのことをした。それは互いに相容れない行為だったが、彼女の目から見ればどちらも同じく重要な行為だった。ちょうどそのころ、リラが自分の顧客の会社にペッペとジャンニの働き口を見つけてくれたのに、本人たちが気にもかけないという事件があった。そこで母さんは——わたしの親友の寛大さを延々と讃えつつ——息子たちふたりを呼び出し、長い面会のあいだ、少なくとも数分間はかつての彼女に戻った。目を怒らせ、せっかくの仕事を断ったりしたら、お前たちを死者の国から祟ってやると脅したのだ。つまり母さんはふたりを泣かせ、すっかり縮こまらせて、説得に成功したと確信できるまで放さなかった。次に彼女は逆方向の行動に出た。マルチェッロを呼び出し、自分が相手から手下をふたり取り上げたばかりだというのに、わたしが永久に目を閉ざしてしまう前に末の娘と結婚するときちんと誓えと彼に要求したのだ。マルチェッロは母さんを安心させ、自分とエリーザが結婚式を延期したのはお義母さんの回復を待っていたから、それだけの理由であって、回復間近となったからにはすぐに婚姻届を用意しますと告げた。母さんはそれでようやくほっとしたようだった。彼女はリラとマルチェッロのどちらをも権力者とみなしていたが、両者の力をまるで区別していなかった。自分がそのどちらに対しても働きかけ、地区の最重要人物ふたり――すなわち彼女にとっては世界の最重要人物にも等しいふたり――から子どもたちの幸せを勝ち取ったことが嬉しかったようだ。

それから二日ばかり、母さんは穏やかに過ごした。わたしは彼女の大のお気に入りだったデデを連れていき、腕にインマを抱かせてやった。母さんはそれまで一度も好意を持ったことのなかったエルサにさえ優しく接した。改めて眺めれば、母さんは白髪頭で皺だらけの老婆だったが、百歳の老人ではなく、まだ六十歳なのだった。わたしは初めて時間というものの厳しさを実感し、自分を四十代へと近づけつつあるその力を感じ、人生が過ぎゆくその速さを知り、死が遠い幻ではないことを知った。

〝母さんに起きることならば、逃げ道なんてない、わたしにだって起きるのだろう〟そう思った。

ある朝、インマが二カ月と少しのころ、母さんは弱々しい声でわたしに言った。「レヌー、今わたしは本当に幸せだよ。心配なのはもうお前ひとりだが、お前はお前だ、どんな問題だって好きなように解決してきたね。だからきっと大丈夫だろう……」。そして眠りにつくと彼女は昏睡に入った。それから数日は持ちこたえた。死にたくなかったのだろう。よく覚えている。わたしは彼女の病室にインマと一緒にいた。末期の苦しげな呼吸がいつまでもやまず、今やクリニックに響く普段の騒音の一部と化していた。父さんは母さんの呼吸を聞いていられなくなり、その晩は家に残って泣いて過ごした。エリーザは新鮮な空気を求めてシルヴィオと中庭に出ており、弟たちは近くの小部屋で煙草を吸っていた。わたしはシーツの下の頼りない凹凸を長いこと見つめた。母さんは消えてなくなりそうなくらい小さく縮んでしまった。しかしかつては本当に大きくて邪魔っけで、こちらに重くのしかかり、石の下の虫けらのような気分を味わわせた人間だった。わたしは母さんという石に潰され、守られた虫けらだったのだ……。彼女のために祈った。この苦しげな呼吸が終わりますように、それも、今すぐ終わりますように、と。すると驚いたことに、願いがかなった。急に病室が静かになったのだ。わたしは待った。立ち上がって母さんのそばに行くだけの力が湧かなかった。やがてインマの舌がひとつ乾いた音を立て、静寂が破れた。わたしは椅子を離れ、ベッドに近づいた。わたしたちふたりは――わたしと、まだ母親の一部であると感じたいのか眠りの中で貪欲に乳首を探す赤ん坊は――病の支配するその空間になお残された母さんのもののなかでは唯一の、命ある、健やかな存在だった。

その日、わたしはどういう訳か、二十年以上前に彼女に贈られたブレスレットをしていた。久しぶりのことだった。アデーレに影響され、普段はもっと垢抜けたアクセサリーを身につけるようになっていたからだ。以来、わたしはあのブレスレットをよくするようになった。

69

母親の死を受け入れるのにわたしは苦労した。涙はひと粒も流さなかったが、心の痛みは長いこと癒えなかった。あるいは今でも完全には癒えていないのかもしれない。以前のわたしは母さんを冷淡で下品な女とみなし、ずっと恐れ、避けていた。彼女の葬儀が済んだ直後は、急に大雨が降りだしたのに周りを見回しても雨宿りをする場所がない時のような気分だった。それから何週間も、どこであろうと、昼も夜もなく彼女の姿が見え、声が聞こえた。わたしの空想の中で母さんは、灯心もないのに燃え続ける蒸気だった。闘病生活のあいだに彼女と発見した新しい親子のあり方を失ったのが惜しく、わたしがまだ幼く、母さんが若かったころのいい思い出を掘り起こして、その記憶を長引かせようともした。わたしの罪悪感は母さんを無理にでも長続きさせたがった。わたしは彼女のヘアピンにスカーフ、はさみを自分の引き出しにしまったが、どの品も物足りなく、あのブレスレットすら不十分だった。そのためだろう、妊娠とともに甦った臀部の痛みが産後も消えなかった時、わたしは医者に相談しなかった。そして、その痛みを体の中に保管された形見のように大切にした。

いまわの際に彼女にかけられた言葉(〝お前はお前だ、きっと大丈夫〟)も、ずいぶん長いこと頭を離れなかった。母さんは、こんなわたしならば、これだけ多くの知識を身につけてきた才覚ある娘ならば、この先も何ごとにも負けずにやっていけるだろうと信じて死んでいったのだ……。この思いは心に作用し、結果的に助けとなった。母さんの見立てが正しかったことを証明してみせよう、わたしはそう決めたのだ。そして元どおり、真面目に仕事に取り組むようになった。少しでも暇ができれば本を読むか、文章を書いた。政界のありふれた動向には以前に輪をかけて無関心になったが――五党連合政権と彼らの共産党を相手にした喧嘩にわたしはまるで夢中になれなかったが、ニーノは積極的に関わっていた――汚職まみれで暴力に満ちた国家の漂流に対しては注視を続けた。フェミニズム関連の読書を重ね、最後に出した本の小さな成功の追い風がまだ吹いていたので、その勢いで、女性に向けて刊行された新しい複数の雑誌に記事の寄稿を申し出た。だが、白状しておかねばなるまい。わたしのエネルギーの大半は、ミラノの出版社を説得し、次作の執筆がいいところまで来ていると信じてもらうことに費やされていた。

二年ほど前に相当な額の前金の半分を受け取ったわたしだったが、ほとんど何も書けぬままで、悪戦苦闘し、まだ物語を探しているところだった。その寛大な支払いの責任者である出版部長はそれまでわたしを一度も急かすことなく、それとなく進行状況を尋ねるに留めていた。こちらが話をそらしても——実情を告白して信用を失うのが恐かったのだ——決して咎めはしなかった。ところが、ちょっとした不快な事件が起きた。『コリエレ・デッラ・セーラ』にやや皮肉な調子の記事が掲載されたのだが、その内容が、それなりの成功を収めたある作家の処女作を少し讃えたのち、期待外れに終わったイタリアの若手作家たちに触れたもので、そのひとりとしてわたしの名前が挙がっていたのだ。数日後、出版部長はナポリにやってきて——何か華やかな会議に参加することになっていたようだ——わたしに面会を求めた。

彼のやけに真剣な口調は即座にわたしを不安にした。ほぼ十五年にわたるつきあいを通じて、彼が出版部長の立場からこちらに圧力をかけてきたことはなかった。それどころかアデーレに対抗してわたしを守り、いつだって親切にしてくれた。わたしは陽気な声を作り、タッソ通りの家に夕食に招いた。おかげで余計な気苦労をする羽目になったが、わざわざ家に呼んだのは、ニーノが新しい評論集の刊行を部長に提案したがっていたためもあった。

部長の態度は丁重だったが、温かくはなかった。彼は母さんのお悔やみを言い、インマを可愛いと褒め、デデとエルサにカラフルな児童書を二冊贈り、ニーノの新しい本の提案を聞きながら、夕食の支度と子どもの世話を切り盛りするわたしを辛抱強く待った。そしてデザートの時間になると本題を切り出し、新しい小説の刊行を次の秋に予定してもよいかと尋ねてきた。わたしは赤面した。

「一九八二年の秋ですか」

「そう、一九八二年の秋です」

「大丈夫かもしれません。でももっと先になってみないとわからないわ」

「今すぐ答えがほしいんだ」

「完成にはほど遠くて」

「少しでもいいから読ませてほしいんだけどね」

「まだお見せする気にはなれません」

沈黙が下りた。部長はワインをひと口飲むと、深刻な声を出した。

「エレナ、今まで君は運に恵まれていた。最新作は特に人気だ。君は尊敬を集め、かなり多くの読者を獲得した。だがね、読者というものは大切に育ててゆかなくてはいけない。読者を失えば、この先また新しい本を出せる可能性だって失うんだよ」

残念だった。アデーレの執拗な説得が効を奏し、この教養豊かで親切な男性の心にまでひびを入れたのだとわかった。ピエトロの母親の言葉が聞こえるようだった。彼女がどんな言葉を選ぶかも見当がついた。〝あれは信用ならない南部の女です。ひとのよさそうな顔をして、その裏じゃ恥知らずな悪だくみばかりしているんです〟そんなところだろう。自分が嫌になった。彼女の言うとおりだとわたしは目の前の男性に証明しつつあったからだ。部長はデザートには手をつけず、短く乱暴な言葉でニーノの提案を一蹴し、今は評論には厳しい時期なんですよと告げた。空気は重くなる一方で、誰もが言葉に迷った。わたしはずっとインマの話をしていたが、やがて客人が時計を眺め、そろそろ行かないと、とつぶやくと、こらえきれなくなって、こう言った。

「わかりました。秋に出せるように原稿をお渡しします」

70

わたしの約束に部長はほっとした様子だった。彼はさらに一時間、我が家に滞在し、あれこれ雑談をして、ニーノの提案に対しても努めて前向きな姿勢を見せようとした。そして最後にはわたしを抱擁し、凄く素敵な作品を書いているんだろうね、期待しているよ、と耳元で告げ、去っていった。

彼を送り出して玄関のドアを閉めるや否や、わたしは金切り声を上げた。アデーレのやつ、まだわたしを潰す気よ、どうしよう……。しかしニーノは同意してくれなかった。自分の本が出版される可能性がわずかながらも出てきたので、ひとり晴れ晴れとした気分になっていたのだ。しかも先日、パレルモで開かれた社会党大会に参加した際、彼はグイドともアデーレとも会っており、最近書いた評論のいくつかをグイドに褒められるという体験をしていた。だから、やけに物分かりのいいことを言いだした。

「アイロータ教授夫妻のことをそう悪く言うなよ。原稿を書くって約束するだけでよかったんだし。がらりと状況が好転したじゃないか」

わたしたちは喧嘩になった。わたしは確かに本を書くと約束した。だがどうしろというのか。きちんと集中して、ペースを保って書けるような時間がどこにあるというのか。わたしの人生がどれだけ混乱し、今だってどんなに大変か、あなたはわかっているのか……。わたしは思いつくままに問題を並べ立てた。母さんの病気と死、デデとエルサの世話、家事の数々、妊娠、インマの誕生、娘に無関心なニーノ、会議から集会へとひとりで飛び回り、わたしを連れていくことも滅多になくなった彼……。それに、このおぞましさ。そう、彼をエレオノーラと分かちあわなきゃならない、このおぞましさときたらどうだろう。わたしは怒鳴った。いいこと？ わたしはもうピエトロとの離婚成立も間近なのよ？ それがあなたは何？ 別居すらしていないじゃない？ ただでさえこんなに大変なのに、ひとりぼっちで、あなたの助けもないのに、小説なんて書けると思う？

しかし騒ぐだけ無駄で、ニーノはお決まりの反応を見せた。しょぼんとした顔をして、こうつぶやいたのだ。君にはわからないさ。わかるはずがない。君は卑怯だよ……。そして彼は暗い声で誓うのだった。僕は君を愛している。インマにデデにエルサ、そして君のいない人生なんて考えられないよ……。最後に彼は、費用は自分が負担するからお手伝いさんを雇おうと言いだした。

彼には前から、買い物に料理、娘たちの世話といった家事を担当する人間を見つけろと何度か勧められていたが、欲張りな女だと思われたくなくて、そのたび、必要以上の経済的負担をあなたにかけたくないと答えてきた。たいていの場合、わたしは自分に都合がいいことよりも、彼の好感を呼べそうなことを重視した。それに、すでにピエトロで経験済みの問題がニーノとのあいだにまで生じるのは耐えがたかった。ところがこの時は、わたしはすぐさま提案を受け入れ、彼を驚かせた。そうね、それがいいわ、お手伝いさんをできるだけ早く見つけてもらえる？ しかもわたしには自分の声が母さんの声に聞こえた。最後の日々の弱々しい声ではなく、喧嘩腰な声のほうだ。お金なんていくらかかろうが知ったこっちゃない。わたしは自分の将来だけを考えないといけない。そう思った。わたしの将来とは、ほんの数カ月で小説をひとつ書き上げることだった。それも傑作でなくてはならなかった。誰にも——ニーノにも——仕事を邪魔させる訳にはいかなかった。

71

状況を整理してみた。過去に出した二冊の本は、外国語版のおかげもあって、何年もいくばくかの収入をもたらしてくれたが、しばらく前から動きがなくなっていた。新しい原稿の前金として受け取りながら、約束を果たせぬまま来てしまったお金は底をつきかけていた。夜遅くまでわたしが書いていた記事はどれもはした金にしかならぬか、報酬をまったく払ってもらえずにいた。つまりわたしはピエトロが毎月きちんと納めてくれる養育費と、ニーノが家賃と光熱費にくれるお金で生きていた。ニーノはしばしばわたしと娘たちに服も買ってくれた。それは認めねばなるまい。しかし、ナポリに戻ってきてから自分が直面することになった変化に困難、苦しみの数々を思えば、それくらいはしてもらってもいい気がしていた。ところが今は――その晩以降は――一刻も早く自立しようと思うようになった。定期的に作品を書いて発表し、作家としての個性を確立し、お金を稼がねばならなかった。理由は何も文学者としての使命に目覚めたからなどではなく、自分の将来に疑問を抱いたからだ。お前は本当にニーノが一生、自分と娘たちの面倒を見てくれると思っているのか。

以来、わたしの一部は――一部だけだが――彼はほとんど当てにならないと、それほど苦しむことなく、意識的に認めるようになった。彼に捨てられるかもしれないという以前からの恐れのせいばかりではなく、急に視界が狭《せば》まるような感覚があったのだ。わたしは遠くを眺めることをやめ、こう考えるようになった。とりあえずニーノには、今彼から受け取っている以上のものは期待できない。だから、それで自分が満足できるのかどうかを決めないといけない。

当然、彼のことはまだ愛していた。ひょろりと長く痩せた体も好きなら、理路整然とした知性も好きだった。それに彼の仕事もおおいに尊敬していた。彼は昔からデータを収集して解釈するのが得意だったが、今やそれがひとつの武器となり、高い人気を集めるまでになっていたのだ。最近発表したある仕事も高い評価を得ていた。グイドがとても気に入ってくれたというのも同じ評論だったのかもしれないが、テーマは経済危機と資本の潜伏的移動についてで、資本が未知の源から、建設、金融、民営テレビの各業界へと流れていく動きを論じていた。だが、ニーノの中の何かにわたしは違和感を覚えるようになっていた。たとえば、わたしの元義父にふたたび目をかけてもらえるようになったと言って喜ぶ彼の姿だ。それに彼がピエトロのことを〝アイロータという名字と共産党での愚鈍な活動だけが理由でやたらと評価されている、想像力に欠けた似非《えせ》教授〟呼ばわりして、その父親――〝本物のアイロータ教授〟――とふたたび区別するようになったのも気に入らなかった。ニーノはグイドのことをヘレニズム研究者の必読書の著者としても、左翼社会主義運動の戦闘的な代表者としても手放しで賞賛していた。アデーレは立派な貴婦人で、見事な人脈を持っていると彼が何度も褒めて、ふたたび彼女に好意を示すようになったことにもわたしは傷ついた。つまりわたしにはニーノが権威者たちの支持を気にしすぎであるように思え、まだ十分な権威を確立していない者と、今は権威などまったく確立していないが、いつかはそうなる可能性のある者のことは遠慮なく叩きのめし、嫉妬ゆえに侮辱することも厭わぬ人間に思えたのだった。この印象はわたしがそれまでずっと持っていたニーノのイメージ――それは彼自身が普段から好んでまとっていたイメージでもあった――を損なうものだった。

それだけではなかった。政治的にも文化的にも時代の雰囲気が変化しつつあり、なんにつけ従来とは異なる解釈が主流を占めるようになってきていた。誰もが極端な主張をするのをやめ、わたし自身、何年も前にピエトロに逆らい、喧嘩がしたくて反対したはずの彼の一連の主張に今は賛成している自分に気づいてよく驚かされるようになっていた。でもニーノはやりすぎだった。彼はあらゆる過激な発言を軽視するようになったのみならず、倫理的な発言と純粋な感情の表明まですべて小馬鹿にするようになっていた。たとえば彼はよくこんな風にわたしをからかった。

「今は猫かぶりな人間があんまり多いね」

「なんのこと?」

「やたらと大騒ぎする連中ばかりだってことさ。各政党がまともに仕事をしなければ、武装集団やフリーメーソンのロッジが生まれるなんてこと、僕たちは知りません、とでも言いたげにさ」

「どういう意味?」

「政党ってものは、支持と引き換えに恩恵を配分する以外のありようはないってことさ。党の理想なんて飾りに過ぎないよ」

「そういうことなら、わたしも猫かぶりのひとりね」

「そうだね」

ひとを驚かせる政治的主張にこだわるニーノをわたしは不快に思うようになった。たとえば彼は我が家で夕食会を開いても、左翼の人間のくせに右翼の立場をかばったりして、自分で招いた客たちを戸惑わせた。ニーノは言うのだった。ファシストの連中だってたまにはいいことを言うよ、僕らは彼らとも話しあうべきだな……。こんなことも言った。単純な告発はもうやめるべきだな、変革を求めるならば手を汚さないといけない……。こうも言った。司法は一刻も早く為政者側の事情に沿うようにしないといけない。さもないと裁判官たちは民主主義制度の維持を妨げる危険な浮遊機雷となるだろう……。果てにはこんな主張までした。給与は固定すべきだ。賃金の物価スライド方式はイタリアを破滅に導くよ……。そして誰かが彼の意見に反対すれば、ニーノは見下した態度を取り、相手をあざ笑って、古いスローガンしか頭にない偏屈な人間とは議論する価値もないと暗に伝えるのだった。

　彼と対立したくなくて、わたしは気まずい思いで黙りこむしかなかった。ニーノは当時の泥沼的な状況を愛し、自分の将来はそこにかかっていると考えていた。彼は各党の内情に国会での出来事はもちろん、資本家階級の内情から労働組合の内情までなんでもよく知っていた。一方わたしは、右翼過激派の陰謀、赤色テロ集団の誘拐事件と最後期の流血事件、主役としての労働者階級の終焉に関する議論、新たなる敵対勢力の策定といった話題に関する文章ばかり熱心に読んでいたので、ニーノの話よりも、客人たちの話のほうがなじみがあった。ある晩、彼は、建築学部で教える友人と口論になった。すっかり頭に血が上り、髪の毛なんてぐちゃぐちゃになったニーノは、凄くかっこよかった。

「君たちは一歩前進と、一歩後退と、停止の区別もつかないんだな」

「一歩前進ってなんだい？」友人は尋ねた。

「お決まりのキリスト教民主党とは別の政党の首相さ」

「じゃあ停止は？」

「重工業労組のデモだ」

「一歩後退は？」

「社会主義者と共産主義者、どっちが清廉潔白かと自問することだ」

「君はシニカルになってきたな」

「そういう君は昔から最低野郎だったな」

　ニーノの言葉はもはやわたしに対して以前の説得力を持たなかった。なんと言ったものかわからないのだが、彼は挑発的かつあいまいな主張をするようになっていた。かつてはその先見性で有名だった彼が、今では体制の日々の動静くらいしか観察できなくなってしまったかのようだった。ちなみにわたしの目にも、彼の友人たちの目にも、体制は土台が腐っているように見えていた。しかし彼は断固としてこんな主張をした。権力を子どもっぽく毛嫌いするのはもうやめようじゃないか。物事が生まれ、死ぬ場所の内側に僕らはいるべきなんだ。具体的には政党に銀行、テレビのことだよ……。わたしは彼の話を聞いていたが、こちらに矛先が向けば、いつもうつむいた。わたしはもう、自分が彼の話を少し退屈に思っていることも、彼を凋落させつつある一種のもろさの証のように見えることも隠そうとしなくなっていた。

ある時、ニーノがデデに向かってその手の話をしていた。デデは学校の先生に言われて何か風変わりな研究をしているところだった。わたしは彼の実用主義的な論旨を和らげようとして言った。

「デデ、民衆にはね、いつだって何もかもをひっくり返す力があるのよ」

「ママはね」ニーノは優しく反論した。「物語を作るのが好きなんだ。それはとても素敵な仕事だよ。でも、僕らが生きているこの世界の仕組みはあまり知らないものだから、何か気に入らないことがあるたびに魔法の言葉に頼るんだ。何もかもひっくり返しちゃおう、ってね。だけどデデは、先生にこう言うといい。今ある世界をうまく機能させることが大切だ、って」

「どうやって機能させるの？」わたしは尋ねた。

「法律に頼るのさ」

「でも、裁判官に対してもっと目を光らせるべきだって、あなた、このあいだ言っていたじゃない？」

すると彼は忌ま忌ましげに頭を振った。かつてのピエトロの仕草にそっくりだった。

「もういいから本を書きに戻れよ。あとから、僕たちのせいで仕事ができないって愚痴を言われるのはたまらないからね」

彼はデデに対し国家権力の分立について簡単な講義を始めた。わたしは黙って聞いていたが、その内容には一から十まで賛成できた。

72

我が家にいる時、ニーノはよくデデとエルサと一緒になって、ある冗談めかした儀式を行った。三人で机のある小部屋までわたしを引っ張っていくと、しっかり仕事をしろと厳命してから自分たちは出ていき、ドアを閉じて、もしもこのドアを開けたら恐いからね、と声を揃えて怒鳴るのだ。

時間さえあれば、彼は進んで娘たちの相手をしてくれた。そしてデデはとても賢いが頑固すぎると評し、エルサはおとなしい顔の裏に意地の悪さとずる賢さを隠していると言って面白がった。しかし、わたしがそれだけは起きないでほしいと願っていたことが現実になってしまった。彼は小さなインマに愛着を持たなかったのだ。もちろん遊んでくれはしたし、時には心から楽しんでいるようにも見えた。たとえばデデとエルサと一緒にインマの周りで吠えたてて、犬《カーネ》という言葉を発音させようとしたことがあった。三人がわんわん言いながら家中を駆け回る声が、草稿でも書こうと無駄なあがきを続けるわたしにも聞こえた。インマがたまたま喉の奥から〝カー〟とも聞こえるあいまいな音でも発しようものなら、ニーノは娘たちと声を合わせて、偉い、偉い、カーって言った、とはしゃいだ。だがそこまでの話で、実のところインマは彼にとって、デデとエルサの相手をするのに便利な人形程度の存在に過ぎなかった。時につれて珍しいこととなったが、彼がわたしたちと日曜を過ごし、しかも天気がよいとなれば、彼は決まって三人娘とフロリディアーナ荘公園に行って、デデとエルサにインマの乗った乳母車を押して公園の並木道を歩くよう勧めた。いつだって四人とも散歩に満足して帰ってきた。しかしちょっと話を聞くだけで、実はニーノが、インマのお母さんごっこをさせたままデデとエルサを放り出して、自分は、公園に子どもたちを連れて外の空気を吸わせ、日光浴をさせにくるヴォメロ地区の本物のお母さんたちとおしゃべりをしていたことは簡単に察しがついた。

　無意識のうちに女性を誘惑する彼の性癖には次第にわたしも慣れ、一種のチックとみなすようになっていた。特に、彼があっという間に女性を虜にしてしまうことにはもう慣れっこだった。しかしやがて、そうした面でもどこか違和感を覚えるようになった。ニーノに驚異的な数の女友だちがいて、その誰もが、彼が近づいた途端に晴れやかな顔になるという事実が気になりだしたのだ。ニーノの放つ光ならばわたしもよく知っていたので、その現象自体は驚くべきことではなかった。彼のそばにいると、女性は自分が目に見える存在になった気がして——誰よりも自分自身にとって、だ——嬉しくなるのだ。つまり、老いも若きも女性がみな彼に好意を抱くのは自然なことだった。性的願望が動機のケースもあったろうが、それは彼に惹かれるための必要条件ではないとわたしは考えていた。むしろひっかかっていたのは、かなり前にリラに言われた、ニーノが〃レヌーのお友だちってこともないね〃という言葉だった。わたしは常々、その言葉を〃この女性《ひと》たちは彼の愛人なのだろうか〃という疑問には極力展開させせまいとしてきた。だから、わたしの心を騒がせていたのは彼の浮気疑惑などではなく、もっと別の何かだった。ニーノはそうした女性たちの母性本能のようなものを刺激し、それぞれにできる範囲内で、彼の益となる行動を取らせている。そんな確信だった。

　インマが生まれてほどなく、ニーノを巡る状況はどんどん好転していった。わたしの前に顔を出すたび、彼は自分の成功ぶりを誇らしげに語ったものだ。そしてわたしはすぐにあることに気づいた。過去にもニーノは妻の一族のおかげで大きな出世を果たしたが、今回も同様に、彼に与えられる新しい仕事はどれもその影に必ず誰か女性の口利きがあったという事実だ。ある女性は『イル・マッティーノ』紙の隔週コラムを彼のために用意した。別の女性はフェラーラで開催された重要な会議の最初の登壇者に彼を推した。また別の女性はトリノを本拠とする雑誌の幹部会の席を彼に与えた。さらに別の女性――フィラデルフィア出身で、ナポリに駐屯するNATO軍将校の妻――は、とある米国財団のコンサルタントのひとりに最近彼を推薦したばかりだった。彼が受けたその手のひいきのリストは長くなる一方だった。かくいうわたしにしても、有名な出版社から彼の本を一冊出す手伝いをしたことがなかったか。今だって別の一冊の出版を実現させようと力を尽くしているところではないか。考えてみれば、彼が優秀な高校生として名を上げたのだって、ガリアーニ先生のおかげではなかったか。

わたしはニーノがそうした誘惑の作業に取り組む様子をじっくりと観察するようになった。彼は年もさまざまな女性たちをよく我が家へ夕食に誘った。女性たちはひとりで来ることもあれば、夫かパートナーを連れてくることもあった。そんな時、わたしはいくらか懸念を覚えつつも、彼がどんなに上手に女性たちに活躍の場を与えるかに注目した。彼は男性の客人はほぼ完全に無視し、彼女たちにだけ意識を集中させた。そのなかのひとりに特に集中する時もあった。幾晩にもわたり、わたしはニーノと彼女らのそんな会話に耳をそばだてた。彼には、ほかにどれだけ多くの人間がいようとも、その時に興味を持った女性とまるでふたりきりでいるみたいに会話を進める才能があった。ただし、思わせぶりな言葉も危うい言葉も一切口にせず、ひたすらに質問を重ねるのだった。

「それから君、どうしたの?」

「家を出たわ。故郷のレッチェを離れた時、わたし十八だったけど、ナポリで暮らすのはなかなか大変だったな」

「最初はどこに住んでたの？」

「トリブナーリ通りの近くのぼろい部屋。ふたりの女の子とシェアしてね。あの家は、静かに勉強できる場所もなかったわ」

「ずいぶんともてたろうね？」

「そんな訳ないじゃない」

「でも、ひとりくらいはいただろう？」

「ひとりはいたわ。残念ながらこのひとよ。それで結婚したの」

女性は夫を会話に混ぜようとしてかそんなことを言ったが、ニーノは男性を無視し、例の優しい声で彼女とだけ話を続けた。彼は女性の世界に強い好奇心を抱いており、その気持ちはあくまで純粋なものだった。しかし彼は――この点はすでにわたしもよくわかっていた――当時よくいた、自分は男性の特権をたとえわずかにせよ女性に譲ったと言って得意がる男たちとはまるで違っていた。わたしの頭にあったのは、我が家のなじみ客で、自らの行動や感情や意見の〝女性化〟を自慢していた教授やら建築家やら芸術家だけではなかった。カルメンの夫でとても気の利くロベルト、リラのためならば自らの時間のすべてを躊躇なく捧げるであろうエンツォにもそうしたところはあった。一方、ニーノは彼らとは異なり、女性たちが自分探しをする姿に心から感動していた。彼女たちと〝一緒に〟考えること、それ以外にもはや真の意味で考えるための道はない。友人たちとの夕食のたびに彼は必ずそう主張した。そのくせ自分のための空間と数多くの活動は固持し、いつだって自分を最優先し、自分の時間は一瞬だって譲ろうとしないのだった。

一度、わたしは愛情のこもった皮肉を言って、みんなの前で彼の嘘を暴こうとした。

「このひとの言うことなんて信じちゃ駄目ですよ。最初はお皿を片付けるのも、洗うのも手伝ってくれたんですけど、今じゃ床に脱ぎっぱなしの靴下も拾ってくれないんですから」

「そんなの嘘だ」彼は反論した。

「本当も本当よ。他人の女性はやたら解放したがるくせに、自分の女となると別なんだから」

「まあ、君を解放するために僕の自由を犠牲にしなきゃいけないって法はないからね」

この手の軽い気持ちで発せられた言葉にも、わたしはただちにピエトロとの衝突の残響を聞き、嫌な気持ちになった。どうして自分は元夫にはあんなに腹を立てておいて、ニーノには好きにさせておくのだろう。もしかすると男性との関係はどれも結局、同じ矛盾を再現することになり、場合によってはこの手のご満悦な回答まで共通するものなのだろうか。そんなことを思った。でもやがて考え直した。あんまり大げさだ。なんにしてもふたりには違いがあるし、ニーノとはずっとうまくいっている……。

でも本当にそうだろうか。自信は揺らぐ一方だった。わたしは過去を振り返った。フィレンツェの我が家に客として滞在した時、ニーノはピエトロに対抗してどんなにわたしを支えてくれたことか。彼に作品を書けと励まされた時、どんなに嬉しかったことか。それが今はどうだ？　一刻も早く真剣に仕事に取りかからなければならないのに、かつてのような自信を彼にもらえる気がしなかった。長年のあいだに状況は変わってしまった。ニーノは常に何かと忙しく、そうしたくてもわたしのために時間を割けぬ身となっていた。彼はわたしの機嫌を取るべく、母親の伝手で大急ぎでシルヴァーナというお手伝いさんを見つけてくれた。五十代の大柄な女性で、子どもが三人おり、いつも陽気でよく働き、うちの三人娘の扱いもうまかった。彼は寛大にも賃金をいくら払うことになっているかはぼやかし、一週間後、わたしにこう尋ねてきた。すべて順調かい？　しかし、彼がお手伝いさんの費用を負担することで、こちらのことは気にかけないでもいいという許可を得たものと独り合点しているのは明らかだった。もちろん彼はそれからも気配りは絶やさず、書いているかい？　と定期的に尋ねてきた。でも、それでおしまいだった。ふたりの関係が始まった当初、わたしの執筆への努力は彼の中で大きな位置を占めていたが、今はその面影もなかった。しかも問題はほかにもあった。わたしのほうも困ったことに、彼にかつての権威を見出すことができなくなっていたのだ。つまり、ニーノなどもうほとんど当てにできないと自白するわたしの一部は、少女のころから彼のひと言ひと言の周りにずっと見えていた——少なくともそう思っていた——あの燃えるような輝きまで見失ってしまっていた。まだ形になっていない草稿を読ませても、彼は、完璧だよ、と歓声を上げた。試行錯誤中の物語の筋と登場人物をざっと説明すれば、素敵だね、とても知的な作品だ、と言った。でもわたしは納得できず、彼の言葉が信じられなかった。ニーノがあまりに多くの女性の仕事に感銘の声を上げるからだ。他のカップルと夕べをともに過ごせば、そのあとで彼はほぼ必ず、こんな台詞を発した。なんて退屈な男だろう、彼女のほうが間違いなくずっと優秀だね……。彼の女友だちは軒並み、まさに彼の友人であればこそ、例外なく素晴らしい女性であるという評価を受けた。そもそも女性一般に対する彼の評価は基本的に甘かった。郵便局の残酷なまでにのろまな女性局員たちも、デデとエルサを担当する教養のない狭量な教師たちもニーノは許してしまうことができた。つまり、もはやわたしは、自分が彼にとってただひとりの特別な存在であると実感できず、あらゆる女性に共通する所定《フォーム》の用紙にでもなった気がしていた。だがわたしが彼にとって特別な女でないとすれば、彼の評価がなんの助けになろう？　いい仕事をするための活力をそこからどう引き出せというのか。

ある晩、わたしのいる前で、彼が自分の女友だちの生物学者を褒めちぎるのを聞いて、いい加減腹が立ち、問い詰めてやった。

「まるで頭の悪い女なんてひとりもいないみたいね」

「そうは言ってないさ。僕が言いたいのは、一般的に君たちのほうが僕らよりも優秀だ、ってことだよ」

「じゃあ、わたしのほうがあなたより優秀なの？」

「もちろんさ。昔から僕はそう思ってたよ」

「いいわ、信じましょう。でもあなただって一度くらいは、ひどい女に会ったこともあるでしょ？」

「うん」

「誰？　名前を聞かせて」

答えは聞く前からわかっていた。それでも、エレオノーラだ、という答えを期待してわたしは粘った。やがて彼は真剣な顔で答えた。

「言えないよ」

「教えて」

「言えば、君は怒るもの」

「怒らないから」

「リナさ」

73

以前であれば、そんな風に彼がよく示すリラへの敵意をわたしもいくらか信じたが、そのころには疑わしいと思うことのほうが多くなっていた。ちょうどその何日か前の晩のように、彼の本音がまるで別であることが明らかになる場合がしばしばあったからだ。その晩、彼は労働とフィアット社のロボット化に関する評論を書き上げようとして、四苦八苦していた（〝つまるところなんなんだろうね、マイクロプロセッサーって？　チップって、要は何をするものなんだ？〟）。だからわたしは、エンツォ・スカンノに聞いてみたら、彼が詳しいわ、と教えてやった。するとニーノのうわの空な声が返ってきた。誰、エンツォ・スカンノって？　リナの彼よ、わたしは答えた。すると彼はにやりとして、なら、リナと話すほうが僕はいいな、彼女のほうが詳しいに決まってるもの、そう言った。そして、記憶が甦ったか、少し辛辣な声で付け加えた。エンツォって、例の八百屋の馬鹿息子だろう？

　彼のその口調は強く印象に残った。エンツォは小さくも革新的な企業の創業者だった。彼らの事務所が旧地区のど真ん中にあることを思えば、奇跡のような話のはずで、ニーノはエンツォに対し――ひとりの研究者であればこそ――関心と賞賛を示してしかるべきところだった。ところが彼は〝例の〟という過去を示す表現により、相手を小学校時代に引き戻した。エンツォが店で母親を手伝うか、父親と一緒に荷馬車で行商をしていたせいで勉強をする間もなく、成績も振るわなかった時代だ。ニーノはエンツォから一切の功績を剥奪し、すべてリラのおかげであるとしたのだ。こうしてわたしは理解したのだった。仮にニーノに自己分析を強いることができたとすれば、きっと彼の考える女性の知性の理想像は――恐らくは女性の知性に対する彼の崇拝も、女性の知性という人的資源の浪費こそあらゆる浪費のなかでもっとも罪深いとするお決まりの主張も――リラと関係があるはずで、わたしたちの愛の季節からすでに光が失われつつあるとしても、イスキアの季節は彼の中で永遠に輝き続けるに違いないと。わたしがピエトロを捨ててまで追いかけたこの男性が今、かくあるのは、リラとの出会いによって生まれ変わった結果なのだった。

74

そんな思いにかられたのは、ある寒い秋の朝、デデとエルサを学校に送る途中のことだった。ぼんやりと車を運転するわたしの中でその思いは根を下ろした。あの地区の少年と高校生に自分が抱いた恋心——それは〝わたしの〟感情であり、〝わたしの〟幻を対象にして、イスキア〝以前〟に生まれたものだった——をわたしは、あのミラノの書店の青年とフィレンツェの我が家に現れた男性によって引き起こされた激しい情熱と区別した。それまでのわたしは、前後するふたつの感情の塊を常につなげて考えてきたが、その朝は、そんなつながりなど存在しない、つながって見えるのは錯覚だと思った。むしろ両者のあいだには、リラへの恋がもたらした断絶があったのだ。その断絶によりニーノは本来であればわたしの人生から完全に抹消されるべきだったのに、わたしは見て見ぬふりをした。となると、わたしが結ばれ、今なお愛している彼は、いったい何者なのだろうか。

普段であれば娘たちを学校に連れていくのはシルヴァーナの役目で、わたしは、まだ寝ているニーノの横で、インマの面倒を見ているはずだった。ところがその日は午前中いっぱい外出したかったので、別の段取りをした。国立図書館でロベルト・ブラッコの『女の世界で』という古い本を探したかったのだ。しかしとりあえずは朝の渋滞の中、のろのろと車を前進させながら、頭の中ではそうしたことを考えていた。運転をし、子どもたちの問いかけに答えながらも、思いは必ず、ふたつの部分から構成されたニーノに戻った。わたしに属する部分とわたしとは無関係な部分からなる彼……。あれこれ言い聞かせながらデデとエルサをそれぞれの学校の前で降ろした時には、その思いはひとつのイメージとなっており、あのころはよくあったことだが、それを核にしてひとつの物語が書けそうな気がした。いけるかもしれない。海岸通りへと坂を下りながらわたしは思った。ひとりの女性が幼いころから恋をしてきた男性と結婚する物語だ。でも、主人公の女性は結婚初夜に気づいてしまう。夫の体の一部は彼女に属しているが、残りの部分は彼女の幼なじみの、別の女性によって物理的に占められていると……。だがその時、家事警報ブザーのようなものが鳴り、一瞬ですべてがかき消されてしまった。インマのおむつを買い忘れたことに気づいたのだ。

そうしたことはしょっちゅうあった。日常生活がびんたのように闖入してきて、その手の複雑な空想をどれも無意味で馬鹿げたものに貶《おとし》めてしまうのだ。わたしは自分に腹が立って、車を路肩に寄せた。あんまり疲れていたので、急ぎの買い物をいくら細かくメモしておいても、そのメモ自体を忘れてきてしまうこともしばしばだった。どうしていつも何ひとつ予定どおりにいかないんだろう……。わたしはため息をついた。ニーノは大事な仕事の約束があったので、もう家を出てしまっているかもしれず、そもそも彼は当てにならなかった。シルヴァーナを薬局まで買い物に行かせる訳にもいかなかった。インマを家にひとり残して出かけることになるからだ。結果、おむつは手に入らず、インマのおむつを替えることもできない。あの子はずいぶん前から肌の炎症に苦しんでいるというのに……。わたしはタッソ通りに戻った。薬局に急ぎ、おむつを買うと、息を切らせて家に帰った。アパートの入口からもうインマの泣き声が聞こえるだろうと覚悟していたが、玄関の鍵を開けて入った我が家は静かだった。

居間を覗くと、ベビーベッドの囲いの中に座っている赤ん坊が見えた。おむつはしておらず、小さな人形で遊んでいた。わたしは姿を見られぬようにそっとそこを離れた。気づかれれば、抱いてやるまで泣きわめかれるからだ。早いところおむつの包みをシルヴァーナに渡し、改めて図書館を目指したかった。大きなバスルーム（普通、小さなほうはニーノが、大きいほうはわたしと娘たちが使っていた）の方向から何やら物音が聞こえたので、シルヴァーナが片付けているのだろうと思った。そこでバスルームに向かうと、ドアが少し開いており、わたしはドアを押した。最初に見えたのは、明るく光を反射する横長の鏡に映った、うつむいたシルヴァーナの頭だった。中央にくっきり入った分け目、白髪のたくさん交じった黒髪にわたしは目を奪われた。それから、ニーノの閉ざされた目、大きく開いた口が見えた。次の瞬間、鏡に映った姿と本物の肉体がひとつになった。ニーノはランニングシャツ一枚を残してあとは裸で、細く長い脚を大きく開き、素足だった。シルヴァーナは前かがみになり、両手を洗面台についた姿勢で、大きなパンツを膝まで下ろし、黒っぽい上っ張りを腰までたくし上げていた。彼は相手の重たげな腹を片腕で抱きかかえて彼女の秘部をまさぐりながら、上っ張りとブラジャーからはみ出した巨大な乳房を逆の手でつかみ、贅肉のない自分の腹を、大きくて、真っ白な女の尻に叩きつけていた。

わたしが力いっぱいドアを引いて閉じるのと、ニーノが目を瞠り、シルヴァーナがぱっと顔を上げてこちらに怯えた視線を向けるのは同時だった。わたしはベビーベッドに駆け寄り、インマを抱き上げた。ニーノの大声——エレナ、待ってくれ——が聞こえた時にはもう家を出ていた。エレベーターも呼ばず、娘を抱いて、わたしは階段を駆け下りた。

75

わたしは車に逃げこむと、エンジンをかけ、インマを膝に乗せたまま出発した。娘は楽しそうで、エルサに教えられたようにクラクションを鳴らしたがったり、いつもの意味不明な言葉らしきものを発したり、母親がそばにいる嬉しさにきゃっきゃ言ったりしていた。わたしは行く当てもなく車を走らせた。とにかく家からできるだけ遠ざかりたかった。気づけばサンテルモ城の下に来ていた。車を道端に寄せ、エンジンを止めた。意外にも涙は流れず、悲しくもなかった。ただおぞましくて身の毛がよだった。

信じられなかった。熟年女性——わたしの家で掃除と買い物と料理を担当し、娘たちの面倒を見ている女性。貧苦の跡も明らかなら、デブで、みすぼらしくて、彼が我が家へ夕食に招待する教養ある優雅な婦人たちとはかけ離れた女——の秘部にペニスを突き立てている現場をわたしに目撃されたニーノが、思春期にわたしが憧れていたあの少年と同一人物だなんてことがあり得るものだろうか。クラクションをぽこぽこと叩き、嬉しそうに呼びかけてくる半裸のインマの重みも恐らくは感じず、闇雲に車を走らせながら、わたしは彼の人物像を特定できずにいた。言ってみればこんな気分だった。家に帰ったら、バスルームで思いがけず未知の生物と遭遇した。そいつは普段、わたしの三女の父親という化けの皮を被っていた。未知の生物はニーノと同じ外見をしていたが、別人だった。あれはイスキアのあとで生まれた彼なのか。だとしても、どの〝彼〟だ？　シルヴィアを孕ませたやつか。マリアローザの愛人だった彼か。エレオノーラの夫で、浮気者のくせに妻とはやけに固い絆で結ばれたあいつなのか。それとも、夫のある身だったわたしに愛しているなどと言い、どうしても君がほしいといったあいつか。

ヴォメロ地区へといたる道中、わたしはずっと、地区に住んでいたニーノ、高校時代のニーノ、優しい恋人だったニーノにしがみつくことで、嫌悪感から抜け出そうとした。それがサンテルモ城の下で車を停めて初めて、バスルームの光景を思い出し、彼が目を開き、鏡の中に、入口で立ち尽くしているわたしの姿を認めた瞬間を思い出した。すると何もかもが腑に落ちた。リラ以後に登場したあの男と、わたしが子どものころから——リラ以前に——恋焦がれていた少年とのあいだにはなんの断絶もないのだ。ニーノはひとりしかいない。シルヴァーナの中にいた彼が浮かべていた表情がその事実をよく示していた。それはドナートが見せたのと同じ表情だった。とはいっても、マロンティの浜でわたしの処女を奪った時の顔ではなく、ネッラの家の台所で、シーツの下、太腿のあいだに触れてきた時のそれだ。

つまり未知の要素など皆無で、やたらと不潔な話なのだった。ニーノは彼自身がなりたくないと思い続けてきた人間そのものであり、実は昔からずっとそうだったのだ。シルヴァーナの尻にリズミカルに腹を打ちつけながら、彼女に快感を与えようと優しく気遣う時、彼は誠実だった。まさに、わたしに対して何か過ちを犯し、罪を悔やみ、謝罪の言葉を述べ、許してくれと懇願し、君を愛していると誓う時の彼が誠実だったように。〝彼はそういうひとなのだ〟そう思った。だがその結論は慰めにはならなかった。むしろ、当初のおぞましさが薄れる代わりに、余計に頑丈な隠れ家をその言葉に見つけてしまった気さえした。その時、温かい液体が膝へと伸びる感覚があった。はっと我に返れば、イマが丸裸になっており、わたしに抱かれたままお漏らしをしていた。

76

家に戻るという選択は考えられなかった。寒くて、インマが風邪を引く危険はあったが嫌だった。わたしは遊んでいるみたいに娘をコートで包むと、改めておむつをひとパック買い、ウェットティッシュでお尻をきれいに拭いてから、一枚穿かせた。さて、これからどうするかを決めねばならなかった。デデとエルサはもうすぐ学校から出てくるはずだった。不機嫌で、お腹を空かせているだろう。インマはもう空腹を訴えていた。わたしは濡れたジーンズを穿き、コートもなく、ぴりぴりしていて、寒さに震えていた。公衆電話を探してリラにかけ、こう尋ねた。

「子どもたちと一緒にそっちにお昼を食べにいってもいい？」

「もちろん」

「エンツォが怒らない？」

「何言ってるの、喜ぶの知ってるでしょ」

ティーナの楽しげな声が聞こえた。リラのしーっという声も。それから彼女が質問をしてきた。珍しく慎重な声だった。

「どうかした？」

「うん」

「何があったの？」

「リラが予想してたこと」

「ニーノと喧嘩したんだ？」

「あとで話すね、今ちょっと忙しいから」

わたしは早めに学校の前に着いた。インマはもうわたしにも、車のハンドルにも、クラクションにも関心をなくし、苛々して、わめきだしていた。わたしは嫌がる彼女をまたコートに包むと、ビスケットを探しに向かった。自分では落ちついて行動しているつもりだったが——心中は穏やかだった。相変わらず怒りよりも嫌悪感のほうが強かった。トカゲの交尾を目撃したら自分はきっとこんなおぞましさを覚えるはずだと思った——通りかかる人々がこちらを面白そうに、あるいは危ぶむ顔で眺めているのに気づいた。コートでぐるぐる巻きにされて泣きわめく赤ん坊に大声で話しかけながら道を急ぐ、濡れたズボンを穿いた女。それがわたしだった。

インマは一枚目のビスケットですぐに静かになってくれたが、彼女が落ちつくと、今度はわたしの不安が解き放たれた。ニーノは仕事の約束を先延ばしにし、わたしを探しているに違いなかった。となれば学校の前で見つかってしまう危険があった。エルサは中学二年生のデデよりも先に学校を出てくるので、小学校の入口が見える人目につかない場所で待った。寒くて歯の根が合わなかった。インマは唾でべとべとになったビスケットのかけらをわたしのコートに塗りたくっていた。恐る恐る辺りを見回したが、ニーノは姿を見せなかった。中学校の入口にも彼は現れず、まもなくデデが、押しあいへしあいしながら口々に叫び、方言で罵りあう子どもたちの波と一緒に出てきた。

デデとエルサはわたしの様子は気にも留めず、なぜか母親がインマを連れて自分たちを迎えにきたことを面白がった。

「どうしてコートに包んでるの？」デデに聞かれた。

「寒いからよ」

「コート、滅茶苦茶になってるよ？」

「別にいいの」

「わたしが汚した時は、ママ、びんたしたくせに」エルサが文句を言った。

「そんなの嘘」

「本当よ」

デデは不審がった。

「どうして肌着とおむつしか着てないの？」

「これでいいの」

「何かあったの？」

「何もないわ。さあ、今日はこれからリナおばさんのところでお昼よ」

ふたりの娘はその知らせに例のごとく大喜びし、車に乗ると、姉たちの注意を一身に浴びて嬉しくてたまらず、謎の言葉で話しかけてくる妹をどちらが抱っこするかで言い争いを始めた。わたしは、ふたりで一緒にインマを抱きなさい、引っ張り合わないようにと命じ、ゴムじゃないんだからね、と怒鳴った。エルサはその解決策に納得せず、デデに方言でひどい言葉を投げつけた。わたしはエルサを平手打ちしてやろうとし、バックミラーをにらみながら、問い詰めた。今、なんて言った？　もう一回言ってごらん、なんて言った？　エルサは泣かず、インマを完全にデデに譲ると、妹の世話なんて退屈だとつぶやいた。そして彼女と遊びたくて赤ん坊が手を伸ばしてくると、乱暴に払いのけた。エルサは甲高い声で叫び、わたしを苛立たせた。インマ、やめて、触らないで、汚いじゃない。ねえママ、やめさせてよ……。わたしは耐えきれなくなって咆哮をひとつ上げ、三人を震え上がらせた。緊迫した空気の中わたしたちの車は町を横断した。静寂を破るのはデデとエルサの交わすささやき声だけだった。ふたりは自分たちの人生にまたしても取り返しのつかぬことが起ころうとしているのではないかと警戒していた。

ふたりの内緒話もわたしは耐えられなかった。もう何もかもが我慢ならなかった。娘たちの幼さも、母親という自分の役割も、インマの赤ちゃん言葉も。それに車内の娘たちの存在は、わたしのまぶたに浮かんでは消えるニーノとシルヴァーナのイメージとも、まだ鼻腔に漂っていたセックスのにおいとも、ひどく下品な方言をともなってふつふつと沸き上がり始めた怒りともそぐわなかった。ニーノのやつ、下女とはめまくってから、わたしのことも、自分の娘のこともお構いなしで、家に帰ったんだろう。あんな最低な男だったなんて、わたしは何をやっても駄目な女だ。あれは父親と同じような男だったのだろうか。いや、そんな簡単な話のはずがない。ニーノはもっと頭がよくて、尋常ではなく豊かな教養の持ち主だ。あんなに女に目がないのだって、ファシストや南部の田舎者にありがちな、男らしさを見せつけたいなんていう無粋で単純な願望が理由じゃない。あいつがわたしにしたこと、そして今なおしていることは、極めて洗練された自覚あっての行為なのだ。あれは複雑な概念を操る人間だ。こんなことをすればわたしが徹底的に傷つくことだってわかっていたはずだ。それでもあいつはやった。こんな風に思ったのだろう。あの馬鹿女があとでうるさいからって、僕の楽しみを我慢する訳にはいかないさ……。きっとそうだ。そしてわたしが怒れば、あの男はこちらの反応をペリシテ人的——〝俗物〟を意味するこの言い回しは、わたしたちの周辺ではまだまだよく使われていた——だとみなしたに違いない。君はあんまりペリシテ人的だよ、遅れてるね、と。彼がどんな言葉を武器にして優雅に言い訳をするかまで想像がついた。何が悪いんだい？　肉体は弱い、そして僕はすべての本を読んでしまったんだ……。あの最低野郎はマラルメを気取ってそんな文句を吐くに違いなかった。ついに怒りが嫌悪を凌駕した。わたしはインマに——そう、インマにまで——うるさいと怒鳴りつけた。リラの家の前に着いた時にはもうニーノを憎んでいた。それも、かつて誰かをこんなに憎んだことはないというほど、激しく憎んでいた。

77

リラは食事の支度を済ませて待っていた。デデとエルサの大好物がトマトソースのオレッキエッテパスタだと知っていた彼女が、今日のお昼はオレッキエッテだと発表すると、娘たちはわざと賑やかにはしゃいだ。それだけではなかった。彼女はわたしの腕からインマを取り上げると、まるで自分の娘が急にふたりになったみたいに、インマとティーナ、両方の面倒を見だした。リラはふたりのおむつを替え、ふたりとも洗ってやり、同じ服を着せ、どちらも可愛がって、実に母親らしい気配りを見せた。まもなく赤ん坊たちが互いに気づき一緒に遊びだすと、古いカーペットの上に並べて、そこではいはいしたり、赤ちゃん語でおしゃべりしたりできるようにした。同じ赤ん坊でもふたりはとても違って見えた。わたしは恨めしい気分で自分とニーノの娘と、リラとエンツォの娘を比べた。インマよりもティーナのほうが美人で、健康そうだった。しかもティーナは、固く結ばれた男女の愛しい愛しい果実なのだった。

やがてエンツォが仕事から戻ってきた。いつものように口数こそ少ないが親切な彼だった。昼食の席では彼もリラも、どうしてわたしが料理に手を触れないのかを尋ねようとはしなかった。デデだけが敢えて話題にしたのは、自分とみんなの嫌な予感からわたしを遠ざけようとしたのかもしれない。娘は言った。ママはいつもあまり食べないの。太りたくないんですって。だからわたしも食べないわ……。それを聞いてわたしは大声を出した。あなたはパスタをひとつ残らずきれいに食べなさい。するとエンツォが、恐らくはデデとエルサをわたしから守ろうとして、ふたりを相手に愉快な早食い・大食い競争を始めた。さらに、ジェンナーロについてあれこれと聞いてくるデデの質問にも優しく答えてやり——娘は昼食の時だけでも彼に会えるのではないかと期待していたのだ——あいつは工場で働きだしたので、朝、家を出たら晩まで帰らないと説明した。食事が済むと彼は、秘密だと言って、デデとエルサをジェンナーロの部屋に連れていき、少年の宝物をすべて披露した。数分後、激しい音楽が大音量で炸裂し、三人はそのまま戻ってこなかった。

リラとふたりきりになったわたしはことの顛末を詳細に語った。わたしの声は皮肉っぽくなったり、苦しげになったりした。彼女は最後まで黙って話を聞いてくれた。自分の身に降りかかった出来事を言葉にすればするほど、あの太った女と痩せたニーノのセックスシーンが滑稽に思えてきた。わたしは方言でこんなことまで言った。きっとあいつ、目が覚めたら、便所にシルヴァーナがいたものだから、小便するより先にあの女の上っ張りをまくり上げて、ナニを突っこんだんだよ……。そこで下品な大笑いを始めたわたしをリラは困った顔で見つめた。その手の語り口は彼女の得意とするところで、こちらの口から飛び出すとは思っていなかったのだろう。落ちついてよ、と彼女は言った。そこへインマの泣き声が聞こえてきたので、わたしたちは別室の様子を確かめに向かった。

娘は——金髪のほうだ——真っ赤な顔で、大粒の涙をこぼしてわんわん泣いており、わたしを見た途端に抱いてほしくて両手を上げた。ティーナ——黒髪のほう——は青ざめた顔で、困ったようにインマを見ていた。母親が現れても落ちついたもので、状況の理解を助けてもらおうとするかのように呼びかけ、はっきりママ《マンマ》と言った。リラはふたりとも抱え上げ、それぞれ片腕に抱くと、わたしの娘にキスをして、唇で涙を拭ってやり、話しかけ、落ちつかせた。

わたしは呆然としていた。ティーナはきちんとマンマと言える。しっかりとした発音だ。うちのインマは一ヵ月近く大きいのにマンマなんてまだ言えない……。負けた気がして悲しかった。一九八一年が終わろうとしていた。この先、わたしはシルヴァーナをお払い箱にするだろう。まだ何を書いていいかわからないし、時間はあっという間に過ぎ、原稿なんて渡すことができずに信頼を失い、作家としての評判も落とす羽目になるだろう。わたしは将来を失い、ピエトロがくれる養育費だけが頼りで、三人の娘を抱え、ニーノもいない。ニーノとお別れ、ニーノとはおしまい……。わたしの中の、なお彼を愛し続ける部分がまた表に出てきた。でもそれはフィレンツェ時代のような感情ではなく、小学生の女の子が下校時間によく見かける彼に恋焦がれた時のような気持ちだった。わたしは混乱したまま、自分が受けた屈辱にもかかわらず、彼を許すためのきっかけを探し求めた。人生から彼を追放する気にはどうしてもなれなかった。ニーノはどこにいるのだろう。わたしを探そうともしなかった、なんてことがあり得るだろうか。すかさずデデとエルサの面倒を見てくれたエンツォの反応、そして、わたしから負担という負担を取り上げ、ひたすらに聞き役に回ってくれたリラの反応を思い出し、ようやく気がついた。こちらが地区に着く前から、ふたりは何もかも知っていたのだ。わたしはリラに尋ねた。

「ニーノから電話があったのね？」

「うん」

「なんて言ってた？」

「僕が馬鹿だった、エレナのそばにいてやってくれ、彼女が理解できるように助けてやってくれ、これが今風の生き方なんだ、とか、たわ言ばっか」

「で、どうした？」

「すぐに切ってやったわ」

「またかけてくるかな」

「かけてくるに決まってるじゃない」

わたしは気弱になった。

「リラ、わたしあのひとがいないと駄目なの。こんなすぐに終わっちゃうなんて耐えられない。夫と別れて、ふたりの娘を連れて越してきて、三人目まで生んだのに、どうしてこうなるの？」

「どうしてって、レヌーが間違ったことをしたからだよ」

その答えがわたしは気に入らなかった。以前の侮辱のこだまのように聞こえた。リラは、せっかく自分が過ちから救い出そうとしてやったのに、あなたは過ちを犯した、そう非難しているのだった。つまり、こちらが〝望んで〟間違いを犯し、その結果、〝彼女は〟わたしを買いかぶっていたことになった。わたしは思っていたほど賢くなくて、馬鹿な女だった、そう言いたいのだ。わたしは言った。

「わたし、あのひとと話してみないと。対決するの」

「わかった。でも子どもはわたしに預けていって」

「ひとりじゃ無理でしょ、四人の面倒を見るなんて」

「五人よ。ジェンナーロもいるもの。それにあの子が一番厄介ね」

「ほらね？　娘たちは連れていくわ」

「絶対に駄目」

わたしは彼女の助けが必要だと認め、最後には折れた。

「明日まで預かって。それまでに問題を解決するから」

「解決って、どうするつもり？」

「わかんない」

「ニーノと続けるつもりなの？」

その声に反対の響きを聞き取り、つい大きな声が出てしまった。

「ほかにどうしろって言うの？」

「取るべき道はひとつ。別れな」

リラにとってはそれが正しい選択なのだった。そうした結末を彼女は常に望んできたし、その気持ちを隠そうとしたこともなかった。わたしは答えた。

「考えてみる」

「嘘ばっかり。もう決めたんでしょ？　何もなかったふりで、どうにか続けるつもりなくせに」

わたしが黙っていると、追撃が待っていた。そんな風に人生を台無しにしちゃいけない、レヌーにはもっと別の運命が待っている、今のままだと取り返しのつかぬ形で自分を失ってしまう……。その口調は次第にとげとげしくなってきた。彼女がわたしを引き留めるために、以前からこちらが知りたがっていたのに口を閉ざしてきた事実を告白しかかっているのがわかった。恐かったが、これまで彼女に何度も説明を迫ってきたのは、このわたしではなかったか。こうして彼女の元に駆けつけたのだって、いよいよ白状させようという魂胆もあってのことではなかったか。

「言いたいことがあるなら、聞かせて」わたしはつぶやいた。

するとリラは腹を決め、こちらの視線を求めたが、わたしはうつむいてしまった。彼女は語りだした。以前からニーノはしょっちゅう彼女に会いにきたという。彼はわたしとの関係が始まる前も、始まったあとも、彼女にまた一緒になろうと繰り返し迫った。うちの母さんを彼とふたりで病院まで連れていった時は特にしつこく、医師らが母さんを診察しているあいだ、待合室で一緒に診断結果を待っていた時など、彼女に向かって、エレナとつきあっているのは君の近くにいる気分になれるから、それだけの話だ、とまで誓ったというのだった。

「よく聞いて」彼女は小声で言った。「こんな話をレヌーにするなんて自分でもひどいと思うんだ。でもね、あいつはわたしよりずっとひどいやつだよ。あいつの悪さは下の下、軽薄な人間の悪さだからね」

78

わたしはタッソ通りに帰った。ニーノとは一切の縁を切る覚悟だった。家には誰もおらず、きれいに片付いていた。バルコニーに面したフランス窓の脇にわたしは座った。この部屋での生活は終わった。ほんの二年ばかりでわたしがナポリにいるべき理由もすべてなくなってしまった。

苛立ちを募らせながら彼が現れるのを待った。何時間かして、居眠りをし、はっと目覚めれば暗かった。電話が鳴っていた。

ニーノに違いないと思って急いで出ると、アントニオだった。すぐ近くのバールからかけている、店まで来てくれないかと彼は言った。わたしは部屋に上がるように言った。躊躇しているのが伝わってきたが、結局、承知してくれた。リラが寄越したのだろう、そう思って確かめると、彼はすぐに認めた。

「お前に馬鹿な真似をしてほしくないんだそうだ」慣れぬ標準語で彼は言った。

「あなたならわたしが馬鹿をやるのを止められるってわけ？」

「そうだ」

「どうやって？」

わたしがコーヒーを淹れようと言うのを断ってから、彼は居間で腰を下ろし、詳細な報告をするのに慣れた人間の冷静な口調で、ニーノの愛人全員の氏名、職業、家族を列挙した。わたしの知らない名前もあった。何年も前からの関係のためだ。残りは彼が我が家に夕食に連れてきたことがある女性ばかりで、わたしに対しても、娘たちに対しても優しかった記憶があった。たとえばミレッラは、デデとエルサの世話だけではなく、インマのベビーシッターも頼んだことがあったが、彼と三年前からつきあっていた。もっと長い関係にあったのが、わたしとリラ両方の出産に携わったあの産婦人科医だった。おびただしい数の女ども《フェンミネ》──とアントニオは呼んだ──をニーノは寄せ集め、そのいずれに対しても、それぞれ異なる時期に、同じ手順でことを進めた。まずは熱心に通い詰める時期があり、次にたまにしか会わなくなる。しかしどのケースも交際の決定的な中止はないのだそうだ。情の深い男なんだな──アントニオは皮肉っぽく言った──本当に別れるってことを絶対にしないんだ。今度はこの女、次はこっちとふらふらしてやがる。

「リナは知ってるの？」

「ああ」

「いつから？」

「少し前だ」

「どうしてすぐに教えてくれなかったの？」

「俺はそうしたかったさ」

「じゃあリナは？」

「あいつは待てと言った」

「それで彼女の言いなりになったのね。おかげでこっちはさんざんな目に遭ったわ。前の日にあいつと浮気をしていたか、次の日に浮気することになっていた連中のために、わざわざ料理をして、おもてなしさせられて、あいつがテーブルの下で足とか膝とか変なとこ触っている相手と並んで食事までして。こっちが目を離した隙にあいつが飛びかかるような娘に、子どもまで預けたんだから」

アントニオは肩をすくめた。そして自分の両手をじっと眺めたかと思うと、組み合わせ、膝のあいだに落とした。

「何かをやれと命じられて、言われたとおりにやるのが俺の役目だ」彼は方言でそう答えた。

しかしそれから戸惑う顔になると、たいていは言われたとおりにやる、と言い直し、彼は弁解を試みた。俺は金に従うこともあれば、相手の名声に従うこともあるが、自分の気持ちに従うことだってたまにはある。この手の浮気話ってやつは――ぽつりぽつりと彼は語った――適当なタイミングで教えないと役に立たないんだよ。べたぼれの時は何をされても許しちまうからな。相手の浮気が本当の重みを持つためには、まずは恋がいくらか冷めてないと駄目なんだ……。そんな具合に彼は恋する人間の盲目状態について苦しげな言葉を重ねた。そして実例を挙げるように、何年も前にソラーラ兄弟の命令でニーノとリラを監視した時のことを改めて語りだした。あの場合、俺は――誇らしげに彼は言った――言われたとおりにはしなかった。リナをミケーレに渡す気がしなかったから、エンツォを呼び出して、厄介な状況から救い出させたんだ……。次に彼はニーノを叩きのめした時の話をまた始めた。俺があいつを殴ったのは、何よりお前が俺じゃなくて、あいつに惚れたからだ。それにあの馬鹿野郎がリナのところに戻ろうとしていたからだよ。そんなことになれば、リナはずっとあいつに縛られて、どんどん身を持ち崩していったろうしな。わかったかい——と彼はまとめに入った——あの時も話しあう余地なんてなかった。どうせリナは俺の話なんぞ聞かなかったろう。恋ってやつは目が見えなくなるだけじゃなくて、耳までふさいじまうのさ。

わたしは驚いて聞き返した。

「それじゃあ、あなたこれまでずっと、あの晩ニーノが帰ってくるところだったってリナには黙ってるの?」

「そうだ」

「教えてあげるべきだったね」

「どうして? 俺は自分の頭がこうしたほうがいいって言う時はそのとおりにして、二度と振り返らないことにしているんだ。くよくよしても、いいことなんて何もないからな」

彼はなんと賢明になったのだろう。その時までわたしは、アントニオが腕ずくで止めなければニーノとリラの関係がもう少し長く続くはずだったなんてことは知らなかった。でも、もしかするとふたりが一生愛しあい、どちらも今とはまるで別人になっていたかもしれないという想像はただちに却下した。あり得ないだけではなく、我慢ならない話だったからだ。わたしは不満のため息をついた。アントニオはかつて自分の考えでリラを救い、今度はリラに命じられてわたしを救いにきた。わたしは彼を見つめ、あなたってまるで女性の守護者みたいね、というようなことを皮肉も明らかに告げた。そして思った。どうせならフィレンツェで登場してくれたらよかったのに。わたしがまだ揺れていて、どうしたものかと迷っていたあの時こそ、そのごつごつした両手でわたしの代わりに決めてほしかった。何年も前にリラのためにそうしたように……。わたしはぶっきらぼうに尋ねた。

「それで、今度はどんな命令をされたの?」

「リナは俺をここに寄越す前に言ったよ、あの馬鹿野郎を痛めつけちゃいけないって。だが俺は前に一度あいつを殴ったし、できればまた殴りたいと思ってる」

「あなたって信用できないわね」

「そうとも言えるし、そうでないとも言える」

「どういうこと？」

「事態は複雑なんだ。レヌーは関わるな。お前はただ、生まれてきたことを悔やむような目にサッラトーレの息子を遭わせてくれ、と俺に言うだけでいい。そのとおりにしてやるから」

わたしはこらえきれなくなり、噴き出してしまった。芝居がかった真剣な口調がおかしくて仕方なかったのだ。それは彼が少年のころに地区で覚えた語り口であり、一本気な男らしい真面目な声だったが、わたしの知っている本当のアントニオは内気でひどく臆病な人間だった。どれだけ努力をしたのだろう。だが今やそれは〝彼の〟声であり、それ以外の話し方を今後習得することはもうないはずだった。昔との唯一の違いは、今の彼が標準語で話そうと努力をしており、ぎこちないその言葉が外国語の響きを帯びているということだった。

笑われて彼は顔を曇らせ、窓の黒いガラス板をにらんでつぶやいた。笑うなよ……。寒さにもかかわらず、彼の額がてかりだした。わたしに笑われたのが恥ずかしくて汗をかいていたのだ。彼は言った。しゃべるのが下手なのは自分でもわかってるさ。今じゃドイツ語のほうが得意だしな……。ふと彼のにおいがした。沼地で会っていたころの、興奮した時のにおいとまだ同じだった。わたしは謝った。ごめんなさい、今の状況がおかしくて笑っちゃったの。昔からニーノを殺したいほど憎んでいたあなたも、今あいつがここに帰ってきたら、お願い、殺してと頼んでしまいそうな自分もおかしくて。絶望のせいで笑った部分もあるわ。こんなに傷ついたのって初めてだし、あなたには想像つかないかもしれないけど、こんな屈辱を受けたの初めてだもの。つらすぎて、今にも気絶しそうなくらいで、だから笑っちゃったの。

実際、わたしは弱っており、心は死んでいた。だから、急にリラに対して感謝の念が湧いた。彼女はわたしのためを思ってアントニオを送ってくれたに違いなかった。彼こそはわたしが今、相手の愛情を疑わずに済むただひとりの人間だったからだ。しかも、彼の痩せてはいるががっしりとした体も、濃い眉毛も武骨な顔も、相変わらず親しみが持てて、わたしを嫌な気分にせず、脅かさなかった。わたしは言った。沼地で会ってたころ、寒くてもわたしたちぜんぜん気にならなかったよね。ねえ、体が震えるの。そばに行ってもいい？

アントニオは迷った目でこちらを見たが、わたしは承諾を待たず、立ち上がると、その膝の上にうずくまった。彼は身じろぎもせず、わたしに触れるのを恐れてか、ただ腕を広げ、肘掛け椅子の両脇に垂らした。わたしは彼に身をゆだね、首と肩のあいだに顔を埋めた。何秒か眠った気がした。

「レヌー」

「何？」

「調子でも悪いのか」

「寒いの。抱きしめて」

「駄目だ」

「どうして？」

「本当にお前が俺を望んでいるのかよくわからない」

「今、あなたがほしいの。たった一度でいいから。あなたはわたしのためにそうすべきだし、わたしもあなたのためにそうすべきなの」

「俺のほうはお前になんの借りもないぞ。俺はお前が好きだが、そっちはずっとあの野郎のことしか頭になかったじゃないか」

「そうよ。でも、あなたほど心からほしいと思ったひとは今までいなかったわ。あいつだってそこまでじゃなかった」

わたしは長い独白をし、真実を打ち明けた。その瞬間の真実、そしてはるか昔、沼地で会っていたころの真実だ。わたしにとって彼こそは興奮の発見であり、熱を帯びてそっと口を開き、火傷しそうな切なさを撒き散らしながら溶ける、お腹の底だった。フランコもピエトロもニーノもそんなわたしの期待につまずき、一度も満足させることがなく終わった。なぜならそれは、はっきりとした対象を持たぬ期待であり、悦びの希望であり、かなえるのがもっとも難しい種類の期待だったからだ。アントニオの口の味、彼の欲望の香り、その両手、太腿に挟まれた太いペニスは、無敵な〝以前〟を構成していた。缶詰工場の廃屋に隠れて過ごしたわたしたちの午後に本当の意味で匹敵する〝以後〟など一度もなかった。挿入もなければ、絶頂を迎えずに終わることもしばしばな情事だったのに。

彼に語りかけるわたしの標準語は複雑だった。相手にその時の自分の行為を説明するためというよりは、わたし自身に説明するための話だったが、彼には信頼の証と響いたらしく、喜んでくれた。アントニオはわたしを抱きしめると、まずは肩に、次に首に、最後に口にキスをしてくれた。あんなセックスはあの時以外、経験した覚えがない。二十年以上前の沼地とタッソ通りのその部屋、ふたりの座る肘掛け椅子、床、ベッドを荒々しくつなぎ、しかも、その時のわたしと彼のあいだにあったもの、ふたりを隔てていたもの、わたしという人間、彼という人間、そうした一切をいきなり吹き飛ばしてしまう体験だった。アントニオは繊細で、乱暴で、わたしも負けていなかった。彼もわたしも、激しく、せわしなく、相手にあれこれ要求した。いけないことをしたいという、我ながら思いがけぬ気持ちもあった。終わった時、彼は驚きに茫然自失という体で、こちらも同様だった。

「今の、なんだったの？」呆気に取られてわたしは尋ねた。極めて親密な時間の記憶が早くもかき消えたような気分だった。

「なんだろうな」彼は答えた。「でも俺は嬉しいよ、こういうことになって」

それを聞いてわたしはにやりとした。

「あなたもみんなと同じね。奥さんのこと裏切っちゃって」

冗談のつもりだったが、彼は真剣に受け止め、方言でこう答えた。

「俺は誰も裏切っちゃいないさ。うちのやつは──〝今の前は〟──まだ存在しないんだから」

不可解な言い回しだが、わたしには通じた。彼はわたしの考え方に賛成であることをこちらに伝えようとし、日常の時間の流れとは別の時間の感覚について自分の言葉でなんとか語ろうとしていた。彼が言わんとしているのは、〝今〟わたしたちふたりは、二十年前のとある一日の小さな断片をともに過ごしたところなのだ、ということだった。わたしは彼にキスをして、そっと感謝の言葉を述べた。そして、彼が今日のセックスの残酷な理由の数々を──わたしの理由も、彼の理由も──すべて無視して、ふたりは過去を清算する必要があった、だからこういうことになったのだ、そう考えようと決めてくれたのが嬉しいと伝えた。

そこで電話が鳴った。恐らくリラがわたしの娘たちのことでかけてきたのだろうと思って出たら、ニーノだった。

「家だったんだね、ああよかった」彼は息を弾ませて言った。「今すぐそっちに行くから」

「来ないで」

「じゃあ、いつがいい？」

「明日にして」

「話を聞いてくれ。大事な話なんだ、今、聞いてほしい」

「嫌よ」

「どうして？」

わたしは理由を告げ、受話器を下ろした。

79

ニーノと別れるのは楽ではなく、何ヵ月もの時間を要した。ひとりの男のためにあれほど苦しんだことは今までなかったのではないかと思う。遠ざけるのもつらければ、また一緒になるのもつらいという状態だった。リラに対して復縁を持ちかけたり、性的な関係を迫ったという事実を彼は認めなかった。そして彼女を罵り、あざ笑い、あいつは僕と君の関係を壊そうとしていると言って非難した。だが嘘だった。最初の数日、彼は嘘ばかりついた。わたしがバスルームで目撃した光景はこちらの疲れと嫉妬による幻覚だったと思いこませようとさえした。だがそのうち己の非を認めだした。まずはいくつかの浮気を認めたが昔の話だと誤魔化し、誤魔化しきれぬ最近の関係については、無意味な火遊びで、問題の女たちと自分のあいだには友情こそあれ、愛情はないと誓った。わたしたちの喧嘩はクリスマスのあいだはもちろん、冬が終わるまで続いた。己を非難し、弁護し、許しを〝強要する〟彼の才能にくたびれ果てて強引に黙らせる日もあれば、とても演技には見えない彼の絶望――しばしば酔っぱらって現れた――を前につい弱気になってしまう日もあり、腹が立って追い払う日もあった。正直な性格のためか、慢心ゆえか、はたまた誇りゆえか、ニーノがその手の女たち――彼は〝女友だち〟と呼んだ――とは二度と会わないと約束せぬばかりか、彼女らのリストにこの先、新たな名前が書き加えられることはないとすら保証しなかったためだ。

この点について彼はしばしば、豊かな学識に裏付けられた長い独白を展開して、自分のせいではないのだ、とわたしを説得しようとした。一切は自然のせいであり、神秘の力のせいで、彼の海綿体が異常に充血するせいで、腎臓が尋常ではなく温かいせいで、つまるところは過剰に旺盛な彼の精力のせいだと言うのだった。僕はたくさんの本を読んできたよ――そうつぶやく彼の声は誠実で苦しげだったが、聞いていておかしくなるくらい自慢げでもあった――それに外国語だっていくつも覚えたし、数学から科学から文学から山のような知識を習得してきた。だがいくらそんな知識があっても、そして何より、君への愛情があるにもかかわらず――そうさ、愛情だ。それに君なしではいられないこの気持ちと、君を失ってしまうかもしれないこの恐れがあっても――どうか信じてほしい、頼む、本当にどうしようもないんだよ。どうにもこうにも太刀打ちできないんだ。その場限りの情熱ってやつは、最低で、ひどく愚かしいものだが、どうしようもなく強いんだ。

聞いていて心揺れることもあったが、苛々させられることのほうが多く、わたしはたいてい皮肉っぽくやり返した。すると彼はいったん黙り、神経質に髪をかき回してから、説得を再開するのが決まりだった。でもある朝、わたしが冷たい声で、あなたがそんなに多くの女性に手を出すのは、もしかすると強い同性愛的傾向がある証拠なのではないか、あなたはそんな本性に抵抗したくて、男である自分を頻繁に確認せねばならないのではないかと言うと、彼は腹を立て、それから幾日も、アントニオとのセックスは僕よりよかったかとしつこく問い詰められる羽目になった。こちらもいい加減、彼の感情的なおしゃべりに飽き飽きしていたので、大声で、ええそうよ、と答えてやった。それに、わずらわしい口論ずくめのそんな日々のあいだに、彼の男性の友人の一部がわたしのベッドに潜りこもうと試み、こちらも退屈しのぎと腹いせに何度か承諾してやったことがあった。そこでわたしは彼が特に親しみを覚えていた男たちの名を適当にいくつか挙げ、彼を傷つけるため、あなたよりうまかったわ、と言ってやった。

ニーノは姿を消した。デデとエルサなしでは生きていけないと言い、自分の子どもたちのなかではインマが一番だと言い、たとえ君が一生、僕とよりを戻してくれなくても僕は三人の面倒を見るよと言っていた彼が、現実にはわたしと娘たちのことなどけろりと忘れ、タッソ通りの家の家賃も、電気料金も、ガス料金も、電話料金も払うのをやめた。

近場に部屋を探してみたが、無駄だった。多くの場合、今より条件が悪い上に狭い部屋でも、家賃がずっと高かったのだ。やがてリラが、彼女の家の真上の、三部屋と台所からなる物件が空いたと教えてくれた。家賃はただみたいなもので、窓から大通り《ストラドーネ》も懐かしの中庭も見えるという。彼女はそんなことをいつものように、自分はただ情報を伝えているだけだ、どうするかはレヌーが好きに決めればいいとでも言いたげな淡々とした口調で告げた。わたしは落ちこんでいた上に、びくびくしていた。少し前にエリーザと口論になり、こう怒鳴られたばかりだったのだ。父さんはひとりぼっちなのよ、一緒に住んでやればいいじゃない？　わたし、ひとりでみんなの面倒見るのもううんざりなんだから……。当然、それは断った。当時のわたしの状況ではとても父さんの面倒まで見る余裕はなく、すでに娘たちの奴隷も同様だったからだ。インマはしょっちゅう病気になり、デデのインフルエンザが治ったかと思えば、今度はエルサがかかり、しかもそのエルサがわたしがそばに座っていないと宿題をせず、それを見たデデが怒って、じゃあ、わたしの宿題も見てよとわがままを言う、そんな状態だったのだ。わたしは疲れきり、神経もぼろぼろだった。その上、ニーノとのすったもんだのせいで、それまでなんとか確保していた自分の活動の余地まで失ってしまった。わたしはさまざまな招待に仕事、出張の要請をことごとく断り、出版社からの原稿の催促を恐れて電話にも出なくなった。わたしは渦に巻きこまれ、どんどん落下を続けており、そこでもし地区に戻って暮らすということになれば、それこそわたしが落ちるところまで落ちたという事実の証となってしまうはずだった。娘たちもろとも、ふたたび地区の流儀に身をゆだねる？　リラにカルメンにアルフォンソ、その他の面々にまた吸いこまれる？　まさにみんなが望んでいるように？　嫌、絶対に嫌。地区に戻るくらいならば、いっそのことトリブナーリとか、ドゥケスカとか、ラヴィナイオとか、フォルチェッラとか、罪もない配管が地震の被害であちこちで掘り起こされたままになった界隈に越そう……。そんな気分でいたところに、例の出版部長から電話があった。

「原稿は進んでる？」

その声を聞いた途端、頭の中で小さな火が点き、ぱっと目の前が明るくなった。どう答え、何をすべきかがわかった。

「ちょうど昨日、終わりました」

「本当に？　じゃあ今日のうちに送ってくれ」

「明日の朝、郵便局から送ります」

「ありがとう。着いたらすぐに読んで、また連絡するよ」

「どうぞごゆっくり」

わたしは電話を切った。そして寝室のたんすにしまっておいた段ボール箱のところに行くと、中から、何年も前にアデーレにもリラにも気に入ってもらえなかった原稿を取り出した。読み返しすらしなかった。翌朝、娘たちを学校まで送ってから、わたしはインマを連れて原稿の封筒を郵送しに出かけた。危険な選択であるのはわかっていたが、自分の名声を守るためにはそれしかない気がした。お約束どおり本を一冊書き上げました、という訳だ。どうしようもない失敗作？　ならば仕方ない、出版はされないだろう。それでも一生懸命に書いた、真っ正直な原稿だし、もっといい作品だってすぐに書いてやる……。そう思った。

郵便局の窓口の列は、順番を守らない輩との喧嘩に次ぐ喧嘩で、心がすり切れそうになった。その瞬間、自分がどんなに最悪な状況に落ちこんでしまったかがはっきりと見えた。〝どうしてわたしはこんなところにいて、こんな風に時間を無駄にしているのだろう。わたしは生きたまま娘たちとナポリに食われてしまったのだ。もう何も学ばず、何も書かなくなり、生活は滅茶苦茶じゃないか〟生まれた境遇よりずっと上流の暮らしを手に入れたはずが、今ではひどい様だった。無性に腹が立ち、自分自身はもちろん、誰より母さんに対して悪いと思った。しかも、少し前からインマが不安の種となっていた。ティーナと比べるたび、うちの子の成長が遅れている気がしてならなかったのだ。リラの娘が三週間小さいのにとても活発で、一歳は大きく見えるのに対し、インマは何かと反応が鈍く、ぼんやりしすぎに思えた。だからわたしは病的なまでに娘を観察し、その場で思いついたテストをこれでもかとやらせた。そして思うのだった。もしもニーノに人生を台無しにされただけではなく、問題を抱えた娘まで生まされたなら、こんなにひどい話もない、と。だがそうはいっても、インマと出かければ、しばしば道行くひとに呼び止められ、この子は健康によく太っていて、きれいな金髪をしていると感心された。現にその時も郵便局で列をなす女たちから口々に、なんてぽっちゃりした可愛い女の子、と褒められた。しかしインマは笑顔ひとつ見せないのだった。ひとりの男性から飴をひとつもらっても、娘は面倒臭そうに手を伸ばし、飴をつかんでから、落としてしまった。そんな具合で、わたしはいつだって何かを心配しており、不安の種は日ごとに増える一方だった。郵便局を出てから――封筒は送ってしまい、もはや止める手だてはないという段になって――息を呑んだ。ピエトロの母親のことを思い出したのだ。ああ、わたしはなんてことをしてしまったのだろう。出版社が原稿をアデーレに見せるはずだと、どうして考えなかった？　わたしの処女作も第二作も、つまるところ彼女が出版を望んで実現した話だった。ならば彼らは何よりも礼儀として、今度の原稿も彼女に見せることになるのが当然ではないか。アデーレはきっと言うだろう。エレナ・グレーコはあなたがたをだまそうとしていますよ。これは新しい原稿じゃありません。わたしは何年も前に読みました。内容は最悪です……。冷や汗が出て、気分が悪くなってきた。失敗をなんとかしようとして、余計に失敗してしまった。わたしには自分の行為が引き起こす反応の連鎖をできる限り監視し、制御する力さえもうないようだった。

80

事態をさらにややこしくしたのは、よりによってそんなころにニーノがまた姿を見せたことだった。彼はいくら言っても家の合鍵を渡してくれず、その時も電話ひとつ、ノックひとつせずに入ってきた。わたしは彼に出ていくよう求めた。ここはわたしの家であり、あなたは今や家賃も払わず、インマの養育費さえ一銭も渡してくれないではないか、そう言ってやった。すると彼は、別れのつらさのあまりに我を失い、支払いのことなどすっかり忘れていたと誓った。正直な言葉に聞こえた。実際、彼は何かに取り憑かれたみたいな様子で、ひどく痩せていたからだ。彼は見ていて噴き出しそうになるくらい大真面目に、家賃は翌月からまた払うと約束し、自分がインマをどれだけ愛しているかを悲痛な声で訴えた。それからうわべは優しげな口調で、アントニオが来た時のことをまた詮索された。最初はおおまかにことの次第を尋ねられ、やがてアントニオとのセックスに関する質問に移った。アントニオの次は、ニーノの友人たちについても詮索された。わたしが彼らに体を許したのは（〝体を許す〟という表現がニーノには妥当に思えたようだった）、何も相手に惹かれたからではなく、当てつけでしかなかった、彼はそう認めさせようとした。やがて彼がこちらの肩に触れ、膝に触れ、頬を撫でだしたので、わたしは警戒した。そしてまもなく気づいた――彼の目を見ても、言葉を聞いてもわかった――彼の絶望の原因は、わたしの愛情を失ったことではなく、わたしが彼以外の男たちと寝たという事実のほうで、遅かれ早かれわたしがまた別の男たちと寝て、今に彼よりもそうした男たちのほうを好むようになることなのだった。その朝そうして彼が現れたのは、改めてわたしと寝るためだけなのだ。わたしに最近の愛人たちを格下げさせ、自分の望みはもう一度以前のようにあなたに抱いてもらえるようになることだけだ、と言わせたくて仕方ないらしい。要するに彼は、自分が一番であることを確認したかったのだ。確認さえ済めば、絶対にまた姿を消していただろう。わたしはなんとか合鍵を取り返し、彼を追っ払った。その時、気づいて驚いたのだが、わたしはもう彼に対してなんの特別な感情も持っていなかった。彼を愛したあまりにも長い時間は、その朝、完全に消滅したのだった。

翌日からわたしは、中学校の教師になるにはどうすればいいか、正式な教師は無理でも代理くらいにはなれないか調べ始めた。すぐに、そう簡単な話ではなく、いずれにしても新学年を待たねばならないことがわかった。ミラノの出版社との蜜月はもはや終わったものと確信し、彼らの目には自分など凋落の一途をたどる哀れな作家としか映っていないはずだと思いこんでいたわたしは愕然とした。娘たちは生まれた時から贅沢な暮らしに慣れっこであったし、わたしにしても──ピエトロと結婚して以来──本も雑誌も新聞もレコードもなく、映画にも観劇にも行けない生活に戻る気にはとてもなれなかった。とりあえずの仕事を急いで見つけなければならないと思い、近所のあちこちの店に家庭教師の宣伝ビラを貼らせてもらった。

そして六月のある朝、出版部長から電話があった。原稿を受け取り、読み終えたという。

「早いですね」わたしは平静を装って答えた。

「うん。君がこうした本を書くとは思わなかった。意外だったよ。しかし現に君は書いた」

「ひどい作品だ、そういうことですか」

「冒頭一行目から最後の行まで、ストーリーを語る純粋な喜びに満ちているね」

心臓が狂ったように鼓動を始めた。

「つまり、いいんですか、駄目なんですか」

「傑作だよ」

81

わたしは有頂天になった。わずか数秒で自信を取り戻したのみならず、態度まで打ち解け、子どもじみた興奮とともに自分の作品を語りだし、やたらと笑い声を上げ、もっと込み入った賛辞が聞きたくて電話相手を質問攻めにした。そしてまもなくわかったのは、出版部長がわたしの小説をある種の自伝的作品として、つまり、ナポリの貧しく暴力的な側面についての個人的体験を小説という形にまとめた作品として読んだということだった。彼は言った。ナポリに帰ることで君が何か悪い影響を受けるのではないかと懸念していたが、むしろよかったようだ、と。彼が読んだのが実は何年も前にフィレンツェで書いた原稿だということは黙っておいた。出版部長はこんなことも言った。歯ごたえのある小説だよ、男性的と言ってもいい、だが矛盾したことに、繊細な小説でもある。つまり、君にとっては大きな一歩前進だね……。それから話は実務的な問題へと移り、刊行時期は一九八三年の春に延長したい、僕が自分で細かいところまで編集したいし、発売に向けた準備も万全にしたいからね、と言ってから、少し皮肉っぽくこうまとめた。

「君の元お義母さんと今回の作品のことを話したんだが、彼女は古い草稿を読んだことがあるけれど、あれは気に入らなかったと言ってた。しかし、彼女の好みが古びたか、君たちのあいだの個人的な事情が影響して、公平な評価を妨げたんだろうな。間違いないよ」

わたしは慌てて、相当前にアデーレに最初の草稿を見せたことがあると認めた。すると彼は言った。やっぱりナポリの空気が君の才能を完全に解放してくれたんだね……。受話器を置いた時には、気分がぐっと楽になっていた。わたしは態度を改め、特に娘たちには愛情たっぷりに接するようになった。出版社は前金の残り半分も払ってくれ、懐具合も改善された。わたしは急にナポリに対する見方を変え、特に地区のことは、自分の人生の重要な一部であり、無視することが許されぬのみならず、作品の成功に不可欠な要素とみなすようになった。乱暴な跳躍だった。自己不信の塊だったのが、いきなり自分のことが誇らしくなったのだから。それまで没落としか思えなかった状態が高貴な文学的価値を獲得し、文化的にも政治的にもひとつの重要な選択であったとさえ思えてきた。出版部長もこう言ってお墨付きをくれた。君にとっては出発点への回帰がさらなる前進につながったんだね……。確かにわたしは、作品をフィレンツェで書いたことも、ナポリへの帰郷が原稿にまったく影響を及ぼしていないことも彼には伏せていた。それでも物語の題材と個性豊かな登場人物たちはいずれも地区に由来しており、それが成功の鍵となったのは間違いなかった。アデーレにはそのことを理解するだけの感性がなかった。だから彼女は敗れたのだ。アイロータ家の面々は全員が敗北した。ニーノもまた敗れた。つまるところ彼はわたしを自分の女たちのひとりとしか考えておらず、他の女たちと区別することができなかった。それに——この事実はわたしにとってさらに大きな意味を持っていた——リラも敗北した。彼女はわたしのあの作品が気に入らず、とても批判的で、厳しい評価でわたしを傷つけざるを得なくなった時、滅多に見せぬ涙までこぼした。でも彼女を恨む気にはなれず、むしろ間違えてくれてよかったと思った。リラのことは幼いころから過大評価してきたわたしだが、彼女の重みから解放された気分だった。わたしは彼女とは違う人間であり、その逆もまた真なのだ。ようやくそれがはっきりした。彼女という権威はもはや必要ない、これからはわたしが自分の権威なのだから……。力あふれる気分で、もはや貧しい出自すらハンディではなく、その首根っこを押さえ、新しい形を与えて、わたしのためにも、リラのためにも、誰のためにも、汚名を雪《すす》ぐ力が自分にはある気がした。かつてはわたしの足を引っ張っていたものが今や、より高みを目指すための材料となったのだった。

一九八二年七月のある朝、わたしはリラに電話をかけ、こう告げた。

「決めたよ、リラの上の部屋、借りるから。地区に戻るわ」

82

　夏真っ盛りの引っ越しとなったが、作業はアントニオが請け負ってくれた。彼は筋骨たくましい男たち数名を使ってタッソ通りの家を空っぽにし、荷物はすべて地区の家に運んで片付けてくれた。新居は日当たりが悪く、壁は塗り替えたが、雰囲気は明るくならなかった。それでもわたしは、ナポリに戻ってからずっと想像していたのとは逆に、その暗い家がまるで嫌ではなかった。それどころか、昔と同じでアパートの窓からわずかにしか差しこまない埃っぽいその光には、子ども時代の懐かしい思い出と同じ効果があった。ただしデデとエルサはしばらく抗議をやめなかった。フィレンツェとジェノヴァで育ち、タッソ通りの輝きの中で過ごしてきたふたりの目には、タイルのがたつく床も、暗くて小さなバスルームも、大通り《ストラドーネ》の騒音もただちに嫌悪の対象となった。娘たちが諦めてくれたのは、決して無視できぬ長所もいくつかあったからに過ぎない。リナおばさんと毎日会えること、学校が近いので朝寝坊ができること、学校に自分たちだけで行けること、道端と中庭でいつまでも遊んでいられることだ。

　わたしはまもなく、地区をふたたび自分のものにする作業に熱中した。エルサを自分の通っていた小学校に入れ、デデもわたしの中学校に入れた。相手がわたしのことを覚えてさえいれば、年齢を問わず、つきあいを復活させた。自分の選択をカルメンの一家と祝し、アルフォンソと祝し、アーダと祝し、ピヌッチャと祝した。当然、わたしにも迷いはあり、今度の引っ越しをまったく喜んでいないピエトロにそこは指摘された。彼が電話でこう言ったのだ。

「君はいったいどんな基準に従って、僕らの娘たちを自分がかつて逃げ出した土地で育てるつもりなんだい？」

「ここで育てるつもりなんてないわ」

「だが、あの子たちのためにもっといい選択なんてまるで考慮せずに家を借りて、学校にだって入れたろう？」

「今、仕上げなきゃならない本がひとつあって、その仕事はここじゃないとうまくいかないの」

「デデたちは僕に預けてくれたってよかったじゃないか」

「インマも預かってくれた？　三人ともわたしの娘よ。インマを上のふたりと別れさせたくないわ」

　それを聞いてピエトロは静かになった。わたしがニーノと別れたことを彼は喜んでいたから、引っ越しのこともやがて許してくれた。とにかく仕事に専念することだね、と彼は言った。君は自分のやるべきことがわかっているひとだ。その点は信用しているよ……。彼の言うとおりだといいのだけど、そう思った。大通り《ストラドーネ》を騒々しく行き交い、埃を巻き上げていくトラックをわたしは眺め、注射器が地面のあちこちに散乱した公園を散歩し、打ち捨てられ、誰もいない教会に入った。閉館してしまった教会の映画館の前、放棄された巣穴のようになった政党支部の前では悲哀を覚えた。アパートの家々から聞こえてくる男たちに女たち、子どもたちの怒号にわたしは耳を澄ました。特に夜だ。家族のあいだの争い、隣人同士の衝突にわたしは怯え、簡単に暴力に訴える彼らに怯え、少年グループ間の争いに怯えた。薬局に行けばジーノを思い出し、彼の殺害現場を見れば震え上がり、そっと迂回して、彼の両親と痛ましい気分で顔を合わせた。ふたりはまだ、暗い色の古い木製カウンターのうしろに立っていた。背は前より曲がり、頭も白髪交じりだったが、相変わらず親切だった。わたしは思った。幼いころの自分はこうした地区のすべてに対してあくまで受け身だったが、今度はこちらの意思に従わせることができるか試してみようじゃないか。

「どうして決心したの？」引っ越しから少したってリラに尋ねられた。もしかすると彼女は何か優しい答えを待っていたのかもしれない。またはそれまでの彼女の選択の正しさを認めるような答えか。たとえば、リラは地区に残って正解だったよ、外の世界に飛び出してみたって仕方ないって、やっとわたしもわかったんだ、というような。ところがわたしはこう答えた。

「これは実験なの」

「実験って、なんの？」

わたしたちは彼女の事務所にいた。ティーナは母親のそばにおり、インマはひとり勝手にやっていた。わたしは説明を試みた。

「再構成の実験よ。リラは自分の人生をみんなここにまとめておくことに成功したけど、わたしにはできなかった。自分がばらばらのかけらになって、散らばっているみたいな感じがするの」

彼女は賛成しかねるという顔をした。

「そんな実験やめときなって。じゃないとレヌーはきっとがっかりして、また地区を出ていくことになるよ。わたしだってばらばらだし。パパの靴屋なんてこの事務所から目と鼻の先なのに、北極と南極みたいにかけ離れちゃってるんだから」

わたしは楽しげな声を装った。

「寂しいこと言わないでよ。わたしは仕事柄、ひとつの事実と別の事実を言葉を介してくっつけないといけないの。それで最後には、実際はどうあれ、何もかも筋が通っているように見せないと駄目なんだから」

「でも筋が通ってないのに、どうしてそのふりをしなきゃいけないの？」

「秩序は必要だもの。ほら、いつかリラに読んでもらったけど、気に入ってもらえなかった小説覚えてる？　あの作品の場合、わたしがナポリについて知っていることをピサとフィレンツェとミラノで学んだことの中にはめこんでみようとしたの。あの原稿、このあいだ出版社に渡したら気に入ってもらえて、出版が決まったんだよ」

彼女は目を細め、小声で言った。

「だから言ったでしょ、わたしには何もわからないって」

傷つけてしまったのがわかった。わたしはこうなじったも同然だった。あなたが自分の靴の物語と電子計算機の物語をひとつにまとめられないからって、誰にもできないとは言えないでしょ？　それは単にあなたにはそのための手段がないってことなのよ……。だから慌てて言葉を継いだ。出版が決まったって言っても、どうせ売れっこないし、リラの感想が正しいに決まってるよ……。それからわたしは、自分があの原稿の欠点とみなしていて、刊行前に直したいと思っている要素を思いつくままに並べ立てた。しかし彼女は話をそらし、調子を取り戻そうとするかのように、電子計算機の話を始めた。そっちにはそっちの仕事があり、こっちにはこっちの仕事がある、とでも言いたげだった。彼女は娘たちに聞いた。エンツォが買った新しい機械、見せてあげようか。

彼女はわたしたちを小さな部屋に連れていった。そしてデデとエルサに説明した。これはね、パーソナル・コンピューターという機械なの。もの凄く高いんだけど、とても素敵なことがいっぱいできるのよ。今からやってみせるからね……。彼女はスツールに座るとまずはティーナを膝に乗せ、それから辛抱強くひとつひとつの要素をデデとエルサと我が子に対して説明していった。でも、わたしには一度も言葉をかけてくれなかった。

わたしはそのあいだずっとティーナを見つめていた。母親と話し、あれこれ指差しては、これは何？　と尋ね、母親が耳を貸さなければ、彼女のブラウスの裾を引っ張り、あごをつかんで、ママ、これは何？　と女の子は粘った。するとリラはまるで大人を相手にするみたいな説明をした。一方、うちのインマはおもちゃの荷車をうしろ手に引っ張りながら部屋の中を歩き回っており、時々、困った顔をして床に座りこんだ。おいでインマ、リナおばさんのお話、面白いわよ。わたしは何度もそう呼びかけたが、娘は荷車で遊ぶのをやめなかった。

インマはリラの娘ほどには賢くなかった。うちの子は成長が遅れているのではないかという以前からの不安は数日前に払拭されていた。腕がいいと評判の小児科医に診てもらい、娘にどんな種類の遅れもないとわかって、ほっとしたところだったのだ。それでもインマとティーナを比べれば、やはりいくらか残念だった。ティーナは本当に元気な子どもだった。あの子を眺め、その話す声を聞けば、気持ちが明るくなった。それに母と娘が一緒にいるところを見るたび、わたしは深く感動した。リラがコンピューター――この言葉をわたしたちが使いだしたのはそのころのことだった――の話を終えるまで、わたしはうっとりとふたりの姿を見つめていた。その瞬間、わたしは幸せで、自分に満足していたから、親友のリラのことも好きだとはっきり思えた。人柄も、才能も、欠点も、彼女が産み落とした小さな命も含めて、彼女の何もかもが大好きだった。ティーナは好奇心にあふれ、なんでもあっという間に覚え、語彙も豊富で、手先も驚くほど器用だった。わたしは思った。この子はエンツォにはほとんど似ていない。リラと瓜ふたつだ。ほら、ああして目を瞠った表情も、目を細めた表情も、耳たぶの小さい耳の形までそっくりじゃないか……。わたしは実の我が子よりもティーナに惹かれていたが、その事実は認めまいと頑張っていた。それでもリラが豊富な知識の披露を終えると、わたしはコンピューターに興奮してみせ、インマがつらい思いをするのを承知でティーナをべた褒めし（〝お行儀いいわね、なんて美人さんなの、おしゃべりもお上手、それになんでも知ってるのね〟）、リラにさんざんお世辞を言って、本の出版を予告することで彼女に与えた不快感を和らげようとした。そして最後に、うちの三人娘と彼女の娘を待っているはずの未来を楽観的に予想してみせた。きっとこの子たちはたくさん勉強して、世界中を旅するんでしょうね。みんないったい何になるのかな……。ところがリラは、ティーナに熱烈なキスをして、そうね、お前はとても頭のいい子だもんね、と褒めておきながら、わたしには辛辣な返事をした。ジェンナーロだって賢い子だったよ。おしゃべりだって達者だったし、本だってよく読んだし、学校の成績だってよかった。それが今はどうだい?

83

ある晩、リラがジェンナーロの悪口を言うのを聞いたデデが、勇気を奮って彼をかばったことがあった。娘は怒りに顔を赤く染め、ジェンナーロはとても頭がいいわ、と言ったのだ。リラは興味深げにうちの娘を見つめ、にこりとすると、こう答えた。優しいのね。わたし、あの子の母親だから、そう言ってもらえると凄く嬉しいわ。

その時以来、デデは、自分はどんな場合でもジェンナーロを守る許可を得たものと思ったらしく、リラが息子にひどく立腹している時でも彼をかばった。ジェンナーロはもはや十八歳の大柄な若者で、父親の若い時のようなハンサムな顔をしていたが、体つきはもっとずんぐりしていて、ひどい気難し屋だった。十二歳のデデのことなど鼻にもかけず、もっとほかのことで頭がいっぱいという様子だった。それでも彼女は、ジェンナーロこそは地球上にこれまで現れた男性人類のなかでもっとも驚異的な個体だと信じて疑わず、暇さえあれば彼を賞賛した。時にはリラもご機嫌斜めで、そんなデデに何も答えぬこともあったが、そうでもなければあの子の言葉を笑い飛ばしてから、何言ってんの、あんなのただのごろつきだよ、あんたたち三人姉妹のほうがずっと偉いさ、きっとママよりも偉くなるよ、と大声で続けた。するとデデは褒められたことは喜びながらも（このわたしよりも自分は優秀だと思う時、あの子は幸せを覚えるらしかった）、自分などたいしたことはないとすぐに謙遜して、決まってジェンナーロを持ち上げた。

デデはとにかく彼に夢中だった。工場から帰ってくるジェンナーロを窓際で待つことなどしょっちゅうで、その姿が見えた途端、お帰り、リーノ、と叫んだ。もしも彼が（滅多にないことだったが）ただいま、と返事をしようものなら、あの子は踊り場に駆け出し、階段を上ってくる彼を見下ろして、会話を試みた。お疲れさま、その手はどうしたの？ そのつなぎ、暑くない？ ふた言か三言、彼が何か答えれば、もう大喜びだった。まれに普段よりも相手の関心を引くことに成功すると、彼と少しでも長くいたくて、あの子はインマを捕まえ、リナおばさんのところに連れてくね、ティーナと遊ばせてやるの、と言って、こちらが承知する前に家を飛び出した。

あれほどわたしとリラのあいだの距離が狭まったのは、子ども時代も含め、初めてのことだった。わたしの床は彼女の天井だった。踊り場をひとつ挟んで階段をふたつ下りれば彼女の家で、ふたつ上ればわたしの家だった。朝も夜も、下の家族の声が聞こえた。くぐもってよくわからない会話、ティーナのさえずるような声、やはりさえずるように娘に答えるリラの声、エンツォの低い声。普段は無口な彼が娘とはよくしゃべり、しばしば歌まで歌ってやるのも聞こえた。きっとリラもこちらの気配を感じているのだろうとわたしは想像していた。彼女が仕事に出かけ、うちの上の娘ふたりが学校に行っていて、インマとティーナだけが我が家に残っている時など――ティーナはよくうちに預けられ、泊まることもあった――下の階はしんとしてしまい、わたしは、帰宅するリラとエンツォの足音を待ちわびた。

まもなく何もかもがよい方向に進みだした。デデとエルサはインマの面倒をよく見るようになり、中庭かリラのところまで一緒に連れていくようになった。わたしが家を空けねばならない時は、リラが娘たちを三人とも預かってくれた。好きに使える時間がそこまでたくさんできたのは、何年ぶりかの話だった。わたしは本を読んだり、自分の原稿を見直したりして過ごし、ニーノがいなくても幸せで、彼を失う不安もなかった。ピエトロとの関係も改善された。わたしの元夫は前よりも頻繁に娘たちに会いにナポリに来るようになり、わたしたちのアパートの貧しげな暗さにも、デデよりもエルサに顕著だったナポリ風のアクセントにもすっかり慣れ、しばしば泊まっていくようになった。そうした時、彼はエンツォには礼儀正しく接し、リラとはよくおしゃべりをした。過去には彼女についてわたしに悪い評価を聞かせたこともあるピエトロだったが、そんな風に彼女とひと時を過ごすのは好きらしかった。リラのほうはどうだったかと言えば、毎回、ピエトロが去るとすぐにわたしに向かって、他の誰に関しても滅多に示さぬ興奮とともに、彼の話をした。たとえば大真面目でこんなことを聞かれたこともあった。あのひと、いったい何冊くらい本を読んだのかしら。五万冊とか、十万冊くらい？　恐らくリラはわたしの元夫に、幼いころに彼女が思い描いていた、仕事のためではなく、知的欲求のために読んだり書いたりする、空想上の知識人たちの姿を重ねていたのだろう。

「そりゃレヌーだってとっても頭いいよ」ある晩、彼女は言った。「でも、あのひとの話し方がわたし大好きなの。書き言葉を織り交ぜて話すんだけど、本の文章をそのまま読んでいる感じとは違うの」

「わたしはそうだって言うの？」ふざけて聞いてみた。

「少し、ね」

「まだそんな風に聞こえる？」

「うん」

「そういう話し方を身につけなかったら、わたしのことなんて、いつまでたっても誰も認めてくれなかったと思う。地区の外の話だけど」

「彼ってレヌーと似てるんだけど、もっと自然なんだよね。ジェンナーロが小さかったころ、わたし、まだピエトロのこと知らなかったけど、まさにああいう人間に育てないといけないって思ってたんだよ」

彼女はよく息子の話をした。あの子にはもっと色々してやるべきだった。でも自分には時間も、根気も、能力もなかった。彼女はそう言った。そして、最初のうちはわずかながらもできる限りの教育を施したのに、そのうち諦めて、わたしはあの子を見限ってしまった、と自分を責めた。ある晩、彼女の話題は息子から娘へと途切れることなく移った。大きくなったらティーナまで駄目になってしまうのではないか。彼女はそんな心配をしていた。わたしはティーナを褒めちぎった。正直な気持ちだった。すると彼女が真面目な顔で言った。

「レヌーも今はここにいるんだから、ティーナを助けてやって。デデとエルサみたいにしてやってほしいの。エンツォも是非そうしてくれって、わたしからレヌーに頼んでって言ってるの」

「わかったわ」

「お願いね。こっちもあなたを助けるから。学校だけじゃ足りないもの。オリヴィエロ先生のこと、覚えてるでしょ？　わたしにはあの先生だけじゃ足りなかった」

「今とは時代が違うわ」

「どうかな。ジェンナーロにはできるだけのことをしたけど、うまくいかなかったし」

「それはリラの責任じゃなくて、地区のせいだって」

するると彼女は真剣な表情でこちらを見て、言った。

「それはないと思うよ。でも、レヌーもここでわたしたちと暮らそうって決めたからには、一緒に地区を変えていこうね」

84

彼女との関係はそれから数ヵ月のうちにとても緊密になった。買い物にはふたりで肩を並べて行くようになり、日曜日が来れば、大通り《ストラドーネ》に並ぶ毎週同じ顔ぶれの出店を冷やかして歩くよりも、エンツォも誘ってみんなで中心街に向かい、娘たち四人をお日さまに当て、海辺の空気を吸わせるようにした。散歩のコースはカラッチョーロ通り沿いか、市民公園の中だった。エンツォはティーナを肩車して運び、とても可愛がった。甘やかしすぎな気配さえあった。ただしわたしの娘たちにも彼は常に気を配り、風船やお菓子を買い与え、一緒になって遊んでくれた。わたしとリラはわざと遅れて歩いた。そしてふたりでおしゃべりをし、何でも話題にしたが、思春期のころとは違っていた。あの時代は二度と戻るはずがなかった。彼女がテレビで見聞きしたことについてこちらに質問をし、わたしが勝手気ままに返答をするというのがいつものパターンだった。たとえば、ポストモダニズムについて、出版業界の問題について、フェミニズムの最新動向について、その場の思いつきですらすら答えた記憶がある。リラは瞳にうっすらと皮肉な輝きを浮かべながら、熱心に話を聞いてくれた。より詳しい説明を求める時にだけ口を開き、自分の意見は決して述べなかった。彼女を聞き手に話すのは気持ちがよかった。耳を傾ける彼女の感心した様子も好きだったし、レヌーって物知りね、よくそうも色々と考えられるものだわ、といった言葉も嬉しかった。からかい口調で言われる時もあったが、それでも悪い気はしなかった。こちらから意見を求めれば、彼女は必ず尻込みし、やめてよ、馬鹿なこと言いたくないから、そっちが話して、とさも嫌そうに言った。彼女が有名人の誰かの名を挙げ、知りあいかと尋ねられ、知らないと答えてがっかりされる、ということもよくあった。わたしが実際に会ったことのある有名人のことを一般人とどこも変わらないと語っても、やはりがっかりされた。

「つまり」とある朝、彼女は結論した。「有名人って見かけとは違う人間だってことなんだね」

「ぜんぜん違うよ。仕事に関しては有能なひとも多いけど、それ以外の場面では貪欲で、ひとを傷つけては喜んで、強い人間には媚を売って、弱い人間には噛みつくような連中ばっかだよ。徒党を組んでは他のグループと衝突して、女のことなんて、散歩に連れてく小さなわんちゃん扱いだし、暇さえあれば下ネタ飛ばして、この辺のバスの痴漢みたいに体を触ってくるんだから」

「ちょっと大げさじゃない？」

「本当だって。何も聖人でないと立派なアイデアは湧かないって法はないんだから。それに、なんにしても本物の知識人なんてほんのひと握りしかいないの。知識人面《づら》した連中の大半は死ぬまでだらだら他人の意見にけちをつけて過ごすだけなんだから。自分のライバルとなり得る相手を片っ端から叩くことばかりにエネルギーを費やしているんだよね」

「じゃあ、どうしてレヌーはそんなやつらと一緒にいるの？」

わたしはあんな連中となど一緒にはいない、わたしはここにいる。そう答えた。エレナは上位の世界に属する人間ではあるが、毛色が違うとリラには思ってほしかった。それに彼女自身がそうした方向にわたしを誘導しようとしていた。たとえば、わたしが仕事仲間たちのことを皮肉っぽく語れば楽しんでくれたが、同時に、彼らが今後もわたしの仲間であり続けることを彼女は望んでいた。時には、あなたは本当に大衆に物事の有り様を説明し、何をどう考えるべきかを説明する人間たちのひとりなのか、と彼女からしつこく確認を求められているような印象も受けた。彼女の考えでは、地区に戻って暮らすというこちらの選択が意味を持つためには、わたしはこの先も、本を書いたり、新聞や雑誌に記事を書いたり、時々テレビに出たりする人間のひとりでなければならないのだった。そんな特別な人間の輝きがあなたにある限り、友人としても、隣人としても歓迎しましょう、ということだ。わたしもそんな彼女の期待に応えた。彼女の支持はわたしに自信を与えてくれた。わたしは市民公園で彼女の傍らにおり、ふたりの子どもたちもそこにいたが、その実、彼女とははっきりと異なり、もっとスケールの大きな人生を生きる人間なのだった。自分は彼女よりもずっと豊かな経験を重ねてきたと思えば鼻高々だったし、彼女のほうもそんなわたしのことを喜んでくれているのがわかった。わたしは彼女にフランスにドイツ、オーストリアにアメリカでの日々を語り、あちこちで参加した数々の議論について語り、ニーノと別れてから巡りあった最近の男たちについて語った。彼女は微笑みながらこちらのひと言ひと言にじっと耳を傾け、自分の話は一切しなかった。わたしの火遊びの話をいくら聞かされても、何も打ち明けようとはしなかった。

「エンツォとはうまくいってるの？」ある朝、わたしは尋ねた。

「まあね」

「リラはほかの男のひとに興味を持つことってぜんぜんないの？」

「ないよ」

「彼が大好きなんだ？」

「まあね」

それ以上の情報はどうにも引き出せず、いつもわたしひとりがセックスについて、往々にして生々しい話をすることになった。わたしはべらべらしゃべり、彼女は沈黙を守った。とはいえ、日曜の散歩のあいだに何が話題になったとしても、彼女の体はわたしを魅了する何物かを必ず発散し、過去と同じようにこちらの頭脳を刺激して、思考を助けてくれた。

だからこそわたしはあんなにも頻繁に彼女に会おうとしたのかもしれない。彼女は相変わらずある種のエネルギーを発してひとを気楽にしたり、決意を固めさせたり、無頓着に解決策を暗示したりした。あの力に影響されていたのはわたしひとりではなかった。彼女は時おりわたしと娘たちを夕食に招いてくれたが、わたしのほうから彼女とエンツォ、そしてもちろんティーナを家に招くことのほうが多かった。ジェンナーロは呼ばなかった。呼びようがなかったのだ。あの子は夕食の時間も外で過ごし、夜遅くまで家に帰らぬことが多かった。エンツォがそんなジェンナーロを心配しているのはわたしもすぐに気づいた。ところがリラのほうはそのたび、もう大きいんだから、勝手にすればいいの、などと言った。でもわたしには、彼女がパートナーの不安を和らげようとしてそんなことを言うのだとわかった。そうした時の口調はわたしと会話をする時と同じで、エンツォは彼女の言葉にうなずき、元気の出る液体のようなものが彼女から彼へと伝わるのだった。

地区の通りを歩いてみても同じことが起きた。一緒に買い物に行くたび驚かされたのだが、リラはひとつの権威となっていた。住民はひっきりなしに彼女を引き留め、敬意ある親密な態度で片隅に連れていっては、何やら耳にささやきかけ、彼女も相手の言葉に身じろぎひとつせずに聞き入るのだった。新しい仕事で収めた成功ゆえの扱いだろうか。できないことはない女という印象のためだろうか。それとも彼女がいつも発していた例のエネルギーが、四十も間近に迫った彼女に、呪文を操る恐ろしい魔女めいた雰囲気を与えていたからなのだろうか。答えは今もわからない。人々がわたしよりも彼女に重きを置くことに驚かされたのは確かだ。わたしは有名な作家で、出版社は新作の刊行に向けて今から新聞や雑誌でわたしが話題になるように根回しに力を入れており、現に『ラ・レプッブリカ』紙ではかなり大きめのわたしの写真が新刊紹介の短い記事に添えられ、〝エレナ・グレーコの新しい小説には大きな期待が寄せられている。物語の舞台は、今まで誰も描いたことのない、真っ赤な血の色をしたナポリだ〟などと紹介されていた。ところがそうして彼女の傍らにいると、わたしたちが生まれたその場所では、わたしなど飾り物に過ぎず、リラの功績を証明する者でしかないのだった。つまり、わたしと彼女を赤ん坊の時から知っている者たちはこう考えていたのだ。リナに特別な引力があればこそ、自分たちの地区はエレナのような有名人と通りで会うこともできるのだ、と。

85

多くの者たちは疑問に思っていたはずだ。新聞や雑誌で見る限り裕福で有名なはずのわたしがなぜわざわざ、あのみすぼらしい家に越してきたのか、しかもあそこは荒廃の一途をたどる地域ではないか、と。もしかすると誰よりも理解できずにいたのは娘たちだったのかもしれない。ある朝、デデが嫌な顔をして学校から帰り、こう告げた。

「変なおじいさんがうちのアパートの入口の中でおしっこしてたよ」

エルサが震え上がって帰ってきて、こう言ったこともあった。

「今日ね、公園でひとが刺されたんだって」

そうした時はわたしも怯え、自分の中の、ずいぶん前に地区を脱出した部分が腹を立て、娘たちのことを心配し、もうたくさんだと声を上げた。家ではデデもエルサもきれいな標準語を話していたが、窓の外から聞こえてくるふたりの声や、階段を上ってくる姉妹の声を聞いていると、特にエルサがとてもきつい方言を使い、下品な言葉まで口にすることがあった。わたしに叱られると、あの子は反省するふりをした。しかし、下品な振る舞いの魅力とその他の多くの誘惑に抵抗するためには強い自制心が必要だ。それはわたしもわかっていた。親が創作に熱中しているあいだに娘たちが道に迷うなんて、そんな話があっていいものだろうか……。そうした疑問にかられるたび、地区での生活は期間限定だと思い出して、落ちつこうとした。新しい本が出たら、今度こそナポリとはお別れだ。わたしは自分に何度もそう言い聞かせた。小説の最終稿さえ仕上げられれば、もうここに用はない。

わたしの新作が、地区のもたらすあらゆる要素を糧としていたのは疑いようのない事実だった。しかし執筆があんなにも順調だったのは、地区に留まり一歩も動かなかったリラから目を離さなかったことが何より大きかった。彼女の声、視線、振る舞い、悪さと寛大さ、方言にいたるまで、そのすべてがわたしたちの生まれた土地と密接につながっていた。彼女のベーシック・サイトさえ、その異国風の社名（地元住民からは方言でバシッシートと呼ばれていた）にもかかわらず、天から急に落ちてきた隕石というよりは、地区の貧困に暴力、荒廃のもたらした、ひとつの予期せぬ効果に見えた。だから彼女を参考にすることは、わたしの物語にリアリティを与えるために欠かせない作業に思えた。それが済んだら永遠にここを去ろう……。わたしはミラノに移り住むつもりでいた。

リラの事務所に少しいるだけで、彼女を取り巻く状況がよくわかった。たとえばわたしはそこで彼女の兄をよく見かけた。リーノはもう誰が見てもわかるほどドラッグにむしばまれていた。アーダもよく見かけた。彼女はステファノを自分から完全に奪った仇敵マリーザへの憎悪を隠そうともせず、日ごとにその表情は険しさを増した。アルフォンソもよく見かけた。彼は顔にも仕草にも女らしさと男らしさが交互に突出を続け、その結果生まれる効果はわたしに嫌悪の念をもたらす日もあれば、感動させる日もあり、いずれにせよ危ういものを感じさせた。いつどこで誰に殴られたものか、片目に青あざがあったり、唇が割れていることもしばしばだった。カルメンもよく見た。ガソリンスタンドの青い上っ張りに身を包んだ彼女はリラを片隅に引っ張り、占い師を相手にしているみたいにいつも質問をしていた。アントニオの姿もよく見た。何やらもごもご言いながらリラにつきまとうか、美しいドイツ人妻と息子たちを表敬訪問のように事務所に連れてきて、行儀よく黙っていた。そこにいれば、噂も際限なくわたしの耳に入ってきた。ステファノ・カッラッチは食料品店を閉めるつもりだ。あいつはもう一文無しで、とにかく金に困っている……。誰々を誘拐した犯人はパスクアーレ・ペルーゾだ。仮にあいつでなかったとしても、無関係ということはあり得ない……。アフラゴーラのシャツ工場の火事は工場主の何某《なにがし》が保険金狙いで自分で火を点けたんだよ……。デデには気をつけな、薬《ヤク》入りのあめ玉を子どもに撒いているやつがいるんだってさ……。小学校の周りをうろついているホモ野郎がいて、子どもをさらってくらしいよ……。ソラーラ兄弟が新地区にナイトクラブを開くって。女にドラッグさ。あんまり音楽がうるさくて誰も眠れなくなるって言うぞ……。夜のたびに大通り《ストラドーネ》を馬鹿でかいトラックが何台も通るんだけど、それが原子爆弾どころじゃなくやばいものを運んでいるんだってさ……。ジェンナーロがたちの悪い連中とつきあいだしてね。やめないようなら、わたしあの子を家に閉じこめて、仕事にだって行かせないよ……。トンネルの中で見つかった死人、ほら、あの殺された女ってやつ、実は女みたいな男だったんだって。やけに血が多い男だったらしくて、ガソリンスタンドまで流れてきたって言うよ……。

わたしは子どものころに自分とリラがなりたいと思っていた作家という立場で観察し、耳を傾けた。

本当に作家になったわたしは、まもなく出版されるボリュームのある作品に磨きをかけたり、書き直したりしているところだった。初稿には方言を混ぜすぎた、そう思えば、方言の部分を消して、修正した。そうすると今度は少なすぎる気がしてきて、また方言を追加する、そんな具合だった。わたしは地区にいながら、作家という役割に留まり、虚構の中にいる限り安全だった。野心的な仕事が地区におけるわたしの滞在を正当化し、作業が続く限り、すべてに意義を与えていた。我が家を照らす病んだ光にも、通りから聞こえてくる品のない大声にも、娘たちが日々さらされている危険にも、晴れた日には砂埃を、雨の日には泥水をはね上げる大通り《ストラドーネ》の車通りにも、ベーシック・サイトに押し寄せるリラとエンツォの客にも、田舎の金持ち連中の大きな高級車にも、彼らの成り金趣味な服装にも、威張ったりへつらったりする丸々と太った体にも、存在意義を与えていた。

ある時、ベーシック・サイトでインマとティーナと一緒にリラを待っていて、不意にはっきりと見えたことがあった。リラは新しい種類の仕事をしているかもしれないが、彼女自身はわたしたちの古い世界にどっぷりと浸かったままだ、ということだ。そう思ったきっかけは、彼女がこの上なく下品な調子でひとりの客を罵る声が聞こえてきたからだ。何かお金の問題だったらしい。わたしは仰天した。礼儀正しく威光を発していたあの女性はどこに消えてしまったのだろう。エンツォが駆けつけ、客の男——六十代の小男だが、ずいぶんな太鼓腹だった——は罵りながら出ていった。あとでわたしはリラに尋ねた。

「リラって本当は誰なの？」

「どういう意味？」

「はぐらかす気なら、いいわ」

「そんなことないって。でも、わかるように説明して」

「つまり、こういう土地で、たちの悪い連中を相手にして、今みたいな態度を取っちゃって平気なの、ってこと」

「わたしだって注意はしてるよ、みんなと同じで」

「それだけ？」

「というか、注意をして、その上で、わたしの思うように物事が進むように采配してるつもり。わたしたち、いつだってそうしてきたじゃない？」

「うん。でも今は、わたしもリラもずっと責任があるでしょ？　自分に対しても、子どもたちに対しても。リラだって、一緒に地区を変えていこうって言ってたじゃない？」

「じゃあ聞くけど、地区を変えるにはどうすればいいと思う？」

「法律に頼るべきよ」

口をついて出た答えにわたしは自分で驚いた。主張を続けるうち、自分が元夫よりも合法主義者であり、多くの点でニーノに輪をかけてその傾向が強いことに気づかされ、また驚いた。リラは鼻を鳴らした。

「法律が効果あるのはさ、〝法律〟って聞いただけで気をつけしちゃうようなひとたちを相手にしている時だけだよ。でも、ここの連中がどんなだか知ってるでしょ」

「じゃあ、どうするの？」

「法律を恐がらない人間を相手にする時は、こっちがそいつを震え上がらせるしかないね。レヌーも見たさっきの馬鹿野郎のために、わたしたちたくさん仕事をしたんだよ。本当、もの凄くたくさん。ところが、今さら金は払いたくないと言うじゃないか。すっからかんなんだって。訴えてやるって、わたしだって脅したよ。そしたら、なんて答えたと思う？　勝手に訴えろ、裁判なんて屁でもない、だって」

「でも、訴えるんでしょ？」

するとと彼女は笑った。

「それじゃ一生、わたしのお金は戻ってこないよ。かなり前にね、うちの会計係に何百万ってお金を横領されたことがあるんだ。首にして、訴えたけど、司法は動こうとしなかった」

「じゃあどうしたの？」

「待つのに飽き飽きしたから、アントニオに頼んだよ。お金はすぐに戻ってきたね。だから今度も同じ。裁判も、弁護士も、裁判官もなしで、お金は戻ってくるよ」

86

要するにアントニオはリラのためにその手の仕事もやっていたのだった。ただし無償で、友情のため、または個人的な敬意ゆえの協力だったようだ。あるいは、真相はわからないが、もしかするとリラが、アントニオのボスであるミケーレに彼を貸してくれと頼み、彼女の頼みならばなんでも聞くミケーレが手下を貸し出す、という仕組みだったのかもしれない。

だがミケーレは本当に、彼女の頼みならばなんでも聞いたのだろうか。わたしが地区に越してくる前までは間違いなくそうだったが、そのころには実際どうなっているのかよくわからなくなっていた。まずはいくつかのぼんやりとした前兆があった。リラがミケーレの名前を以前のような馬鹿にした調子では口にしなくなり、嫌悪感か、明らかな不安をにじませるようになったのだ。そもそも、彼は滅多にベーシック・サイトに姿を見せなくなっていた。

何かが変わった、初めてそう気づいたのは、マルチェッロとエリーザの結婚式でのことだった。豪華絢爛の披露宴でマルチェッロは最初から最後まで隣のミケーレを離さず、弟の耳にしょっちゅう何かささやいては一緒に笑い、肩を抱いていた。ミケーレ自身、以前の元気を回復した様子で、昔のように長くて、大げさなスピーチをいくつもし、そのあいだ隣には、もはや尋常ではなく太ったジリオーラと息子たちが――彼から受けたひどい扱いは水に流したかのように――おとなしく座っていた。リラの結婚式の時代にはまだ田舎っぽくて品のなかった宴が今風になっていたことにも驚いた。品のなさがもっと都会的になっていたのだ。リラ自身、振る舞いも言葉遣いも服装もそうした変化に適応しており、不協和音を奏でていたのはわたしと娘たちくらいなものだった。派手な色に大げさな笑い声、度を超した贅沢が支配するその場では、わたしたち四人はあまりに地味だった。

だからなのかもしれない。ミケーレが怒りを爆発させた瞬間はとりわけ緊張を呼んだ。その時、彼は新郎新婦を賞賛するスピーチをしていたのだが、会場の真ん中で幼いティーナがインマに取られた何かを返してほしがり、金切り声を上げていた。一方では彼が話し、一方では女の子がわめくという状態だった。そこでミケーレがぱっと話をやめ、ぎょろりと目を剝いて怒鳴ったのだ。リナ、そこのわずらわしいガキをいい加減、黙らせちゃくれねえか？　彼はそう言った。今でもよく覚えている。リラはミケーレを長いことにらみつけたが、何も言い返さず、立ち上がろうともしなかった。彼女はただ、隣に座っていたエンツォの手にゆっくりと片手を重ねた。わたしは急いで席を離れ、女の子ふたりを外に連れ出した。

事件は花嫁を動かした。わたしの妹のエリーザだ。ミケーレのスピーチが終わり、万雷の拍手の音が聞こえたと思ったら、この上なく豪華な純白のウェディングドレスを着た彼女が外のわたしのところまで来て、陽気に言った。ミケーレ、すっかり元に戻ったみたいなの。それからこう続けた。でも、小さな子どもに対してあれはないよね……。彼女はインマとティーナを抱き上げると、笑い、冗談を言いながら、子どもたちと会場に戻った。わたしは戸惑いつつも妹を追った。

それからしばらくは、エリーザも元に戻ったらしいと思っていた。事実、結婚式以来、彼女は大きく変わった。あたかもそれまでは結婚という箍《たが》がなかったために性格が歪められていたのだと言わんばかりの変化だった。エリーザは落ちついた母親となり、穏やかな上に物事に動じぬ妻となり、わたしに対してつんけんすることもなくなった。娘たちと一緒に家を訪れても――ティーナを連れていくこともしばしばだった――愛想よく迎えてくれ、子どもたちにも優しく接してくれた。マルチェッロも――たまにしか会わなかったが――親切だった。彼はわたしのことを小説を書くお義姉さんと呼び（〝小説を書くお義姉さんは元気にしてるか？〟）、いつも愛想よく短い挨拶をしてから、姿を消した。家の中はいつ行っても完璧に片付いていて、エリーザとシルヴィオは毎度、パーティーでもあるみたいな格好でわたしたちを迎えた。ただ、まもなく気づいたのだが、昔の小さなわたしの妹は完全にいなくなってしまった。結婚を境に、嘘ばかりで本音はひと言だって漏らさないソラーラ夫人が誕生したのだった。彼女の優しげな声と口元の微笑みは夫を模倣したものだった。わたしのほうはエリーザにも、甥っ子にも愛情をこめて接しようと努力した。しかしあのシルヴィオという男の子はどうしても好きになれなかった。マルチェッロにあまりにも似ていたためだ。エリーザもそのことには気がついたらしい。ある午後、妹は数分間だけ辛辣な彼女に戻ってわたしに言った。お姉ちゃんはリナの娘のほうがうちの子よりも好きなんだね……。わたしはそんなことはないと誓い、シルヴィオを抱きしめ、何度もキスをした。しかし彼女は首を振って、大声を出すのだった。そもそも引っ越し先だってリナの隣で、うちとか、父さんのそばじゃなかったもんね……。つまりエリーザは相変わらずわたしに腹を立てており、しかも今ではペッペとジャンニに対しても恩知らずだと怒っているようだった。当時ふたりはバイアーノ（ナポリの東、約三十キロにあるアヴェッリーノ県の町）に暮らし、働いていたが、あれだけ世話になったマルチェッロにも音沙汰なしだと彼女は言うのだった。家族の絆は強いってよく言うけど、そんなことないのよね……。エリーザはひとつの法則でも示すみたいな調子でそんなことを言ってから、こう続けた。絆が壊れないようにするためには強い意志が必要よ。マルチェッロみたいにね。頭がおかしくなったミケーレだって、うちの夫が元どおりにしてみせたわ。披露宴でミケーレがしてくれた素敵なスピーチ、聞いたでしょ？

87

ミケーレが正気に戻ったことをよく示していたのが、きざなおしゃべりの復活もそうだが、苦難の時期に間違いなくすぐそばで彼を支えた人物がエリーザとマルチェッロの結婚式に招待されなかったという事実だった。アルフォンソのことだ。式に招かれなかったことをわたしの元クラスメイトはひどく悲しんだ。何日ものあいだ彼は嘆き続け、自分がソラーラ兄弟にどんな不義理を働いたというのかと辺りをはばからず、大きな声で自問した。彼は言うのだった。僕はあのふたりの下で何年も働いたのに、どうして招待してもらえなかったのだろう……。やがてひとつの事件が起き、物議を醸した。ある晩、アルフォンソはリラとエンツォと一緒にわたしの家に食事に来た。彼はとても落ちこんでいた。以前、ミッレ通りの店でマタニティドレスを試した時を除けば、わたしの前では女装を披露したことが一度もなかった彼が、その日は女性の格好でやってきた。それを見て、わたしよりもデデとエルサが啞然としていた記憶がある。あの晩の彼は最初から最後までわずらわしく、酒をたくさん飲んだ。リラに対して、僕、太ったと思う？　ブスになった？　もうリナには似てない？　としつこく尋ね、エンツォにも、ねえ、僕とリナ、どっちがきれい？　と尋ねた。そのうち彼は便秘がひどいと愚痴を言いだし、娘たちに向かって、お尻が死にそうに痛いんだ、などと言った。それからわたしに対し、何が悪いのかちょっと見てほしいと言いだした。品のない笑い声を上げながら、お尻を見てくれよ、と言う彼をデデは戸惑い顔で見つめ、エルサは笑いをこらえていた。結局、エンツォとリラがそそくさと連れ出さねばならなかった。

ところがアルフォンソは平静を取り戻さなかった。翌日、化粧はせず、男装で、目を真っ赤に泣き腫らした彼は、バール・ソラーラでコーヒーを飲んでくると言って、ベーシック・サイトを出た。そしてバールの入口でミケーレとすれ違った。ふたりがそこでどんな言葉を交わしたのかは誰も知らない。数分後、ミケーレはアルフォンソに殴る蹴るの暴行を加え、シャッターを下ろすための棒をつかむと、それでさんざん叩いた。アルフォンソは相当ひどい状態で事務所に戻ってきたが、あくまでも、僕が悪いんだよ、僕が加減を間違えたんだ、と言い張った。いったい彼がなんの加減を間違えたのかはわからずじまいとなった。とにかくそれ以降、彼の状態は余計に悪化していき、リラも不安そうにしていた。彼女はしばらくエンツォを落ちつかせようとして苦労する羽目になった。弱い者いじめが大嫌いなエンツォが、ミケーレのところに行ってくる、アルフォンソにしたようなことをあの野郎が俺にできるか見届けてやる、と言って聞かなかったのだ。もうやめて、ティーナが恐がるから、といさめるリラの声はうちの部屋まで聞こえてきた。

88

そして一月がやってきた。わたしの新しい作品はすでに、地区で起きた無数の小さな出来事のこだまをたっぷりと吸収していた。そこでわたしはひどい不安に取り憑かれた。原稿の最後の仕上げという段階で、リラにまた読んでもらえないか（〝だいぶ書き換えたから〟）恐る恐る頼んでみたが、きっぱりと断られてしまった。前作も読んでいない自分には不向きな役目だというのだった。わたしは心細くなった。自分で書いた原稿にいたずらに心を支配されたような状態で、いっそのことニーノに電話をして、読んでもらえぬか聞いてみようかとさえ思った。でも向こうがこちらの住所も電話番号も知っているのにただの一度も連絡を寄越さず、もう何カ月もわたしのことはもちろん実の娘のこともお構いなしだと気づいて、諦めた。原稿は最後の暫定的な段階を通過し、姿を消した。手放すのは恐ろしかった。次に会う時にはもはや完成形で、一字一句直しようがないとわかっていたからだ。

広報部のジーナから電話があった。『パノラマ』誌が新作の校正刷《ゲラ》を読んでとても興味を持ち、近々カメラマンをひとりこちらに寄越すという。わたしは急に、タッソ通りの立派な家が恋しくなった。またトンネルの入口で写真を撮られるのは嫌だと思った。このぼろ屋も嫌だし、麻薬中毒者の使った注射器だらけの公園も勘弁してほしかった。わたしだってもう十五年前の娘っ子ではないのだ。三冊目の作品だし、それなりの敬意を持ってほしい……。しかしジーナは本の宣伝は必要だと言って譲らなかった。そこでわたしは、カメラマンにうちの電話番号を教えておいてくれと頼んだ。せめて事前に連絡をもらって、身なりを整えたかったし、気が乗らなければ別の日に先送りしたかった。

それからの数日、わたしは家の中をできるだけきれいにしておこうと努力したが、誰も電話などしてこなかった。わたしの写真なんてこれまでたくさん出回っているから、きっと『パノラマ』も撮影は取りやめにしたのだろうと勝手に合点した。ところがある朝、デデとエルサは学校で、こちらは髪はぼさぼさ、ジーンズにすり切れたセーターという格好で床に座ってインマとティーナと遊んでいたら、玄関のブザーが鳴った。小さなふたりは、ばらばらの部品を組み合わせておもちゃのお城を作っているところで、わたしはその手助けをしていた。数カ月前から、うちの娘とリラの娘のあいだの差は完全に埋まったようだった。ふたりは正確な手つきでよく協力して作業を進めていた。ティーナのほうがひらめきに恵まれ、しばしばこちらが驚くような質問をしっかりした標準語で、しかも常にきれいな発音でしてきたのに対し、インマのほうが意志は強く、多分、お行儀もよかった。うちの子がただひとつ負けていたのは舌足らずな言葉遣いで、その難解さのあまり、みんなよくティーナに通訳を求めたほどだった。何を聞かれたか覚えていないがティーナの質問に答えていてわたしがもたもたしたため、訪問者が最初よりもうるさくブザーを鳴らした。ドアを開けると、目の前に三十前後のとても美しい女性がいた。頭は金の巻き毛で、丈の長い水色のレインコートを着ていた。それがカメラマンだった。

カメラマンは実に開けっ広げなミラノ女だった。服装は全身、高級品で固めていた。あなたの電話番号、なくしちゃったの、と彼女は言った。でも結果オーライね。思いもしない時に撮られたほうがポートレートっていい絵になるものだから……。彼女は辺りを見回した。ここまで来るの、本当に大変だったわ。ひどい場所ね、でも、撮影には最高よ。その子たち、あなたの子ども？　言われてティーナはにっこりしたが、インマは表情を緩めなかった。いずれにしてもふたりとも、カメラマンを妖精か何かと思っているのは確かだった。わたしは彼女に子どもたちを紹介した。インマはわたしの娘、ティーナは友だちの子なの……。ところがこちらの言葉が終わらぬうちから向こうはわたしのぐるりを回りながら、複数のカメラを取っ換え引っ換え、あれこれ道具を取り出しながら、写真をパシャパシャ撮りだした。ちょっと着替えてきたいんだけど、そう言ってみたが、絶対駄目、そのままが素敵、と言われてしまった。

彼女はわたしを追い立て、台所、子ども部屋、わたしの寝室と、家のあらゆる場所に連れていった。バスルームの鏡の前にも立たされた。

「今度のあなたの本、持ってる?」

「ないわ、まだ出てないもの」

「じゃあ、ひとつ前の本は?」

「ええ」

「それ持ってきて、ここに座って、読むふりをして」

わたしは訳がわからぬまま指示に従った。ティーナも本を持ってきて、わたしと同じポーズを取ると、インマに命令した。ほら、写真撮って。それを見てカメラマンは大喜びし、子どもたちと床に座れとわたしに言い、何度もシャッターを切って、ティーナとインマを喜ばせた。それから彼女は、次はあなたの娘とのツーショットを撮りましょう、と声高らかに告げた。そこでインマを抱き寄せようとすると、彼女は、ううん、こっちの子がいいわ、凄くユニークな顔してるから、と言って、ティーナをわたしの横に寄越し、おびただしい枚数を撮った。インマが悲しげな顔をした。わたしも、と言うあの子の声を聞いて、わたしは腕を広げ、娘を大声で呼んだ。さあ、ママのところにおいで。

その朝はあっという間に過ぎた。水色のレインコートを着た彼女はわたしたちを外に連れ出したが、いくらか緊張した様子で、カメラ盗まれたりしないかしら？　と二、三度尋ねてきた。でもそのうち興奮して、地区の貧しげな情景をすべて写真に収めたがり、わたしをぼろぼろのベンチに座らせたり、剝げかけた壁の前に立たせたり、古い公衆便所の脇でポーズを取らせたりした。撮影のあいだわたしはインマとティーナに、ふたりとも遠くに行かないで、車が来るからじっとしてて、お願い、と注意しっぱなしだった。ふたりは――金髪と黒髪、同じ背丈のふたりは――手をつなぎ、じっと待っていた。

リラは夕飯時になって職場から戻り、娘を受け取りにわたしの階まで上がってきた。ティーナは母親に家に入る間も与えず、その日の出来事を語った。

「すっごくきれいな女のひとが来たんだよ」

「わたしよりもきれいだった？」

「うん」

「レヌッチャおばさんよりも？」

「ううん」

「じゃあ、一番の美人はレヌッチャおばさんだ」

「違うよ、わたしだよ」

「お前が？　馬鹿を言うんじゃないよ」

「だって本当だもの、ママ」

「で、そのひと何をしにきたの？」

「お写真を撮りに」

「誰の写真？」

「わたしの」

「お前だけかい？」

「そうよ」

「お前は嘘ばっかり言って。インマ、こっちおいで。おばさんに何があったのか教えてくれない？」

89

『パノラマ』が出るのをわたしは待った。楽しみだった。広報部はよく動いてくれていると思ったし、自分が写真記事の主役となったのも誇らしかった。ところが一週間が過ぎても、記事は掲載されなかった。二週間が過ぎても音沙汰なし。三月も末となり、わたしの本が書店に並びだしても駄目だった。そのころには他の媒体からの取材で忙しくなっていた。ラジオ番組のインタビューも受けたし、『イル・マッティーノ』紙の取材もあった。やがて本の紹介のためにミラノに行くことになった。イベントは十五年前と同じ書店で開かれ、やはりあの時と同じ教授が司会を務めてくれた。アデーレもマリアローザも姿を見せなかったが、聴衆は前回よりも多かった。教授はわたしの新作について、声にあまり熱意は感じられなかったが、好意的に語り、数名の聴衆——大半は女性だった——が発言し、主人公の複雑な人間性に感動したと言ってくれた。今やわたしも慣れきったお決まりの儀式だった。翌朝にはミラノを発ち、へとへとになってナポリに帰った。

旅行鞄を引きずりながら帰宅する途中だったと思うのだが、大通り《ストラドーネ》で一台の車がわたしのほうに寄ってきた。運転席にはミケーレ、隣にマルチェッロが座っていた。昔、この兄弟の車に引きずりこまれそうになり――ふたりはその前にアーダにも同じことをしていた――リラに守ってもらった時の記憶がぱっと甦った。しかもあの時と同じく、わたしの手首には母さんのブレスレットがあった。ブレスレットが苦痛を感じるはずもないのだが、わたしは即座に手を引っこめて守ろうとした。ところがマルチェッロは前方を見つめたままで挨拶ひとつせず、いつもの優しげな声で、やあ、小説を書くお義姉さん、とも言わなかった。口を開いたのはミケーレで、激怒していた。

「レヌー、今度の本にいったい何を書いたんだ？　故郷に泥を塗るつもりか。俺の一族に泥を塗るのか。お前が育つのを見守り、お前を尊敬し、お前を愛するみんなの顔に泥を塗るのかよ？　どうなんだ、俺たちの美しい町に泥を塗るつもりなのか」

彼は身をよじり、後部座席からまだインクのにおいがしそうな『パノラマ』の最新号を取ると、窓からわたしに向かって突きつけた。

「お前ってこんなに嘘つきだったのか」

わたしはグラビア誌を眺めた。開かれていたのはわたしについての記事のページだった。家の床に座っているわたしとティーナの大きなカラー写真が載っていた。キャプションのミスにはすぐに気がついた。エレナ・グレーコと娘のティーナ、とあったのだ。だからその時は、問題はこのキャプションなのだろう、と思った。でも、どうしてミケーレはこんなに怒っているのだろう？　わたしは戸惑いつつ答えた。

「間違ってるね。でもわたしのせいじゃないわ」

ところが彼は、余計に意味のわからないことを怒鳴った。

「間違ったのは雑誌じゃない、〝お前たちふたり〟のほうだ」

「ふたりって誰？　意味がわかんないんだけど」

そこで初めてマルチェッロが口を開き、不愉快そうにこう言った。

「ミケー、もうやめておけ。リナのやつにいいように利用されてるのにレヌーは気づいちゃいないんだよ」

そして彼は車を急発進させた。『パノラマ』を持ったわたしを歩道に残して。

90

わたしは傍らに旅行鞄を置いたまま、立ち尽くしていた。問題の記事を読んだ。地区の醜い場所の写真ばかりが並ぶ四ページの記事だった。わたしが写っているのはティーナと一緒のあの一枚だけだった。とてもいい写真で、わびしい部屋の背景がふたりに独特な美しさを与えていた。記者はわたしの本の書評もしなければ、小説としては紹介もせず、記事で〝ソラーラ兄弟の支配地〟と呼ばれている特定の地域、新しい犯罪組織《カモッラ》との関係も疑われる地域について語るために利用していた。マルチェッロについての言及は少なかったが、主にミケーレについて行が費やされ、やり手で、良心のかけらもなく、癒着する政治家も商売の流れ次第で簡単に乗り換える男とされていた。彼らの商売とは何か？　『パノラマ』は、合法な商いも非合法な商いもごちゃ混ぜにして次のように列挙していた。バール菓子店、皮革業、製靴業、スーパーマーケット、ナイトクラブ、高利貸し、おなじみの煙草密売、故買、ドラッグ、震災復興現場への干渉。

冷や汗が出てきた。

わたしは何をしてしまったのだろう。どうしてここまで不注意でいられたのか。

フィレンツェでわたしが書き上げたのはあくまで架空の物語だった。自分の子ども時代と思春期の実際の出来事に着想を得た創作だったが、その作業には距離ゆえの無頓着さがあった。あの町から見れば、ナポリはほとんど空想上の土地だった。映画に出てくる町と同じで、通りも家々も本物だが、残酷な物語やラブストーリーの背景に利用されるだけの存在だ。それが、引っ越しをしてリラと毎日会うようになってからのわたしはリアリティの追求に熱中し、地名こそ挙げなかったが、本物の地区を語りだした。しかしどこかでやりすぎ、虚構と真実のバランスが崩れてしまったのだろう。完成した本では登場する道の一本一本、アパートのひとつひとつが実際にはどこだかわかった。下手をすると登場人物と暴力さえ、モデルの見当がつく恐れがあった。一連の写真はわたしの小説が実は何を含んでいたかをはっきりと示し、舞台となった地理的範囲を完全に特定しており、執筆中はずっと作り物だったはずの地区がそこでは虚構であることをやめていた。記者は地区の歴史を語り、ドン・アキッレ・カッラッチ殺人事件とマヌエーラ・ソラーラ殺人事件にまで触れていた。いや、触れていたどころではなく、後者を長々と語り、カモッラのファミリー同士の抗争の一端が顕在化したものか、

〝危険なテロリストであるパスクアーレ・ペルーゾ〟の凶行ではないかと推察していた。パスクアーレは〝地区に生まれ育った元現場作業員で元共産党地区支部書記〟と解説されていた。でもわたしは自分の小説では、パスクアーレのことも、ドン・アキッレの事件も、マヌエーラの事件も語ったりはしなかった。カッラッチ家とソラーラ家の面々はわたしにとってシルエットに過ぎず、声に過ぎなかった。つまり、方言の響き、仕草、時に暴力的な調子によって、まったくの想像の産物である物語の世界を豊かにしてくれる存在だ。現実の彼らの問題に口を挟むつもりなどなかったのに、〝ソラーラ

兄弟の支配地〟とは何ごとだろうか。
わたしが書いたのは小説なのに。

91

わたしは激しく動揺したままリラの家に向かった。娘たちを預かってもらっていたのだ。エルサは、あれ、もう帰ってきちゃったの？　と言った。わたしがいないほうが気楽なのだ。デデは気の抜けた挨拶をしてから、いい子っぽくつぶやいた。ママ、ちょっと待ってね。宿題が終わったら、抱きしめにいくから……。ただひとり大喜びをしたのはインマで、わたしの片方の頬に唇を押しつけてそのまま離れず、長いキスをしてくれた。ティーナも同じことをしたがった。ただこっちはそれどころではない気分だったので、ふたりの相手もそこそこに、すぐにリラに『パノラマ』を見せた。そして不安を押し殺してソラーラ兄弟との出来事を伝えてから、あいつら怒ってるわ、と告げた。リラは落ちついて記事を読むと、ただひと言、素敵な写真じゃないの、と感想を述べた。わたしは声を荒らげた。

「わたし、抗議の手紙を書く。ナポリのルポルタージュならいくらでも書けばいいわ。政治家の誘拐事件とか、カモッラの犠牲者がまた出たとか、なんでも勝手に書けばいい。でもわたしの本をこんな適当に使われるのはごめんよ」

「どうして？」

「だって小説だもの。本当の話を書いた訳じゃないわ」

「わたしはそうだと思ってたけど」

わたしはえっと思って彼女を見つめた。

「何言ってんの？」

「実名こそ挙げてなかったけど、これはあの話だってわかるところがたくさんあったよ」

「なんでもっと早く言ってくれなかったの？」

「言ったよ。こんな話、嫌いだって。物事はきちんと語るか、まるで語らないか、どちらかにすべきなんだよ。なのにレヌーの話はどっちつかずだった」

「小説だもの」

「小説でもあり、そうでもないところもある、って感じだったね」

わたしは反論せず、余計に不安になった。こうなるともう、ソラーラ兄弟の反応と、たった今、彼女に何年も前の厳しい評価を平然と繰り返されたことのどちらのほうがつらいのかよくわからなかった。わたしはほとんどうわの空で、デデとエルサに目をやった。ふたりは『パノラマ』を見ていた。エルサが叫んだ。

「ティーナおいで、写真が雑誌に載ってるよ」

ティーナは近づいてきて、自分の写真を眺め、驚きに目を瞠り、嬉しそうな笑みを浮かべた。インマがエルサに尋ねた。

「わたしはどこ？」

「インマはいないよ、だってティーナは美人だけど、あんたブスだもの」姉は答えた。

そこでインマはデデにそれは本当かと尋ねた。するとデデは、記事のキャプションを大きな声で二度読んでから、こんな嘘を末の妹に信じこませようとした。インマの下の名前ってアイロータじゃなくて、サッラトーレでしょ？　つまりあなたはママの本当の娘じゃないの……。それを聞いてわたしも堪忍袋の緒が切れた。疲れと怒りが重なり、つい怒鳴ってしまった。いい加減にしなさい、うちに帰るわよ。娘たちは三人とも反対した。ティーナも三人を応援し、リラにも夕ご飯を食べていけと強く勧められた。

　言われたとおりにした。リラはわたしを安心させるため、自分が本にけちをつけたことまで忘れさせようとした。彼女はまず方言で語りだし、それから、特別な機会にだけ取り出して、そのたびわたしを驚かせる、とっておきの見事な標準語に切り替えた。話題は大地震の時の体験だった。あれから二年以上が過ぎていたが、彼女がそれまで――ナポリの町がどんなに悪くなったか嘆く時以外――決して振り返ろうとしなかった話だった。わたしね、あれからずっと忘れないように気をつけていることがあるんだ。それは、わたしたちがやたらと混雑した存在だってこと。とにかくみんな、色々入ってるんだよね。物理学に宇宙物理学に生物学、宗教に魂、中産階級《ブルジョア》に労働者階級《プロレタリアート》、資本に労働に利潤に政治、たくさんの響きのいい文句にたくさんの耳障りな文句、内の混沌に外の混沌、そんなものでわたしたちは充ち満ちているの。だから落ちつきなって――彼女は笑いながら大きな声で言った――ソラーラ兄弟がなんだって言うのさ。レヌーの小説はもう世に出た。何度も何度も書き直してさ。ここでの暮らしは物語をずっと本物っぽくするのにちゃんと役立ったみたいじゃない？　でも、もう出ちゃったんだから、取り戻すことはできないよ。ソラーラが怒ってる？　連中には諦めてもらうしかないね。ミケーレに脅された？　構うことないさ。今にもまた新しい地震が起きるかもしれないんだよ？　それも、前よりずっと大きいやつが。そうじゃなきゃ、宇宙が丸ごと崩れ落ちちゃうかもしれない。それなのにミケーレ・ソラーラがなんだっていうの？　なんてことないよ。マルチェッロだって同じ。あの兄弟は、金の取り立てと脅迫くらいしか能のない、肉の塊に過ぎないんだから……。そこで彼女はため息をつき、小声で続けた。ソラーラはこの先もずっと危険な獣のままだと思う。どうしようもないんだよ、レヌー。片方は手なずけたつもりだったけど、兄貴がまた残酷な男に戻しちまった。ミケーレがアルフォンソをどんなにひどい目に遭わせたか、見たでしょ？　あいつ、本当はわたしをあんな風に叩きのめしたいんだけど、その勇気がないんだよね。レヌーの本と『パノラマ』の記事と写真にあいつがむかついてるのだって、つまりはみんなわたしに対する怒りなの。だから、あなたもわたしを見習って、気にしちゃ駄目。レヌーのせいで記事にされちゃって、そりゃ、あいつらは気に食わないでしょ。表の稼業にも裏の稼業にも悪い影響が出るからね。でもわたしたちにとってはいいニュースじゃない？　何を心配しろっていうの？

わたしは静かに聞いていた。そんな風にところどころ自信過剰な言葉も交えて彼女が語る時、わたしの胸にはいつも同じ疑問が湧いた。もしかしてリラは今も子どものころのように本を貪り読んでいるのに、どういう訳かわたしにはそれを隠しているのではないか。彼女の家には本など一冊もなく、あるのは仕事関連の非常に専門的なマニュアルくらいなものだった。普段は無教養な人間を装っているくせに、こうして突然、生物学に心理学を語り、人類とはいかに複雑な生き物かと語りだすリラ。どうして彼女はわたしに対してこんな真似をするのだろう？　わからなかったが、支えを必要としていたわたしは構わず信用した。結局、リラはわたしを落ちつかせることに成功したのだった。記事を読み直してみると、今度は気に入った。写真をよく眺めれば、地区は醜かったが、ティーナとわたしは素敵だった。わたしたちは料理を始めた。食事の支度をしていると、いい案配に考え直してみることができた。記事も写真も今度の本には好影響を与えるだろう。フィレンツェで生まれたわたしの文章は、ナポリで——それもリラの上の部屋で——肉付けされて、確かにとてもよくなった……。そうね、とわたしは彼女に言った。ソラーラなんて気にするのやめるわ。するとなんだかほっとして、子どもたちにもまた優しくできるようになった。

夕食前、何やらふたりでひそひそ話をしていたインマがティーナを連れてわたしのところに来た。娘は例によってしっかりした言葉となんとかぎりぎり理解できる言葉を織り交ぜ、こう尋ねてきた。

「ママ、ティーナがね、ママの子どもはわたしとティーナのどっちなのか、知りたいんだって」

「インマも知りたいの？」わたしは聞き返した。

娘は目を潤ませて答えた。

「うん」

するとリラが言った。

「わたしたちね、ふたりのどちらのママでもあるの。だからふたりとも大好きよ」

職場から帰ったエンツォは娘の写真に大喜びだった。翌日、彼は『パノラマ』を二冊買い求め、自分のオフィスに写真全体とティーナの部分だけ切り抜いたものをどちらも飾った。間違っているキャプションはもちろん切り取った。

92

今、こうして書いていると、自分がどれだけ幸運に恵まれ続けたかに気づいて、恥ずかしくなる。新しい本はただちに話題となった。味わい深い本だと讃える者もあれば、主人公の人物設定が巧みだと褒める者もあり、痛いほどのリアリズムが秀逸だとする者もあれば、わたしの奇抜な発想を絶賛する者もあり、女性ならではの柔らかで優しい語り口が素晴らしいと言う者もあった。つまり、好評ばかり押し寄せてきた訳だが、互いに矛盾した評価も少なくなかった。あたかも評者たちは書店で売っているわたしの本など読んでおらず、それぞれの先入観が生んだ幻の本を賞賛しているみたいだった。『パノラマ』の記事が出てからは、どの書評もある一点においては意見の一致を見せるようになった。わたしの作品が過去にまったく例のない手法でナポリを語っているという点だ。

契約で約束されていた数冊が手元に届いた時、わたしはあんまり嬉しくて、リラに一冊贈ろうと決めた。前の二作はどちらも贈らなかったし、今度の本にしてもあげたところで、どうせすぐにはページをめくろうともしないだろうとは思った。それでも彼女には強い友情を感じていたし、心底頼れるただひとりの相手だと思っていたから、感謝の念を示したかった。しかし彼女の反応は芳しいものではなかった。どうやらその日はとりわけ忙しかったらしい。あのころ彼女は、差し迫った六月二十六日の選挙を巡る地区住民の対立に例のごとく好戦的な態度で深く関わっていたのだ。または、よくわからないが、何か腹の立つ出来事でもあったのかもしれない。とにかくわたしが差し出した本に彼女は触れようともせず、もったいないからいいよと遠慮した。

わたしはがっかりした。気まずいところを救ってくれたのはエンツォだった。それ、俺にくれないか。彼はぼそりと言った。俺は本を読むのがあまり好きじゃないが、ティーナのために取っておいてやりたいんだ。大きくなったら読めるようにさ……。そして彼は女の子のために献辞を求めてきた。戸惑いながらもこう書いたのを覚えている。ティーナへ、わたしたちの誰よりも立派になることを願って。それからわたしが声に出してその文句を読むと、リラが怒鳴った。わたしよりも立派になれなんて簡単すぎるよ。ずっとずっと立派になってほしいもんだね……。ゆえなきナンセンスな抗議だった。わたしは〝わたしたちの誰よりも立派に〟と書いたのに、それを彼女は〝わたしよりも立派に〟

と勝手に縮小解釈したのだ。エンツォもわたしも聞かなかったふりをした。彼は本をコンピューター関連のマニュアルの並ぶ棚にしまった。そしてわたしたちの話題は、わたしがたくさんの招待を受けていること、出張に次ぐ出張が待っていることに移った。

93

その手の敵意はたいてい目にも明らかな形で示されたが、親切そうで優しげな見た目の陰に潜んでいることもあった。たとえばリラは、わたしの娘たちの世話を相変わらず喜んで引き受けてくれたが、ちょっとした声のニュアンスでこちらに彼女への恩義を意識させるところがあった。あたかも、あなたの今があるのも、これからがあるのも、みんなわたしが自分を犠牲にして、そうさせてあげているおかげなのよ、とでも言われている気がしたのだ。そうした響きを彼女の声に聞き取るたびにわたしは気が重くなり、ベビーシッターを雇おうと提案した。ところが彼女もエンツォもほとんど怒りだし、そんな提案は言葉にすることさえ許されないという雰囲気になってしまうのだった。リラに子どもを預ける必要があったある朝、彼女が不満げに急ぎの用事を列挙するものだから、こちらもかちんときて、別にわたしとしてはほかの解決策を探してもいいのだと言ってやった。すると彼女は喧嘩腰で言い返してきた。無理だなんて言ってないでしょ？　レヌーに助けが必要なら、わたしのほうはなんとかするよ。デデたちがうちに預けられて不満を言ったことある？　わたしの面倒見が悪かったことあった？　それを聞いてわたしは、彼女が単に〝あなたがいなければやっていけない〟というこちらの言葉を待っているのだと判断した。そこで心からの感謝の念をこめて、わたしの作家としての世間での活動はあなたが支えてくれないととても前に進まないときちんと認めた。そして、それからは一切遠慮なしに自分の仕事に専念した。

　優秀な広報部のおかげでわたしは毎日違う新聞や雑誌に登場し、二度ほどテレビにも出演した。わたしは大喜びだったが、ひどく緊張もしていた。自分に対する関心の高まりは嬉しかったが、いつか余計なことを言ってしまいそうで恐かったのだ。気が張りつめておかしくなりそうな時は、ほかに誰にも頼れる者がなく、必ずリラに助言を求めた。

「ソラーラ兄弟のこと聞かれたらどうしよう？」

「思ってることをそのまま言えばいいよ」

「でもあいつらが怒ったらどうする？」

「今はレヌーより、向こうのほうがずっとレヌーにびくびくしてるから大丈夫だって」

「でも心配だもの。ミケーレ、前よりやばそうだったし」

「本って、声を聞かせるために書くものよ。黙っているためじゃないわ」

　実際にはわたしは常に慎重であろうとした。熱い選挙戦の真っ最中だったので、インタビューを受ければ政治的な発言は避け、連立政権の五つの与党のために他党支持者から票をかき集めるべく暗躍していた——公然の秘密だったが——ソラーラ兄弟の名も挙げまいと心がけた。その代わり、地区の生活条件の悪さについて、地震後のさらなる荒廃について、貧困について、合法を装う非合法な商取引について、当局の黙認について熱心に語った。そして——相手の質問とその時のひらめき次第で——自分の話をした。どんな教育を受け、進学のためにどれだけの苦労をし、ピサ高等師範学校でどんな女性差別を受けたかを語り、母さんのことも、娘たちのことも語り、フェミニズムの思想についても語った。出版業界にとっては複雑な時期であり、同世代の作家たちはみな前衛主義的作品と伝統的作品のあいだで迷い、自分の立ち位置をなかなか決められず、不振にあえいでいた。しかしわたしは優位にあった。第一作を六〇年代末に刊行し、第二作で確かな教養と幅広い関心の持ち主であることを示したわたしは、過去に少しは作品が売れており、新作を待つ読者たちも一応いる、数少ない作家のひとりだったのだ。こうして我が家の電話は日ごと頻繁に鳴るようになった。しかし記者たちに文学的な問題に関する意見や感想を尋ねられることは滅多になく、たいていはナポリの現況についての社会学的考察と発言を求められた。いずれにしてもわたしは喜んで取材に応じた。そしてまもなく『イル・マッティーノ』紙にさまざまなテーマで寄稿するようになり、『ノイ・ドンネ』誌のコラム連載を承諾し、呼ばれればどこでも駆けつけて自著を紹介し、その時その時の聴衆の期待に沿う話をするようになった。我ながら自分に起こりつつあることが信じられなかった。過去の二作もそれなりに売れたが、今度の本の売れ方はずっと凄まじかった。たとえばわたしはそれまで知りあう機会もなかった非常に著名な作家ふたりから電話をもらった。有名な映画監督にも会見を希望された。わたしの小説を映画化したいという話だった。毎日、外国のさまざまな出版社からわたしの本を読ませてほしいと依頼があるという話も聞かされていた。そんな具合でわたしはますます得意になっていった。

そうしたなかでも特にわたしを喜ばせた電話が二本あった。一本目はアデーレからの電話だ。彼女の声はとても愛想よく、孫たちの近況を尋ねてから、実はピエトロからデデたちのことは聞いている、写真を見たがとても可愛い、と褒めてくれた。わたしは聞き役に徹し、ありきたりな言葉をわずかに発するに留めた。彼女は今度の本についてこう言った。もう一度読んでみましたよ。ずいぶんと書き直したのね、とてもよく書けてますよ……。そして別れの挨拶を告げてから、ジェノヴァに本の紹介で来ることがあれば、絶対に電話をくれ、孫たちも連れてきて、わたしに少し預けてくれ、と約束させられた。わたしは必ずそうすると答えたが、内心、この約束を自分はまず守らないだろうと思っていた。

その数日後、ニーノが電話をしてきた。彼は今度のわたしの小説は驚異的だと言い（〝イタリアでは想像できなかった高水準な文章だよ〟）、三人娘に会わせてほしいと要求した。昼食に招いてやると、彼はデデとエルサとインマの相手を熱心にし、当然ながら延々と自分の話をした。ナポリにはほとんどおらず、ずっとローマ暮らしで、わたしの元義父とはよく一緒に働き、重要な職務をいくつも抱えているとのことだった。状況は好転しつつあるよ、イタリアはようやく近代化の道を進みだしたんだ。彼は何度もそう言った。それがやがてこちらの目を見つめ、不意に熱っぽい声で、また僕と一緒になってくれ、と言った。わたしは大笑いしてから、こう答えた。インマに会いたければ、いつでも電話ちょうだい。でもわたしとあなたのあいだにはもう交わすべき言葉なんて何もないわ。あの子も幽霊と一緒に作ったんじゃないかって気がしているの。ベッドにいたのはあなたじゃなかった、それは確かかね……。ニーノはふくれ面で立ち去り、その後はぴたりと音沙汰なくなった。それから彼はわたしたちのことを――デデとエルサとインマ、そしてわたしを――しばらくのあいだ忘れた。出ていった彼の背後でわたしが玄関のドアを閉じた時には、もう忘れていたはずだ。

94

さて当時のわたしに、まだ望むべきものなどあったろうか。無名だったわたしはついに何者かになろうとしていた。アデーレ・アイロータが謝罪をするように電話をかけてきたのも、ニーノ・サッラトーレが許しを求め、わたしのベッドに戻ろうとしたのも、わたしがあちこちから招待を受けていたのもそれゆえのことだった。もちろん、娘たちと別れ、ほんの数日でも母親であることをやめるのはつらかった。それでもやがて我が子との別離すらひとつの習慣に成り果てた。いつだってすぐに罪の意識よりも、聴衆の前でいい格好をしなければという意識のほうが強くなった。頭はさまざまなことでいっぱいになって、ナポリと地区はおぼろな存在となった。新しい風景の数々がわたしの心を占め、初めて見る美しい町に着くたび、そこに移り住んでみたいと思った。魅力的な男性にも毎度たくさん会った。彼らはわたしをひとかどの人物として扱い、陽気な気分にしてくれた。こうしていつもわずか数時間のうちに目の前に誘惑的な可能性の数々が広がり、母親としての自制心は弱まり、時にはリラに電話をすることも、娘たちにおやすみを言うことも忘れた。そして、子どもたちがいなくても自分は生きていける、そんな思いが心をよぎって初めてわたしは我に返り、反省するのだった。

やがて、とてもつらい出来事が起きた。南部での長い宣伝ツアーに出かけた時のことだ。一週間、家を留守にする予定だったが、インマの具合が悪く、元気がなくて、ひどい風邪を引いていた。わたしのせいであり、リラに腹を立てる訳にはいかなかった。彼女は実によく子どもたちを見てくれたが、やることが山とあったので、あの子たちが跳ね回って汗をかき、体を冷やすことまでいちいち気をつけていられなかったのだ。出発前にわたしは広報部に宿泊先のホテルの電話番号をすべて教えてもらい、念のためリラに渡しておいた。そして、何か問題があれば電話をしてくれ、すぐに戻ってくるから、と頼んだ。

わたしは出発した。最初は病気のインマのことばかり考え、機会があれば必ず電話をした。でもそのうち忘れてしまった。新しい土地に着くたびに丁重な歓迎が待っていて、スケジュールがぎっしりと組まれていて、こちらも先方の期待に応えようと努力し、一日の終わりには延々と続く夕食の席で成功を祝された。その繰り返しで時間は飛ぶように過ぎた。一度はリラに電話をしたが、誰も出ずに諦めた。別の時はエンツォが出て、例によって言葉少なに、レヌーは仕事を頑張れ、こっちは心配はいらない、と言われた。デデが出て、こっちはみんな元気よ、ママ、じゃあね、楽しんできて、と大人っぽい声でひと息に言って切られてしまったこともあった。ところが家に帰ってみると、インマは三日前から病院だというではないか。肺炎になり、入院したらしい。リラはインマと一緒で、仕事をすべて投げ出し、ティーナさえ置き去りにして、うちの娘と病院にこもりっぱなし、とのことだった。わたしは絶望し、誰も何も教えてくれなかったことに抗議した。しかしリラはわたしが帰宅してからも指揮権を譲ろうとはせず、インマの責任者を自任して譲らなかった。レヌーは出張で疲れてるんだから、いいから家に帰って休んで。彼女はそう言うのだった。

わたしは実際、疲れていたが、体より心が参っていた。インマがわたしを一番必要としていた時にそばにいてやれず、支えてやれなかったのが悔しかった。おかげでわたしは、娘がどのように、どれだけ苦しんだのかも知らなかった。一方、リラはうちの子の病が経た段階を最初から最後まで記憶しており、娘の苦しげな呼吸も、不安も、病院に駆けつけた時のことも記憶していた。今、病院の廊下にいるリラの姿は、わたしよりも疲れきっているようだった。彼女はずっとインマに優しく触れてくれていた。もう何日も家には帰らず、ろくに睡眠も取っていない様子で、疲れた暗い目をしていた。ところがわたしのほうは、いけないとは思いながらも、胸の中が——外にも透けて見えていたかもしれない——輝いている感覚があった。そうして娘の病気を知ってもなお、何者かになれたという喜び、全国を走り回る自由な気分、自分には過去などなく、すべては今始まるのだと言わんばかりの態度で日々を過ごす楽しさを胸から追い出すことができなかった。

娘が退院してすぐ、わたしはリラにそうした自分の気持ちを白状した。心中の罪悪感と誇らしさからなる混乱をなんとか整理したい、リラに感謝を伝えたいという気持ちもあったが、インマが――わたしがそうしてやれなかったがために――彼女から何を受け取ったのか細かく教えてほしいという思いもあった。しかしリラはほとんど不快そうに答えた。レヌー、もういいって、過ぎたことでしょ？インマは元気になったんだし、今はもっと厄介な問題があるんだから……。てっきり何か彼女の仕事絡みの問題かと思ったら、違った。それはわたしに関する問題だった。リラはインマが病気になる直前に、わたしに対してもうすぐ告訴の通知が届くという情報を得ていたのだ。わたしを訴えたのはカルメンだった。

95

ショックで、目の前が真っ暗になった。カルメン？　カルメンがわたしを訴えた？

その瞬間、成功の熱狂的な段階が終わった。わずか数秒のあいだに、インマを置き去りにした罪悪感が、喜びも地位も財産も何もかも裁判で取り上げられてしまうかもしれないという不安とひとつになった。わたしは自分を恥じ、己の野心を恥じた。今からカルメンと会ってくると言うと、リラは反対した。でも彼女がほかにも色々と知っているのに黙っている感じがしたので、わたしは構わず出かけた。

まずはガソリンスタンドに向かったが、カルメンはいなかった。ロベルトは困った顔で応じ、告訴については何も答えようとせず、妻は子どもたちを連れてジュリアーノ（ナポリ北西約十キロに位置する町）の彼の親戚の家に行っていて、しばらく戻ってこないと告げた。彼のことは放っておき、わたしは真偽を確かめるべく彼らの家に急いだ。しかしカルメンは本当にジュリアーノに行ったか、さもなければ玄関のドアを開けようとしなかった。とても暑い日だった。落ちつこうと思って少し歩いてから、次にアントニオを探した。彼なら何か知っているはずだと思ったのだ。ただいつも出かけているから、捕まえるのは難しいだろうと思った。ところが彼の奥さんに床屋に行っていると教えてもらい、行ってみると本当にいた。カルメンの告訴について聞いているかと尋ねると、彼はわたしの問いに答える代わりに学校の批判を始め、教師どもは俺の息子たちを目の敵にする、ドイツ語と方言しかしゃべらないと非難するくせに、標準語は教えようともしない、などと言った。そして急に声を潜めたかと思うと、こんなことを言いだした。

「ちょうどいい、お前にお別れを言っておこう」

「どこに行くの？」

「ドイツに戻るんだ」

「いつ？」

「まだわからない」

「じゃあどうして今、お別れなんて言うの？」

「お前がなかなかいないからさ、滅多に会えないしな」

「そっちが会いにきてくれないんじゃない？」

「それはお互い様だろ」

「でもどうして行っちゃうの？」

「家族がこっちの生活になじめないんだよ」

「あなたがミケーレに追い出されるんじゃなくて？」

「あいつは命じ、俺は従うんだ」

「つまりあいつがこれ以上あなたを地区に置いておきたくないってことね」

彼は自分の両手に目を落とし、じっくりと眺めた。

「時々だけど、神経の発作がぶり返すんだ」そう言うと、彼は母メリーナに話を移した。頭の具合がよくないという。

「お母さんはアーダに預けていくの？」

「連れていくよ」ぼそりと彼は答えた。「アーダのやつは自分の問題で手いっぱいだからな。それに俺はお袋と同じ病気を抱えているから、ずっとそばにいて、自分が将来どうなっちまうのか見届けたいんだ」

「メリーナ、ここで生まれ育ったんだから、ドイツじゃきっと苦しむよ」

「どこにいたって苦しむさ。そうだ、お前にひとつ忠告しておこうか」

こちらを見るその表情から、アントニオがわたしに大事なことを告げようとしているのがわかった。

「聞かせてもらいましょ」

「お前もここを出ていけ」

「なぜ？」

「なぜなら、リナのやつはお前と一緒なら無敵だと思っているが、そいつは間違いだからだ。それに俺はもうこれ以上、お前たちを助けることができない」

「助けるって、何を？」

彼は不機嫌にかぶりを振った。

「ソラーラはかんかんになってる。このあいだの選挙で地区の住民が誰に投票したか、見たか」

「知らないけど」

「昔みたいにソラーラには票の操作ができていない、明らかにそうとわかる結果だったんだ」

「つまり、どうなったの？」

「リナが動いて、たくさんの票を共産党の候補者に回したんだ」

「でもそれとわたしがなんの関係があるの？」

「マルチェッロとミケーレは、何もかもリナの陰謀だと考えている。特にお前の行動の裏にはリナがいると信じて疑わない。告訴の話は本当だし、カルメンの弁護士はソラーラのお抱え弁護士だよ」

96

わたしは家に戻った。リラのところには行かなかった。選挙の話も、票の操作も、怒り狂ったソラーラ兄弟がカルメンの陰で待ち伏せていることも、彼女が知らないはずはなかった。都合よく情報を小出しにされていると思った。わたしは出版社に電話をかけ、出版部長に告訴の件とアントニオに聞いた話を伝えてから、今のところはまだ噂の段階で、確実な情報はないのだが、とても心配だ、と付け加えた。彼はわたしを元気づけようとして、弁護士事務所に調査を依頼してみる、何かわかり次第、また連絡する、と言ってくれた。そしてこう結論した。どうしてそんなにおどおどするんだい？　君の本にとってはこれもいいことだよ……。だが、わたしは思った。わたしにとってはいいことなんかじゃない。すべて間違いだった。わたしは地区に戻ってきたりしちゃいけなかった。

それから幾日も過ぎ、出版社からは音沙汰なかったが、家にどきりとするようなものが届いた。告訴の通知だ。内容を読んだわたしは開いた口がふさがらなかった。カルメンはわたしと出版社を相手取り、販売中の今度の本の回収ととんでもない額の賠償金を求めていた。罪状は彼女の母、ジュセッピーナの思い出を傷つけたこと、とあった。そんな風に一枚の書面に──レターヘッドにも、文体にも、印章にも、印紙にも──法律の持つ力が凝縮されているのを見るのは初めての体験だった。そして、思春期から若いころまではなんとも思っていなかったものに今さら自分が怯えているのに気づいた。そこで今度はリラの元に急いだ。何があったか告げると、彼女は馬鹿にしたような声を出した。

「法律が好きだって言ってたじゃない？　お待ちかねの法律が来てくれてよかったね」

「どうしたらいいと思う？」

「派手にやっちゃえばいいんだよ」

「どういうこと？」

「今起きていること、一切合切、マスコミに話すの」

「ちょっと、頭は平気？　アントニオが言ってたわ、カルメンのうしろ盾にソラーラのお抱え弁護士がいるって。知らないとは言わせないから」

「もちろん知ってるよ」

「じゃあどうして教えてくれなかったの？」

「だってほら、レヌーはそうしてすぐに慌てるじゃない？　でも心配いらないんだって。あなたは法律が恐い、でもソラーラはあなたの本が恐いんだから」

「あの連中の財力があればこっちなんて破滅でしょ？　それが恐いの」

「違うって、まさにそのあいつらの金にこそ、レヌーは迫らなきゃ。だからじゃんじゃん書いて。ソラーラの汚い話を書けば書くほど、連中の商売はぼろぼろになるんだから」

わたしは暗澹たる気分だった。それがリラの狙い？　そういう計画だったということ？　その時、ようやくはっきりとわかったことがあった。彼女は、幼いころにわたしたちが『若草物語』の作者が備えているものとみなした力がわたしにもあると考えていたのだ。だからこそあんなにもわたしを地区に帰らせたがっていた？　わたしは何も言わず、彼女の家を出た。そして自宅に戻ると、また出版社に電話をかけた。出版部長が何か動いてくれているのではないか、ほっとできる知らせでもないかと思ったのだが、彼と話すことはできなかった。それが翌日、向こうからかけてきた。出版部長は明るい声で、今日の『コリエレ・デッラ・セーラ』に自分の記事が載っている――そう、僕が書いたんだよ――わたしが告訴された件についての記事だと告げた。彼は言った。さあ、急いで新聞を買ってきなさい。感想を楽しみにしているよ。

97

わたしはひどく不安な気持ちでキオスクに向かった。今度も記事にはティーナと一緒に写ったあの写真が使われていた。タイトルからすでに告訴の文字が躍り、数少ない勇敢な女流作家の口を封じようという目論見であると批判していた。地区の名前もソラーラの名も記されていなかった。彼の記事はわたしの事件をなかなか巧妙に、さまざまな場所で進行中である〝我が国の近代化を妨げようとする、古い時代の残滓とも呼ぶべき者たちと、南部でさえ止めどもなく進撃を続ける、政治と文化に対する刷新運動のあいだの〟衝突のひとつとして扱っていた。短い記事だったが、特に終盤では、文学の道理を〝地域社会のひどく悲しい騒動〟のそれと切り離し、よく擁護していた。

ほっとした。しっかりと守られている気分になれた。わたしは出版部長に電話をし、記事をべた褒めしてから、リラに新聞を見せにいった。きっと大喜びしてくれるだろうと思ったのだ。彼女がわたしにあると考えている力を期待どおりに発揮したつもりだった。ところがリラは冷たい声で言うのだった。

「どうしてこのひとに記事を書かせたの?」

「いけない? 出版社が味方についてくれたのよ? つまり、今度の問題に社として対応してくれることになったの。ありがたい話だと思うけど」

「こんな記事じゃたいした役には立たないよ、レヌー、これを書いたやつは本を売ることしか考えてない」

「それじゃ駄目?」

「別にいいよ。でも記事はあなたが書くべきだったね」

わたしは苛々してきた。彼女の考えがつかめなかった。

「どうして?」

「どうしてって、レヌーは文章がうまくて、今度の一件の事情だってちゃんと知ってるから。ブルーノ・ソッカーヴォを攻撃する記事を書いた時のこと覚えてる?」

その指摘はわたしを喜ばせず、むしろ不快にした。ブルーノは死んだ。彼について何を書いたかなど思い出したくもなかった。ブルーノは少々考えの浅い若者だった。あんな風に殺されたからには、彼はソラーラ兄弟の罠のみならず、たくさんの罠に落ちた犠牲者だったのだろう。わたしは自分がそんな彼を恨んでいたという事実が気に入らなかった。

「リラ、あの記事はブルーノ個人を攻撃したものじゃなくて、工場での労働環境を批判したものだったのよ」

「そうだったね、だから何？　なんにしても、あいつにはきっちり代償を払わせたじゃない？　今のレヌーはずっと有名人なんだから、もっと凄いことができるはずでしょ？　ソラーラがカルメンの陰に隠れているなんて許せない。あなたは連中の化けの皮を剥いで、支配をやめさせないといけないの」

彼女がなぜ部長の記事を認めなかったのかをわたしは理解した。表現の自由とか、後進性と現代化のあいだの闘いなんて話は彼女にとってまるでどうでもよかったのだ。彼女の唯一の関心事は〝地域社会のひどく悲しい騒動〟のほうだった。まさにそこにおいて、わたしが今、具体的な敵──わたしも彼女も子どものころからどんな手合いだか熟知している連中──との衝突に貢献することこそ、彼女の望みだったのだ。わたしは答えた。

「リラ、聞いて。カルメンが寝返ったとか、ソラーラがあの子を買収したとか、そういう話に〝コリエレ〟は興味がないの。ああいう大新聞の場合、もっと社会全体に通じる意味のある記事でないと載せてもらえないわ」

彼女は顔を歪め、言い返した。

「カルメンは寝返っちゃいないよ。あの子は今だってレヌーの友だちさ。それでもあなたを訴えたのは、あいつらに無理強いされたからに決まってるじゃないか」

「よくわかんないんだけど。ちゃんと説明して」

彼女は見下したような笑みを浮かべた。心底怒っているらしかった。

「わたしは説明なんてしないよ。本を書くのも、説明するのもそっちの役目だし。わたしに言えるのは、ここにはわたしたちを守ってくれるミラノの出版社もなければ、わたしたちのために立派な新聞記事を書いてくれるような人間もいないってことだけ。〝わたしたち〟は地方のちんけな問題だから、自分たちでなんとかするしかないの。〝あなた〟に手を貸してくれるつもりがあるならいいけど、じゃなきゃ自分たちでやるよ」

98

わたしはロベルトのところに戻り、さんざん粘ってジュリアーノにいるという親戚の住所を聞き出すと、インマを車に乗せ、カルメンを探しに向かった。

息が詰まりそうに暑い日だった。住所の家は町の郊外にあり、見つけ出すのに苦労した。ドアを開けた大女はぶっきらぼうに、カルメンならナポリに帰ったと告げた。わたしは半信半疑でインマとその場を離れた。娘はほんの百メートルも歩いたか歩かないかなのに、疲れたと愚痴ばかり言った。ところが車に戻ろうとして角を曲がったところで、買い物袋をたくさん抱えたカルメンにばったり会った。わたしを見るなり、彼女は大泣きを始めた。わたしはそんな彼女を抱きしめた。インマも真似して抱きしめたがった。それから三人で日陰に席のあるバールを見つけ、娘にお人形で静かに遊びなさいと言いつけてから、カルメンに状況を説明してもらった。彼女はリラの言葉は正しいと認めた。つまりカルメンは強制されてわたしを訴えたのだ。訴えざるを得なかった理由も教えてくれた。マルチェッロが彼女に、俺はパスクアーレの居場所を知っていると吹きこんだのだ。

「あいつが知ってるなんてこと、あり得る？」

「うん」

「でも、カルメンはパスクアーレがどこに隠れているか知ってるの？」

彼女は答えをためらったが、やがてうなずいた。

「こっちがその気になればお前の兄貴はいつでも殺せる、あいつらそう言ったの」

わたしは彼女を落ちつかせようとして、こんな主張をした。ソラーラ兄弟が本当にパスクアーレの居場所を知っているのなら、母親を殺した犯人とおぼしき人間をこうも長いこと野放しにしておくはずがない。

「じゃあ、知らないって言うの？」

「もちろんよ。でもこうなったら、パスクアーレのためにカルメンができることはひとつだけね」

「何？」

パスクアーレを救いたければ憲兵隊《カラビニエーリ》に身柄を受け渡すべきだ、わたしはそう言った。

しかし逆効果だった。彼女が態度を硬化させたのだ。わたしは慌てて、それがソラーラから彼を守るためのただひとつの方法だと説明した。しかし効果はなく、こちらの提案が彼女の耳には最悪な種類の裏切りと響いたのがわかった。わたしに対する彼女の裏切りよりずっとたちが悪いやつだ。

「このままじゃ、いつまでもあいつらの言いなりだよ？」わたしは続けた。「今度の告訴みたいに、この先も何をさせられるかわかったもんじゃないでしょ？」

「だって、わたしのお兄ちゃんだもの」彼女は叫んだ。

「これは兄妹だからどうって問題じゃないわ。あなたの兄妹愛のせいでこっちは迷惑したし、それはきっとパスクアーレを救わないし、自分だってどんな目に遭うかわからないよ？」

しかしどうにも説得のしようがなかった。いや、それどころか、言葉のやりとりを続けるにつれ、わたしのほうが自信を失う始末だった。ほどなくしてカルメンはまた涙を流し、わたしに対する自分の行いを悔いて許しを求めたり、パスクアーレがソラーラ兄弟にどんな目に遭わされるかと怯え、絶望したりした。わたしは少女時代の彼女を思い出した。カルメンがこんなにも頑固に兄を裏切るまいとする大人になろうとは、あのころの自分は思ってもみなかったはずだ。わたしは彼女と別れることにした。慰めようもなかったし、インマは汗まみれでまた病気になりやせぬかと不安だったし、自分が相手に何を求めているのかよくわからなくなってきたからだ。お前は彼女に、パスクアーレとの長い共犯関係に終止符を打てと言うのか。それが正しいことだという信念があるから？　彼女に対し兄よりも国家を選べと？　なぜ？　ソラーラから彼女を引き離し、告訴を取り下げさせるため？　彼女の不安よりもそんなことが大切なのか。わたしは彼女に告げた。

「カルメンがいいと思うようにして。なんにしてもわたし、あなたのこと恨んでないから。そのことは忘れないで」

ところが彼女は思いがけず、急に目に怒りを浮かべてこちらをにらむのだった。

「何それ？　どうしてレヌーに恨まれなきゃならないの？　あなたにはなんの損もないじゃない？　また新聞に載って、宣伝になって、本がもっと売れるんでしょ？　駄目だよレヌー、パスクアーレを憲兵隊《カラビニエーリ》に引き渡せなんて、そんなことは言っちゃいけなかった」

わたしは悲しい気分でジュリアーノを去った。ナポリに着く前から、カルメンに会おうなどと思うべきではなかったという気がしてきた。そして想像した。彼女はソラーラ兄弟のところに行き、わたしの訪問を報告するのではないか。そして連中は、部長が書いた記事が『コリエレ』に載った今や、こちらに対する新たな攻撃を彼女に強いるのではないか。

99

それから幾日もわたしは、また何か悪いことが起きるだろうと待ち受けたが、何も起きなかった。部長の記事は大きな反響を呼び、ナポリの地元紙がいずれもその内容を模倣したため、反響はさらに増幅され、わたしの元には応援の電話と手紙が山と寄せられた。何週間もすると告訴されたことにも慣れ、そうしたことは自分と同じ職業の人間にはよくある話で、多くの仲間たちがわたしよりもずっと危険に身をさらしていると知った。やがて日々の暮らしが不安を忘れさせた。わたしはしばらくリラを避け、彼女の危ない行動に巻きこまれぬように注意した。

本は売れ続けた。八月にはサンタ・マリア・ディ・カステッラバーテ（カンパーニア州サレルノ県の海辺の町）にバカンスに行った。リラとエンツォも海辺に家を借りるようなことを言っていたが、仕事が忙しくてその話は立ち消えとなり、ふたりは自然とティーナもわたしに預けた。息をつく間もない、苦労ばかりのバカンスとなり（娘たちの誰かを呼んだり、叱ったり、喧嘩の仲裁をしたり、買い物に出かけたり、料理をしたり……）、楽しい記憶と言えば、ビーチパラソルの下でわたしの本を手に寝そべる読者をふたりほど見かけたことくらいだった。

秋になると、状況はさらによくなった。かなり重要な文学賞を受賞し、結構な額の賞金をもらったのだ。わたしは得意になり、PRも宣伝もうまくなった気がして、経済的な見通しもますます明るくなった。それでも、本が出た当初の数週間に味わった成功の喜びと驚きは二度と戻らなかった。日々はいつもぼんやりとした光に包まれているようで、自分の周りに蔓延する不幸な空気の存在を感じるようになった。たとえば、少し前からエンツォは毎晩ジェンナーロを怒鳴るようになっていた。以前には滅多になかったことだ。わたしがベーシック・サイトに顔を出すと、リラがアルフォンソと内緒話をしており、近づこうとすると、話が終わるのを待つよう彼女にぼんやりとした仕草で指示されるということも幾度かあった。彼女の話し相手が、地区に戻ってきたカルメンの時も、どういう訳かドイツ行きを無期延期したアントニオの時もそれは同じだった。

リラの周囲の状況が悪化しつつあるのは明らかだったが、彼女はわたしを仲間外れにし、こちらも関わるまいとした。やがて最悪な出来事がふたつ、立て続けに起きた。まずはジェンナーロの腕が注射の跡だらけであることにリラが気づいた。あんなにも激しい彼女の怒号を聞いたのはわたしも初めてだった。リラはエンツォをけしかけ、息子を徹底的に痛めつけさせた。彼もジェンナーロも体格のいい男同士だったので、激しい殴りあいになった。翌日、彼女は兄リーノをベーシック・サイトから追い出した。ジェンナーロはおじを首にしてくれるなと母親に哀願し、ヘロインを自分に教えたのはリーノおじさんではないと誓ったが、聞き入れてもらえなかった。この悲劇は娘たちに大きな衝撃を与えたが、なかでもデデが大変だった。

「どうしてリナおばさんは自分の息子をあんな風に扱うの？」

「どうしてって、してはいけないことをしたからよ」

「彼はもう大人よ、何をしたっていいはずでしょ？」

「命に関わるような真似以外はね」

「どうして？　それだって彼の命じゃない？　自分の好きにできる権利があるはずよ。ママたち、自由ってものがわかってない。リナおばさんまで駄目なんて」

デデもエルサも、さらにはインマまで、大好きなリナおばさんがやたらと怒鳴ったり、罵倒を繰り返したりするようになったことにショックを受けていた。ジェンナーロは家から出してもらえず、一日中、わめいていた。そのおじ、リーノは、非常に高価な機械を滅茶苦茶にしてからベーシック・サイトを出て、二度と戻らなかった。彼の恨み節は地区の隅々まで響き渡った。ある晩ピヌッチャはリラの元を訪れ、夫をまた雇ってほしいと頭を下げた。彼女は息子たちのみならず義母ヌンツィアまで連れてきた。リラは母親も義姉も手ひどく扱い、彼女たちの怒鳴り声と罵声はわたしの家まではっきりと聞こえた。それじゃわたしたちがソラーラの餌食になっても構わないってこと？　とピヌッチャが絶望の悲鳴を上げれば、リラは、自業自得だよ、あんたたちのために苦労するのはもうこりごりだ、どうせ感謝の言葉のひとつもないじゃないか、とやり返した。

しかしそんな出来事も、その数週間後に起きた事件に比べればささいな話だった。ようやく状況が落ちついたかと思ったころ、リラが今度はアルフォンソと口論をするようになった。ベーシック・サイトの経営には欠かせぬ人材となっていた彼だが、信用できぬ行動を取ることが増えていた。大切な仕事の約束をすっぽかすこともしばしばで、約束を守っても、派手な化粧をして登場し、女っぽいしゃべり方をするなど、周りが気まずくなるような態度を取った。ただしもはやアルフォンソの顔立ちからはリラらしさが完全に消滅し、彼の抵抗も空しく、男らしさがまた目立つようになってきていた。そして鼻にも、額にも、目にも、彼の父親、ドン・アキッレの特徴が少しずつ戻ってきて、彼自身、そんな変化を嫌悪していた。その結果、彼はいつでも、肥満の度を増していく己の肉体からなんとか逃れようしているような有り様となり、時には何日も消息を絶った。戻ってくれば、たいてい誰かに殴られた跡があった。また仕事に戻りはしたが、まるでやる気がなかった。

そしてある日、彼は完全に姿を消した。リラとエンツォはあちこち探し回ったが、無駄足に終わった。それから何日もして市内のコロッリョの浜で彼の遺体が発見された。どこか別の場所で撲殺されたのち、海に投げ捨てられたらしい。にわかには信じられなかった。でも、残酷だがすべて真実だと悟った時、わたしは痛みに襲われた。その痛みはなかなか消えなかった。目の前にジンナジオ時代の彼の姿が浮かんだ。親切で、気が利いて、マリーザに心から愛され、薬局の息子、ジーノによくいじめられていたアルフォンソ。時には、食料品店のカウンターの向こうに立つ彼の姿を思い出してみることもあった。夏休みのあいだ、嫌々やらされていた仕事だった。ただし彼の人生の残りの部分は考えまいとした。よく知らなかったし、混乱した印象しかなかったからだ。変わってしまった彼のことは考える気になれず、近年の彼と会った記憶はすべて色あせ、彼がマルティリ広場の靴屋を任されていた時期のことも忘れた。リラのせいだ。わたしはかっとなって思った。他人を滅茶苦茶にかき混ぜて操りたがる彼女の悪い癖のせいで、アルフォンソはおかしくなってしまったのだ。彼女はこっそり彼を利用してから、そのまま放っておいたんだ。

だがわたしはほとんどすぐに考えを改めた。リラがその知らせを聞いてまだ数時間という時のことだった。アルフォンソの死を知りながらも、彼女は幾日も前から覚えていた彼に対する怒りを捨てることができず、あれはいかに信用のならぬ人間かと口汚く罵るのをやめなかった。そんな激しい罵倒の真っ最中に、彼女がわたしの家でいきなり床に崩れ落ちたのだ。それほど耐えがたい苦しみに襲われたに違いなかった。その時からわたしは、リラは彼のことを、わたしよりも、恐らくはマリーザよりも愛していたのだろうと思うようになった。そして、アルフォンソ自身よく言っていたように、彼女ほど彼を支えた人間はほかにいなかったのだ、とも。続く時間、リラは何もかもやる気を失い、仕事を投げ出し、ジェンナーロのことも構わず、わたしにティーナを預けた。彼女とアルフォンソの関係はわたしが思っていたよりもずっと複雑なものだったに違いない。きっと彼女は鏡を覗くように彼と向きあい、相手の体から自分の一部を引き出したいと思ったのだろう。二冊目の本で自分が語った内容とは正反対の行為だ。そう思うと気まずかった。アルフォンソは恐らくそんなリラの努力がとても気に入り、自らを命ある材料として彼女に差し出した。そして彼女は新しい彼を形作っていったのだろう。少なくとも、事件を頭の中でまとめ、落ちつこうとしていたその時のわたしはそんな風に思った。しかし、よく考えてみれば、それはわたしの空想以外の何物でもない。実際のところリラは、当時はもちろんあとになっても、アルフォンソとの絆についてわたしには何ひとつ語ろうとしなかった。彼女は彼の葬儀の日まで心痛で呆然とし続けた。その胸に去来した思いを知る者はない。

100

葬儀の参列者は実に少なかった。マルティィリ広場の友人たちは誰も来なかったが、親族の姿すらひとりもなかった。わたしが特にショックだったのは、母マリアがいないことだった。それを言えば彼女だけではなく、兄ステファノも姉ピヌッチャもおらず、マリーザとその息子たち――彼の子だかどうかも不確かな子どもたち――もいなかったのだが。一方、意外にもソラーラ兄弟の姿があった。ミケーレは恐ろしい顔をしていた。ひどく痩せた彼は辺りを始終、正気を疑わせる目つきでねめ回していた。マルチェッロの表情は逆に、良心の呵責に堪えないとでも言いたげで、全身高級品で固めた服装とちぐはぐだった。ふたりは弔いの行列に参加したのみならず、車で墓地まで来て、埋葬にも立ち会った。わたしはそのあいだずっと、どうしてあの連中はわざわざ葬儀になんてやってきたのだろうという自問をやめられず、リラの視線を何度も求めた。しかし彼女は一度もこちらを向いてくれず、ソラーラ兄弟に集中し、挑発的ににらみ続けていた。そして最後にふたりが立ち去ろうとするのを見ると、わたしの腕をつかみ、ひどく怒った声で言った。

「ちょっとつきあって」

「どこ行くの？」

「あいつらに話があるの」

「でもわたし、子どもたちがいるし」

「エンツォが見るから大丈夫」

わたしはためらい、抵抗を試みた。

「ねえ、やめときなよ」

「じゃあ、ひとりで行くからいい」

わたしはため息をついた。いつもそうだった。ついて行くのを断れば、置き去りにされてしまうのだ。わたしはエンツォに向かって娘たちを頼むという仕草をしてから——彼はソラーラ兄弟にまったく無関心に見えた——ドン・アキッレの家まで階段を上った時と同じ気持ち、または男の子たちとの石投げ合戦の時と同じ気持ちでリラを追い、棺を収める穴が壁にずらりと並んだ白っぽい建物のあいだを進んだ。

リラはマルチェッロは無視して、ミケーレの前に立ちふさがった。

「どうして来たの？　まさか後悔してるわけ？」

「うるせえな」

「あんたたちはふたりともおしまいよ。地区から出ていってもらうからね」

「お前が出ていけよ。今ならまだ間にあうぞ」

「脅しのつもり？」

「そうだ」

「ジェンナーロとエンツォに何かあったら承知しないからね。ミケー、わかった？　こっちはあれもこれも知ってるんだから、あんたを破滅させるのだって訳ないんだからね。忘れるんじゃないよ。そっちの獣も一緒だから」

「お前は何も知らない。証拠ひとつ握っちゃいないし、そもそも何もわかっちゃいない。頭いいくせに、どうして気づかない？　俺はお前のことなんぞ、もう眼中にないんだよ」

　マルチェッロは弟の腕を引くと、方言で告げた。

「行こうぜミケー、時間の無駄だ」

　ミケーレは力をこめて兄の手を振り払うと、リラを振り返った。

「もしかしてお前、レヌッチャがしょっちゅう新聞に載るもんだから、俺がビビるとでも思ってるのか。そうなのかよ？　この俺が、物書きを恐がるってか。レヌッチャなんて屁でもねえよ。だがお前は違う。お前は影だけ取っても、どんな野郎の本体より価値があるくらいだ。だが、そこをいつまでたってもわかろうとしないのが惜しいところだ。そのうちお前のものは一切合切、奪ってやるからな」

　ミケーレは最後の台詞を急な腹痛にでも襲われたかのような口調で吐くと、肉体的な痛みに反発するかのように、兄が止める間もなく、リラの顔面に真っ向から強烈なパンチを一発食らわせ、地面に伸《の》した。

101

まるで思いがけぬミケーレの行動にわたしは呆気にとられてしまった。リラにしても予想できなかったはずだ。ミケーレは絶対に彼女を傷つけない、むしろ誰かがそんなことをすれば彼はそいつを殺すだろう、という考え方にわたしたちは慣れきっていた。だからわたしは悲鳴も上げられず、短い驚きの声さえ出せなかった。

マルチェッロは弟を力尽くで連れ去った。しかし彼はミケーレを引いたり押したりしながら、リラが方言で呪いの文句を吐き（〝絶対に殺してやる、お前たち、もう死んだも同然だからな〟）、血の混じった唾を吐く横で、わたしに向かって茶目っ気のある優しい声でこう言った。レヌー、今のこと、次の小説に書いてくれよ。あとリナによく言っておいてくれ、俺も弟も今は〝心底〟お前が嫌いだって。

わたしたちはエンツォにリラの顔が腫れているのはひどい転び方をしたためだ、急に失神して転んだのだ、と伝えたが、信じてもらうのに苦労した。いや、彼はまったく信じていなかったはずだ。すっかり動転していたわたしの説明は説得力がなかったし、リラのほうは本当らしく見せる努力を少しもしなかったからだ。しかしエンツォが反論しようとすると、彼女は本当の話だと冷ややかに言い放ち、彼は口をつぐんだ。ふたりの関係は、明らかな嘘でさえリラの言葉が唯一絶対の真実であるという前提の下に成り立っていた。

わたしは娘たちと家に帰った。デデは怯え、エルサは信じられないといった表情で、インマは、血って鼻の中にあるの？　というような質問ばかりしてきた。わたしは混乱し、激しい怒りにかられていた。時おり下の階に行き、リラの具合を確認し、ティーナを引き取ろうとしたが、女の子は母親の様子を心配しながら、同時に母親の役に立てるのが嬉しくてたまらないようだった。どちらの理由もあってティーナは一分たりともリラから離れるつもりがなく、丁寧に膏薬を塗ってやったり、頭痛が楽になるようにと金物を次々に額に当てて、冷やしてやったりしていた。ティーナを誘う餌に使おうと思って娘たちを連れていったら、状況は余計にややこしくなってしまった。インマはなんとかしてお医者さんごっこに混ぜてもらいたがり、ティーナは自分の役目をちっとも譲ろうとせず、デデとエルサが代わりにリラの世話をしようとした時も悲鳴を上げた。病気のママはわたしのものよ、誰にも渡さないわ、という訳だった。ついにはわたしも含め、みんながリラに追い出された。もう元気になったらしい、そう思うほどの剣幕だった。

実際、彼女はすぐに回復した。だが、わたしのほうが駄目だった。激しい怒りはただの怒りとなり、さらに、自分に対する軽蔑に変わった。暴力を前にして身動きできなくなった自分がわたしは許せなかった。お前は何様のつもりだ？　あんなならず者ふたりもまともに相手にできないなら、なんのために地区に戻ってきた？　お前はいい子ちゃんすぎるんだよ。庶民に交じって暮らす民主的なご婦人を演じて、新聞にはこう言いたいんだろう？　わたしはここで生まれました、故郷の現実との接点を失いたくないんです……。そんな接点はとっくの昔になくしてしまったくせに。ゴミのにおい、反吐のにおい、血のにおいを嗅げば、失神するくせに……。そんなことばかり考えているうちにいつしか、ミケーレに猛然と襲いかかる自分の姿を妄想していた。あの男を殴り、ひっかき、噛みつくわたし。心臓がどきどきした。やがて残虐行為への欲求が収まると、わたしは思った。リラの言うとおりだ。文章はいたずらに書けばいいというものではなくて、ひとに害をなす人間をこらしめるためにこそ書くべきなのだ。拳と蹴りの一撃、死をもたらす武器の一撃に対抗する言葉による一撃、たいしたダメージは与えられなくても、それなりに効く一撃だ。もちろんリラはまだ、わたしと子ども時代に見た夢を見続けているのだろう。文章を書いて有名になり、財産と力を手にすれば、その者の言葉は稲妻も同然だ、と。しかしわたしは、現実はもっとぱっとしないものだともうだいぶ前から知っていた。一冊の本、一本の記事が騒ぎになることはあるだろう。しかし騒ぐだけならば、戦《いくさ》を控えた古代の戦士たちだって鬨《とき》の声を上げたが、具体的な戦力と凄まじい暴力の行使をともなわなければただのお芝居でしかない。それでもやり返したかった。騒いで、一矢を報いたかった。ある朝、わたしは下の階に向かい、彼女に尋ねた。ソラーラ兄弟が震え上がるようなこと、何か知ってるの？

リラはこちらを興味深げに見つめてから、しばらくは面倒臭さそうになんだかんだ言っていたが、やがて答えた。ミケーレの下で働いていた時、たくさんの書類を見たの。それをみんな研究したんだよ。あいつが自分で渡してきた書類もあったね……。彼女は血の気のない顔を痛そうに歪めると、この上なく下品な方言でこう続けた。男ってさ、女のあれがほしくてたまんなくなって、やりたいのにやりたいとも言えなくなっちゃうとさ、煮えたぎった油の中にナニ突っこめって命じられても、突っこんじゃうんだよ……。そこで彼女は自分の頭を両手で押さえると、さいころの入った錫のタンブラーでも振るみたいに、強く揺さぶった。リラもわたしと同じく、今この瞬間の自分を軽蔑しているのがわかった。彼女はジェンナーロに対する自分の仕打ちが気に入らず、アルフォンソを罵った自分が気に入らず、兄を追い出した自分が気に入らないのだった。そして、自分の口をついて出てくるひどくみだらな言葉もひと言として好きになれず、自分に我慢ならず、何もかも我慢ならないのだった。

だがやがて、こちらも同じ気持ちであることに彼女は気づいたらしく、こう尋ねてきた。

「資料をあげたら、文章を書いてくれる?」

「いいよ」

「それで、書いたものを発表してくれる?」

「多分ね、約束はできないけど」

「どうして?」

「痛い目に遭うのがソラーラの連中で、わたしと娘たちじゃないって確信できないと無理」

迷う表情で彼女はしばらくこちらを見つめていた。それから、十分ばかりティーナを見ててと言い残して、出ていった。三十分後に戻ってきた時、その手には書類のいっぱい入った花柄の布製バッグがあった。

わたしたちは台所のテーブルを前にして座った。ティーナとインマは小声でおしゃべりしながら、床の上で人形と馬車と馬のおもちゃを動かして遊んでいた。リラはバッグからたくさんの書類と彼女の書いたメモを取り出した。そこには二冊のノートもあった。表紙が赤く、染みだらけのノートだ。わたしは興味津々ですぐにノートをめくった。方眼紙のページに昔の小学校で教えていたスタイルの筆跡で記されていたのは会計帳簿で、文法的な間違いだらけの注がびっしりと書きこまれ、各ページにM・Sという頭文字の署名があった。わたしはそれが、地区で長年、マヌエーラ・ソラーラの赤い帳簿と呼ばれてきたものの一部であることに気づいた。子ども時代から思春期まで、わたしたちの耳にはその〝赤い帳簿〟という言葉が恐ろしくも——あるいはまさに恐ろしいからこそ——やけに魅力的に響いたものだった。ただしそれが別の名称で呼ばれる時も——たとえば、帳面と呼ばれることもあった――表紙の色が何色になろうとも、マヌエーラ・ソラーラの帳簿は、血なまぐさい冒険譚の数々の核をなす何かの極秘文書のように、常にわたしたちを興奮させたものだ。ところが実物はどうだろう？　目の前にあるのは、二冊のありふれたノートだった。恐らくは似たようなものがきっと何冊もあるのだろう。どちらも右下の角がそっくり返った、汚らしいノートに過ぎなかった。ひとの記憶がすでに文学であるという事実をわたしは不意に理解した。そして、恐らくはリラの言ったとおりなのだろうと思った。つまり、わたしの書いたあの本は――どれだけよく売れているにせよ――本当に醜悪なのだ。あの本が醜悪なのは、きれいにまとめられているからで、病的なまでに丁寧に書かれているからなのだ。物事の凡庸な有り様――まとまりがなくて、不格好で、非論理的で、歪んだ、その凡庸な姿――を模倣する力がわたしにはなかった。だからこそ醜悪なのだ。

娘たちが遊んでいる横で――インマとティーナが少しでも喧嘩する気配を見せれば、わたしたちはぴりぴりした金切り声を上げて黙らせた――リラは所有する資料をすべて披露し、それが持つ意味を説明してくれた。それから一緒に資料を整理し、要約した。そんな風にふたりで協力して何か作業をするのは実に久しぶりだった。リラは嬉しそうで、彼女がわたしに期待していたのはまさにこういうことだったのだとわかった。夕方になると彼女は花柄のバッグを持ってまた姿を消し、わたしは書き留めたメモを研究するために自分の部屋に戻った。次の日からはリラの希望で、ベーシック・サイトで会うことになった。わたしたちは彼女のオフィスにこもり、リラはコンピューターの前に座った。それはキーボードのついたテレビのような機械で、以前に娘たちと一緒に見せてもらったものとはだいぶ様子が異なっていた。彼女はコンピューターの電源ボタンを押し、黒くて四角いものを灰色の筐《きょう》体《たい》の中に挿入した。わたしは戸惑いつつも待った。やがて画面に、輝きながら瞬く点がいくつも現れた。リラがキーボードを叩き出すと、わたしは呆気に取られた。タイプライターとは完全に別物だったからだ。電動式タイプライターすら問題外だった。彼女が指先で灰色のキーを撫でれば、画面に植物の新芽のような緑色の文字が音もなく現れた。元々は彼女の頭の中にあって、大脳皮質のどこかにしがみついていたであろうものが、まるで奇跡のようにどっとあふれ出し、何もない画面の上に固定されるような具合だった。それは行為を経由しながらも力であることをやめぬ力であり、ただちに光へと変わる電気化学的な刺激だった。それはシナイ山で十戒を記した神の筆記法とはこのようなものではなかったか。そんなことまでわたしは思った。すなわち、手に触れてみることはできず、驚異的で、しかも極めて清浄な印象を与える筆記法だ。凄いわ、とわたしは言った。教えてあげる、と彼女は答え、教えてくれた。そして、魅力的に輝く文字の連なりはどんどん伸びていった。わたしの発した言葉、彼女の発した言葉、ふたりのその場限りの議論が画面という暗い水たまりに幾本もの静かな航跡のように刻まれていった。リラが何か書けば、わたしはそれを再考した。すると彼女はキーをひとつ押して消去したり、別の複数のキーを押して光のブロックを丸ごとひとつ消し、同じものをもっと上か下のほうにふたたび表示させたりした。でも今度はすぐにリラが考え直し、またすべて書き直しとなることもあり、魔法めいた彼女の仕草によって、今ここにあったと思った文が一瞬でなくなったり、別の場所に現れたりした。しかもペンも鉛筆も必要なく、紙を交換する必要も、新しい紙をローラーに通す必要もないのだった。原稿用紙はその画面であり、たったそれ一枚で、書き直しの跡はひとつとして残らず、常に同じページに見えた。筆跡は寸分も乱れず、行はすべて完全に揃って並び、ソラーラ兄弟の汚い所業とカンパーニア州の広範囲な地域を舞台にした犯罪行為をそうして書き連ねていても、いつも清潔な感じがした。

わたしたちは何日も作業を重ねた。ふたりの文章は、騒々しい音を立てるプリンターを通じて天から地へと降り、紙の上に並んだ無数の小さい黒点《ドット》として実体化した。リラは出来具合に満足せず、わたしたちは道具をペンに持ち替えて、原稿を修正した。彼女はずっと苛立っていた。わたしに過大な期待をし、わたしならば彼女のどんな質問にも答えられるものと思いこんでいたからだ。科学知識の泉であるはずのわたしの無知が一行ごとに露見するので、彼女は怒っていた。たとえば、地元の地理、行政の細かな仕組み、市議会の機能、銀行内の役職階層、犯罪と刑罰といったものをわたしは知らなかった。それでも、矛盾しているようだが、彼女がわたしをとても誇りに思い、ふたりの友情を誇りに思っているのをそこまで強く感じたのは久しぶりだった。〝レヌー、あのふたりは徹底的にやっつけないと駄目なの。これで足りなきゃ、わたしが殺してやる〟わたしたちの頭脳は互いに長いことぶつかりあい——よく考えると、それが最後だった——ついには融合し、ひとつになった。そしてとうとう、これで完成だと諦めるしかなくなり、終わったことをとやかく言っても仕方がないという、あの気怠い時間が訪れた。彼女は改めて原稿をプリントし、それをわたしが封筒に入れていつもの出版部長に送り、弁護士に読ませてほしいと頼んだ。部長には電話でこう説明した。ソラーラ兄弟を刑務所送りにするのにこれで十分かどうかを知りたいんです。

102

一週間が過ぎ、二週間が過ぎた。そしてある朝、部長から電話があり、これでもかというくらいに褒められた。

「最近の君は絶好調だね」彼は言った。

「実は友だちと一緒に書いたんです」

「いや、君の文才が遺憾なく発揮されているよ。素晴らしい文章だ。そうだ、サッラトーレ教授にもこの原稿を見せてあげなさい。そうすれば彼も、どんな題材でも読者を引きこむ力のある文章にすることができるものなのだと理解するだろうから」

「ニーノとはもう会ってないんです」

「もしかしたら、君の好調はそのせいかもしれないね」

　わたしは笑わなかった。そんなことより弁護士がなんと言ったのか早く知りたかったのだ。部長の回答には失望した。証拠としては不十分だ、牢屋に一日入れておくこともできない、そう言われたのだ。君のちょっとした鬱憤晴らしにはなるかもしれないが、このソラーラという悪者を監獄送りにすることはできないね。特に、君が書いたように連中が地元の政界に根を張っていて、誰でも買収できるだけの金があるとなれば無理だ……。わたしは途端に気弱になり、脚から力が抜け、自信を失った。きっとリラが怒る、そう思った。わたしは力なく答えた。ソラーラって原稿に書いたより本当はもっとひどい悪者なんです……。部長はこちらの失望を感じ取り、元気づけようとして、わたしが今度の原稿にこめた情熱を改めて讃えた。しかし結論は変わらなかった。これだけじゃソラーラをやっつけることはできないね……。続いて彼は、驚いたことに、それでもこの原稿は引っこめずに是非発表するようにと熱心に勧めてきた。僕が『レスプレッソ』（『ラ・レプッブリカ』紙系列の有名なニュース週刊誌）と話してみるよ、彼はそう提案した。今、この手の記事を発表すれば、君にとっても、君の読者たちにとっても、誰にとっても、それは重要なアクションになる。僕らの国が、一般に考えられているよりずっとひどい状態にあるという事実を訴えることになるからね……。そして彼は、もう一度原稿を弁護士に見せて、わたしにどんな法的リスクがあるか、原稿のどの部分を消し、どこを残すことができるか聞いてみたいと許可を求めてきた。わたしは思った。ブルーノ・ソッカーヴォを脅かすのはあんなに簡単だったのに……。そして、きっぱりと部長の申し出を断り、こう続けた。そんなことをしたら、また告訴されるでしょう？　無闇に厄介ごとを抱えこむのは嫌なんです。それにわたしきっと、法律が効を奏するのは法律を恐れる者が相手の時だけで、法律を破る人間に対してはなんの効果もない、そんな風に考えるようになってしまいます。娘たちのためを思うと、そうはなりたくないんです。

少し間を置いてから、わたしは勇気を出して、リラに部長の回答を洗いざらい、ひと言も漏らさずに伝えた。彼女はおしまいまで聞くと、落ちついた様子でコンピューターの電源を入れ、あの原稿を見た。だが実際には読み直したりはせず、画面を見つめて、何か考えているようだった。それから彼女はまた辛辣な声でこんな質問をしてきた。

「その部長っての、信頼できるの？」

「うん、ちゃんとしたひとよ」

「じゃあ、どうしてレヌーは原稿を発表したくないの？」

「どうせなんの役にも立たないもの」

「事態をはっきりさせる役には立つよ」

「もう十分はっきりしてるって」

「誰にとって？　レヌーにとって？　わたしにとって？　それとも部長にとって？」

彼女は不満げに首を横に振ると、冷たい声で仕事があると言い、話を切り上げようとした。わたしは諦めなかった。

「リラ、ちょっと待ってよ」

「忙しいの。アルフォンソがいなくなって大変なことになってるんだから。だから今日はもう帰って、またね」

「どうしてそんなにつんけんするの？」

「いいから帰ってよ」

　それからしばらくリラとは顔を合わせなかった。毎朝、彼女はティーナを上の階のうちに寄越し、夕方になるとエンツォが迎えにくるか、下の踊り場で叫ぶ彼女の声がした。ティーナ、ママのところに帰っておいで……。そんな風に二週間もたったろうか、部長から妙にはしゃいだ声の電話があった。

「偉いぞ、よく決心してくれたね」

　なんの話だかわからず戸惑っていると、部長は、『レスプレッソ』の友人から電話があり、君の連絡先を早急に教えてほしいと言われたと説明した。そして同じ友人の話から、ソラーラ兄弟を糾弾したあの原稿が一部を削って今週号に掲載されると知ったというではないか。彼は言った。考えを変えたなら、僕に教えてくれてもよかったのに……。

　わたしは冷や汗をかいた。なんと答えていいかわからず、平静を装った。それでも週刊誌にわたしたちの原稿を送ったのはリラの仕業だとすぐに気がついた。わたしは彼女のところに急いで抗議に向かった。腹が立って仕方なかったが、彼女は格別に愛想がよくて、しかもやけに楽しげだった。

「レヌーが決めないから、決めさせてもらったよ」

「わたしは発表しないって決めてたのに」

「こっちはそんなつもりはなかったけどね」

「じゃあ、記事はリラひとりの名前で出してよ」

「何言ってんの？　書くのはそっちの役目だよ」

　わたしの異議と不安を彼女に伝えるすべはなかった。どれだけ非難の声を上げても、ご機嫌な彼女に端からなだめられてしまった。記事はとても目立つ形で、六ページびっしり掲載された。当然ながら執筆者の名前はただひとつ、わたしの名前しかなかった。

そうとわかった時、わたしは彼女と口論になり、きつく問い詰めた。

「リラがどうしてこういうことするのか、わたし、わかんないんだけど」

「こっちはわかってるから」それが彼女の答えだった。

リラの顔にはミケーレに殴られた跡がまだはっきりと残っていたが、彼女が記事に署名をしなかったのはあの男への恐怖が原因ではなかったはずだ。ソラーラ兄弟など鼻にもかけぬリラなのだ。それでもそれがなんであるかもわたしは知っていた。恐れていたのはもっと別のことであるのも、あんまり不愉快だったので、わたしは構わず言ってやった。リラが自分の名前を出さなかったのって、自分だけ隠れていたいからでしょ？　石を投げておいて、手を隠すのって楽だもんね。わたし、あなたの悪だくみにはもううんざり……。すると彼女は笑いだした。的外れな非難だと思われたのだろう。そんな風に思わないでよ、と彼女は言った。それからふくれ面をして、あなたの署名だけで『レスプレッソ』に原稿を送ったのは、自分の署名にはなんの価値もないからで、学歴があるのも、有名なのも、今や相手が誰であれ何を恐れることもなく叩けるのもあなたのほうだからだ、と言われた。その言葉に、こちらの力に対するリラのあまりに素朴な買いかぶりの証拠を見た気がして、わたしはそのまま指摘してやった。すると彼女はかちんときたようで、レヌーが自分の力を過小評価しているのだ、だからもっと積極的に活動して、賛同する声を増やせ、あなたの名声がますます高まることだけをわたしは望んでいるのだ、と主張した。そして彼女は声高らかに言った。見ててごらん、ソラーラのやつらきっと大変なことになるから。

わたしはすっかり落ちこんで家に帰った。自分はリラにいいように利用されているのではないかという疑いが拭えなかった。本当にマルチェッロが言っていたとおりなのではないか。彼女はわたしを危険にさらし、こちらのささやかな名声を頼りにして、自分の戦いで勝利し、自分の復讐を成し遂げ、やはりわたしとはまるで無関係な、自分の罪悪感を打ち消そうとしているのではないか。

103

現実には、あの記事への署名はわたしにとってさらなる飛躍の機会となった。記事の発表により、わたしを構成していたさまざまな破片がしっかりとひとつに結合されたのだ。つまり、わたしがただの作家ではなく、過去には労働争議にも関われば、女性たちの置かれた状況についての批判にも力を注いだように、現在は故郷の町の荒廃をなんとかしようと闘っているのだと世に示すことができたのだった。こうして六〇年代にわたしが獲得したわずかな読者たちが、山あり谷ありの七〇年代に獲得した読者たちと、最近獲得したずっと数の多い新しい読者たちに合流したのだった。それが過去の二作の再評価と再版につながり、相変わらずよく売れていた第三作にも好影響を与え、映画化の話もより具体的になってきた。

もちろん、『レスプレッソ』の記事が原因でおびただしい数の厄介ごとにも遭った。わたしは憲兵《カラビニエーリ》隊から呼び出され、財務警察の事情聴取を受け、右寄りの複数の地方紙の紙面で〝離婚経験者〟〝フェミニスト〟〝共産主義者〟〝テロリスト支援者〟といったレッテルを貼られ、罵られた。ひどく下品な方言でわたしと娘たちを脅す匿名の電話も何本もあった。しかし不安は常にあったが——不安はもはや、この書くという仕事にはつきものであるような気がしていた――かつて『パノラマ』の記事が出た時や、カルメンに告訴された時の動揺と比べれば、ずっとささいなものだった。これがわたしの仕事であり、自分はますます腕を上げているという充足感もあった。それに、出版社の顧問弁護士たちの支持と左寄りの各紙の賛同に守られている気がしたし、いつも満員の読者との集いにも、義は我にありという思いにも自信を得ていた。

でも正直に言えば、理由はほかにもあった。一番ほっとしたのは、ソラーラ兄弟がわたしには絶対に何もしてこないということがはっきりした時だ。こちらに対する注目が高まると、向こうは逆にできるだけ目立つまいとするようになった。マルチェッロとミケーレは第二の告訴に踏みきらなかったのみならず、完全に沈黙し、警察の立ち会いの下でわたしと会った時も、ふたりとも冷淡ながらも礼儀正しい挨拶をして寄越すに留めた。こうして事態は沈静化した。具体的に何があったかと言えば、さまざまな捜査が始まり、その関連書類が作成されたことくらいで、出版社の顧問弁護士事務所が予見していたとおり、前者はほどなく行き詰まり、後者は――恐らく――他の無数の書類の下敷きと成り果て、結果、ソラーラ兄弟は自由の身のままだった。記事がもたらした唯一の害は感情的な性格のもので、わたしはうちの妹とその息子シルヴィオ、それに父さんの三人から――言葉で宣告された訳ではなく、行動でそうと知らされた――縁を切られた。マルチェッロだけは相変わらず愛想がよかった。ある午後、わたしは大通り《ストラドーネ》で彼に出くわし、目を背けた。ところが向こうはこちらの行く手をふさぎ、こう言ったのだ。レヌー、俺はわかってるよ。できるものなら、あんなことはしたくなかったろう？　俺は怒っちゃいない。お前に罪はないからな。だから覚えていてくれ、我が家はいつでも歓迎するってね。わたしは言い返してやった。ちょうど昨日、エリーザに電話したら、いきなりがちゃんと切られたばかりなんだけど。すると彼はにやりとした。あいつはうちのご主人様さ、俺にどうしろって言うんだい？

104

しかし、そのつまりは妥協的な結果にリラは気を落とした。彼女は失望を隠さなかったが、言葉にはしなかった。そしてなんでもないふりで生活を続けた。ティーナを預けにうちに寄ってから、事務所にこもる日々だ。だが時には、丸一日ベッドを出ず、頭が割れるように痛いと言って、うたた寝ばかりしていることもあった。

わたしはこらえた。ふたりで書いた原稿を発表しようと決めたのはあなただ、面と向かって彼女にそう告げたくなる気持ちを押し殺した。だから言ったじゃない、ソラーラは完全に無傷で切り抜ける、出版社でそう説明されたって、今さらそんな風にくよくよしたって意味がないよ……。そんな言葉を呑みこんだ。それでも彼女の顔には、自分は評価を誤ったという無念さがはっきりと表れていた。あの数週間、彼女はずっと屈辱を嚙みしめていた。現代の価値観ではたいした意味を持たぬ文字に文章、そして本の力を自分が過大評価したまま生きてきたことが悔しかったのだ。いつだって現実的で大人っぽく見えていたリラだが、今にして思えば、この時やっと子ども時代に別れを告げたのだろう。

彼女はわたしへの支援をやめた。わたしにティーナを預ける頻度が増え、滅多になかったが、ジェンナーロの世話まで任され、若者が仕方なく我が家で何をするでもなく一日を過ごすこともあった。

一方、わたしのほうはますます仕事が忙しくなり、そんな状況を切り盛りできなくなっていた。ある朝、子どもたちの世話を頼みたくて会いにいくと、リラはわずらわしそうに答えた。うちの母親でも呼んで、助けてもらえば？　今までにない提案で、わたしは戸惑いながら帰宅したが、結局、言われたとおりにした。こうしてヌンツィアがわたしの家にやってくることになった。ひどく年老い、腰が低く、いつも所在なさそうだったが、その有能さはイスキアの貸し家で家事を担当した時と変わらなかった。

うちの長女と次女はヌンツィアをただちに見下すようになった。特に思春期の変身の真っただ中にあったデデの態度には、思いやりのかけらもなかった。娘は顔の肌が炎症を起こしてしまい、体つきが丸みを帯び、見慣れていた姿から日ごとに遠ざかるにつれ、己を醜いと感じ、性格がいじけてしまったのだ。わたしたちはこんな口喧嘩をするようになった。

「どうしてあんなばあさんと過ごさなきゃならないの？　あのひとが料理するなんて、気持ち悪いんだけど。ママが作ってよ」

「いい加減にしなさい」

「しゃべるたびに唾が飛ぶし、歯なんて一本もないの、見た？」

「やめなさいって言ってるでしょ。それ以上言ったら、許さないから」

「ただでさえ、こんなゴミ溜めに嫌々住んでるのに、今度はあんなのまで家に置くの？　ママがいない時、家に泊めるの嫌だからね」

「デデ、おだまり」

エルサも負けてはいなかった。でも、もっと彼女らしいやり口だった。ごく真面目な態度を装い、一見、わたしを支持するような口ぶりで実に意地悪なことを言うのだ。

「ママ、わたしはあのひと好きよ。来てもらってよかったと思う。だっていいにおいするもの。まるで死んだひとみたい」

「やめないと叩くわよ。そんなこと言って、聞こえたらかわいそうでしょ？」

ただひとり、リラの母親にすぐになついたのがインマだった。ティーナの言いなりだった娘は、あの子のすることならなんでも真似たから、ヌンツィアへの愛情まで真似たのだった。ヌンツィアが我が家で仕事をしているあいだ、ふたりは老女の周りを片時も離れず、どちらもおばあちゃんと呼んだ。でもおばあちゃんは愛想がなく、特にインマに冷たかった。本物の孫娘は撫でてやったり、おしゃべりでひとなつっこい女の子にほろりとする様子もたまには見せたが、偽物の孫娘が何か言ってきてもむすっとした顔で働き続けた。しかも――あとで気づいたのだが――ヌンツィアは不満をひとつ抱えていた。働きだした最初の週が終わった時、彼女は伏し目がちにこう言ったのだ。レヌー、お給料がいくらなのか、まだ聞かせてもらってなかったね……。ショックだった。わたしは愚かにも、彼女が自分の娘に言われたから来ているものとばかり思いこんでいたのだ。お金がかかるとわかっていたら、わたしだって最初からもっと若い、娘たちの喜んでくれそうな女性を選んでいたろうし、仕事だって片っ端から遠慮なく指示していただろう。それでもわたしはぐっとこらえ、彼女と相談し、報酬を決めた。するとヌンツィアの顔色もようやく少し明るくなった。交渉の最後になると、言い訳の必要を感じたのか、彼女は言った。夫は病気でもう働けないし、リナは頭がおかしいし、リーノは首になっちゃうしで、今、うちは一文無しなの……。わたしはそれはわかっているとつぶやくように答えてから、でもインマにはもっと優しくしてくれと頼んだ。ヌンツィアは承知し、ティーナへのえこひいきは変わらなかったが、うちの娘にも親切にしようと努力するようになった。

しかしリラに対するヌンツィアの態度はそのままだった。彼女はうちに来る時も、自宅に戻る時も、その仕事にしたってリラに紹介してもらったはずなのに、娘のところには決して顔を出さなかった。

母子は階段で偶然すれ違っても挨拶ひとつしなかった。老いたヌンツィアはかつての気さくそうなうわべを失ったのだった。でも、リラがどんどん気難し屋になっていったのも確かで、その悪化の速さといったら凄まじかった。

105

彼女はわたしに対し、なんの理由もなく、辛辣な態度を取り続けた。特に不愉快だったのは、娘たちに何が起きているか、こちらが何ひとつ気づいていないみたいな扱いをされることだった。

「デデに月のものが来たよ」

「うちの子がそう言ったの？」

「うん、レヌーは家にぜんぜんいないから」

「月のものだなんて、あの子の前でそんな言葉を使ったの？」

「じゃあ、なんて言えばよかったのさ？」

「何か、もう少しちゃんとした言葉よ」

「自分の娘たちがどんな風におしゃべりしてるか知ってる？　それに、あの子たちがうちの母親のことなんて言ってるか、一度くらい聞いたことあるでしょ？」

気に障る言い方だった。過去にはデデとエルサとインマに強い愛着を示したリラが、今度は三人をわたしの前でけなすことばかり考えているように思えた。それにわたしがいつもイタリア中をほっつき歩いているせいで娘たちがないがしろにされ、三人の教育に深刻な影響が出ていると、ことあるごとに証明したがっているようにも見えた。レヌーはインマの問題に気づいていないと彼女が言いだした時は、特に腹が立った。

「インマがどうしたの？」わたしは聞いた。

「目にチックが出るんだよ」

「滅多に出ないわ」

「わたしは何度も見たよ」

「原因はなんだと思う？」

「わかんない。でも、父親がいないのをインマが苦にしているのは確かだね。それに自分に母親がいるのかどうかも自信がないんだろうよ」

わたしは彼女の言葉を無視しようとしたが、難しかった。以前にも触れたが、インマのことはわたしにしても前から少し気がかりだった。娘が元気なティーナと対等にやりあっている時ですら、うちの子には何かが足りないとよく思った。しかも少し前から、わたしは自分の嫌いなところをあの子の中に見出すようになっていた。インマは従順で、嫌われるのが恐いものだからなんでもすぐに相手に譲るくせに、それで自分が悲しくなってしまう子だった。ニーノの厚顔無恥なひとたらしの能力とあの能天気な生命力を受け継いでくれたほうがまだましだったが、そうはならなかった。インマは不満なまま服従し、すべてを望みながら、何も望まぬふりをするタイプだった。子どもなんて偶然の産物ね、あの子はどこも父親に似てないわ。わたしはよくそう言った。しかしリラは同意せず、むしろインマとニーノの似ている点ばかりを指摘するのだが、いいことは何ひとつ言ってくれず、いつだって器質的な欠陥でもあるかのように語った。そして繰り返し言うのだった。レヌーにこんなこと言うのは、わたしがあの子たちのこと大好きで、心配しているからだよ、と。

わたしは彼女が急に娘たちを悪し様に言うようになった理由を探してみた。わたしに失望したリラはこちらから距離を置こうとして、まずは娘たちから遠ざかろうとしているのかもしれない。それともあの本がますます売れているものだから、リラはわたしが彼女からも、彼女の評価からも自由になったものと考え、それが悔しくて、わたしの生んだ娘たちをけなし、わたしの母親としての能力をこけにして、わたしを過小評価しようとしているのだろうか……。しかしどちらの仮説にも納得できずにいたら、第三の仮説が胸に浮かんだ。もしかするとリラには、わたしが母親であるがゆえに知らぬか、見たくないと思っていることが見えているのではないか。彼女は特にインマに対して批判的だ。ならば、そうした批判が事実に基づいたものであるか確認してみるべきかもしれない。

こうしてわたしは末っ子の観察を始め、ほどなく、娘は本当に苦しんでいると確信した。インマはティーナの楽しげで開けっ広げな性格に憧れ、非常に高い言語表現力に憧れ、わたしをはじめ誰をもほろりとさせ、うっとりさせ、好意を抱かせる才能に憧れていた。インマにしても十分に可憐で賢かったが、ティーナと並ぶと霞んで見え、長所はいずれもどこかに消えてしまい、本人もそれがつらいようだった。ある日、わたしはふたりのきれいな標準語の会話を聞きながら、両者の違いを目の当たりにした。ティーナの言葉は発音がとてもきれいだったが、インマのそれは発音にまだ不完全なところが少しあった。ふたりはパステルで動物の塗り絵をしているところだった。ティーナはサイを緑色で塗ることにし、インマは猫をいくつもの色で滅茶苦茶に塗っていた。それを見てティーナが言った。

「灰色か黒にしなよ」

「色を命令しないでよ」

「命令じゃないもん。勧めただけだもん」

インマは相手をいぶかしげに見つめた。命令と勧めの違いがまだわからなかったのだ。娘はこう答えた。

「勧めをやるのも、わたし嫌いなの」

「じゃあいいよ、やらなくて」

するとインマは下唇を震わせながら言った。

「わかったよ、それ、やるよ。でも嫌だな」

わたしはもっと彼女に気を配るようになった。とりあえずはティーナが何かするたびにはしゃぐのを避け、インマの能力を高め、どんな小さなことでも褒めるようにした。でもすぐにそれだけでは足りないと気づいた。ふたりの女の子は互いに相手のことが好きで、比べあうことはどちらの成長も助けていたから、わざとらしくいくらか褒めてみたくらいでは、インマがティーナと自分を見比べ、そこに何か自分を傷つけるもの——しかもその原因は絶対に相手ではないもの——を見出してしまうことまでは防げなかった。

そこでわたしはリラの言葉を振り返るようになった。〝父親がいないのをインマが苦にしているのは確かだね。それに自分に母親がいるのかどうかも自信がないんだろうよ〟わたしは『パノラマ』の写真の誤ったキャプションを思い出した。デデとエルサのひどい冗談（〝インマの下の名前ってアイロータじゃなくて、サッラトーレでしょ？　つまりあなたはママの本当の娘じゃないの〟）の加勢もあって、あのキャプションはインマにそれなりの害をなしたはずだった。でもそれが本当に問題の核心なのだろうか。違う気がした。父親の不在のほうがずっと深刻だ、それこそインマの苦しみの原因に違いないと思った。

そう見込んでからは、インマがいかにピエトロの関心を引こうとしているかに気づくようになった。

彼がデデとエルサに電話をかけてくれれば、インマは片隅で会話に耳をそばだてた。ふたりの姉が楽しそうにすれば、自分も楽しむふりをし、会話が終わり、ふたりが交互に父親に別れを告げれば、インマもまたね《チャオ》と声を張り上げた。しばしばピエトロは彼女の声を聞きつけ、インマに挨拶したいから代わってくれないか、とデデに言った。しかしそうなるとインマは恥ずかしがって逃げ出すか、受話器をつかんだまま何も言えなくなってしまうのだった。ピエトロがナポリに来た時も似たような反応を見せた。ピエトロはインマにお土産を必ず持ってきてくれた。彼女も彼の周りを離れず、彼の実の子になったふりをして、何か褒めてもらったり、抱き上げてもらえばとても喜んだ。一度、ピエトロがデデとエルサを連れていくために地区に来た時、彼はインマの悲しげな様子が気になったらしく、別れ際にこんなことを言われた。もうちょっとあの子を可愛がってやれよ。お姉ちゃんふたりが出発するのに自分だけ残るんじゃ、つらいだろうから。

彼の意見で余計に不安になったわたしは、なんとかしなければと思い、エンツォに相談して、もっとインマに構ってくれるよう頼もうと思った。しかし彼は言われるまでもなくあの子によく気を遣ってくれていた。たとえば自分の娘を肩車すれば、途中で必ず下ろし、うちの子もしばらく肩に乗せてくれた。ティーナにおもちゃを買えば、インマにも同じものを買ってくれた。愛娘のこの上なく賢い質問をほとんど感激した様子で褒める時も、それより凡庸なインマの質問に感心するのを忘れなかった。それでもわたしが事情を説明すると、彼は時おりティーナを叱りさえするようになった。彼の娘が主役の座をあまりに長く独り占めし、インマに場を譲ろうとしないような時だ。これはわたしもつらかった。ティーナにはなんの罪もなかったからだ。そうした場合、彼女は呆然とした。自分の熱気にいきなり蓋をされ、いわれのない罰を受けた気がしたのだろう。なぜ魔法が解けてしまったのか理解できず、彼女は慌ててふたたび父親の歓心を買おうとした。そこでわたしが彼女を引き寄せ、一緒に遊んでやるのが常だった。

つまり、いい状況ではなかった。ある朝、わたしはリラと彼女の事務所にいた。コンピューターで文章を書くやり方を教えてもらうつもりだった。インマはティーナと一緒に机の下で遊んでいて、ティーナが空想上の場所や登場人物を例によって巧みに言葉で描写していた。怪物めいた生き物たちがふたりの人形を追いかけていて、勇敢な王子様たちが救いに駆けつけたところだった。しかし、うちの娘が急に怒りをこめて叫ぶ声がした。

「わたし、嫌」

「嫌って何が？」

「わたし、わたしのことなんて助けない」

「インマが自分で助けなくてもいいの。王子様が助けてくれるんだから」

「王子様なんて、わたしいないもの」

「じゃあ、わたしの王子様に助けてもらおうよ」

「嫌って言ったら嫌なの」

わたしは、人形遊びからいきなり現実の自分に戻ったインマに胸を痛めた。ティーナが遊びの世界に引き留めようとするのもあの子は聞かなかった。気もそぞろなわたしにリラは苛立ち、子どもたちに言った。

「ねえ、静かにおしゃべりするか、外で遊んでちょうだい」

その日、わたしはニーノに宛てて長い手紙を書き、わたしと彼の娘の日々を恐らく複雑にしている問題を列挙した。姉たちには面倒見のいい父親がいるのに、あの子にはいない。遊び仲間の、リラの娘にはとても優しい父親がいるのに、あの子にはいない。わたしはいつも仕事で旅に出ており、しょっちゅうあの子を家に残していかなければならない。つまり、このままではインマは、常に他人を嫉《ねた》みながら育つ危険がある……。わたしは手紙を送り、彼からの連絡を待った。音沙汰なかったので、彼の家に電話をした。エレオノーラが出た。

「あのひとならいないわ」無感動な声が告げた。「今はローマよ」

「伝言を頼めるかしら、うちの娘が会いたがってるって」

するとと鳴咽を漏らす音がしてから、また落ちつきを取り戻して彼女は答えた。

「うちの子たちだって、少なくとも半年は父親と会ってないわ」

「あなた、捨てられたの？」

「いいえ、あのひとは誰も捨てやしない。女のほうが思いきって捨てない限り──その点、あなたはよくやったわ。偉いと思う──あのひとは行ったり来たり、消えたりまた現れたり、すべて自分の都合次第なの」

「わたしから電話があったってニーノに伝えてちょうだい。すぐに娘に会いにこなければ、こっちから探す、彼がどこにいようが娘を連れていく、そう言っておいて」

わたしは電話を切った。

それからニーノが電話をかける決意を固めるまでに少し時間がかかったが、結局かかってきた。例によって、ほんの二、三時間前に僕たちは会ったばかりだろう？　とでも言いたげな口ぶりで、陽気に、元気な声で、あれこれお世辞を言いだした。わたしは相手にせず、単刀直入に尋ねた。

「わたしの手紙、受け取った？」

「うん」

「じゃあ、どうして返事をくれなかったの？」

「時間がぜんぜんなくてね」

「時間を作って。それもできるだけ早く。インマの調子がよくないの」

　すると彼が不承不承、週末にナポリに戻る予定だと答えたので、日曜の昼はうちで食べるよう約束させた。そして、その時はわたしとおしゃべりしたり、デデやエルサとふざけたりせず、丸一日、インマにだけ集中するよう強く求めた。わたしは言った。こうやってインマに会うことを習慣にしてほしいの。週に一度が理想的だけど、あなたには無理ね。そこまではわたしも期待してない。でも、月に一度は必要よ……。ニーノは大真面目な声で、毎週会いにいくよ、と約束した。その瞬間に限って言えば、彼も本気だったはずだ。

　ニーノからその電話があった日付は覚えていない。でも朝の十時に、おしゃれに決めた彼が、真新しい高級車に乗って地区に登場した日付のほうは、一生忘れることがないだろう。一九八四年九月十六日だ。わたしとリラは四十になってまもなく、ティーナとインマは四歳になろうとしていた。

107

わたしはリラに、ニーノがうちに昼食に来ると伝えた。あのひとに約束させたの、インマと一日、一緒に過ごさせようと思って……。そう言えば、彼女も少なくともその日はティーナをうちに寄越さないだろうと期待したのだが、こちらの意図が通じなかったか、通じぬふりをされた。リラはそういうことなら手伝うわとでも言いたげに、大声で答えたのだ。ママにみんなの分、お昼を作らせるよ。うちのほうが広いから、ここで食べてもいいじゃない？　わたしは驚き、むかっとした。あれだけニーノを嫌っていたくせに、どうして首を突っこんでくるの？　わたしは、自分で作るからいいと断った上で、当日はインマのための一日であり、それ以外のことをする暇も余裕もないと改めて強調しておいた。ところが日曜になると、九時きっかりにティーナがお気に入りのおもちゃを抱えて階段を上ってきて、我が家のドアを叩いた。女の子は清潔な身なりをしていて、三つ編みにした黒い髪の毛はつやつやで、目をひとなつっこく輝かせていた。

わたしはティーナを中に入れたが、途端にインマと喧嘩をする羽目になった。娘はまだパジャマ姿で、寝ぼけ眼で、朝食も済んでいないというのに、すぐに遊びたがったからだ。あの子がこちらの言うことを聞かず、友だちに向かって変な顔をしたり、笑ったりしているものだから、わたしは頭に血が上り、ティーナを別の部屋に閉じこめ――彼女はわたしの怒りにすっかり恐れをなしていた――ひとりで遊んでいるように言うと、インマに行水をさせた。嫌だ、嫌だ、とずっと金切り声を上げている娘にわたしは言った、もうすぐパパが来るわ、早く着替えなさい……。もう何日も前から予告をしてきたはずなのに、〝パパ〟という言葉を聞いてインマの反抗はさらに激しくなった。わたし自身、差し迫った彼の到着をそうしてあの子に告げることで、余計に神経質になってしまった。インマは身をよじりながら、パパなんていらない、と繰り返し怒鳴った。あたかもパパが苦い薬か何かみたいに。

ニーノのことはまず覚えていないだろうから、彼女の拒否は彼という特定の人物に向けられたものではないはずだった。もしかしたらニーノに来てもらうべきではなかったのかもしれない。わたしは後悔した。インマの言葉は、適当なパパなんて自分はほしくない、という意味だ。エンツォがほしい、ピエトロがほしい、ティーナと姉たちが持っているような父親がほしい、そういう意味なのだ。

そこまで考えて、もうひとりの女の子のことを思い出した。ティーナは文句ひとつ言わず、閉じこめられた部屋から顔を出そうとすらしなかった。わたしは自分の振る舞いを恥じた。あの子には今日の緊迫した空気に対してなんの責任もないではないか。わたしはリラの娘の名を優しく呼んだ。すると彼女は大喜びで姿を見せ、バスルームの片隅の丸椅子に座り、自分と同じような三つ編みをインマにするにはどうしたらいいかとわたしに向かって助言をした。うちの子は落ちつきを取り戻し、おとなしくわたしに身支度を任せた。ようやく済んで、ふたりが遊びに駆け出すと、わたしはデデとエルサを起こしに向かった。

エルサはご機嫌で飛び起きた。ニーノに会えるのが嬉しくて仕方ないらしく、支度もあっという間に済ませた。ところがデデはいつまでも体を洗い続け、わたしが怒鳴るまでバスルームから出てこなかった。デデは自分の変貌が受け入れられないのだった。わたしってブス。彼女は目に涙を溜めてそう言うなり、寝室に駆けこんでドアを閉め、誰にも会いたくないと叫んだ。

わたしは大急ぎで身繕いをした。ニーノのことなどどうでもよかったが、みっともない格好で会いたくはなかったし、老けたと思われるのも癪だった。それに、リラが顔を出すだろうという不安もあった。彼女がその気になれば、ひとりの男性の視線を一身に集中させる魅力を発揮するのはよくわかっていたからだ。わたしは落ちつかぬ上、どうも気が乗らなかった。

108

ニーノは珍しいことに予定時刻ぴったりに到着し、プレゼントを山ほど抱えて階段を上ってきた。エルサは彼を出迎えるべく玄関の前に駆け出し、すぐあとにティーナが続き、最後にインマがそっと出ていった。わたしは彼女の右目にチックが出ているのに気づいた。ほらパパよ、とわたしが言うと、インマは力なく首を横に振った。

しかしニーノはただちに正しい行動を取った。階段を上りながら、早くも即興で歌いだしたのだ。僕の小さなインマはどこだ？　キスを三つしてあげる。それからひと噛みさせておくれ……。そしてうちの階に着くと、エルサに挨拶し、ティーナのお下げを軽く引っ張ってから、自分の娘を抱き上げ、まずはキス攻めにし、次に、こんなにきれいな髪の毛は初めて見ると言い、服から靴からあれこれ褒めまくった。家に入ってからもわたしには挨拶の仕草ひとつせず、いきなり床に腰を下ろして、あぐらを組んだ脚の上にインマを座らせた。そこで初めてエルサに進んで話しかけ、恥ずかしげな笑みを浮かべて近づいてきたデデには熱のこもった挨拶をした。ああ、ずいぶんと大きくなったね。美人になったもんだ……。

見れば、ティーナが戸惑っていた。それまで見知らぬ人々は誰であれ、彼女に会うなり魅了され、可愛がってくれたからだ。ところがニーノはプレゼントを配り始めても、彼女を無視し続けるではないか。そこでティーナはいつもの可愛らしい声で彼に話しかけ、脚の上のインマの隣に並んで座らせてもらおうとしたがかなわず、彼の片腕にもたれかかり、切なそうな顔をしてその肩に頭を乗せた。

それでも効果はなかった。ニーノはデデとエルサに一冊ずつ本を与えてから、自分の娘に集中した。彼はインマのためにプレゼントをわんさと用意していた。彼女が贈り物の包みをひとつ開けるたび、彼はすぐにまた別の贈り物を差し出した。インマは嬉しそうで、感動しているようだった。目の前の男性のことをまるで自分ひとりのために魔法をかけに来てくれた魔法使いみたいに見つめ、ティーナがプレゼントを手に取ろうとすれば、わたしのよ、と甲高い声で叫んだ。ティーナはまもなく、下唇を震わせながらそこを離れた。わたしは彼女を抱き上げ、おばさんとおいでと言ってやった。そこでようやくニーノはやりすぎに気づいたらしく、ポケットに手を突っこむと高そうなペンを取り出し、言った。お嬢ちゃんにはこれをあげよう。わたしが床に下ろすと、ティーナはありがとうとささやきながらペンを受け取った。すると彼は本当に初めて彼女を見るような顔をして、驚いた声でつぶやいた。

「お嬢ちゃん、ママにそっくりだね」

「わたしの名前、書いてあげようか」ティーナが真剣に尋ねた。

「もうお名前書けるの？」

「うん」

ニーノがポケットから折り畳んだ紙を取り出すと、ティーナはそれを床に置いて、Ｔｉｎａと書いた。うん、上手だね、と彼は褒めてから、はっとした顔でわたしの視線を求めた。怒られると思ったようだ。それから失敗を繕おうとして娘に話しかけた。インマだってきっとうまいんだろうね……。インマは腕前を披露したがり、ティーナの手からペンをもぎ取ると、大真面目な顔で殴り書きをした。彼はおおいに褒めたが、エルサはもう妹をからかいだし（〝なんて書いてあるんだかわかんないよ。インマの下手っぴ〟）、ティーナは、わたしもっとほかの言葉も書けるんだよ、と言いながらなんとかペンを取り返そうとした。やがてニーノは面倒になったか、娘を抱いたまま立ち上がり、さあ、世界で一番かっこいい自動車を見にいこうか、と言って、四人全員を連れて出ていった。インマは彼の腕の中で、ティーナは彼になんとか手を引いてもらおうとし、デデはそんな女の子を自分の傍らに引き寄せ、エルサは高級ペンをすかさず横取りした。

109

五人は出ていき、玄関のドアが閉じた。階段に響くニーノの厚みのある声が聞こえ——お菓子を買ってあげよう、車でちょっとドライブしようなどと約束していた——デデにエルサ、インマにティーナがきゃっきゃと喜ぶ声が聞こえた。下の階にいるリラの姿をわたしは想像してみた。自分の家に閉じこもり、ひとり静かにしている彼女。同じ声が彼女にも聞こえているはずだった。わたしたちのあいだを隔てているのは薄い床一枚だけだったが、彼女には今の気分と都合次第、月に丸ごとつかまれて引っぱられた海のように揺れるその頭の挙動次第で、ふたりのあいだの距離をさらに縮めることも、広げることも自在にできた。わたしは部屋を片付け、料理をし、リラも——下で——同じことをしているのだろうと思った。どちらも子どもたちの声がまた聞こえてくるのを待ち、かつて愛した同じ男の足音が聞こえてくるのを待っていた。ふとわたしは思った。彼がさっきティーナを見て、リラに似ていると思ったように、リラもやはりこれまで幾度となく、インマにニーノの面影を見てきたのだろうか。この三年あまりのあいだ、彼女はずっと嫌悪の念を抱いてきたのだろうか。それとも、ああも熱心にうちの子のことを心配してくれるのは、彼との相似も理由なのだろうか。ひょっとして、内心では、まだニーノのことが好きなのだろうか。今ごろ窓からこっそり彼を見ていたりするのだろうか。ティーナはそろそろニーノに手を握ってもらい、そんな我が子とあの痩せた背の高い男が並んでいる姿を見て、時の流れが異なっていたならば、今ニーノと手をつないでいるのは、あるいは自分と彼のあいだの子であったかもしれない、なんてことを彼女は思ったりするのだろうか。リラは何をたくらんでいるのだろう。今にもうちに押しかけ、意地悪を言ってわたしを傷つけるつもりなのか。それとも彼が四人を連れて戻り、彼女の家の前を通るタイミングを見計らってドアを開け、中に招くつもりなのか。そして階下から呼びかけてきて、わたしが彼女とエンツォまで昼食に誘わざる得ないようにするつもりなのではないか。

アパートの中は静まり返っていたが、表は休日らしいさまざまな音が入り乱れていた。正午を告げる教会の鐘の連打、並んだ出店の商人たちの大声、操車場の列車が通過する音、曜日を問わず毎日工事の続く現場に向かってひっきりなしに通るトラックの騒音。ニーノは間違いなく子どもたちにお菓子を好きなだけ食べさせ、あとで四人が昼食に手もつけなくなる危険など考えもしないはずだった。わたしは彼という人間をよく知っていた。子どもたちのどんな望みもかなえ、眉ひとつ動かさずになんでも買い与え、やりすぎるはずだ。料理ができ上がり、テーブルの支度も済むと、わたしはすぐに大通り《ストラドーネ》に面した窓から顔を出した。食事の時間だと呼びかけたかったのだ。しかし出店のせいで視界を遮られ、見えたのは、うちの妹とシルヴィオを両脇に従え、散歩しているマルチェッロの姿だけだった。高い場所から見下ろす大通り《ストラドーネ》の眺めにちょっと不安な気持ちになった。休日はいつでも、退廃を誤魔化すペンキめいた印象をわたしに与えたが、その日は特にその印象が強かった。自分はこんな場所で何をしているのだろう、どこにだって越せるお金もできたのに、どうしてまだここで暮らしているのだろう。わたしはリラを好き放題にさせすぎ、彼女に多くの騒ぎを起こさせてしまった。わたしにしても自分の故郷への回帰を世間に知らしめれば、もっといいものが書けるようになるのではないかと信じこんだ……。何もかもが失敗だった気がしてきて、自分の用意した料理にまで強い嫌悪感を覚えた。そこではっと我に返り、わたしは髪にブラシをかけ、見られる格好か確認してから、外に出た。リラのドアの前はほとんど爪先立ちになって通過した。彼女に足音を気づかれ、一緒に行くことになるのが嫌だったのだ。

表には煎ったアーモンドのにおいが強く漂っていた。わたしは辺りを見回した。まずデデとエルサを見つけた。綿菓子を食べながら、腕輪にピアス、ネックレスにヘアピンといった小間物でいっぱいの出店を眺めていた。少し離れた場所にニーノの姿もあった。曲がり角に立っている。一瞬遅れて、彼がリラとエンツォを相手に話しているのに気がついた。彼女はきれいだった。きれいになろうと決めた時の姿だった。エンツォのほうは真剣な顔で、眉をひそめている。リラの腕にはインマがいて、彼女の片耳を引っ張っていた。それは自分がのけ者にされていると感じた時のあの子の癖で、わたしもよくやられた。リラはインマにされるがままになり、避けようともせず、ニーノの話に夢中のようだった。語りかける彼の様子は例によって得意げで、微笑みを浮かべ、長い腕と大きな手を忙しく動かしていた。

腹が立った。だからニーノはいつまでも帰ってこなかったのだ。あれで娘の面倒を見ているつもりか。彼の名を呼んだが、聞こえないようだった。デデがこちらを振り返り、エルサと一緒にわたしのか細い声を笑った。わたしが声を張り上げるたび、いつもふたりはそうして笑った。もう一度、ニーノを呼んだ。さっさとリラたちに別れを告げ、〝彼女抜きで〟うちの娘たちだけを連れて戻ってきてほしかった。しかしピーナッツ売りの耳をつんざくような口笛と、車体のあちこちをきしませ、埃を巻き上げながら通過するトラックの騒音に邪魔をされた。わたしはため息をつき、ニーノたちに近づいていった。どうしてリラがうちの娘を抱いているのだ？　どうしてインマはティーナと遊んでいない？　わたしは挨拶抜きでインマを叱った。なんで抱っこなんてしてもらってるの、赤ちゃんじゃあるまいし、下りなさい。インマをリラから引き離し、地面に下ろすと、次にわたしはニーノに告げた。あれじゃ、あの子たちお昼食べないじゃないの、支度ができたわ……。そこで気づいた。奇妙なことにインマがわたしのスカートに貼りついたままで、普段のようにティーナのところに走り出そうとしないのだ。わたしは周囲を眺め、リラに尋ねた。ティーナはどこ？

リラは顔に、数秒前までニーノのおしゃべりに耳を傾け、愛想よくうなずいていた時の表情を浮かべたまま、答えた。デデにエルサと一緒でしょ。わたしは否定した。ううん、いないわ……。わたしとしては、彼女にはエンツォと一緒にティーナを探しにいってほしかった。ようやく一日だけ会えることになったうちの娘とその父親のあいだを邪魔されたくなかった。ところがエンツォが辺りを見回しティーナを探しだしたのに、彼女のほうはニーノとのおしゃべりを再開し、ジェンナーロが行方不明になった時の話をしだした。彼女は笑い声を上げ、言うのだった。いつだかの朝ね、ジェンナーロがいなくなっちゃったの。友だちはみんな学校から出てきたのに、あの子の姿だけなくて。わたし、もう泡食っちゃって、悪いことばかり考えて……。それがあの子、公園でのんびりしてるからあきれるじゃない？　しかし、そんな息子の思い出話をしているうちにリラの顔から血の気が引いた。眼差しが虚ろになり、彼女は動転した声でエンツォに尋ねた。

「あの子、見つかった？　ねえ、どこなの？」

110

わたしたちはまず大通り《ストラドーネ》沿いでティーナを探し、次に地区全域を探し、また大通り沿いを探した。たくさんの人々が加勢してくれた。アントニオが来て、カルメンが来て、その夫ロベルトが来て、果てはマルチェッロ・ソラーラまで手下をいくらか動かし、彼自身、夜遅くまであちこちの通りを探し回った。リラはメリーナのようになって、支離滅裂にあちこち駆け回った。しかしエンツォは彼女に輪をかけて狂ったようになった。叫び声を上げ、出店の商人たちに当たり散らして恐ろしい文句で脅し、お前たちの車に小型トラック、荷車の中を見せろと言って聞かず、憲兵《カラビニエーリ》たちが割って入るまで静まらなかった。

ティーナが見つかったという噂が流れ、誰もが安堵の息をつく、そんなことが何度も繰り返された。みんなが知っている女の子だったから、人々は口々に目撃証言をした。少し前にあの出店の前にいた、あの角にいた、中庭にいた、公園にいた、トンネルのほうに背の高い男と一緒にいた、いや、背の低い男だった……。だがどの証言も結局は見間違いだと判明すると、人々は希望を失い、肩を落とした。

夜になると、ある噂が流れだし、やがて広く信じられるようになった。女の子は青いボールを追って歩道から下りた。しかし、ちょうどそこへ一台のトラックがやってきた。そのトラックは泥色の塊で、穴だらけの道路をバウンドしながら、がたぴし音を立て、猛スピードでやってきた。それから先の目撃者はひとりもいなかったが、衝突の音を聞いたという証言はあり、その音は話を聞いた者たちの脳裏にじかに刻みこまれた。トラックはブレーキひとつ踏まなかった。踏もうとさえしなかった。そして、ティーナの体を道連れに、あのおさげ髪もろとも、大通り《ストラドーネ》の奥へと消えていった。アスファルトの上にはなんの痕跡もなかった。血痕ひとつなく、ただただ無あるのみだった。そんな無の中にトラックは消え、女の子は永遠に消えてしまった。

老年期　悪い血の物語

1

わたしがナポリを完全に離れたのは一九九五年、町は復興しつつある、誰もがそう主張していた時期だった。しかしわたしはもう、ナポリの復興をほとんど信じなくなっていた。長い歳月のあいだにわたしはさまざまなものを見てきた。新しい中央駅の誕生も、ノヴァーラ通りの高層ビルが少しずつ高くなっていく様子も、ヨットの帆みたいな形をしたスカンピア地区の集合住宅の建設風景も、アレナッチャ地区に、タッデオ・ダ・セッサ通りに、ナッツィオナーレ広場の灰色の舗石の上に、仰ぎ見るほど高い、まばゆく輝くビルが次々に建つのだって目撃した。しかしそうしたビル群はいずれも——フランスか日本で思い描かれ、ポンティチェッリ地区とポッジョレアーレ地区のあいだに、例のごとく尋常ではない時間をかけてだらだらと建てられたそれは——完成後、あっという間に一切の輝きを失い、最底辺の人間たちの巣と化した。そのどこが復興だというのか。そんなものは、町の腐った上っ面に、いい加減に、ペテン同様の手口で吹きつけられた、近代化という名のおしろいに過ぎなかった。

いつもの話だった。復興を騙るおしろいは人々の希望に火を点けるが、そのうちきっとひび割れ、古いうわべを覆う新たなうわべとなるのだ。だから、旧共産党の指導下で行われていたナポリ環境整備政策への支持を表明するため、町に留まることが奨励されていたまさにその時期に、わたしはトリノに引っ越す決意を固めた。トリノで当時とても野心的な活動をしていたある出版社の経営に携わってみないかという心惹かれる誘いがあったのだ。四十歳を過ぎたころから時間が速く流れだし、もはやわたしはついて行けなくなっていた。わたしの中で現実のカレンダーはいつからか締め切りで区切られたそれに置き換わり、歳月はひとつの作品から次の作品へと飛び飛びに過ぎるようになって、自分や娘たちに関する出来事の日付を思い出すのに苦労した。そうしたことは何月何日というより、生活のますます長い時間を占めるようになっていった執筆の合間を縫ってこなすようになっていたからだ。だから、あれはいつのことだったろうか、と自問をするたび、ほとんど自動的に自分の本の刊行日を思い出すようになっていた。

本と言えば、わたしはそのころまでにかなりの数の作品を発表して、おかげでそこそこ権威のある作家となり、高い名声と豊かな暮らしを手にしていた。母親としての負担は時とともに大幅に軽くなった。デデとエルサは——まずは長女が、次に次女も——ボストンに留学した。ハーバード大学で七、八年前から講座を持っていたピエトロがそうしろと勧めたのだ。ふたりとも父親といるのが好きだった。悪名高い気候と何かと尊大なボストンの住民についての愚痴を書いて寄越す手紙を除けば、娘たちは自らの選択に満足し、はるか昔にわたしに押しつけられた選択からの脱出成功を喜んでいる風だった。インマも姉たちのようにしたいとうるさくなり、さて、わたしは地区でいったい何をしているのだろう、ということになった。初めは、別の土地で暮らすこともできるのに、敢えて危険な郊外に留まり続けて現実から題材を得ようとする作家、というカラーは役に立った。しかしそのころになると似たような話を自慢する知識人もずいぶんと増えていた。それにわたしの書く本もさまざまに異なる道を歩むようになっており、もはや地区という題材は片隅に置き去りのままだった。それなりに有名になって、特権だってたくさんあるのに、わざわざ我慢して、こんな場所に住み続けるというのは偽善ではないだろうか。今では自分の弟妹に友人たち、彼らの子どもや甥や姪の暮らしが悪化していく様を記録することくらいしかできないではないか。自分の末の娘だってこの先、ここにいたら、どんな目に遭うかわからないぞ……。

インマは十四歳になっていた。わたしはあの子に何ひとつ不自由をさせなかった。勉強熱心な娘だった。それでも必要となればきつい方言を操ったし、学校の仲間には感心できない子どもたちもいた。娘が夕食のあとに出かけるとなると、わたしがあまり心配したもので、今夜は家にいると言ってくれることもあった。わたしもナポリにいる時は地味な生活をしていた。町の知識層の人々と交友し、男性の誘惑も受けたが、男女の関係になってもまず長続きしなかった。どれだけ輝いていた相手も遅かれ早かれ化けの皮が剝がれて、己の運の悪さに失望したり、怒ったりしているのがわかり、機知には富んでいても、微妙に腹黒いところが見えてしまうのだった。彼らが近づいてくるのは、自分の原稿をわたしに読ませたいからではないか、テレビや映画の世界に口利きしてほしいからではないか、そう思うこともあった。相手に金を貸してくれと頼まれ、そのまま返してもらえぬことも何度かあった。そんな目に遭ってもわたしはくよくよせず、なお社交的であろうとし、恋も諦めなかった。ただし、夕べにいくらかエレガントな格好で我が家を出るという行為は決して愉快なものではなく、毎度びくびくものだった。一度などアパートを出たところで、大扉を閉める間もなく、ふたり組の少年に殴打され、金を盗られた。少年たちは十三歳にもなっていなかったと思う。すぐそこでわたしを待っていたタクシーの運転手は、車の窓から顔を出そうともしなかった。そんなこともあって、一九九五年の夏、わたしはインマと一緒にナポリを去った。

家はポー川沿いに借りた。イザベッラ姫橋の真横だ。すると、わたしの暮らしも三女のそれもほどなく好転した。そこからはナポリについて振り返るのも、あの町について明晰に記すのも、ひとに書かせるのも、ずっと簡単だった。わたしは故郷の町を愛していた。しかしあの町をお義理で弁護するのはきっぱりとやめた。むしろ、故郷を愛するがゆえに毎度味わわされる失望こそは、西洋社会全体を観察するために最適なレンズだと思うようになった。ナポリは、技術への信頼、科学への信頼、経済発展への信頼、自然の豊かさへの信頼、未来は今より必ずよくなるという歴史観への信頼、民主主義への信頼といったものになんの根拠もないという事実がヨーロッパの巨大都市のなかでもかなり早めに証明された町だった。この町に生まれた者は――ある時わたしは、自分自身ではなく、リラの悲観主義を思いながら、こんなことまで書いた――ひとつだけ得をしている。今日、表現こそさまざまだが誰もが等しく主張を始めたある事実を、ほとんど本能的に、ずっと前から知っているという点だ。すなわち、無限の進歩という理想が実は残酷この上ない悪夢に過ぎず、おびただしい数の死者をもたらし得る、という事実だ。

二〇〇〇年、わたしはひとりになった。インマがパリに留学したためだ。そんな必要はないと止めようとしたが、同じ階層の友人たちの多くが留学をしたもので、あの子も負けちゃいられないという気分になったらしい。最初は仕事もたくさんあったから、わたしもたいして寂しいと思わなかった。しかし二年もすると老いを感じるようになった。かつて自分が名声を博した世界と一緒に色あせていくような気分だった。異なる時期に別々の作品で有名な文学賞もふたつほど受賞したわたしだったが、本はほとんど売れなくなっていた。二〇〇三年の例を見てみよう。それまでに全部で十三冊の小説作品と二冊の随筆集が出ていたが、印税収入は合計で二千三百二十三ユーロだった。こうなると、わたしも考えを改めるしかなかった。旧来のファンたちはわたしにもう何も期待しておらず、若い読者たち――昔からわたしの読者は大半が女性だったから〝彼女たち〟と言ってもいいだろう――は本の好みも、興味の対象も異なっているようだ、と。新聞や雑誌ももはや収入源とならなかった。わたしに関心を持つ媒体はほとんどなく、執筆依頼の声がかかることもますます減り、報酬も安かったり、まるで払ってもらえなかったりした。テレビのほうは、九〇年代に何度か有意義な体験をし、その後、古代ギリシア語とラテン語の古典文学をテーマにした午後の番組を企画したことがあった。元々、友人若干名のあと押しがなければ通りっこない話だった。アルマンド・ガリアーニもそのひとりで、彼は当時、民放のカナーレ・チンクエで番組をひとつ持っていたが、国営テレビの面々とも友好関係にあった。しかしわたしの番組は異論の余地のない大失敗に終わり、それ以降、テレビの仕事をする機会はもらえなかった。長年経営してきた出版社でも逆風が吹きだし、二〇〇四年の秋、とても頭の切れる三十そこそこの若者に社を追い出され、外部の顧問に成り果てた。わたしは六十歳、歩んできた道の終点にたどり着いたような気分だった。トリノの冬はあまりに寒さが厳しく、夏は暑すぎ、知識層は閉鎖的だった。わたしはいつも苛々し、夜はほとんど眠れなくなった。男たちはもうわたしに気づいてくれなかった。わたしはバルコニーからポー川を眺め、ボートの選手たちを眺め、丘を眺め、退屈していた。

そこでナポリにもっと頻繁に行くようになった。ただし友だちにも親族にも会う気はなく、向こうにしてもそれは同じようだった。リラとだけは会っていたが、敢えて彼女にすら会わぬこともままあった。会えば必ず気まずい思いをさせられたからだ。何年か前から彼女はナポリの町に対し強い関心を抱くようになっていたが、話を聞けば、いい加減なお国自慢にしか聞こえなかった。だから、ひとりでカラッチョーロ通りを散歩したり、ヴォメロの丘に登ってみたり、トリブナーリ通りをぶらついたりするほうが気ままでよかった。そんな風にして二〇〇六年の春、いつまでもやまぬ雨のせいでヴィットリオ・エマヌエレ大通りの古いホテルに缶詰めになったわたしは、暇つぶしのつもりで、八十ページにも満たぬ小説を数日で書き上げた。地区を舞台にした、ティーナの物語だった。作りごとを加える時間を自分に与えぬため、ひと息に書いた。淡泊で、まっすぐな文章が生まれた。物語は最後の最後で初めて空想の翼をはばたかせる展開を見せた。

小説は二〇〇七年秋に『ある友情』というタイトルで刊行された。この本は高い人気を集め、今日でもよく売れており、教師たちは夏休みの読書用に生徒に薦めている。

でもわたしは大嫌いだ。

そのわずか二年前に、ジリオーラの亡骸《なきがら》が公園で見つかったあの時――死因は心臓発作。ひとりぼっちの、あまりに寂しく、恐ろしい死だった――リラに、自分のことは絶対に書いてくれるな、と約束させられていた。ところが、わたしは書いた。それも、これ以上はないというくらいまっすぐな形で書いた。数ヵ月のあいだは最高傑作をものした気がして得意だった。作家エレナ・グレーコの名声はふたたび高まり、かなり久しぶりの大きな支持を得た。でも、早くも同じ年の年末には――クリスマスシーズンだった――マルティリ広場のフェルトリネッリ書店に『ある友情』の宣伝のため向かう途中、わたしは急に恥ずかしくなり、リラが聴衆のあいだにいるのではないか、もしかしたら最前列に座っていて、発言して困らせようと待ち受けているのではないかという不安にかられた。実際にはその夕べもうまくいき、熱烈に成功を祝福された。ホテルに戻ったわたしは、少し自信を取り戻して、彼女に電話をかけてみた。まずは家の電話に、次に携帯に、それからまた家の電話に。だが出なかった。そしてそのまま、彼女は二度とわたしからの電話に出てくれなかった。

2

わたしにはリラの痛みを語る術がない。彼女が遭遇したこと――もしかすると昔からずっと彼女を待ち伏せていたのかもしれないこと――は娘の病死でもなければ、事故死でもなく、なんらかの暴力による死でもなく、突然の失踪だった。リラには涙に暮れて抱きしめるべき遺体もなく、葬儀を営むこともできなかった。歩いたり、走ったり、おしゃべりしたり、母親の彼女を抱きしめてくれたりしたのに、今は動かなくなってしまった亡骸の前でたたずむこともかなわなかった。リラにしてみれば、一瞬前まで自分の一部だった腕か脚が、なんの痛みもなく消えてしまったような気分だったのではないだろうか。だが、そこに生じた苦しみをわたしは十分に知らないし、うまく想像できない。

ティーナの失踪に続く十年間、わたしはリラと同じアパートに暮らし、毎日顔を合わせていたが、彼女が泣く姿は一度も見たことがなかった。絶望のあまりどうかしてしまう彼女も見たことがない。最初こそ地区中を駆け回り、夜となく昼となく、闇雲に娘を探した彼女だったが、やがて疲れ果てたかのようにぱたりと行動をやめた。そして台所の窓際に腰かけ、ずいぶんと長い期間そのまま動かなかった。そこからの眺めは決してよいものではなく、線路と空がどちらも少しずつ見えるだけだったが。それから彼女は立ち直り、日常生活を再開した。しかし何かを諦めたという感じはまるでなかった。季節は巡り、彼女は以前に増して性格が悪くなり、周囲の者たちを困らせ、恐がらせるようになった。金切り声を上げ、喧嘩ばかりしながら彼女は年を取っていった。当初、彼女はどんな時でも、相手が誰だろうと構わず、ティーナの話をした。女の子の名前を憑かれたように繰り返すその様子は、そうしていればあの子が戻ってくるとでも言いたげだった。だがしばらくすると彼女の前で娘の蒸発を話題にするのはご法度となり、話題を振るのがわたしであっても、彼女はすぐにむっとして立ち去るようになった。ただしピエトロの寄越した一通の手紙にだけは感激したようだった。何よりの理由は――恐らく、だが――彼の手紙がティーナにはひと言も触れることなく、彼女に温かな気持ちを伝えることに成功したからだ。一九九五年になっても、少なくともわたしがナポリを出るまでは、ごくまれな場合を除いて、彼女は相変わらず何ごともなかったかのように振る舞っていた。一度、ピヌッチャがティーナのことを天からわたしたちみんなを見守ってくれる小さな天使だと言ったことがあった。するとリラは彼女に向かって、出てって、と命じた。

3

地区の住民たちはひとりとして警察と記者たちを信用しなかった。男たちも女たちも、果ては少年少女のグループにいたるまで、警察とテレビの言葉には聞く耳を持たず、何日も何週間もティーナを探し回った。リラの親族一同も、友人たちも揃って捜索に加わった。そうしたなかでただひとり、二度しか協力する姿勢を見せなかったのがニーノだった。しかも協力といっても電話をかけてきただけで、彼があいまいな言葉を並べて伝えんとしたのは、自分にはなんの責任もない、あの直前に僕はリナとエンツォにあの子を渡したんだから、と要はそれだけだった。でもわたしは驚かなかった。大人のなかには、子どもと遊んでいる時にその子が膝をすりむいたりすると、自分まで子どもみたいになってしまい、お前が転ばせたんだろうと追及されるのを恐れる者がいるが、彼もそんな大人のひとりだったからだ。それにニーノの証言を重視する者はわたしたちのうちにひとりもなく、みんな数時間もすると忘れた。エンツォとリラが一番頼りにしたのはアントニオだった。アントニオはティーナ捜索のためだけにまたもドイツ行きを先送りにした。友情ゆえの決断だったが、彼自身が明かし、わたしたちを驚かせた別の事情もあった。なんとミケーレ・ソラーラが彼に捜索を命じたというのだった。

ソラーラ兄弟は、消えた女の子の捜索に誰よりも力を注ぎ、しかも——間違いなく——自分たちの努力を世間に大きくアピールした。ある晩、兄弟は歓迎されぬことを知りながらリラの家を訪れ、地区全体の代表者めいた態度で、ティーナが無事、両親の元に帰れるよう自分たちは全力を尽くすと約束した。そのあいだリラは兄弟をずっとにらみつけていた。相手が見えてはいるが、言葉は何も聞こえないという風だった。エンツォは真っ青な顔でしばらく話を聞いていたが、そのうち、お前らがうちの娘をさらったんだろう、とふたりを怒鳴りつけた。彼はその時以来、何度も何度も同じ台詞をいたるところでわめき続けることになる。ティーナをさらったのはソラーラのやつらだ。俺とリナは、ベーシック・サイトの儲けの一部を差し出せというやつらの要求を断ってきた。その報復なんだ……。そう叫びながらいつも彼は、誰かが何か言い返すのを心待ちにした。そんなやつがいれば殴り殺してやるつもりだったのだ。しかし彼の前で反論をする者は結局ひとりも現れなかった。あの晩は、ソラーラ兄弟さえ言い返さなかった。

「お前のつらさは俺たちもわかる」マルチェッロは答えた。「もしもシルヴィオがさらわれたら、俺だって、今のお前みたいに正気を失うだろうよ」

エンツォが仲間になだめられて落ちつきを取り戻すと、ふたりは出ていった。翌日、兄弟はそれぞれの妻、ジリオーラとエリーザを挨拶に寄越した。彼女たちも熱のない歓迎を受けたが、それでもずっと礼儀正しく迎えられた。以来、ソラーラ兄弟による捜索活動はその規模を拡大した。地区の休日に出店を並べる商人たちと周囲に暮らすジプシーたちに対して徹底した一斉捜査を行ったのも、恐らくはマルチェッロたちだったのだろう。そして、住民たちが警察に対し怒りを示した正真正銘の反乱を指揮したのがあのふたりであったことは疑いの余地がない。パトカーのサイレンを鳴り響かせ、警察がまずはステファノを、次にリーノを、最後にジェンナーロを捕まえにきた時の騒ぎだ。ステファノはこの時、最初の心臓発作を起こして入院した。リーノは数日後に釈放された。ジェンナーロは何時間も延々と涙を流しては、俺は妹のことを世界の誰よりも大切に思っていた、ティーナを苦しませるような真似が自分にできる訳がないと誓った。さらに小学校の前で交替で監視を続けていた者たちがいたが、これもソラーラの采配だった可能性がある。この監視のおかげで、それまでは人々の想像の産物に過ぎなかった例の、子どもを狙うホモの変質者がたっぷり三十分は実体を持つにいたった。それは小柄な三十代の男で、登下校に付き添うべき子どももいないのに、小学校の入口に何度も姿を見せていた。男はこっぴどく殴られて逃げ出し、ついに公園で人々に追いつめられた。そのままであれば恐らくは撲殺されていただろうが、危ういところで彼は弁解に成功した。自分は決して怪しい者ではなく、『イル・マッティーノ』紙の見習い記者で、ニュースの種を探していただけだ、と。

そんな出来事があってから地区は次第に落ちつきを取り戻し、人々はそれぞれの日常へと帰っていった。ティーナの行方を示す手がかりはまるで見つからなかったので、トラックに轢かれたという噂の信憑性が時とともに高まっていった。捜索に疲れ果てた者も、警官たちも、記者たちもその噂を本気にした。そして世間の注意は周囲一帯の工事現場に引きつけられ、しばらくそこに留まった。わたしがアルマンド・ガリアーニに再会したのはそのころのことだった。高校時代の担任教師の息子だ。アルマンドは医者をやめ、一九八三年の選挙で国会議員となることに失敗したあと、ひどくみすぼらしい民放テレビ局に拾われ、今は極めて攻撃的なジャーナリズムの実践に挑んでいるところだった。父親は一年と少し前に亡くなり、母親はフランスで暮らしているが、やはり体を壊しているという。

彼はリナに会わせてくれと求めてきたが、わたしは彼女は不調だと言って断った。しかし諦めてくれなかったので、わたしはリラに電話をかけた。彼女はアルマンドが誰だか思い出すのに苦労したが、記憶が甦ると、それまで記者とは一切話そうとしなかったのに、彼と会うことは承諾した。アルマンドは自分は震災後の復興事業について調べていると説明し、工事現場を巡るうちに、あるトラックの噂を聞いたと言った。なんらかの悪事に使用され、大急ぎでスクラップにされた車らしい。リラは彼の話を黙って聞き終えると、口を開いた。

「それ、全部あなたの作り話でしょ」

「僕は自分の知っていることを話しているつもりだよ」

「トラックのことも、工事現場のことも、うちの娘のこともあなたにはどうでもいいのよね」

「ひどいことを言うな」

「いいえ、ここからが本当の悪口よ。あなたは医者としてはやぶで、革命家としても下の下だったけど、今度は記者としても三流ね。うちから出てって」

アルマンドは眉をひそめ、エンツォに会釈すると、出ていった。いったん表に出ると、彼はひどく残念そうな顔をした。そしてつぶやいた。こんな大きな苦しみさえ、彼女を変えられなかったんだな。僕はただ、手を貸したかったんだよ。そうリナに伝えておいてくれないか……。彼から長いインタビューを受けたあとで、わたしたちは別れた。アルマンドの礼儀正しさ、慎重に言葉を選ぶ姿勢にわたしは感銘を受けた。ナディアの変節があった時にも、妻と別れた時にも、きっと彼はつらい日々を過ごしたのだろうと思った。でも今は元気そうだった。かつては反資本主義者の進むべき道ならば僕はなんでも知っているぞという風だった彼が、悲しげな皮肉を言う男性に変化していた。

「イタリアは真っ黒な水たまりになってしまったんだよ」彼はつらそうに言うのだった。「僕らはみんな水たまりに落ちたんだ。歩き回ってみれば君もわかるよ、上の階級の人間はとっくにそのことに気づいているって。残念だよ、エレナ。僕は本当に残念だ。労働者たちの政党はどこも、希望ひとつ与えられずに放置された正直者たちでいっぱいだ」

「あなたはどうして今の仕事をするようになったの？」

「君が今の仕事をしているのと同じ理由さ」

「どういうこと？」

「僕は隠れる場所を失ってみて初めて、自分が虚栄心の塊だって気づいたんだ」

「わたしも同じだなんてどうして思うの？」

「比較的そうだって話さ。君の友人は違う。でも僕はリナのそこが残念なんだ。虚栄心は力の源だよ。見栄っ張りな人間は自分のことにも、自分の持ち物にも気を配るものだ。ところがリナには虚栄心がない。だから娘を失ってしまったんだ」

4

それからしばらくわたしは彼の活躍を追った。優秀な記者のようだった。ポンティ・ロッシ地区でなかば燃え尽きた古い自動車の残骸を発見したのも、それをティーナの失踪と結びつけて報道したのも彼だった。ニュースはそれなりの反響を呼び、全国紙でも取り上げられて、何日か紙面を飾り続けた。だがやがて、燃えた車と女の子の失踪になんの関係もあり得ないと判明すると、リラはわたしに言った。

「ティーナは生きてるよ。あの糞野郎とは二度と会いたくないね」

娘はまだ生きている、彼女がいつまでそう信じていたのかはわからない。エンツォが絶望し、涙と激しい怒りでやつれればやつれるほど、リラはこう言って勇気づけようとした。大丈夫よ、きっとあの子は解放されるから……。トラックによるひき逃げ説は絶対に信じていなかった。そんな事故があれば真っ先に自分が気づいたはずだし、衝突の音を聞いたろうし、少なくとも悲鳴には間違いなく気づいたはずだと彼女は主張した。エンツォの説も信じていなかったようで、ソラーラ兄弟の関与をにおわせるようなことはまるで言わなかった。むしろ彼女は相当長いあいだ、ティーナをさらったのは自分の顧客の誰かだろうと疑っていた。ベーシック・サイトが儲かっているのを知っていた誰かが娘を誘拐し、身の代金を要求するつもりに違いない。リラはそう考えていたのだ。アントニオも同じ説を唱えていたが、どんな具体的な要素に基づいて彼がそう判断したのかはよくわからなかった。警察も誘拐の可能性には興味を持ったが、身の代金を要求する電話がいつまでたってもなかったのでついには諦めた。

地区はまもなくティーナは死んだものとみなす多数派と、女の子はまだ生きていて、どこかで人質になっていると信じる少数派に分かれた。リラと親しいわたしたちは、その少数派だった。カルメンはティーナが生きていると強く確信するあまり、会うひとごとに執拗にその説を繰り返した。そして誰かが時とともに考えを変え、ティーナの死を信じるようになると、彼女はその者を自分の敵とみなした。わたしはカルメンが一度、エンツォにこうささやくのを聞いたことがある。リナに言ってやって、パスクアーレもあなたたちの味方だって、兄貴もきっとあの子は見つかるって言ってたって……。しかし所詮は多勢に無勢であり、多くの者の目には、なお懸命にティーナを探す者が愚か者か偽善者と映るようになった。そしてリラにしても、頭がどうかしてしまったらしいとみなされるようになった。

ティーナの失踪前まであったリラに対する支持と事件後に生まれた同情がどちらも表面的なものでしかなく、彼女に対する古くからの反感がまだ根強く残っていることに最初に気づいたのは、カルメンだった。彼女はわたしに言った。だって、前はリナのこと聖母様扱いしていたやつらが、今じゃ目もくれないで通り過ぎていくじゃない？　言われて注意してみると、実際そのとおりだった。人々は心の中でこんな風に考えていたはずだ。ティーナをなくしたあんたはそりゃ不憫だよ。でもあんたが本当に、うちらに思いこませたとおりの人間だったら、誰も娘になんて手を出すはずがないじゃないか……。リラと道を行けば、人々はわたしにだけ挨拶をし、彼女のことは無視するようになった。彼女の周囲に漂うぴりぴりした空気と不幸の影を恐れたのだろう。そんな風にして、かつてリラをソラーラ兄弟に替わる権威とみなした者たちは失望し、彼女のそばを離れていったのだった。

それだけでは済まなかった。とある習慣が定着し、当初は善意の行為に見えたそれが、時とともに陰険なものに変わっていったのだ。最初の数週間は、わたしたちのアパートの入口の大扉の前とベーシック・サイトのドアの前に花束と、リラかティーナに直接宛てた悲しげなメッセージを記したカードが並び、学校の教科書から写したと思われる詩まで添えられた。次に母親たちに祖母たち、子どもたちが持ってきた古いおもちゃが並ぶようになった。その次はヘアピンにカラフルなリボン、お古の子ども靴が並ぶ番だった。そして今度は手作りの人形の番だった。人形はどれもぞっとするような嘲笑を浮かべ、赤い染みがいくつもあった。人形と一緒に、動物の死骸を汚らしいぼろきれで包んだものまで並べられた。リラはいつも冷静にそうしたものを拾い集め、ゴミ箱に捨てたが、たまたま通りかかった通行人に向かって——とりわけ、遠くで自分を眺めている少年たちに向かって——いきなり恐ろしい呪いの文句を怒鳴り散らすこともあり、彼女の扱いは哀れな母親から恐怖の狂女に変わった。ある少女が重い病にかかった時など、その子が以前、うちのアパートの入口の大扉にチョークで〝ティーナは死者たちに食われた〟と落書きしているところをリラに見つかって怒鳴られたことがあったもので、古い噂が新しい噂とつながり、姿を見るだけで不幸になると言わんばかりに、人々は彼女をますます避けるようになった。

しかし本人は気づいた様子もなかった。ティーナはまだ生きているという信念で頭がいっぱいだったせいで、恐らくそのためだろうと思うのだが、リラはインマに執着するようになった。事件から最初の数ヵ月、わたしは気を遣い、彼女とうちの娘の接触を減らそうとした。うちの子を見るだけで彼女が余計に苦しむのではないかと心配だったからだ。ところがやがてリラのほうがしょっちゅう娘を預かりたがるようになり、こちらもあの子が彼女の家にお泊まりすることまで許すようになった。ある朝、娘を迎えにリラの家に行くと、玄関のドアが少し開いていたので、わたしは中に入った。すると、ちょうどインマがティーナのことをリラに尋ねているところだった。わたしはあの日曜以来、娘には、ティーナはエンツォのアヴェッリーノの親戚のところに行っていて、しばらく帰らないのだ、と説明して安心させようとしてきた。しかし娘は納得せず、ティーナはいつ帰ってくるのだとしばしば聞いてきた。そして今、彼女は同じ質問をリラに直接していたのだが、リラはインマの声が耳に入らぬ様子で、問いに答える代わりに、ティーナが生まれた時のこと、最初に遊んだおもちゃのこと、お乳を吸えばいつまでも離れてくれなかったことなどを事細かに語りだした。わたしがふたりのいる部屋のドアのところで少し足を止めると、インマが苛々とリラの言葉を遮る声がした。

「ねえ、いつティーナは帰ってくるの?」

「あの子がいなくて寂しい?」

「うん、だって誰と遊んでいいかわかんないし」

「おばさんもそうよ」

「それで、いつ帰ってくるの?」

リラはしばし黙りこんでから、インマを叱った。

「お前には関係ないだろ、少し黙ってな」

方言で発せられたその言葉はあんまりぶっきらぼうで、とげとげしく、場違いだったので、わたしは不安になった。だから当たり障りのないおしゃべりを少しだけして、娘を連れ帰った。

わたしはそれまでリラの極端な行為を常に許してきたし、状況が状況なだけに、過去に増して寛大に受け止めてやろうという気持ちもあった。彼女がしばしばやりすぎるたび、わたしはできる範囲で反省をうながそうともした。たとえばステファノが警察の取り調べを受けたのを見て、彼女がただちにに、ティーナをさらったのは元夫だと思いこんだ時も――そのせいで、心臓発作で入院した彼の見舞いに行こうとこちらが誘っても、しばらくは断られた――わたしはリラを落ちつかせ、見舞いにも一緒に向かった。警察がリーノに関する捜査を始めた時、彼女が自分の兄に飛びかかっていかなかったのも、わたしが止めたからだった。ジェンナーロが警察署に出頭を命じられたあの恐ろしい日もわたしはおおいに力を尽くしたが、家に戻ってきたあの子は自分が不当な非難を受けていると感じ、母親と口論になって、その家を去り、父親と暮らすようになった。ジェンナーロはこんな捨て台詞を吐いて出ていった。ママはこれでティーナだけじゃなくて、俺まで永遠に失ったんだぞ……。つまり、状況は最悪だった。だから彼女が誰かれ構わず当たり散らすのも理解できたし、わたしがとばっちりを食らっても仕方ないと思っていた。でも、インマだけは嫌だった。娘に対してあんな暴言は許せなかった。その時以来、リラが娘を連れていくたび、わたしは落ちつきを失い、考えこみ、解決策を模索するようになった。

しかしほとんど打つ手はなかった。リラの苦しみの糸はひどく絡みあっており、インマは当初、そんなもつれた糸玉の一部をなしていたからだ。わたしたちの誰もがはまりこんだ全面的な混乱の中、リラは疲れきっていたはずなのに、インマの問題を細かなことまで逐一こちらに報告するのをやめようとしなかった。以前、わたしがニーノをうちに呼ぼうと決めるまでの一時期と同じだ。あまりにしつこく感じ、癪に障ったが、わたしはよい側面も見ようと努力した。きっとリラは自分の母性愛の対象をゆっくりとインマに変えようとしているところで、わたしに向かってこう言おうとしているのだ。レヌーは運がいいわ、今も自分の娘がいるもの。だからその幸運をありがたく思って、インマの面倒を見なさい。今まで放り出してきた分、しっかりとあの子の相手をしてやりなさい……。

だがそんなものは事態の表層に過ぎなかった。まもなくわたしは、もっと深い部分で、インマが――インマの体が、ということだが――リラにはひとつの罪の証に見えているのではないかと考えるようになった。わたしはよく、ティーナが消えた時の状況を振り返った。ニーノはリラに彼女の娘を渡した。だが〝リラは娘の面倒を見なかった〟のだ。彼女はティーナに〝お前はここで待ってな〟と言ってから、うちの子に〝おばさんとおいで〟と言った。もしかすると、インマをニーノの前で抱き上げて褒めることで、彼の父性愛を刺激しようとしたのかもしれない。しかしティーナは活発な子だった。もしくは単に、仲間外れにされた気がして悔しくなり、遠ざかってしまったのかもしれない。結果、苦しみはリラが抱いていたインマの体の重みに巣くい、肌の触れあう感触に巣くい、その体がなお発する生きた熱に巣くった。しかしうちの娘は脆弱で、おっとりした子で、明るく元気なティーナとは一から十まで異なっていた。インマはどう考えてもあの子の代わりにはなりようがなく、時の流れに対抗するための堤防でしかなかった。つまりわたしは、リラがインマをそばに置いておきたがるのは、あの恐ろしい日曜日に留まり続けるためなのだろうと想像していた。そして彼女は思うのだ。ティーナはまだここにいる。もうすぐわたしのスカートを引き、ママと呼ぶだろう。そうしたら抱き上げてやろう。そうすればきっと何もかもが元どおりになる……。だからこそリラは、うちの子が何かと台無しにしてしまうのが我慢できなかったのだろう。ティーナに会いたいとインマがしつこく繰り返す時はもちろん、彼女の娘が実はそこにいないと思い出させるだけでも、リラは、わたしたち大人に対するのと同じ厳しさでうちの子に当たった。だが、それがわたしには許せなかった。だからリラがインマを連れていこうとするたび、わたしは適当な言い訳をしてデデかエルサを監視のために送りこんだ。わたしのいる前であんな口を利いたぐらいだ。何時間も預けっぱなしの時は何が起こるか知れたものではないではないか。

5

時おりわたしはアパートを逃れ、わたしの家と彼女の家を隔てる階段を逃れ、教会の公園を逃れ、大通り《ストラドーネ》を逃れ、仕事で旅に出た。安堵のため息の出る瞬間だった。きれいに化粧をして、おしゃれな服を着て出かければ、妊娠当時からの軽く足を引きずる癖まで好ましい個性に思えた。作家と芸術家たちの怒りっぽい態度をからかう発言をよくしていたわたしだったが、当時はまだ、出版に映画にテレビにあらゆる種類の美術表現に関する何もかもが、覗いてみる価値のある夢のような世界に思えていた。重要な集会や会議、有名なお芝居や展覧会、話題の映画やオペラといった浪費とお祭り騒ぎの混乱の中に身を置くのも好きだったし、時々、会場の前のほうの特別席が割り当てられたりするともう大喜びだった。そこならば有名人たちに交じって座り、大小さまざまな権力の演じるショーを観賞することができたからだ。一方、リラは〝彼女の〟恐怖の真っただ中に留まってそこを決して動かず、気晴らしひとつ己に許さなかった。いつだったかサン・カルロ劇場――とても美しい劇場だ。わたしもまだ入ったことがなかった――へ何かオペラの上演に招待されたわたしは、なんとかリラを連れていこうとした。しかし彼女はうんと言わず、結局、カルメンにつきあってもらった。リラが自分の気を紛らわす――と言えるものかよくわからないが――ことを許していたのは、苦痛の新たな原因となるものに限られていた。新たな苦しみは彼女に解毒剤のような効果をもたらした。苦しみによって彼女は闘志を燃やし、よしやってやるぞという気分になれたのだ。その姿は自分が溺れ死ぬ定めにあるのを知りながら、手足を動かし、なんとか浮こうとする者のようでもあった。

ある晩、リラは息子がまたヘロインをやりだしたのを知った。彼女は何も言わず、エンツォにも断らずに、ジェンナーロを連れ戻すべくステファノの家に向かった。数十年前に彼女が妻として暮らした新地区のあの家だ。だが息子はそこにいなかった。ジェンナーロは父親とも仲たがいし、数日前からリーノのところに移り住んでいたのだ。その家で彼女を迎えたのは、敵意剝き出しのステファノとマリーザだった。ふたりはとうに一緒に暮らすようになっていたが、かつてのハンサムな男は今や骨と皮ばかりに痩せ細り、顔はまるで血の気がなく、身に着けた服はどれもサイズがふた回りは大きく見えた。ステファノは心臓発作に打ちのめされ、怯えきっていて、ほとんど何も食べず、酒も飲まず、煙草もやめ、弱った心臓のために興奮を避けねばならぬ体となっていた。しかしこの時はこれでもかというほどに興奮した。それだけの理由があったからだ。彼は病気のせいで食料品店をついに閉めねばならなかった。しかもアーダには彼女と娘のために金を要求されていた。妹のピヌッチャと母親のマリアも同じく金をくれと騒いでいた。マリーザも彼女と息子たちのためにやはり金を求めていた。だからリラはすぐに気がついた。ステファノはそうした金を彼女から引っ張り出すつもりでおり、そのためにジェンナーロをだしにしようと考えたのだ。事実、彼は数日前に自分が家から追い出した息子をかばいだし、マリーザの援護射撃を受けつつ、あいつの健康を回復するために大金が必要だ、と言いだした。しかしリラが、もう金なんて誰にも一銭だってくれてやるものか、身内だろうと、友だちだろうと、地区丸ごと全部だろうと知ったこっちゃない、とやり返したもので、熾烈な口論となった。ステファノは目に涙を浮かべて、それまでに自分が失ったものを——二軒の食料品店から自宅まで——怒鳴るようにして数え立て、そうした己の失敗を、どういう訳か、すべてリラのせいだとなじった。しかし、マリーザの非難はもっと酷だった。アルフォンソがおかしくなったのはあんたのせいだよ。彼女はリラに向かってそう金切り声を上げたのだ。あのひとだけじゃない、わたしたちみんな、あんたのせいで破滅したんじゃないか。ソラーラよりたちが悪いよ。娘をさらわれたって？　犯人を褒めてやりたいね……。

その言葉を聞いてリラは初めて口を閉じ、椅子を求めて辺りに目をさまよわせた。だが見当たらなかったので、居間の壁に背でよりかかった。何十年か前までは〝彼女の〟居間だったその部屋。当時は壁も天井も真っ白で、家具はどれも真新しく、あとになってそこで育った子どもたちによる破壊行為にも、大人たちの無頓着にも、まだどこも損なわれていなかった。もういい、行こう。やがてステファノがリラに言った。マリーザの言いすぎに気づいたらしい。ジェンナーロを連れ戻しにいこう……。そして彼がリラの腕を取り、ふたりは一緒に家を出ると、リーノの家の方角に足を進めた。

リラは表の空気に触れるとはっと我に返り、ステファノの腕から逃れた。リーノの家には歩いて向かった。彼女が二歩先を行き、彼が追う形だった。リラの兄はカッラッチ家の古いほうの家に義母とピヌッチャと息子たちとともに暮らしていた。果たしてジェンナーロはそこにいた。両親を見るや否や若者は声を上げ、また口論になり、まずは父親と息子、次に母親と息子の順でやりあった。しばらくリーノは黙っていたが、やがて、幼いころから自分はどれだけこの妹に苦しめられてきたか、と光のない目で愚痴をこぼし始めた。そのうちステファノが口を挟むと、リーノは彼のことも罵り、そもそもはお前が、何様のつもりか知らないが偉そうな顔をしやがって、リナとソラーラのやつらにとことんだまされたのが悪いんだ、と言った。ふたりが殴りあいになりそうなのを見て、ピヌッチャは夫を止め、ささやいた。あなたの言うとおりよ、でも落ちついて、今そんなこと言っても仕方ないでしょ……。ステファノのほうは老母マリアが息を切らせて止めた。やめなさい、いい子だから、何も聞かなかったふりをするの、リーノはね、お前よりも体が悪いんだよ……。ことここにいたって、リラは息子の腕をぐっとつかむと、外に連れ出した。

　しかしふたりは途中で、必死に追いかけてきたリーノに追いつかれてしまった。彼はリラに金を要求した。なんとしてでも、今すぐに金を手に入れるつもりらしく、このままだと俺は死ぬ、お前が見殺しにしたことになるんだぞ、とまで言った。リラは構わず歩き続けたが、彼はそんな妹を突いたり、笑ったり、うめいたり、彼女の片腕をつかんだりした。するとジェンナーロが泣きだし、母親に向かって叫んだ。ママは金なら持ってるじゃないか、なあ、おじさんにくれてやれよ……。しかしリラは兄を追い払い、息子を叱りつけながら家に連れ帰った。お前もあんな風になりたいの？　おじさんみたいにどん底まで落ちるつもりなのかい？

6

すでに地獄の様相を呈していた下の家は、ジェンナーロが戻ってからさらに悲惨なことになった。放っておけば殺しあいが始まるのではないかと不安になって、わたしは何度か階段を駆け下りた。だがリラは玄関のドアを開け、なんの用？　と冷たく答えるのが常だった。こちらも負けじと冷たい声で答えたものだ。あなたたちやりすぎよ、デデは泣いて、警察を呼ぶって言うし、エルサも恐がってるの。対するリラの答えはいつもこうだった。じゃあさっさと家に帰って、娘たちの耳をふさいでやんな。そんなに聞きたくないって言うならさ。

この時期、リラはデデとエルサに対して日増しに無関心になり、ふたりのことを皮肉も明らかにお嬢様と呼ぶようになっていた。しかしうちの娘たちのほうも彼女に対する態度を改め、特にデデはリナおばさんに憧れるのをぴたりとやめた。あたかもティーナの失踪によってあの子までリラの権威を認めなくなったかのようだった。ある晩、デデはこう尋ねてきた。

「リナおばさんって、ふたり目の子どもがほしくなかったのに、どうしてまた作ったの？」

「ふたり目がほしくなかったなんてどうしてわかるの？」

「おばさん、インマに言ってたもの」

「インマに？」

「そうよ、わたし、はっきり聞いたんだから。あのひと、インマに向かってまるで大人を相手にしているみたいな口を利くの。あれ絶対、頭おかしいよね」

「それは違うわ、デデ。おばさんがあんなになっちゃったのは悲しみのせいよ」

「涙のひとつも見せたことないのに？」

「涙は悲しみとは違うわ」

「そうは言うけど、泣き顔を見せなきゃ、悲しんでるかどうかなんてわからないじゃない？」

「そういう悲しみもあるの。しかも、尋常じゃなく深い悲しみの場合が多いわ」

「おばさんのあれは違うな。なぜか知りたい？」

「聞かせてちょうだい」

「あのひとはわざとティーナをなくしたの。それで今度はジェンナーロまでいなくなればいいと思ってるのよ。エンツォおじさんのことだってきっと同じように思ってる。あの扱いを見ればわかるでしょ？　リナおばさんってエルサそっくり、あのふたりはどっちも、好きな人間がこの世にひとりもいないのよ」

デデはいつもそんな具合だった。他人より遠くを見通せる人間らしく振る舞い、異論の余地のない評価を下すのが大好きな子だった。そんな恐ろしいことは絶対におばさんの前で言ってくれるなと禁じてから、世の中には色々なひとがいるのが当たり前で、おばさんとエルサは愛情表現があなたとは違うだけだとわたしは諭した。

「たとえばエルサは、あなたみたいに物事を感情的には受け止めないタイプで、やたらと大げさな反応は馬鹿馬鹿しく思うし、いつだって一歩引いた場所から世間を眺めてるの」

「そうやっていつも冷めた目でいるから、心が完全に冷えきっちゃってるのよ」

「どうしてそうもエルサを嫌うの？」

「リナおばさんそっくりだからよ」

まさに悪循環だった。リラが駄目なのはエルサそっくりだからで、エルサが駄目なのはリラそっくりだから、という訳だ。だがあの子のそんな厳しい意見の中心には、実はジェンナーロがいた。デデに言わせれば、エルサとリラは似ているからこそ、彼に関して同じ判断ミスを犯し、愛情面で同じ欠陥を抱えている、ということになるようだった。だからこそエルサはまさにリラのように、ジェンナーロを動物にも劣る存在とみなしているのだという。エルサはデデを傷つけようとしてよくこんなことを言ったそうだ。ジェンナーロが家出しようとするたび、リラとエンツォに滅茶苦茶に殴られるのは当然でしょ？　あんな不潔で、知性のかけらもない肉の塊に目がくらんじゃうのは、男のことを何も知らないお姉ちゃんみたいな馬鹿だけよ……。そのたびデデも、ひとりの人間のことをそこまで悪し様に言えるのは、あんたみたいな性悪女だけだよ、とやり返すとのことだった。

どちらも本はたくさん読んでいたから、喧嘩の文句も本と同じきちんとした言い回しだった。突然、ずっと乱暴な方言での罵りあいに変わらぬ限り、わたしはふたりの口論にほとんど感心して聞き入ったものだ。姉妹の対立にはプラス面もあった。わたしに対するデデの態度がどんどん軟化していったのだ。しかしマイナス面がとてもつらかった。あの子が己の憎しみをすべて妹とリラに向けるようになったからだ。デデは妹の恥ずべき行いをひっきりなしにわたしに訴えた。それはこんな具合だった。エルサはクラスの男女のどちらからも嫌われている。なぜなら何ごとにおいても自分が一番優秀だと考えていて、始終みんなを馬鹿にするからだ……。あの子は大人の男たちとつきあったことがあるなんて自慢をしている……。あの子は学校をよくサボり、欠席理由の届け出は連絡ノートにママの名で勝手に署名をしている……。一方、リラについてはこう言っていた。おばさんってファシストよ、どうして友だちでいられるの？　そしてデデはなんのためらいもなくジェンナーロに味方し、ドラッグとは感受性の高い者たちの抑圧への抵抗手段であると主張した。いつか必ずリーノを──デデがジェンナーロのことをリーノの愛称でばかり呼ぶものだから、そのうちわたしたちまで影響されてそう呼ぶようになった──母親に閉じこめられた牢獄から逃す方法を見つけてみせる。娘はそう言い張るのだった。

わたしはそのたびデデを落ちつかせようとしてエルサを叱り、リラをかばった。ただしリラの味方であり続けるのは時に難しかった。彼女のあの敵意をともなう痛みの爆発がわたしは恐かった。その一方で、過去にもあったように、彼女の肉体がそうした痛みに耐えられず、どうにかなってしまうのではないかという懸念も常にあったから、いくらデデの明敏かつ情熱的な闘志が好きでも、エルサの機知に富んだ生意気さが楽しくても、娘たちが軽率な言葉で危機を引き起こさぬようにと警戒していた（たとえばデデがこんな台詞を吐く可能性は十分にあった。〝リナおばさん、本当のことを教えてよ。実はティーナなんていなくなればいいって思ってたんでしょ？　あれって偶然起きたことじゃないんでしょ？〟）。それでもわたしは来る日も来る日も、最悪の事態の発生を恐れていた。リラが呼ぶところのうちのお嬢様たちは、地区の現実の中で日々を送りながらも、自分たちはみんなとは違うのだという意識を強く持っていた。特にフィレンツェから戻ってくるたび、自分たちはエリートだという気分になるらしく、己の優越感を誰に対してもあらゆる手を使って誇示せんとした。デデはジンナジオで成績優秀だった。担任教師は——四十になるかならないかという男性で、とても教養があり、娘のアイロータという名字に憧れていた——彼女に質問をする時、相手が答えを間違えることより、自分が間違った問いかけをしてしまうことのほうを恐れているようにすら見えた。エルサは成績では姉にかなわず、毎年、前半の学期の成績表はどの科目もさんざんな点数だったが、学年末には大逆転して、やすやすと学年上位につけたので、それがまたあの子を鼻持ちならぬ生徒にしていた。わたしはふたりの自信のない部分も不安も知っており、どちらも臆病なところのある子だと気づいていたから、いくら横柄な態度を取ってもあまり本気にはしなかった。しかしそんなことは知らぬ他人から見れば、ふたりとも憎たらしい娘だったに違いない。たとえばエルサは、学校の中でも外でも、子どもっぽく考えなしに他人にひどいあだ名をつける癖があり、ひとに敬意を払うということがまるでできなかった。あの子はエンツォを無口な田舎者と呼び、リラを毒蛾と呼び、ジェンナーロを笑うワニ男と呼んだ。しかしエルサが誰よりも目の敵にしたのはアントニオだった。アントニオは毎日のようにリラに会いにきた。事務所か家に来て、リラとエンツォだけを連れてすぐにどこかの部屋にこもり、内緒話をするのが彼の日課だった。ティーナの事件以来、彼は気難しい男になった。リラたちのところにわたしが居合わせれば、やってきた彼に席を外すようにほぼ率直に要求され、うちの娘たちが居合わせれば、ただちに外に追い出された。エドガー・アラン・ポーの作品を愛読していたエルサは、アントニオのことを黄死病の仮面と呼んだ。彼の肌が生まれつき黄ばんでいたからだ。そんな具合だったから、わたしが日々、娘たちの失敗を恐れたのも当然だった。そして、恐れは現実のものとなった。

わたしがミラノに出かけていたある日のことだった。リラがもの凄い勢いで中庭に下りてきた。中庭ではデデが本を読み、エルサが友だち何人かとおしゃべりをし、インマが遊んでいた。上のふたりはもう幼い子どもではなかった。デデは十六歳、エルサはもうすぐ十三歳で、小さいのは五歳のインマだけだった。しかしリラは三人が三人とも自分では何ひとつ決められない幼子であるかのように扱い、無理矢理に自宅まで引っ張っていった。まともな説明ひとつなく(娘たちは常に説明を要求することに慣れていた)、彼女はただひと言、外は危ない、そう怒鳴っただけだった。長女はリラのそんな態度が納得できず、声を張り上げて抗議した。

「ママはわたしに妹たちを任せたのよ。家に入るかどうかはわたしが決めるわ」

「あんたたちのママがいない時は、わたしが母親代わりなんだよ」

「最悪な母親じゃないか」デデは方言に切り替えて言い返した。「ティーナがいなくなったのに、泣きもしないでさ」

リラはデデにびんたを一発お見舞いし、娘を黙らせた。エルサは姉をかばおうとして口を開き、やはりびんたをひとつ食らった。インマは泣きだした。わたしの親友は肩で息をしながらまた言った。家から出ちゃいけないよ。外は危ないんだ。出たら死ぬからね……。そしてそれから三日間、わたしが帰宅するまで娘たちを家から出さなかった。

帰ってきたわたしにデデは事件を最初から最後まで説明し、根は正直な子だったから、自分のひどい文句もきちんと報告した。わたしはそれがどんなにひどい言葉だったか理解してほしくて、厳しく叱った。あれだけそういうことは言っちゃ駄目だって言ったでしょ？　エルサは姉の味方をし、リナおばさんはもう正気ではなくて、家に閉じこもって暮らさないと危ないという考えに取り憑かれているのだと言い張った。娘たちに、悪いのはリラではなくソビエト帝国なのだと理解させるのは難しかった。チェルノブイリという場所で原子力発電所がひとつ爆発して、危ない放射性物質が飛び散ったの。この星は小さいから、誰でもその毒が血管の中まで届いてしまう可能性があるの。だからリナおばさんはあなたたちを守ってくれたのよ。わたしはそう説明した。しかしエルサは声を張り上げて反論した。そんなの嘘、わたしもお姉ちゃんも叩かれたもの。いいことなんて、食事が冷凍食品ばっかりだったことくらいよ……。するとインマが言った。わたしいっぱい泣いたの、冷凍食品、わたし嫌いだし……。そして最後にデデが言った。わたしたち、ジェンナーロよりひどい扱いを受けたんだから……。わたしは小声で答えた。リナおばさん、ティーナがいたらきっとあの子にも同じようにしたはずよ。考えてみて。彼女、どれだけつらかったと思う？　あなたたちを守りながら、自分の娘がどことも知れぬ場所にいて、誰にも守ってもらえずにいる、そんなことを思っていたとしたら……。だがインマの前でそんな説明をしたのは失敗だった。デデとエルサが疑わしげな顔をする横で、あの子はうろたえ、遊びにいってしまった。

数日後、リラがいつもの歯に衣着せぬ調子で文句を言ってきた。

「わたしがティーナをなくして、そのくせ泣かなかったなんてあの子たちに言ってるの、レヌー？」

「やめてよ、そんなこと言うはずないでしょ」

「デデに、最悪な母親呼ばわりされたよ」

「まだ子どもだもの」

「礼儀知らずな子どもだね」

そこでわたしは、娘たちに負けずとも劣らぬ失敗をしでかした。彼女に向かって、こう言ったのだ。

「ねえ、落ちついて。リラがティーナのこと大好きだったのはわかる。なんでもかんでも胸に溜めこんじゃ駄目だよ。吐き出さないと。頭に浮かんだことは全部、話しちゃったほうがいいよ。そうね、難産だったもんね。でもね、だからって、夢みたいなことばかり想像するのはよくないよ」

間違いだらけだった。〝大好きだった〟という過去形の表現も間違いなら、出産の思い出に触れたのも間違い、薄っぺらい言葉遣いもよくなかった。すぐさま、余計なお世話だよ、という答えが返ってきた。続けて彼女は、あたかもインマが大人でもあるかのように、こんなことを怒鳴った。末の娘によく教えておくんだね。ひと様に聞いた話を誰かれ構わず言いふらして歩くんじゃない、ってさ。

ある朝、さらに状況は悪化した。一九八六年の六月だったと思うが、新たな失踪事件があったのだ。わたしのところにヌンツィアが来て、普段に増して暗い顔で、リーノが昨夜、家に帰らなかった。ピヌッチャが地区中を探し回っている、と告げた。そう言いながら彼女はこちらの顔を一切見なかった。それは、今の話はリラへの伝言だという意味の仕草だった。

わたしは下の部屋に向かい、知らせを伝えた。リラはすぐにジェンナーロを呼んだ。息子が兄の行方を知っていると確信していたからだ。若者はなかなか口を割らなかった。母親を余計に怒らせるような秘密を明かす気になれなかったのだろう。しかし丸一日過ぎてもまだおじが見つからないとわかると、彼も協力を決意した。翌朝、ジェンナーロは捜索にエンツォとリラがついて来るのは拒否したが、父親の付き添いならば、と渋々承諾した。ステファノは息を切らせて登場し、義理の兄のせいでまた厄介ごとに巻きこまれたことに苛立ち、まるで力が出ず頼りない自分の体を不安がり、しょっちゅう喉に触れては、息が苦しいと怯えた声で訴えた。やがて父と子は──大柄な若者と、針金みたいにがりがりなのに大きな服を着た男は──線路の方向に歩きだした。

ふたりは広い操車場を横切り、今はもう使われていない客車が並ぶ古いレールのほうに向かった。そして、客車のひとつでリーノを見つけた。リーノは座っており、目は開いていた。鼻はやけに大きく見え、まだ真っ黒な長い髭が頬骨まで顔を遡り、何かの寄生植物のようだった。

義兄の姿を見たステファノは己の健康状態を忘れ、怒り狂った。死人に向かって大声で汚い言葉をぶつけ、蹴飛ばそうとさえした。お前はガキのころからろくでなしだったが──ステファノはわめいた──ろくでなしのまま逝っちまうとはな。お前にぴったりな、本当にろくでもねえ死に様じゃねえか……。彼がそこまでリーノに腹を立てていたのは、妹ピヌッチャの人生を滅茶苦茶にされ、甥っ子たちの人生を滅茶苦茶にされ、我が子の人生を滅茶苦茶にされたからだった。よく見ろ、ステファノはジェンナーロに言った。これがお前の末路だぞ、それでもいいのか。若者は背後から父親につかみかかり、もがき続け、蹴ろうとするのをやめぬ体をぎゅっと抱きしめた。

まだ朝早かったが、すでに少し暑かった。客車は糞尿の悪臭が漂い、シートはどれも底が抜け、ガラス窓はあまりに汚れていて外が見えなかった。ステファノが暴れ、わめき散らすのをいつまでもやめぬもので、ジェンナーロは堪忍袋の緒が切れ、言ってはならぬことを怒鳴った。自分があんたの息子だと思うとぞっとするよ。俺、地区で尊敬できるのはママとエンツォだけだ……。するとステファノは泣きだした。親子はしばらくリーノの亡骸の横を動かなかった。といっても死者を偲ぶためではなく、平静を取り戻すためだった。それから凶報を伝えるべく、来た道を戻っていった。

8

リーノの死に衝撃を受けたのはヌンツィアとフェルナンドのふたりだけだった。ピヌッチャは亡き夫を必要最小限だけ悼むと、生まれ変わったように元気になった。そして二週間もするとわたしの家にやってきて、義母の代わりに雇ってほしいと言った。ヌンツィアは悲しみに打ちのめされ、働く気力を失っていたのだ。未亡人は言った。家事はなんでもするし、料理もする、あなたがいない時は子どもたちの面倒も見る、給料はお義母さんと同じでいい……。蓋を開けてみれば仕事の腕はヌンツィアに劣り、ずっとおしゃべりだった。しかしデデとエルサ、そしてインマには前任者よりもずっと評判がよかった。ピヌッチャは三人の誰に対してもお世辞を言い、わたしに対してもひっきりなしにおべっかを使った。たとえばこんな風に。レヌーってきれいね、まさに貴婦人って感じ。洋服ダンスに素敵なドレスと靴がたくさんあるの、見たわ。成功者なんだな、有名人の知りあいも多いんだろうな、って納得しちゃった。今度、本が映画になるって本当？

　最初こそ未亡人らしく振る舞っていた彼女だが、そのうち、もう着ない服はないかと尋ねてくるようになった。わたしより太めだったから、どれもきつくて着られたものではないはずだった。しかし、広げるから大丈夫だと言うもので、何着か選んで渡した。すると彼女は本当にうまいことサイズを直し、まるでパーティーにでも行くような格好で仕事に来て、廊下を行き来してはわたしと娘たちに感想を求めた。相当に嬉しかったらしく、時には興奮のあまり、仕事よりもわたしとおしゃべりをしたがり、イスキアの思い出話を始めることもあった。そしてしばしばブルーノ・ソッカーヴォの名を挙げ、感極まった様子で、ひどい死に方だったね、とつぶやいたりした。わたしって二回も未亡人になっちゃったの、と言ったこともあった。この台詞はずいぶんと気に入ったらしく、二度は聞かされた記憶がある。ある朝、こんな打ち明け話をされた。リーノが夫らしい夫だったのは結婚してからほんの二、三年のあいだの話で、あとはずっとガキみたいだったの。ベッドじゃ、いつもたった一分で放り出されてね。一分も抱いてもらえないことだってあったわ。ああ、本当に大人げない男だった。口ばっかりで、嘘つきで、しかもうぬぼれ屋で……。そう、リナみたいにうぬぼれ屋。あれはきっとチェルッロ家の人間の性格なんだね――彼女は怒った声で言った――あいつらみんなほら吹きで、冷血漢だし……。続いて彼女がリラの悪口を言いだし、あの女はリーノの才能と努力の成果をすべて横取りしたと言うもので、わたしは反論した。そんなの嘘、リナはリーノが大好きだったし、彼のほうが妹をさんざん食い物にしたんじゃない？　するとピヌッチャはこちらを憎らしげににらみ、突然、亡夫を讃えだした。チェルッロ製靴の靴はみんなあのひとが発明したのよ。それをリナがうまいこと利用して、ステファノをだまくらかして結婚して、うちの兄貴から大金をかすめ取って――パパ、家族に山のような遺産を残してくれたんだから――ついにはミケーレ・ソラーラと組んで、わたしたちみんなを破滅させたのよ……。彼女は最後にこう付け加えた。リナなんてかばうことないって。あの女の本性、レヌーはよく知ってるはずでしょ?

当然そんな話は嘘で、わたしが知っていたのはもっと違う真相であり、ピヌッチャがそんな言い草をしたのは根深い恨みつらみがあればこそのことだった。ところが、リラが兄の死に際して示した唯一の反応が、そうした嘘の多くを余計に本当らしく見せることになった。誰でも自分の都合のいいように記憶を再編するものだということは、わたしもだいぶ前から気づいていたし、無意識のうちにそうしている自分に気がついて今でも驚くことがある。でもあの時のわたしが衝撃を受けたのは、ひとはそうしようと思えば一連の事実に自らの利益に反した説明さえ与えられるということだった。兄の死後まもなくリラは、靴の成功はすべて彼の功績だったと言いだしたのだ。兄には子どものころから並み外れた想像力と才能があった、ソラーラ兄弟が余計な真似をしなかったならば、フェラガモを超える靴職人にだってなれただろう……。リラは、父親の工房が小さな製靴会社になったその時点でリーノの人生の流れを止め、残りは――彼がしたことも、彼女が彼にされたことも――すべてなかったことにしようとした。そうして、乱暴な父親から自分を守ってくれた若者の姿だけを凝縮して残したのだった。才気のはけ口を求めていた彼女の子どもっぽい熱中につきあってくれた、あの兄の姿だ。

きっとリラにはそれが苦痛に効果のある対処法に思えたのだろう。そのころを境に彼女は元気を取り戻し、ティーナについても同じように振る舞うようになったからだ。あの子は今にも帰ってくるはずだという態度で日々を過ごすのをやめ、その代わり、家の中にも己の中にもある空しさを、コンピューターのプログラムで作ったみたいな、光り輝く小さな人物像のようなもので埋めようとした。つまり、ティーナはホログラムにも似た、いるんだかいないんだかよくわからない存在となった。リラは娘の思い出話をするというよりは、その霊を呼び出すようにあの子の話をした。うまく撮れたというティーナの写真をわたしに見せたり、エンツォが録音機で録ったという娘の声を一歳の時の声、二歳の時の声、三歳の時の声と順に聞かせてくれたり、あの子の愉快な質問、驚異的な答えの話をあれこれしてくれるのだが、そのあいだ彼女はずっと、あくまで現在のこととして話すように注意していた。ティーナってこういう子で、こういうことをして、こんなことを言うの、という具合だ。

当然ながらそれで心が静まろうはずもなく、彼女は以前に増して癇癪を起こすようになった。息子を怒鳴り、客を怒鳴り、わたしも、ピヌッチャも、デデとエルサも怒鳴られた。インマに向かって金切り声を上げることとさえあった。最大の被害者はエンツォだった。彼が仕事の最中にいきなり泣きだすたび、彼女の怒号が響いた。しかし時には腰を下ろして、娘の失踪直後と同じように、インマを相手にリーノとティーナの話をすることもあった。あたかもふたりがなんらかの理由で一緒に旅立ったかのように。うちの末っ子が、それでティーナたちはいつ戻ってくるのかと尋ねれば、彼女は腹を立てることなく、ふたりは好きな時に戻ってくるさ、と答えた。だがそんな場面も時とともに珍しくなった。うちの娘たちのことでわたしと衝突して以来、リラはもはやインマを必要としていないように見えた。事実、次第に彼女があの子をそばに置いておきたがる頻度も減り、態度こそ変わらず優しかったが、上のふたりと同じ扱いをするようになった。ある晩、みんなでわたしたちのアパートの殺風景な入口を入ってすぐに——エルサはゴキブリを見たといって騒ぎ、デデは想像するだけでも嫌だという顔をし、インマはわたしに抱っこしろと求めていた——リラは三人に向かって、わたしなどそこにいないかのようにこう言った。あんたたち、お金持ちの娘なのに、こんなところで何してるの？ママに頼んでどこかに引っ越しなさい。

9

傍目には、つまり、リーノの死後、彼女は健康を取り戻しつつあるように見えた。目を鋭く細めて神経を尖らせ続けるのを彼女はやめた。顔の肌も、強風にぴんと張った真っ白な帆のようだったのが、和らいだ。だがそれは一時的な回復に過ぎなかった。まもなく額から目尻からあちこちに細かな皺ができ、頬にも洋服のまちのように目立つ皺ができた。ほぼ全身が老化を始め、背は曲がり、腹も出てきた。

カルメンはある日、心配そうに言った。彼女らしい風変わりな表現だった。きっとティーナがリナの中にこもっちゃったんだよ、わたしたちが出してあげないといけないね……。実際、カルメンの言うとおりだった。止まったままの女の子の時間をふたたび流してやるべきだった。しかしリラが拒み続けるので、ティーナを巡るすべてが静止していた。若干の動きはあったのかもしれないが、それはアントニオとエンツォのふたりだけが、非常な苦しみに耐えながら、必要に迫られ、秘密裏に行っていたものであったはずだ。しかし唐突にアントニオが——誰にも別れを告げず、金髪揃いの妻子と今や老いた母メリーナを連れて——地区を出ていくと、リラは彼の謎めいた報告まで失った。それからの彼女はエンツォとジェンナーロをいじめ、両者をけしかけてよく喧嘩させるようになった。そうでなければ、ぼんやりと物思いにふけり、何かを待つような空気を漂わせていた。

わたしは毎日、原稿の締め切りに追われている時でも彼女の元を訪れ、親密な関係を回復すべく手を尽くした。ますます無気力になっていく彼女を見て、ある時わたしは尋ねた。

「今も仕事は好きなの？」

「好きだったことなんてないよ」

「嘘ばっかり。前は気に入ってたの、わたし覚えてるもの」

「そっちの記憶違いだって。エンツォが好きな仕事だったから、わたしも好きになろうとしただけ」

「それなら、ほかに何かやること見つけなよ」

「このままでいいよ。エンツォがうわの空だから、わたしが手を貸さないと会社はおしまいだからね」

「ふたりとも悲しみから抜け出さないと駄目だよ」

「悲しみ？　レヌー、何言ってんの？　わたしとあのひとが抜け出さないといけないのは、怒りからだよ」

「じゃあ、そうしなさいよ」

「今、試してるところ」

「もっと真剣に試したら？　これじゃティーナがかわいそうだよ」

「ティーナのことは放っておいてくれない？　ひとのことより自分の娘のことを気にしなって」

「気にしてるけど」

「不十分だね」

彼女は数年来、いつだってそうしてこちらの隙をつき、形勢を逆転して、わたしにデデとエルサとインマの欠点を直視させた。あなたは自分の子どもたちをなおざりにしている、彼女はそう言うのだった。わたしは常にそうした批判を受け入れた。いくらかは事実であり、娘たちを犠牲にして自分の人生ばかり追っている部分がわたしには確かにあったからだ。それでも彼女の批判を聞きながら、わたしは毎度、話題を彼女とティーナに戻す機会をじっと待った。そしていつからか、彼女の顔色の悪さを口うるさく追及するようになった。

「やけに顔が青いよ」

「レヌーが血色よすぎるんだよ。まっかっかじゃないの」

「そっちの話をしてるの。どこか悪いの？」

「貧血だよ」

「貧血だけのはずないでしょ」

「月のものがいい加減なタイミングで来るの。いったん来たら、今度はなかなか終わらなくてね」

「それ、いつからなの？」

「昔からずっとだよ」

「本当のことを言ってよ、リラ」

「本当だって」

わたしは諦めず、時には彼女を挑発した。するとリラも反応をすることはするのだが、自制心が緩み、思わず本音を明かすということは決してなかった。

もはや言葉の問題なのかもしれない、そうも思った。リラは身を守る障壁のように標準語を使い、わたしはなんとか彼女を誘導し、自分たちの内輪の言語である方言を使わせようとした。しかし彼女の標準語が方言を翻訳したものであったのに対し、わたしの方言はますます標準語の翻訳になりつつあるという具合で、わたしたちは互いに不自然な言語でやりとりをしていた。だがもっと我を忘れ、言葉が暴走するようでなければいけなかった。リラには幼い日々のまっすぐなナポリ方言でこんな風にぶちまけてほしかった。馬鹿じゃないの、レヌー、わたしがこんななのは、娘を失ったからだろう？　あの子が生きているかも、死んでいるかもわからなくて、そのどっちの可能性にも耐えられないからだろう？　だって生きてりゃ、どこか遠くにいる訳だし、そこであの子は山ほど恐ろしい目に遭っているに違いないもの。あの子が苦しんでいる光景がわたしには見えるんだ。はっきりと見えるんだよ。朝も夜も、毎日毎日、この目の前で起きているみたいに。でも、もしもあの子が死んでいるのなら、わたしも死んだと同じことさ。胸の中でわたしは死ぬんだ。本物の死よりも耐えがたいよ。本物の死には感情がないけど、こういう死は毎日、あれこれ感じざるを得ないからね。朝起きて、顔洗って、服きて、食べて、飲んで、働いてさ。なんにもわかっちゃいない、なんにもわかろうとしない、あんたと話してさ。おしゃれに着飾っちゃって、頭なんてセットしたばっかりで、子どもたちは三人とも成績がよくて、なんでも完璧にこなしちゃって、こんな糞みたいな場所でもひとりもグレないで、それどころか、逆にみんなたくましく育っちゃってさ——三人とも前より自信たっぷりで、図々しくて、自分にはなんでも手に入れる権利があるって顔してるじゃないか——こっちはただでさえむかついてんのに、反吐が出るよ。だからもう行った、行った。わたしは静かに暮らしたいんだ。ティーナはあんたたちの誰よりも偉くなるはずだったんだよ。なのにさらわれちまって、もううんざりだよ。

そんな話をわたしはリラにさせたかった。混乱した毒舌だ。その気にさえなればきっと彼女は、こんがらがった脳みそからそうした言葉を吐き出すだろうという予感があった。しかし実現はしなかった。むしろ、よく考えると、わたしたちの長いつきあいのなかで、あのころの彼女は他の時期よりもおとなしかった。もしかすると、わたしが期待していた彼女の本音はこちらが自分の感情だけを材料にして勝手に練り上げたものだったのかもしれない。それゆえわたしは状況の把握を誤り、リラが余計によくわからなくなってしまったのかもしれない。彼女は何か、こちらには想像もつかず、口にするのもためらわれるような凶行をたくらんでいるのではないか。時にはそんな疑念にかられることもあった。

10

最悪なのは日曜だった。リラは家にいて、仕事には行かず、表からは休日の賑やかな声が聞こえてきた。わたしはよく下の階まで下り、彼女を誘った。出かけようよ、町のほうに散歩に行こう、海を見にいかない？　しかしいつも断られ、あまりしつこくすると怒られた。そこでエンツォが彼女のぶしつけな反応を埋めあわせようとして、俺がつきあうよ、さあ行こう、と申し出るのが常だった。すると彼女はすぐに金切り声を上げた。はいはい、さっさと行っといで、わたしのことは放っておいてよ、風呂に入って、髪でも洗おうっと、たまには息抜きさせてよね。

だからわたしはエンツォと出かけた。普通は娘たちも一緒で、ジェンナーロもたまについてきた。おじの死後、彼はみんなからリーノと呼ばれるようになっていた。そうした長い散歩のあいだにエンツォは彼なりにぽつりぽつりと、時にあいまいな表現で、打ち明け話をしてくれた。たとえば、ティーナがいないと、なんのために金を稼いでいるのかわからない、彼はそう言った。子どもをさらって両親を苦しめるなんて、これからやってくるひどい時代の予兆に違いない、とも言った。娘が生まれてから俺は頭の中で電球がひとつ灯ったみたいな気分だったが、今じゃ電球は消えてしまった……。

覚えているかい？　この通りだったたな、いつか俺があの子を肩車して歩いたことがあったろう……。ありがとう、レヌー、俺たちをいつも助けてくれて。リナのことは怒らないでくれ。悪いことばかりで大変な時期なんだ。でも、あいつのことは俺よりもよく知っているだろう？　そのうちきっと元気になるさ……。

彼の話に耳を傾けながら、わたしは何度か尋ねた。彼女、真っ青な顔してるけど、体のほうは大丈夫なの？　質問の意図は、リラの胸が悲しみで張り裂けそうなのはわかるが、彼女の健康について何か懸念すべき症状に気づかなかったか、ということだった。しかし〝体のほう〟という言葉に対し、エンツォはいつだって戸惑いを見せた。リラの肉体に関してはほとんど何も知らなかったのだ。彼は彼女を崇めていた。偶像を崇拝するように、恐る恐る、しかも敬意をもって。だから返事はいつも自信なさそうな、大丈夫だ、のひと言だった。だがそれから決まって彼はそわそわしだし、すぐに家に戻りたがった。そして、リナを説得してせめて地区の散歩に連れ出そうと言うのだった。

無駄な試みだった。わたしがリラを日曜に外に連れ出すことに成功した回数は数えるほどしかなかった。しかも成功した場合も必ず後悔させられた。彼女はだらしのない服装で、髪も結わず、ぐしゃぐしゃのまま、周囲に挑発的な視線を飛ばしながら、早足で歩いた。その背を懸命に追いかけるわたしと娘たちは、女主人よりもずっと美しく、ずっと贅沢に着飾った侍女のようだった。彼女のことは誰もが知っていた。出店の商人たちもティーナが失踪したせいで自分たちがどれだけ厄介な目に遭ったかをよく覚えており、また面倒に巻きこまれるのはごめんだと言わんばかりに彼女を避けた。誰にとっても彼女は恐るべき女だった。大きな災難に見舞われた結果、その禍々《まがまが》しい力を身に帯び、周囲に発散しているものと信じられていたのだ。彼女が恐ろしい目つきで大通り《ストラドーネ》を行き、公園の方角に進めば、人々はうつむいたり、目をそらしたりした。まれに誰かが挨拶して寄越しても、彼女は気にせず、無視した。その足取りはどこかを目指して急いでいるようだったが、実際には二年前のあの日曜日の記憶から逃れようとしていただけだった。

リラと一緒に出かければ、どうしてもソラーラ兄弟とすれ違う羽目になった。しばらく前からあのふたりは休日を必ず地区で過ごすようになっていたからだ。当時、ナポリでは極めて多くの殺人事件が頻発していたので、少なくとも日曜くらいは、子ども時代を過ごした懐かしい界隈でのんびりと過ごしたいと思っていたのだろう。地区は彼らにとっては砦のように安全だったからだ。マルチェッロとミケーレの二家族はいつも同じように日曜日を過ごした。教会のミサに行き、出店の並ぶ通りを散歩し、子どもたちを地区の図書館に連れていくのだ。図書館は長い伝統に従い、わたしたちの子ども時代から変わらず、祝日と日曜が開館日だった。そんな教育的な習慣を押しつけたのはエリーザかジリオーラだろう、てっきりそう思っていたのだが、ある日、彼らと少しおしゃべりをせねばならなくなった時に、実はミケーレの考えだとわかった。彼は息子たちふたりを指差して——どちらももう大きかったが、父親に対しては明らかに恐怖ゆえに従順であったのに、母親のことはてんで馬鹿にしていた——こんなことを言った。

「こいつら、ひと月に最低一冊は本を読まないと小遣いは一銭だってもらえないってよく心得てるんだ。いい習慣だろう、レヌー？」

彼らが本当にわざわざ本を借りていたのかどうかは今もよくわからない。国立図書館だって丸ごと買い取れるほどのお金を持っていたはずだからだ。本当にそうする必要があったのか、演技だったのかはさておき、もはやひとつの習慣として、彼らは階段を上り、四〇年代様式のガラス戸を開け、図書館に入り、十分もたたぬうちにまた出てくるのだった。

わたしと一緒にいるのが娘たちだけであれば、マルチェッロも、ミケーレも、ジリオーラも、彼らの息子たちも、みな愛想がよかった。うちの妹だけがわたしたちに冷たく接した。ところがリラがいると事態はややこしくなり、わたしは毎度、危険なまでに緊張が高まるのを恐れた。でも、そうして珍しく日曜の散歩に出た時のリラは必ず、ソラーラ兄弟など目に入らぬふりをした。向こうにしてもそれは同じで、リラと一緒にいるわたしも基本的に無視された。だが、ある日曜の朝、うちのエルサがそんな暗黙の了解に従うのを嫌い、ハートの女王めいた彼女一流の高飛車な態度で、ミケーレとジリオーラの息子たちに声をかけた。若者たちは困った様子で挨拶を返してきた。その結果、とても寒かったが、数分間、みんなが足を止めざるを得なくなった。ミケーレとマルチェッロはふたりのあいだで何か急ぎの話があるようなふりをし、わたしはジリオーラと、娘たちは若者たちとそれぞれ話をした。インマは、滅多に会うことのなくなった従兄弟のシルヴィオをまじまじと見つめていた。誰もリラには話しかけようとはせず、彼女のほうも黙っていた。ただ、やがて兄とのおしゃべりをやめたミケーレがわたしにいつものからかうような口調で話しかけてきて、彼女を無視したまま話題にした。

「レヌー、俺たち図書館を覗いて、それから昼にするつもりなんだが、つきあってくれないか」

「ごめんなさい、無理なの。今日は急いでるから。でも今度は是非」

「よし、じゃあ次は、こいつらにどんな本を読んだらいいか、どんな本は駄目か、ひとつ教えてやってくれ。レヌーは俺たちにとっちゃお手本だからな。レヌーだけじゃない、お嬢ちゃんたちもそうだ。お前たちを外で見るたび、俺たちはいつも言うんだ。レヌッチャは昔は俺たちと大差なかったが、今じゃ偉くなったもんだ、ってね。うぬぼれず、民主的で、有名人なのにここで俺たちと一緒に、俺たちと何ひとつ変わらぬ暮らしをしている。そうさ、勉強すると人間がよくなるんだ。今じゃ猫も杓子も学校に行って、本ばっかり読んでるから、きっと未来は善人ばっかりで、あふれた善意が耳から噴き出すほどだろうよ。ところが本も読まず、お勉強もしないと、リナとか、俺たちみたいになっちまう。いつまでも悪人のままだ。悪意ってのは醜いもんだ。違うかい、レヌー？」

ミケーレはそこでわたしの手首を握った。ぎらぎらした目がこちらを凝視していた。彼がもう一度、違うかい？　と皮肉っぽく尋ねてきたので、わたしはうなずき、相手の手を振りほどこうとした。しかし勢いよく手を引きすぎて、母さんのブレスレットが彼の手に残ってしまった。

「これはこれは」ミケーレは驚いた声を上げ、今度はリラの視線を求めたが、彼女は目をそらしたままだった。彼はわざとらしく謝ってきた。「悪いね、直すから許してくれ」

「気にしないで」

「いや、そういう訳にはいかない。新品みたいにきれいに直して返すから。マルチェー、帰りにお前、宝石屋に寄ってくれるかい？」

マルチェッロはうなずいた。

そんなわたしたちの周りを人々はうつむいて通り過ぎていった。もう昼時近かった。ソラーラ兄弟からようやく解放された時、リラはわたしに言った。

「自分の身を守るのが相変わらず下手だね。昔よりひどいくらい。あのブレスレット、絶対に帰ってこないよ」

11

リラに近々あの発作が起きそうだとわたしは確信した。元気がなく、とても不安そうなその様子は、何か手に負えないものがわたしたちのアパートに彼女の部屋、そして彼女自身を真っぷたつにするのを待っているみたいだったからだ。それから数日間は彼女の状態がまるでわからなかった。わたしはひどいインフルエンザにやられ、それどころではなかったのだ。デデも咳と熱があったから、エルサとインマにもすぐにうつるだろうと思っていた。その上、急いで納品しなくてはならない原稿も一本あったが（女性の肉体を丸ごと一冊特集するという雑誌の記事で、まだ何を書こうか決められずにいた）、書く意欲も体力もなかった。

表は冷たい風が吹き、窓ガラスを揺らしていた。窓は建て付けが悪く、凍えるような隙間風が吹きこんだ。金曜日、エンツォがうちに来て、年老いたおばの調子が悪いのでアヴェッリーノに行かねばならなくなったと告げた。リーノは土曜と日曜は、ステファノの家に泊まるとのことだった。食料品店の家具を取り外し、買い手の元へ運ぶのを手伝ってくれと父親に頼まれたのだそうだ。つまりリラがひとりになる訳で、エンツォに、あいつが少々沈んでいるので、つきあってやってほしいと頼まれた。でもわたしはぐったりしていて、デデが呼んでる、インマが何か言ってる、エルサが騒いでる、そんなことを夢うつつで思い、思った途端に忘れてしまうという具合だった。やがてピヌッチャが我が家の掃除に来ると、彼女に土曜と日曜の二日分たっぷりと料理を作っておいてくれと頼んでから、わたしは執筆用の小さなテーブルがある寝室にこもった。

翌日、リラがしばらく顔を見せないのが気になって、わたしは階下へ昼食の誘いに向かった。ドアを開けた彼女は、髪はぼさぼさで、スリッパを履き、古い緑のナイトガウンをパジャマの上に羽織った格好だった。だが異様だったのは、目と唇の厚化粧だった。家の中は散らかり放題で、嫌なにおいまでしていた。開口一番、彼女は言った。風がこれ以上強くなったら、地区が吹き飛んじゃうよ……。珍しくもない誇張的表現に過ぎなかったが、それでもわたしは警戒した。その口調が、わたしたちの地区が土台から剝ぎ取られて吹き飛び、二キロほど離れたポンティ・ロッシ辺りに落ちて粉みじんになる、本当にそう信じているみたいだったからだ。だがこちらが彼女の声に異様な響きを感じ取ったと気づくと、リラは無理矢理に笑顔を作ってつぶやいた。今のは冗談だよ。わたしはうなずき、昼食にどんなご馳走が待っているかひとつひとつ説明した。彼女はいったん大げさに喜んでみせたが、すぐに態度を一変させ、こう言った。お昼はこっちに持ってきて。上には行きたくないんだ、デデたちが鬱陶しいからね。

わたしは昼食も夕食も持っていってやった。階段の空気は冷えきっていたし、調子も悪かったし、ひどいことを言われるためだけに上り下りするのは気が進まなかった。ところが彼女の元に戻ってみると、今度は妙に愛想がよく、ちょっと待って、少し一緒にいてよ、と頼まれた。彼女はわたしをバスルームに連れこむと、髪に丁寧にブラシをかけながら、うちの娘たちのことを優しく、憧れるような口ぶりで話した。数分前の発言は本気ではなかったのだとわたしに信じてもらいたがっているようにも聞こえた。

「最初はさ」髪を真ん中分けにして、おさげに編み始めながら彼女は言った。視線は鏡の中の自分の姿から離れなかった。「デデってレヌーに似てたのに、今は父親に似てきたね。ところがエルサは正反対。父親そっくりだと思ったら、レヌーに似てきた。なんでも動くんだよ。望みとか空想って、血よりもずっと速く流れるの」

「話がよくわかんないんだけど」

「ほら、わたしがジェンナーロはニーノの子どもだって思いこんでたころのこと覚えてる?」

「うん」

「わたしには本当にそう見えてたの。あの子があいつそっくりに見えた。まさに生き写しだ、って」

「つまり、願望があまり強いと、もう夢がかなった気になっちゃうって話？」

「違う。何年かのあいだ、ジェンナーロは〝正真正銘〟ニーノの子どもだったの」

「ふざけないでよ」

彼女はしばしこちらを意地悪そうに見つめてから、バスルームの中を足を引きずって少し歩き、いくらかわざとらしい笑い声を上げた。

「これでもふざけてると思う？」

彼女がわたしの歩き方を真似たのだとわかって、ちょっとむかっときた。

「馬鹿にしないでよ。お尻が痛いんだから」

「どこも痛いはずないよ。レヌーはね、足を引きずっていればお母さんは完全には死なないって決まりを作ったんだ。それで今は本当にそんな歩き方になったのさ。わたし、ずっと見てたけど、それがよかったみたいだね。ソラーラ兄弟にブレスレットを取られても、レヌーは何も言わず、残念がりも、心配もしなかった。あの時はてっきり、やり返す勇気がないんだと思ったけど、そうじゃないってわかったよ。そうじゃなくて、きちんと年を取っているってことなんだ。レヌーは強くなったんだよ。娘であることをやめて、本物の母親になったってわけ」

わたしはなんだか気まずくて、また言った。

「ちょっとお尻が痛いだけだって」

「レヌーの場合、痛みまでいい効果をもたらすんだよね。少し足を引きずって歩いただけなのに、今じゃ、お母さんはレヌーの中でおとなしくしているじゃない？　お母さんの足は娘が足を引きずるのを喜んでる。だからレヌーも嬉しい。そうじゃない？」

「違うよ」

彼女は、信用できないねという風に皮肉っぽい顔をしてから、けばけばしく彩った目を細めて言った。

「ねえ、ティーナが四十二になったら、こんな感じだと思う?」

わたしは彼女をまじまじと見た。挑発的な表情を浮かべ、左右のおさげを固く握りしめている。わたしは答えた。

「多分ね。うん、きっとそうだよ」

12

娘たちには自分たちだけで食べてもらい、わたしは骨までの寒気を覚えながらもリラと一緒に食事をした。彼女とずっと肉体的特徴の相似についてしゃべりながら、わたしは相手の頭の中で何が起きているのか探ろうとした。手がけていた原稿の話もした。そして、彼女に自信を持ってほしくて、リラと話すと考える種がもらえるからいつも助かるとも言った。

この言葉は嬉しかったようで、リラはつぶやいた。レヌーの役に立つと思うと、わたし元気が出てくるんだ。彼女は早速こちらの役に立とうとして、難解な話やとりとめのない話を始めた。青白さを誤魔化そうとして頬紅をやたらと塗ったその顔は、もはやリラではなく、頬の真っ赤なカーニバルの仮面のようだった。彼女の話は興味深く聞ける部分もあったが、例の症状の兆しとしか思えず、心配になる部分もあった。たとえば彼女は笑いながらこんなことを言った。わたし、少しのあいだ、ニーノの息子を育てたんだよね。レヌーがインマを育てたみたいにさ、本物の子どもだよ。でもあの子がステファノの息子になっちまった時、ニーノの息子はどこに行ったんだろう？　ジェンナーロの中にまだいるのかな、それともわたしの中？　そんな、脈絡のない話だった。それから彼女はいきなりわたしの料理を褒めだした。とてもおいしかった、こんなに満足したのは久しぶりだ、と。しかしわたしがそれが自分の料理ではなく、ピヌッチャの手によるものだと伝えると、彼女は暗い顔をして、自分はピヌッチャの世話には一切なりたくないと不平を漏らした。その時、わたしを呼ぶエルサの声が階段の上から届いた。娘は、すぐに戻るように金切り声で求めていた。熱の出たデデは普段に輪をかけて手間がかかった。わたしはリラに必要になったらいつでも呼んでくれ、よく休むようにと言い残し、自宅まで階段を駆け上った。

その日の残りは彼女のことを極力考えまいとしながら、夜遅くまで仕事をした。娘たちは、母親が仕事で本当に切羽詰まっている場合には自分たちだけでどうにかしなければならないと心得ていた。おかげで邪魔をされず、仕事ははかどった。例のごとくリラの言葉をちょっと聞くだけで、わたしの頭脳は彼女のオーラを感じて活気づき、本領を発揮するのだった。とりわけ彼女が、どんなにとりとめのない数語であっても、わたしの中の自信に乏しい部分に対して、あなたは正しい方向に進んでいると保証してくれると筆が進むのは自分でもよくわかっていた。わたしは彼女の脱線気味な愚痴を美しく簡潔にまとめることに成功し、足を引きずる自分の癖について書き、母親について書いた。作家としてますます高い評価を受けるようになっていた当時、リラと話せば容易に着想を得られ、かけ離れた物事を結びつけて考えることができるという事実をわたしは躊躇なく認めるようになっていた。隣同士で——わたしが上の階、彼女が下の階で——暮らしていたあの時期にはそういうことがよくあった。リラに軽く刺激を与えてもらうだけで、空っぽだと思っていた頭が満ち、とても活動的になるのだ。彼女には先見の明のようなものがあるのだろう、できるものなら一生あやかりたいものだ、頼りにしたって少しも悪いことはあるまい。そんな風に思っていた。彼女の刺激が自分には必要だと認める、それこそ大人になるということなのだと納得していた。彼女のおかげで頭が目を覚ますという仕組みをかつてのわたしは自分に対しても隠していたが、そのころには誇らしく思い、どこかで書いたことまであったはずだ。〝わたしはわたし〟であり、だからこそ、自分の中に彼女のための場所を用意し、そこにいる彼女に堅固な形を与えることができた。しかし〝リラはリラであるのが嫌〟だったから、同じようにはできなかった。ティーナの悲劇、衰弱した体、混乱した頭といった要素が彼女の発作に影響していたのは確かだろう。しかしリラが己を嫌っていたという事実こそ、彼女が周縁消《ズマルジナト》滅《ウラ》と呼んだ症状の根本的な原因だった。わたしは三時ごろに寝て、九時に目を覚ました。

　デデの熱は下がったが、今度はインマに咳が出るようになった。わたしは家を掃除してから、リラの様子を見にいった。何度もノックをしたが、玄関のドアは開かなかった。呼び鈴のボタンを押し続けて、ようやく引きずるような足音と方言でぶつぶつと罵る声が聞こえてきた。おさげはなかば解け、化粧も溶けたその顔は、前日に増して、苦しげな表情の仮面然としていた。

「ピヌッチャに毒を盛られたよ」彼女は断言した。「ぜんぜん眠れなかった。お腹が割れるように痛いんだ」

　わたしは彼女の家に入った。散らかり放題の汚れ放題という感じだった。洗面台の脇の床に血まみれのトイレットペーパーが落ちているのを見て、わたしは言った。

「わたしだって同じものを食べたけど、元気よ」

「じゃあ、この腹痛はなんだって言うんだい？」

「メンスじゃないの？」

彼女は怒った。

「メンスなんてずっとだし」

「じゃあ、お医者さんに診てもらわないと駄目だよ」

「お腹の中は誰にも見せないって決めたんだ」

「自分ではなんだと思う？」

「見当はついている」

「薬局で鎮痛剤でも買ってくるよ」

「家にはないの？」

「わたしは必要ないもの」

「デデとエルサは？」

「うん、使わない」

「あーあ、レヌーたちは完璧で、その手の余計なものはいつもなんにもいらないんだよね」

わたしはため息をついた。また始まった、そう思ったのだ。

「喧嘩売ってるの？」

「それはこっちの台詞。メンスでお腹痛いんじゃない？　とか言っちゃって。お宅のお嬢様じゃあるまいし、子どもじゃないんだから、メンスかどうかの区別ぐらいつくよ」

嘘だった。リラは自分のことなど何ひとつ把握できておらず、体に異変が起きるとデデとエルサよりも手に負えなかった。お腹を両手で押さえている様子から、彼女が苦しんでいるのはわかった。もしかするとわたしの見立ては違っていたのかもしれないと思った。彼女が不安に押しつぶされそうになっているのは確かだとしても、その原因は周縁消滅《ズマルジナトウラ》への恐れなどではなく、何か本物の病気にかかっているためなのではないか……。わたしはカモミールティーを淹れてリラに飲ませてから、コートを着て、薬局が開いているか見にいった。ジーノの父親は経験豊かな薬剤師だから、きっといいアドバイスをしてくれるだろうと思った。ところが大通り《ストラドーネ》に出てまもなく、日曜の出店のあいだを歩きだしたところで、ぱっ、ぱっ、ぱっ、ぱっ、ぱっという炸裂音が聞こえた。クリスマスシーズンに少年たちが鳴らす爆竹のような音だった。立て続けに四回鳴ってから、五回目の音がした。ぱっ。

わたしは薬局に向かう角を曲がった。人々は戸惑っていた。クリスマスはまだまだ先だったからだ。足を速める者もいれば、走る者もいた。

突然、サイレンが立て続けに響きだした。パトカーも来れば、救急車もやってきたようだった。わたしは通りすがりの男に何があったのかと尋ねた。しかし彼は首を横に振ると、さっさと来いと妻を叱り、行ってしまった。その時、カルメンが見えた。夫とふたりの息子と一緒だった。道の反対側にいたので、わたしは通りを横切った。こちらが質問をするより先にカルメンが方言で言った。ソラーラがふたりとも殺されちゃったよ。

13

わたしたちの日々の営みの周囲に位置して、永遠に背景的な存在であり続けるかと思われていたもの——それは帝国だったり、政党だったり、信仰だったり、モニュメントだったりするが、単に、見慣れた誰かの場合もある——が完全に思いがけぬ形で崩壊する瞬間というものがある。それもよりによって、他の無数の出来事が自分の身の回りで次々に起きているその最中にだ。あのころがまさにそうだった。来る日も来る日も、毎月毎月、苦労に苦労が重なり、ひとつの恐怖にまた別の恐怖が続いた。わたしは長いこと、何かの小説か絵画の登場人物にでもなった気がしていた。断崖か船の舳先に立って嵐に直面しているのに、嵐に巻きこまれることもなければ、かすりもされない人物だ。うちの電話はひっきりなしに鳴り続けた。ソラーラ兄弟の支配地に居を構えていたがために、わたしは延々と言葉を書き連ね、ひたすらインタビューに応じなくてはならなかった。妹のエリーザは夫の死後、恐怖に震える小さな女の子となり、昼も夜もわたしをそばから離そうとしなかった。同じ殺人者が彼女と息子のシルヴィオまで始末に来るものと信じていたのだ。そして誰より、リラの面倒をわたしは見なくてはならなかった。同じ日曜、彼女はいきなり地区から引き離され、息子からもエンツォからも仕事からも引き離されて、医師たちの手にゆだねられた。彼女は衰弱しており、現実のようでそうではないものが見え、失血があったためだ。子宮に筋腫ができているのがわかり、手術が行われ、子宮は摘出された。一度——まだ入院中だった——彼女ははっと目を覚まし、叫びだした。ティーナがまたお腹から出て、今、みんなに復讐をしている、わたしも復讐される……。その一瞬、彼女は、ソラーラ兄弟を殺したのは自分の娘だと確信しているように見えた。

14

マルチェッロとミケーレが死んだのは一九八六年十二月のある日曜日のことだった。場所は、幼いころに彼らが洗礼を受けた教会の前だ。ふたりが殺されたわずか数分後には、地区の住民全員が事件の詳細を知っていた。ミケーレは二発、マルチェッロは三発撃たれた。ジリオーラは逃げ、息子たちは本能的に母親の背を追った。ミケーレは即死したが、エリーザはシルヴィオを捕まえると、殺人者たちに背を向け、我が子を抱きしめた。マルチェッロはすぐには死なず、階段に腰を下ろすと、ジャケットのボタンを留めようとしてかなわず、そこでこと切れた。

ソラーラ兄弟の死に様ならなんでも知っている風な口を利く者たちも、誰がふたりを殺したのかを語る段になると、自分たちがほとんど何も見ていないことに気づいた。男ひとりの単独犯で、ことが済むと、悠々と赤いフォード・フィエスタに乗り、現場を去った……。いや、犯人はふたりだ。どちらも男で、車は黄色いフィアット147だった。逃げた車には女もひとり乗っていたぞ……。いや、ぜんぜん違う、犯人は三人だった。全員男で、目出し帽で顔を隠していた。しかも走って逃げたんだ……。あのふたりを撃ったのは誰でもなかった、とでも言いたげな証言まであった。たとえばカルメンがしてくれた話もそうで、ソラーラ兄弟も、わたしの妹とシルヴィオも、ジリオーラと息子たちも、教会の前で、何か原因不明の現象に襲われたかのように騒いでいたというのだ。ミケーレは仰向けに倒れて、溶岩の舗石に頭を強打した。マルチェッロはそっと階段に腰かけると、下に着た青いハイネックのセーターのせいでジャケットの前が留められずに毒づいていたが、そのうち横になった。ふたりの妻と息子たちはかすり傷ひとつ負わず、すぐに教会にたどり着き、中に隠れた……。まるで現場に居合わせた者たちは被害者のほうばかり見ていて、殺人犯のいた方向には目もくれなかったと言わんばかりだった。

事件を受けて、アルマンドが勤務先のテレビ局の仕事でわたしにインタビューに来た。取材を求めてきたのは彼だけではなかった。とりあえずわたしも、自分の知る限りのことを口と文書で、さまざまな場所で語った。でも二、三日もすると、ナポリの地方紙の記者たちのほうがこちらよりずっと多くを知っているのに気がついた。少し前までどこを探しても見つからなかったような数多くの情報がにわかに流れだした。それまで聞いたこともなかったおびただしい数の犯罪行為がソラーラ兄弟のせいであるとされた。彼らの成し遂げたとされる善行のリストも驚くほど長かった。わたしがかつてリラと一緒に書き、兄弟がまだ生きていたころに発表した記事など、ふたりの死後に新聞や雑誌に登場した一連の記事と比べれば、まるで無価値か、ほとんど価値がなかった。その代わりわたしは、誰も知らず、わたしも含めて誰も書かなかったような事実を自分が知っていることに気づいた。たとえばわたしは、ソラーラ兄弟が少女のころの自分たちにはとてもハンサムに見えたことを知っていた。愛車ミッレチェントに乗って地区の通りを行ったり来たりしていたふたりが、古代の戦車に乗った戦士たちのようだったこと、ある晩、マルティリ広場でキアイアの裕福な若者たちに襲われたところをあのふたりに守ってもらったこと、マルチェッロはリラと結婚したがっていたが、結局はうちの妹のエリーザを妻にしたこと、ミケーレがわたしの親友のずば抜けた才能を相当昔に見抜き、彼女をあまりに深く愛したがゆえに、ついには正気を失ったこと……。そうしたことを自分は知っている、そんな自覚を強めるうちに、そのどれもが重要であることに気がついた。それは、わたし同様、ナポリ中の何千何万という善良な人々が実はソラーラ兄弟の世界の中で生きていたという事実を示す証拠にほかならなかった。わたしたちは彼らの店の新装開店祝いに参加し、彼らのバールで菓子を買い、彼らの結婚を祝し、彼らの靴を買い、彼らの家に客として迎えられ、彼らと同じテーブルで食事をし、彼らの金を直接的にまたは間接的に受け取り、彼らの暴力をこうむり、そして、なんでもないふりをしてきた。マルチェッロとミケーレは、好むと好まざるとにかかわらず、わたしたちの一部だった。そこはパスクアーレと変わらない。しかし、パスクアーレに対しては、細かな差こそ無数にあれ、誰もがすぐに彼我の境界線を明確に引いたのに対し、ソラーラ兄弟のような人物に対して人々が設ける境界線はナポリでも、イタリアでも不明瞭であり、その状況は彼らの死後も変わらなかった。恐怖におののき、うしろに跳べば跳ぶほど、わたしたちはますます境界線の内側に取りこまれてしまうのだった。

狭く、あまりに見慣れた地区という空間ではそんな現象がまざまざと見え、わたしを憂鬱にした。誰かがわたしの顔に泥を塗ろうとして、エレナ・グレーコはソラーラ兄弟と親戚関係にあったとする記事を書いたため、しばらく妹とその息子に会うのは避けた。リラに会うのも避けた。もちろん、リラこそはあの兄弟に誰よりも容赦なく敵対した人間だったが、その彼女が小さな会社を立ち上げた時の資金は、ミケーレの下で働いて稼ぐか、あの男からかすめ取ったものでなかったろうか。しばらくわたしはそんなことばかり考えて過ごした。やがて時は過ぎ、ソラーラ兄弟さえ、殺人事件被害者リストに日々追加される多くの死者たちと渾然一体となった。そして次第にわたしたちの心配の種も、あのふたりに替わり、ずっと残酷な新顔がやってきやしないかという、そのことばかりになった。わたしはふたりを忘れた。だから、十五歳くらいの少年がモンテサント地区の宝石屋に頼まれたと言って小さな包みを届けてくれた時、すぐにはその中身がわからなかった。出てきた赤い小さな箱にわたしは驚き、エレナ・グレーコ様と宛て名の記された封筒に驚いた。カードを読むまで本当に訳がわからなかった。マルチェッロはつたない文字でただひと言、ごめんなさい、と記し、昔の小学校で教えていた、派手に渦を巻いたMの字ひとつで署名していた。箱の中にはわたしのブレスレットがあった。ぴかぴかに磨かれて、新品みたいだった。

リラに小さな包みの話をし、ぴかぴかのブレスレットを見せると、彼女は言った。それ、もうつけるの絶対によしな。娘にも使わせちゃ駄目だよ……。彼女は衰弱しきって病院から戻り、階段を少し上るだけでひどく荒い息遣いをした。きちんと薬も飲めば、注射も自分で打っていたが、退院以来ずっと顔色が青く、まるで黄泉の国から戻ってきたみたいで、ブレスレットも自分と同じ場所から来たのだと信じているような口ぶりだった。

　ソラーラ兄弟の死は彼女の緊急入院と重なり、彼女の流した血は――あの混乱の日曜にわたしが覚えた感情の中でも――彼らの血と入り混じった。しかし教会前での公開処刑にも似たあの事件をわたしが話題にしようとするたび、彼女は顔を歪め、こんな返事をした。あいつら最低な人間だったんだよ、もうどうだっていいじゃない？　レヌーの妹は気の毒だと思う。でも、もう少し頭が回れば、マルチェッロとなんて結婚しなかったろうに。ああいう男の末路は誰かに殺《や》られておしまいって決まってるんだから。

　わたしを戸惑わせていたソラーラ兄弟の身近な存在感について、何度か彼女と話しあってみようとした。リラのほうが同じ感情を強く覚えているはずだと思ったのだ。

「だって、ふたりがまだ男の子だったころからわたしたち知ってるんだよ」

「昔はみんな男の子だったんだから、珍しい話でもないでしょ」

「リラなんて雇ってもらったこともあるじゃない？」

「それがあっちにも都合よかったし、こっちも都合よかったからね」

「ミケーレは確かにろくでなしだったよ。でもリラだって時々、負けず劣らずひどかったじゃない？」

「もっと徹底的にやってやるべきだったね」

話しながら軽蔑程度で収めようと努力しているのが伝わってきた。それでも目つきがきつくなったり、両手の指を絡みあわせ、節々が白くなるくらい力をこめたりした。今でも十分獰猛な言葉の数々の裏にはずっと残忍な言葉があり、彼女は口にはするまいとしていたが、頭の中では準備ができているのもわかった。顔にはっきりと書いてあったし、わたしの耳には彼女のこんな叫び声も聞こえていた。もしもティーナをさらったのがあのふたりなら、あんな殺し方じゃ甘すぎだよ。八つ裂きにして、心臓をもぎ取って、はらわたを道に投げ捨ててやらなきゃ。なんにしても犯人はよくやったね。何度殺されたって足りないような悪さをしてきたやつらさ。口笛ひとつ吹いてくれれば、飛んでいって手を貸したのに惜しいよ……。

しかし彼女は決してそこまでは言わなかった。一見したところ、兄弟の急な退場は彼女にほとんどなんの影響も及ぼさなかったようだった。ただひとつの変化は、もう二度とふたりと会う可能性がなくなったため、以前よりも頻繁に地区の散歩に出かけるようになったことだ。ティーナが失踪する前のようにまた積極的に活動しようとする気配もない代わり、家と職場をひたすら往復するだけの生活も再開しなかった。むしろ彼女は病み上がりの療養生活を何週間も続け、鉄道のトンネル、大通り《ストラドーネ》、公園のあいだをぶらぶらと歩いて過ごした。うつむいて歩く彼女は誰とも口を利かず、だらしない身なりのせいもあり、相変わらず自分にとっても他人にとっても危険な印象を与えたため、声をかけてくる者もなかった。

時々、彼女から散歩につきあえと求められると、なかなか断れなかった。わたしたちはよくバール菓子店ソラーラの前を通ったが、店頭には〝喪中〟の張り紙があった。喪はいつまでも明けず、店は

16

そのまま二度と開かず、ソラーラ一家の時代は幕を閉じた。しかしリラは毎度、閉ざされたシャッターを見やり、色あせた張り紙を見やってから、満足した様子で、やっぱりやってない、と言うのだった。店が閉じたままなのがそんなに嬉しいのか、前を通り過ぎながら、ははっと短い笑い声をひとつ上げさえした。閉店に何か滑稽な点でもあるような笑い声だった。

一度だけだが、ふたりして店の前で立ち止まったことがあった。バールらしい華やかさのなくなった今、その醜さをじっくり味わおうとでもするみたいに。かつてそこには小さいテーブルとカラフルな椅子が並び、お菓子とコーヒーの香りが漂い、客たちが出入りし、闇取引が重ねられ、真っ当な約束と恥ずべき約束の数々が結ばれた。それが今やぼろぼろになった灰色の壁があるばかりだった。連中のじいさんが死んだ時も――リラは言った――母親が殺された時も、マルチェッロとミケーレは地区の壁という壁を十字架と聖母で埋め尽くして、いつまでも死者を悼んだけど、あいつらが死んだら、なんにもないじゃないか……。そこで彼女は、入院中にわたしから聞かされた、ソラーラ兄弟の命を奪った弾丸を撃った者は誰もいない、という住民たちのためらいがちな証言を思い出した。そうか、誰もあいつらを殺してないし――彼女はにやりとした――誰も悼まないって訳だね……。そこで言葉に詰まったか、彼女は数秒、黙った。それからなんの脈絡もなく、もう仕事はやめるよ、とわたしに打ち明けた。

不機嫌に任せてなんとなく発した言葉には聞こえなかった。ずいぶん前から、恐らくは退院してからずっと考えていたのだろう。彼女はこう続けた。

「エンツォがひとりでやっていけるなら、いいけど、無理なようならどうにかしないとね」

「ベーシック・サイトを売る気なの？　そのあとは何をするつもり？」

「どうしても何かしなきゃいけないもの？」

「だらだらしている訳にもいかないでしょ？」

「レヌーみたいにしろって？」

「それも悪くないと思うけど？」

彼女は笑い、ため息をついた。

「わたし、だらだらしていたいの」

「ジェンナーロもいれば、エンツォもいるじゃない？　ふたりのことも考えないと」

「ジェンナーロは二十三だよ。面倒見すぎたくらいだね。エンツォとは距離を置くつもり」

「どうして？」

「またひとりで寝たくなったの」

「ひとり寝は寂しいよ」

「レヌーだって同じでしょ？」

「わたしには男がいないもの」

「どうしてこっちはいなきゃ駄目なの？」

「エンツォのこと嫌いになっちゃったの？」

「そうじゃないけど、わたし、あのひとだけじゃなくて、男はもういいの。年を取ったんだよ。誰にも邪魔されずにのんびり寝たいの」

「お医者さんに診てもらいなよ」

「医者はもうたくさん」

「わたしが付き添うからさ。それって解決できる問題だよ」

するとと彼女は真面目な顔になった。

「いいよ、このままがいいんだから」

「いいはずないって」

「わたしはいいの。セックスのこと、みんな過大評価しすぎなんだよ」

「愛情の話をしてるのに」

「こっちはそんなこと考えてる余裕ないの。ティーナのことなんてレヌーはとっくに忘れちゃったんだろうけど、わたしは覚えてるからね」

それから、彼女がエンツォとやりあう声がますます頻繁に聞こえてくるようになった。より正確には、エンツォのほうは普段より若干大きめな太い声が聞こえるだけだったが、リラのほうはわめきっぱなしだった。床一枚を経た上の階で聞き取れるエンツォの言葉はほとんどなかったが、彼が怒ってはおらず──彼がリラに腹を立てることは決してなかった──絶望しているのはわかった。彼が言わんとしていたのは、何もかもが──ティーナも仕事もリラとの関係も──駄目になってしまった。だというのに彼女は状況を回復する努力を一切せず、むしろそのまま悪化することを望んでいる、要はそういうことだった。彼から、あいつと話してみてほしいと頼まれたことも一度あった。今は話してみても仕方がない、彼女が心の均衡を取り戻すのを待つしかないとわたしが答えると、彼は厳しい声でこう言った。リナの心が落ちついたことなど今まで一度もなかったよ。

それは嘘だった。リラはそうしようと思えば、緊迫したそんな日々にさえ、落ちついた、分別ある人間になれた。風向きのいい日には穏やかで、とても優しくて、わたしと娘たちのことを気にかけてくれ、今度はどこに出張する予定なのか、今は何を書いているのか、誰に会うのかとあれこれ知りたがった。デデとエルサが、質の低い学校教育に対する不満、頭のおかしい教師たちの話、喧嘩の話、恋の話をすると——インマが語ることもあった——彼女は楽しげに耳を傾け、時に怒ってみせた。それに彼女は寛大だった。ある午後、リラはジェンナーロの手を借りて、わたしのところに一台の古いコンピューターを持ってきた。そして使い方をひと通り教えてから、最後にこう言ったのだ。これ、あげるよ。

わたしは早くも翌日からコンピューターで原稿を書くようになった。すぐに慣れたが、何時間もかかった仕事の成果が電圧低下で消し飛んでしまうのではないかという恐れは根強かった。その点を除けば、わたしはコンピューターに夢中だった。リラの前でわたしは娘たちにこんな話をした。ほら、ママはつけペンで書き方を覚えて、次にボールペンに移って、それからタイプライターを使ってたでしょ——電動タイプライターも使ったわ——それが今じゃ、こうしてキーを叩くと魔法みたいに文字が画面に出る。凄いよね。二度とあと戻りはしないつもり。ペンはもうたくさん、ずっとコンピューターで書くわ。見てよ、この人差し指のタコ。触ってごらん、硬いんだから。ずっと前からこんなだけど、ようやく消えると思うわ。

リラは、大喜びするわたしを楽しそうに見ていた。いいプレゼントができて幸せという顔だった。でも口では、あなたたちのママ、馬鹿みたいにはしゃいでるね、などと言い、仕事を邪魔すまいとして出ていった。娘たちの信用をすでに失ったことは承知の上で、機嫌のよい時の彼女はよく三人を事務所に連れていき、最新型のコンピューターで何ができるか、どうしてそんなことができるのかを教えてくれた。さらに以前のように娘たちの気を引こうとして、こんな冗談も言った。エレナ・グレーコさん、知ってる？　あのご婦人、沼で眠ってるカバほどしか集中力がないの。それにひきかえ、あなたたちはずっと頭いいね……。それでも三人の親近感を取り戻すことはかなわなかった。特にデデとエルサは無理だった。帰り道、ふたりは言ったものだ。ママ、リナおばさんって何を考えてるのかわかんないよ。コンピューターだって、最初はわたしたちに覚えさせようとしておいて、そのくせあとから、この機械は大金が稼げるけど、昔からの稼ぎ方をみんな駄目にしてしまう、なんて言うんだもの……。とはいえ、母親のわたしはコンピューターで文章を書くことしかできないのに、娘たちはほどなく知識と技術を次々に身につけ――インマでいくらか覚えた――わたしを鼻高々にした。そして何かコンピューターの問題が起きるたび、わたしは主にエルサを頼りにするようになった。あの子はいつも解決策を知っていて、毎回、自分の手柄をリラに報告しては得意がった。おばさん、わたしね、あれをこうこうこうして直したの、どう？

デデがリーノを仲間に引きずりこむと、状況はさらによくなった。エンツォとリラの得体の知れない機械にはそれまで指一本触れたことのなかった彼が、女の子たちに叱られたくない一心で、わずかにでも興味を示すようになったのだ。ある朝、リラは笑いながらわたしに言った。

「ジェンナーロのやつ、デデに変えられつつあるね」

わたしは答えた。

「リーノは信頼してほしかっただけなのよ」

すると彼女はやけに下品な口調で言い返した。

「あいつがどういう信頼を期待しているのかは、よくわかってるさ」

17

風向きのいい日々はそんな具合だった。しかしまもなく風向きの悪い日々も訪れた。そんな時のリラはやたらと暑がったり、寒がったり、肌が黄ばんだり、真っ赤になったり、金切り声を上げたり、わがままを言ったり、滝のような汗をかいたり、カルメンと喧嘩して、彼女を泣き言ばかりの馬鹿呼ばわりしたりした。手術以来、リラという人間はますます混乱の度合いを深めていくようだった。不意にそれまでの優しさをかなぐり捨て、エルサが我慢ならないと言いだすこともあれば、デデを叱りつけたり、インマにきつい態度で当たったりした。わたしと話している最中に急に顔を背けて、どこかに行ってしまうこともあった。そうした暗い時期の彼女は自宅にいるのも、事務所にいるのも耐えられなかったようで、バスか地下鉄に乗ってよく出かけた。

「いつも何しにいくの？」わたしはよく尋ねた。

「ナポリ巡りだよ」

「でも、ナポリのどこに行くの？」

「そんなこと、いちいち報告しなきゃいけない？」

何を言っても彼女はすぐにつっかかってきて、ほんのささいなきっかけで喧嘩になった。特に息子とはよく衝突していたが、喧嘩の理由を彼女はデデとエルサのせいだとしていた。その言い分はある意味、正しかった。うちの長女はしょっちゅうリーノといるようになっていたが、仲間外れになるのを嫌った次女も彼を受け入れようと努力して、ふたりにくっついて過ごすことが多くなった。その結果、リーノはデデとエルサによって一種の恒久的不服従の思想を吹きこまれつつあった。問題はうちの娘たちの反抗が議論の熱心な演習に過ぎなかったのに対し、リーノのそれは自己愛に満ちた混乱したおしゃべりで、リラには聞いていられなかったことだった。彼女は息子を叱り飛ばした。あの子たちは生意気を言うにしても頭を使うからまだいいけど、お前はたわ言を繰り返しているだけじゃないか……。あのころの彼女は寛容さに欠け、どこかで聞いたような言い回しを受けつけず、哀れっぽい表現も、感傷的な言葉も許さなかった。そして古いスローガンに頼った反抗主義を何よりも嫌っていた。しかし彼女自身、適宜、無政府主義的な大げさな主張をすることがあり、わたしの耳には時代遅れに響いたものだった。八七年の選挙運動が近づいたころ、キアッソでナディア・ガリアーニが逮捕されたという記事を読んで、わたしたちが激しい言い争いになった時もそうだった。

まずはカルメンがわたしの家に飛んできた。すっかり動転して、まともな思考ができなくなった彼女はこんなことを口走った。パスクアーレもきっと捕まるよ。せっかくソラーラからは逃げきったのに、憲兵《カラビニエーリ》に殺されちゃう……。するとリラが答えた。ナディアは憲兵に捕まったんじゃないね。刑を軽くするために自首したんだよ……。わたしにはリラの仮説が正しいように思われた。新聞の記事はいずれも短く、追跡や銃撃戦、逮捕については触れていなかった。カルメンを落ちつかせるため、わたしはまた彼女に勧めた。パスクアーレもおとなしく降参させたほうがいいよ、わたしの考えはわかってるよね……。その途端、リラが猛然と哮《たけ》りだした。

「誰に対して降参しろっていうの？」

「国よ」

「国？」

彼女は一九四五年からそれまでに、大臣に単なる国会議員、警官に判事、情報局員らが犯した新旧の汚職や職権濫用の例を次々に数え上げた。毎度のことだが、普段の様子からは想像もつかぬほど物知りなのがよくわかる雄弁さだった。そして彼女は叫んだ。

「国なんて〝そんなもの〟よ。なのに、よくもパスクアーレを引き渡せだなんて言えるよね？　ナディアはきっと何カ月か服役したら出てくるよ。でもパスクアーレが捕まったら、牢屋に閉じこめられて、そのまま鍵なんてどこかに捨てられちゃうに決まってるじゃない？　大丈夫だって保証できるの？」彼女は殴りかかってきそうな勢いで、同じ言葉を語気を強めて繰り返した。「ねえ、保証できるの？」

わたしは答えなかった。そんなやりとりがカルメンにいい影響を与えるはずがなかったから、心配だったのだ。ソラーラ兄弟の死後まもなくカルメンはわたしに対する告訴を取り下げ、とても親切にしてくれて、自分だってやることも不安も山ほどあったろうに、うちの娘たちのためならばいつでも手を貸すからと言ってくれるようになった。そんな彼女を自分たちの会話で安心させるどころか、苦しませているのが残念だった。彼女は震えながら、リラの言葉を頼りにこちらにつっかかってきた。ナディアが自首したってことは、レヌー、捜査に協力するってことよね？　つまり、あの女はパスクアーレにすべての罪を着せるつもりだっていう意味でしょ？　違う、リナ？　しかしカルメンはそこで矛先を変え、わたしの言葉を頼りに今度はリラを責めだした。リナ、もう原則にこだわっている場合じゃないでしょ、パスクアーレのためを思って考えないと駄目よ。殺されるより、塀の中にいたほうがいいって伝えてやらないと。そうよね、レヌー？

するとリラはわたしとカルメンをこっぴどく罵り、そこは彼女の家なのに、玄関のドアを叩きつけるようにして出ていった。

18

家を出て、さまよい歩くことは、もはや彼女にとって、当時抱えていたあらゆるストレスと問題に対する解決策となっていた。朝出かけたまま、夕方まで帰らぬ日がますます増え、顧客の応対に苦労するエンツォのことも、息子のこともお構いなしなら、娘たちを預かってもらい、出張するつもりでいたわたしとの約束もすっぽかした。今や彼女はまるで当てにならず、少し機嫌を損ねれば、後先考えずに何でも放り出してしまうようになっていた。

カルメンは一度、こんな風に力説したことがあった。リナはドガネッラ地区にある古い墓地に通っている。そこで彼女はひとつ少女の墓を選び、墓を持たぬティーナを偲んでいるのだ。それから墓地の並木道を散歩し、花壇や古い壁龕《へきがん》式《しき》墓所のあいだをぶらついては、時おり色あせた写真の前で足を止める。なぜなら死者たちは安心のできる存在だから。死者たちにはそれぞれ墓碑があり、生年月日と没年月日がある。しかしリナの娘は違う。ティーナは永遠に生年月日だけの存在だ。それは恐ろしいことだ。あの哀れな女の子にはいつまでたっても終わりが訪れず、母親が腰を下ろし、落ちつくことのできる場所もないままなのだから……。それでもカルメンは元々、死にまつわる空想をたくましくする癖があったから、わたしはあまり本気にしなかった。むしろこう思っていた。リラは、幾年たっても自分をさいなむのをやめない悲しみをとにかく紛らわせたくて、何も目に入らぬまま町を歩き回っているのではないか。あるいは、例によって彼女らしい極端なやり方で、もう自分は決して何ごとにも専念しない、本当にそう決めたのかもしれなかった。ただわたしは、彼女の頭脳がその正反対の行為を必要としているのを知っていたので、このままでは彼女は神経が持たず、そのうちエンツォかリーノか、わたしか娘たちか、すれ違いざまにちょっかいを出してきた男か、執拗な視線の持ち主を相手に暴発するのではないかと不安だった。それが家でのことであればわたしも、彼女と言い争い、落ちつかせ、制御することができたろう。しかし町のどこかでそういうことになったら？　彼女が出かけるたび、厄介なことにならねばいいがと懸念した。それでも時がたつにつれ、こちらが忙しい時に下の階のドアが大きな音を立てて閉じ、彼女の足音が階段を下り、表に出るのを聞くと、わたしはほっとため息をつくようになった。これでリラはうちまで上がってこないだろう、いきなり飛びこんできて喧嘩をふっかけられることもないだろう、娘たちをからかわれたり、インマを見下されたり、あの手この手でこちらの気分を損なおうと絡まれたりすることもないだろう……。

　この土地を離れるべき時だ。わたしはまた頻繁にそう思うようになっていた。もはやわたしも、デデも、エルサも、インマも、地区に残るべき理由がなかった。リラにしても、入院のあとも、手術のあとも、体の均衡が崩れてからも、以前は滅多に口にしなかったこんな台詞をますます頻繁に告げるようになっていた。出ていきなよ、レヌー、こんなところで何してるの？　まるで聖母様に誓いでも立てて、仕方なく居座ってるみたいじゃないか……。リラはわたしが彼女の期待に応えられなかったこと、わたしが地区に暮らしているのは知識層に対するポーズでしかないことをこちらに思い出させ、事実上、彼女にとっても、わたしたちの故郷にとっても、わたしは——どれだけ勉強し、何冊本を書いたにせよ——なんの役にも立たなかったし、今後も役に立つことはないだろうとほのめかすのだった。わたしはそのたびむかっときて、まるで成績の悪い社員をお払い箱にするみたいな態度だと思った。

19

この先どうするべきかとそればかり考えている時期が続いた。娘たちは安定した生活を必要としており、わたしは父親ふたりに我が子の面倒を見るよう働きかけねばならなかった。最大の問題はやはりニーノだった。彼はたまに電話をかけてきてインマに甘い言葉をかけ、娘はうん、とか、ううん、とか簡単な返事をしたが、そこまでだった。ニーノはそのころ、彼の野心を知る者であればある程度は予想もついたはずの行動に出た。社会党候補で選挙に打って出たのだ。彼はわたしに短い手紙を寄越し、自分に票を入れてくれ、知りあいにも頼んでくれ、と書いてきた。〝リナにもよろしく！〟のひと言で終わるその手紙には、彼の魅力的な写真と経歴を印刷したチラシが同封されていた。経歴の一部にペンで下線が引いてあった。有権者に対し、自分にはアルベルティーノ、リディア、インマという三人の子どもがいると説明する部分で、傍らに〝ここをインマに読ませてやってくれ、頼んだよ〟という彼のメモがあった。

わたしは彼に票を入れず、また彼のために票を集める努力などこれっぽっちもしなかったが、チラシはインマに見せた。すると娘は、これは自分が取っておいてもよいかと言った。やがて彼女の父親が当選すると、わたしはおおまかに国民、選挙、代表者、国会についてあの子に説明してやった。ニーノはローマに腰を据えて生活するようになった。当選後の連絡はたった一度だけ、走り書きみたいな、ご機嫌な手紙が一通届いたきりだった。インマだけではなくデデとエルサにも読ませてくれと記されたその手紙には、自宅の電話番号も住所も記されておらず、遠くからの保護を約束する言葉だけがあった（〝君たちのことは僕が見守っているから安心してくれ〟）。それでもインマは、父親の存在の証左となるその手紙も取っておきたがった。そしてそれ以降は、エルサにからかわれ、インマって退屈、だからわたしたちの名字がアイロータなのに、あなたはサッラトーレなんだね、などと言われても、姉たちと名字が違うことに以前ほど戸惑いを見せなくなった——あるいは以前ほど心配しなくなった——ようだった。ある日、学校の先生にサッラトーレ議員の娘かと尋ねられたインマは、翌日、大切にしまっておいた例のチラシを教師の元に持参し、証拠として披露した。わたしはあの子が父親を誇る気持ちが嬉しくて、その感情をしっかりと根付かせてやろうと思った。ニーノは例によって大忙しで走り回っている？　いいだろう。しかしわたしの娘は、彼が何かの祭礼で帽子につける花形の記念バッジではない。いったん使い終わったら次の機会まで引き出しにしまっておけばいい、という訳にはいかないのだ。

ピエトロとは数年来、なんの問題もなくやってきた。彼はきちんと養育費を振りこんでくれたし（ニーノからは一銭ももらったことがなかった）、できる範囲で父親として娘たちの面倒を見ようとしてくれた。しかし少し前にドリアーナと別れた彼は、フィレンツェに飽き飽きしていて、アメリカに移り住みたがっていた。頑固な彼のことだから、きっと移住の夢だって実現するに違いなかった。だから不安だった。娘たちを捨てるつもりかとわたしに問い詰められるたび、ピエトロはこう答えた。今は勝手な脱走に見えるかもしれないが、見ていてくれ、近い将来、僕の移住で誰よりも得をするのはデデとエルサだから……。恐らくは彼の言うとおりに違いなく、その点、彼の言葉はニーノの言葉（〝君たちのことは僕が見守っているから安心してくれ〟）と少し似ていた。しかし事実上、デデとエルサまで父無し子になる訳で、インマはとうにその状態に慣れっこであったにしても、上のふたりのほうはピエトロを頼りにしており、必要とあればいつでも父親の助けを求めることに慣れてしまっていた。彼がいなくなればあの子たちは悲しみ、萎縮してしまう。それは間違いないと思った。もちろんふたりにしてももう子どもではなく、デデは十八歳、エルサも十五歳になろうとしていた。どちらもいい学校に通い、教師にも恵まれている。しかしそれで十分なのだろうか……。ふたりは本当の意味で周囲になじむということができずにいた。どちらもクラスメイトも友人も信用せず、リーノと一緒の時だけ楽しそうに見えた。だがふたりと、彼女たちよりずっと年上なのにずっと子どもっぽいあの図体の大きな若者とのあいだに、どんな共通項があるというのだろうか。

駄目だ、やはりわたしはナポリを出ていかないといけない。そう思った。たとえばローマに住んでみてもいいだろう。そしてインマのためを思って、あくまでも友人として、ニーノとまた会うようにしてもいい。それともフィレンツェに帰ろうか。デデとエルサをもっと近づければ、ピエトロも海外移住を諦めてくれるかもしれない……。一刻も早く決断をしないといけないと強く感じたのは、ある晩、喧嘩腰で階段を上がってきたリラに——見るからに調子の悪そうな顔をしていた——こう問い詰められた時のことだった。

「レヌー、デデにジェンナーロと会うなって言ったって、本当?」

わたしは困ってしまった。娘には、彼にあんまりうるさくつきまとってはいけないと説明しただけだったからだ。

「会うだけなら好きなだけ会えばいいわ。わたしはただ、ジェンナーロには迷惑なんじゃないかと思っただけよ。向こうはもう大人だけど、うちのはまだ子どもみたいなものだから」

「レヌー、誤魔化すのはやめてよね。うちの息子じゃ、自分の娘には不釣りあいだと思ってるの?」

わたしは訳がわからず彼女を見つめた。

「不釣りあいってどういうこと?」

「デデが惚れてるの、わかってるくせに」

わたしは噴き出してしまった。

「デデが？　リーノに？」

「何がおかしいのさ？　自分の娘がうちの子に夢中になるはずがないとでも思ってるの？」

20

その時までわたしは、デデがただの一度も誰かに恋をしたと告げたことがなく、そんな気配を見せたことがなくても、ほとんど気にしてこなかった。おとものの騎士を毎月のようにほいほい替える次女とはまさに好対照だった。長女のそんな内気な態度は恐らく、自分を醜い娘だと思いこんでいるせいもあれば、生真面目な性格のせいもあるのだろうと思い、わたしは時々からかったりもした（〝クラスの男子はそんなにつまらない子ばかりなの？〟）。デデは軽薄な態度が嫌いで、そうした態度を取ることを自分にも禁じていたが、わたしに対しては特に厳しかった。たとえば誰か男性を相手にわたしが色目を使わぬまでも、ちょっと笑い声を上げるだけで――あるいは、うちまで彼女を送ってくれたクラスメイトの男の子に愛想よくするだけでも――激しい非難を受ける始末だった。二、三カ月前にもその手のことで彼女に方言で汚い言葉を浴びせかけられ、ひどく腹が立つ思いをさせられたところだった。

しかしあれは、軽薄さを目の敵にした戦いなどではなかったのかもしれない……。リラの言葉を聞いてから、わたしはデデを注意深く観察するようになった。そして、リーノを何かとかばおうとする娘の態度が、それまでわたしが思っていたような子ども時代からの親愛の情によるものでもなければ、屈辱を受けたり、傷つけられたりした者たちを守ろうとする思春期の若者らしい正義感によるものでもなかったことに気がついた。デデの禁欲主義は、幼いころからのリーノとの強く特別な絆に由来するものだったのだ。そうとわかってわたしは怯えた。自分がニーノに対して長年抱いていた愛情を思い、こんな不安に襲われたのだ。デデはわたしと同じ道を歩みつつある。しかも悪いことに、少年時代のニーノが秀才で、大人になってからはハンサムで知的な成功者となったのに比べると、リーノは自信もなければ、教養もなく、魅力すらなく、まるで将来に期待できない若者だ。しかも、よく考えれば、あの子の風貌は父親のステファノよりも祖父のドン・アキッレにそっくりじゃないか。

娘と話しあうことにした。高校卒業資格試験が数カ月先に迫っていた彼女はとても忙しかったから、そうしようと思えば、こちらの問いかけに対し、ママ、今忙しいの、また今度にして、と答えることだってできたはずだった。しかしデデはエルサではなかった。エルサならばわたしをはねつけるのも、嘘をつくのもへっちゃらだったろう。デデはこちらがまっすぐ尋ねさえすれば、どんな時でも、何をしている時でも、きっと何ひとつ隠し立てせずに答えてくれる、そんな自信があった。だから聞いた。

「あなた、リーノのこと好きなの？」

「うん」

「彼のほうは？」

「わかんない」

「いつからそんな気持ちでいたの？」

「ずっとよ」

「でも向こうにその気がなかったらどうするつもり?」

「わたし、生きている理由がなくなっちゃう」

「これからどうしたいの?」

「試験が終わったら教えるから、待ってて」

「今、教えてちょうだい」

「彼もわたしを好きだって言ってくれたら、一緒に出ていくわ」

「どこへ?」

「わかんない。でも絶対にここは出ていく」

「リーノもナポリが嫌いなの?」

「うん。ボローニャに行きたいんだって」

「どうして?」

「自由がある場所だから」

わたしは娘を優しく見つめた。

「デデ、パパもわたしもそんなわがままは認めないってわかってるはずよね」

「認めてもらう必要なんてないわ。勝手に出ていくから」

「お金はどうするの?」

「働く」

「エルサとインマのこと、それにママのことは考えてくれないの?」

「ママ、どうせいつか、みんな離れ離れになるんだよ?」

わたしは娘との会話にぐったりしてしまった。あの子が冷静な口調でまるで筋の通らないことを言っているのに、いかにも彼女が正論を述べているような態度を無理して守ったからだ。

わたしは切羽詰まり、どう動くべきか検討した。デデは単なる恋する若者だ、手を尽くせば目を覚ましてくれるだろう。問題はリラだった。わたしは彼女が恐ろしかった。リラとの対決は相当に厳しいものとなるだろう。すぐにそう思った。ティーナをなくした彼女にとって、リーノはただひとりの我が子なのだ。リラとエンツォは取り返しのつかぬことになる前にリーノをドラッグの魔の手から救い出した。わたしが彼を苦しめるような真似をすれば、ふたりは決して許してくれないはずだった。しかもうちの娘たちとのつきあいは、あの若者によい効果をもたらし、リーノは今やエンツォの仕事を少し手伝うまでになっていた。それを娘たちから引き離せば、ふたたび道を踏み外してしまう可能性はおおいにあった。あの子がまた駄目になるかもしれない、そう思えばわたしもつらかった。リラの息子には愛着を覚えていたし、不幸な子ども時代を過ごした不幸な若者だった。彼だってきっと昔からデデに好意を持っていただろうから、諦めろと言われればひどく悲しむに違いない。だがどうすればいい？　わたしは以前に増してリーノに優しく接するようになった。自分はあなたを買っており、ひと言声をかけてくれれば、この先もどんな時も助けるつもりであると、まずははっきり理解してほしかったのだ。その上で、誰が見ても彼とデデはあまりに違っていて、ふたりでどんな解決策を練ったにしても、あっという間に大失敗に終わるだろうことも、わかってほしかった。わたしの態度の変化を受けて、リーノもさらに親切になり、壊れた鎧戸と水漏れしていた蛇口を直してくれた。うちの三人娘はそんな彼の助手を務めた。しかしリラはそうした息子の態度を喜ばず、息子がうちに長居すると、下の階から有無を言わさぬ大声で呼び戻した。

21

わたしはその戦略だけでは満足せず、ピエトロに電話をかけた。彼はいよいよボストンに越すと言い、もはや移住を決意した様子だった。ピエトロはドリアーナに腹を立て、あれは信頼のできない人間だよ、とうんざりした口調で言った。それからこちらの話を真剣に聞いてくれた。リーノのことは彼もよく知っていて、子ども時代のあの子のことも、どんな大人になったかも覚えていた。リーノ、ドラッグの問題は抱えてないよね？　と彼は念のために二度、尋ねてきた。仕事はしているのかな？とも、一度だけ聞かれた。そして最後にピエトロはこう言った。まあ、どうにもあり得ない話だね……。娘の繊細な性格を思えば、短い火遊びさえ許すべきではない、わたしたちはそう結論した。

ピエトロも同じ考えであるとわかって嬉しくなったわたしは、ナポリに来て、デデと話してみてくれと頼んだ。彼は行くよと約束したが、あれこれと忙しかったらしく、ようやく彼が現れたのはデデの試験の直前で、事実上、アメリカへ出発する前に娘たちに別れを告げるためにやってきた。彼と会うのは久しぶりだった。例によってぼんやりした雰囲気で、頭はもはや白いものが目立ち、体つきも前より重たげになっていた。リラとエンツォにはティーナの失踪前から会っていなかった彼は――娘たちに会いにきても、二、三時間で去るか、デデとエルサを連れてどこかに旅立ってしまうのが常だったのだ――かなり長いことふたりの相手をした。紳士な彼は、有名な大学教授という自分の地位のせいで相手が気まずい思いをしないよう慎重に振る舞った。そしておなじみの真剣かつ親身な態度で、ふたりと長いおしゃべりをした。以前のわたしはそういう彼の態度が嫌いだったが、今は高く買っていた。それは嘘偽りのない態度で、実際、デデも自然と同じ話し方をしたからだ。その時、彼がティーナについてなんと言ったのかはわからない。エンツォは終始無表情だったが、リラは明るい顔になり、彼が書いて寄越した数年前の素敵な手紙の礼を述べ、あの手紙にはとても励まされたと言った。ティーナの失踪に際してピエトロがリラに手紙を書いていたことをわたしはそこで初めて知り、彼女の心からの謝意に驚かされた。謙遜するわたしの元夫を相手に、リラはエンツォを完全にのけ者にして、ナポリ談義を始めた。特にチェッランマーレ宮についてずいぶんと語った。その建物がキアイア地区を上ったところにあることくらいはわたしも知っていたが、リラはチェッランマーレ宮の構造から歴史、収蔵文化財にいたるまで、びっくりするほど詳しかった。ピエトロは興味深そうに耳を傾けていたが、こちらは怒りに体が震える思いだった。彼にはリラではなく娘たちと一緒にいてほしかったし、何よりデデと話しあってほしかったからだ。

　ようやくリラに解放されたピエトロは、エルサとインマを相手にしてから、デデとふたりきりになることに成功した。父と娘は長いこと穏やかに語りあった。わたしは窓から、大通り《ストラドーネ》沿いを行き来するふたりの姿を眺めていた。そして、恐らくその時初めて、ふたりはこうも容姿が似ていたかとはっとさせられた。デデは父親みたいなもじゃもじゃ頭ではなかったが、大柄な体つきもそっくりなら、どたばたした歩き方まで少し似ていた。十八の娘の体は女らしい丸みを帯びていたが、身動きをひとつするたび、歩みを一歩進めるごとに、ピエトロの体に入り、そこから出てくるように見えた。まるで父親の体が彼女にとっては理想の住み処でもあるかのようだった。わたしはそんなふたりの様子に魅せられて窓際から動けなかった。時間は流れ、会話は長引き、エルサとインマが苛立ちだした。次女は言った。わたしだってパパに話があるのに、このまま行っちゃったら、いつ言えばいいの？　三女はこぼした。わたしとも、あとでお話ししてくれるって言ったのに。

　やっと戻ってきた時、ピエトロとデデは上機嫌に見えた。夕方、三人娘はみんな彼の周りにぴったりとくっついて、その話に耳を傾けた。ピエトロは娘たちに、アメリカでの勤め先は赤レンガのとても大きい素敵な建物だと説明し、その入口に一体の銅像が立っていると言った。それはとある紳士の像で、顔も服もすべて真っ黒なのに、片方の靴だけは、生徒たちが毎日縁起をかつぐために触るのでぴかぴかで、日差しにまるで金のようにきらめくのだそうだ。四人は自分たちだけで楽しみ、わたしは仲間外れにされた。そうした時の癖で、わたしはまたこんなことを思った。こんな風に毎日父親である必要がなければ、ピエトロだっていい父親になれるし、インマにまでなつかれる。男とのつきあいって、こうした形でしか成り立たないものなのかもしれない。ちょっとだけ一緒に暮らし、子どもを作ったら、それでさよならという訳だ。ニーノみたいな軽薄な男たちの場合は、なんの責任も感じることなく去ってしまう。ピエトロみたいに真面目な男たちは、責任はすべてきっちりと果たし、必要とあればできる限りの協力もしてくれる。いずれにしても、貞操を守り、堅固な共同生活を続ける時代は男にとっても女にとっても終わったのだ。しかし、ならばどうして、リーノこと哀れなジェンナーロをわたしたちは警戒するのだろうか。放っておけばデデは恋に燃え、やがて冷め、己の道を進むはずだ。そして恐らくはリーノとも時々再会し、優しい言葉をかけあったりするのだろう。それがお決まりの流れではないか。ならばなぜ、わたしは娘のために違う将来を望むのだろうか。

自分の疑問にわたしは戸惑い、精いっぱい厳しい声を作って、もう寝る時間だと娘たちに言い渡した。エルサが、あと何年かして高校を卒業したら、わたしはパパと一緒にアメリカで暮らすのだと宣言したところだった。インマもピエトロの腕を引き、注意を引こうとしていた。自分も大きくなったら彼の元に向かってもいいかと尋ねるつもりだったのだろう。デデはあいまいな顔で黙りこんでいた。もしかすると問題はとっくに解決したのかもしれない。わたしは期待した。デデはリーノを心の片隅に追いやり、もうすぐ妹に向かってこう言うのかもしれない。エルサ、そっちは四年も待たなきゃ駄目だけど、わたしはもうすぐ高校卒業だから、一ヵ月もしたらパパのところに行くわ……。

22

しかしピエトロとふたりだけになり、その顔を見た途端、彼がひどく心配しているのがわかった。彼は言った。

「あれはどうしようもないよ」

「どういうこと？」

「デデは一度こうと決めたらまっしぐらだからね」

「あの子、なんて言ってた？」

「問題は何を言ったかじゃない。あの子が何を確実に実行するつもりでいるかだ」

「リーノと寝るつもりってこと？」

「うん。細かく計画済みなんだ。段階ごとにきっちり分けてね。試験が終わったらすぐにリーノに告白し、処女を喪失し、ふたりで出発する。あとは物乞いをして暮らし、従来の労働倫理をパニックに陥れる」

「冗談を言わないで」

「冗談なんかじゃない。彼女の計画を聞かされたままに伝えているだけだ」

「皮肉を言うのは簡単よね。どうせあなたはわたしに悪い母親の役を任せて、自分だけ逃げるんだし」

「あの子は僕を当てにしているよ。リーノが望めば、すぐにでもふたりでボストンに来るつもりだそうだ」

「デデの脚をへし折ってやるわ」

「逆に君のほうがふたりに脚を撃ち抜かれるかもしれないね」

わたしとピエトロは夜遅くまで話しあった。まずはデデの話だけだったが、やがてエルサとインマも話題に上り、そのうち政治に文学、わたしが執筆中の本に新聞、雑誌への寄稿、彼が取り組んでいる新しい評論まで、なんでも語りあった。ふたりでそんなにおしゃべりをするのは実に久しぶりだった。ピエトロはわたしがいつも中途半端な立場に留まると優しくからかい、皮肉を言った。君は半端なフェミニストで、半端なマルクス主義者で、半端なフロイト主義者で、半端な構造主義者で、半端な過激派だ……。そしてやや辛辣な声で続けた。そのくせ僕に対してだけはいつも容赦なかったね──彼はため息をついた──僕は何ひとつ認めてもらえなかった。何をしても駄目だと言われたよな。ところがあの男は君にとって完璧だった。しかし今はどうだ？ あんなに真面目ぶっていたのが、社会党の悪党一味に仲間入りなんてね。エレナ、エレナ……。君には本当に苦しまされた。僕が拳銃を突きつけられた時でさえ、被害者はこっちなのに、君は僕に腹を立てた。君を頼って我が家に来た幼なじみのふたり組が実は殺人犯だった、なんてこともあったね。覚えているかい？ だが言っても仕方のないことさ、君はエレナだもの。僕は君を深く愛した。僕らのあいだには娘だってふたりいる。今さら君を嫌いになれる訳がないだろう？

わたしは黙って彼の話を聞いてから、自分がしばしばナンセンスな主張をしてきたことを認めた。ニーノについてもピエトロの意見の正しさを認め、あの男にはおおいに失望させられたと告白した。

それから話をデデとリーノに戻そうとした。とても不安で、どう対処していいかわからなかったのだ。わたしは彼に、リーノをわたしたちの娘から引き離せば、何よりもリラとひどく厄介なことになるだろうこと、わたしが罪悪感を覚えていること、リラがきっと侮辱されたと感じるだろうことも説明した。彼はうなずき、こう言った。

「君が彼女を助けてやらないとね」

「でも、どうしたらいいのかわからなくて」

「あのひとは色々なことに専念して悲しみから抜け出そうとしているけど、うまくいかずに苦しんでいるんだよ」

「そんなの嘘。前は確かにそうだったけど、今じゃ仕事だってしてないし、何もしてないもの」

「それは誤解だ」

彼はリラから、自分はこのところ国立図書館に朝から晩までこもって過ごしている、ナポリのすべてを学びたいのだ、そう打ち明けられたというのだった。わたしは彼を疑わしげに見つめた。リラがまた図書館に通っている？　それも、五〇年代にできた地区の図書館ではなく、権威はあっても非能率的な、あの国立図書館ですって？　地区から姿を消すたび、そんなところに行っていたということなのか。つまり、彼女にまた夢中になれることができた？　でもどうしてわたしには教えてくれなかったのだろう。それともピエトロに教えたのは、彼の口からわたしに伝えるため？

「内緒にされてたのかい？」

「その気になったら話すつもりでしょ」

「なんにしても続けさせてくれ。あれほどの頭脳の持ち主が小学校を出ておしまいなんてこと、許されていいはずがないんだ」

「リナは気が向いたことしかしないわ」

「それは君の勝手な思いこみさ」

「わたし、彼女が六歳の時から知ってるのよ」

「だからこそ君を嫌っているのかもしれないね」

「別に嫌われちゃいないわ」

「来る日も来る日も、君は自由にやってるのに、自分はとらわれの身のままだと思うのはたまらない気分だろうな。地獄というものが存在するなら、それは彼女の満たされぬ頭の中にあるはずだよ。そんな場所には一瞬でも入りたくないね」

ピエトロは〝入りたくない〟という言葉を、恐れつつも魅力を感じ、同情もしているというような声で発した。わたしは言い返した。

「だからリナに嫌われてなんかいないったら」

すると彼は笑った。

「わかったよ。きっと君の言うとおりなんだろう」

「さ、もう寝ましょ」

彼は戸惑い顔でこちらを見た。いつもと異なりわたしが彼のための簡易ベッドを用意していなかったからだ。

「一緒に、ってことかい?」

もう十二年はちらりとも触れあったことのなかったふたりだった。わたしはひと晩中、娘たちが目を覚ましやしないか、わたしと彼が同じベッドにいるところを見つかりやしないかとびくびくしながら、暗がりの中、目の前の大柄な、もじゃもじゃ頭の男を見つめていた。彼は小さくいびきをかいていた。わたしたちがまだ夫婦だったころ、彼がわたしの横で長い時間寝ることは滅多になかった。たいていの場合、なかなか達しないペニスでこちらを延々とさいなんだあと、少しうとうとしてから起き上がり、研究に取りかかるのが常だったからだ。ところがその夜の営みは素敵だった。わたしたちは別れを告げるために体を重ねた。もう二度とないことだとふたりともわかっていたから、素敵だった。わたしには教えられなかったこと、または教えようとは思わなかったことをドリアーナから習ったらしく、ピエトロはこちらにそのことを気づかせようと手を尽くした。

六時ごろ、わたしは彼を起こし、時間よ、と告げた。車のところまで付き添うと、娘たちを頼む、特にデデをよろしく、と彼は改めて言った。わたしたちは握手をし、頰にキスをしあった。そして彼は出発した。

わたしはぼんやりとキオスクに向かった。店主は新聞の梱包を解いているところだった。いつもと同じ日刊紙三紙を買って家に戻った。例によって記事のタイトルだけをざっと眺めるつもりだった。わたしは朝食の支度を始めた。そしてピエトロを思い、彼とのおしゃべりを思った。本当ならわたしはそこで何を考えてもよかったはずだ。自分に対する彼の軽い恨み節のことでも、デデのことでも、リラに対する彼のいささか単純な心理分析のことでも。ところが時にわたしたちの心の回路は、身近に反響が迫りつつある出来事と謎めいた形で接続《リンク》してしまうことがある。その時、わたしの頭を離れなかったのは、ピエトロがパスクアーレとナディアのことを――彼が皮肉をこめて〝幼なじみのふたり組〟と呼んだのはあのふたりのことだった――どちらも殺人犯呼ばわりしたという事実だった。わたしは、ナディアに対してはもうなんの抵抗もなく〝殺人犯〟のレッテルを貼るくせに、パスクアーレに対してはそうすることを今なお拒否している自分に気づいた。なぜなのだろうか……。自問を繰り返していた時、電話が鳴った。下の階にいるリラからの電話だった。わたしがピエトロと家を出た時も戻ってきた時も、彼女は物音で気づいたそうで、新聞を買ったかと尋ねてきた。たった今ラジオで、パスクアーレ逮捕のニュースが流れたというのだった。

23

　その知らせは、続く数週間、わたしたちの心を完全に奪った。実際、わたしなど――正直に認めよう――デデの試験よりも、幼なじみの彼の事件にかかりきりとなったくらいだった。リラとわたしはただちにカルメンの家に向かった。しかし彼女はとうにすべてを知っているか、少なくとも大事な情報は把握しており、落ちついていた。パスクアーレはアヴェッリーノ県セリーノの山間部で逮捕された。憲兵《カラビニエーリ》たちが彼の隠れ住んでいた小屋を包囲した時、パスクアーレは冷静に対応し、暴力的な抵抗もせず、逃げようともしなかったという。あとは――とカルメンは言った――パパみたいに死ぬまで塀の中から出してもらえない、なんてことにならないよう祈るしかないわ……。彼女は相変わらず自分の兄を善人だと考えていた。それどころか、感情の昂ぶりに任せて、わたしたち三人――彼女とわたしとリラだ――のほうがパスクアーレよりもずっと性根の悪い人間だ、とまで言った。カルメンはわっと泣きだし、こう続けた。わたしたちなんて自分勝手に生きてきただけだけど、パスクアーレはそうじゃない、パパに教育されたとおりの人間に育ったの。

　その言葉が持つ心からの悲痛な響きのおかげでカルメンは、三人が友だちになってから恐らく初めて、わたしとリラを圧倒することに成功した。事実、リラはひと言も反論しなかった。一方、わたしは彼女の話を聞いて落ちつかぬ気分になった。こちらの人生の背景で純粋かつシンプルな生き方をしてきたペルーゾ兄妹にわたしは心をかき乱されていた。ふたりの父親の家具職人が、かつてフランコがデデに教えたようにメネニウス・アグリッパの馬鹿げた寓話を批判せよと兄妹に教えたなどとはさすがに思わなかったが、しかしふたりはどちらも——カルメンはそれほどでもないが、パスクアーレは特に——昔から本能的に知っていた。ひとりの人間の腹が膨れたからといって別の人間の手足が栄養を得ることはなく、そんなたわ言をひとに信じこませようとする者は遅かれ早かれその愚行にふさわしい報いを受けることになる、と。兄と妹は違うところだらけなのに、共通の過去ゆえにひと組のチームを構成していた。そんなチームをわたしは自分ともリラとも同一視したくなかったが、どうにも距離を置くことができなかった。だからだろうか、わたしはある時はカルメンに、これでよかったんだよ、パスクアーレも司法にゆだねられたのだからわたしたちにしても助けやすくなったもの、と言っておきながら、別の日にはリラに向かって、権力のない人間にとっては法律も権利の保証もまるで無価値よ、パスクアーレ、刑務所で叩き殺されちゃうわ、などと言った。さらにカルメンとリラのふたりを前にして、生まれた時からわたしたちが肌で感じてきた暴力にはもううんざりだが、この残酷な世界に立ち向かうためには若干の暴力も必要だと認めたりもした。そんな混乱した方針に基づき、わたしはパスクアーレを助けようと手を尽くした。恋人のナディアの扱いには当局が相当な配慮をしているという時に、彼ばかりが誰にも気にかけてもらえぬ惨めな人間の気分を味わってほしくなかった。

24

わたしは有能な弁護士を探した。あちこちに電話をかけているうち、この際、ニーノに連絡してみようと思った。彼はわたしが個人的に知っているただひとりの国会議員だった。結局、本人とは一度も話せなかったが、秘書の女性が、長い交渉の果てに、面会の予定を入れてくれた。わたしは彼女に冷たく告げた。議員に伝えてください、あなたの娘を連れていきますから、って。電話線の向こうでしばしためらう気配があった。お伝えします、やがて女性はそう答えた。

数分後、電話が鳴った。また同じ秘書で、サッラトーレ議員がリソルジメント広場の事務所で喜んでお会いしたいと言っているとのことだった。ところが続く日々、約束の場所と日時はころころと変わった。議員は出張した、議員は帰ってきたが多忙だ、議員は特別に長い会議のために国会を出られない……。正直、驚いた。それなりに知名度もあり、記者証も持っていて、彼の娘の母親のわたしであれば、国民の代表と直接会うのもそこまで難しいことはなかろうと思っていたのだ。ようやく完全な日時が定まると――面会場所はほかでもない、下院の置かれているモンテチトーリオ宮だった――インマとわたしはきれいに着飾り、ローマに向かった。娘に、大切に取っておいた選挙のチラシを持っていってもいいかと尋ねられ、わたしは了承した。列車の中であの子はそのチラシをずっと見つめていた。写真と現実の対決に向けて心の準備をしようとしているようだった。首都に着いたわたしたちはタクシーに乗り、モンテチトーリオ宮に参上した。誰何《すいか》を受けるたび、わたしは身分証を見せ、何よりインマに聞かせたくて、こう告げた。サッラトーレ議員と会う約束があるんです。この子は議員の娘、インマです。インマ・サッラトーレです。

ずいぶんと待たされた。娘など途中で不安にかられ、もし国民がパパを離してくれなかったら？

とまで聞いてきた。わたしは、大丈夫、きっと来るわ、と安心させた。事実、ついにニーノはやってきた。彼を先導する秘書は、若いとても魅力的な女性だった。おしゃれに決めたニーノは満面の笑みでインマを抱きしめると、頬に何度もキスをし、もう決して小さくはない彼女を抱き上げて、最後までそのまま下ろさなかった。だが何よりもわたしを驚かせたのは、インマがただちに父親と打ち解けたことだった。あの子は父親の首に抱きつくと、例のチラシを見せて、嬉しげに言った。パパってこの写真よりもハンサムね、わたしの先生ね、パパに票を入れたんだよ。

ニーノは熱心にインマの相手をし、学校のこと、クラスメイトのこと、一番得意な科目のことなどあれこれ尋ねた。わたしのことはほとんどお構いなしだった。わたしはもはや彼の過去の人生——現在より低次元な人生——に属する人間で、エネルギーを費やすだけ無駄だとでも思っているようだった。わたしがパスクアーレの話をしても、耳を傾けながら娘の相手はやめず、秘書にメモを取るよう合図しただけだった。こちらの報告が終わると彼は真剣な口ぶりでこう尋ねてきた。

「それで僕に何を期待しているんだい？」

「パスクアーレが健康かどうか、法で保証された権利をすべて享受しているかどうか、調べてほしいの」

「彼、司法当局には協力しているのかな？」

「いいえ。絶対に協力しないと思う」

「協力すべきだね」

「ナディアみたいに？」

彼は困ったように短い笑い声を発した。

「ナディアにしたって、そうするほかないのさ。塀の中で一生を終えたくなければね」

「ナディアはただのわがまま娘だけど、パスクアーレは違うわ」

ニーノは少し黙り、インマの鼻をボタンみたいに押して、玄関のブザーの音を口で真似た。娘と笑いあってから、彼は答えた。

「君の友人の状況は見にいってみよう。僕は、あらゆる人々の権利が保護されているかどうか監督するためにここにいるのだから。でも、パスクアーレに殺された犠牲者の親族にだって立派な権利がある。僕は彼にそう伝えるよ。反逆者ごっこで本物の血を流しておいて、こっちには権利がある、そんな声をあとから張り上げるなんて真似が許されていいはずがない。わかったかい、インマ？」

「はい」

「はい、パパ、だよ」

「はい、パパ」

「もしも先生にいじめられたら、パパを呼ぶんだよ」

わたしは言った。

「先生にいじめられたら、この子は自分でなんとかするわ」

「パスクアーレ・ペルーゾがひとりでなんとかしたようにかい？」

「パスクアーレには、守ってくれと助けを求められるような相手が誰もいなかったわ」

「それで彼の行為は正当化されると言うのかい？」

「そうじゃないけど、面白いじゃない？　インマが権利を行使する時は、パパを呼べ、なんて」

「君だってお友だちのパスクアーレのために僕を呼んだじゃないか」

わたしはひどく苛立ち、悲しい気持ちでその場を去った。しかしインマにとってそれは、生まれてからの七年間でもっとも重要な一日となった。

25

日々は過ぎ、無駄足を踏まされたかと思ったが、意外にもニーノは約束を守り、パスクアーレの件に気を配ってくれた。そしてわたしは彼から、弁護士たちが知らないか、口をつぐんでいたことを色々と教えてもらった。たとえば、カンパーニア州を震撼させたいくつかの有名な政治犯罪にパスクアーレが関与していたという事実は、確かにナディアの詳細な供述の核をなしていたが、実は元々かなり前から把握されていたという情報もそのひとつだ。一方、ニュースと呼べるのは、彼女がもはやありとあらゆる事件を、それこそ、たいして話題にならなかった事件まで、彼のせいにしている、という話のほうだった。こうしてパスクアーレの長い罪状一覧には、ジーノの殺害とブルーノの殺害まで並び、マヌエーラ・ソラーラ殺害はもちろん、そのふたりの息子、マルチェッロとミケーレの死まで彼の仕業とされているというのだった。

「あなたの元恋人、いったい憲兵隊《カラビニエーリ》とどんな取引をしたの？」ニーノと最後に会った時、わたしは彼に尋ねた。

「さあね」

「ナディア、嘘ばっかり言ってるじゃない？」

「その可能性はあるね。ともかくひとつ確実に言えるのは、彼女のせいで、これまで自分は安全だと思っていた者たちが次々に破滅に追いこまれているということだ。だから、リナには気をつけるように伝えてくれ。ナディアは昔から彼女をひどく嫌っていたから」

かなりの歳月が流れていたが、ニーノはことあるごとにリラを話題にし、離れていても僕は彼女に気を配っているんだ、というポーズを見せた。わたしは彼の目の前にいて、かつては彼を愛したこともあれば、傍らにはチョコレートのジェラートをなめる彼の娘だっていた。しかし、彼にとってわたしなど若いころの女友だちに過ぎず、高校の教室から国会の議席へといたる自らの目覚ましい出世を自慢するための相手に過ぎないのだった。彼と最後に会ったその時、わたしに対するニーノの最大の賛辞は、自分とわたしを同じレベルに並べて語ることだった。なんの話をしていたかは覚えていないが、彼がこう言ったのだ。僕と君は実際、ずいぶんと高い場所まで昇ってきたものだよね……。だがそう言っている途中から、ふたりが同等の立場だなんて言葉はまやかしだと彼の視線が告げているのにわたしは気づいた。僕は君よりもずっと上位にいる。たわいもないベストセラー本を何冊書いたにせよ、君がこうして陳情者として僕に会いにきたという事実が何よりの証拠だよ。そう思っているようだった。彼の瞳はこちらに優しく微笑みながら、こう言っていた。ほらね、僕を失うことで、自分がどれだけ損をしたかわかったかい？

わたしは娘を連れて急いで立ち去った。もしもリラがいたらニーノの態度もぜんぜん違っていたはずだ。きっと言葉遣いもあやふやになり、なぜか不意に自信を失って、偉そうな自分の態度をいくらか愚かしく思いさえしただろう……。車を預けた駐車場に着いた時――あの日はローマまで車で行った――それまで考えたこともなかったある事実に思いいたった。ニーノが自らの野心を危険にさらした相手は彼女だけだ、ということだ。彼はイスキアの夏と続く丸一年間、身を滅ぼしかねないアバンチュールに没頭した。それは彼の人生では、異常な出来事だったはずだ。あのころ彼はすでに期待を一身に集める有名な大学生だった。彼がナディアとつきあったのは――今ではわたしにもはっきりとわかった――彼女がガリアーニ先生の娘だったからで、あのころのわたしたちには上流階級に思えた場所に進むための鍵に見えたからだ。彼の選択はいつだって己の野心に沿ったものだった。エレオノーラとの結婚だって欲得あっての選択ではなかったか。それにわたし自身、彼のためにピエトロを捨てた時は、立身出世を果たしたひとりの女であり、いくばくかの成功を収めた、有名な出版社ともつきあいのある作家であり、つまりは、彼の出世に役立つ女ではなかったろうか。彼を助けたほかの女性たちにしても事情はみな同じではなかったか。ニーノは女好きだ。それは本当だが、彼はなんといっても便利な人脈作りの名手だった。彼の知性がどんな成果をもたらしたにせよ、少年時代から築き上げてきた人脈がなかったら、成功を収めるに足るエネルギーを得ることは決してなかったろう。するとリラはなんだったのか。学歴は小卒止まり、商店主の恐ろしく若い妻で、ステファノがふたりの関係に気づいていたら、ふたりとも殺されていたかもしれないのに、なぜニーノはあの時、己の将来を危険にさらすような真似をしたのか。

インマを車に乗せ、晴れの日のためにわざわざ買った服をジェラートの滴で汚した彼女を叱ってから、わたしはエンジンをかけ、ローマを出た。もしかするとニーノは当初、リラの中に自分も持っているつもりでいた何かを見つけたような気がして彼女に惹きつけられたのかもしれない。それが彼女と向きあううちに、実は自分がそんなものを持っていないことを悟ったのだろう。彼女は高い知性を有しながら、その知性によって利潤を追求しようとはせず、むしろ、世界の富などすべて低俗な人間の印に過ぎぬとみなす貴婦人のようにそれを浪費していた。そこにニーノは魅了されたに違いなかった。〝彼女があまたの女たちのなかで際立っているのは、どんな教育にも、どんなしきたりにも、どんな目的にも生まれつき屈しないからだ〟そう思った。わたしたちは誰もが屈服してきた。そして、そんな風に屈服することで――試練と失敗と成功を通じて――萎縮してしまった。ところがリラだけは、何ごとに直面しようが、どんな人間に出くわそうが、萎縮するということがないらしかった。それどころか彼女は誰でもそうであるように年とともに愚かしく、頑迷になりながらも、わたしたちが彼女に認めた才能の数々は少しも衰えず、下手をすると、おおいに力を増している可能性だってあった。わたしたちはいくらリラを憎らしく思う時でも、結局はいつも彼女を尊敬し、恐れることになる。そう思えば、リラとはたいして会ったこともないナディアが彼女を嫌い、傷つけたくなるのも不思議ではなかった。リラはナディアからニーノを奪った。リラはナディアの革命家としての信条を侮辱した。リラは悪人で、傷つけられる前に傷つける業に長けている。リラは平民《プレブス》だが、救済という救済を拒否する。つまりリラは尊敬に値する敵であり、彼女に打撃を与えれば、パスクアーレのような選ばれし犠牲者にはつきものの罪悪感もない、純粋な喜びが待っているかもしれない……。ナディアは本当にそんな風に考えているのかもしれなかった。何もかもが長い歳月のうちに卑しくなってしまった。ガリアーニ先生も、ナポリ湾を見下ろすその邸宅も、先生の無数の蔵書も、家の壁を飾っていた絵画も、教養豊かな会話も、アルマンドも、そしてナディアも。あんなに優美で、お行儀のよかった彼女。学校の前でニーノに寄り添っていた彼女。素敵な生家で開かれたパーティーでわたしを迎えた時の彼女。完全に刷新された世界で過去に増して輝かしい装いをまとうべく、すべての特権を捨て去った時さえ、彼女には、他人には真似のできない何かがまだあった。しかし今はどうだろう？　丸裸になった時の高貴な動機はひとつ残らず消えてしまった。彼女に残されたものは、無闇に流されたおびただしい血の恐怖と、元現場作業員にすべての罪を着せる破廉恥さだけだった。かつては、来たるべき時代の新人類の姿にさえ見えたパスクアーレも、今の彼女にとっては、自分の責任をほとんどゼロにまで減らすために必要な、多くの人間のひとりでしかないのだった。

わたしは動揺した。ナポリに向かって車を走らせながら、デデを思った。あの子もナディアと似た幻をもうすぐ見ることになる、それはひとに自分を見失わせるタイプの幻だ、そんな予感がした。時は七月末、デデが高校卒業資格試験で満点を取る、まさにその前日だった。アイロータ家の末裔であり、わたしの娘であるデデ、そんな彼女のずば抜けた知性が見事な実を結ばぬはずがなかった。そしてまもなく彼女は、わたしよりも父親よりも、優秀な結果だって出せるようになるはずだった。あの子は、昔わたしがこつこつ努力して、非常な幸運の末に獲得したものを軽々と手に入れてきたし、これからもやはり軽々と、あたかもそれが生まれつきの権利でもあるかのように獲得していくはずだった。ところが彼女の計画ときたらどうだろう？　リーノに告白する。彼とともに堕落し、すべての特権をかなぐり捨て、道を踏み外す。連帯感と正義感に身をゆだね、我々とは似つかぬものに魅了されて、恐らくあの若者の不明瞭な言葉に何か非凡な才能でも見出して。わたしはふと、バックミラーの中のインマに尋ねた。

「ねえ、リーノのこと好き？」

「嫌いよ。でもデデは好きね」

「どうして知ってるの？」

「エルサが教えてくれたもの」

「エルサは誰に聞いたの？」

「デデよ」

「どうしてインマは嫌いなの？」

「だって凄くかっこ悪いもん」

「じゃあ、あなたは誰が好きなの？」

「パパ」

インマの目には、彼女がその瞬間、父親の周りに見ていた輝きがはっきりと映っていた。もしもリラと堕ちるところまで堕ちていたら、ニーノは一生こんな輝きを持てなかったのだろうなと思った。それはナディアがパスクアーレと道を踏み外すことでなくした光であり、デデがリーノを追って道に迷えば、やはり失うはずの光だった。不意にわたしは恥ずかしながらも自覚した。ガリアーニ先生が、パスクアーレの膝に乗った娘の姿を見た時に覚えた不快感が自分にはわかるし、先生が不快に思ったのももっともだ、と。どういう形であれリラから離れていったニーノの気持ちも理解できるし、もっともだと思った。それに、わたしが彼女の息子と結婚するというのを、本音を押し殺して認めるしかなかったアデーレの気持ちだって今はわかるし、もっともだと思った。

26

地区に戻るとすぐ、リラの家の戸を叩いた。彼女は無気力な感じで、ぼんやりしていたが、それはもう通常の状態だったので気にせぬことにした。わたしはニーノの言葉を事細かに説明してから、彼女に関する警告を伝えた。そして尋ねた。

「本当にナディアが何か仕掛けてくると思う？」

リラはまるで気にしていないという顔をした。

「何かされて傷つくのは、誰か大切なひとのいる人間だけだよ。わたしにはもう誰もいないから、平気」

「でもリーノは？」

「リーノはすぐにデデとあの子の計画を思い、息を呑んだ。

わたしはすぐにデデとあの子の計画を思い、息を呑んだ。

「どこに行ったの？」

彼女はテーブルの上の紙切れを取り、こちらに差し出しながら、こうつぶやいた。

「小さなころはあんなにきちんとした文が書けたのに、今じゃこんなさ。苦労の甲斐もないね」

わたしはメモを読んだ。リーノはひどくつたない文章で、俺は何もかもにうんざりしたと記し、エンツォを激しく罵り、自分はボローニャに行く、兵役のあいだにできた友人の家に世話になる、と宣言していた。全部で六行。デデについての言及はなかった。わたしは胸がどきどきしていた。こんなに字も汚くて、ろくにまともな手紙も書けないような男とうちの娘とのあいだにどんな関係があり得るというのだ？　実の母親にまで期待外れ呼ばわりされ、でき損ないとみなされている息子ではないか。ティーナだってさらわれていなければ、きっとリーノみたいになってたろうよ……。下手をすれば母親の口からそんな言葉さえ飛び出しそうな、駄目息子だというのに。

「ひとりで出てったの？」わたしは尋ねた。

「誰と出てったって言うのさ？」

わたしは力なく首を振った。彼女はこちらの目に浮かんだ不安の理由を見て取ったらしく、にやりとした。

「デデと一緒なんじゃないか、って思ってる？」

27

わたしは我が家に急いだ。インマもうしろについてきた。家に入り、デデを呼び、エルサを呼んだ。どちらの返事もなかった。上の娘ふたりの寝室兼勉強部屋に飛びこむと、デデがいた。ベッドに寝そべり、真っ赤に泣き腫らした目をしていた。わたしはほっとした。リーノに愛を告白したが、ふられたのだろうと思った。

わたしが口を開く間もなく、インマが、恐らくは姉の様子がおかしいことには気づかずに、興奮した口調で父親の話をしだした。ところがそんな妹をデデは方言で罵って黙らせ、起き上がって、大泣きを始めた。わたしはインマに許してやれという合図をしてから、長女に優しく話しかけた。つらいわね、とてもよくわかるわ、でもきっと忘れられるから……。娘の反応は暴力的だった。髪を撫でていたわたしの手から急に頭を振って逃れると、こう怒鳴った。何言ってんの、なんにも知らないくせに。なんにもわかってないくせに。あんたなんて、自分のことと、自分の書いてる下らない文章のことしか考えてないじゃない？　そしてデデは方眼ノートのページを一枚こちらに寄越した。いや、より正確には、わたしの顔にそれを投げつけ、走って出ていった。

インマは姉の絶望に気づいて、自分も目を潤ませた。末っ子の気をそらそうと思い、わたしはそっとお願いした。エルサを呼んできて、どこかにいるはずだから……。そして落ちた紙を拾い上げた。今日は書き置きばかり読まされる日だと思った。次女のきれいな筆跡だとひと目でわかった。エルサはデデに対してことの顛末を詳細に語っていた。恋心は理性でどうにかできるものではない、あの子は姉に向けてそう説明していた。そして、リーノは以前からわたしのことを愛しており、自分も次第に彼に惹かれるようになった。お姉ちゃんを傷つけることになるのは自分だって当然わかっているし、残念だとは思うが、仮にわたしが愛するひとを諦めたところで、状況が元どおりになることもないはずだ、ともあった。次にエルサはわたしに向かって、ほとんど楽しげにこう続けていた。学校は中退することに決めました。ママの勉強信仰のことは前々から馬鹿馬鹿しく思ってました。本をたくさん読めば善人になれるというのはとんだ勘違いで、善人が時々、優れた本を書くというだけの話です……。さらに彼女は、リーノは善人だが、本なんて一冊だって読んだことがない、一方、パパは善人で、しかも優れた本を何冊も書いたと主張していた。本とひとの性格のよしあしの話はそこまでで、わたしについての言及はなかった。最後に娘は、愛をこめて、とわたしに別れを告げ、あまり怒らないでほしいと求めていた。自分はとてもこれ以上ママのために努力する気にはなれません、でも、デデとインマがきっとわたしの分まで喜びを与えてくれるでしょう、だから安心してください、そう結ばれていた。小さな妹のために描いた、翼の生えたハートマークもあった。

わたしは激怒し、例によって姉の大切なものを横取りしようとたくらんでいた妹の意図に気づかなかったデデを責めた。どうしてわからなかったの？　わたしは怒鳴った。あなたが止めなきゃ駄目じゃない？　そんなに頭いいのに、なんで、あんなうぬぼれ屋のずるい子にだまされるの？　そして、下の階に駆け下り、リラに告げた。

「リーノ、ひとりじゃないわ。エルサを連れてっちゃった」

彼女は戸惑う顔を見せた。

「エルサ？」

「そうよ。エルサは未成年で、リーノは九歳も上なんだから、絶対にわたし、警察に訴えてやるから」

リラはげらげらと笑いだした。意地の悪い笑い声ではなく、信じられないという風だった。彼女は笑いながら、息子のことをこう評した。

「驚いたよ、ここまで悪党だったとはね。正直、あの子のこと見くびってたわ。お宅のお嬢様をふたりとも夢中にしちゃうなんて嘘みたい。レヌー、こっちに来て、座りなって。ちょっと落ちつきな。だってこれ、嘆かわしいというより、笑える話だよ」

わたしは方言で、少しも笑えない、リーノのしたことは重大な犯罪行為だ、自分は今から本当に警察に行くつもりだと怒鳴った。するとリラも調子を変え、玄関のドアを指差して告げた。

「警察でもどこでも行けばいいじゃないか。さ、遠慮は無用だよ」

わたしは出ていったが、とりあえず警察はやめておき、一段飛ばしで階段を上がって、家に戻った。そしてデデを怒鳴りつけた。あの大馬鹿野郎のふたり組、いったいどこに行ったの？　さっさと教えなさい。長女は怯え、インマは両手で耳をふさいだが、それでもわたしは静まらず、ついにあの子は口を割った。なんでも一度、リーノのボローニャの友人が地区に来て、エルサとも友だちになったというのだった。

「そのひとの名前はわかる？」

「うん」

「住所は？　電話番号もあるの？」

娘は震え、いったんはこちらの知りたかった情報を白状しかけたが、今やリーノよりもエルサを激しく憎みながらも、母親に協力するのは卑怯だと考え直したらしく、口をつぐんだ。自分で探すからいい、わたしは大声で宣言すると、次女の持ち物を片っ端から引っかき回し、家中を探し回った。だが途中で手を止めた。別のメモでもないか、学校のノートに何か書いてないかと探すうちに、ずっと大切なものがなくなっているのに気づいたのだ。わたしがいつも引き出しにしまっていたお金がすべてなくなっていた上、宝石の類いもひとつ残らず消えており、母さんのブレスレットまでなかった。エルサは元々あのブレスレットが大好きで、なかば冗談、なかば本気でよく言っていた。もしもおばあちゃんが遺書を書いていたなら、ブレスレットはママじゃなくて、わたしに遺してくれたはずよ……。

28

その発見によってわたしはさらに頑なになり、ついにはデデも、こちらの探していた住所と電話番号を差し出した。降参した時、あの子は己の弱さを軽蔑しながら、ママはエルサと同じだ、誰に対しても敬意を払うことを知らない、とわたしを罵った。わたしは娘を黙らせ、電話に飛びついた。リーノの友人は名をモレーノといった。わたしはモレーノを脅した。あなたがヘロインを密売しているのはわかっている、こちらの言うことを聞かないと、厄介な目に遭わせて、一生、刑務所から出られなくしてやる……。しかし得るものはなかった。彼はリーノの居場所など知らない、デデのことは覚えているが、わたしの言うもうひとりの娘、エルサなんて会ったこともないと言うのだった。

わたしはリラの家に戻った。玄関のドアは彼女が開けたが、今度はエンツォもいて、わたしに椅子を勧め、優しく接してくれた。わたしはこれからすぐにボローニャに行くつもりだと切り出し、リラにつきあうよう強く求めた。

「そんな必要ないでしょ」彼女は答えた。「大丈夫、お金がなくなったらきっと帰ってくるから」

「リーノはリラからいくら盗った？」

「一銭も盗られちゃいないよ。少しでもひと様の金に触れたら、わたしに半殺しにされるって知ってるからね」

わたしは屈辱を覚えながら、つぶやいた。

「エルサはお金も宝石も持ってっちゃったわ」

「レヌーの教育が悪かったんだね」

するとエンツォがリラを叱った。

「やめないか」

リラは彼をぱっと振り返り、言い返した。

「わたしは言いたいように言わせてもらうよ。うちの息子は麻薬もやるし、学校もろくに行かなかったし、話すのも下手なら書くのも下手だし、怠け者だし、とにかくろくでもない子だよ。ところがどうだい、金を盗ったのも、自分の姉を裏切ったのもエルサじゃないか」

エンツォはわたしに言った。

「行こう、ボローニャまで俺が送ろう」

わたしたちは車に乗り、夜道を進んだ。わたしはローマから戻ったばかりで、長い運転をしたせいでただでさえ疲れていた。そこへ続いて味わわされた悲しみと怒りに、残る力もすべて吸い取られてしまい、緊張の糸が緩みだした今や、精根尽き果てた気分だった。ハンドルを握るエンツォの隣に座り、ナポリの町を出て、高速道路に乗ろうというところで今度は、デデをあんな状態で置いてきてよかったのかという不安にかられ、エルサはどうなってしまうのかと恐れ、インマをひどく怯えさせてしまった、リーノが彼女のただひとりの息子であるのを忘れ、リラにはひどいことを言ってしまった、という恥ずかしさも少し覚えた。アメリカにいるピエトロに電話をしてすぐに帰国するよう頼むべきなのか、本当に警察に届け出るべきなのか、迷った。「俺たちだけで解決できるさ」エンツォが自信たっぷりなふりをして言った。「心配いらない。リーノを犯人扱いしても仕方ないよ」

「あの子を訴えたい訳じゃないの。ただ、警察にエルサを見つけてほしいだけ」わたしは彼にそう説明した。

本心だった。わたしは小声で続けた。わたしの望みは娘を見つけて、家に帰って、荷物をまとめて、すぐにでもあの家を出ることなの。地区も、ナポリも、もううんざり。だってわたしとリナが、どっちが子どもをまともにしつけたかで喧嘩したり、今度のことが彼女のせいか、こっちのせいかを言い争うなんて無意味だし、もう本当に嫌だもの。

エンツォはわたしの話をじっと黙って聞いてくれた。それから、彼にしてもかなり前からリラには相当に腹を立てているはずなのに、彼女の弁護を始めた。しかも彼がしたのは、リーノの話でもなければ、あの若者が母親をどれだけ困らせているかという話でもなく、ティーナの話だった。エンツォは言った。小さな子どもが命を落とせば、死んだ者は帰ってこないし、遅かれ早かれ、誰でも諦めるよな？　でも我が子が失踪し、足取りがまったくつかめないとなると、親の人生には、その子のいなくなった空白を埋めてくれるものがないんだ。ティーナは二度と戻ってこないのか、それともいつか帰ってくるのか。帰ってくるとしても、生きて帰ってくるのか、死んでなのか。親はいつでも考えてしまうんだよ——彼はつぶやいた——あの子はどこにいるんだろう、って。ジプシーの娘になってどこかの街角をうろついているんじゃないか。子どものいないお金持ちの家にでもいるんだろうか。おぞましいことをさせられて、写真やビデオが売り物になっているんじゃないか。体を切り裂かれて、別の子どもの胸に移植するために、心臓を高値で売り飛ばされちゃいないだろうか。そうだとしたら、心臓以外の部分は地面に埋まっているのか、それとも焼き捨てられてしまったのだろうか。それとも、さらわれてすぐに何かの手違いで死んでしまい、全身丸ごと、どこかに埋まっているんだろうか。でも、もしも、埋められても、焼かれてもいないとしたら、今ごろどこで大きくなって、どんな顔立ちをしているのだろう。そしてこの先はどんな風になるのだろう。どこかですれ違ったら、俺たちはそれが自分の娘だと気づくことができるのだろうか。仮に気づいたとしても、あの子のこれまでを誰が俺たちに返してくれるというんだ？　俺たちがそばにいなくて、もの凄く寂しがっていたはずの小さなティーナに起きたことのすべて、それを誰が俺たちに返すことができる？

　ぎこちなくも濃密なエンツォの言葉を聞きながら、やがてわたしは、ヘッドライトに照らされた彼の頬が涙に濡れていることに気づいた。それで、彼が単にリラの話をしていたのではなく、己の苦しみも伝えようとしているのを知った。このエンツォとのドライブはわたしにとって大切な体験となった。彼ほど繊細な感受性を持つ男性はそうそういないのではないか。今でもそう思っている。エンツォはまず、それまでの四年間、リラが彼に対して何を毎日、毎晩、繰り返しささやき、怒鳴ってきたかを教えてくれた。それから、今度はわたしをうながして、仕事のことや悩みを告白させようとした。わたしは娘たちのこと、本のこと、男たちのことを語り、恨みごとを言い、世に認められたいという欲求を語った。そして、もはやひとつの義務と成り果てた書くという作業について語り、現役であり続け、つまはじきにされぬよう、わたしのことを才能もないくせに態度ばかりでかい女とみなす者たちに負けぬよう、日夜苦闘している現実を語った。わたしを目の敵にするそういう連中ってね——とわたしはこぼした——とにかくこちらの評判を貶めようとするんだけど、それって別に何か高邁な理想があってのことじゃないの。ただもう、わたしの成長を邪魔するのが楽しいみたい。じゃなきゃ、わたしのちっぽけな権力を自分のためか、そいつが目をかけてる誰かのために、横取りしたいみたい……。エンツォはそんな愚痴につきあってくれ、わたしの情熱を褒めてくれた。ほらね——と彼は言うのだった——レヌーはそうやって熱くなるだろう？　その情熱があればこそ、レヌーは自分の選んだ世界に留まることもできたし、広い見識と能力を得ることもできたし、何より、感情という感情をすべて紛らわせることができたんだ。そうして懸命に生きてきたから、ティーナのことだって、そりゃ、残酷な事件で、悲しい話だと思うだろうけど、レヌーにとってはやっぱりもう過去の話なんだよ。ところがリナは違う。この四年間、世界はほとんどひとごとのようにあいつにぶつかってきては、娘の残した空洞に滑り落ちていった。雨どいを伝って流れ落ちる雨みたいなもんだ。あいつはティーナから一歩も動いていないんだ。そして、あの事件のあとも生き続け、成長し、繁栄するものをことごとく憎むようになった。もちろん、強い女だし、俺をこっぴどく扱ったり、レヌーに八つ当たりして、ひどいことを言ったりもする。それでも実は、今までにあいつ、何度も失神しているんだ。普通にしていたのに急に倒れたり、皿を洗っている途中で倒れたり、窓から大通り《ストラドーネ》を眺めてて倒れたことだってあるんだよ。

29

ボローニャでリーノとエルサの手がかりは何も見つからなかった。エンツォの獰猛な静けさに怯えたモレーノが、リーノたちがボローニャに来たならばきっと歓待されるはずだという通りや場所に連れていってくれたが、無駄足に終わった。エンツォはリラに、わたしはデデに何度も電話をした。何かいい知らせはないかと思ったのだが、何もなかった。そこでわたしは改めて強い不安に襲われ、どうすればいいのかわからなくなり、またエンツォに言った。

「わたし、警察に行くわ」

彼は首を横に振った。

「もう少し待ってくれ」

「リーノのせいでエルサは道を踏み外したのよ」

「それは言いすぎだぞ。自分の娘たちをもっと客観的に眺めるべきだな」

「いつもそうしてるわ」

「かもしれないが、やり方が悪い。たとえばエルサはデデを苦しめるためならなんでもする子だが、そんなふたりもひとつだけ一致団結することがある。インマいじめだよ」

「嫌なこと言いたくないんだけど、それってリナの見方よ。あなたは彼女の言葉をおうむ返ししているだけね」

「違う。リナはレヌーのことが好きだし、尊敬もしているし、デデたちには愛着を持っている。だからこれは俺の見方だし、こんなことを言うのは、冷静になってほしいからなんだ。大丈夫、きっとふたりは見つかるから」

結局ふたりは見つからず、わたしたちはナポリに戻ることにした。しかしフィレンツェの辺りまで来た時にエンツォがもう一度、リラに電話をかけたがった。何か知らせはないかと思ったようだ。電話を終えた彼はあやふやな顔で言った。

「デデからレヌーに話があるらしい。でもリナはなんの話だかわからないと言ってる」

「あの子、リナのところにいるの？」

「いや、そっちの家だ」

わたしはすぐに電話をかけた。インマの具合でも悪いのかと思ったのだ。デデはこちらに口を開く間も与えず、いきなりこう告げた。

「わたしね、明日、アメリカに行くから。留学することにしたの」

わたしは大声になりそうなのをこらえて答えた。

「今はそういう話をしている場合じゃないでしょ？　落ちついたら、すぐにパパと相談しましょう」

「ママ、ひとつわかってほしいことがあるの。エルサはわたしが出ていかない限り、この家には戻ってこないわ」

「とにかくあの子の行き先を突き止めるのが先よ」

するとデデが方言で怒鳴った。

「あの馬鹿女なら、さっき電話してきたよ。おばあちゃんの家にいるってさ」

30

おばあちゃんというのは当然、アデーレのことだった。わたしはピエトロの実家に電話をかけた。グイドが出て、冷たい声で妻と代わると告げた。アデーレは愛想よく、エルサなら来ているわ、と言ってから、ただしひとりではない、と付け加えた。

「彼も一緒なんですか」

「ええ」

「これからうかがっても構いませんか」

「待ってるわ」

　わたしはフィレンツェの駅でエンツォの車を降りた。列車の旅はすんなりとは進まず、遅れもあれば、長い待ち時間もあり、さまざまな災難に見舞われた。エルサは悪知恵を働かせてアデーレまで巻きこんだ。そう思った。誤魔化すのが下手なデデとは対照的に、エルサのほうは、我が身を守り、ついでにできれば勝利する戦略を練る時、特に本領を発揮する子だった。リーノとの交際を祖母の前で母親に認めさせようという計画なのは明らかだった。アデーレがかつてわたしを息子の嫁として嫌々ながらも受け入れたことは、デデもエルサもよく知っていたからだ。旅のあいだわたしは、次女が無事であることにほっとしながら、自分をそんな状況に追いこんだあの子を憎み続けた。

　ジェノヴァに到着したわたしは、きっと激しい口論が待っているものと身構えていた。ところがアデーレはとても親切で、グイドも優しかった。エルサは――パーティードレスを着て、濃い化粧をし、腕にはわたしの母さんのブレスレット、何年も前にピエトロが贈ってくれた指輪を堂々とはめて――笑顔で、落ちついていて、わたしが彼女に腹を立てるなんて考えられないとでも言いたげな態度だった。ただひとり静かで、ずっとうつむいていたのがリーノだった。わたしも思わずかわいそうになり、彼よりエルサに対して辛辣に当たったほどだった。そして、もしかしたらエンツォの言っていたとおりで、今回の出来事でこの若者が果たした役目は実にちっぽけなものなのかもしれないと思った。母親のような冷酷で横柄なところが彼にはまるでなかった。とにかくデデを傷つけたかったエルサにたぶらかされ、連れ出された。そんな感じがした。ごくたまに彼が勇気を振り絞ってこちらをちらりと見やる時の目は、忠犬のそれだった。

まもなくわたしは、アデーレがエルサとリーノをまるで大人のカップルのように迎え入れたことを知った。ふたりはひとつの寝室を与えられ、タオルを与えられ、一緒に眠っているのだった。エルサは、祖母も認めたふたりの仲をなんの気兼ねもなく披露した。わたしに見せつけるためにわざといちゃいちゃしているようにも見えた。夕食後、若いふたりが手に手を取って部屋に引っこむと、ピエトロの母親はなんとかしてわたしにリーノに対する怒りを告白させようとした。エルサはまだ子どもだもの──やがて彼女は言った──あんな彼のどこがいいのかぜんぜんわからないけれど、とにかくうまく別れられるよう、あの子を助けてあげないとね……。わたしは気力を振り絞って、答えた。リーノは決して悪い青年じゃありません。でも仮に悪人だったとしても、うちの子は恋をしていますから、手の打ちようはほとんどありませんね……。わたしは彼女が大きな心をもって娘を温かく受け入れてくれたことに感謝すると、ベッドに向かった。

でもひと晩中、今の状況をどう解決すべきか考えて過ごすことになった。ちょっとでも選ぶ言葉を間違えれば、デデとエルサをふたりとも駄目にしてしまう恐れがあった。エルサとリーノをすっぱりと別れさせることはできなかった。長女と次女に同居を強いる訳にもいかなかった。今度の事件の深刻さを思えば、しばらくのあいだふたりが同じ屋根の下に暮らすのはあり得ない話に思えた。別の町への引っ越しという案も状況を余計にややこしくするだけで、エルサはきっとリーノと地区に残ると言いだすに違いなかった。まもなくわたしは悟った。エルサを家に連れ戻し、高校卒業資格試験に合格するまで学業を続けさせるためには、本当にデデを家から出し、父親のところに行かせるしかないと。そこで翌日、ピエトロに電話するのに一番よい時間をアデーレに教えてもらい（わたしも初めて知ったのだが、あの母子はしょっちゅう電話をしていた）、元夫に相談した。彼は母親からすでにことの次第を細かく聞いており、その不機嫌そうな声を聞けば、今度の事件に対するアデーレの本音がわたしに示したものとは別であろうことは容易に察しがついた。ピエトロは深刻な声を出した。

「僕らは自分たちがなんとひどい親だったのか、娘たちに何を与えずにきてしまったのか、反省しないといけないね」

「つまり、わたしが昔から駄目な母親だったって言いたいわけ？」

「僕が言いたいのは、愛情は継続的に注ぐべきものだが、僕も君もデデとエルサにそうしてやれなかったってことだよ」

わたしは彼の言葉を遮り、あなたには少なくともふたりの娘の片方に対して朝から晩まで父親をやれるチャンスがある、デデが今すぐそっちに越したがっている、彼女はできるだけ早く出発するつもりでいる、と伝えた。

彼はその知らせを歓迎しなかった。しばし沈黙したのち、僕もこちらの生活に慣れようとしている段階だから、まだ待ってほしい、などとぐずぐず言いだした。そこでわたしは言ってやった。デデがどんな子か知ってるでしょ？　あなたとそっくりよ。駄目って言ったって、きっと行くわ。

同じ日、エルサとふたりきりで話せる機会が来るとわたしはすぐに対決し、いくら向こうが甘えて誤魔化そうとしても無視した。お金と宝石をすべて返させ、母さんのブレスレットは受け取るなり身につけ、二度とわたしのものには手を触れるなと厳しく申し渡した。

エルサは歩み寄りを求めるような声を出したが、わたしは許さず、なんだったら今すぐにでもリーノを訴え、次にお前を訴えてもいいんだよ、と叱り飛ばした。口答えをしようとした娘をわたしは間髪を容れず壁に押しつけ、頬を張るべく片手を振り上げた。きっと凄く恐ろしい形相をしていたのだろう。あの子は怯えた様子で泣きだした。

「ママなんて大嫌い」エルサはしゃくり上げた。「もう一生、会いたくない。あんたに無理矢理引っ張っていかれたあんなゴミ溜めみたいな場所だって、絶対に帰らないから」

「わかった。夏休みが終わるまでここにいればいいわ。おじいちゃんとおばあちゃんに追い出されない限りね」

「そのあとは?」

「九月になったら家に帰ってきなさい。学校に行って、勉強して、うちでリーノと暮らしなさい。そのうち飽きるでしょうけど」

エルサは啞然としてこちらを見つめ、しばらくは信じられないという顔をしていた。わたしがまるで最悪の罰でも宣告するみたいに下した指示を、彼女は驚くべき寛大なはからいと受け止めた。

「本当に?」

「ええ」

「リーノに飽きるなんてあり得ないわ」

「どうですかね」

「でもリナおばさんは?」

「賛成してくれるはずよ」

「わたし、デデを傷つけるつもりはなかった。ママ、本当よ。でもリーノを愛してるの。運命の出会いなの」

「運命なものですか。そんな出会いはこれから先もうんざりするくらいあるわ」

「嘘よ」

「嘘だったら残念ね。あなたはリーノを一生愛することになる、ってことだもの」

「からかってるのね」

わたしは違うと答えた。幼い彼女が口にする、愛するという言葉が滑稽で仕方なかっただけだった。

31

わたしは地区に帰り、エルサたちへの提案をリラに伝えた。ほとんど商取引のような、冷めたやりとりがあった。

「レヌーがふたりとも引き取るってこと?」

「そうよ」

「そっちがそれでいいなら、こっちは文句ないよ」

「食費の類いは折半ということで」

「わたしが全部払ってもいいよ」

「お金はとりあえず十分あるから平気よ」

「こっちだってそうさ」

「じゃあ、そういうことで」

「デデはなんて言ってる?」

「大丈夫。二週間もしたら出発するから。父親のところに行くの」

「出発の前に挨拶に寄越してよ」

「無理だと思う」

「じゃあ、ピエトロによろしく伝えるように言って」

「わかった」

急に悲しくなって、わたしは言った。

「たった数日で、わたし娘をふたりもなくしちゃった」

「そんな言い方しないで。レヌーは何もなくしちゃいないでしょ？　それどころか新しい息子までできたじゃない？」

「そもそも全部そうなるようにって、リラが仕組んだことでしょ？」

彼女は額に皺を寄せ、戸惑う顔をした。

「話が見えないんだけど」

「あなたはいつだってひとをそそのかしたり、ぶつけたり、刺激したりせずにはいられないってこと」

「つまり、今度は自分の娘たちの不始末までわたしのせいにしようってわけ？」

わたしは疲れたと漏らして、家に帰った。

それから何日も、いや何週間も、わたしは同じ疑念にとらわれて過ごすことになった。リラはこちらの人生の均衡状態が我慢ならなくて何かと邪魔をしてくるのではないか、という思いだ。彼女には昔からそういうところがあったが、ティーナの失踪後は余計にひどくなり、一手指して、その結果を観察し、また一手指す、そんな調子だった。だが何が目的なのだろう？　彼女自身、その答えは知らないのかもしれない。明らかなのは、うちの長女と次女が仲違いし、エルサはかなり厄介な状況にあり、デデは立ち去ろうとしており、わたしはまだしばらくは地区に残ることになりそうだということくらいだった。

32

わたしはデデの出発に向けた準備に取りかかった。何度か長女に、ねえ行かないで、凄くつらいわ、と懇願したが、そのたびあの子は、ママは忙しいから、わたしがいなくなったことにも気づかないよ、とつれなかった。わたしは諦めず、インマはあなたが大好きだし、エルサだって本当はそうよ。よく話しあえば、あなたたちきっと仲直りできるわ、と粘ったが、あの子はエルサの名を聞くのも嫌なようで、こちらがその名を挙げた途端、眉をひそめ、玄関のドアを叩きつけて出ていくのが常だった。

出発を数日後に控えたある晩、デデは急に真っ青になって——夕食の途中だった——ぶるぶる震えだした。そして、息ができないの、と頼りない声を出した。インマがとっさにコップに水を注ぐと、デデはひと口飲んでから席を立ち、こちらに来て、わたしの膝の上に座った。まったく思いがけぬ行為だった。大柄で、母親よりも背が高くなったデデは、だいぶ前からわたしとはちらりとも肌を接触させまいとするようになっており、偶然にかすめるようなことがあれば、はじき飛ばされたように身をそらした。彼女の重み、その体の発する熱、ふくよかな尻の感触にわたしは息を呑んだ。腰を抱きしめてやると、デデはこちらの首に腕を回し、派手にしゃくり上げた。インマも席を立ち、近づいてきて、抱擁に混ざりたがった。姉はもう出発しない、そう思いこんだのだろう、続く日々、末っ子は陽気で、問題はすべて解決したみたいに振る舞った。ところがデデはやはり旅立ってしまった。それどころか、ああして一度くじけたあとは、どんどんつれなくなり、率直な物言いをするようになった。インマには優しく、何度となく頬にキスをして、一週間に一度は手紙をちょうだいね、などと言うのに、わたしに対しては、抱擁もキスも一応受け入れてくれはしたが、お返しは何もなかった。わたしは彼女にまとわりつき、望みがあればなんでも先にかなえてやろうと苦心したが、無駄な努力だった。どうしてそうも冷たいのかとなじったら、こんな答えが返ってきた。どうせママとは、本物のつきあいなんてできっこないもの。だってママにとって大切なのは、自分の仕事とリナおばさんだけでしょ？　あとはみんなそこに吸いこまれて消えちゃうんだから。エルサにとって本当の罰って、ここに残ることよね。さよなら、ママ。

　唯一の救いは、デデが妹をまた名前で呼ぶようになったことのみだった。

33

　一九八八年の九月頭にエルサが家へ帰ってきた時、リラの抱える空洞に引きずりこまれてしまったみたいな気分を娘の活気が払拭してくれやしないかと期待した。だが、そうはいかなかった。リーノが来たことで我が家は賑やかになるどころか、惨めな空気が漂うようになった。優しい彼はエルサとインマに完全に服従し、ふたりから召使い同様の扱いを受けるようになった。わたしにしても、無数の退屈な任務——郵便局の長い行列待ちはその代表格だった——を彼に任せることで自分の仕事の時間を確保するのが習慣となった。しかしリーノの鈍重な巨体がいつも自分の周りをうろついているのは、気の滅入る光景だった。ちょっと合図すればすぐ飛んでくるくせにやけにおどおどしていて、どんな命令でも聞くくせに、小便は便座を上げてからしろとか、バスタブを使ったあとはきれいにしろとか、汚れた靴下やパンツを床に放り出しておくな、といった基本的な指示はまるで守れないのだった。

エルサは状況改善のために指一本動かそうとはせず、むしろ進んで悪化させた。わたしは次女がインマの見ている前でリーノに甘えるのも嫌なら、まだ十五歳の娘っ子だというのにいっぱしの自由な女を気取るところも嫌だった。だが何より気に入らなかったのは、以前は彼女がデデと分かちあい、今はリーノと使っていた寝室の有り様だった。エルサは毎朝、学校に行くため眠そうな顔で起きてくると、急いで朝食を済ませ、出ていった。少しするとリーノが姿を見せ、一時間以上かけてあれもこれも食べ、それから最低三十分はバスルームにこもり、服に着替え、家の中をうろつき、外に出て、エルサを学校に迎えにいった。そして戻ってきたふたりは昼食を賑やかに済ませると、すぐに自分たちの部屋にこもるのだった。

あの部屋は犯行現場のようなもので、エルサには何も触るなと命じられていた。しかし次女もリーノも窓を開こうともしなければ、少しくらい片付けようともしなかった。だからピヌッチャが来る前にわたしが掃除をし、空気の入れ替えをしていた。彼女がセックスのにおいに気づき、ふたりの行為の痕跡を見つけると思うとたまらなかったのだ。

ピヌッチャはそんな状況が気に入らなかったようだ。服に靴、化粧に髪型に関してはわたしの今風な──と彼女は呼んでいた──スタイルにいつも憧憬の眼差しを向けていたピヌッチャだったが、エルサたちのことは過剰に今風な選択だと、ただちに、あらゆる手を使って伝えようとしてきた。それは地区の住民たちのあいだでも広く共有されている意見のようだった。おかげである朝など、とても気分の悪い思いをさせられた。仕事に取りかかろうとしていたら、ピヌッチャが、口を結んだ使用済みのコンドームを載せた新聞紙を持って現れたのだ。これ、ベッドの近くに落ちてたわ、彼女はうんざりした顔で告げた。わたしは平気なふりをした。そして、コンピューターで文字の入力を続けながら答えた。わざわざ見せてくれなくていいわ、ゴミ箱だってちゃんと用意しておいたでしょ……。

実のところ、どうしたらいいのかわたしにもわからなかった。最初は時が解決してくれるだろうと思っていた。ところが事態はややこしくなる一方だった。わたしは毎日エルサとぶつかったが、やりすぎないように気をつけていた。デデの旅立ちで受けた傷がまだうずいており、次女まで失いたくなかったからだ。だからリラの元に向かい、彼女をなじることが多くなった。ねえ、リーノとよく話してみて。気立てはいい子よ。でも、もう少しきちんとするように言ってほしいの……。しかしリラはわたしと喧嘩がしたくて、こちらがそうして難癖をつけにくるのを今か今かと待っていたようだ。

「うちの子を返してよ」ある朝、彼女は癇癪を起こした。「レヌーの家に居候させるなんて馬鹿はもうたくさん。それより、こうしようよ。うちだって部屋はあるんだから、エルサがリーノと会いたいなら、下りてきて、ドアをノックすればいいんだ。それで、泊まりたきゃ泊まっていけばいいんだよ」

わたしはかっとなった。うちの娘にあなたの家のドアをノックさせて、ご子息と寝てもいいですかと尋ねろですって？　わたしは不機嫌に答えた。

「ううん、今のままでいい」

「今のままでいいなら、何も話しあう必要なんてないじゃない？」

わたしは鼻を鳴らした。

「リラ、あのね、わたしは、リーノと話してみてくれ、って頼んでるだけでしょ？　もう二十四なんだからもっと大人になれって言ってよ。エルサと喧嘩ばかりするの、もう嫌なの。このままじゃきっとわたしおかしくなって、あの子まで追い出す羽目になるわ」

「じゃあ、問題はそっちの娘だね。うちの子じゃないよ」

わたしたちの口論はあっという間に熱を帯びたが、いつまでたっても出口は見つからず、彼女はひたすら皮肉を言い、わたしは苛々して家に帰るのが決まりだった。ある晩、うちで食事をしていると、階段から、リーノにすぐに家に戻るよう命じる彼女の有無を言わせぬ大声が聞こえてきた。おどおどする彼を見て、エルサが下までついて行くと申し出た。しかし娘を見るなりリラは言った。これは我が家の問題だよ、お前は家に帰んな。エルサがうなだれて戻ってくるあいだに、下の階で激しい喧嘩が始まった。リラが叫び、エンツォが怒鳴り、リーノが叫んだ。わたしはエルサのために心を痛めた。娘は不安に手をもみしだきながら言うのだった。ママ、なんとかして。何が起きてるの？ どうしておばさんたち、彼をひどい目に遭わせるの？

わたしは何も言わず、何もしなかった。喧嘩がやみ、しばらくたっても、リーノは上に戻ってこなかった。そこでエルサは何が起きたか見てくる役目をわたしに押しつけた。行ってみると、ドアを開けたのはリラではなく、エンツォだった。彼は疲れ果てた様子で、わたしに中へ入るよう勧めはせず、こう告げた。

「リナがな、リーノは態度が悪いから、今夜から外に出さないって言うんだ」

「彼女と話をさせて」

わたしはリラと夜遅くまで話しあった。エンツォは暗い顔で部屋のひとつにこもった。話をしてみてほとんどすぐにわかったのは、彼女がわたしの懇願を待っているということだった。リラは状況に介入し、息子を家に連れ戻し、屈辱を与えた。そして次は、こちらがこう言うのを待っているのだった。あなたの息子はわたしの子も同然よ。だからあの子がうちで暮らすのも、エルサと一緒に寝るのも大賛成。もう絶対に愚痴なんて言いにこないから安心して……。わたしは長いこと耐えたが、やがて降参し、リーノをうちに連れ戻すことになった。彼と家を出た途端、リラとエンツォがまた口喧嘩を始める声が聞こえてきた。

34

リーノはわたしにおおいに感謝した。

「レヌーおばさんは俺の恩人だよ。おばさんみたいな善人、俺、ほかに知らない。一生、感謝するから」

「リーノ、わたしは善人でもなんでもないよ。お前に頼みたいことはひとつだけ、この家にはトイレがひとつしかないのを忘れないで。エルサだけじゃなくて、わたしとインマも使うんだって」

「おばさんの言うとおりだ。ごめん。時々、うっかりしちまうんだよな。これからは気をつけるよ」

リーノはその後も謝り続け、うっかりし続けた。彼に悪気はなかった。俺は仕事を見つけるつもりだ、生活費だってきちんと払いたい、おばさんに嫌な思いをさせないよう今後は徹底的に気をつけるよ、おばさんのことは言葉にできないくらい尊敬しているんだ……。そんな誓いの言葉を何千回となく聞かされた。だが仕事は見つからず、日々の暮らしで毎度がっかりさせられる回数は以前と同じか、下手をすると余計に増えた。それでもわたしはリラに愚痴をこぼすのはやめ、彼女と会えば必ず、すべて順調だと伝えた。

彼女とエンツォのあいだの緊張が高まりつつあるのが以前に増して明らかになってきたので、わたしはふたりの喧嘩に火を点けまいと気をつけた。少し前から気になっていたのは、ふたりのぶつかり方が変わったことだった。以前であれば、リラひとりが怒鳴り、エンツォはほとんど黙っていた。それが変わったのだ。まずはリラの甲高い声が聞こえてくる。しばしば彼女がティーナの名を口にするのもわかった。床越しに届くその声はどこか病的な犬の悲鳴のようだった。そして突然、エンツォが爆発するようになったのだ。彼の咆哮は怒りの言葉の濁流となって延々と続いた。暴力的な方言の嵐だった。するとリラはぴたりと口をつぐみ、彼が怒鳴るのをやめるまで彼女の声は聞こえなくなった。しかし彼が黙った途端、いつもドアを勢いよく閉じる音が聞こえてきた。わたしは耳を澄ませて、リラの足音が階段を下り、アパートを出ていくのを追った。足音はやがて大通り《ストラドーネ》を行き交う車の騒音に紛れて消えた。

以前のエンツォであったならば、急いでリラを追いかけたはずだが、もうそういうことはしなくなっていた。わたしは思った。もしかしたらわたしが下りていって、彼と話しあい、こう言ってやるべきなのかもしれない。エンツォ、リナは今も苦しんでいる、って、いつかわたしに教えてくれたのはあなたでしょ、わかってあげないと駄目じゃない……。しかし、結局は諦め、リラが早く帰ってきますようにと祈った。ところが彼女はそのまま一日中、出かけっぱなしで、時には夜も帰らなかった。何をしていたのだろう？　恐らくはピエトロが言っていたように、図書館にこもっているのだろうと思った。あるいはナポリの町をさまよい歩き、建物に教会、モニュメントに碑文のひとつひとつを観察しているのだろうか。それともその両方で、まずは町を探索し、色々な本を調べて研究しているのか……。わたしは一連の出来事に翻弄され、彼女の頭脳が今度は何に熱中しているのか本人に聞く気になれず、時間もなかった。それに、リラが進んで打ち明けてくれるということもなかった。それでも彼女が何かに興味を持った時に見せる病的なまでの集中力はよく知っていたから、どんなに時間とエネルギーを注いだとしても驚かなかった。ただ、エンツォの激しい怒号のあとでリラが出ていき、夜でも町のどこかに姿を消す彼女にティーナの影が結びつく時だけは、わたしもいくらか心配になり色々と考えた。そして、ナポリの地下に広がる凝灰岩の洞窟の数々を思い、死者たちの頭蓋骨がずらりと並ぶ地下墓所《カタコンベ》を思い、教会の地下に祀られた不幸な魂たちへと導く、プルガトリオ・アダルコ教会入口の黒ずんだ青銅の頭蓋骨を思った。アパート入口の大扉がばたんと音を立て、階段を上る彼女の足音が聞こえてくるまで、眠らずに待つ夜もあった。

そんな暗いある日のこと、警察がやってきた。やはりエンツォと喧嘩になって、リラが出ていったあとだった。彼女を心配して窓から外を眺めたら、何人もの警官がうちのほうにやってくるのが見えた。まさかリラに何かあったのかと思い、わたしは急いで階段に出た。警官たちはエンツォを探しており、彼を逮捕しにきたと言った。わたしはあいだに入って状況を理解しようとしたが、手荒く追い払われ、エンツォは連行されてしまった。階段を下りながら彼はこちらに方言で叫んだ。リナが戻ったら、心配するな、下らない勘違いだと伝えてくれ。

35

それから相当に長い期間、エンツォの罪状ははっきりしなかった。リラは彼に対する厳しい態度を改め、彼を救い出そうと全力を尽くし、それだけに専念した。この新たな試練に彼女は落ちついた断固たる態度で臨んだ。ただし、一度だけ怒りを露わにしたことがあった。政府が――リラとエンツォのあいだに正式な関係が何もなく、しかも彼女がステファノと離婚の手続きをしていなかったがために――妻と同等の権利を彼女に認めず、その結果、彼との面会も許されないとわかった時だ。それ以降、彼女は大金を投じて、自分が彼の近くにおり、応援していることを非公式な経路でエンツォに伝えようとした。

わたしはとりあえず、またニーノに頼った。マリーザから、彼は自分の父親はもちろん、母親と弟妹のためにすら便宜は図らないから、期待するだけ無駄だと聞かされてはいた。ところがわたしには今度もすぐに力を貸してくれた。もしかするとインマにいいところを見せたかったか、間接的な形にせよ、自らの権力をリラに誇示するチャンスだと思ったのかもしれない。いずれにせよ、彼もエンツォの状況を正確に知ることはかなわず、何度も相異なる情報を提供してくれたが、毎度、信憑性は極めて低いとあらかじめ自分で断りを入れる始末だった。いったい何が起きたのか。ナディアが小出しに自供を繰り返すなかで、エンツォの名を挙げたのは確かだった。エンツォがパスクアーレとともにトリブナーリ通りの学生と労働者の集会に通っていたという事実に彼女が触れたのも確かだった。そして彼らふたりのどちらにも、今やはるか昔の、マンゾーニ通りに住んでいたNATO将校たちの資産に対するささいな抗議行動の責任を負わせたのも確かだった。捜査当局がパスクアーレによる犯行とみなした犯罪の多くに彼女がエンツォまで共犯者として巻きこもうとしているのも確かだった。しかし確かな情報はそこまでで、その先は推論ばかりだった。どうやらナディアは、政治とは無関係な犯罪の実行に際して、エンツォがパスクアーレに助けを求めたと供述したらしい。どうやらナディアは、数々の凄惨な殺人――特にブルーノ・ソッカーヴォ暗殺――はパスクアーレが実行犯で、エンツォが計画を立てたと供述したらしい。どうやらナディアは、ソラーラ兄弟の殺害はパスクアーレとアントニオ・カップッチョとエンツォの三人で実行した、そうパスクアーレ本人から聞かされたと供述したらしい。幼なじみの三人組は長年にわたる友情とやはり長年のあいだに積もり積もった恨みゆえに犯行に及んだ、どうもそういう話になっているらしい……。

複雑な時代だった。わたしたちが幼いころから慣れ親しんできた世界秩序は消滅しつつあった。正しい政治路線を時間をかけて研究し、その理論を身につけることは突如、時間の無駄遣いとみなされるようになった。アナーキスト、マルクス主義者、グラムシ主義者、共産主義者、レーニン主義者、トロツキスト、毛沢東主義者、労働者中心主義者といった肩書きがいずれも急速に、時代遅れな肩書きか、下手をすると愚かな人間の証となりつつあった。人間による人間の搾取、最大利益の追求といった、以前は唾棄すべきものとされていた考えが、いたるところで自由と民主主義の基礎として返り咲きつつあった。そうした一方で、合法なものから非合法なものまでさまざまな方法によって、政府内部と革命組織内部でそれまで棚上げにされていたあらゆる問題が強引に清算されていった。簡単にひとが殺され、または刑務所に放りこまれるようになり、庶民は一斉に逃避行を開始した。ニーノやアルマンド・ガリアーニのような者たちは——前者は国会議員であり、後者はテレビのおかげで有名人となっていた——風向きの変化に前々から気づいていたため、新たな時流にさっさと適応を果たした。ナディアのような者たちは、明らかに助言をたっぷりと受け、密告を小刻みに行うことで過去の罪を洗い流そうとしていた。しかしパスクアーレやエンツォのような者たちは違った。彼らは六〇年代と七〇年代に覚えたスローガンに頼って考え、表現し、攻撃し、身を守ることをやめなかったのではないかと思う。パスクアーレにいたっては刑務所の中でも闘争を続け、政府の僕《しもべ》たちに何を問われても口を割らず、誰も告発せず、自分の汚名を雪《すす》ごうともしなかった。逆にエンツォは間違いなく自供をしたはずだ。例によってぎこちない口調で、ひと言ひと言を慎重に選びながら、彼は、共産主義者である己の信条を明かしたことだろう。しかし同時に、着せられた罪状はことごとく否定したに違いない。

リラはリラで、その鋭い頭脳と最悪な性格を難局から彼を救い出すための戦いに集中させ、この上なく金のかかる弁護士たちも投入した。エンツォがテロ計画の策士で実行犯だった？　もう何年もベーシック・サイトで朝から晩まで働いていたあのひとにいつそんな暇があった？　アントニオとパスクアーレとつるんでソラーラ兄弟を殺したという話だって、犯行時刻にエンツォはアヴェッリーノにいて、アントニオなんてドイツにいたのにどうやったって言うの？　そもそも、仮に犯行が可能だったとしても、幼なじみの三人組のことは地区の誰もが知ってるんだから、仮面を被っていようがいまいが、犯人があの三人であることはとうの昔にばれてるはずでしょ？

だが、どうしようもなかった。司法のメカニズムは前進を続け、やがてわたしはこの調子だとリラまで逮捕されるのではないかと怯えるようになった。ナディアは次々に新たな容疑者の名を挙げた。トリブナーリ通りの集会のメンバーも幾人か逮捕され──ある者は国連食糧農業機関の職員で、ある者は銀行員だった──アルマンドの元妻で、電力公社の技術者と再婚し、穏やかな主婦となっていたイザベッラまで逮捕された。ナディアが告げなかった名前はふたりだけ、兄アルマンドとリラのみだった。多くの者はリラも逮捕されるだろうと懸念したが、ガリアーニ先生の娘はもしかすると、エンツォを巻きこむことでリラは十分に痛めつけたと考えたのかもしれなかった。またはリラのことは憎みながらも同時に尊敬していたがゆえに、さんざん迷った末に手を出さずにおこうと決めたのかもしれない。またはリラを恐れるがゆえに、直接対決は避けたかったのかもしれない。でも個人的には、ティーナの事件を知ったナディアがリラに哀れみを覚えたのではないか、という仮説が気に入っている。あるいは、あんな体験をしたひとりの母親を深く傷つけることはもう何をもってしても不可能だ、そんな風に考えたのかもしれない。わたしはそう信じたい。

そうこうするうちにエンツォに対する告発はいずれも事実無根であることが次第に明らかとなり、司法のメカニズムは動きが緩慢になり、熱意を失った。振り返ってみれば、何カ月にもわたる長い取り調べの末に、彼にかけられた嫌疑でなお払拭されていなかったのは、パスクアーレとの古くからの友情、サン・ジョヴァンニ・ア・テドゥッチョ時代に労働者と学生の集会で活動していたこと、パスクアーレが隠れていたセリーノの山間部のぼろ小屋を借りていたのがエンツォのアヴェッリーノの親戚のひとりであったこと、それだけだった。裁判が進むにつれ、当初は危険なボスとみなされ、あまたの凶悪犯罪の計画者にして実行犯とみなされていたはずが、武力闘争の支持者《シンパ》にまで格下げされた。そしてついにはその支持にしても決して特別な意識ではなく、犯罪行為に発展することは結局なかったと判明した時、エンツォは家に帰ってきた。

しかし逮捕からすでに二年近くがたっており、地区ではエンツォ・スカンノと言えばパスクアーレ・ペルーゾよりもずっと危険なテロリストだという評価が定まってしまっていた。パスクアーレのことは――と地区の通りや店で人々は噂した――子どもだったころから、この辺で知らないやつはいないさ。あれは働き者だった。あいつのただひとつの罪は、頑固に自分を貫こうとしたところだ。ベルリンの壁が崩れたあともパスクアーレは、親父に着せられた共産主義者の制服を脱ぐまいとして、他人の罪を自分でいくつも被ったんだ。だがあいつはこの先も絶対に降参しないだろうな……。しかしエンツォは――と人々は言うのだった――ずっと頭のいい男だから、お得意のだんまりとベーシック・サイトの大金でうまいこと誤魔化した。しかもあいつの影にはリナ・チェルッロがいる。たちの悪い愛人だよ、あの女は。エンツォに輪をかけて知恵が回るし、もっと危ないね。あのふたりなら、当然、恐ろしいことを山ほどしてきたろうよ……。こんな具合に、悪意ある噂が重なった結果、エンツォとリラのどちらにも、ひとを殺《あや》めた上、うまいことやって罪まで逃れた悪人というレッテルが貼られ、そのままになってしまった。

そうした雰囲気の中、リラの無気力もあれば、弁護士その他にかかった莫大な費用もあり、すでに経営危機に陥っていたベーシック・サイトは再起に失敗し、ふたりの同意の下で売り渡された。エンツォは常々、俺たちの会社には十億リラの価値があるはずだと言っていたが、実際はなんとか二億リラで売れたというところだった。一九九二年春、もう喧嘩もしなくなっていたふたりは、商売のパートナーとしても、同棲相手としても、互いに別れを告げた。エンツォは残った金の大半をリラに残してくれ、ミラノに職探しに向かった。ある午後、彼はわたしに言った。これからもリナのそばにいてやってくれ。自分自身とうまくつきあえない女だから、つらい老後になると思うんだ……。それから少しのあいだ、彼はよく手紙を寄越し、こちらもそのたび返事を書いた。二度ばかり電話もかかってきた。でも、それでおしまいだった。

36

ほぼ同じ時期にもうひと組、終わりを告げたカップルがあった。エルサとリーノだ。最初の五、六カ月こそ熱々のふたりだったが、やがてエルサが、若い数学教師に心ときめくようになってしまったとわたしにこっそり打ち明けた。高校の別のコースの先生で、相手は彼女の存在すら知らぬという。

わたしは娘に尋ねた。

「でもリーノはどうするの？」

エルサは答えた。

「あのひとのことは心から愛してるわ」

ため息混じりのたわ言をこれでもかと聞かされるうちにわかった。次女は愛と恋は別物だと考えており、数学教師に恋をしても、リーノへの愛には擦り傷ひとつつかないのだった。

わたしは例によって忙しかったので──あの時期はたくさん書いて、何冊も本を出して、よく出張した──インマがエルサとリーノの相談相手を務めるようになった。三女は双方の感情を尊重し、どちらからも信頼を勝ち取り、わたしの確かな情報源となった。たとえばわたしはインマから、エルサが数学教師の誘惑に成功したと知らされた。それからほどなく、リーノがどうも最近エルサとうまくいかないと疑いだしたと知らせてくれたのも、あの子だった。その後もインマの報告は続いた。エルサがリーノを苦しめまいとして教師を捨てた。一カ月の休憩ののち、エルサはこらえきれなくなってまた教師とつきあいだした。リーノは一年近く苦しみ続けた末に、泣きながらエルサと対峙し、俺をまだ愛してくれているのか、はっきり教えてくれと懇願した。するとエルサが、あなたなんてもう嫌い、ほかに好きなひとがいるのと怒鳴った。リーノは彼女にびんたを一発お見舞いしたが、びんたといっても指先で叩いただけで、男らしいところを見せるためのポーズでしかなかった。エルサは台所に駆けこみ、箒をつかむと、凄まじい勢いで彼を叩いた。彼はやられっぱなしになっていた……。すべてインマに聞かされた話だ。

一方、リラからは、リーノが──わたしが留守で、エルサが下校しても家に戻らず、そのまま外泊するような時は──下の家に戻ってきて、彼女に泣き言を漏らすと聞かされた。ある晩、リラはわたしに言った。少しは自分の娘の面倒を見なって、どういうつもりなのかエルサに聞いてよ……。ただし彼女の口調はいかにも投げやりで、エルサの運命はもちろん、リーノの運命すら心配している気配はなかった。事実、こんな言葉がすぐに続いた。まあなんにしても、そっちが忙しくて、何もしたくないなら、それでも構わないけどね……。そして彼女はつぶやくのだった。わたしたち、子育てには向いてなかったんだよ……。わたしは言い返してやりたかった。自分は優秀な母親のつもりだし、仕事に専念しつつも、デデとエルサとインマには何ひとつ不自由させぬよう、誰にも負けないくらい頑張っているつもりだ、と。でも結局やめた。リラがわたしに腹を立てている訳でも、エルサを恨んでいる訳でもなく、息子に対する自らの冷たさをありふれた話として片付けようとしているだけなのがわかったからだ。

しかしエルサが数学教師を捨て、高校卒業資格試験に向けて一緒に勉強していたクラスメイトの少年とつきあいだし、すぐにそのことをリーノに伝えて、彼との関係の終焉を告げると、別の展開が待っていた。リラが上の階までやってきて、わたしがトリノに行って留守にしていたのをいいことに、エルサをこっぴどくやりこめたのだ。母親に何を吹きこまれたんだい？　リラは方言で娘を問い詰めた。お前には優しさってものがないのかね。ひとを傷つけておいて、まるで平気な顔をしているじゃないか……。そして彼女は怒鳴った。いいかい、自分じゃ何様のつもりか知らないけど、お前なんてただのあばずれだよ……。少なくともわたしはエルサからそう聞かされた。インマも姉に完全に味方して、そうよママ、エルサのこと、あばずれって言ったのよ、と証言した。

リラが何を言ったにせよ、うちの次女は相当ショックを受けたようだ。エルサは軽薄に振る舞うのをやめ、クラスメイトの彼も捨て、リーノに対しては優しくなったが、ベッドはともにせず、インマの部屋で寝るようになった。そして高校卒業資格試験に合格すると、父親とデデの元に行くと決めた。

ただしデデのほうはまだ、妹と積極的に仲直りしようという姿勢を見せたことがなかった。エルサはボストンに向けて発ち、かの地で姉と妹は、父親の協力もあり、自分たちはどちらもリーノに恋をして目がくらんでしまったのだという点で意見の一致を見た。いったん仲直りした姉妹は、ふたりで愉快にアメリカのあちこちを巡る長い旅をした。やがてナポリに戻ってきたエルサはずいぶんと落ちついたように見えた。でもあの子はその後、あまり長くはわたしの元に留まらなかった。大学の物理学科に入学すると、また軽薄な意地悪娘に戻り、しょっちゅう恋人を換えた。その上、高校のクラスメイトも、数学教師も、それに当然リーノも、あの子を諦めずにつきまとったので、娘は大学で試験もろくに受けなくなり、昔の恋人たちとよりを戻したり、新旧の恋人たちを取っ換え引っ換えしたりと、放埒《ほうらつ》な日々を送るようになった。結局、エルサはふたたびアメリカに飛び、向こうで勉強することにした。次女もデデと同じようにリラには挨拶もせずに行ってしまったが、思いがけず好意的な言葉をわたしは聞かされた。どうしてママが昔からずっとリナおばさんと友だちでいるのか自分にはわかる、エルサはそう言い、リラのことを皮肉抜きに、今まで自分が出会ったなかで一番いいひとだと評したのだった。

37

しかし、それはリーノの意見とは異なっていた。エルサの旅立ちは、驚くべきことに聞こえるかもしれないが、我が家への彼の居候継続の妨げとはならなかった。リーノは長いこと絶望し、かつてこ

38

のわたしに救い出された——彼はその一件以外にもさまざまな恩義をわたしに感じていた——心身ともに悲惨な境遇までまた没落することになるのではないかと恐れていた。だからデデとエルサの部屋に居座った。もちろんわたしのために何かと働いてくれた。リーノはわたしの運転手になり、使い走りにもなってくれたし、帰れば迎えにきてくれた。出張に出かける時は駅まで車で送ってくれた。お金が必要な時は、礼儀正しく、にこにこと要求してきたが、遠慮は一切しなかった。

時にはわたしも彼に苛々して、少しは母親のところに顔を出してきなさいと言った。すると向こうも理解して、しばらく姿を消した。しかし遅かれ早かれ、しゅんとした顔で戻ってきて、ママがぜんぜん家にいない、誰もいない家は寂しすぎる、とつぶやいたり、ママがちっとも声をかけてくれない、コンピューターに向かって座り、何か書いてばかりいる、とこぼしたりした。

リラが書いている？　いったい何を？

最初はたいした興味も湧かず、ぼんやりと疑問に思っただけだった。わたしは五十歳になろうとしており、作家として絶頂期を迎えていた。年に二冊出すこともあったくらいで、作品は売れに売れていた。読むことと書くことはもはやわたしにとってひとつの職業であり、どんな職業でも同じだが、重荷に感じるようになっていた。こんなことを思ったのを覚えている。わたしがリラだったら、どこかのビーチでのんびりお日さまでも浴びているところなのにな。書いて彼女が元気になるなら、まあいいけれど……。そして思いはうつろい、その話は忘れた。

デデの旅立ちと続くエルサの旅立ちはとてもつらい出来事だった。ふたりとも結局、わたしよりも父親を選んだという事実が重たかった。どちらも母親を愛しており、わたしと離れて寂しく思っていること自体は間違いなかった。わたしはしょっちゅう手紙を書き、落ちこんだ時は、高価な通話料金にも構わず国際電話をかけた。そしてデデの声に、よくママの夢を見るわ、と言われれば嬉しかったし、エルサが手紙で、ママのつけていた香水を探しています、わたしもつけたいの、と書いて寄越せば胸がいっぱいになった。だが、ふたりが去り、わたしは娘たちを失ったという事実に変わりはなかった。ふたりの手紙の一通一通、電話の一本一本が、あの子たちがわたしとの別れを悲しみながらも父親とは衝突することがなく、彼こそはふたりの真の世界の入口であると証明していた。

ある朝、リラが真意のつかめぬ口調で言った。これ以上インマを地区に残しても無意味だよ。ローマのニーノのところに行かせてやりなって。わたしもお姉ちゃんと同じようにしたよ、って上のふたりに自慢したがってるのが見え見えじゃないか……。それを聞いてわたしは嫌な気持ちになった。客観的な意見を装って、三女とも別れろと勧めるのか。インマにとっても、あなたにとっても、それが一番だよ、と言わんばかりではないか。わたしは言い返した。インマにまで捨てられたら、わたしの人生、意味がなくなっちゃうよ……。するとリラはにやりとして言うのだった。人生に意味が必要だなんてどこに書いてあった？　続いて彼女はわたしが執筆に必死になっていることをからかいだし、愉快そうに言うのだった。レヌーの言う人生の意味って、何かの虫の糞みたいな、あの黒いうねうねした線のこと？　ちょっと休んだほうがいいよ——彼女はそこで大声になった——そんなにしゃにむになってなんになるの、もうたくさんだよ。

しばらくわたしは鬱々として過ごした。リラはインマまでわたしから遠ざけようとしている、とも思えば、彼女の言うとおりだ、インマを父親に近づけてやらないといけない、とも思った。ただひとり残された娘の愛情を手放すまいと頑張るべきなのか、それともあの子のためを考えてニーノへの再接近を試みるべきなのか、迷った。

しかしこのふたつ目の選択は容易に実現できる話ではなく、そのころあった一連の選挙もその難しさをよく示していた。インマはまだ十一歳だったがもう政治に夢中だった。あの子はニーノに手紙を書き、電話をして、父親の選挙運動をどんな形でもいいから応援したいと申し出た。そしてわたしにまで彼のために協力を求めた。しかしわたしは社会主義者たちを以前に増して嫌うようになっており、ニーノと会うたび、見違えちゃったわね、昔のあなたはどこに行ったのかしら、などと皮肉を言った。一度など、こんな大げさなことまで言った記憶がある。わたしもあなたも貧困と暴力の中で生まれたし、ソラーラ兄弟はひと様のものを横取りする悪人だった。でもあなたたちはもっとひどいわ。社会党なんて略奪者の集団よ。しかも他人の略奪行為だけは禁じる法律を作るのよね……。すると彼は陽気に答えた。君は昔から政治のことは何もわかっちゃいなかったし、この先も決して理解できないだろう。お遊びは文学ごっこだけにして、よくわからないことについては口をつぐむべきだね。

ところが状況が急転落した。相当前から続いていた汚職――あらゆる階層で広く行われ、不文律なのに常に有効で、もっとも尊重されるルールのひとつとして甘受されてきた慣行――がにわかに司法の逆鱗に触れたのだ。当初、検挙される上流階級のペテン師たちは数えるほどしかおらず、しっぽをつかまれるなんてどれだけ間抜けなのかと思われたが、その数は見る見るうちに増えていき、彼らこそがこの国の公務を担う者たちの真実の姿であることが明らかとなった。選挙が近づくと、ニーノは冷笑的な態度を改めた。そして、わたしが一応有名でそれなりの信望もあったことから、彼はインマの口を借りて、公式に自分を応援するよう求めてきた。わたしは娘を傷つけたくなかったので彼女にはうなずいたが、実際には手を貸さなかった。インマは怒り、改めて自分の支持を父親に伝え、彼から選挙のテレビＣＭに一緒に出てほしいと言われた時は大喜びだった。わたしは抗議し、最悪な状況が訪れた。わたしはインマには出演を一応許可しておきながら――さもないと娘との破局は避けられなかったからだ――ニーノを電話で怒鳴りつけた。ＣＭにはアルベルティーノかリディアを出せばいいでしょ？　うちの娘をこんな風に使うなんて許さないから……。彼は粘り、躊躇し、ついには諦めた。それからわたしに言われて、調べてみたら未成年はＣＭに出せないことがわかった、とインマに伝えた。しかしあの子は、父親と一緒に出演できる喜びを自分から奪ったのは母親だと気づき、わたしをなじった。ママはわたしのこと嫌いなんでしょ？　デデとエルサは父親のところに行かせたくせに、わたしはたった五分、パパと一緒にいることも許してもらえないなんて……。ニーノが再選を果たせなかったとわかった時、インマは泣き、しゃくり上げながら、ママのせいだと何度もつぶやいた。

要するに、どちらを見ても状況はややこしかった。ニーノは落選を気に病み、ひどく怒りっぽくなった。しばらく彼は自分ひとりがあの選挙の犠牲者であるかのように振る舞ったが、実際にはそうではなく、まもなくすべての政党が荒波に呑みこまれ、彼の消息も途絶えた。有権者たちは古株の政治家たちにも、若手にも、新人にも腹を立てたのだった。かつては、国家を打倒せんとした者たちに恐れをなしてあとずさりした人々が、今度は、さまざまな肩書きで国家のために尽くすと嘘をつきながら政治を食い物にした、リンゴの中の太った芋虫のような輩にうんざりして、うしろに向かって大きく飛び退いたのだった。ひとつの黒い波が――それまで権力の華美な見かけと、恥知らずで傲慢な饒舌の下に隠されていた波が――時とともに目立つようになり、イタリアの隅々まで広がっていった。わたしが幼少期を過ごした地区だけが神に見放されていた訳でもなければ、ナポリだけが救いようのない町という訳でもなかったのだ。ある朝、わたしは階段で、やけに陽気なリラと会った。彼女は買ったばかりだという『ラ・レプッブリカ』を見せてくれた。紙面にはグイド・アイロータ教授の写真があった。いつ撮影されたものかわからないが、カメラマンはグイドの怯えた顔を捉えていた。他人かと見まがうほどに彼らしくない表情だった。〝と言われている〟と〝恐らくは〟だらけのその記事は、有名な学者にして古参の大物政治家でもあるグイドが、イタリアの腐敗に詳しい参考人として裁判所の召喚を受ける可能性があると報じていた。

39

グイド・アイロータが裁判官たちの前に立つことは結局なかった。しかし、新聞と雑誌は相当に長い期間、汚職の人脈相関図を描き続け、そこにはグイドの名も含まれていた。そんな時期にピエトロがアメリカにおり、デデとエルサも海の向こうでそれぞれの人生を送っていてくれてよかったとわたしは安心した。ただアデーレが心配で、せめて電話の一本くらいかけるべきではないかと思った。でも、ためらった。今の状況を喜んでいると誤解されるのではないか、そうではないと信じてもらうのは難しいだろうという不安があった。

しかしマリアローザには電話をした。彼女のほうが話しやすいと思ったからだ。ところがこれが間違いだった。もう何年も会わず、連絡も取っていなかったマリアローザの声は冷たかった。彼女は少し皮肉っぽく言うのだった。エレナ、ずいぶんと出世したものじゃない？　どこもあなたの文章だらけだし、新聞も雑誌も、開けばたいていあなたの署名があるし……。それからピエトロの姉は近況を事細かに語りだした。以前の彼女にはないことだった。読んだ本の話に記事の話、旅行の話なども聞かされた。一番驚いたのは、彼女が大学の仕事を辞めたという知らせだった。

「どうして辞めたの？」わたしは尋ねた。

「嫌になっちゃったの」

「それで今は？」

「今は何？」

「何か仕事はしてるの？」

「わたし、金持ちの家の子だから」

しかしすぐに自分の言葉に後悔したらしく、彼女はぎこちなく笑ってから、自ら進んで父親の話を始めた。いつかはこうなるだろうと思っていた。彼女はそう言った。そしてフランコの名を挙げ、急いで一切合切を変えなければ、時勢はどんどん厳しくなって、やがてにっちもさっちもいかなくなる、彼は真っ先にそう見抜いた人間のひとりだったと振り返った。彼女は怒りをこめて続けた。うちのパパは、こっちでひとつ、向こうでひとつという風に落ちついて変えていけば問題ないと思ってたのね。でもそんな風にほとんど何も変えないと、どうしても嘘を重ねる必要が出てきて、あとはほかの連中みたいに嘘をつき通すか、それが嫌なら失脚かということになるのよ……。わたしは彼女に聞いてみた。

「グイドは有罪なの？　つまり、私腹を肥やしていたの？」

マリアローザはひきつった笑い声を上げた。

「そうよ。でも、パパはあくまで潔白なの。受け取ってしかるべきお金以外、一銭だって懐には入れたことがないんだから」

それから彼女はまたわたしの話に戻った。でも今度はほとんど軽蔑するような口調で、あなた書きすぎよ、読んでもぜんぜん新味がないもの、とまで言われた。そしてこちらがかけた電話なのに、じゃあねのひと言で勝手に切られてしまった。

マリアローザが父親に対して下した奇妙な二重の評価は、やがてその正しさが証明された。グイドを糾弾するメディアの声は次第に静まり、彼は元どおり自分の書斎に引っこんで過ごすようになったのだが、今や見る者の好み次第で、潔白でありながら間違いなく有罪とみなすこともできれば、有罪でありながら間違いなく潔白ともみなせる存在となっていたのだ。ことここにいたって、そろそろアデーレに電話をしてもいいのではないかと思った。彼女はわたしの気遣いに皮肉っぽく礼を言い、デデとエルサがアメリカでどんな日々を送り、何を学んでいるかについてはわたしよりも通じていることを見せつけてから、およそこんなことを言った。ここは、やたらと名誉棄損をこうむる危険のある国です。真っ当な人間はさっさと外国に移住するべきなんですよ……。グイドに挨拶がしたいのだがとわたしが言うと、今、夫は休憩中だからあとで自分がよく伝えておくという答えが返ってきた。そして、辛辣な声を張り上げて、グイドのただひとつの過ちは、昔だったら文字も読めないような階層の礼儀知らずな連中に囲まれて過ごしたことであり、出世のためならなんでもやる、あの野卑な若い連中が悪いのだと断罪した。

その同じ晩、テレビは社会党の元国会議員、ジョヴァンニ・サッラトーレ——つまりニーノだ。彼も、もはや決して若くはなく、五十歳になっていた——がやけに楽しげな顔をしている映像を流し、ますます長くなっていた収賄者と贈賄者のリストに彼を追加した。

40

その知らせに誰よりも衝撃を受けたのはインマだった。物心ついてからそれまでの数年間に父親とは数えるほどしか会ったことのなかった三女だが、ニーノは彼女にとって憧れの存在だった。あの子は父親をクラスメイトたちに自慢し、教師たちに自慢し、色々な新聞に載った、モンテチトーリオ宮の入口で彼女がニーノと手をつないでいる写真をみんなに披露した。理想の結婚相手を尋ねられるようなことがあれば、背がとても高くて、黒髪で、ハンサムな男のひと、と必ず答えた。そんな父親が地区のありきたりな住民と同じように投獄されたと理解した時――あの子は地区を恐ろしい場所だと考えていた。大きくなった今や自らの恐れをはっきりと言葉にするようになっており、わたしも彼女の不安を当然だと思うことが増えていた――インマはわたしが彼女のために確保できたわずかばかりの落ちつきまで失った。娘は眠りながらしゃくり上げ、深夜に目を覚ましては、わたしのベッドに入ってくるようになった。

ある時、わたしとインマは、マリーザに出くわした。やつれた顔をし、身なりはだらしなく、いつもより苛立っているようだった。彼女はインマがいることなど構わずに言った。ニーノは自業自得よ。兄貴がいつだって自分のことしか考えてなかったの、あなたも知ってるでしょ？　わたしたち家族のことは一度も助けてくれなかった。あのろくでなし、そのくせ親戚の前でだけは正直な人間を演じてたのよ……。そうした言葉のどれもが聞くに堪えなかったのだろう、インマは大通り《ストラドーネ》にわたしとマリーザを置き去りにして、逃げ出した。わたしはニーノの妹に急いで別れを告げ、娘に追いつき、なんとか慰めようとした。気にしちゃ駄目よ、あなたのパパとマリーザおばさんは昔から仲が悪かったんだから……。その時を境にわたしは、インマの前でニーノの悪口を言うのをやめた。いや、誰の前でも彼を批判するのはやめた。パスクアーレとエンツォの状況が知りたくて彼に相談していたころのことを思い出したのだ。何者かが意図的に発生させた下界のもやの中で正しい方向に進むためには、いつだって誰か、天国の聖人の助けが必要だった。そしてニーノは、聖人とはかけ離れた人間ではあったが、わたしを助けてくれた。聖人たちが次々に地獄に落ちていく今や、ニーノの状況を知りたくてもわたしには当てにできる伝手がひとりもいなかった。聞こえてくるのは、地獄の濠に落ちた彼のお抱え弁護士たち多数からの不確かな情報ばかりとなっていた。

41

リラは、わたしの知る限り、ニーノの運命にまるで関心を示さなかった。彼が刑事告発されたという知らせにも、笑いごとでも聞かされたような反応を示した。そして、今度の騒動のすべてを説明できるエピソードを思い出したという風にこんなことを言った。あいつ、お金が必要になるたびにブルーノ・ソッカーヴォに借りてたけど、あれ、絶対に一銭も返してないよね……。それからぼそりとつぶやいた。何があったか目に浮かぶようじゃないか。あいつはとにかくにこにこして、誰かれ構わず握手をして、僕は最強だと思いこんで、自分はどんな状況でもうまく切り抜けてみせるぞって得意になってた。あの男が何か悪いことをしたとすれば、動機はきっと、もっと人気者になりたい、誰よりも利口に見られたい、もっと上に昇りたい、そんな気持ちだろうね……。それでおしまいだった。それ以降、彼女はあたかもニーノなどもう存在しないように振る舞った。パスクアーレとエンツォを救おうと懸命になったのとは正反対に、サッラトーレ元国会議員の問題には完全な無関心を決めこんだ。恐らく彼女も、新聞とテレビで事件の展開は追っていたと思う。ニーノはテレビによく登場したからだ。ブラウン管に映る彼は、青白い顔をして、急に白髪交じりになって、悪いのは絶対に僕じゃないよ、とつぶやくふくれ面の男の子のような目をしていた。リラは彼についてわたしに何も尋ねてこなかった。それは間違いない。彼との面会に成功したかとも、彼はどんな展開を期待しているのかとも、彼の父親に母親、妹と弟たちはどう思っているかとも聞かれなかった。ところが、理由はよくわからないのだが、彼女の中でインマに対する関心が息を吹き返し、ふたたびあの子の面倒を見るようになった。

実の息子のことは、別の主人になついてしまって、元の主人にはしっぽを振らなくなった子犬みたいにわたしのところに捨てっぱなしにしておいて、彼女はうちの娘にまたべったりになり、常に愛情に飢えていたインマのほうも、リナおばさんがまた大好きになった。わたしはリラとインマがおしゃべりをしているところをよく見かけるようになり、ふたりはしばしば一緒に出かけるようになった。リラはこう言っていた。あの子にね、植物園とか博物館とか、カポディモンテの美術館なんかを見せてやってるの。

わたしたちがナポリに暮らした時期の終盤、リラに連れられて歩くうちにインマも影響されてあの町に興味を持つようになり、その点は今日まで変わっていない。リナおばさんって本当に色々知ってるの……。インマは憧れた声でよくそう言ったものだ。わたしも嬉しかった。なぜならリラは自分の徘徊にうちの娘を引っ張っていくことで、父親に対するあの子の懸念も、親に余計なことを吹きこまれたクラスメイトたちの残酷な罵りへの怒りも、かつて名字のおかげで教師らから集めた注目を失った悲しみも、すべて和らげてくれたからだ。だがわたしが喜んだのは、それだけが理由ではなかった。娘の報告を聞けば聞くほど、リラが今、頭を熱中させ、コンピューターの画面に向かって背を曲げて、恐らくは何時間もぶっとおしで書き連ねているテーマが、あのモニュメントとこのモニュメントについて、といったものではなく、ナポリ全体であるらしいことがますますはっきりと見えてきたのだ。そんな途方もない計画をわたしはリラから何も聞かされていなかった。彼女が何かに夢中になるたびにわたしを巻きこもうとした時代は終わり、今度は娘が秘密を明かす相手に選ばれたのだった。リラは自分の学んだことをあの子に教え、自分が感動したり、興味を引かれたりしたものを見せるために連れ回すようになったのだった。

42

インマはとても呑みこみが速く、なんでもすぐに記憶してしまう子だった。かつてリラにとってもわたしにとっても極めて重要な場所だったマルティリ広場について、わたしにあれこれ教えてくれたのも、インマだった。わたしはあの広場のことを何も知らなかったが、あの子は、歴史を研究したリラに話を聞いていた。それをある朝、あの広場に一緒に買い物に行った時、わたしに聞かせてくれたのだ。史実と娘の空想とリラの空想が入り混じった話ではなかったかと思う。あのねママ、一七〇〇年代にはここはまだ郊外の田園地帯だったの。林があって、農家があって、宿屋があったりして。それで一本、海に向かってまっすぐ延びる下り坂《カラータ》があったんだって。名前はカラータ・サンタ・カテリーナ・ア・キアイア。キアイア地区の聖カテリーナ《サンタ・カテリーナ・ア・キアイア》っていうのは、そこの角にある、古いは古いけど、あまりぱっとしない教会のことね。一八四八年の五月十五日に、まさにこの広場で、憲法の制定と国会の設立を目指した愛国者たちがたくさん殺されたの。それで、ブルボン家のフェルディナンド二世王は平和が戻ったことを世に知らしめるために、平和の名を冠した道を新たに一本作って、聖母像がてっぺんに載った記念の円柱をこの広場に立てることにしたんだって。でもナポリのイタリア王国への併合が宣言されて、ブルボン家が追放されると、当時のジュセッペ・コロンナ・ディ・スティリアーノ市長が彫刻家のエンリーコ・アルヴィーノに、平和の聖母像が立つ円柱を改造して、自由のために命を落としたナポリ市民たちを記念する円柱にできないか相談したの。それで彫刻家は円柱の基礎にこうして四頭の獅子の像を据えたの。四頭はそれぞれ、ナポリで起きた革命の四つの歴史的瞬間を象徴しているのよ。瀕死の傷を負っているのが一七九九年の獅子。剣で貫かれ、宙を噛んでいるのが、一八二〇年の蜂起の獅子。そして一八四八年の獅子、敗北してもなお諦めぬ愛国者たちの力を示しているわ。最後の一八五九年の獅子は恐ろしい顔をした復讐者なの。それからママ、上を見て。平和の聖母の代わりに据えられたのは、とてもきれいな若い貴婦人の銅像、つまり、勝利の女神像ね。女神は世界を見下ろしてはばたいているの。左手には剣を持っていて、右手の月桂冠は、自由のために倒れたナポリ市民たちに捧げたもの。英雄たちは戦いに倒れ、断頭台の露となりながらも、その血をもって民衆に自由を取り戻そうとしたのね……。

リラは過去を利用してインマの揺れ動く今を正常な状態に戻そうとしているのではないか、わたしはしばしばそんな印象を受けた。リラが娘に語るナポリのエピソードはどれも必ず最初に何かひどいものか、滅茶苦茶なものがあって、それがやがては美しい建物や通りかモニュメントとなり、次にそこから記憶と意味が失われ、その先は、波浪と大凪と豪雨と滝からなる、元々が予測のつかぬ流れ次第で悪化したり、よくなったり、また悪くなったりした。リラのいつものやり方で肝心なのは、質問を重ねることだった。殉教者《マルティイリ》とは誰だったのか、獅子の像は何を意味しているのか、いつ戦いがあり、いつ断頭台が設けられたのか、平和通りとは、聖母とは、勝利の女神とは……。彼女の物語はどれも、以前のこと、その後のこと、その結末を順に並べたものだった。お金持ちが暮らす今の優雅なキアイア地区の前には、聖グレゴリオの手紙にも出てくるプライアと呼ばれた土地があり、沼地が海辺まで広がり、うっそうとした原生林がヴォメロの丘まで広がっていた。一八〇〇年代末に大規模な環境整備が行われる以前、鉄道員協同組合による住宅地開発計画が生まれる以前は、石くれひとつにいたるまで不潔な、健康に悪い地域が広がっていた。しかしそこでは素晴らしいモニュメントの数々がのちに浄化を装った熱狂的な取り壊しに多数巻きこまれもした。そんな浄化の対象となった地域のひとつに、かなり昔からヴァストと呼ばれる地域があった。当時のヴァストはカプアーナ門からノラーナ門にかけての一帯を指し、浄化ののちもその地域は同じ地名を維持することになった。リラはよくその地名――ヴァスト――を口にしたという。気に入っていたらしい。インマも好きだったようだ。〝ヴァストと環境整備〟の物語、つまりは破壊と健康の物語ね。熱狂的に破壊し、略奪し、醜悪化し、はらわたを引きずり出してから、今度は熱狂的に建設し、整理し、新しい通りを設計するか、古い通りの名称を変更するの。新たな世界を確立し、古い時代の悪を隠すためよ。でもその悪は、今に雪辱を晴らそうと常に待ち構えているの……。

実際、ヴァストがヴァストと呼ばれるようになる前、そして本質的に腐敗してしまう前までは――とリナおばさんが教えてくれたそうだ――あの一帯には貴族の館とか庭園とか噴水がいくつもあったのよ。有名なヴィーコ侯も館を建てて、館の庭は天国の庭と呼ばれていたんだって。ママ、天国の庭には噴水の仕掛けがたくさん隠されていて、一番有名な噴水は白桑の大木に細い水路をほとんど目につかないように設けたもので、水が枝から雨みたいに降ってきたり、幹に沿って滝のように流れ落ちたりしたの。凄いよね……。話はヴィーコ侯の天国の庭からヴァスト侯のヴァストへ、そこからニコラ・アモーレ市長の環境整備政策へ、そしてまたヴァストへ、さらなる復興の物語へ……。そんな具合に続いた。

ああ、なんて町なのかしら——リナおばさんは娘によく言ったそうだ——ここは本当に美しくて、意味深い町よ。インマ、ナポリではありとあらゆる言語が語られ、あらゆるものが作られ、あらゆるものが破壊されてきたの。この町の住民はどんなおしゃべりも信用しないくせに、みんなとってもおしゃべり。ナポリではヴェスヴィオが毎日、わたしたちに思い出させてくれる。どんなに強大な力を持つ人間のどれほどの偉業も、この上なく美しい作品も、炎とか地震とか灰とか海によってほんの数秒で無に帰してしまうものなんだよ、って。

わたしは娘の話によく耳を傾けたが、戸惑う時もあった。確かにインマは落ちついてくれたが、それはリラによって、栄光と貧困が永遠に流れ続けるひと筋の水脈へと導かれていたからで、それ以外の理由はなかったからだ。リラの説くナポリは、何もかもが素晴らしかったのに、やがてすべてが陰惨になり、そのうちまたすべてが輝きだす、そんな循環的な町だった。太陽の上を雲がさっと流れると、あたかも太陽が逃げ出して弱々しい青白い円盤と成り果て、今にも消えそうに見えるのに、雲が晴れた途端、またまばゆく輝きだし、わたしたちは思わず手で顔を覆うことになる時のように。彼女の語る天国のような庭園がある館はやがて例外なく廃墟と化し、野生に戻り、ニンフにドリュアス、サテュロスにファウヌスが暮らしたり、亡霊が棲みついたり、時には悪魔が棲みついたりした。悪魔は神によって貴族の城だけではなく庶民の家にも送りこまれ、住人に己の罪を償わせたり、死後に褒美を与えるために善人に試練を与えたりした。美しく、堅固で、輝くものには必ず夜の幻想がつきまとい、ふたりともその手の恐い話が大好きだった。インマの話では、ポジッリポ岬の海のすぐそばに――ガイオーラ島の対岸、妖精の洞窟のちょうど真上だそうだ――有名な幽霊屋敷があるとのことだった。幽霊はサン・マンダート通りとモンドラゴーネ通りの建物にも棲んでいるという。そのうちサンタ・ルチア地区の路地にファッチョーネと呼ばれる男の幽霊を探しにいこうとリラが約束してくれたという話もあった。その名のとおり大きな顔《ファッチョーネ》をした幽霊だが、危険で、邪魔する者には大きな石を投げつけてくるらしい。ピッツォファルコーネをはじめいくつかの地区には、死んだ子どもの幽霊も棲んでいると教えられたそうで、インマはこんなことを言っていた。夜になるとノラーナ門の辺りに女の子の幽霊がよく出るんだって。でも幽霊なんて本当にいるのかな？　やっぱり嘘かな？　リナおばさんは本当にいるって言ってたよ。でも幽霊の棲み処は建物の中でも、路地裏でも、ヴァストの古い門のそばでもなくて、みんなの耳の中なんだって。あと、外側じゃなくて内側を見ている時のみんなの目の中とか、話し始めたばかりの時の声の中とか、考えごとをしている時の頭の中にもいるんだって。言葉もイメージもお化けでいっぱいだから。本当なのかな、ママ？

　そうね、そうかもしれない。わたしはそんな風に答えた。リナおばさんがそう言うのなら、本当かもしれないよ……。この町は大なり小なりおびただしい数の事件が起きた場所だから――とリラは娘に語ったそうだ――国立博物館でもカポディモンテの美術館でも幽霊が出るのさ。国立図書館なんて凄いよ、本の中には幽霊がたくさんいるからね。本を一冊開けば、たとえば、一六四七年にナポリ市民の反乱を率いたマザニエッロが飛び出す。マザニエッロは愉快で恐ろしい幽霊でね、貧乏人を笑わせたり、金持ちを震え上がらせたりしたものさ……。インマが特に好きだったのは、マザニエッロが剣で、仇敵マッダローニ公本人でもその父親でもなく、ふたりの肖像画をざくざくと切り殺す場面だった。いや、あの子に言わせれば、最高に愉快なのは、公爵とその父親の肖像画の首をマザニエッロが切り落とすくだり、または、その他の残酷な貴族たちの肖像画を縛り首にするくだりだった。〝だって肖像画の首を切るんだよ〟信じられないという風にインマは笑った。〝絵を縛り首にするんだもの〟斬首と縛り首のあとでマザニエッロは銀糸の刺繍が入った水色の絹地の服をまとい、首には金の鎖を、帽子にはダイヤのブローチをつけて市場に向かったそうだ。ママ、幽霊がそんな格好で市場に行くんだよ。侯爵様か公爵様か王子様みたいな格好で。本当は平民で、魚売りで、読み書きもできないのに……。リナおばさんは彼女にこうも語ったそうだ。ナポリではなんでも起きてしまうの。それも公然と、法律や政令を作るふりもせず、一切の状況を改善するふりさえせずに。それにナポリの人間はよく度を超すわ。誤魔化そうとさえせず、白昼堂々と、大喜びで度を超すの。

ある大臣の逸話にインマは強い印象を受けた。ナポリの国立考古学博物館とポンペイが関係した話だった。娘は深刻な口ぶりでわたしに言った。ねえ知ってる、ママ？　教育大臣のナージって、百年近く前の議員だけど、ポンペイ遺跡で働いていたひとたちから、発掘されたばかりの貴重な小さな像を贈られたことがあったんだって。このひと、ポンペイで優れた美術品が発見されるたびに複製品を作らせて、トラーパニの自分の別荘に飾ってたらしいよ。イタリア王国の大臣なのに、分別ってものがなかったの。きれいな像をプレゼントされて受け取っちゃったんだから。家に飾ったらきれいだろうって思ったのね。ひとって時々そんな間違いを犯すけど、子どものころに公益とは何かって教わらないと、それが罪だということさえわからないものなの……。

この最後の台詞がリラの言葉を繰り返したものだったのか、娘が自分で考えたものだったのかはわからない。どちらにしてもその理屈が気に入らなかったわたしは、意見することに決め、慎重に、しかしはっきりと反論した。リナおばさんにいっぱい素敵なお話を聞かせてもらえていいわね。ママも嬉しいわ。彼女って熱中したら、誰にも止められないから。でもね、ひとはうっかり悪事をなすものだ、なんて信じちゃ駄目よ。特にその悪者が、国会議員だったり、大臣だったり、銀行家だったり、カモッラの人間だったりする時は、そんな言葉は絶対に信じちゃ駄目。あと、どうせ世界は悪循環に陥っていて、うまくいったり、いかなかったり、みんな運次第だって考え方もやめてちょうだい。周りの状況がどうなろうと、わたしたちは粘り強く、真面目に、こつこつと頑張っていかなきゃ。それに、過ちは犯さないように注意しないと駄目。だって間違ったら、きちんと償わないといけないんだから。

するとインマは下唇を震わせ、こう尋ねてきた。

「パパは二度と国会には戻れないの？」

わたしは答えに窮し、娘もそれを察した。そして、こちらのいい返事をうながすように、ぼそりと言った。

「リナおばさんは、そんなことはない、きっと戻るって言ってたよ」

わたしは長いこと逡巡してから、ついに答えた。

「ううん、インマ、わたしは無理だと思う。でもパパが地位のある人間でなくても、あなたはパパを好きでいられるはずでしょ？」

43

わたしの答えは完全な不正解だった。ニーノは例によって巧みに立ち回り、落ちた罠からうまいこと抜け出したのだ。インマはその知らせに大喜びし、父親に会いたがったが、彼はしばらく行方をくらまし、なかなか連絡がつかなかった。ようやく会えることになった時、ニーノはわたしと娘をメルジェッリーナ地区のピザ屋に連れていってくれたが、いつもの快活さはなく、苛々しており、うわの空な感じで、インマには政界の会派だけは決して信じるなと命じ、自分は、少しも左派ではない左派の犠牲者だ、いや、あれは左どころかファシストにも劣っていた、と嘆いた。それから彼はインマに約束した。見てろよ、パパはきっとなんとかしてみせるから。

その後は彼の書いたとても攻撃的な論調の記事を何本も目にすることになった。そこではだいぶ前にも彼が支持していた、司法権は行政権の下位に置かれるべきだという主張が繰り返されていた。彼は怒りをこめてこう記していた。司法の現状は間違っている。昨日まで、国家の心臓部を叩こうとする者を相手に闘っていたはずが、今日になれば、国家の心臓部は腐敗している、捨てるしかないと国民に吹きこむなんて、そんな司法が許されていい訳がない……。彼は政界から放り出されまいとして闘った。そして社会党を離れ、勢いを失った古い政党を渡り歩き、そのたび右へ右へと移動して、一九九四年、満面の笑みで国会に返り咲いた。

インマは父親がナポリで非常に多くの票を獲得し、ふたたびサッラトーレ議員となったと知り、とても喜んだ。知らせを受けてすぐ、あの子はわたしのところに来て、こう言った。ママは本をたくさん書いたかもしれないけど、リナおばさんほど遠くまで見通す力はないのね。

44

腹は立たなかった。つまるところ、娘はわたしに対し、ママはパパに冷たすぎた、それにパパがどんなに優秀だかわかっていなかった、そう言いたかっただけなのだから。ところがその言葉（〝ママは本をたくさん書いたかもしれないけど、リナおばさんほど遠くまで見通す力はないのね〟）は思いがけぬ効果を発揮した。わたしは急にリラのことが気になってきたのだ。インマに言わせれば将来を見通す力のある彼女が、五十歳になって公然と読書と勉強を再開したのみならず、何か書いてさえいるという。以前にもピエトロが、ティーナのいないつらさに耐えるための一種の療法として彼女はそんな選択をしたのかもしれないと推測したことがあった。しかし、地区で暮らした最後の一年間、わたしはもうピエトロの繊細な見方にもインマの仲介にも満足できなくなり、機会があるたびにリラとその話をしようとし、あれこれ質問した。

「どうしてそんなにナポリに興味を持ったの？」

「いけない？」

「ぜんぜん。むしろ羨ましいわ。リラは楽しみで研究してるけど、こっちなんて今じゃ、仕事で読んだり書いたりしているだけだもの」

「研究なんてしてないよ。あちこちの建物とか、通りとか、モニュメントなんかを見て、時々、ちょっと調べ物をしているだけ」

「それを研究って言うの」

「そう？」

彼女はいつも話をそらした。わたしに胸のうちを打ち明けるつもりはなかったのだろう。それでも時々、例のごとく熱くなった彼女がナポリの話をしだすことがあった。彼女の語るナポリは、わたしが日々見慣れた道や場所からなるそれとはほとんど別物で、まるで町が彼女にだけ秘密のきらめきを披露するみたいだった。事実、彼女はちょっと言葉を連ねるだけで、あの町を世界で一番美しく、価値ある場所に変えてしまった。おかげで、そんな話を少し聞いたあとは、わたしはすっかり興奮して自分の仕事に戻る羽目となった。ナポリで生まれ育っておきながら、この町を深く知ろうとしてこなかった自分はなんという怠け者だろう。そう思ったからだ。わたしはナポリをふたたび去ろうとしており、合計で三十年以上もそこで暮らしてきたというのに、生まれ故郷についてはたいした知識を持っていなかった。かつてピエトロにも無知を非難されたことがあったが、今度は自分でも情けなかった。

一方、リラの話を聞きながら、自分が空っぽな人間に思えてならなかった。

一方、なんでも簡単にどんどん記憶してしまう彼女のほうは、もはやどんなモニュメントにも、石ころひとつにも深い意味を与え、素晴らしい魅力を与える力があるようだった。それこそ、できるものならわたしだって、取り組み中の下らぬ原稿など喜んで投げ出し、自分で研究してみたくなるくらいの魅力だ。だが現実には〝下らぬ原稿〟にわたしはすべてのエネルギーを吸い取られ、そんな仕事のおかげで何ひとつ不自由のない暮らしを送り、普段は夜も働いていた。時おり、静まり返った部屋で手を止め、わたしは思った。もしかするとリラもまだ起きているかもしれない。わたしみたいに何か書いているところなのかもしれない。図書館で読んだ文章をまとめたり、何か考えたことを書き留めたり、そこから発展させて自分のことを書いたりしているところなのかもしれない。もしかすると、史実なんて彼女は興味がなくて、空想のとっかかりを求めているだけなのかもしれない……。

彼女が例のごとく思いつきで動いていたのは確かだった。突然の好奇心に突き動かされるが、そのうち衝動は弱まり、消えてしまう。その繰り返しだ。わたしにわかった限りでは、王宮のそばにあった磁器工場の研究をしていた時もあれば、サン・ピエトロ・ア・マイエッラ教会の情報を集めていた時もあった。ナポリを訪れた異国の旅人たちの記録を探していたこともあった。あの町に魅了されると同時に嫌悪していた彼らの胸中に関心を持ったようで、こんなことを言っていた。旅人はそれこそみんな、何世紀ものあいだ、大きな港を褒め、海に船に城を褒め、そびえ立つヴェスヴィオの真っ黒な雄姿とその憤怒の炎を褒め、海へと下る階段のような町並みを褒め、あちこちの庭園に植物園に建物を褒めたわ。でもね、同じ彼らが、やっぱり何世紀も前からずっと、必ずこの町の効率の悪さを嘆き、腐敗を嘆き、貧困と退廃を嘆いているの。どんなに外面が立派で、名前も偉そうで、どれだけ多くの勤め人がいても、どんな機関もまともに機能しないって。判読可能な秩序なんてひとつもなくて、無秩序でどうしようもない群衆が通りにあふれているばかりで、その通りはありとあらゆる商品を扱う売り手だらけで、話し声はみんなひどい大声で、悪ガキと物乞いだらけだって。ああ、ナポリほど騒々しい町はほかにない、ってね……。

ある時、リラは暴力について話してくれた。それはこんな具合だった。わたしたち、暴力ってこの地区の特徴だと思ってたよね。生まれた時から周りにあったし、ずっと肌で感じたり、苦しんだりしてきたし、自分たちは運が悪いなんて思ったりしたじゃない？　わたしたち、言葉を操って誰かを苦しめたり、侮辱したりしたでしょ？　アントニオも、エンツォも、パスクアーレも、うちの兄貴も、ソラーラ兄弟も、殴ったり、殴られたりしてきたじゃない？　わたしとレヌーだってそうよね？　パパがわたしを窓から放り投げた時のこと、覚えてる？　今ね、サン・ジョヴァンニ・ア・カルボナーラ教会についての古い論文を読んでるの。カルボナーラとかカルボネートという言葉が何を指していたのか、その由来を説明している文章なの。わたし、前まで、教会の辺りで石炭《カルボーネ》でも出たか、炭焼き《カルボナーリ》が集まっていたかしたんだろうと思ってた。ところが違ったの。大きなゴミ捨て場があったんだって。当時はどこの町にもそういう場所があったらしいわ。それがカルボナリオの溝と呼ばれていて、汚い水がちょろちょろ流れるどぶみたいな場所に、家畜の死骸を投げこんだりしてたらしいの。ナポリのカルボナリオの溝は古代からずっと、今、サン・ジョヴァンニ・ア・カルボナーラ教会がある辺りにあったの。あの一帯は元々、カルボナーラ広場と呼ばれていて、詩人ウェルギリウスが毎年そこでカルボナーラ競技会《イオーコ・デ・カルボナーラ》を開催させたの。つまりは剣闘士の試合だけど、あとの時代みたいに、男たちが死ぬような試合《モルテ・デ・オーミニ・コメ・デ・ポ・エ・ファクト》ではなくて——彼女はその手の古語が大好きで、面白いらしく、いかにも楽しそうな顔で使ってみせた——男たちに武器を使いこなさせる《リ・オーミニ・アリ・ファクティ・デ・ラルメ》練習が目的だったの。でもそのうちそれは、競技会でも練習でもなくなった。家畜の死骸やゴミを投げこんでいた場所で、人間の血までたっぷりと流されるようになったの。わたしたちが子どものころやってた石投げ合戦もあそこで発明されたみたい。ほら、エンツォがわたしに石をぶつけて——今も額に傷が残ってるよ——あのひとおろおろしちゃって、ナナカマドの実のリーフをくれた時のこと、覚えてる？　でも、カルボナーラ広場ではいつか、石じゃなくて武器が使われるようになって、命がけの果たしあいが行われるようになった。復讐のための死闘を貧民も貴族も王族も見物に駆けつけるようになったの。ハンサムな若者が、死に神の鉄床で鍛えられた刃に貫かれて地に横たわれば、物乞いに市民に王に女王がすぐさま拍手喝采をして、その音は天まで届いたの。ああ、暴力。八つ裂きにして、殺して、ぼろぼろにして……。リラはうっとりしたり、おののいたりしながら、方言と標準語を織り交ぜ、どこで読んで暗記したものか難解な引用をしつつ、地球全体が巨大なカルボナリオの溝なんだよ、などと言ったりもした。わたしは時に、リラならば聴衆でいっぱいの会場だって魅了できると思うこともあったが、彼女の現実の姿を振り返り、思い直すのが常だった。リラは小学校しか出ていない五十女であり、研究の仕方もまともに知らず、資料に基づく史実の検証も知らない。読んで、夢中になって、真実も嘘もごちゃ混ぜにして、空想する。そこまでなのだ。何より彼女が興味を引かれ、面白がっていたのは、そうした退廃的な過去も、手足をへし折り、目玉をくりぬき、頭をかち割るような残虐行為の跡もすべて、洗礼者ヨハネに捧げられた教会と、立派な図書館を備えた聖アウグスティヌス修道会の修道院によって——文字どおり——覆い隠されたという事実らしかった。笑いながら彼女は言ったものだ。だって下は血の海で、上には神様にお祈りに本だよ？　聖ヨハネ《サン・ジョヴァンニ》とカルボナリオの溝の組み合わせ、つまり、サン・ジョヴァンニ・ア・カルボナーラという地名はこうして生まれたの。何千回とわたしたちが通った道だよ、レヌー、駅からも、フォルチェッラ地区からも、トリブナーリ通りからもすぐの場所だもの。

　彼女の言うサン・ジョヴァンニ・ア・カルボナーラの道がどこにあるかくらいは、わたしだってもちろん知っていた。でも彼女の語った歴史は何ひとつ知らなかった。あの時の話は長かった。しかもその語り口はどこか思わせぶりで、こちらに特定の印象をわざと植え付けようとしているのではないか、そんな疑念も湧いた。つまり、そうした話の内容を彼女は基本的にもうすべて書き留めてあって、それは何か——どういった形式の作品なのかは見当もつかないが——大部の文章の一部をなすものなのではないか、そんな印象だ。彼女は何を考えているのだろう？　何が狙いなのだ？　自分の徘徊と読書の記録をまとめようとしているだけ？　それともナポリの逸話を集めた本でも書こうとしているのか。当然、そんな本はいつまでたっても書き上がらないだろうが、彼女がこれからの日々を乗り越えていく役には立つかもしれなかった。ティーナのみならずエンツォも去り、ソラーラ兄弟も去った今、どんな時も彼女を支えてきたインマを連れて、わたしまで去ろうとしていたのだから。

トリノに発つ直前、わたしは彼女と多くの時間を過ごし、温かい気持ちで別れを告げることができた。一九九五年のある夏の日のことだ。わたしとリラはその日、あれこれと何時間も語りあったのだが、最後になって彼女がインマの話をしだした。当時、娘は十四歳、美しく元気な少女で、中学校を卒業したばかりだった。リラが急に意地悪を言いだすこともなく娘を褒めるのをわたしは黙って聞き終えてから、難しい時期にあの子を助けてもらったことに感謝した。するとリラは戸惑う顔になり、こちらの言葉を訂正した。

「わたしはインマをずっと助けてきたよ。何も今だけの話じゃないわ」

「そりゃそうだけど、ニーノが大変なことになってからは特にあの子のためになってくれたじゃない？」

今度の言葉もリラは気に入らなかったようで、少しあいまいな空気がふたりのあいだに漂った。インマに対する自分の気配りをニーノと結びつけられたのが嫌だったのか、彼女はこんなことを言った。わたし、生まれた時からインマの面倒は見てきたよ。ティーナがあの子のこと大好きだったからね。もしかしたらティーナ、わたしよりもインマのほうが好きだったのかもしれないよ……。そこで彼女は不満げに首を横に振り、こう続けた。

「わたし、レヌーがわかんない」

「わたしの何がわからないの？」

彼女は苛々しだした。何か言いたいことがあるのを我慢している顔だった。

「どうして今まで、こんなに長いあいだ、レヌーが一度だって考えたことがないのか、わかんないんだよ」

「考えるって、何を？」

　彼女は少し黙り、うつむいたまま口を開いた。

「『パノラマ』に載ったあの写真、覚えてる？」

「どの写真？」

「レヌーがティーナと一緒に写ってて、レヌーの娘だって書いてあったやつ」

「もちろん覚えてるわ」

「わたし、よく思ったんだ。ティーナはあの写真のせいでさらわれちゃったんじゃないかって」

「どういうこと？」

「犯人はレヌーの娘をさらうつもりで、うちの子を連れてっちゃったんじゃないか、ってこと」

　その言葉を聞いて、その朝、わたしはある確証を得た。彼女をそれまでずっと苦しめてきた無数の憶測と空想と妄想の存在に、自分がほとんど何も気づかずにきたという事実の確証だ。十年以上の歳月もリラを落ちつかせることはできず、彼女の頭脳は愛娘のための静かな一角をなお用意できずにいたのだった。リラはつぶやいた。

「レヌーはいつも新聞とか雑誌とか、テレビとかに出てたじゃない？　いつもきれいで、おしゃれで、きれいなブロンドで。だから、もしかしたらわたしじゃなくて、そっちから身の代金をゆすり取ろうって腹だったのかもしれないでしょ？　実際のところはわかんないよ。もう今じゃわたし、何もわかんない。物事ってひとつの方向に向かって進んでいても、途中で方向転換しちゃうものだし」

　エンツォがその仮説を警察に報告し、彼女もアントニオと話してみたが、警察はともかくアントニオすら真剣に取りあってくれなかったとリラは言った。しかしわたしにそう語る口ぶりには、やはりそれこそが事件の真相だったのだと改めて確信したような響きがあった。ほかにもどれだけ多くのそうした思いを彼女は胸に秘めて生きてきたのだろうか――わたしは思った――小さなヌンツィアがうちのインマコラータの代わりにさらわれた？　わたしが成功したせいで彼女の娘が誘拐された？　それに、彼女がインマを大切にしてくれたのは不安ゆえのことで、あの子を守り、保護するためだった？　それは、犯人たちが間違った女の子を捨ててから、本来の標的を連れ去るべく戻ってくるかもしれないと思っていたから？　じゃなければ何？　リラは今まで何を考え、そして今は何を考えているのだろう？　どうして今になってそんな仮説をわたしに聞かせる？　最後にまた不吉な考えをこちらの頭に吹きこんで、自分を置き去りにしようとするわたしに罰を与えようというのだろうか。ああ、今なら、エンツォが出ていった気持ちもよくわかる。リラとの暮らしが耐えがたいほどつらいものになってしまったのだろう……。

彼女はわたしの心配顔に気づくと、危機を逃れようとするみたいに自分の研究に話を変えた。しかし今度の話はひどく混乱していて、彼女もずっと気分悪そうに顔を歪めていた。リラは笑い声を上げ、こんなことをつぶやいたのだ。悪って、思いがけない道を歩むんだよ。教会とか修道院とか本なんかをいくら上に載せても――ところで本ってそんなに大切かね。レヌーなんてそれこそ一生を捧げちゃってるけどさ――悪は床を突き破って、意表をついた場所から登場するしね……。やがて彼女は落ちつきを取り戻し、またティーナのこと、インマのこと、わたしのことを語った。ただし今度はこちらに歩み寄り、先に言ったことを謝ろうとするみたいな口調だった。あんまり静かだとさ、余計なことばかり考えちゃうんだ。だから気にしないで。三文小説の中だけだよね、ひとがいつも正しいことだけ考えて、正しいことだけ言って、どんな結果にも必ずきちんと原因があって、いい感じの人間と嫌な感じの人間がいて、善人と悪人がいて、最後にはなんにしてもハッピーエンドになるのって……。彼女は小声で続けた。ひょっとしたらティーナにしたって、今夜帰ってくるかもしれないじゃない？

そしたら、本当は何があったのかなんて多分どうでもよくなると思う。肝心なのは、ティーナが戻ってきてくれたこと、そして、わたしの不注意を許してくれること、きっとそれだけになると思うんだ。レヌーもわたしを許してね……。彼女はそう言って謝ると、わたしを抱きしめてから、こんな風に話を締めくくった。さ、行った、行った。これからも、もっと素敵なことをしてね。わたしがインマを見守ってきたのはあの子がさらわれるのが恐かったせいもあるけど、レヌーはレヌーで、リーノがエルサに捨てられたあとまで、本当にうちの子によくしてくれた。リーノのせいで色々我慢させちゃったよね。悪かったと思ってる。こんなに長いあいだレヌーと友だちでいられて、今も仲よしだなんて、わたし凄く嬉しいよ。

46

ティーナがうちの娘と勘違いされてさらわれたのではないかという説にわたしは動揺したが、それは何も、あり得る話だと思ったからではなかった。むしろそんな説を生むにいたった彼女の胸の中の暗い感情のもつれを思えばこそのことで、わたしはそうした感情を整理してみたくなった。それで、ずいぶんと久しぶりにあることを思い出した。リラがまったく偶然にも――凡庸な機会ほど足下に危険な流砂を隠しているものだ――自分の娘にわたしのお気に入りの人形と同じ名前をつけた、しかもその人形を地下室に投げこんだのは彼女自身だった、という事実だ。その点についてわたしが空想を巡らせたのは、この時が初めてではなかったかと思う。ただ、長くは続けられなかった。きらりと光る何かの見える暗い井戸を覗いたところで、わたしは尻込みしてしまった。誰かと熱心につきあえば両者の関係はいつか必ず罠でいっぱいになり、相手と長続きしたければ、そうした罠をかわす術を身につけねばならぬものだ。あの時もわたしはそうした。その結果、最後には、自分は新たな証拠に出くわしただけなのだろうと思った。わたしたちふたりの友情がどれほど輝かしく、しかもどれほど深い闇に包まれているかの証拠であり、リラがどんなに長いこと複雑な苦しみを抱えてきたかの証拠であり、彼女の痛みが今なお続いており、これからも永遠に続くであろうという事実の証拠だ。それでもわたしは、きっとエンツォの言葉どおりで、自ら設けた境界線の中でリラが穏やかな老後を迎えることは決してないだろうと信じて、トリノへ去った。彼女が最後にわたしに見せたのは、十歳は老けて見える、五十一歳の女の姿だった。話の途中で彼女は時おり不快なほてりに襲われ、顔を真っ赤にした。そして、首までまだら模様になって、目を泳がせ、ワンピースの裾を両手でつかむと、勢いよく扇いだ。わたしとインマにパンツが丸見えでもお構いなしだった。

47

トリノでの生活を始める準備はとうに完了していた。イザベッラ姫橋の近くに部屋を見つけ、わたしのものも、インマのものも、あらかた運び終わっていた。そこでわたしたちは出発した。列車がナポリを出てすぐのことだったと思うが、正面に座っていたインマが初めて、あとに残していくものを憂うような顔を見せた。こちらはそれまでの数カ月、行ったり来たり、動きっぱなしで疲れ果てていた。あれもこれも考えねばならず、色々なことをしたり、し忘れたりで大変だったのだ。わたしはシートに身を沈め、窓の中、遠ざかっていくナポリの郊外とヴェスヴィオを眺めた。その時だった。水中で押さえつけられていた浮きが解放されたみたいに、ある確信がぽんと心の表面に飛び出してきた。リラはナポリについて書き進めるうちに、ティーナについても書くはずだ。そして彼女の文章は——まさに筆舌に尽くしがたい痛みを記そうとする努力ゆえに——比類なき傑作となることだろう。

その確信はわたしの中で根を張り、いつまでたっても弱まらなかった。トリノに移ってからの歳月のあいだに——少なくとも、小さいが前途有望な出版社に雇われ、経営を任されていたあいだは、そして、アデーレよりも自分はずっと尊敬されていると感じ、それどころか、何十年前にわたしから見た彼女よりはるかに大きな力を持つにいたったと感じていたあいだは——確信は願いに姿を変え、希望となった。いつかリラから電話がないものか、そして、わたし、原稿を書いたの、まだ下書きで、流れもぐちゃぐちゃだけど、レヌーに読んでほしいの、仕上げを手伝ってくれない？　なんて言ってこないものかとわたしは期待した。そうなれば、自分はすぐに彼女の原稿を読むだろう。読める文章にするため手を加え、恐らくはすっかり書き直すことになるだろう。リラは確かに頭の回転が速く、尋常ではない記憶力を誇り、何を読んでいるのかは滅多に話してくれなかったが、子どものころから山のように本を読んできた。それでも基礎的な教養が完全に不足していて、小説を書く技能も経験もまったくない。もしかすると、内容はいいのに書き方がなっていない文章や、素晴らしいのに不適切な場所に置かれた文章が滅茶苦茶に山積みになっているのではないか……。そんな不安もあった。それでも、陳腐な言葉だらけの下らない話を彼女が書いたかもしれないとだけは一度だって——そう一度も——疑ったことがなく、逆に、きっと立派な作品に違いないという絶対的な確信は強まる一方だった。これだという出版計画を立てられずに苦労していた時期など、リーノをしつこく問い詰めたこともあった。あの子はよく、トリノの我が家に電話一本寄越さずに現れ、ちょっと挨拶に寄っただけだと言いながら、最低でも二週間は腰を据えた。わたしは彼を繰り返し尋問した。お母さんはまだ何か書いてるの？　ちょっと覗いてみたことないの？　どんな内容なのか、気にならない？　でもあの子の答えはいつもあいまいで、そうだよ、どうかな、思い出せない、ママがやってることだし、わかんないよ、といった調子だった。わたしは諦めず、彼女の幻の文章を織りこむための叢書の企画を空想したり、作品を業界でできるだけ目立たせ、ついでに自分も名声を博すための方策を思い描いたりした。時にはリラ本人に電話をかけ、近況を尋ねたり、相変わらずナポリに夢中なの？　とか、やっぱりたくさんメモを取ってるの？　などと遠回しに探りを入れてみることもあった。しかし彼女の返事は毎回、同じだった。ナポリに夢中？　メモを取る？　何言ってんの、わたしはただの頭のおかしなババアさ。メリーナと同じだよ。覚えてる、メリーナ？　まだ生きてるのかね……。そこでわたしは追及をやめ、何か別のおしゃべりをするのが決まりだった。

48

そうしたふたりの電話で死者たちが話題になることが時を経るにつれて増えていったが、それは生者たちについて語るための機会でもあった。

彼女の父親、フェルナンドが亡くなり、その数ヵ月後には母ヌンツィアもこの世を去った。そこでリラは、自分が生まれた古いアパートにリーノを連れて越した。相当前に彼女がお金を出して買い上げたあの部屋だ。しかし今度は弟たちが実家は両親の持ち物だったと主張し、分け前を寄越せとうるさくつきまとうようになった。

ステファノがまた心臓発作を起こして死ぬと——顔から地面に倒れ、救急車を呼ぶ間もなかったという——マリーザは息子たちと地区を出ていった。ニーノがようやく妹に援助の手を差し伸べたのだ。彼はマリーザにクリスピ通りの法律事務所の秘書という勤め口を見つけてやっただけではなく、子どもたちが大学に通えるようにとお金も渡すようになった。

わたしは会わずじまいとなったが、妹エリーザの愛人であると誰もが知っていた男も死んだ。妹は地区を出ていったが、本人も、うちの父さんも、弟たちもわたしには何も教えてくれなかった。妹の消息はリラから聞いた。カゼルタに移り住み、市議もやっている弁護士と出会って、再婚したとのことだった。しかしわたしは結婚式に招かれなかった。

わたしたちのおしゃべりはいつもそんな感じで、彼女がわたしに地区のニュースを教えてくれ、こちらは娘たちの話をしたり、五歳上の仕事仲間と再婚したピエトロの話をしたり、自分が書いている原稿の話や、出版社経営の状況を報告したりした。二度だけ、一番気になっていた例の問題について、普段より少しはっきりと聞いてみたことがあった。

「もしもね、たとえば、リラが何か書いたとしたら——本当にもしもの話だからね——わたしに読ませてくれる?」

「何か書いたとしたらって、どんな何かよ?」

「とにかく何かだって。リーノは、ママはいつもコンピューターに向かってるって言ってたけど」

「リーノの言うことなんてみんないい加減だよ。わたしはインターネットを見てるだけ。電子工学の最新情報をチェックしてるの。コンピューターでやってるのはそれくらいで、何も書いてないよ」

「本当に？」

「もちろん。だってわたし、レヌーのメールに返信したことある？」

「ないね。実際、腹立つし。書くのはこっちばかりで、そっちはゼロだもの」

「ほらね？　誰にも一切書かないもの。レヌーにだって書かない」

「なるほどね。でも、もしも何か書いたとしたら、わたしに読ませてくれる？　それで出版させてくれる？」

「作家はそっちだよ」

「誤魔化さないで」

「誤魔化しちゃいないよ。ちゃんと答えてるのに、レヌーがわからないふりをしてるんじゃないか。自分が死んだあとも何かが世に残ることを願うような人間じゃないと、何も書けないよ。わたしなんて駄目、生きていたいとすら思わないもの。そういう気持ちの強さじゃ、あなたには昔からかなわないね。だって今、こうしてしゃべってるあいだだって、自分を消せるものなら、わたし、もう大喜びで消えるよ。そんな人間が何か書くはずないでしょ」

　その、消えたいという意思は以前からよく聞かされていたが、九〇年代末からは――特に二〇〇〇年以降は――ひとを食った口癖のようなものとなっていた。もちろん、それはたとえ話だった。気に入っていたようで、彼女は実にさまざまな状況でそんなことを言った。だからといってわたしは、ふたりの長い友情を通じて――ティーナの失踪に続いた一連の最悪な場面ですら――リラが自殺を考えていると思ったことは一度もなかった。彼女の消えたいというのは、美意識に基づく計画のようなものだった。実際、よくこんなことを言っていた。もううんざり。電子工学って見てくれは凄く清潔そうだけど、本当は汚くて、やたらと汚れるの。ユーザーが自分自身をあちこちに残していかなきゃいけない仕組みになってて、大も小も漏らしっぱなしみたいなものなんだから。わたし、自分のものなんて何ひとつ残したくない。一番好きなキーだってキャンセルキーだし。

彼女の消失願望は時期によって本気具合が異なっていた。わたしの名声をとっかかりに長々と意地悪を言われた時のことはよく覚えている。ふん、たかが名前ひとつにあれこれ大げさだよね。有名だろうとなかろうと、ひとの名前なんてただのリボンだよ。血に肉に言葉に糞に下らない考えをでたらめに詰めこんだ袋に巻いたリボンでしょ？ 彼女はやけにそのたとえにこだわり、わたしをからかった。〝エレナ・グレーコ〟っていうリボンをほどいても袋はそのまま残って、まだ使えるんだよ。もちろん、いい加減に一応使えるだけで、破れたらそこでおしまいだけど……。陰気な時の彼女はせせら笑いながら、自分の名前なんてわたし、ほどいて、抜き取って、捨てちゃって、きれいさっぱり忘れたいよ、などと言った。しかし、もっとリラックスしている時もあった。そうした時には、たとえばわたしが彼女の書き物について白状させたくて電話をすると、そんなものはないと頑なに否定し、追及をかわそうとするその声色に、どことなく、こちらの電話が彼女の創作の現場を不意打ちしたのではないかと思わせる気配が漂うことがあった。ある晩の彼女はなんだかうっとりしていた。その時は、あらゆるヒエラルキーを抹消するお得意の演説を聞かされたのだが――〝あれは偉大だ、これは偉大だ、って、そんな話ばかりだけど、特別な身分に生まれるのってそんなに偉い？ それってトンボラ（ビンゴに似たナポリ起源のゲーム）で、自分が振ったかごの中からたまたまいい番号が出た時に、そのかごをうっとり眺めるようなものじゃない？〟――その表現は想像力豊かな上に正確で、そうしたイメージを生み出すことを彼女自身、楽しんでいる様子が伝わってきた。ああ、そうしようとさえ思えば、リラはどんなに巧みに言葉を操ったことだろう。まるで、あらゆる物事から意味を剝ぎ取る、彼女だけの秘密の感覚でも隠し持っているみたいだった。わたしが次第に憂いを覚えるようになったのは、そのせいだったのかもしれない。

49

危機は二〇〇二年の冬に訪れた。当時のわたしは、浮き沈みはあってもまだ自分の人生に達成感を覚えていた。毎年、デデとエルサがアメリカから戻ってきたが、どちらもひとりで帰ってくることもあれば、その時限りの恋人と一緒のこともあった。長女は父親と同じ分野の研究をしていて、次女は代数学という極めて謎めいた分野で早熟にも教授の座についていた。姉たちが帰国するたびにインマはすべての用事をキャンセルして、ずっとふたりと過ごした。家族は再結集を果たし、わたしたちは女ばかり四人でトリノの家でのんびりしたり、町を散歩したりした。せめて短い期間だけでも、互いに気を配りつつ、温かい気持ちで一緒にいられるのは素敵だった。わたしは娘たちを眺めながら思ったものだ。自分はなんと幸運であったことか、と。

しかし二〇〇二年のクリスマスのある出来事により、わたしは憂いに沈むことになった。あの年、三人娘は三人とも長い休みを取って戻ってきた。デデは、イラン出身のしかつめらしいエンジニアと結婚したばかりで、二年前にハミドという名の元気な男の子を授かっていた。エルサは、ボストンの仕事仲間でやはり数学者の若者を連れてきた。彼女よりもさらに年下で、もの凄いおしゃべりだった。インマもパリから帰ってきた。あの子は二年前からパリで哲学を学んでおり、同じ講座に通う背の高いフランス人の男の子を連れてきたが、こちらは冴えない顔の、とても無口な若者だった。わたしは五十八歳、いよいよおばあちゃんで、孫のハミドを可愛がってばかりいた。あれはクリスマスイブのことだった。わたしは男の子と一緒に部屋の片隅にいて、穏やかな気持ちで娘たちの溌剌とした若い体を眺めていた。三人ともわたしに似ていたが、三人とも似ていないとも言えた。娘たちの人生はわたしのそれとはあまりにかけ離れていたが、わたしが三人を自分とは分かちがたい存在に感じていたのもまた事実だったからだ。自分はどれだけ苦労をして、どれだけ長い道のりを歩んできたことか。そう思った。どこで諦めてもおかしくなかったのに、諦めなかった。わたしは地区を去り、地区に戻り、そしてまた地区を出ることに成功した。何ひとつとして、本当に何ひとつ、わたしの生んだこの子たちもろとも、わたしをつまずかせることはできなかった。わたしたちは無事に切り抜け、わたしは娘たちを守り抜いた。そして今はどうだろう？　三人はもう別の場所、別の言語に属する人間だ。この子たちはイタリアのことを同じ惑星の美しい一角だとは認めつつも、ちっぽけでいい加減な田舎とみなし、短い休暇より長くはとても住む気になれないと思っている。デデなどしょっちゅうわたしに、旅にでも出たら？　うちで暮らせばいいよ、あっちにいたってママの仕事はできるでしょ？　と言ってくれる。わたしはいつも、そうね、そのうちきっとね、と答える。三人ともわたしのことを自慢に思ってくれているが、やはり三人とも、母親との同居にそう長くは耐えられないだろうことはこっちも承知している。インマだってもう無理だろう。世界は奇跡のような変化を遂げ、ますます彼女たちのものとなり、わたしのものではなくなりつつある。でも、それでいい――ハミドをあやしながらわたしは思った――つまるところ、大切なのは優秀なこの子たちなのだから。わたしが出くわしたような困難はひとつとして知らずに生きてきた娘たち。この子たちの生き方、声、要求、主張、自意識は、わたしなど、真似ることをまだ自分に許せぬ種類のものだ。誰もがみな、うちの娘たちのような幸運に恵まれている訳ではない。どちらかといえば裕福な国々は、どこも中間層が多勢を占め、残りの世界の恐るべき状況が見えづらくなっている。そうした恐るべき状況から噴出した暴力が、こちらの都市、こちらの日常生活の中にまで届くと、わたしたちははっと息を呑み、警戒する。去年、わたしは死ぬほど怯えて、デデとエルサ、そしてピエトロにまで、長い電話をかけた。テレビで、ニューヨークのツインタワーに飛行機が火を点けたのを見た時の話だ。マッチ棒の頭を軽くこすった時みたいにぱっと火が点いたのを覚えている。下の世界には地獄がある。娘たちもそのことは知っているが、知識として知っているだけで、義憤にかられつつ、今の暮らしが続く限り、とりあえずは生きる喜びを堪能している。そして自分たちの豊かな暮らしと成功を父親のおかげだと考えている。しかし、実はわたしこそが——なんの特権も持っていなかったこのわたしこそ——あの子たちの特権の礎をなす者なのだ……。

そんなことを考えている途中で、何かがわたしの胸に影を落としたのだった。三人娘が、わたしの作品が並ぶ本棚の前に男たちを連れていった時のことではなかったかと思う。恐らく娘たちは三人とも、わたしの本など一冊も読んだことがないはずだった。読んでいるところを見たことがないのは確かで、読んだと言われた記憶もなかった。それがその時は適当に何冊かめくってみたり、何カ所か声に出して読み上げたりまでした。そうした本はいずれも、わたしの生きてきた時代の空気の中で生まれたものであり、わたしが感化された物事、影響を受けた思想から生まれたものだった。わたしは一歩一歩、自分の時代を追い、物語を創り上げ、あれこれ考えてきた。わたしは悪の所在を指摘し、作品の中で表現してきた。そして、救済をもたらす変化を幾度となく予見したが、どれも実現はならなかった。わたしは日常的な言葉をもって日々の出来事を語ってきた。労働に階級闘争、フェミニズムに社会的弱者といったいくつかのテーマについて声を上げてきた。それが今、無作為に選ばれた自分の言葉を聞かされながら、わたしはそうした言葉を恥ずかしいと思った。エルサは——デデがもっと礼儀正しく、インマがずっと慎重であったのに対し——わたしの処女作を皮肉っぽい口調で読み上げ、男性による女性の発明にまつわる物語を読み上げ、数多くの賞をもらった作品を読み上げていった。あの子の声は、わたしの文章の欠点、過剰な部分、あまりに感情的な語り口を見事に浮き彫りにし、かつてわたしが絶対的な真実として支持した主義主張の古くささをはっきりと示した。彼女はとりわけわたしの言葉遣いを楽しげにあげつらい、とっくに流行遅れで馬鹿げて聞こえる言葉があると、二度、三度と繰り返し読んだ。わたしは今、何を目の当たりにしているのだろう？　わたしは自問した。ナポリではよくある、親しい仲のおちょくりあいか？　エルサがそんな口調をあの町で身につけたのは間違いなかった。だが娘が一行また一行と読み進めるにつれ、その行為は、翻訳版とともにずらりと並んだわたしの本がいずれも無価値であることの証明へと変わっていった。

わたしが傷ついているのに気づいたのは、恐らく、エルサのパートナーの若い数学者だけでなかったかと思う。彼はあの子に読むのをやめさせ、本を取り上げると、ナポリについてわたしに質問を始めたが、まるで想像上の都市か、昔、恐いもの知らずの探検家たちが見聞録を語ったような町のことでも尋ねられている気がした。祝日はそうして過ぎていった。しかしその時を境にわたしの中で何かが変わった。わたしは時おり自分の本を一冊手に取って、少し読んでは、そこにもろさを感じるようになった。相変わらずの自信のなさが勢いを増し、わたしは自分の作品の水準をますます疑うようになった。それと並行して、逆にリラの幻の原稿が思いがけぬ価値を持つにいたった。それまでわたしはリラの文章を一種の原石とみなし、彼女と協力して良書に仕上げて、自分の出版社から出したいと思っていたのだが、今や彼女の原稿はひとつの完成作品に変化し、つまり、ひとつの試金石となり得る存在に変わっていた。わたしは気づけばこんな自問を重ねていた。そのうち彼女のファイルから、わたしのどの作品よりもずっとずっと素晴らしい小説が登場したらどうする？　もしも、心に残る小説を自分は本当に一冊も書いたことがなくて、彼女のほうはもう何年もそんな小説を書いたり、書き直したりしてきたとしたらどうする？　リラが幼いころに『青い妖精』で披露した天賦の才が――オリヴィエロ先生を混乱させたあの才能が――年老いた今になって、その実力を遺憾なく発揮したとしたら？　そんなことになれば、彼女の本は――少なくともわたしにとっては――こちらの失敗の証となり、その本を読んでわたしは、自分が本来どのように書くべきだったのかを知り、そして実際にはそれだけの力がなかったことを悟らされる羽目になるだろう。その時には、わたしのひたすらな頑張りも、苦学に次ぐ苦学も、これまでに刊行して成功を収めてきたどのページもどの行も、すべて消滅してしまうだろう。海で、接近する嵐が紫色の水平線にぶつかり、何もかもを覆い尽くしてしまう時のように。退廃した土地の出身ながら、広く世に認められるまでに大成した作家というわたしのイメージは、その空虚な本質をあからさまにするだろう。立派に育った娘たちへの満足も、自分の名声への満足も、今の恋人への満足も――応用化学の教授で、こちらより八歳年下、子どもがひとりいて、二度の離婚歴があり、丘陵部の彼の家で週に一度わたしたちは会っていた――すべて薄れてしまうだろう。わたしのこれまでの人生は、身分を変えるための惨めな闘いに成り果ててしまうだろう。

50

わたしは自分の憂鬱を警戒して、リラにあまり電話をしなくなった。もうわたしは何も期待せず、ひたすらに〝怯えて〟いた。彼女がこう言ってくるのではないかと怯えていたのだ。原稿があるんだけど、読んでくれない？　何年もかけて書いたの。メールで送るね……。彼女が本当に作家としてのわたしのアイデンティティを侵害し、それを空っぽにしてしまったとわかった時に自分が示すであろう反応ははっきりと予想がついた。間違いなくわたしは『青い妖精』を読んだ時のようにうっとりする。そして、ためらうことなく彼女の作品を出版するだろう。その価値をなんとかして世に知らしめようとわたしは懸命になるはずだ……。でももはやわたしは、クラスメイトのずば抜けた才能に気づいてしまった小さな子どもではなかった。確立した個性を持つ大人の女だ。リラ自身、時にからかい、時に真剣に、幾度も言っていたように、わたしは〝ラッファエッラ・チェルッロの天才的親友、エレナ・グレーコ〟なのだ。そんな急な運命の逆転が起きれば、わたしは駄目になってしまうに違いなかった。

とはいえ、その時点ではわたしを巡る状況はまだ順調だった。充実した生活、年の割には若々しい容姿、仕事の重責、頼もしい名声といった要素が、わたしにその手の不吉なことを考える余裕をあまり与えず、ぼんやりとした不満程度にしか感じさせなかった。だがやがて暗い歳月がやってきた。わたしの本は年々売れなくなった。わたしは出版社を追い出された。わたしは肥満し、体形も崩れ、老いを感じるようになり、貧しく無名な老後を恐れるようになった。自分は何十年も前に身につけた姿勢のまま働いてきたが、何もかもが変わってしまった、このわたしだって昔とは違う、そう納得せざるを得なかった。

二〇〇五年、わたしはナポリに行き、リラと会った。大変な一日だった。彼女はまた変わっていた。社交的であろうとして、ノイローゼではないかと思うほど誰に会ってもいちいち挨拶をし、饒舌に過ぎた。地区のあちこちでアフリカやアジアの移民を見かけ、見知らぬ料理のにおいを嗅ぐたび、彼女は興奮して、こんなことを言った。わたしはレヌーみたいに世界を歩き回らなかったけど、ほら見て、世界のほうからこっちに来てくれたんだよ……。トリノの状況も今や同じで、わたしは異文化の闖入も、やがてそれがただの日常に変わることも気に入っていた。ところが地区に来てみて初めて、人的な風景の変化の大きさを実感させられた。地区の方言は古くからの伝統に従い、謎めいた新来の言葉たちをただちに受け入れた。そして今は、発音能力の違いをどうにかしよう、以前ははるか遠くのものだった言語表現と感情表現に慣れよう、としている最中だった。団地の灰色の壁には、以前は予想だにしなかったような看板が並ぶようになり、従来の取引は合法なものから違法なものまで新しい取引と混ざりあい、暴力を生業《なりわい》とする面々は新たな文化に対して門戸を開きつつあった。

それは、ジリオーラの亡骸が公園で見つかったという知らせが地区を駆け抜けたあの日だった。当時はまだ死因が心臓発作であったとは知られておらず、わたしは彼女が殺されたものと早合点した。地面にひっくり返った彼女の体はやけに大きかった。ジリオーラは我が身の変容にどれだけ苦しんだことだろうか。あれほどまでに美しかった彼女、ハンサムなミケーレ・ソラーラを虜にした彼女なのだから。わたしは思った。自分はまだ生きている、でも、こんなに惨めな場所で、こんなに惨めな格好で倒れているこの大きな体と、どこも変わらない気がする……。本心だった。わたしにしても、病的なまでに美容には気を遣っていたのに、自分が自分だと思えなくなっていた。歩き方はますますおぼつかなくなり、どこもかしこも、何十年と見慣れてきたわたしとは異なっていた。少女のころはあれほどまでに自分を特別な人間だと感じていたのに、今ごろになって実はジリオーラと同じだと気づかされたのだった。

ところがリラは老いを気にしていないようだった。身振り手振りは派手で、遠慮なく大声を上げ、手を大きく振って挨拶をした。わたしは彼女の幻の原稿のことはもう尋ねなかった。どんな答えが返ってきたとしても、それでこちらの気が晴れることはまずないという確信があったためだ。もはや、どうすれば憂鬱から抜け出せるのかも、何にしがみつけばいいのかも、まったく見当がつかなかった。問題はリラの作品でもその出来のよしあしでもなくなっていた。少なくとも、自分が六〇年代末からその時まで書いてきたものが重みと力を失ったこと、何十年と人々に語りかけてきたはずなのにうまく伝わらなくなったこと、とっくに読者も失ったことを実感するために、彼女の作品の脅威を感じる必要などなかった。むしろ、ジリオーラの死というその悲しい機会に、わたしは自分の苦悩の性格が変化していたことに気がついた。今、心を悩ませていたのは、自分のものが何ひとつとして時の流れには耐えられないだろうというその事実だった。わたしの本は早いうちから評判を呼び、その小さな成功によって、何十年ものあいだ、何か意義ある仕事に従事しているような錯覚をわたしに与えてきた。しかし錯覚が不意に力を失い、わたしは自分の作品の価値を以前のようには信じられなくなってしまったのだ。ただそれを言えば、リラだって全盛期は過ぎていた。狭い実家にこもり、怪しげな日々を送り、何かの印象か感想でコンピューターをいっぱいにしているだけなのだから。それでも——とわたしは想像してしまうのだった——リラの名は——それがリボンであろうとなかろうと——まさに彼女が老人となった今、あるいはその死後になって、非常に重要なたったひとつの作品とともに後世まで残る可能性があった。わたしが書いてきたような何千何万というページによってではなく、たった一冊の本で。彼女がその本の成功をわたしが自分の数多くの本で味わってきたように味わうことは決してないだろう。にもかかわらず、彼女の本は時の流れに耐え、何百年ものあいだ繰り返し読まれることになるのだ。リラにはそんな可能性があり、わたしはすでにそれを駄目にしてしまっていた。わたしの運命はジリオーラのそれと変わらなかったが、リラの運命はまだわからなかった。

51

しばらくわたしは自堕落に過ごした。仕事はほとんどしなかったが、そもそも出版社もその他の客も、もっと書けとは言ってこなかった。誰にも会わず、娘たちに長電話ばかりして、そのたび孫たちと話をさせろと粘り、孫が出れば、幼稚な言葉で話しかけた。そのころにはエルサも男の子をひとり授かってコンラッドと名付け、デデはハミドに妹をこさえ、こちらはエレナと名付けた。

幼子たちのしっかりした口ぶりを聞いていると、ティーナを思い出した。特に気持ちが沈んでいる時は、きっとリラは、失踪した娘について詳細に語った物語を書いたに違いないという思いが胸の中でどんどん強くなった。リラは間違いなくティーナの物語とナポリの物語をひとつに混ぜるだろう。学のない人間に特有な、傲慢なまでの無邪気な行為だが、もしかするとまさにそれゆえに、彼女の作品は驚くべき成功を収めることになるのかもしれない……。しかし、やがてわたしは、それが自分の空想に過ぎぬことに気づくのだった。無意識のままに、わたしは不安と嫉妬と恨みと愛情を一緒くたにしていた。現実のリラにはそうした野心などなかった。というより、彼女はどんな野心も持ったことがなかった。どんな計画を進めるにしろ、そこに自分の名を結びつけるつもりなら、まず自分のことが好きである必要があるが、彼女は以前、自分のことが嫌いだ、好きな部分なんてひとつもない、とわたしに告げたことがあった。ひどく鬱屈とした晩にはこんなことまで考えた。もしかするとリラは、わざとティーナを失ったのではないか。自分の憎たらしいところ、何かと性悪な反応をしてしまうところ、使い道もない知能を持て余しているところが、そっくりそのまま娘に再現されるのを彼女は見たくなかったのではないか。消えたいとリラが願うのは、自分という人間が耐えられないからだ。

彼女は昔からずっと姿を消そうとしてきた。狭苦しい範囲に閉じこもって暮らし、よりによって世界が境界線を否定し始めたこの時代に、逆に活動範囲を自ら縮めていったのも同じ理由からだ。彼女は列車に乗ったことが一度もなく、鉄道でローマに行こうとすらしなかった。飛行機に乗ったこともない……。彼女のその手の経験の乏しさを思うたび、わたしは気の毒になったり、笑ったりした。そして、軽くうなって立ち上がると、コンピューターの前に座り、リラに宛ててまたメールを書くのだった。文面は決まっていた。遊びにきてちょうだい、少し一緒に過ごしましょう、だ。そんな時は当たり前のように、リラの原稿などこれまで存在しなかったし、この先も現れやしないと思っていた。昔からわたしは彼女を買いかぶりすぎなのだ。リラが傑作をものするなんてことは絶対にないはず……。そう思えばほっとしたが、心から残念でもあった。わたしはリラを愛していた。だから彼女には時の流れに耐えてほしかった。ただし、この手で彼女を永続させたかった。それは自分の任務だとわたしは信じていた。リラ自身から、少女だった彼女から、自分はその任務を与えられたのだという確信があった。

52

のちにわたしが『ある友情』という題をつけた物語は、そんな穏やかな抜け殻のような気分でいた時に、ナポリで、雨の続いた一週間に生まれた。もちろん、自分がリラとの暗黙の了解を破りつつあり、彼女がそんな作品を許してはくれないだろうことはわかっていた。それでも、よい作品になれば、彼女も最後にはこう言ってくれるのではないかと考えていた。ありがとうね、わたしが自分にも白状する勇気がなかったことを、レヌーは代わりに言ってくれた……。芸術を自らの天職と信じる者にはとかくその手のうぬぼれがあるものだ。特に作家はその傾向が強い。使命でも受けたかのごとく芸術家は制作に取り組むが、実のところわたしたちは誰に頼まれた訳でもなく、自分に対して作者となる許可を勝手に出しておきながら、他人に、お前の作ったこれ面白くないな、それどころか不愉快だよ、誰に許可を受けたんだ？　などと言われれば、がっかりするのだ。わたしはほんの数日でひとつの物語を書き上げた。リラがそうしたものを書いているのではないかと期待し、恐れ続けた挙げ句、長年のあいだにわたしが細部にいたるまですべて想像する羽目になった物語だった。そんなものを書いたのは、彼女の頭から出てきたものは――あるいは彼女に属するものとわたしがみなしたものは――なんであれ、幼いころから、わたしの頭から出てきたものよりもずっと意味深く、見込みがありそうに思えたからだ。

第一稿が完成した時、わたしはホテルの部屋にいた。小さなバルコニーからヴェスヴィオと灰色の半円形をした町の美しい眺めが一望できる部屋だ。そうしようと思えば、リラの携帯に電話をかけて、こう言うこともできたはずだった。わたしとあなたとティーナとインマのことを小説にしたわ。読んでくれる？　ほんの八十ページよ。そっちに行って、わたしが読んであげようか……でも結局、かけなかった。恐かったのだ。自分のことは書いてくれるなと彼女にははっきり断られていたし、地区の住民たちや地区で起きた事件を作中で使用することも禁じられていた。過去にその約束を破った時は、遅かれ早かれ、なんらかの形で――時にはつらそうに――こうしたことを言われた。今度の本はひどいよ。実際にあった出来事を語るなら、顛末を忠実に語り、色々な要素が無秩序に集まって、押しあいへしあいする様子を語らないと駄目。それができないなら、想像力を働かせて架空の物語を書くべきだけど、レヌーにはそのどちらもできていない……。リラへの電話を諦めたわたしは、こんな風に自分を慰めた。どうせ今度の小説も気に入ってもらえないだろう。本が出ても知らんぷりされるに決まってる。そしてまた何年かしてからそれとなく、あるいははっきりと言われるのだ。もっと上を目指さないといけない、と。でも彼女の言うことなんてまともに聞いていたら、わたしは一行だって出版できなくなってしまう。

　本は刊行され、わたしは実に久しぶりに賞賛の嵐に包まれた。待ちに待った瞬間であり、幸せだった。『ある友情』のおかげでわたしは、まだ存命中なのに誰もが死んだと思っている作家たちのリストに入るのを避けることができた。過去の作品もまた売れだし、わたし自身にもふたたびスポットライトが向けられるようになり、老境にさしかかりながらも、人生が改めて充実しだした。しかしあの本のことは、初めのうちこそ今までで一番の傑作が書けたとまで思ったが、やがて嫌いになった。リラのせいだ。彼女がなんとしてでもわたしに会うまいとし、あの本について語りあうことを拒否し、罵倒を浴びせようとも、びんたを張ろうともしないからだ。わたしは彼女に繰り返し電話をかけ、メールも山ほど書いた。地区にも行って、リーノとだって話した。でも彼女は一度も姿を見せなかった。とはいえ、リラの息子にしても、ママが隠れているのはおばさんに会いたくないからだよ、とは言わなかった。彼の言葉は例によってあいまいで、ぼそぼそとこんなことを言われただけだった。ほら、ママはああいう人間だから、いっつもほっつき歩いてて、ケータイだって電源切ったままか、家に忘れてくし、夜だって時々帰ってこないし……。こうなるとわたしも、ふたりの友情は終わったものと考えざるを得なかった。

53

実際問題、あの本の何が彼女を怒らせたのか、わたしにはわからない。どこか一部のせいなのか、物語全体のせいなのかもわからない。『ある友情』はわたしに言わせれば、簡潔かつ明快に書けていたところがよかった。必要に応じて固有名詞は変えながらも、わたしと彼女、それぞれの人生を二体の人形の喪失からティーナの喪失までまとめて語った小説だった。わたしは何を間違えたのだろう？しばらくは結末が悪かったのだろうと思っていた。他の部分よりも空想色を強めてはいたが、わたしはそこで、現実に起きた出来事を語っていたからだ。リラがニーノの注意をインマに向けさせようとするうちに、ついティーナから目を離し、結果、あの子を失ってしまったエピソードをわたしは語った。しかし、物語の虚構の中で単に読者の心を打つために記されたことも、自分が当事者となった出来事のこだまをそこに聞き取ってしまう者にとっては侮辱となるのが当然だろう。つまり、わたしは相当に長いあいだ、あの本の成功を決めた要素こそ、リラの心を何よりも傷つけた部分なのだろうと信じていた。

でもそのうち、わたしは考えを改めた。彼女が姿を消した理由はもっと別のところにあるのではないか、人形のエピソードの語り方が気に障ったのではないかと思うようになったのだ。わたしは、地下室の暗がりに二体の人形が消えた瞬間をわざと誇張し、喪失の痛みを強調し、さらに、感動的な効果を得るために片方の人形と消えた女の子が同じ名前であったという事実を利用した。読者を計画的に誘導して、幼いころの偽物の娘たちの喪失と、大人になってからの本物の娘の喪失をひとつに結びつけさせる仕掛けだった。リラはきっと、わたしが読者を喜ばせようとして、ふたりの子ども時代の大切な思い出を利用し、彼女の娘を利用し、彼女の痛みを利用したことを、冷笑的で、不正直だと思ったに違いなかった。

でもわたしが並べ立てているのはただの仮説だ。本来ならば彼女ときちんと会って話しあい、抗議を聞き、釈明をすべきところだ。時にはわたしも罪の意識に襲われ、彼女の気持ちがわかる気がする。また時には彼女が憎らしくなる。よりによって今、ふたりが年を取り、本当ならば互いに寄り添い、助けあうべきこの時に、わたしをきっぱりと切り捨てた彼女の選択が恨めしくなる。リラは昔からそうだった。こちらが降参しないと、わたしをのけ者にし、罰を与え、いい本を書けたという喜びまで台無しにする。わたしは猛烈に腹が立っている。こうして彼女が姿を消したのだって、もちろん心配だが、頭にきてしょうがない。もしかしたら小さなティーナは関係なくて、リラを今なお悩ませるあの子の亡霊すら関係ないのかもしれない。亡霊はほぼ四歳の女の子の姿も取れば、インマ同様、三十歳になるであろう女性の姿も取る。前者のほうが頑固で、後者はぼんやりとしか見えない。関係があるのはいつだって、わたしたちふたりだけなのだ。性格的にも状況的にも自分にはできぬことをこちらにやらせたがるリラと、彼女の要求に十分に応えられないわたし。こちらの能力不足に業を煮やし、その腹いせに、自分と同じようにわたしまで消そうとする彼女と、周縁消滅《ズマルジナトウラ》の起きぬ形を彼女に与えたくて、彼女をやっつけたくて、彼女を落ちつかせることで自分も落ちつきたくて、こうして何ヵ月も何ヵ月も書き続けてきたわたし。いつだって関係があるのは、そんなリラとわたしだけなのだ。

終章　返還

1

自分でも信じられない。いつまでも終わらぬかと思われたこの物語をわたしは書き終えた。書き終えてから、辛抱強く読み返した。文章にいくらか手を入れるためというよりは、どこかたった一行でも、リラがわたしの文章に入りこみ、執筆への協力を決心した証拠が見つかりやしまいか、確認したかったからだ。でも結局、最初のページから最後のページまで、すべて自分が書いたものだと認めざるを得なかった。リラにはよくコンピューターに侵入するぞと脅されたが、彼女はそうしなかった。もしかすると、元々そんなことはできなかったのかもしれない。わたしは長いこと彼女の侵入を夢想してきた。ネットやらケーブルやら接続やら、電子の世界に棲むというういたずら好きの妖精やらに疎いおばあさんらしい夢想だ。ここに記された言葉のあいだにリラはいない。ここにあるのは、わたしに書き留めることのできたものだけだ。ただし、彼女であれば何をどんな風に書いたろうとそればかり考えているうちに、ついには自分の文章と彼女の文章の区別ができなくなってしまったという可能性は残されているが。

この骨の折れる仕事に取り組みながら、わたしはしばしばリーノに電話をし、母親の消息を尋ねた。しかし彼女の行方はようとして知れず、警察にしても彼を三、四回呼び出し、身元不明の老女の遺体を確認させたきりだった。失踪する老女は珍しくないらしい。二度、ナポリに行く用事があった時に、わたしは地区のおんぼろアパートでリーノと会った。リラの家はいつにも増して暗く、古びて見えた。そこには彼女のものが本当に何ひとつ残されておらず、かつて彼女に属していたものだけが消えていた。リーノは普段以上にぼんやりしていた。ついに息子の頭からも彼女は出ていったのではないか、そんな印象さえ受けた。

　わたしをあの町に帰らせたのは、二度の葬儀だった。最初はうちの父さんの葬式、次はニーノの母親、リディアの葬式だ。ドナートの葬式もあったが、そちらは行かなかった。彼に対する恨みのためではなく、ちょうどそのころ、わたしはイタリアにいなかったのだ。父さんの葬式で地区に戻った時は、辺りが騒然としていた。若者がひとり、図書館の入口の前で殺害されたばかりだったのだ。そんな状況でわたしは思った。この物語は永遠に続けることができる。たとえば、なんの特権もない若者たちが、少女時代のリラとわたしと同じように、古びた書架のあいだで本を手に取り、自分を磨こうとするその努力を語ってもいいだろうし、甘い言葉に約束にペテンの数々からなる会話をそこに盛りこんでもいいだろうし、わたしの町と世界が本当によくなろうとするたびに妨害してくる暴力の存在を語ってもいいだろう……。

　リディアの葬式で帰郷した日は曇り空で、町が穏やかに見え、最初はほっとした。ところがやがて登場したニーノが大声でしゃべりっぱなし、冗談を言いっぱなしで、笑い声まで上げ、とても自分の母親の葬式に参列しているとは思えぬ態度だった。今や丸々と太った、血色のいい大柄な老人で、すっかり頭も寂しくなっていたが、ひたすらに自画自賛を続けた。式が終わったあと、彼はなかなかわたしを放してくれなかった。こちらとしては声を聞くのも、姿を見るのも嫌だったのだが。いたずらに費やされた時間、無駄に終わった努力を思わせる彼の印象が頭に残って、わたしの中で膨れ上がり、今に何もかもを覆い尽くしてしまいそうで恐かった。

二度の葬儀のどちらの時にも、事前にパスクアーレに面会する手続きをしてからナポリに向かった。ここ数年、機会があるたび、わたしはそうして彼と会ってきた。パスクアーレは獄中でおおいに勉強をし、高校の卒業資格を取得し、最近、天文地理学の専攻で大学まで卒業した。

「自由にできる時間があって、飯の心配もいらない場所に閉じこもって、何冊か本に書いてあることをひたすら真面目に暗記さえすれば、高卒と大卒の資格が取れるって知ってたら、俺、もっと前にやってたよ」彼は一度、小馬鹿にした声でそう言った。

今やパスクアーレもおじいさんで、話し方は穏やかになり、見た目はニーノよりもずっと若々しい。わたしを相手にする時は滅多に方言も使わなくなった。それでも、父親に閉じこめられた、高潔無私な人間たれ、という思想の輪からは一歩も外に出ていない感じだった。リディアの葬式のあとで面会した時、わたしがリラの話をすると、彼は大笑いした。そして、どうせまた何か頭のいい、夢みたいなことをどこかでやってるんだろう、とつぶやいた。それから彼は、地区の図書館でフェッラーロ先生が熱心な利用者を表彰した時のことを思い出し、感極まる顔をした。一番の利用者はリラ、二位以下は彼女の家族が続いたが、実は全部リラが家族の貸し出し券を使い、うまいこと借りていたのだった。ああ、本当にリラときたら。靴職人だったリラ、ケネディ夫人みたいだったリラ、芸術家でインテリアデザイナーだったリラ、工員だったリラ、プログラマーだったリラ、いつも同じ場所にいたくせに、いつでも場違いだったリラ……。

「ティーナは誰がさらったの？」わたしは彼に尋ねた。

「ソラーラ兄弟さ」

「本当に？」

彼はぼろぼろの歯を見せてにやりとした。嘘だ、ということのようだった。あるいは彼にもわからないか、関心がないのかもしれなかった。いずれにせよ彼は、幼い日々に味わった暴力の記憶に基づく絶対に譲れない信念をそうして表明したのだった。地区での体験は——どんなにたくさん本を読んでも、大学を卒業しても、日陰者となってあちこちさまよい歩いても、どれだけの罪を犯し、また、なすりつけられたとしても——彼のあらゆる確信を形作る原型となっているのだった。パスクアーレはわたしの問いかけにこう答えた。

「ついでに、あの糞ったれ兄弟を誰が殺したのかも教えてやろうか」

彼の瞳に突然、何か恐ろしげなもの——消すに消せない恨み——を見たわたしは、申し出を断った。すると彼は首を横に振って、しばらく笑みを浮かべていた。それからぼそりと言った。

「大丈夫、いつか気が向いたら、リナはきっと姿を見せるから」

でも彼女の足跡は本当に何ひとつ残っていなかった。二度の葬儀の機会にわたしは地区を歩き回り、好奇心にかられて色々なひとに尋ねてみたが、誰も彼女のことなど覚えていなかったのだ。あるいは、覚えていないふりをされたのかもしれない。カルメンに相談してみることもできなかった。夫ロベルトの死後、彼女はガソリンスタンドを手放し、フォルミア（ナポリの北西約七十キロに位置する海辺の町）にいる息子の元に身を寄せたからだ。

結局、こんなに長々と書いたこの原稿は、なんの役に立ったのだろうか。彼女を捕まえ、自分の隣に連れ戻したくて書いたのに、このままでは、目的を果たせたかどうかもわからぬまま、わたしはこの世を去ることになりそうだ。彼女はいったいどこで消滅したのか、そう思うこともある。海の底だろうか。彼女だけが知っている大地の割れ目か、地下道だろうか。強力な酸で満たされた古いバスタブの中だろうか。彼女が熱心に話してくれた、どこかの大昔のカルボナリオの溝の中なのだろうか。

山あいに打ち捨てられた教会の地下祭室か。わたしたちはまだ発見できずにいるのに、彼女は知っていた多くの次元のどれかなのか。そして今はそこに、娘と一緒にいるのだろうか。

リラは戻ってくるのだろうか。

老いた彼女と、大人になったティーナが、一緒に戻ってくるのだろうか。

今朝、ポー川に面した小さなバルコニーで椅子に座り、わたしは待っている。

2

わたしは毎朝七時に朝食をとり、最近飼い始めたラブラドールを連れてキオスクに向かい、午前中の大半をヴァレンティーノ公園で犬と遊び、新聞を読んで過ごすことにしている。昨日、朝の散歩から帰ると、うちの郵便受けの上に新聞紙で無造作にくるんだだけの包みがあった。いぶかしく思いながらわたしは包みを手に取った。それがわたし宛てのもので、誰かほかの隣人宛てではないという証拠は一切なかった。メッセージ入りのカードもなければ、わたしの名字すらどこにも書いてなかったのだ。

わたしはそっと紙包みの端を開いてみた。それだけで十分だった。ティーナとヌーが、わたしの手で新聞紙から解放されるより先に、記憶の中から躍り出てきた。それがあの人形であることはすぐにわかった。もう六十年近く前に、一体ずつ――わたしの人形はリラによって、リラの人形はわたしによって――地区のアパートの地下室に投げこまれたあの二体だった。わたしと彼女がわざわざ下りていって探したのにどうしても見つからなかった、まさしくあの人形だった。リラに言われるまま、人食い鬼で泥棒のドン・アキッレの家までわたしも探しにいく羽目になったあの二体であり、ドン・アキッレが自分は盗んでいないと主張しつつも、息子のアルフォンソが盗ったとでも思ったか、買い直しなさいとお金をくれた、あの人形だった。でもわたしたちはそのお金で人形なんて買わず——ティーナとヌーの代わりなんて見つかるはずがないではないか——『若草物語』を買った。あの小説はリラに『青い妖精』を書かせ、わたしを今のわたし、つまり、ひとりの作家にした。多くの著作がある作家、そして何より、ベストセラーとなった『ある友情』という小説の作者だ。

アパートのエントランスは静かで、周囲の部屋からは声も物音も聞こえてこなかった。わたしはそわそわと辺りを見回した。リラが今にもA階段かB階段か無人の守衛室からひょっこりと顔を出すのではないかと期待したのだ。痩せっぽちの、灰色の頭をした、背の曲がった彼女に飛び出てきてほしかった。それだけを心から望んだ。孫を連れた娘たちの不意の里帰りよりも、そっちのほうがずっと嬉しいとさえ思った。例のからかうような声で、プレゼント、気に入った？　とリラに聞いてほしかった。でもそんなことは起きなくて、わたしはわっと泣きだした。結局、そういうことだったのだ。ふたりの友情が始まった時からずっとわたしは彼女にだまされ続け、彼女の望む場所へと引っ張られてきたのだ。〝わたしの〟この体と〝わたしの〟人生を使って、リラはこれまでひたすら、逆境から這い上がろうとして闘う〝彼女の〟物語を語ってきたのだ。

それとも違うのだろうか。半世紀以上の時を超え、トリノまでやってきた二体の人形には、彼女が元気でやっていて、わたしを大切に思っていてくれているという、それだけの意味しかないのかもしれない。彼女が己の限界を超え、今や自分の世界に負けず劣らず小さくなった外の世界を旅してみようとやっと決めたということなのかもしれない。老後は新たな真理に従って生きてみよう、若い日々に禁じられ、自ら禁じた人生を送ってみよう。リラはそう決めたのかもしれない。

わたしはエレベーターで上に向かい、自宅に入った。そして二体の人形をじっくりと観察した。かび臭かった。本棚に並ぶわたしの本にもたせかけて二体を置いてみた。どちらも粗末で、醜い人形だと思い、その思いに困惑した。物語とは異なり本物の人生は、いったん過去となると、前より明瞭にはならず、むしろ不明瞭になるものだ。わたしは思った。リラがここまではっきりと姿を見せたからには、彼女とは二度と会えぬものと諦めるしかないと。

訳者あとがき

読者の皆様、大変お待たせいたしました！　エレナ・フェッランテの〈ナポリの物語〉シリーズ、ついにここに完結です。

二〇一七年七月に邦訳第一巻『リラとわたし』、一八年五月に第二巻『新しい名字』、一九年三月に第三巻『逃れる者と留まる者』と来て、一九年十二月、こうして第四巻『失われた女の子』（*Storia della bambina perduta*、二〇一四年）を無事刊行することができました。

二〇一六年夏に早川書房から第一巻翻訳のオファーを受け、第四巻のあとがきを書くまでに三年以上の月日がかかったことになります。覚悟はしていましたが、やはり長い道のりでした。でも、この作品を完成させたら、自分は翻訳家としてどこか満足できる場所にたどり着けるのではないか、そんな淡い予感を頼りになんとか歩き通すことができました。道中、読者の皆様のご好評も大変励みになりました。ありがとうございました。

さて、エレナが夫ピエトロを裏切り、少女時代から憧れていたニーノとついに結ばれ、リラに馬鹿と罵られながらも、娘たちまで捨てて不倫旅行に出る——三巻は終盤、本当にとんでもない急展開となり、とんでもない場面で終わりましたね。テレビの連続ドラマだったら、見終わった瞬間に濁点つきの"え"で叫びたいところ、相撲なら国技館は座布団飛びまくり、画面に向かってリモコン投げちゃうひとだっているかもしれません。でも、彼女の幸せを祈った方も結構いらっしゃったのではないかと思います。

そしていよいよ四巻ですが……。物語の筋は、まだ読まれていない読者の皆様を考慮し、やはり書かないことにします。

エレナとニーノはこの先どうなるの？　タイトルの〝失われた女の子〟っていったい誰？　宿敵ミケーレに雇われたリラはどうなった？　そもそも一巻の冒頭で消えた現在のリラはどこに行ってしまったの？　結局、エレナはリラと再会することができるの……。気になりますよね。よくわかります。今すぐ読み始めましょう。今回も波瀾万丈です。

また読後に初めてこのあとがきをお読みになっていて、あれはああいうことなの？　それともこういうことなの？　あの結末だけど、どう思った？　という風に誰かを問い詰めたい気持ちでいっぱいの方もおいででしょう。その気持ちも、とてもよくわかります。

訳者の自分はこれまで〈ナポリの物語〉全四巻を原書と拙訳で最低でも六度は読み直している計算になり、相当に熱心な読者のひとり、ということになるかと思います。ならば、誰よりもこの物語に詳しいのではないか、そう思われるのが当然かもしれません。しかし実は僕自身、他の読者の皆様にあれこれ聞いてみたいのです。

訳者として未熟な部分もあるのかもしれませんが、役割上、自分の読み方はいくらか特殊で、〝木を見て森を見ず〟と申しますか、物語全体の流れよりも、ひとつひとつのフレーズに近視眼的に固執する傾向があります。もちろんひとつのフレーズを深く理解するためには、前後の文脈の把握と物語の筋の総合的な把握が欠かせませんが、どうしても分析的な、一歩距離を置いた読み方になってしまうのです。それは本来、作者が想定する小説の楽しみ方とは異なるはずです。

そんな具合ですので、僕の場合、自分で訳した本は翻訳が済んで相当な時間がたたないと素直に物語として味わうことができません。ですから、皆様のご感想・レビューをネットで拝見して、目からうろこの思いをすることもよくあります。

いずれにしましても、読み手によって結構、解釈の分かれる部分もある作品ではないかと思います。全巻刊行の済んだ今ならば、ネタバレを含むレビューもそろそろ許されるのではないでしょうか。皆様のご感想をどこかで拝見できる日を楽しみにしております。


なお、本作を二〇一四年に完成させたあとエレナ・フェッランテは、二〇一九年十一月に新しい小説 *La vita bugiarda degli adulti*（仮邦題「大人たちの嘘ばかりの人生」）を上梓しました。

舞台は今度もナポリです。ただし時代は八〇年代、主人公は十二才のジョヴァンナ、山の手のリオーネ・アルト地区に暮らす少女です。

裕福な家庭で両親に愛され、幸せに育ってきたジョヴァンナでしたが、ある日、「ジョヴァンナはヴィットリアみたいに醜くなってきた」という父親の言葉を聞いてしまいます。ヴィットリアというのは同じナポリの貧しい下町に暮らす父方のおばで、少女の両親が娘の前では話題にするのを避けてきた〝悪い女〟でした。

ジョヴァンナは自分の変容に怯えながらも、一度も会ったことのないおばに興味を持ち、両親には内緒で、おばの暮らす別世界に初めて足を踏み入れます。そしてヴィットリアやその周囲の人々との痛みをともなう交流を通じて、貧困を知り、暴力を知り、性に目覚め、両親を含めた大人たちの嘘に気づき、成長していきます。

またしてもナポリ、またしてもふたりの女性を軸に据えた物語、ということで、〈ナポリの物語〉との比較を含め、刊行当時からおおいに話題となり、続篇も期待されています。

最後になりましたが、早川書房の皆様、いつもとても素敵な装画を描いてくださった高橋将貴さん、本作を世に送り出すためご協力いただいたそのほかの皆々様、この三年強のあいだ何かと迷惑をかけた日本の両親とイタリアの家族、そして誰よりも読者の皆様に、改めて心より感謝いたします。本当にありがとうございました。

二〇一九年十一月
モントットーネ村にて

本書では作品の性質、時代背景を考慮し、現在では使われていない表現を使用している箇所があります。ご了承ください。

訳者略歴　1974年生，日本大学国際関係学部国際文化学科中国文化コース卒，中国雲南省雲南民族学院中文コース履修，イタリア・ペルージャ外国人大学イタリア語コース履修
訳書『素数たちの孤独』パオロ・ジョルダーノ，『復讐者マレルバ』ジュセッペ・グラッソネッリ＆カルメーロ・サルド，『リラとわたし』『新しい名字』『逃れる者と留まる者』エレナ・フェッランテ（以上早川書房刊），『反戦の手紙』ティツィアーノ・テルツァーニ，他多数

失《うしな》われた女《おんな》の子《こ》
ナポリの物語4

2019年12月20日　初版印刷
2019年12月25日　初版発行

著者　エレナ・フェッランテ
訳者　飯田亮介《いいだりょうすけ》
発行者　早川　浩
発行所　株式会社早川書房
東京都千代田区神田多町2－2
電話　03－3252－3111
振替　00160－3－47799
https://www.hayakawa-online.co.jp

印刷所　信毎書籍印刷株式会社
製本所　大口製本印刷株式会社

Printed and bound in Japan
ISBN978-4-15-209907-5 C0097

早川書房の単行本

私の名前は ルーシー・バートン

My Name is Lucy Barton

エリザベス・ストラウト

小川高義訳

46判上製

ルーシー・バートンの入院は、予想外に長引いていた。幼い娘たちや、夫に会えないのがつらかった。そんなとき、思いがけず母が田舎から出てきて、彼女を見舞う。疎遠だった母と会話を交わした五日間。それはルーシーにとって、忘れがたい思い出となる。ピュリッツァー賞受賞作『オリーヴ・キタリッジの生活』の著者が描く、ある家族の物語。ニューヨーク・タイムズ・ベストセラー

あたらしい名前

We Need New Names

ノヴァイオレット・ブラワヨ
谷崎由依訳
46判上製

〈PEN／ヘミングウェイ賞受賞作〉グァバを盗んだり、ごっこ遊びをしたり、天真爛漫に遊ぶジンバブエでの日々を経て、少女ダーリンはアメリカに移り住む。しかし豊かで物があふれる国での暮らしは、どこか変で、予想外の戸惑いに満ちていた。人間の暴力やもろさを垣間見ながら成長していく少女の姿を、笑いをまじえながら軽やかに描き、ジュノ・ディアスに絶賛されたデビュー作